Gönül Tahtımızın Eşsiz Sultanı
Efendimiz
(sallallâhu aleyhi ve sellem)

GÖNÜL TAHTIMIZIN EŞSIZ SULTANI
EFENDİMİZ
SALLALLÂHU ALEYHİ VE SELLEM

1

Bidâyetten Bedir'e...

ZAMAN

YENİ UFUKLARA DOĞRU DOĞRU
KAMPANYASI KİTAP SERİSİ

Yayın Yönetmeni:
Şeref YILMAZ

Editör:
Kalender YILDIZ

Görsel Yönetmen:
Engin ÇİFTÇİ

Kapak:
Zülker MEYDAN

Mizanpaj:
Sedat YAZILITAŞ

ISBN: 975-278-126-8
Yayın Numarası: 380

Emniyet Mahallesi Huzur Sok.
No: 5   34676
Üsküdar / İstanbul
Tel : (0216) 318 42 88
Faks : (0216) 318 42 02
http://www.isikyayinlari.com

Baskı ve Montaj:

SUNPRINT UND VERTRIEBS GmbH
ADMIRAL-ROSENDAHLSTR 3A
63263 NEU-ISENBURG

Copyright©
Bu eserin tüm yayın hakları
ZAMAN KİTAP'a aittir.

Baskı Tarihi:
Nisan / 2007

İÇİNDEKİLER

TAKDİM 13
ÖNSÖZ 15
BEKKE VADİSİNDE YANKILANAN SES 21
   Hz. İbrahim'in Duaları 22
   Yeni Bir Medeniyetin İnşası 24

HER PEYGAMBERİN MÜŞTEREK TALEBİ 29
BİLGİNLERİN DİLİNDE YANKILANAN SEDA 35
   1. Yemen 35
      Ebû Kerb'in Medine Çıkartması 40
      Tübba' Meliki Medine'de 42
      Sonradan Ortaya Çıkan Emâreler 43
   2. Şam 44
   3. Hicaz 49
      Zeyd İbn Amr 49
      Kuss İbn Sâide 53
      Varaka İbn Nevfel 56
      Risâlet Öncesinde Hicaz ve Dünyanın Genel Durumu 58

HZ. İBRAHİM'E UZANAN ŞECERE 63
   Abdülmuttalib 64
   Zemzem 65

Efendimiz (sallallahu aleyhi ve sellem)

Abdulmuttalib'in On Çocuğu
ve Nezrini Yerine Getirme Gayreti 69
Kutlu Yuva 73
FİL HADİSESİ 75
KUTLU DOĞUM 83
Dört Bir Yandan Gelen Haberler 87
Yeni Bir Yıldız 87
Fars Topraklarındaki Telaş 90
SÜT ANNEYLE GEÇEN SENELER 93
Şakk-ı Sadr Hadisesi 97
HZ. ÂMİNE'NİN VEFATI 101
DEDE ABDULMUTTALİB'İN HİMAYESİ 105
AMCA EBÛ TÂLİB'İN HİMÂYESİ 113
Şam Yolculuğu ve Rahip Bahîra 115
Korunup Kollanmada İlahî Yönlendirme 121
O'nunla Gelen Yağmur Bereketi 125
Ficâr Savaşları ve Hılfü'l-Fudûl 126
Hılfü'l-Fudûl 127
Şam'a İkinci Yolculuk 129
HATİCE İLE İLK RANDEVU 131
Çarşıdaki Yemin 133
Rahip Nastûra 134
Yine Aynı Bulut 135
Yolculuğun Raporu 136
Varaka İbn Nevfel'in Yorumları 137
İzdivaca Giden Yol 138
Hâlden Anlayan Bir Arkadaş 139
Ve Nikah 142
Hane-i Saadetin Diğer Sakinleri 145
Huzur Dolu Bir Yuva 147
Bu Yuvanın Semereleri 148

İçindekiler

KÂBE'NİN TAMİRİ VE SÖZ KESEN HAKEM 151
   Ahde Vefa 154
GELİŞİNDEN ÖNCE HAZIRLANAN ORTAM 157
   Kâbe'deki Yankı ve Varaka'nın Yorumları 158
   Şam'daki Rüya ve Rahibin Hatırlattıkları 160
VUSLATA DOĞRU 163
   Yalnızlık Arayışları 163
   Sadık Rüyalar 164
   Varlık Selama Durmuştu 166
   Hz. Hatice'nin Telaş ve Gayretleri 167
   Cibril'in Sesi 167
VE VUSLAT 169
   Mekke'ye Yöneliş 171
   Varaka'nın Rehberliği 174
   Kırk Günlük Ara 176
   Küsme de Yok Dargınlık da 181
   Gece İbadeti 183
EN ÖNDEKİLER 189
   Abdest ve Namaz 189
   Küçük Ali'nin Büyük Kararı 190
   Kulluk ve Sükûnet 192
   Zeyd İbn Hârise'nin Gelişi 194
   Ebû Bekir Teslimiyeti 195
   Zübeyr İbn Avvâm 200
   Kâbe'deki Putlar 201
ARKADAN GELENLER VE MİHNET YILLARI 205
   Ebû Zerr'in Gelişi ve Yaşanan İlk Acı Tecrübe 209
   Huzura Koşuş 214
   Sözüne Sadık Bir Çoban ve Süt Mucizesi 216
   Huzura Koşuş Devam Ediyor 218
   Bilâl-i Habeşî 223

Efendimiz (sallallahu aleyhi ve sellem)

Habbâb'ın Alacağı 225
Hayallerde Yeşeren Ümit Meşceresi 228
DAVET VE TEBLİĞİN AÇIKTAN BAŞLAMASI 233
   Genişleyen Tebliğ Halkası 241
   Etrafa Açılma Dönemi 246
   İnsanların İslâm'la Tanışmalarını Engelleme Çabaları 248
   Aleyhteki Kampanya Genişliyor 252
TOPLUMLA BÜTÜNLEŞEN NÜZÛL KEYFIYETİ 259
   Allah'a İman ve Ulûhiyet Hakikati 260
   Ölüm Sonrası Hayat 264
   Kader, Takdir, Kudret ve Meşîet-i İlâhi 269
   Direnç Eğitimi 272
   Kuvvet, Kesret-i Etbada Değil; Haktadır 274
EBÛ TÂLİB'İ İKNA ÇABALARI 277
   Damatlara Yapılan Baskı 280
   Ter Dökmeden Netice Yok 281
   'Ebter' Yakıştırması 283
   Kötü Komşular ve Tehdit Halkası 285
ŞİDDET MANZARALARI 291
   Zayıf ve Kimsesizlerin Hazin Hâli 294
İBN ERKAM'IN EVİNDE 299
   Ammâr İbn Yâsir ve Süheyb İbn Sinân 300
   Mus'ab İbn Umeyr 302
   Hz. Ebû Bekir'in Teşebbüsü 304
   Hz. Hamza'nın Müslüman Oluşu 309
   Utbe'nin Planı 314
   Hey'etin Teklifi 318
   Yeni Bir Teklif Daha 326
   Can Düşmanlarının Efendimiz'e Bakışları 327
   Ayrıcalık Talepleri 332

İçindekiler

GEÇMİŞE AİT BİR MUHASEBE 335
TEBLİĞ AYETLERİ 339
HZ. ÖMER'İN GELİŞİ VE İBN ERKAM'IN EVİNDEN ÇIKIŞ ... 341
   Hira Ziyaretleri 351
HABEŞİSTAN HİCRETLERİ 353
   Birinci Hicret 354
   Geri Dönüş 355
   Mus'ab İbn Umeyr'in Durumu 357
   Abdullah İbn Süheyl'in Gelişi 360
   İkinci Hicret 362
   Necâşî'ye Giden Mektup ve Necâşî'nin Cevabı 364
   Ebû Tâlib'in Çabası 366
   Elçiler ve Necâşî 367
   Ca'fer İbn Ebî Tâlib'in Çıkışı 370
   Habeşistan'dan Mutlu Haberler 376

VAHİY DEVAM EDIYOR 379
   Şakk-ı Kamer Mucizesi 379
   Abese Sûresinin İnişi 381

GENEL BOYKOT 385
HÜZÜN YILI 395
   Ebû Tâlib'e Son Müracaat 396
   Ebû Tâlib'in Son Nasihatleri 398
   Son Umut 400
   Ve, Hüzünlü Veda 401
   Hz. Hatice'ye Veda 404
   Ebû Leheb'i Bile Duygulandıran Manzara 407

SANCILI SÜREÇ 411
   Rukâne ve İki Mucize 411
   Hz. Ebû Bekir'in Hicret Teşebbüsü 413
   Rûm Diyarından Haber Var 418
   Sevde Validemizle İzdivaç 420

Efendimiz (sallallahu aleyhi ve sellem)

Bir Alacak Tahsili 425
Habeşistan'dan Gelen Yirmi Kişi 428

TÂİF YOLCULUĞU 431
Tâif'teki İltica ve Bir Tecelli 434
Üzüm Salkımı ve Addâs 436
Mekke'ye Hareket ve Cinlerin Şehadeti 439

YENİDEN MEKKE 443
Çevredeki Kabilelere Yöneliş 445

İSRÂ VE MİRAÇ 455
İsrâ 457
Mi'raç 458
Cennet 460
Cehennem 463
Sidretü'l-Müntehâ 466
Vasıtasız Gelen Emir: Namaz 467
Dönüşteki Yansımalar 468
İki Kervanın Şehadeti 470
Kureyşlilerin Mescid-i Aksâ'yı Tarif Talepleri ... 472
Hz. Ebû Bekir Farkı 474
Namaz Vakitlerinin Tayini 476

AKABE BEYATLARI 479
Birinci Akabe 479
Medine'ye Kor Düşmüştü 481
Medine'den Davet Var 487
Mina'daki Ses ve Efendimiz'in Tavrı 494

HİCRET İZNİ VE KUREYŞ'İN TELAŞI 497
Önemli Bir Tembih 500
Hicret Sancıları 501
Ebû Seleme ve Ailesi 502
Suhayb İbn Sinân 504
Hz. Ömer'in Hicreti 506

İçindekiler

Ayyâş İbn Ebî Rebîa 508
Dâru'n-Nedve'deki Karar 511

MUKADDES GÖÇ 515
Hicretin Tedbir Boyutu 517
Sevr'e Yöneliş 524
Mağarada Ebû Bekir Hassasiyeti 525
Mekke'ye Atfedilen Son Nazar 529
Ebû Kuhâfe'nin Tepkileri 530
Sürâka'nın Takibi 531
Hicret Yolunun Harikaları 536
Süt Mucizesi 537
Ümmü Ma'bed 539
Büreyde İbn Huseyb 543
Ebû Evs'in Hassasiyeti 545
İlk Karşılama Heyecanı 546
Kuba'da Verilen Mola 547
İlk Hutbe 550
Abdullah İbn Selâm'ın Gelişi 552
İki Yahudi ve İlk İntibâ 555
Selmân-ı Fârisî 556

VE KALICI YURT: MEDİNE 561
İlk Konak 562
Üst Kata Taşınma 568
Kardeşlik Bağları 570
Ensâr Farkı 575
Mescid-i Nebevî'nin İnşâsı 576
Minberden Gelen Ses 579
Ezanın Başlangıcı 581
Ashab-ı Suffe 584
Rahmetin Kuşatıcılığı ve Sonuna Kadar Açılan Af Kapısı . 587
Es'ad İbn Zürâre'nin Vefatı ve Yeşeren Nifak 589
Mezarlıktaki Muhâvere 591
Kıskançlık ve Haset Rüzgarları 592

Efendimiz (sallallahu aleyhi ve sellem)

Üslûpta İlahî Yönlendirme 594
Medine Anlaşması 599
İlk Anlaşma, Evs ve Hazreç Arasında 601
İkinci Anlaşma, Yahudilerle 603
Aile Fertlerinin Getirilmesi 605
Kuba'dan Gelen Çocuk 606
Hz. Âişe Validemizle İzdivaç 607
Medine Vebası 609
Abdullah İbn Selâm'daki Tebliğ Heyecanı 613
Taassubun Dincesi 617
Ehl-i Kitaba Hitap 622
YENİ BİR MEDENİYETİN İNŞASI 625

TAKDİM

Uzun ve titiz bir çalışma sonunda yayınevimiz, Kâinatın İftihar Vesilesi Efendiler Efendisi Hz. Muhammed Mustafa'nın (sallallahu aleyhi ve sellem) ibret ve mesaj dolu hayatını anlatan bir kitabı daha sizlerle buluşturmanın huzurunu yaşıyor: Gönül Tahtımızın Eşsiz Sultanı Efendimiz (sallallahu aleyhi ve sellem).

Bu kitap, siyer geleneğinden kopmadan, satır aralarında kalmış ve geleceğe yön veren ayrıntıları bugüne taşıyarak Allah Resûlü'nün örnek hayatını anlatan, anlatırken insanı çağlar ötesine götüren veya o dünyayı yaşanılan asırla bütünleştiren yeni ve özgün bir eser; ölmeyen *Ebû Leheb*'e dikkat çekip kıtalar dolaşan *Ebû Cehil*'in farkına vardıran ve bunu yaparken de *Ebû Bekir, Ömer, Osman* ve *Ali*'leri vazifeye davet eden mesajlarla dolu bir baş ucu kitabı.

Bugün bizim, sadece savaşlardan ibaret bir siyer geleneğinden daha çok bir insan olarak Allah Resûlü'nün toplum içindeki misyonunu anlatan kitaplara ihtiyacımız var ve işte elinizdeki bu eser, sözünü ettiğimiz ihtiyacı karşılamayı hedefleyen farklı bir gayreti ifade ediyor. Onun satırları arasında okurumuzun, kilometre taşlarını savaşların belirlediği bir ha-

Efendimiz (sallallahu aleyhi ve sellem)

yat serüveninden ziyade, duygu ve tepkileriyle şefkat kesilmiş bir insan-ı kâmil ve toplum içinde her yönüyle rehber ve yol gösterici bir mürşid-i ekmel bulacağı kanaatindeyiz.

Unutmamak gerektir ki, *Bedir* gibi önemli bir dönüm noktasına gitmek için Efendimiz'in, Medine'den ayrılıp yeniden buraya dönüşü arasında geçen on günlük bir zaman dilimi vardır ve Bedir savaşı, bu on günlük zaman dilimi içinde sadece beş-altı saatlik bir meseledir. Şüphe yok ki Allah Resûlü (sallallahu aleyhi ve sellem), geride kalan zamanını da ashabıyla birlikte ve onların arasında yaşamıştı. Her anı bir model bu altından kıymetli zaman dilimlerinin, beş altı saatlik bir sürece kurban gitmemesi elbette çok önemliydi ve işte elinizdeki bu eserle geride kalan dokuz buçuk günde yaşanılanlar gün yüzüne çıkarılmak istenmiş, detay gibi gözüken ancak bizim için önemli ayrıntıların nazara verilmesi hedeflenerek bütüncül bir yaklaşım nazara verilmek istenmiştir.

Dil açısından sade, üslup yönüyle akıcı ve olayları veriş biçimiyle de gerçekçi bir anlatımla kaleme alınan duygu yüklü bu eserle, aradaki mesafelerin bir süreliğine bile olsa kalkacağını düşünüyor, başkası adına yaşanılan bu hayatla, gaye-i hayal noktasında bugünü yaşayan her bir ümmet-i Muhammed'e bir vazife biçildiğinin farkına varılacağını ümit ediyor ve sizleri, Saadet Asrı'yla günümüzün iç içe nazara verildiğini düşündüğümüz böyle bir eserle baş başa bırakıyoruz.

Işık Yayınları

ÖNSÖZ

Gelişen dünyada geçen her bir gün, İnsanlığın Emîni'ne ait mesajların kıymetini ve insanlığın onlara olan ihtiyacını ortaya koyuyor. Bir tarafta maddi terakki ile insanların başı dönerken, diğer yanda huzur adına dünyada iflasın yaşanıp, insanlığın kemal adına tel tel dökülüyor olması, gidilen yolun zaten sağlıklı olmadığını açıkça herkese gösterir mahiyette.

Ortada iki yol var; ya iniş istikametinde hızla sükûta koşan insanlık diğer canlılara rahmet okuttururcasına gidişatına devam edip dünyayı kendine zindan haline getirecek, ya da insanlık ortak paydasında ve temel değerler etrafında kenetlenerek yeniden kendisini bulacak; bir taraftan dünyayı mâmur ederken, diğer yandan da aradığı huzuru bulmanın mutluluğunu yaşayacak.

İşte yolların ayrımında duran ve engin sinesiyle herkesi semtine davet eden Gönül Tahtımızın Müstesna Sultanı Efendimiz (sallallahu aleyhi ve sellem) hayat bahşeden mesajlarıyla insanlığı, dünyayı inşa ederken ahireti de mâmur kılmanın sihirli iklimine çağırıyor.

O'nun (sallallahu aleyhi ve sellem) şefkat dolu engin dünyasın-

Efendimiz (sallallahu aleyhi ve sellem)

da, her fırsatta hayatına suikast eden kin tüccarlarına bile yer var! O'nun (sallallahu aleyhi ve sellem) ikliminde kimsenin üstünü çizip defterinden silme gibi bir anlayış yok! Bu yüzden, son ana kadar kendisine kılıç çekip karşısına dikilenleri, huzura gelip hakikate uyandıkları zaman, O'nu (sallallahu aleyhi ve sellem) müdafaa etmenin kahramanları olarak, önceki hayatlarına keffaret yarışı içinde görüyoruz. Binlerce misal arasından işte *İkrime* ve *Süheyl İbn Amr*, işte *Amr ibn Âs* ve *Velîd ibn Ukbe ibn Ebî Muayt*, işte *Ebû Süfyân* ve *Hind*, işte *Vahşî* ve *Halid ibn Velîd*...

Zaten O (sallallahu aleyhi ve sellem), herkesi kucaklayan evrensel mesajın sahibi... Sancağı, bütün insanlığı altında toplayacak vüs'atte... Yirmi üç yıllık tebliğ hayatı, bu sancağın altına nasıl girileceğinin misalleriyle dolu... Bunun için, dünyaya veda ederken mihraba geçirip de arkasında namaza durduğu imam ve eline sancağı verip de kumandan tayin ettiği genç serdarın şahsında temsil edilenler ayrı bir öneme sahip... O'na inanıp da gönül veren her bir yüreğin, emaneti taşıyan birer *Üsâme* olabilmesi için bugün, O'nun saf ve duru hayatını okuyup bilmek, bilip de yaşamak ve yaşayıp da yaşatma arzusuyla şahlanmak ayrı bir ehemmiyet arz ediyor...

İşte Gönül Tahtımızın Müstesna Sultanı Efendimiz (sallallahu aleyhi ve sellem) böyle bir niyetin ürünü... Bu eserle, Efendimiz'i kendi beyanlarımızla tavsif edip anlatma yerine, yaşayıp ortaya koyduklarıyla birlikte O'nu (sallallahu aleyhi ve sellem) nazara vermek hedefleniyor. Bize göre bir siyerden ziyade; O'nun ve ashabının hâl, tavır, beyan ve tensipleriyle bir tarih şuuru verilmek, tek başına yaşanılan bir hayat değil de her bir sahabi ile irtibatlandırılarak birer mucize olarak inşa edilen, herkese model olabilecek bir hayat tarzı verilmek isteniyor...

Hiç şüphe yok ki O (sallallahu aleyhi ve sellem), herkesi şefkatle kucaklayıp sinesine sarmak istemiş, tuzak kurup da bedenini

Önsöz

ortadan kaldırmak isteyenlere bile şiddetle mukabelede bulunmak istememiştir. Yirmi üç yıllık tebliğ hayatının ilk on beş yılı sürekli baskı ve işkencelerle geçmesine rağmen O (sallallahu aleyhi ve sellem), asla kuvvete baş vurup sert tavır almayı düşünmemiş, müsamaha yolunu tercih ederek, diş gösterip pençe atanlara bile sabırla mukabelede bulunmayı yeğlemiştir. Bir gün savaş kaçınılmaz hale gelince de, her şeye rağmen ilk başlatan O (sallallahu aleyhi ve sellem) olmamış, bununla birlikte tedbiri de elden bırakmayıp en kötü şartlara göre hesabını yaparak gerektiğinde bu meydanın da hakkını vermiştir. O'nun (sallallahu aleyhi ve sellem) savaşlarının hepsi birer müdafaa, seriyye ve gazvelerinin tamamı da emniyet ve güveni sağlamaya mâtuf birer gayretten ibarettir. Ne gariptir ki, sekiz yıl süren bu sürecin tamamında, her iki taraf adına dökülen kan, bugünün modern(!) dünyasında bir günde akıtılanın yanında -o da medyaya intikal eden kadarıyla- deryada katre gibi durmaktadır.

Baskı ve şiddet altında olduğu dönemlerde böyle bir tavır sergilemekle birlikte O (sallallahu aleyhi ve sellem), ipleri tamamen eline alıp da hâkimiyetini ilan ettiğinde farklı bir davranış sergilemeyecekti. Bütünüyle O'nun sesinin yükselip sözünün dinlendiği dönemlerde bile O (sallallahu aleyhi ve sellem), asla kin ve nefret yolunu tutmayacak ve olgun başaklar gibi kellelerini teslim etmeye çoktan razı olanlara bile hürriyet yollarını gösterip hepsini affedecekti.

Bugün O'nu ne kadar biliyorsak o kadar mutlu; ne kadar yakından tanıyorsak o kadar huzurlu ve yine O'nun hayatına ne kadar muttali olabiliyorsak o kadar da bahtiyarız demektir. Bir başka ifadeyle bizler, O'na duyduğumuz ihtiyaç kadar başkalarına muhtaç olmaktan uzak; O'nun engin dünyasına müstağni kalıp uzaklaştığımız kadar da başkalarının kapı-

Efendimiz (sallallahu aleyhi ve sellem)

sında şahsiyet ve onurumuzu örseleyen birer dilenci olmaya mâhkumuz demektir.

Zaten bu gün karşımıza çıkan her bir hadise de bize, O'nun bu müstesna hayatını yeniden okuma, attığı adımları günün ihtiyaçlarına göre yeniden yorumlama, söz ve davranışlarındaki ayrıntıları nazara alarak hayatımıza yeniden yön verme ve insanların elinden tutarken kullandığı argümanları iyi okuyup, hayatımızı O'nun arzu ve isteklerine göre yeniden şekillendirme lüzumunu hissettirmiyor mu?

Birkaç Hatırlatma

Sizleri eserle baş başa bırakmadan önce, istifadeyi kolaylaştırma adına birkaç hatırlatmada bulunmak ve eser hakkında kısa da olsa bilgi vermek faydalı olacaktır:

Öncelikle bu eser, öncesi ve sonrası itibariyle Saadet Asrı'nda yaşanan olayların bugünlerde oturup yorumlanması yerine İbn Hişâm'ın *Sîre*'si, İbn Sa'd'ın *Tabakât*'ı, İbn Kesîr'in *el-Bidâye ve'n-Nihâye*'si, Halebî'nin *Sîre*'si, İbn Hacer'in *İsâbe*'si, İbnü'l-Esîr'in *Üsüdü'l-Ğabe*'si, İbn Abdilberr'in *İstîâb*'ı ve Taberî'nin *Tarîh*'i gibi en temel siyer, meğâzî ve tabakat kitapları esas alınarak; temel *tefsir* kaynaklarıyla *Kütüb-ü Tis'a* gibi en belirgin hadis literatürüne dayanılarak hazırlanmıştır. Bunun yanında, Efendimiz'in hayatıyla ilgili bugün hüsn-ü kabul görmüş yeni eserlerin de dikkate alınması ihmal edilmemiş; gerek konuların tasnifi, gerekse bazı yorumları itibariyle bugün kaleme alınan orijinal yaklaşımlara da müracaat edilmiştir. Bu sebeple, ikide bir aynı kaynakları dipnot olarak verip hacmi şişirmemek için her meselede dipnota inip kaynak verme yerine sadece dikkat çeken ve her siyer kitabında yer almayan konuların kaynağı verilmeye çalışılmış ve kaynak vermede esas olarak da, kitapların *el-Mektebetü's-Sîra*, *el-Mektebetü'l-Elfiye* ve *el-Mektebetü'ş-Şâmile* gibi dijital ortamdaki verileri nazara alınmıştır.

Önsöz

Farklı rivayetler, ayrı ayrı verilerek konunun uzatılması yerine, aynı konu etrafında oluşan farklı rivayetler birleştirerek istifade edilen kaynaklara dipnotta işaret etmek bir yöntem olarak kabul edilmiş ve bazı durumlarda ise, farklılık arz eden rivayetlerden birisi metin içinde tercih edilerek diğer rivayetlerin kritiğini dipnotta yapma yoluna gidilmiştir.

Metin tercümelerinde, aslına sadık kalmak şartıyla, her zaman birebir kelime karşılığını verip mekanik bir aktarım yapmak yerine, bazı durumlarda muhtevayı yansıtma, zaman zaman özetleme veya bazı durumlarda da ilgili rivayetlerin bütününü birden yansıtma yollarından birisi tercih edilmiş ve böylelikle tekrarlara girmemek hedeflenmiştir.

Elinizdeki eseri benzerlerinden ayıran en belirgin özelliklerinden birisi de, her an ayrı bir vahiyle olaylara yön veren ilahî hitabın toplumu nasıl dönüştürdüğüne dair örneklere sıklıkla yer vermesidir. Tefsir ilminde *'Esbab-ı Nüzûli'l-Kur'ân'* olarak bilinen kültürün mümkün mertebe siyere yedirilerek anlatılmaya çalışılması, esere ayrı bir veche kazandırmıştır. Sahabe cemaatini yetiştirmede Kur'an'ın rolünü net bir şekilde ortaya çıkaran bu üslup yanında bir de Allah Resûlü'nün talim ve terbiyesine yer veriliyor olması, eseri benzerlerinden ayıran belirgin özelliklerindendir. *'Esbâbü Vürûdi'l-Hadîs'* olarak bilinen bu metotla okurun, Efendimiz'e ait beyanların öncesi ve sonrasında yaşanan gelişmelere muttali kılınması hedeflenmiş ve böylelikle Kur'an'ın yetiştiriciliği yanında sahabe cemaatini dönüştürmede Efendimiz'in (sallallahu aleyhi ve sellem) rolüne de dikkat çekilmek istenmiştir.

Aynı zamanda bu eserin, tebliğe karşı çıkan veya yanında yer alanların ruh hallerini anlamaya mâtuf bir gayret ve o dönem insanlarının psikolojilerini de yansıtmayı amaçlayan bir çalışma olduğunu söyleyebiliriz.

Şu da bir gerçek ki, etrafındaki ashabıyla birlikte O'nun (sallallahu aleyhi ve sellem) hayatını bugüne taşıma adına daha ya-

Efendimiz (sallallahu aleyhi ve sellem)

pılması gereken çok şey var. Zira ulaşılan her bir bilgi yeni bilgilerin elde edilmesine vesile oluyor ve bu bilgiler de dünyaya renk veren mesajların herkese ulaşabilmesi için yeni yeni fırsatlar anlamına geliyor. O'nun (sallallahu aleyhi ve sellem) hayatına açılan her bir kapı, açılması gereken binlerce kapının müjdecisi... İstikbale yürürken yanılmamak için bu kapıların açılmasında zaten zaruret var!

Bütün titizlik ve hassasiyetimize rağmen şayet, çapımıza bakmadan cür'et edip de çıktığımız bu yolda Rûh-u Seyyidi'l-Enâm'ı rahatsız edip incitecek bir kusurumuz olmuşsa şimdiden boynumuzu büküp O'nun (sallallahu aleyhi ve sellem) engin affına sığınıyor ve Ebû Cehillerden bile esirgemek istemediği şefkat kanatlarının altına bizler de dehalet etmek istiyoruz.

Kusurumuz görüldüğünde, bunun bize ulaştırılması en büyük kazancımız; takdir hisleriyle dolup medih ihtiyacı hissedildiğinde ise, gönülden dökülen bir *'Allah razı olsun'* ifadesiyle mukabelede bulunmak, bidayetinden nihayetine kadar eserin hazırlanmasında katkısı olan herkes adına ne büyük bahtiyarlıktır.

Reşit Haylamaz
İstanbul - Mart 2006

BEKKE VADİSİNDE YANKILANAN SES

Asırlar öncesinden *Bekke* vadisinde bir ses yankılanıyor:
– Bizi, bu yalnız ve ıssız vadide bırakıp da nereye gidiyorsun ey İbrahim?

İtimat ve tevekkül zirvesinin sahibi Hz. *İbrahim*'de, yankılanan sese cevap mahiyetinde hiçbir hareket yok. Zira o, sadece kendisine denileni yapıyor ve emre itaatten taviz vermek istemiyordu. Çünkü bu, ilahî bir yönlendirmeydi; asırlar sonra geleceğinin muştusu verilen *Son Nebî*'nin şereflendireceği beldenin temeli atılacaktı.

Beri tarafta, teferruata muttali olmayan Hz. *Hacer*, kocasını kendisinden uzaklaştıran her adımda ayrı bir korku yaşıyordu. Bunun için, yalnızlığın hicranını iliklerine kadar hisseden telaş dolu bir sesle yeniden seslendi:

– Ey İbrahim! Bizi bu yalnız ve ıssız vadide bırakıp nereye gidiyorsun?

Belli ki, geldiği istikamette gerisin geriye ilerleyen Hz. İbrahim'den cevap gelmeyecekti. Kucağındaki biricik yavrusuyla arkasından koşturmak beyhûdeydi. Sanki, yıllarca çocuk hasreti çeken ve dualarında Rabbinden çocuk dileyen Hz. İbrahim gitmiş; yerine bambaşka birisi gelmişti. Şüphesiz böyle köklü bir değişim, ancak Rabbanî bir yönlendirme sonucu gerçekleşebilirdi. Bunun için Hz. Hacer:

– Sana böyle yapmanı Allah mı emretti, diye sordu.

O ana kadar hiç tepki vermeden ilerleyen Hz. İbrahim'den, bu soruya mukabil güven dolu bir ses duyuldu:

– Evet!

Emreden O ise, koruyacak da O olacaktı. O'nun koruması altına girdikten sonra, ne bu ürperten yalnız vadilerdeki vahşet ne korku veren yalnızlık ve ne de bir aile reisinin himayesinden mahrumiyet ürkütebilirdi onu. Onun için, arkasını dönüp kucağındaki yavrusuyla birlikte geri gelirken, dudaklarından şu kelimeler dökülecekti Hz. Hacer'in:

– Öyleyse O, bizi asla zayi etmez.[1]

Zaten bu cümle, aile reisiyle diğer fertlerin diyaloğundaki son noktayı oluşturuyordu. Artık Hz. İbrahim uzaklaşmış; Hz. Hacer de, minik yavrusu *İsmail*'le birlikte bırakıldıkları noktaya geri dönmüştü.

Hz. İbrahim'in Duaları

Hz. İbrahim, ufukta kaybolacağı bir noktaya geldiğinde geri dönecek ve ellerini açarak Rabb-i Rahîm'inden şöyle niyazda bulunacaktı:

– Ey bizim Rabbimiz! Şüphesiz ben, zürriyetimden bir kısmını Senin kutsal mabedinin yanında, ekin bitmez bir vadide yerleştirdim.

'*Yerleştirdim*' ifadesinden açıkça anlaşıldığı üzere; o, henüz hiçbir hayat emaresi görülmeyen bu vadinin, büyük bir yerleşim yeri olacağını ifade ediyordu. Aynı zamanda burası, yeryüzündeki ilk binanın inşa edildiği önemli bir yer; ilkle sonun buluşacağı Bekke vadisiydi.

Hz. İbrahim, niyazına şöyle devam etti:

---

[1] Taberi, Tefsir, 13/152

– Ey bizim Rabbimiz! Namazı gereğince kılsınlar diye böyle yaptım.

Anlaşılan, buraya gelişteki asıl hedef de, insanı Rabbe yaklaştıran kulluk vazifesiydi. Ve bu vazifeyi doruk noktada temsil edecek olan Zât burada zuhûr edecek; dünya, buradan doğan nur ile, küllî mânâda bir kullukla tanışmış olacak ve ubudiyet adına aydın bir hüviyete bürünecekti.

Bir talebi daha vardı Hz. İbrahim'in:

– Yâ Rabbi! Artık, insanların bir kısmının gönüllerini onlara doğru yönelt, onları her türlü ürünlerden rızıklandır ki Sana şükretsinler![2]

Yakarışlarında, kendisine ait vazifeyi yerine getirdiğini bildirme ve muştusunu verdiği hususların da Rabb-i Rahim tarafından gerçekleştirilmesini talep vardı. Zira kulaklarında, ömrünün kemale erdiği dönemde hamile kalan hanımının sevincini paylaştığı anlardaki duyduğu şu müjdenin yankıları çınlıyordu:

– Şüphesiz ki Hacer, erkek bir çocuk dünyaya getirecek ve onun doğurduğu evladın neslinden gelecek birisinin eli, bütün insanlığın üzerinde hâkim olacak. Ve herkesin eli de, huşû ve itaatle O'na açılacak.[3]

Hz. İbrahim için, bundan daha büyük bir saadet olamazdı; yıllardır ümidini kesmeden beklemenin mükâfatını görüyordu. Hem de, sadece doğacak oğluyla sınırlı olmayan bir mükâfat... Torunları arasından çıkacak Son Nebi'nin zuhûru ve insanlığın da O'nun etrafında kenetlenmesi hakikati...

Dua dua yalvarırken Hz. İbrahim'e şunlar vahyedilecekti:

– Senin duanı, İsmail hakkında kabul ettim ve ona bereket ihsan ettim. Ondan sonra nice nesiller gelip geçecek, ama gün gelecek esas itibariyle onun neslinden on iki yüce kâmet zuhûr edecek. Ve Ben, onu büyük bir cemm-i gafîre reis yapacağım![4]

---

[2] İbrahim, 14/37
[3] İbn Kesîr, el-Bidâye, 1/153
[4] İbn Kesîr, el-Bidâye, 1/153

İşte Hz. İbrahim, adımını atarken bu tecrübe üzerinde yürüyor ve ilahî yönlendirmenin gereğini yerine getirmenin mücadelesini veriyordu.

Yeni Bir Medeniyetin İnşası

Beri tarafta Hz. Hacer, kadın başına yalnız kaldığı bu vadide çocuğunun telaşına düşmüş; içecek bir yudum su bulabilmek için koşturup duruyordu. Bir anne olarak endişelerini teskin eden tek şey, Rabbine olan itimadıydı. Belki de, kucağındaki çocuğa hamile olduğunda karşılaştığı meleği ve onun söylediklerini hatırlayıp teselli oluyordu. Zira, bunalıp sıkıntılarını Rabbine arz ettiği bir gün, yanında beliren melek kendisine şunları söylemişti:

– Endişe edip korkma! Zira şu an, senin hamile olduğun oğlun vesilesiyle Allah, yeryüzünde hayır murad etmektedir.

Meleğin söyledikleri bunlarla da sınırlı değildi; melek çocuğunun adını *'İsmail'* koymasını fısıldamış ve ardından şunları ilave etmişti:

– Doğacak çocuk, emsalsiz birisi olacak ve bütün insanlığın ümidi onda olacak. Onun eli, herkesin üstünde olacak, herkese hükmedecek ve herkesin eli de onunla olacak. Herkes, onun emir ve direktiflerine göre kendini şekillendirecek. Ve aynı zamanda o, bütün kardeşlerinin beldesine malik olacak.[5]

Bunlar, kocası Hz. İbrahim'e söylenilenlerle de, tam bir paralellik arz ediyordu.

Müjdeye itimadı tam olsa da, sebeplere riayet bir esastı ve bunun için Hz. Hacer, bir yudum su veya nefes alan bir can bulma arzusuyla iki tepecik, *Safâ* ile *Merve*, arasında telaşlı bir yarışa başladı. Zira, kırbadaki su tükenmiş, şefkat yüklü anne Hacer'de korku ve telaş başlamıştı. Bu koşturmaları sırasında bir taraftan da, göz ucuyla sürekli küçük yavrusunu kolluyor, onun başına bir şeylerin gelmesinden korkuyordu.

---

[5] İbn Kesîr, el-Bidâye, 1/153

Bekke Vadisinde Yankılanan Ses

Artık Safa ile Merve arası, Hacer'in güzergâhı olmuştu. Her iki tepenin eteklerine geldiğinde yürüyüşünü hızlandırıyor ve ayrı bir telaşla diğer tepeye ulaşmaya çalışıyordu. Bu telaşlı koşuşturma tam yedi kez tekrarlanacaktı.

Tam Merve'nin tepesine gelmişti ki, bir sesle irkildi. Adeta bu ses, kendisini, oğlunun yanına çağırıyordu. Yeniden dikkatlice kulak kesildi. Evet, yanılmamıştı; biricik yavrusunun yanında bir melek duruyordu. Daha bir dikkatlice baktı. Gördüklerine inanamıyordu; oğlu İsmail'in ayaklarının dibinde bir de pınar oluşmuştu ve çölün ortasında kaynayıp duruyordu.

Bir çırpıda koşup çocuğunun yanına geldiğinde, meleğin kendisine şunları söylediğini duydu:

– Sakın zayi olacağın endişesine kapılma!.. Çünkü burada Allah'ın evi vardır. Onu, bu çocukla babası inşa edeceklerdir. Allah, onun ehlini asla zayi etmez...[6]

Vazife tamam olunca, melek de ortadan kaybolmuş ve yine Hz. Hacer'le küçük yavrusu Hz. İsmail yalnız kalakalmıştı.

Her dönemde hayat kaynağı olan su, buraya başka insanları da çekecek ve böylelikle, kader programının takdir buyurduğu bir yapılanma başlayacak, Beklenen Nebi'nin zuhûr edeceği şehrin temelleri atılacaktı. Zira, çok geçmeden buraya *Cürhüm*lüler gelecek ve hayat emaresi gördükleri bu yerde, Hz. Hacer'in de iznini alarak, konaklayıp Mekke şehrini meydana getirmeye başlayacaklardı.

Böylelikle, insanlığın kendisinde hayat bulacağı *Resûlullah*'ın neş'et edeceği *Fârân* dağlarının arasında yeni bir hayat başlıyordu. *Zemzem*'in hayat verdiği çöl, artık verimli bir belde haline gelecek ve bereketiyle insanları kendisine çekecek, karalara bürünüp yas tutan bu dağların arasında, Hz. *Muhammed*'i (sallallahu aleyhi ve sellem) netice verecek bir süreç başlayacaktı.

---

[6] Taberî, Tefsîr, 13/230

Efendimiz (sallallahu aleyhi ve sellem)

Hz. İbrahim'in duası kabul görmüş ve bu ıssız vadi artık, yeşillere bürünerek insanları kendisine çekmeye başlamıştı. Bu teveccüh, aynı zamanda buraya her türlü nimetin akın etmesini de sağlayacak ve buradakiler bundan böyle sürekli bir inayet yaşayacaklardı.

Bu arada Hz. *İsmail* de büyümüştü ve artık delikanlılık dönemini yaşıyordu. Nihayet Hz. İsmail, *Cürhüm*lülerden bir kızla evlenmiş ve Zemzem'le başlayan bu birliktelik, akrabalık bağlarının kurulmasıyla güçlenerek geleceğe yönelik sağlam bir zemin oluşturmuştu.

Geçen süre içinde Hz. *İbrahim*, zaman zaman Hacer ve İsmail'i ziyarete geliyor, bir müddet kaldıktan sonra tekrar onları kendi hallerinde bırakıp geri dönüyordu.

Aradan bir süre daha geçmişti. Bu sefer, Hz. İbrahim, hemen geri dönmek için değil, uzun bir müddet orada kalıp *Kâbe*'yi yeniden inşa etmek için geliyordu. Murad-ı ilahî bu istikametteydi ve o da, bu isteği yerine getirebilmek için yola koyulmuş, Mekke'ye geliyordu.

Çok geçmeden de, oğlu Hz. İsmail'le birlikte Kâbe'yi inşa etmeye başlamışlar ve bir kez daha insanlığı, asla vazgeçemeyecekleri bir kaynağa davete durmuşlardı. Bir taraftan inşa işlemi devam ederken diğer yandan da ellerini açıp, bu en kutsal mekanda dua dua Rablerine şöyle yalvarıyorlardı:

– Ey Rabbimiz! Bizden kabul buyur. Hiç şüphesiz işiten Sen'sin, bilen de Sen!..

Ey Rabbimiz! Hem İsmail ve beni, yalnız Senin için boyun eğen Müslümanlardan kıl, hem de soyumuzdan yalnız Senin için boyun eğen Müslüman bir ümmet meydana getir ve bize ibadetimizin yollarını göster. Tevbemize rahmetle icabette bulun. Hiç şüphesiz Tevvâb Sensin, Rahîm de Sen!..

Şanı yüce iki peygamberin, yeryüzündeki ilk bina ve arşın izdüşümü olan mübarek bir mekanda yaptıkları bu dualara elbette icabet edilecekti. Duada böylesine bir hâl yakaladığını gö-

Bekke Vadisinde Yankılanan Ses

ren Hz. İbrahim sözü, temelini atmış olduğu *'hillet'* mesleğini; kıyamete kadar ve sadece bir yörede değil, bütün âlemde ikame edecek olan *Son Nebî'*ye getirecek ve şöyle yalvaracaktı:

– Ey Rabbimiz! Bir de onlara içlerinden öyle bir *Resûl* gönder ki, o Resûl, onlara Senin ayetlerini tilavet eyleyip okusun, kendilerine kitabı ve hikmeti talim edip öğretsin, içlerini ve dışlarını tertemiz yapıp onları pâk eylesin. Hiç şüphesiz Aziz Sen'sin, hikmet sahibi de Sen!..[7]

Bu duasında Hz. İbrahim (aleyhisselâm)'ın, gelmesini istediği hikmet sahibi peygamber, kuşkusuz her peygamberin geleceğini muştuladığı *Son Nebi* Hz. *Muhammed* (sallallahu aleyhi ve sellem)'di. Zira, Hz. İsmail zürriyeti içinde Hz. Muhammed'den başka bir peygamber yoktu ve olmayacaktı da.

Bu samimi duanın, Hakk katındaki değeri de oldukça büyüktü. Nitekim, yüzyıllar sonra bir gün Allah Resûlü (sallallahu aleyhi ve sellem), minnet sadedinde şunları söyleyecekti:

– Ben, atam İbrahim'in duası, kardeşim İsa'nın müjdesi ve annemin de rüyasıyım.[8]

Yine vefayı, vefa ehlinden öğrenmemiz gerektiğini gösteren bir yer... Yine ahde vefanın silinmez bir örneği ve yine duaya dua ile mukabelede bulunmanın eşsiz misali!.. Hz. İbrahim (aleyhisselâm)'ın, çağlar öncesinden dualarına alarak gelmesini istediği Hz. Muhammed'in ümmeti de, bir şükran ifadesi olarak dualarına O'nu alacak, *'Allahümme Sallî'* ve *'Bârik'*lerinde:

– Allah'ım! Muhammed'e, O'nun âl ve ashabına salat ve berekette bulunduğun gibi İbrahim'e de aynı salat ve bereketten ihsan eyle, diyerek her gün namazlarında Hakk'a niyaz edecektir!..

Bu vefanın bir de İbrahimcesi vardı. Zira, Hz. Muhammed'in geleceğinin haberi, Hz. İbrahim'in ruhuna o denli işle-

---

[7] Bkz. Bakara, 2/129 vd.
[8] İbn Hibbân, Sahîh, 14/313; Hâkim, Müstedrek, 2/453 (3566)

mişti ki, kendi şahsına yapılan iltifatlarda bile O'nu hatırlayıp öne çıkarıyor ve bu iltifatlara layık olanın kendisinden ziyade, *Beklenen Sultan* olduğunu ifade ediyordu.

Allah (celle celâluhû), Hz. İbrahim'i değişik imtihan süzgeçlerinden geçirmiş ve her birinde üzerine düşen vazifeyi hakkıyla yerine getiren Hz. İbrahim'e şöyle bir iltifatta bulunmuştu:

– Seni insanlara imam kılacağım.

Bu, büyük bir iltifattı ve karşılığında acziyet içinde şükürle mukabele gerekiyordu. Aynı zamanda bu, böyle bir nimetin şükrü adına önemli bir göstergeydi. Ancak Hz. İbrahim öyle yapmadı. O'nun verdiği ilk tepki:

– Benim zürriyetimden de!.. şeklindeydi ki bu, üzerinde durulması gereken bir refleksti. Şuuraltının ne türlü bilgilerle beslendiğinin bir göstergesiydi aynı zamanda. Zaten, insanın gerçek niyeti de böylesi sürpriz durumlarda ortaya çıkardı.

Ancak; Allah (celle celâluhû), imamet gibi önemli bir meselenin, zulme dalmış ve ona rıza gösteren, bilhassa o günkü *İsrailoğulları* gibi inhiraf eden kimselere müyesser kılınmayacağını ifade sadedinde;

– Zalimler, ahdime (nübüvvetime) nail olamazlar,[9] buyuracaktı.

Böyle bir ifadeyle, nazarlar yakın zamanda bir imam aramak yerine, gelecek asırlara ve daha uzun bir zamana yönlendirilmiş oluyordu.

Böylelikle, zulümle nübüvvetin, asla bağdaştırılamayacağının vurgulanmasının yanı sıra, İsrailoğullarının yapageldikleri zulüm ve inhiraflardan hareketle böyle bir şerefi yitirdikleri ve bu şerefin, bundan böyle Hz. *İsmail* soyuna geçtiği ifade edilmiş olunuyordu. Elbette Hz. *İbrahim*'in talep ettiği *İmam* da, ıssız vadide bırakıp geri döndüğü oğlu *İsmail*'in soyundan olacaktı.

---

[9] Bkz. Bakara, 2/114

HER PEYGAMBERİN MÜŞTEREK TALEBİ

Gelecek *Son Nebi* ile ilgili müjdeler, sadece Hz. İbrahim'le de sınırlı değildi. Hz. Âdem'den başlayarak bugüne kadar gelen bütün peygamberler O'ndan bahsettiği gibi Hz. İbrahim'den sonra gelecek her bir nebi de, kendi ümmetiyle aynı müjdeyi paylaşacaktı. Zira bu, onlar için bir vazifeydi. Allah (celle celâluhû), onlara şöyle seslenmiş ve ardından her birinden bu hususta şöyle bir söz almıştı:

– Andolsun ki size, kitap ve hikmet verdim. Sonra, yanınızda bulunan kitapları doğrulayıcı o *Resûl* geldiğinde, muhakkak O'na inanacak ve yardım edeceksiniz. Bunu kabul ettiniz ve bu hususta ağır ahdimi üzerinize aldınız mı?

Hep beraber cevap verdiler:

– Evet, kabul ettik.

Bunun üzerine Yüce Mevla:

– Öyleyse şahit olun; Ben de, sizinle beraber şahit olanlardanım, dedi ve ilave etti:

– Artık bundan sonra her kim, sözünden dönerse işte onlar, yoldan çıkmışların ta kendileridir.[10]

Hz. Âdem, iftar vaktini beklemede bir miktar acele ede-

---

[10] Bkz. Âl-i İmrân, 3/81, 82

Efendimiz (sallallahu aleyhi ve sellem)

cek ve akabinde, tevbe için ellerini kaldırıp Rabbine yalvarırken bir aralık Hz. Âdem'in gözleri, arşın direkleri üzerindeki yazıya takılacak ve duasını şöyle değiştirecekti:

– Allah'ım! Sen'den beni, *'Muhammedün Resûlullah'* hakkı için bağışlamanı diliyorum.

Duanın yöneltildiği makamdan gelen ses:

– Henüz yaratmadığım halde sen, Muhammed'i nereden biliyorsun, diyordu.

Bunun üzerine, Hz. Âdem, büyük bir ihtiram ve saygı içinde şunları söyledi:

– Ey Rabbim! Yed-i Kudret'inle beni yarattığın ve Rûh-u Pâk'ından bana nefhettiğin zaman, başımı kaldırdığımda, Arşın direkleri üzerinde şu yazının nakşedilmiş olduğunu gördüm:

"Lâ İlâhe İllallah, Muhammedün Resûlullah."

Biliyorum ki, Sen adının yanına ancak, yaratılmışların en hayırlısının adını yaklaştırır ve adınla onun adını yan yana nakşedersin!

Bu kadar samimi ve yürekten bir talep karşısında şöyle bir nida gelir:

– Doğru söylüyorsun ey Âdem! Şüphesiz ki O, Benim için mahlûkatın en sevimlisidir. O'nun hakkı için istediğin sürece mutlaka bağışlarım seni de! Zira, Muhammed olmasaydı Ben, seni de yaratmazdım.[11]

Zaten O (sallallahu aleyhi ve sellem), ilk yaratılan ruhun sahibiydi;[12] daha o zamandan, ana kitapta adı *'Abdullah'* diye konul-

---

[11] Bkz. İbn Kesîr, Bidâye, 1/75; Kurtubî, Câmi, 1/324; Kastallânî, Mevâhib, 1/7, 16. Aslında bu ifadeler, *'Sen olmasaydın ey Habîbim, felekleri de yaratmazdım.'* hakikatinin bir başka şekilde ifadesidir.

[12] Bunu ifade sadedinde bir gün Allah Resûlü (sallallahu aleyhi ve sellem), 'Allah'ın ilk yarattığı şey, benim nûrumdu.' (Âlûsi, Ruhu'l-Meani, 8/71) buyuracaktı.
Başka bir gün de, ilk yaratılanın ne olduğunu soran Câbir İbn Abdullah'a, "Ey

Her Peygamberin Müşterek Talebi

muş, *'Hâtemü'n-Nebiyyîn'* diye de anılır olmuştu.[13] Öyleyse, bedeniyle ruhunun buluşması sona denk gelecekti. Varlığın hamurunda O'nun mayası saklı olduğu gibi, sona mührünü vuran da yine O olacaktı. Zira O (sallallahu aleyhi ve sellem), ilk yaratılan *Son Sultan* idi.

Hz. Âdem'den sonra gelen her peygamber de, Allah'a verdikleri sözün gereğini yerine getirecek ve hep O'ndan bahisler açarak ümmetlerini O'nun gelişine hazırlama yarışına girecekti. Hz. *Nûh* (aleyhisselâm), vazifesini yaptığına dair ümmet-i Muhammed'i şahid tutacağının sürûrunu yaşarken Hz. *Dâvûd*, inleyen ses tonuyla *Zebur* okurken hep:

– Allah'ım! Fetret döneminin arkasından bize, *'Mukîmü's-Sünne'*yi lütfet,[14] diye duaya dalıyor ve Hz. *Ahmed*'in gelmesi için Rabbine yalvarıyordu.

Hz. *Yahyâ*, aynı güfteyi seslendiriyor, Hz. *Musa*, avazı çıktığı kadar bu güfteyi İsrailoğullarıyla paylaşıyor ve Hz. *İsa*

---

[13] Câbir! Allah, celle celâlühü, eşyayı yaratmadan önce nûr-u Zâtisinden senin Nebi'nin nûrunu yarattı." cevabını verecek ve daha sonra da bu nûrdan, kevn ü mekanın vücut bulduğunu anlatacaktı. Bkz. Kastallânî, Mevâhib, 1/7 Allah'ın ilk yarattığı şeyin, akıl ve kalem olduğuna dair de rivayetler vardır. Başlangıç itibariyle farklı gibi görünen bütün bu rivayetler, aslında hep aynı noktaya işaret etmekte ve Efendiler Efendisi'nin eşyaya sebkatini anlatmaktadır. Zira kâinat, sayfa sayfa okunması gereken bir kitap, Allah Resûlü de o kitabın silinmez bir kalemidir.

Bir gün Efendiler Efendisi, "Daha Âdem, çamurla toprak arasında gidip gelirken Allah katında Ben, O'nun kulu ve *'Hâtemü'n-Nebiyyînî'* idim." buyuracaktı. Bkz. İbn Hişâm, Sîre, 1/175; Taberî, Târîh, 2/128

'Ahmed' ise O'nun, peygamberlerin dilinde dolaşan ismiydi. O'nun için İsa (aleyhisselâm)'ın, "Ey İsrailoğulları! Ben size Allah'ın Resûlüyüm. Benden önceki Tevrat'ı tasdik etmek, benden sonra gelip ismi *'Ahmed'* olacak bir Resûl'ü müjdelemek üzere gönderildim." (Saff, 61/6) dediğini bizzat Kur'ân anlatmaktadır. Bir başka hadislerinde Allah Resûlü (sallallahu aleyhi ve sellem), "Benim Kur'ân'daki ismim *Muhammed*, İncil'de *Ahmed* ve Tevrat'ta ise *Ahyed*'dir." buyuracaktı. Bkz. Hindi, Kenzu'l-Ummal, 1:356 (1021)

[14] Bkz. Kadı Iyâd, Şifa, 1:176 *'Mukîmü's-Sünne'* de, 'sünneti ikame edecek olan' manasında Efendimiz'in isimlerinden birisidir.

da, bulduğu her fırsatta aynı güftenin bestesini dile getiriyordu.

Peş peşe gelen onca mucizeye rağmen yüz çeviren İsrailoğulları arasından yetmiş kişiyi seçen Hz. *Musa, Tîh* çöllerinde kırk günlük talimin ardından mîkat için *Tûr* dağına yönelecek ve burada, ümmetiyle birlikte doyumsuz bir vuslat yaşayacaktı.

Tûr dağında sis ve dumandan göz gözü görmüyordu. Derken Allah, bir başka lütuf olarak, keyfiyeti bizce meçhul olan sesini duyurdu onlara. Akılları gözlerine inmiş bu insanlar, böyle bir lütuf karşısında bile tereddüt izhar edip, ses ile o sesin sahibini bilemeyeceklerini öne sürüp, bizzat kendisini göstermesini talep ettiler.

Halbuki, görme duyusu sınırlı olanın, sınırsız bir varlığı ihatasına imkân yoktu. Bu, bilinen bir gerçekti. Belli ki onların maksadı, esas itibariyle Rabbi görmek de değildi; belki görselerdi, yine bir bahane bulur ve yine yan çizerlerdi. Böyle kaypak bir hayat, onlar için alışkanlık olmuştu zira.

Rabbe karşı yapılan böyle bir saygısızlık, '*gayretullah*'a dokunacaktı ve öyle de oldu. Bir anda Tûr dağı, büyük bir sarsıntı ile sallanmaya başladı. Dağın üzerindeki yetmiş kişi, oldukları yere çakılmış ve baygın yatıyordu.

Gelişmeleri başından beri dikkatle takip eden Hz. Musa'nın kolu ve kanadı kırılmıştı. Bunca nimete mukabil gösterilen böylesine bir nankörlük karşısında, büyük bir mahcubiyet yaşıyordu. Halbuki, onlar için kendini ortaya koymuş ve doğru yola gelmeleri için ne emekler vermişti. Doğduğu andan itibaren ilahî bir kundakta büyütülen bir topluluğun, arkasını döndüğü her yerde böyle tepki vermesi onu da çok üzüyordu; ama aynı tepkiyi, huzur-u ilahide vermelerini hiç beklemiyordu.

Yönelebileceği tek bir kapı vardı ve ellerini açarak önce:

– Ey Rabbim, dedi titreyen ses tonuyla.

– Dileseydin, beni de bunları da daha önce imha ederdin, diye devam etti ardından. Sonra da:

Her Peygamberin Müşterek Talebi

– Şimdi bizi, aramızdaki beyinsizlerin yaptıklarından dolayı helâk mi edersin Allah'ım?

Bu, sırf Senin bir imtihanından ibarettir. Dilediğini bu imtihanla şaşırtır, dilediğine de yol gösterirsin!

Sensin bizim Mevla'mız! Affet bizi! Merhamet eyle! Sen, merhamet edenlerin en hayırlısısın!

Bize, bu dünyada da ahirette de iyilik nasip et. Biz, Sana yöneldik ve Senin yolunu tuttuk.

Bunları, gönlünden gelerek ifade ettikten sonra Hz. Musa, yine de rahmet kapısına yönelecek ve her şeye rağmen:

– Rahmetin, Allah'ım, diyecekti.

Ancak, ilahî takdir daha farklıydı. Rahman'dan gelen ses şöyle diyordu:

– Azabım var; onu dilediğime isabet ettiririm. Rahmetim de var; o, her şeyi kuşatmış ve kaplamıştır. Onu da, özellikle müttakilere, zekatını verenlere ve ayetlerimize inananlara tahsis edeceğim.

Rahmet kapısından hiçbir zaman ümidini kesmeyen Hz. Musa, kavmi adına yeni bir kapının daha aralanacağını düşünerek büyük bir sevinç yaşıyordu. Ancak, mesele daha farklıydı. Devamla şunları söylüyordu gelen ses:

– Onlar ki, o *Ümmî Peygamber*'e uyarlar, yanlarındaki Tevrat ve İncil'de yazılmış bulacakları o *Peygamber*'e uyup, O'nun izinden giderler ki, O, onlara iyiliği emreder ve onları kötülükten alıkoyar; temiz ve hoş şeyleri kendilerine helal kılar, murdar ve kötü şeyleri de üzerlerine haram kılar; sırtlarından ağır yükleri indirir; üzerlerindeki bağları ve zincirleri de kırıp atar.

İşte o vakit O'na iman eden, O'na büyük bir saygı gösteren, O'na yardımcı olan ve O'nun peygamberliği ile birlikte indirilen *Nûr*'u izleyen kimseler, işte asıl murada eren kurtulmuşlar onlardır.[15]

---

[15] Bkz. A'raf, 7/155 vd.

Efendimiz (sallallahu aleyhi ve sellem)

Bunun adı, çağlar öncesinden Tûr dağında yankılanan ilahî sesle, gelecek *Son Nebi*'nin adının dünyaya yeniden ilanı demekti. Gözler, yeniden geleceğe çevriliyor ve muştusu verilen günlere yeniden dikkatler çekilmiş oluyordu.

Artık, en önemli meseleler anlatılırken sözü O'na getirmek bir âdet olmuştu; kavmiyle konuşurken Hz. *Musa* O'ndan bahsediyor, havârîleriyle hasbihâl ederken Hz. *İsa* da, hep O'na atıfta bulunuyordu. *Fârân* dağlarından *Arafat*'a, doğacağı muhitten hicret edeceği beldeye ve aile hayatından eda edeceği misyona kadar hemen her mesele nazara veriliyor ve zihinler, gelişine hazır hâle getiriliyordu.

Zihinler o derece uyarılmış ve geleceği o kadar bedihî olmuştu ki, bir dönemde O'nu bekleyenler, gelişini kaçırmamak için, '*misfa*' denilen yüksek kuleler inşa etmişler ve üzerlerine de nöbetçi yerleştirerek buralarda '*Mustafa*'yı beklemeye durmuşlardı.[16]

---

[16] Daha O dünyaya gelmeden önce durum böyle olduğu gibi, kıyamet sonrasında da farklı olmayacaktır. Zira, şefaatle ilgili uzun bir hadislerinde Allah Resûlü (sallallahu aleyhi ve sellem), haklarında olumsuz karar çıkıp da çare arayan âdemoğullarının, Hz. *Âdem*'den başlayarak uğradıkları her peygamber tarafından arkalara gönderileceklerini ve neticede bu insanların kendisine kadar geleceklerini buyurmaktadır. Bu da şefaatin adresinin Hz. *Muhammed* (sallallahu aleyhi ve sellem) olduğunun tescilidir. Bkz. Buhârî, Sahîh, 4:1745 (4435)
Efendimiz (sallallahu aleyhi ve sellem)'in gelişiyle ilgili müjdeler konusunda daha detay bilgi edinmek isteyenler, yine Işık Yayınlarından çıkan Dillerdeki Müjde isimli kitaba başvurabilirler.

BİLGİNLERİN DİLİNDE YANKILANAN SEDA

O'nunla ilgili bilgiler, sadece kendisinden önce gelip geçen peygamberlerin dilinde dolaşmıyor; onların arkasında saf bağlayan bilge kimselerin de müşterek konusunu teşkil ediyordu. Işığını peygamberlerin bıraktıkları mirastan alan bu insanlar da, buldukları her fırsatta sözü bu Zât'a getiriyorlar ve toplum içindeki misyonları itibariyle, insanları gelecek günler adına bilgilendirme vazifesini eda ediyorlardı. En yakından Hindistan gibi en uzak bölgelere kadar birçok beldede benzeri bilgiler dolaşsa da, bu bilgilerin yoğun olarak yaşayıp dolaştığı yerler, Yemen, Şam ve Hicaz bölgeleriydi.

1. Yemen

Yemen, Efendiler Efendisi'nin dedelerinden *Adnan*'ın iki oğlundan biri olan *Akk*'ın, akrabalık kurarak yerleştiği bir beldeydi. Artık işlerin yerli yerine oturduğu sonraki bir dönemde buraya hükmeden *Rabîa İbn Nasr* adında bir melik vardı. Bir gece, hiç aklından çıkmayacak bir rüya görmüş ve bundan çok etkilenmişti. Gidip derdini anlatmadığı ne bir kâhin ne de bir sihirbaz kalmıştı, ama bir türlü rüyasının tevilini yaptırıp gönlündeki endişeyi teskin edemiyordu. Ülkesindeki

Efendimiz (sallallahu aleyhi ve sellem)

bütün bilgeleri bir araya getirmiş, ama anlatılanlar karşısında bir türlü tatmin olmamıştı. Artık öyle bir noktaya gelmişti ki, kendisinden rüyasını anlatmasını isteyenlere bile güvenmiyor, *"Şayet tevilini bilecek olsa, ben ona rüyamı anlatmadan gördüklerimi de bilmesi gerekir."* diye düşünüyordu.

Nihayet bir bilge, melikin bu halini aydınlığa kavuşturma adına ona bir tavsiyede bulundu. Buna göre şayet melik, rüyasının tevilini gerçekten istiyorsa *Satîh* ve *Şıkk* denilen iki kâhine müracaat etmeliydi. Zira bu iki kâhin, hem fiziki durumlarıyla hem de vermiş oldukları haberlerle insanların dikkatlerini çekmiş, bulundukları yerlerde birer merci haline gelmişlerdi. Her ikisi de, meşhur kâhin Tarîfe'nin öldüğü gün dünyaya gelmişlerdi ve adeta, Târife kehanete ait bütün maharetini onlara miras olarak bırakmıştı.

Bu iki kâhinin vücut yapıları da bir garipti. Satîh'in vücudu adeta yekpare idi; yüzü, göğsüne yapışık gibiydi. Hatta denilebilir ki, kemiksiz bir bedene sahipti. Zaten ismini de buradan alıyordu. Öfkelenip kızdığı zaman, oturduğu yerde şişip kalıyor ve bir daha da hareket edemiyordu. Şıkk'a gelince, onun da vücudunda bir gariplik vardı ve o da, sanki yarım bir insan gibi duruyordu.

Rüyasının tevilinin bu iki kâhin tarafından yapılabileceğini duyan melik, her ikisine de haber gönderdi. *Satîh*, *Şıkk*'tan önce gelmişti. Önce maksadını anlattı melik. Daha sonra da, muhatabının maharetini ölçme adına rüyasından bahsetti:

– Şayet, rüyamı bilirsen tevilini de bilirsin.

Satîh, kendinden çok emin görünüyordu:

– Tevilini yaparım, dedi aynı güvenle. Ve melikin gördüğü rüyayı, daha ondan bir şey duymadan anlatmaya başladı:

– Zifiri bir karanlık içinden siyah bir cismin çıktığını gördün rüyanda. Daha sonra bu cisim, *Tehme* denilen yere doğru gitti. Sonra da, kafatası olan her bir canlı ondan yemeye başladı.

Bilginlerin Dilinde Yankılanan Seda

Melik şaşırmıştı. Evet... Evet, aynen Satîh'in anlattıkları gibiydi gördükleri. Şaşkınlığını da gizleyemedi:

– Evet... Evet, ey Satîh! Hiç hatasız, aynen anlattığın gibiydi rüyam. Peki, sence bunun tevili nedir?

– İnandığım bütün değerler üstüne yemin ederim ki ey melik, senin topraklarına Habeşliler baskın düzenleyecek ve *Ebyen*'le *Ceraş* arasındaki bölgeye hâkim olacaklar!

– Bu, bizim için felaket demek ey Satîh! Söyle bana; bu benim zamanımda mı olacak, benden sonra mı?

– Baban üstüne yemin ederim ki, senden az bir zaman, altmış veya yetmiş yıl sonra olacak.

– Onların saltanatı devam edecek mi, yoksa nihayete mi erecek?

– Yetmiş küsur yıl sonra sona erecek. Baskına uğrayacaklar ve bir kısmı öldürülecek, diğer bir kısmı da kaçarak buraları terk edecek.

– Onlar buradan gideceklerine göre arkalarından kimler gelecek?

– *Zî Yezen*ler.. *Adn* taraflarından gelecekler ve Yemen'de hiç kimse bırakmayacaklar.

– Peki, bunların saltanatı devam edecek mi, yoksa onlar da nihayete erecekler mi?

– Onların da sonu gelecek.

– Peki, onların sonunu kim getirecek?

– *Nebiyy-i Zekî*. O'na yücelerden vahiy gelecek.

– Söyler misin, o Nebi kimlerden olacak?

– *Gâlib İbn Fihr İbn Mâlikoğulları*ndan. Artık meliklik, kıyamete kadar O'nun kavminde kalacak.

– Şu hayatın sonu gelecek mi gerçekten?

– Evet, o gün ilkler ve sonradan gelenler bir araya getirilecek. Sağduyulu ve mes'ud yaşayanlar, yükseklere çıkarken eşkıyalık yapanlar ayaklar altında ve zelil olacaklar.

Efendimiz (sallallahu aleyhi ve sellem)

— Bana anlattıkların doğru mu gerçekten?

— Evet. Şafağın aydınlığına, gecenin karanlığına ve gün ağardığı zamanki tan yerine yemin olsun ki, sana anlattıklarım mutlaka haktır ve olacaktır.

Satîh'le aralarında geçen bu konuşmaların ardından, çok geçmeden melikin huzuruna *Şıkk* da gelmişti. Bu sefer melik, Şıkk'a döndü ve Satîh'in anlattıklarından hiç bahsetmeden olayı bir de Şıkk'tan dinlemeyi denedi. Maksadı, birbirlerinden bağımsız olarak aynı yorumu yapıp yapamayacaklarını test etmekti.

Şıkk da boş değildi:

— Evet, dedi ve gördüğü rüyayı anlattı önce:

— Zifiri bir karanlık içinden siyah bir cismin çıktığını gördün rüyanda. Daha sonra bu cisim, tepelik ve bahçelik bir yere doğru gitti. Daha sonra da ondan her bir canlı yemeye başladı.

Melik'te şüphe kalmamıştı; her ikisi de aynı şeylerden bahsediyordu. Şu kadar ki Satîh, mekan ismini net verirken Şıkk, sadece mekanın tarifini vermişti. Satîh, 'kafatası olan her bir canlı' derken Şık ise, 'her bir canlı' diyerek kestirmeden anlatmıştı.

— Her şey dediğin gibi, hiç hata etmedin ey Şıkk. Peki, sence bunun tevili ne ola ki?

— Şu iki sıcak belde arasındaki her bir insana yemin olsun ki, sizin topraklarınıza *Sudanlılar* gelip her şeyi istilâ edecekler. Sonunda da *Elyen* ile *Necran* arasında hakimiyet kurup kalacaklar.

— Baban adına yemin ederim ki ey Şıkk, bu bizim için felaket demektir. Ne zaman olacak bunlar; benim zamanımda mı, yoksa benden sonra mı?

— Hayır, senden bir müddet sonra olacak. Sonra sizi onlardan, kadr ü şanı yüce birisi kurtaracak, onlara büyük bir acı da tattırarak!..

— Peki, bu yüce kâmetli şahıs kim?

Bilginlerin Dilinde Yankılanan Seda

– *Zî Yezen* evleri arasından gelecek bir delikanlı.
– Onun saltanatı devam edecek mi, yoksa o da mı nihayete erecek?
– Onun saltanatı da sona erecek. Hem de din ve faziletle gönderilen, adalet ve hakkı temsil eden bir Resûl eliyle. Ve bundan sonra, fasıl gününe kadar meliklik de O'nun kavmine ait olacak.
– Fasıl günü ne demek?
– Her doğanın hesabının görüldüğü, semadan ölü ve diri herkesin işiteceği seslerin duyulduğu ve herkesin bir mîkat için bir araya getirildiği gün ki, o gün müttakiler için kurtuluş ve hayır vardır.
– Anlattıkların doğru mu gerçekten?
– Sema ve arzın Rabbine ve bu her ikisinin arasındaki her şeye yemin olsun ki, sana haber verdiklerimin hepsi de haktır ve şüphesiz hepsi de olacaktır.

Her ikisinden de aynı şeyleri duyan melik, geleceğinin kaygısıyla çoluk çocuğunu Fars taraflarında güvenli bir bölgeye göndermeyi denemiş ve böylelikle kendini garantiye alacağını düşünmüştür. Ancak bütün bu tedbirler de, kaderin hükmünü icra etmesine engel olamayacak ve Yemen toprakları, melikin iki kâhinden dinlediklerinin zamanı gelince birer birer gerçekleştiğine şahit olacaktır.[17]

---

[17] Suyûtî, Hasâisu'l-Kübrâ, 1/60 Bütün bu hadiselerin sonucunu görme açısından zikretmek gerekirse, aradan yüzyıllar geçecek ve gerçekten *Satîh* ve *Şıkk*'ın dedikleri gibi, *Seyf İbn Zî Yezen* diye bir melik ortaya çıkıp, *Bizans* ve *Farslılarla* da iş birliği yaparak bütün Yemen'e hâkim olacaktı. Bu hâkimiyetin ardından, etrafta bulunan kabilelerden kendisini tebrik ve tahiyye için gelenler arasında, *Kureyş* kafilesi de vardı ve *Seyf İbn Zî Yezen*'in dikkatini, bu kafilenin arasında biri çekmekteydi: *Abdulmuttalib*. Konuşmadan rahat edemeyecekti ve yanına yaklaşıp, önce kim olduğunu soracak, ardından da, onu karşısına alıp beklediği Allah Resûlü hakkında bildiklerini bir bir anlatmaya başlayacaktı. Elbette onun anlattıkları, bu kutlu dede adına da kucak dolusu müjde ihtiva ediyordu. Bkz. İbn Kesîr, el-Bidâye, 2:328

Efendimiz (sallallahu aleyhi ve sellem)

Ebû Kerb'in Medine Çıkartması

Derken, Yemen meliki Rabîa dönemi sona ermiş, artık riyaseti, *Ebû Kerb* isminde başka bir melik devralmıştı. Hırslı bir yapıya sahipti ve kendini güçlü gördüğü için de, çevre ülkelere açılarak çok geçmeden fetihlere başlamıştı. Bu fetihler esnasında, Medine'ye de yönelmiş; ancak *Kureyza*oğullarından karşılaştığı iki Yahudi bilgenin anlattıklarından etkilenerek Medine'ye baskın yapmaktan vazgeçmiştir. Zira şehri yıkmak istediğinde bu iki bilgin Yahudi, melikin karşısına dikilmiş ve:

– Ey melik! Sakın böyle bir şey yapma!.. İlla da *'İstediğimi yaparım.'* diyorsan bil ki, araya engeller çıkar ve sen buna asla muvaffak olamazsın.

– Niyeymiş o?

– Çünkü burası, ahir zamanda, *Kureyş* arasından *Harem*'de çıkacak olan *Nebi*'nin hicret edeceği yerdir. Burası O'nun evi ve karar kılacağı belde olacaktır.[18]

Duyduğu cümleler, elinde bulunan imkânlardan daha güçlü olmalı ki, bu melik Medine ve Medinelilerle savaşmaktan vazgeçecek ve bilgeliklerine hayran kaldığı bu iki bilge Yahudi'yi de yanına alarak Yemen'e geri dönecektir, hem de onların dinlerini kabul etmiş olarak...

İki samimi yürekten aldığı enerjiyle yeniden doğan melik, artık iç dünyasında fethe çıkmıştır ve ruh dünyasında, bu iki gencin heyecanlarını yaşamaktadır. Onun için, Yemen'e döner dönmez, heyecan ve helecanlarını kendi halkıyla da paylaşmak isteyecek, ancak *Hımyer* halkı, ilk etapta bu davete icabet etmeyecek ve davet edildikleri inançla ilgili delil arayışına girecektir.

Kutsallığına inandıkları bir ateşleri vardır ve melikin sözlerini test etme adına, onu da bu ateşle imtihana davet ederler. Melikin bir endişesi yoktur ve o da bunu kabul ederek kutsal

---

[18] Taberî, *Târih*, 1/426

saydıkları ateşin yanına gider. Zira; onların inancına göre bir meselenin doğru olup olmadığı, ancak bu ateşe arz edilerek anlaşılır; ateşin zarar verdiği tarafın haksızlığına hükmedilerek dava ispat edilmiş olunurdu.

Bu arz esnasında, yanındaki iki Yahudi de hazır bulunuyordu. Boyunlarına mushaflarını asmış; dillerinde *Tevrat*'ın ayetleri, Rablerine tevekkül içinde sıranın kendilerine gelmesini bekliyorlardı. Bu arada putlarıyla birlikte ateşin yanına gelenlerin bütün putları yanıp kül olmuş, ancak iki gençle melikte herhangi bir yanma emaresi görülmemişti. Onlar ateşe yaklaştıkça ateş küçülüyor ve adeta çıktığı yere girip kaybolacak gibi oluyordu. Bunu gören Hımyer halkının büyük bir kısmı, bu iki gencin dinine girmeyi tercih etmiş ve böylelikle ilk defa Yemen'e Yahudilik girmişti.[19]

Daha sonra, bu iki bilginin yönlendirmeleriyle Ebû Kerb, Kâbe'yi imar adına bir kısım faaliyetlerde bulunmuş ve rüyasında Kâbe'yi kalın örtü ile örtmesi söylenmiş ve böylelikle o, ilk kez örtü diktirip Kabe'yi örten kişi olmuştur. Arkasından iki kez daha benzeri bir rüya görmüş ve her defasında daha kaliteli bir örtü ile onu örtmesi söylendiği için, nihayet dönemindeki en kaliteli kumaşlarla Kâbe'yi örterek kendisinden sonrakilere de bunu bir vasiyet olarak bırakmıştır.

Artık kendisinin baş rehberi sayılan bu iki gencin anlattıklarına kendisini o kadar kaptırmıştı ki, geleceğinden bahsettikleri *Son Nebi*'ye adeta aşık olmuş, onun adını sayıklar hale gelmişti. Şiirlerinden birinde şunları söyleyecekti:

— *Ben Ahmed diye birisini biliyorum ki O,*

Allah tarafından gönderilen bir Resûl ve yaratılmışların en şereflisidir.

Şayet ömrüm, O'nun ömrüne yetişirse, O'na en sadık bir vezir ve amcaoğlu olacağım.

---

[19] Taberî, Târih, 1/427-428

Bugün ben kılıcımla, O'nun düşmanlarına savaş ilan etmiş bulunuyorum ki,

Böylelikle O'nun sinesinde meydana gelebilecek sıkıntıları şimdiden bertaraf etmiş olayım.[20]

Tübba' Meliki Medine'de

O ne derin imandı ki, gün gelecek Tübba' meliki Ebû Kerb, saltanatını bu vezirliğe kurban etmek için yollara düşecek ve Hz. Ali gibi, onun yanında kalabilmek için ülkesini terk ederek, O'nun hicret edeceği günü beklemek amacıyla Medine'ye hicret edecekti. Bu ne hikmetti ki, yıllar öncesinden silahlı ordularla yıkmak maksadıyla girmek istediği Medine'ye şimdi, tacını ve saltanatını Yemen'de bırakarak, gelecek Nebi'nin evini inşa etme niyetiyle yalnız gidiyordu. Artık o da sıradan bir insandı.

Derken geldi Medine'ye ve buradan bir arsa satın aldı. Çok geçmeden malzeme tedarik edip bu arsanın üzerine bir ev inşa ettirmeye başladı.

Medine, küçük bir beldeydi ve herkes birbirini tanıyordu. Yabancının kim olduğunu çözmek uzun sürmemişti. Yemen taraflarından gelen bu adam, herkesin elde etmek için canını ortaya koyduğu makam ve saltanatı, elinin tersiyle bırakıp buralara gelmişti.

Henüz aralarına yeni katılan bu şahısla ilgili meraklı gözler, bir açıklama bekliyordu. Niçin, bunca debdebe, saltanat ve emri altındaki binlerce insan bir kenara bırakılıp buralara gelinmişti? Ve niçin burada bir arsa satın alınıp ev inşa ettiriyordu?

Elbette, etrafında toplanan meraklı gözlere bir şeyler denilmeliydi. Adeta söylemek istemediği bir şeyi, zoraki söylemek zorunda kalan bir adamın tavrı vardı üstünde Ebû Kerb'in. "Beni kendi halime bırakın." der gibiydi hali!.. Ancak onun

---

[20] Taberî, *Târih,* 1:427-429

Bilginlerin Dilinde Yankılanan Seda

bildiği hakikate, başkalarının da ihtiyacı vardı ve gizlemesinin bir anlamı yoktu. Hem belki, Yemen ehli gibi Medineliler de imana gelirlerdi.

Belli ki, kalbi de heyecanla çarpıyordu ve titrek dudaklarından şu cümleler dökülmeye başladı:

– Ben, kadim kitaplarda gördüm ki, çok geçmeden Fârân dağlarının arasından bir Nebi zuhûr edecek ve bu peygambere Mekke, kapılarını açıp sahip çıkmadığı gibi, bir de çok haşin davranacak. O peygamber, çok geçmeden bu beldeyi terk etnek zorunda kalacak. Sonrasında ise, buraya, Medine'ye hicret edecek.

İşte ben, o Nebi, hicretle buraya geldiğinde, içinde kalsın diye, bugünden O'nun evini inşa ediyorum.

Bu sözlerin ne anlama geldiğini bilen çok az insan vardı... Ancak konuşulanların boş olmadığını bilenler de yok değildi ve anlamayanlar da anlamış gibi görünerek dağıldılar etrafından...

İnşaat tamamlanmış ve ev, oturulmaya hazır hale gelmişti.

İstek, masumdu... Samimiyet dolu bir yürekle ortaya konulmuştu... Ama henüz vakit tamam değildi. Evet, gelecekti; ama buna daha zaman vardı.

Günler geçti, ama melikin beklediği Son Sultan henüz ortalarda yoktu.

Derken kader, onun için de hükmünü icra edecek ve melik de fenaya veda ederek ebedi yolculuğuna yürüyecekti.

Çocuklarına miras kaldı melikin evi... Onlar da başkalarına sattılar onu!..[21]

Sonradan Ortaya Çıkan Emâreler

Yemen'deki bu müspet gelişmenin delilleri, sonraki yıllarda da kendini hissettirecek ve kazılarda ortaya çıkan yazılar

---

[21] Aynî, Umdetü'l-Kârî, 4:176

ve diğer belgeler, sonrakiler için o günün insanlarının inancı hakkında net bilgiler sunacaktı. İşte iki örnek:

Yıllar sonra *San'a*'da ortaya çıkan bir mezarda, iki kardeşin cesedi ve bu cesetlerin yanında da gümüşten bir levha bulunacaktı. Daha da önemlisi, bu gümüş levhanın üstünde altın harflerle şu yazının olmasıydı:

– Bu, Tübba'nın çocukları *Lemîs* ve *Vahabî*'nin kabridir. Bu iki kardeş de, kendilerinden önceki salih kimseler gibi, '*Lâ ilâhe illallahü vahdehü lâ şerike leh*' inancı üzerine vefat etmişlerdir.[22]

Hz. Ömer'in hilafeti zamanında Necranlı bir adam, bağ ve bahçesinde kazı yapıyordu. Bir miktar ilerlemişti ki, hiç beklemediği bir sürprizle karşılaştı; karşısında, yıllar önce vefat etmiş bir beden duruyordu. Elini başındaki yaranın üzerine koymuş, adeta öylece bekliyordu. Elinden tutup kaldırmak isteyince, başından kan fışkırmaya başladı. Şaşılacak şeydi; yıllar önce vefat etmiş bir bedenden kan çıkar mıydı!.. Tuttuğu eli hemen eski yerine koyup geri bıraktı; kan durmuştu. Biraz daha dikkatle baktı. Adamın parmağında bir yüzük vardı. Üzerindeki yazı dikkatini çekmişti; eğildi ve yazıyı okumaya çalıştı. Yüzükte "*Rabbim Allah'tır*" yazıyordu.[23]

2. Şam

O günlerde Şam, ticaretin önemli merkezlerinden biri konumundaydı ve Kureyş, güçlerini birleştirerek kervanlar tertip eder; ticaret için her yıl buralara kadar gelirdi.

Şam beldeleri mânâsında, '*Bilâdü'ş-Şâm*' ile, bugünkü *Şam* şehrinden ziyade, *Filistin* ve *Ürdün*'ü de içine alan geniş bir coğrafya kastedilmekteydi. Hâkim inanç itibariyle Hristiyan olup

---
[22] Süheylî, Ravdü'l-Ünf, 1/72
[23] Bu adamın, Abdullah İbnü's-Sâmir olduğu söylenmektedir. Bkz. İbn Hişâm, Sîre, 1/149

Bizans hâkimiyeti altında bulunan, azımsanmayacak miktarda *Yahudi* ve *Hristiyan* din bilgini bulunuyordu. İşte; bu bilge zatlar, zaman zaman konuyu, gelecek günlere getirir ve o günlerde gelecek bir Nebi'den bahsederlerdi.

O gün için önemli merkezlerden birisi sayılan *Busrâ*'da yaşayan Rahib *Bahîra* ve *Nastûra*, bunlar arasında ilk akla gelenlerdi. Aynı zamanda halef-selef olan her iki papaz da, dünyadan el-etek çekmiş, bir köşesine çekildikleri ibadethanelerinde gelecek Son Nebi'yi bekler olmuşlardı. Ağyâra kapalı, ama Hakk'a açık küçük pencerelerinden yolunu gözler ve gecikmesinden duydukları hüznü dile getirirlerdi.[24]

Selmân-ı Fârisî, İran asıllı ve ateşgâhta ibadete düşkün bir genç idi. Şam'a geldiği günlerden birinde, uğradığı kilisede gördükleri, onu daha hayırlı bir ibadet arayışına sevk etmiş; o da, sırf bu sebeple memleketini terk ederek buraya gelmiş ve bir papaza intisap etmişti. Ancak, intisap ettiği bu papaz, beklediği gibi çıkmamıştı. Papaz, insanları aldatıyor ve insanların dini duygularını istismar ederek haksız kazanç elde ediyordu. Çok geçmeden de ölmüş ve yerine yeni bir papaz tayin edilmişti. Artık Selmân-ı Fârisî, bütün ömrünü, her haliyle takdir edip sevdiği bu papazla geçiriyordu. Ancak, ömür sınırlıydı ve günün birinde bu papaz da hastalanınca, telaşla yanına yaklaştı Selmân; kendisini kime emanet edeceğini soruyordu.

– Ey Oğulcuğum! Allah'a yemin olsun ki, buralarda sana tavsiye edebileceğim birini bugün bilmiyorum. İnsanlar helâk olup gittiler... Birçoğu dinini dünya ile değiştirdi... Kendi değerlerini terk edip gitti çoğu da. Sana *Musul*'da falanı tavsiye ederim. O benim hassasiyetlerimi taşıyan bir adamdır. Git ona ve onun yanında kal, diyordu papaz. Ve, güneş batmıştı. Artık papaz da yaşamıyordu.

---

[24] Bu iki rahiple Efendimiz (sallallahu aleyhi ve sellem)'in karşılaşmasına ve aralarında geçen konuşmalara, ilerleyen sayfalarda yer verilecektir.

Efendimiz (sallallahu aleyhi ve sellem)

Doğruca *Musul*'a geldi ve hiç vakit kaybetmeden, verilen adresi bulup yeni rehberiyle gününü geçirmeye başladı. Olacak ya, bu adamın da ömrü uzun değildi. Ölüm döşeğindeki papazın yanına yaklaşıp aynı şeyi soran Selmân'a gösterilen adres, *Nusaybin*'di.

Nusaybin'de bir müddet kalmıştı, ama yine kendisine yol görünmüştü. Yanında kaldığı ihtiyar papaz, bu sefer de *Ammûriyye*'yi gösteriyordu. Derken, vakit geçirmeden buraya geldi. Ammûriyye'de kalışı biraz daha uzun olacaktı; günler ne kadar uzun olsa da, hayatın bir sınırı vardı ve buradaki papaz da vefat etmek üzereydi. Yanına yaklaştı Selmân ve:

— Beni kime bırakıp da gidiyorsun, diye yalvardı, hüzün dolu bir sesle.

Papaz da çok düşünceliydi. Zaman zaman gözlerini ufka dikiyor ve öylece kalakalıyordu. Yine aynı hal vardı üstünde... Hüzün dolu bir sesle şunları söylemeye başladı:

— Bugün, buralarda seni emanet edebileceğim birisini bilmiyorum. Fakat İbrahim'in Hanîf dini üzere gönderilecek Son Nebi'nin gölgesi üzerimizdedir. O, Arap diyarında zuhûr edecek. O'nun hicret edeceği yer, iki sıcak mekan arasında, hurma ağaçlarıyla dolu bir yerdir. O'nun gizli kalmayacak bazı alâmet ve işaretleri vardır. İki omuzu arasında nübüvvet mührü vardır. O, hediye kabul etmekle birlikte, sadaka asla kabul etmez ve yemez. Şayet bu beldeye gitmeye gücün yeterse git ve onu bekle orada. Gördüğünde tanırsın O'nu.

Ve, hüzünlü Selmân, biriktirdiği bütün mal ve mülkünü satarak yeniden yola düşecekti. Bu seferki hedefi, geleceğine iman ettiği Allah'ın Son Peygamberi'ydi.[25]

İbn Heyyebân, Şam taraflarında zengin topraklara sahip zengin bir muhitte yaşıyordu. Dine olan yatkınlığı, kısa sürede onu bir Yahudi bilgini haline getirmişti. Derken, okuyup öğ-

---

[25] Suyûtî, Hasâisu'l-Kübrâ, 1/31-38

rendiği bilgilere dayanarak bir gün evini terk etti ve beklediği Nebi'nin arayışıyla yollara düştü; hedefi Medine idi. Buraya yerleşecek ve böylelikle, beklediği Son Nebi'nin gelişini kaçırmamış olacaktı.

Çok geçmeden de, Medinelilerle bütünleşmiş, onlardan biri haline gelmişti. Tam bir gönül adamıydı; namaz kılıyor, insanlara iyilikte bulunuyor, nasihat ediyor ve ibadet ü taattan başka bir şey düşünmüyordu. Kıtlık zamanlarında, Medineliler onun yanına geliyor ve rahmetin gelişine vesile olması için ettikleri dualarda onu da yanlarında görmek istiyorlardı. O ise, Allah adına gönülden bir sadaka verilmeden, bu isteklere 'evet' demez ve duaya çıkmadan önce, hayır adına bir faaliyetin yürütülmesini isterdi. Daha sonra duaya dururlar ve henüz meclislerine yağmur yüklü bulutların gelip rahmete vesile yağmur indirmeye başladığına şahit olurlardı. Aynı durum, birkaç kez tecrübe edilip kesinlik kazanınca artık bu, bir kanaat-i katî haline gelmişti.

Ne var ki, İbn Heyyebân için de yolculuk emareleri zuhûr etmişti. Gideceğini anlayınca insanlar etrafında toplanmış, son nasihatlerinden istifade etmek istiyorlardı. Gidici olduğunu kendisi de anlamış ve insanlara şöyle seslenmişti:

– Ey Yahudi topluluğu! Gördüğünüz gibi ben, zengin buğday ve üzüm topraklarıyla dolu bir beldeden, kıtlık ve yoksullukla dolu böyle bir diyara geldim. Bunun sebebi nedir, biliyor musunuz?

Herkesi bir merak almıştı. Ancak onun buraya niçin geldiğini kim bilebilirdi ki... Sessizce gelmiş ve adeta, bir Medineli gibi sıradan bir hayat yaşar olmuştu. Dudaklarını bükerek:

– Sen daha iyi bilirsin, diye cevapladılar.

Tarihe bir not düşmek gerekiyordu ve İbn Heyyebân, tane tane şunları söylemeye başladı:

– Ben bu beldeye, zuhûru yaklaşmış olan Nebi'yi beklemek için geldim. Burası, O'nun hicret edeceği beldedir. Ben ümit ediyordum ki O, buraya gelir ve ben de O'na tâbi olurum. Gölgesi başınızın üstündedir; neredeyse gelmek üzere...

Ancak bir de endişesi vardı. Aralarında kalmış, karakter ve tabiatlarını iyice öğrenmişti. Bu inatçı insanlar, kendilerinin dışında bir gelişmeye, iyi veya kötü olduğuna bakmaksızın menfi bir tavır takınır ve asla onu bünyelerine almazlardı. Bu Nebi geldiğinde de aynı tavrı gösterirlerse ne olurdu!.. Öyleyse, aksi halde başlarına geleceklerden de haberdar edilerek onların şimdiden kulakları çekilmeliydi. Unutamayacakları şu cümleleri aktardı onlara, ruhlarına işlercesine:

– O halde, O'nun önüne geçmeyin ey Yahudi topluluğu! Çünkü O, cihadla memurdur ve kendisine muhalefet edenleri esaret altına almak üzere gönderilecektir. Sakın bu, sizi O'na tâbi olmaktan men etmesin!..

Bunları söyledi ve beklediği Nebi'yi dünya gözüyle göremeden yoluna devam etti. Artık Medine'de, İbn Heyyebân'ın sadece kulaklara küpe sözleri ve yaşadığı tatlı hatıralar vardı.[26]

---

[26] Beyhakî, Sünen, 9/114 (18042) Allah Resûlü (sallallahu aleyhi ve sellem), Fârân dağlarının arasında zuhûr edip peygamberlik vazifesiyle serfiraz kılınacak ve ardından da Medine'ye hicret edecekti... Bedir.. Uhud derken gün geldi, fitnenin baş aktörlerinden Kurayzaoğulları kuşatıldı; işte o zaman, yıllar öncesinden İbn Heyyebân'ı dinleyen bazı gençler bir araya geldiler ve kendi kabilelerine şöyle seslendiler:
– Ey Kurayzaoğulları! Allah'a yemin olsun ki bu, İbn Heyyebân'ın size zamanında anlatıp söz aldığı Nebi'dir.
Bunun üzerine, o günü yaşayan bazı insanlar ittifakla bir ağızdan:
– Evet, vallahi de doğru söylüyorsunuz. Gelişmeler aynen onun dediği gibi, dediler ve beraberce gelerek huzur-u Resûlullah'ta teslim olup İslâm'ı tercih ettiler. Böylelikle hem mal ve mülklerini hem de kanlarını koruma altına almış oluyorlardı.
Görüldüğü gibi İbn Heyyebân, bekleyip durduğu Zat'ı kendisi görememişti; ama başkalarının gözünün açılmasına vesile olmuştu ve şimdi onlar, onun yerine de Resûlullah'a teslim olmuşlardı.

3. Hicaz

Geleceğinden bahisler açılan bir diğer belde de Hicaz'dı. Ağırlıklı olarak toplum, cehalete yelken açıp gitse de burada, *Varaka İbn Nevfel, Zeyd İbn Amr* ve *Kuss İbn Sâide* gibi ışığa hasret olanlar, yol gözleyenler vardı. Fazilet âşığı bu insanlar, etraflarında olup bitenlerden rahatsızlık duyuyorlardı; ama çözüm adına ellerinden bir şey gelmiyordu. Tek umutları vardı; Allah'ın *Son Nebi*'si gelecek ve karanlığa kurban giden kalabalıkları, içinde bulundukları karanlıktan tutup çıkaracaktı. Tevrat ve İncil başta olmak üzere, belli başlı kaynaklara ulaşmışlar ve buralarda, kendilerini kurtaracak Son Nebi'nin özellikleriyle karşılaşmışlardı.

Zeyd İbn Amr

Zeyd İbn Amr, aşere-yi mübeşşereden meşhur sahâbe *Saîd b. Zeyd*'in babası, *Zeyneb Binti Cahş*'ın ağabeyi ve Hz. *Ömer*'in de amcasıydı. Hz. İbrahim'den kalma bir inanca sahip *Hanîf*lerdendi. Bu sebeple, putlardan yüz çeviriyor ve her fırsatta onların, hiçbir fayda ve zarara muktedir olamayacaklarını haykırıyordu. Sadece Allah adına kesileni yiyor, harama el sürmüyordu.

Ka'be'ye sırtını yaslayıp oturduğu bir gün, etrafında biriken insanlara şöyle seslendiği duyulmuştu:

– Ey Kureyş topluluğu! Zeyd'in nefsi, yed-i kudretinde olana yemin olsun ki, burada benden başka, İbrahim dini üzere olanınız yok. Arkasından da, ellerini semaya kaldırmış ve:

– Allah'ım! Şayet Senin katında hangi yüzün daha hayırlı olduğunu bir bilebilseydim, mutlaka ona secde ederdim. Ama bunu bilemiyorum, diyerek çaresizliğini izhar etmiş, daha sonra da, üzerine bindiği hayvanın sırtında secde ederek, 'Bir' bildiği Rabbine şükrünü eda etmişti.[27]

---

[27] İbn Hişâm, Sîre, 2/54

Putlarla kuşatılmış çevrelerinin yoğun baskılarından kurtulma ve inançları adına yeni yüzler bulmak için bir gün, kendisi gibi bir muvahhid olan *Varaka İbn Nevfel, Osman İbnü'l-Huveyris* ve *Abdullah İbn Cahş*'la birlikte yola koyulmuş ve *Mevsıl*'deki bir rahibin yanına gelmişlerdi. Rahip, Zeyd'e döndü ve:

– Ey deve sahibi! Nerelerden geliyorsun, diye sordu.

– İbrahim'in inşa ettiği binanın olduğu yerden, cevabını verdi.

– Ne arıyorsun? Neyin peşindesin, diye maksadının ne olduğunu sorunca da Zeyd:

– İnancımı yaşayabileceğim sağlam bir din arıyorum, cevabını verdi.

Rahip, şaşkınlık içindeydi. Gerçekten din arayanların gözlerini diktikleri beldeden birileri geliyor ve buralarda başka bir din arıyorlardı. Gerçekten bu, şaşılacak bir durumdu. Derya içre deryada olsalar da bazen suyun kadrini bilemeyenler olabiliyordu. Ancak hakperest olmak gerekiyordu ve Rahip Zeyd'e yönelerek:

– Geri dön. Zira, beklediğin, senin geldiğin yerde zuhûr etmek üzere,[28] deyiverdi.

İnsan eliyle imal edilen sahte putların ilah olamayacaklarını haykırması, birçok kişiyi rahatsız etmiş ve okların üzerine çevrilmesine sebep olmuştu. Hatta bu sebeple kardeşi Hz. Ömer'in de babası Hattab'ın, şiddetli tazyikleriyle karşılaştı. Nasıl olur da, Hattab ailesinden biri çıkar ve Mekke otoritesine karşı gelerek, kendisine başka bir yol tercih edebilirdi! Ona göre, putlara kullukta kusur etmenin ve kestiklerini yememe gibi bir kural tanımazlığın (!) mutlaka bir cezası olmalıydı.

Akıllansın diye (!) onu Mekke'nin kenar tepelerine çıkarıyor ve oralarda işkenceye tâbi tutuyordu. Kendisi yorulun-

---

[28] İbn Kesîr, el-Bidâye, 2/268

Bilginlerin Dilinde Yankılanan Seda

ca, gençlerden yerine vekiller tutuyor ve böylelikle uslanacağı ana kadar (!) işkencenin devam etmesini sağlıyordu. Ne kadar ayak takımı, başıboş serseri varsa, onlara tembih üstüne tembihlerde bulunuyor ve öz kardeşinin, Mekke'ye dönmesine izin vermiyordu.

Artık Zeyd, Mekke'ye, ancak gizli gizli gelebiliyordu. Farkına varır varmaz derdest ediyor ve dinlerini bozacak veya birilerini de arkasına takacak diye hemen Mekke'den uzaklaştırıyorlardı. Zira o, her fırsatta secdeye yöneliyor ve şöyle haykırıyordu:

— Benim ilahım, İbrahim'in ilahı; dinim de İbrahim'in dinidir.[29]

Cahiliye'nin olumsuzluklarından o kadar sıkılmıştı ki, yeni yeni arayışlar içine girdi. Önce Yahudilerle oturup onların inançlarını benimsemek istedi; ama onların inançlarının da kendisini tatmin etmeyeceğini görmüştü. Ardından Hristiyanlığın peşine düştü; ama kısa sürede burada da aradıklarını bulamayacağına karar verdi.

Derken bir gün, kendisi gibi *İbrahim'in* (aleyhisselâm) dini üzerine yaşayan bir *Hanif* bulabilmek ümidiyle doğduğu beldeyi terk ederek Şam taraflarına yöneldi. Ehl-i kitap arasında, sora sora aradığını bulabilmek için *Mevsil* ve *Cezîretü'l-Arab*'ı dolaştı. Ancak gönlünü teskin edebilecek bir merci bulmaktan yoksundu. Nihayet, Şam'a geldiğinde kendisini bir rahibe yönlendirdiler. Maksadını ona da anlattı Zeyd. Rahip de boş değildi... Maksadını anlamıştı ve Zeyd'e şöylece nasihat etmeye başladı:

— Sen bana öyle bir dinden bahsediyorsun ki, bugün o dini yaşayan birisini bulmaya imkân yoktur. Sen İbrahim'in Hanif dinini arıyorsun. O, ne bir Yahudi ne de bir Hristiyandı; O, tek olan Allah'a kullukta bulunuyor ve geldiğin beldedeki

---
[29] Taberî, Tefsîr, 3/304

Efendimiz (sallallahu aleyhi ve sellem)

Beyt'e yönelerek namaz kılıp secde ediyordu. O dinin tedrisini yapan ve bilgisine sahip olanların hepsi göçüp gittiler. Ancak beklenen bir Nebi var ki, onun gelme vakti çok yakındır. Sen kendi beldene git ve orada bekle. Çünkü Allah, senin kavmin arasından İbrahim'in dini üzere bir Nebi'sini gönderecek ki O, Allah katındaki en mükerrem varlıktır.

Tarifler, Zeyd'in geldiği Mekke'yi gösteriyordu. Ne ilginçti ki, aradığını bulabilmek için terk ettiği yere arayıp da bulamayacağı Müjdelenen Nebi gelecekti. Vakit geçirmeye gerek yoktu ve hemen geri yola koyuldu.

Şam Yahudi ve Hristiyanları Zeyd'in bu hâl ve davranışlarından hoşlanmamışlardı. Öyle bir noktaya gelmişti ki, yolunu kestiler ve Zeyd'i, aradığını bulamadan hunharca öldürdüler.

O, gelecek Son Nebi'ye inancı tam olmasına rağmen tulûa beş kala gurûb edecek ve beklediği mutlu anı göremeden yola revan olacaktı. Dilinde şunları tekrar eder dururdu:

– Ben bir din biliyorum ki onun gelmesi çok yakındır; gölgesi başınızın üzerindedir. Fakat bilemiyorum ki, ben o günlere yetişebilecek miyim?

Zeyd, bir esintiden müteessir olmuş ve vicdanı hakka karşı tamamen uyanmış biriydi; bir olan Allah (celle celâluhû)'a inanıyor ve O'na teslimiyetini arz ediyordu. Ancak ne inandığı Allah'a, *'Allah'ım!'* diyebiliyor ne de O'na nasıl ibadet edeceğini bilebiliyordu.

Sahâbe-i Kiram'dan *Âmir İbn Rebî'a*, Zeyd İbn Amr'dan işittiği sözleri bir gün şu ifadelerle anlatacaktı:

– Ben, *İsmail'*in, sonra *Abdülmuttalib'*in soyundan gelecek bir Nebî bekliyorum. O'na yetişebileceğimi zannetmiyorum; ama O'na îman ediyor, tasdik ediyor ve kabûl ediyorum ki, O, Hak Nebî'dir. Eğer senin ömrün olur da O'na yetişirsen, benden O'na selâm söyle! Sonra da, sana O'nun şemailinden haber vereyim de sakın şaşırma, dedi. Ben de:

– Buyur, anlat, dedim. Devam etti:

Bilginlerin Dilinde Yankılanan Seda

– Orta boyludur. Ne çok uzun ne de çok kısadır. Saçları tam düz de, kıvırcık da değildir. İsmi *Ahmed*'dir. Doğum yeri *Mekke*'dir. Peygamber olarak gönderileceği yer de burasıdır. Ancak daha sonra, O'nun getirdikleri, kavminin hoşlarına gitmediğinden, onlar O'nu Mekke'den çıkaracaklardır. O *Yesrib* (Medine)'e hicret edecek ve getirdiği din oradan yayılacaktır. Sakın ondan gafil olma! Ben diyar diyar dolaştım ve Hz. İbrahim'in dinini aradım. Bütün konuştuğum Yahudi ve Hristiyan âlimleri bana:

– Senin aradığın, daha sonra gelecek, dediler ve hepsi de bana biraz evvel sana anlattığım şeyleri anlattılar ve sözlerinin sonunu da şöyle bağladılar:

– O, son peygamberdir ve O'ndan sonra da bir daha peygamber gelmeyecektir.[30]

Kuss İbn Sâide

Kuss İbn Sâide'yi, Ukaz panayırında kızıl devesinin üzerinde halka seslenirken tanıyoruz. Yüz yaşını geçmiş İyâd kabilesinin reisi bu ihtiyar, gözünü geleceğe dikmiş ve gelecek olan Nebi hakkında insanları bilgilendirmekte ve ruhlarına tesir edecek ifadeleriyle onları imana hazırlamaktadır. Ukaz panayırında kızıl devesinin üzerine çıkmış, insanlara şöyle seslenmektedir:

– Ey İnsanlar!

Hepiniz bir araya gelin.

Giden herkes gitmiştir... Her gelecek de mutlaka gelecektir.

---

[30] Suyûtî, Hasâisu'l-Kübrâ, 1/43. Âmir İbn Rebî'a devamla şunları anlatacaktır: Gün geldi, ben de Müslüman oldum ve gelip Allah Resûlü'ne, Zeyd'in dediklerini bir bir anlattım. Selâmını söyleyince toparlandı ve Zeyd'in selâmını aldı. Ardından da, "kıyamet gününde tek başına bir ümmet" dediği Zeyd için şöyle buyurdu:
– Ben Zeyd'i cennette eteklerini sürüye sürüye yürürken gördüm.

Efendimiz (sallallahu aleyhi ve sellem)

Karanlık gece...
Burç burç gökyüzü...
Dalga dalga deniz...
Göz alıcı yıldızlar...
Kameti bâlâ yüce dağlar...
Akıp giden nehirler...
Hiç şüphe yok ki, semada yeni bir haber var...
Şüphesiz, yerde de ibretlik olaylar....

İnsanlara şöyle bir bakıyorum da, gidiyorlar, ama hiç geri gelmiyorlar; gittikleri yerde kalmaktan memnunlar da mı orada kalıyorlar?.. Yahut bırakıp gidiyorlar ve orada uykuya mı dalıyorlar?..

Allah'a öyle bir kasem ederim ki, bunda hiç şüphe yok... Allah katında öyle bir din var ki, o din, sizin bu dininizden O'na daha sevimli...

Hani ya babalar, dedeler, atalar?.. Nerede soy-sop?.. Hani ya, süslü saraylar ve mermer binalar yükselten *Âd* ve *Semûd* milletleri?.. Hani ya, dünya varlığından gururlanıp da, "Ben sizin en büyük Rabbiniz değil miyim?" diyen *Firavun* ve *Nemrut*?..

Onlar zenginlikçe, kuvvet ve kudretçe sizden çok üstündüler. Ne oldular? Toprak onları değirmeninde öğüttü, toz etti, dağıttı. Kemikleri bile eriyip gitti. Çatıları sökülüp süpürüldü. Şimdi onların mekanlarını köpekler şenlendiriyor. Sakın onlar gibi gaflete düşmeyin, onların yolundan gitmeyin!

Her şey fâni; bâki olan Allah... Ortaksız ve benzersiz, mutlak bir Allah... Tapınılacak ancak O... Doğmuş ve doğurmuş olmaktan münezzeh Allah...

Evet, evet...

Olup bitenlerde, gelip geçenlerde, bize ibret olacak çok şey var...

Ölüm bir ırmak... Girecek yeri çok; ama akacak yeri yok...

Büyük küçük, hep göçüp gidiyoruz.

Bilginlerin Dilinde Yankılanan Seda

Herkese olan, size ve bana da olacaktır.

Gerçekten de ölüm, beklediği Nebi'yi göremeden onu da kuşatacak ve onun için de vuslat, bir başka âleme kalacaktı. Ancak, ne büyük tevafuktu ki, onun Ukaz panayırındaki hutbesini dinleyenler arasında, gelmesini beklediği *Son Nebi* de vardı ve yıllar sonra onu tanıyanlar Allah Resûlü'nü ziyarete geldiklerinde konu, İbn Sâide'den açılacak ve onun o gün anlattıklarıyla hatıralar, hep beraber yeniden tazelenecekti.[31]

---

[31] Halebî, Sîre, 1/318-321. Kuss İbn Sâide'nin kabilesi ve ileri gelenlerinden *Cârûd İbn Alâ* isminde bir zat, *Abd-i Kays*oğullarından bir heyetle birlikte, namını duyduğu şahsın *İncil*'de anlatılan Zat olup olmadığını teyit maksadıyla huzur-u Risalete geldiler. Simasını gördüklerinde ünsiyet yaşadıkları bu Zat'a, ne ile gönderildiğini sorup cevaplarını alınca şüpheleri kalmamıştı; İncil'de geleceği müjdelenen *Ahmed*, o an karşılarında duran Zat'tı. Artık tereddüdü kalmayan Cârûd, şunları söyleyecekti:
– Seni hak peygamber olarak gönderen Allah'a yemin ederim ki, senin vasıflarını İncil'de görüp zaten biliyorduk. Seni, *Meryem*'in oğlu müjdelemiştir. Her an senin üzerine selam olsun ve seni gönderen Allah'a hamd olsun. Elini uzat yâ Resûlallah! Ben şehadet ederim ki, Allah'tan başka ilah yoktur ve Sen de Allah'ın Resûlü'sün.
Reislerinin söylediği bu sözlerin arkasından heyet de kelime-i tevhidi getirerek teslimiyetlerini ilan edecekti.
Kıtlık zamanında, bir anda böylesine bir rahmet altında kalan Allah Resûlü (sallallahu aleyhi ve sellem) sevinmiş ve aynı kabileden olmaları hasebiyle aralarında *Kuss İbn Sâide*'yi tanıyan birinin olup olmadığını sormuştu:
– Kuss İbn Sâide'yi hangimiz tanımaz ki?.. Hepimiz onu tanırız yâ Resûlallah, cevabını verdiklerinde:
– Peki, şimdi Kuss İbn Sâide el-İyâdî ne yapıyor, diye ilave edince:
– Vefat etti yâ Resûlallah, cevabını alacaktı. Arkasından buyurdular ki:
– Ben onu bir gün, haram aylarda Ukâz çarşısında, kızıl bir devenin üzerinde görmüştüm; hepsini hatırlamamakla birlikte, çok güzel ve hoşa gidici bir kelamla şöyle konuşuyordu:
– Ey İnsanlar! Bir araya gelip toparlanın, iyi kulak verin ve ezberleyin. Her canlı ölecektir. Her ölen de bir daha geri gelmeyecektir. Gelecek, mutlaka günü gelecek; gelecektir.
Bunları söyledikten sonra, aralarında o gün bulunan birilerinin olup olmadığını sordu. Arkasından da ilave etti:
– Onun o günkü sözlerini hatırlayanınız var mı?

Efendimiz (sallallahu aleyhi ve sellem)

Kendisini dağ başında uzlete vermiş bu ihtiyar bilge, şiirlerinde de benzeri konulara değiniyor ve her fırsatta, Harem dahilinde Haşimoğullarından bir peygamberin geleceğini söyleyip duruyordu.

Bir şiirinde şöyle dediği anlatılacaktı:

– Yarattıklarını abes yaratmayan Allah'a hamd olsun.

İsa'dan sonra, bizi başıboş bırakmayan ve lütufta bulunan.

Aramızdan *Ahmed*'i gönderecektir ki, O gönderilen en hayırlı Nebi'dir.

Her bir canlı, nefes alıp hareket ettikçe Allah'ın selamı O'na olsun.[32]

Varaka İbn Nevfel

Ufukta, ışık bekleyenlerden birisi de *Varaka İbn Nevfel*'di. Aynı zamanda Hz. Hatice validemizin amcaoğlu olan Varaka İbn Nevfel, Cahiliye Mekke'sinde hakkı arama azminde olan ender insanlardan biriydi. Ona göre, Cahiliye'nin sel olup arkasından aktığı taş ve ağaçlardan yontularak farklı şekiller

---

[32] Hey'etin arka saflarından bir hareketlenme oldu ve bir Arabî öne atılarak:
– Ben hepsini hatırlıyorum yâ Resûlallah, dedi. Efendimiz (sallallahu aleyhi ve sellem) bu duruma çok sevinmişti. Fahr-i Kainat'ın sevincinden de cesaret alan adam, o gün Kuss İbn Sâide'den duyduklarını anlattı bir bir... Hutbe anlatılmıştı; ama belli ki Efendiler Efendisi, onunla ilgili daha fazla şey paylaşmak istiyordu:
– Kuss İbn Sâide'nin o günkü şiirini hatırlayanınız var mı, diye sordu.
Hz. Ebû Bekir öne atıldı ve:
– Anam babam sana feda olsun! O günde olanların hepsine ben de şahittim. Şöyle diyordu, diye devam etti ve huzur-u risalette Kuss İbn Sâide'nin, Ukâz'daki şiirini teker teker okuyuverdi...
Halebî, Sîre, 1/318-321 Demek önemli olan, yıllar ve yüzyıllar geçse de hatırlanacak bir hamlede bulunmaktır. Bir yönüyle adres bırakmaktır geleceğe! Cevherse şayet bunu yapan, cevherfürûşân birileri gelecek ve O'nun kadrini bilip takdir edecektir. Allah Resûlü (sallallahu aleyhi ve sellem) şöyle buyuracaktı:
– Ümit ederim ki, Cenab-ı Hak, kıyamet gününde Kuss İbn Sâide'yi ayrı bir ümmet olarak haşreder. İbn Kesir, el-Bidâye, 1/141

verilen putlar ilah olamazdı ve bunu o, her fırsatta dile getirmekten çekinmiyordu.

Kureyş'in yılda bir bayram olarak kutladıkları günleri vardı. Bu günde bir araya gelir ve putlara kurbanlar adayarak samimiyetlerini göstermeye çalışırlardı. Böylelikle ilahlarına karşı yapmaları gereken vazifeleri yerine getirdiklerini düşünür ve kendilerince mutlu olurlardı. Bir yönüyle hesaptan kaçışın ayrı bir formülüydü bu.

Yine böyle bir günde, bir araya gelmiş ve bir putun önünde temenna durarak sadakatlerini izhar ediyorlardı. Bu arada aralarında fısıldaşanlar vardı. Bir araya gelmişlerdi ve aralarında yine o dört insanın olmadığı dedikodusunu yapıyorlardı. Şüphesiz bunlar, *Varaka İbn Nevfel, Zeyd İbn Amr, Osman İbnü'l-Huveyris* ve *Ubeydullah İbn Cahş* idi.

Onların dünyasına göre, bütün bu yapılanların hiçbir anlamı yoktu. Kendi aralarında konuşuyorlardı:

– Nasıl olur, diyorlardı. Baksanıza kavminize! Nasıl olur da böyle bir şey yapabiliyorlar! *İbrahim*'in dinini bırakmış, hiçbir faydası olmayan bir taşın etrafında tavaf edip, işitip görmeyen, fayda veya zararı söz konusu olmayan puta temenna duruyorlar!..

Baş başa veren bu dört gönüllü, artık uslanmayacaklarına kanaat getirdikleri Mekkelileri kendi hallerine bırakarak, başka beldelerde Hz. İbrahim'e ait Haniflikten eser bulabilmek için yollara koyulacaktı.

İşte, bu yolculuk esnasında *Varaka İbn Nevfel*, Şam taraflarına yönelmişti. Bu yolculukta Varaka, sığındığı bir koyda Hristiyanlığı kabul etmiş ve bundan sonraki ömrünü, onu tedris maksadıyla geçirmeye başlamıştı. Artık Varaka, işin ehlinden yeni dinini öğreniyor ve böylelikle kendini geleceğe hazırlıyordu. Her yeni bilgi, daha yenilerini öğrenme adına sa'yini kamçılıyor ve o güne kadar geçirdiği boş günlerine yanıyordu.

Efendimiz (sallallahu aleyhi ve sellem)

Elbette, bu esnada çok şey öğrenmişti. Artık *Tevrat* ve *İncil*'i daha iyi biliyor, *İbrânî* dilini rahatlıkla okuyup yazabiliyordu.

Okudukları arasında bir konu vardı ki, ayrıca dikkatini çekiyor ve aklından çıkaramadığı bu hususla birlikte, geleceği günün hayallerini kuruyordu. Zira artık biliyordu ki, çok geçmeden *"Alemin Reisi"* gelecek ve insanlık yeniden O'nun arkasında ilahî anlamda saf tutacaktı.

Ancak zaman, dur durak bilmeden işliyor ve Varaka'yı da mezarına doğru yaklaştırıyordu. Mânâya açık gözleri, dünya ve dünyalıları zorlukla seçebiliyor, eski günlerdeki gibi etrafını net göremiyordu.

Zaman o kadar hızlı akıyordu ki, aradığını bulamadan gözlerinin kapanacağını düşünür olmuştu. Her ne kadar, bulduğu her fırsatta bildiklerini etrafına fısıldasa da; Varaka'yı dünya gözüyle O'nu göremeden gideceğinin endişesi sarmıştı.

Beklemekten başka da bir çaresi yoktu. En azından bu süreyi, etrafına O'nu anlatarak geçirebilirdi ve o da bunu yapıyordu. Huveylid'in kızı *Hatice* de, onun bu nasihatlerine kulak verenler arasındaydı ve bu, risalet sürecinde onun için büyük bir ufuk olacaktı.

Risâlet Öncesinde Hicaz ve Dünyanın Genel Durumu

O gün yeryüzü, *Bizans* ve *Fars* olmak üzere iki kutuplu bir dünyadan ibaretti. Bunlardan Bizans, ağırlıklı olarak Hristiyan, Fars ise ateşperest bir inanışa sahipti. Zaman zaman bu iki ülke arasında savaşlar, ardı arkası kesilmeyen mücadeleler sürüp giderdi.

Bu iki devletin arkasından kendini hissettiren diğer iki devlet ise, *Yunan* ve *Hind* olarak biliniyordu.

Fars imparatorluğu, içten içe çalkantılarla mefluçtu. İmparatorluk içindeki gruplar arasında derin ayrılıklar yaşanıyor ve her bir grubun içinde de, ayrı bir ahlakî çöküntü kendini hissettiriyordu. *Zerdüşt* ve *Mezdekiyye* olarak şekillenen iç yapıda devlet idaresi, ağırlıklı olarak Zerdüştlerin etkisi altındaydı. Bu iki devletin idari mânâda, konumlarında farklılık göze çarpsa da ahlakî çöküntü açısından aralarında pek fark görünmüyordu; kadını hor ve hakir görüyorlar; hatta bazıları onu, hava, su veya güneş gibi herkesin istifade etmesi gereken ortak bir emtia olarak telakki ediyordu. Bilhassa Mezdekiyye inanışında hâkim olan bu yaklaşım, özel mülkiyet açısından da farklı değildi; onlara göre özel hayat ve mahremiyetin hiçbir önemi yoktu.[33]

O gün, *Rûmân* olarak adlandırılan *Bizans*'a gelince onlar, tamamen güç ve kuvvetin yönlendirmesiyle hareket ediyor ve önlerine gelen beldeyi, istedikleri zaman istila ederek beldeye el koyuyorlardı. Hâkim inanış Hristiyanlık olsa da, bu din mensupları arasında da belli başlı kavgalar görülüyor, bilhassa mezhep kavgalarının yaşandığı bünye, derin fikir ayrılıklarına sahne oluyordu.

*Yunan*lılarda ise, felsefenin etkisiyle, kaba kuvvet yerine daha ziyade fikrî tartışmalar kendini gösteriyor, toplumla bilginler arasında büyük bir uçurum yaşanıyordu. Genellikle meclisler, pratikte bir fayda sağlamayan uzun tartışmalara sahne olur ve her bir ekol, ateşîn çıkışlarla kendi görüşünü savunmaya çalışırdı.

Hind'e gelince, tarihçilerin de ittifak ettiği gibi, onlarda da küllî bir çöküş yaşanıyordu; dini hayat adına bir emare kalmamış, ahlak sükût içinde ve sosyal hayat da bunalımların pençesinde can çekişiyordu.[34]

Kısaca genel durum, karanlığın en koyu tonunun yaşandığı bir dönemi gösteriyordu. Bazıları itibariyle eldeki imkânlar, her ne kadar görünüşte iyi ve güzel olsa da, onu değerlendirecek beyin ve kalpten mahrum olan fertler için bu, bir şey ifade

---

33 Bkz. Şehristânî, Milel, 2/86, 87; Bûtî, Fıkhu's-Sîre, 44, 45
34 Ebû'l-Hasen en-Nedvî, Mâzâ Hasira'l-Âlem Binhitâti'l-Müslimîn, 28

Efendimiz (sallallahu aleyhi ve sellem)

etmiyordu. Hatta denilebilir ki bu değerler, onların daha çok kötülük yapmasını netice veriyor ve bir türlü iyilik düşüncesini geliştirmeyi akıl edemiyorlardı.

Hicaz bölgesi de bu çöküşten nasibini almıştı; tamamen gücün egemen olduğu bir sosyal yapı kendini gösteriyordu. İnsanlar, ellerindeki imkân ve arkalarındaki destekçilerine göre değerlendiriliyor; kimsesizlerin yüzüne bile bakılmıyordu. Hak ve hukuk, yerini tamamen kaba kuvvete bırakmış ve güçlü olanlar ne derse, uygulama o istikamette cereyan ediyordu.

Toplum, kendi içinde sınıflara ayrılmıştı ve bu sınıflar arasında ancak, bir hizmet ilişkisi söz konusu olabiliyordu. Kölelere yapılan muamele ise yürek yakan cinstendi.

Hz. *Âdem*'den bu yana her peygamberin uğrak yeri olan Kâbe, putlarla doldurulmuş; Allah'a en yakın olunması gereken bu beldede, insanı Allah'tan uzaklaştırılmak için adeta her şey yapılmıştı. Hz. İbrahim'den bu yana, yerine getirilmeye çalışılan hac ibadetinin şekli değişmiş ve insanlar, çıplak bir şekilde ve ellerini çırpıp alkış tutarak Kâbe'yi tavaf eder hâle gelmişlerdi. Onlara göre, içinde günah işledikleri elbise ile Kâbe'ye gelinmezdi. Bunun için, günahsız elbise ise karaborsaya düşmüş; onu alamayan insanlar için, çözüm olarak çıplak tavaf bir alternatif olmuştu.[35]

---

[35] (A'raf, 7/31) Ey Âdem'in evlatları! Her namaz vaktinde mescide giderken, süsünüz olan elbisenizi giyinin. Yiyin, için fakat israf etmeyin; çünkü Allah israf edenleri asla sevmez. Edep yerlerini örtmek (setr-i avret) her zaman olduğu gibi, özellikle namaz, tavaf gibi ibadetlerde farzdır. Fakat israf etmemek şartı ile, her Müslüman'ın ibadet esnasında en güzel ve temiz elbisesini giymesi sünnettir. Cemaat ile olsun, camide oturuşta olsun edep, vakar, ağırbaşlılık da bu zinet ve güzel sûret cümlesindendir. Nitekim önceki ayetlerde geçen "yüzleri kıbleye döndürme" emrinde de bu intizama işaret vardır. Aynı zamanda, ayetin işaretinden şu da anlaşılır ki cami ve civarları, bir İslâm şehrinin teşkilatında, güzellik bakımından, en güzel ve merkezî noktalarda yer almalıdır. Bununla beraber mescidlerin asıl süsü, oraların ibadetle mamûr edilip şenlendirilmesi ve ibadet eden müminlerin hal ve davranışlarıdır.

Bilginlerin Dilinde Yankılanan Seda

Kadın, horlanan bir metâ haline gelmişti. Bunlardan birisi için kız çocuğunun olması, hayat boyu üzerinde taşıyacağı bir âr olarak telakki edilir, bu âr ile yaşamayı kaldıramayanlar, kız çocuklarının hayatına son vermeyi tercih ederlerdi.[36] Hatta, öfke ve kinlerine hâkim olamayan bazı insanlar işi, kız çocuklarını toprağa gömecek kadar ileri götürür ve bununla da iftihar ederlerdi.

Evlilik müessesesi, büyük oranda tahrip edilmiş, sefahete kapılar sonuna kadar açılmıştı. Fuhşun açıktan irtikap edildiği yerlerde bayraklar asılır ve böylelikle, insanlar buralara açıktan davet edilirdi. Soylu insanlardan çocuk sahibi olmak önemli bir değerdi ve bunun için bazı insanlar, hanımlarını soylu kabul ettikleri kişilere gönderir ve onlardan çocuk sahibi olmak isterlerdi. Birçok erkekle birlikte olan kadınlar hamile kaldıklarında, çocuğun babasını sadece kendileri belirlerdi. Doğurdukları çocuğun kime ait olduğunu söylerlerse bu, bir esas olarak kabul edilir ve itirazsız kabullenilmek zorunda kalınırdı.[37]

Bilhassa, kadın çok istismar edildiği için insanlar, çözüm olarak kendi çocuklarını daha erken yaşlarda evlendirmeye gayret gösterirler ve böylelikle sorumluluğu, damatlara yükleyerek işin içinden çıkmaya çalışırlardı.

Kısaca dünya, Efendiler Efendisi'ne susamış, Allah tarafından yeniden hidayete aç hale gelmişti. Ve, karanlığın iyice koyulaştığı bu demlerde, artık zaman yaklaşmıştı. Her yö-

---

[36] İlgili bir ayette konu şu ifadelerle anlatılmaktadır: (Nahl, 16/ 58 -59) Onlardan birine bir kızının dünyaya geldiği müjdelenince, öfkesinden ve üzüntüsünden, yüzü mosmor kesilir. Müjdelendiği bu kötü haberin etkisiyle utanıp eşinden dostundan saklanmaya çalışır. Şimdi ne yapsın! Hor, hakir, itilip kakılan bir bela olarak hayatta mı bıraksın, yoksa toprağa mı gömsün, ne yapsın, diye kara kara düşünür! Dikkat ediniz, ne fena hükümlerdi verdikleri bu hükümler!

[37] Buhârî, Sahîh, 5: 1970 (4834)

Efendimiz (sallallahu aleyhi ve sellem)

nüyle dünya, O'nun gelişine hazırlanıyor, gözler ufukta, şafak gözleniyordu.

HZ. İBRAHİM'E UZANAN ŞECERE

Beklenilen *Son Nebi*, Hz. *İbrahim*'in emanetini getirip bıraktığı yerde zuhûr edecekti. Ancak, bunun için aradan bir hayli zamanın geçmesi gerekiyordu.

Hz. İbrahim'den sonra burada, yerleşik bir hayat yaşayan Hz. *İsmail*'in, on iki oğlu dünyaya geldi. Oğulları arasında *Nâbit*'in, diğerlerinden farklı olduğu gözlerden kaçmıyordu. Aynı özellik, Nâbit'in oğlu *Yeşcub*'da da kendini hissettiriyordu. Bu farklılık, sırasıyla *Ya'rub*, *Teyrah*, *Nâhûr*, *Mukavvim*, *Udad* ve *Adnan*'a kadar devam etti. Belli ki bu şecerede ayrı bir asalet ve risalet yükünü taşıyabilecek ayrı bir hususiyet vardı.

Efendiler Efendisi'nin yirminci dedesi Adnan'dan itibaren, babası Abdullah'a kadar gelip geçen ataları *Maad*, *Nizâr*, *Mudar*, *Mâlik*, *Fihr*, *Gâlib*, *Lüeyy*, *Ka'b*, *Mürre*, *Kilâb*, *Kusayy* (Zeyd), *Abdimenâf* (Muğîre), *Hâşim* (Amr) ve *Abdulmuttalib* (Şeybe)'de[38] de benzeri bir fâikiyet görülüyor ve alınlarında, Kâinatın Efendisi'ne ait bir aydınlık müşahede ediliyordu.

---

38 Bkz. İbn Sa'd, Tabakât, 1/55, 56; Taberî, Târîh, 2/172 vd.

Efendimiz (sallallahu aleyhi ve sellem)

Abdülmuttalib

Asıl adı Şeybe olan Abdulmuttalib, Hâşim'in dört oğlundan biridir. Bilindiği üzere Efendimiz'in ikinci kuşaktan dedesi olan Hâşim, Hicaz'ın fazilet yönüyle temeyyüz etmiş en önemli şahsiyetlerinden birisiydi. İlk defa hacılara izzet ü ikram geleneği onunla hayata geçmiş ve yaz – kış Kureyş'in ticaret geleneğini de o başlatmıştı. Kendisi de ticaretle uğraşıyordu.

Yine ticaret için Şam'a giderken Medine'ye uğramış ve burada, bir gün Neccâroğullarından Selmâ adında birisiyle evlenmiş ve bundan böyle, ikâmet için Medine'yi tercih etmişti. Ancak, Medine yılları uzun sürmeyecek ve çıkan bir savaşta o da vefat edecekti. İşte bu sırada hamile olan hanımı Selmâ, Abdulmuttalib'i dünyaya getirecek ve saçlarındaki beyazlıktan dolayı da kendisine, '*Şeybe*' ismini takacaktı. Artık o, annesinin yanında ve dayılarının terbiyesi altında kalacaktı.

Babasının vefatından sonra, dünyaya geldiği için Mekke'deki akrabaları, Şeybe'nin varlığından haberdar değillerdi. Amcası Muttalib'in, Medine'de bir yeğeninin olduğundan haberdar olduğunda Şeybe, yedi veya sekiz yaşlarındaydı.

Hemen Medine'ye gelen Muttalib, yeğeni Şeybe'yi gördüğünde, önce kucaklayacak; sarılıp kokladıktan, uzun uzadıya konuşup hasret giderdikten sonra da, terkisine alarak onu Mekke'ye götürmek isteyecekti. İlk başlarda, küçük Şeybe ve anne Selmâ'nın itirazıyla karşılaşsa da onları ikna ederek yola koyulacak ve Mekke'ye gelecekti.

Henüz varlığından habersiz olan Mekkeliler, Muttalib'in terkisinde bir çocuğun olduğunu görünce, bunun bir köle olduğunu sanarak, Muttalib'in kölesi mânâsında kendisine '*Abdulmuttalib*' diyecekler ve bu unvan da, artık Şeybe'nin bilinen adı olacaktı.

Muttalib'in ölümüyle birlikte, Mekke'deki riyaset makamına Abdulmuttalib getirilmiş ve böylelikle, onun için

Hz. İbrahim'e Uzanan Şecere

sorumluluğu ağır bir süreç başlamıştı. Kaderin yollarına su serptiği bir yola girmiş ve belli ki kendisine, muştusu verilen Son Nebi'nin zuhûr edeceği zemini hazırlama gibi bir misyon yüklenmişti. Artık o, Mekkelilerin kendisine baktığı, dünyevî işlerinde hakem tayin ettikleri ve ihtilaflı noktalarda çözüm adına kendisine başvurdukları güçlü bir liderdi.

Zemzem

Kâbe'nin gölgesinde ve *Hıcr* adı verilen yerde uyurken gördüğü bir rüya, onun için bir başlangıçtı. Bir zat kendisine sesleniyor ve:

– Kalk! *Tayyibe*'yi kaz, diyordu. Hemen sordu:

– Tayyibe de ne?

Sorusuna karşılık, herhangi bir cevap alamamıştı. Ertesi gün yine uzanmıştı ki, aynı şahsın geldiğini gördü. Bu sefer:

– *Madmûne*'yi kaz, diyordu.

– Madmûne de ne, diye tekrarladı heyecanla. Ancak, sorusu yine cevapsız kalmıştı.

Üçüncü gün yine karşısında bulduğu zat, bu sefer kendisine:

– *Zemzem*'i kaz, diyordu. Öncekilerde alamadığı cevabı, en azından üçüncü gün alabilmek için hemen sordu:

– Zemzem ne?

Bu sefer cevap geliyordu:

– Zemzem, hiç kesilmeyecek ve derinliğine inilmeyecek bir sudur. Onunla hacı kafilelerinin su ihtiyacını giderirsin. O, Kâbe'de kurban kanlarının döküldüğü yer ile diğer atıkların bırakıldığı yer arasındadır. Alaca kanatlı bir karga gelip orayı gagasıyla işaret edecek. Aynı zamanda orada şimdi, bir karınca yuvası da var!

Bütün bunlar onu, derin derin düşünmeye sevketmişti. Zira, Zemzem'in varlığından haberi vardı; çünkü Cürhümlüler, düş-

Efendimiz (sallallahu aleyhi ve sellem)

man istilasından kaçarken, ellerindeki bütün kıymetli eşyaları buraya atmış ve üzerini örterek gitmişlerdi. Ancak, onun yerini bilen kimse kalmamış ve bu sebeple de o, sadece aralarında anlatılan bir üstûre olarak kalmıştı. Ancak şimdi, olanca netliğiyle burası tarif ediliyor ve kendisine, hiç kesilmeyecek ve debisine de erişilemeyecek bir suyu çıkarması emrediliyordu.

Bu kadar net bir tarif karşısında tepkisiz kalınamazdı ve Abdulmuttalib de, koordinatları verilen yere geldi. Aynen denildiği gibi alaca bir karga, bir mekana inip kalkıyor ve gagasıyla adeta bu yeri işaret ediyordu. Biraz daha yaklaşınca, karınca yuvasını da görmüştü. Artık, hiç tereddüdü kalmamıştı. Ertesi gün, oğlu Hâris'i de yanına alarak buraya geldi ve Zemzem'i kazmaya başladı.

Çok geçmeden, kuyunun ağzını örten büyük ve yuvarlak taş ortaya çıkmıştı. Kuyunun kapağını kaldırdıklarında, anlatılageldiği şekliyle onun, her türlü zinet eşyası ve kıymetli malzemeyle dolu olduğunu gördüler. Abdulmuttalib ve oğlu Hâris, bir taraftan bunları teker teker kuyudan çıkarırken, diğer yandan kuyunun altından gelen bir ıslaklık da kendini hissettirmeye başlamıştı. Artık vakit tamamdı ve çok geçmeden Zemzem de ortaya çıkmıştı.

Kimseye nasip olmayan bir lütfa mazhar oluyorlardı. Elbette böyle bir lütuf, onu verene teşekkür etmeyi gerektirirdi ve işin burasında Abdulmuttalib:

– Allahü Ekber! Allahü Ekber, diye tekbir getirmeye başladı.

Bu heyecan, Kureyşlilerin de dikkatini çekmişti ve çok geçmeden Abdulmuttalib'in etrafında büyük bir halka oluşturuverdiler.

– Bu, atalarımız İsmail'in mirasıdır; bunda bizim de hakkımız var, bunlara, bizi de ortak etmen lazım, diyorlar ve kuyudan çıkan altın ve gümüşleri kendilerine de paylaştırmasını istiyorlardı. Tereddüt göstermeden Abdulmuttalib onlara:

Hz. İbrahim'e Uzanan Şecere

– Hayır! Bunu yapamam. Çünkü bu, sadece bana bahşedilmiş hususî bir durum, diye cevap verdi. Ancak onlar ısrar ediyor ve:

– İnsaflı ol! Gerekirse seninle kavga etme pahasına da olsa peşini bırakmayacağız, diye onu tehdit ediyorlardı. Hatta aralarından *Adiyy İbn Nevfel* öne çıkmış ve Abdulmuttalib'e:

– Nasıl olur! Sen yalnız bir adamsın. Yanında oğlundan başka kimsen de yok. Nasıl olur da bize karşı gelir, isteklerimizi yerine getirmezsin, diyor ve isteklerine boyun eğmesi konusunda adeta meydan okuyordu.

Adiyy'in bu sözü, Abdulmuttalib'i derinden etkilemişti. Güç ve kuvveti sadece arkasındaki kişi sayısıyla değerlendiren bu adama, anladığı dilden bir cevap gerekiyordu. Onun için ellerini açtı ve yüzünü de semaya kaldırarak şunları söylemeye başladı:

– Yemin ederim ki, şayet Allah, bana on erkek evlat verirse, bunlardan birisini Kâbe'nin yanında kurban edeceğim!

Bu, içten gelen bir dua olduğu kadar aynı zamanda Beytullah'ın gölgesinde Allah'a verilmiş bir sözdü.

Ancak, husumet devam ediyordu. İşin burasında Abdulmuttalib'in bir teklifi oldu:

– Aramızda hüküm vermesi için, istediğiniz birisini hakem tayin edelim!

Fena bir teklif değildi. Hem, istedikleri birisini teklif edebileceklerdi. Hiç tereddüt etmeden:

– Sa'doğullarının kâhini, dediler. Bu şahıs, Şam eşrafından sözü dinlenir birisiydi. Zaten, Abdulmuttalib için değişen bir şey olmayacaktı ve:

– Olur, diye başını salladı.

Daha sonra, yakın akrabalarını da yanına alan Abdulmuttalib ve ondan hak talep edenler, her kabileden birer temsil-

Efendimiz (sallallahu aleyhi ve sellem)

ciyle birlikte yola koyulup Şam cihetine yöneldiler. Yol uzun ve şartlar çetindi. Ağırlıklı olarak yolda, çöl şartları hakimdi.

Kaderin tecellisi ya, Hicaz'la Şam arasında bir yere geldiklerinde, Abdulmuttalib ve yanındakilerin suyu bitti. Çöl şartlarında suyun bitmesi, felaketin en büyüğüydü. Dişlerini sıkıp bir müddet daha devam etmeyi denediler, ama çöl bitip tükenme bilmiyordu. Çaresiz, o an için nizalı olsalar da beraber yürüdükleri Mekkelilerden su istediler. Ancak onların, su vermeye hiç niyetleri yoktu:

– Biz de çöldeyiz ve sizin başınıza geldiği gibi biz de susuz kalmadan korkuyoruz, diyorlardı. Onlardan bir fayda gelmeyeceği anlaşılmıştı. Bu sefer yanındaki akrabalarına döndü ve:

– Siz ne düşünüyorsunuz, diye sordu.

– Biz sana tâbiyiz. Sen ne dersen onu yapalım, diyorlardı. Böyle bir durumda, ya durup ölümü beklemek veya çevreye açılarak su aramak gerekiyordu ve onlar da, ikincisini tercih ettiler. Su bulma adına son bir gayretle yeni bir hareket kararı aldılar. Devesinin yanına varan Abdulmuttalib, ayağa kalkan devenin altından, tatlı bir su kaynağının fışkırdığını görünce, Zemzem'in çıktığını gördüğü zamanki gibi bir heyecana kapılmış ve:

– Allahü Ekber! Allahü Ekber, diye tekbir getirmeye başlamıştı. Hemen etrafında bir halka meydana getirdiler. Manzarayı gören herkes, dehşete kapılıyordu. Susuzluğun bu kadar yoğun bir şekilde konuşulduğu ve insanlarla hayvanların, susuzluktan kırılıp telef olma noktasına geldiği bir yerde, hele böyle kızgın çölün ortasında, aynı zamanda hemen toprağın üstüne kadar çıkan böyle bir suyun varlığı, gerçekten tekbir getirmeyi gerektirecek kadar açık bir inayetti.

Önce, kılıcıyla suyun çıktığı yeri genişleten Abdulmuttalib, hem arkadaşlarının hem de hayvanlarının susuzluğunu giderdi. Ardından da, beraberlerinde gelen ve susuzluk korkusuyla kendilerine su vermeyen Mekkelileri davet etti.

– Gelin de, Allah'ın bize lutfettiği sudan için ve hayvanlarınızı da sulayın, diyordu. Herkes, birbirine bakıyordu. Gözlerine inanamıyorlardı. İmkânsızdı bu. Ama olmuştu. Önce gelip sudan içtiler kana kana. Ardından da, hayvanlarını getirip onların ihtiyacını giderdiler. Bu kadar açık lütuf karşısında, biraz da mahcuplardı; kendilerinden su istediği halde vermedikleri Abdulmuttalib, tutmuş elindeki imkanı onlarla paylaşıyordu. Hallerinden, vicdanlarının devreye girdiği anlaşılıyordu. Çok geçmeden Abdulmuttalib'e yönelip şunları söylemeye başladılar:

– Allah'a yemin olsun ki ey Abdulmuttalib, hüküm bizim aleyhimize neticelendi. Vallahi de, Zemzem konusunda seninle asla husumet yaşamayacak, hak talep etmeyeceğiz. Şüphesiz ki sana Zemzem'i bahşeden de, bu çöl şartlarında şu suyu nasip eden Allah'tır.

Mesele artık tatlıya bağlanmış ve hakeme gitmeye de gerek kalmamıştı. Bir müddet dinlendikten sonra, geri dönüş için yola koyuldular ve katettikleri mesafeleri yeniden yürüyerek tekrar Mekke'ye geldiler.[39]

Abdulmuttalib'in On Çocuğu ve Nezrini Yerine Getirme Gayreti

Uzun bir süre riyaset vazifesini hakkıyla yerine getiren Abdulmuttalib'in, aradan geçen süre içinde on tane oğlu dünyaya gelmişti. On oğlunun da gürbüzleşip boy attığını ve kendisine arka çıkacak çağa geldiğini görünce, Zemzem'in ortaya çıkışındaki nezrini hatırladı ve bunu yerine getirmek için onlardan birisini kurban etmek istedi. Zira, Allah'tan samimi bir yürekle talepte bulunmuş ve bu talebine cevap verildiği takdirde oğullarından birisini Kâbe'de kurban edeceğini nezretmişti. Şimdi ise, kabul görmüş duaya mukabil, bu nezrin yerine getirilmesi gerekiyordu.

---

[39] İbn Hişâm, Sîre, 1/278 vd.

Efendimiz (sallallahu aleyhi ve sellem)

Önce oğulları Hâris, Zübeyr, Hacel, Dırâr, Mukavvim, Abduluzzâ (Ebû Leheb), Abbas, Hamza, Ebû Tâlib ve Abdullah'ı huzuruna toplayıp konuyu onlarla istişare etti. Babaları tarafından yapılmış bir nezir olduğuna göre itiraz etmek olmazdı ve onlar kabul ettiklerini bildirdiler. Ancak, kurban edilecek olanın nasıl belirleneceği henüz belli değildi. İşin burasında Abdulmuttalib, her birinin birer ok almasını ve üzerine kendi ismini yazarak kendisine vermesini talep etti. Çok geçmeden, bu talep de yerine getirilmişti. Ardından, okları alarak Kâbe'deki *Hubel*[40] putunun yanına giren Abdulmuttalib, getirdiği oklardan birisini çekti. Heyecanla okun üzerindeki isme baktı; *'Abdullah'* yazıyordu. Abdullah onun, en çok sevdiği küçük oğluydu. Ancak, hüküm kesindi ve değiştirmek olmazdı.

Dışarı çıktı ve önce sonucu ilan etti merakla bekleyenlere. Ardından da Abdullah'ın elinden tutarak, elindeki bıçakla birlikte nezrini gerçekleştirmek için İsâf ve Nâile putunun yanına doğru yöneldi.

İşin şakası yoktu. Zira onda, atası Hz. İbrahim gibi bir teslimiyet hâkimdi. Yüzyıllardır yolu gözlenen bir Nebi'nin dedesinden beklenen bir metanetti bu ve gerçekten de Abdulmuttalib, ciddi ciddi oğlunu kurban etmek için kollarını sıvamış, sözünü tutma adına kendine düşeni yapıyordu. Oğlu Abdullah'da da, Hz. İsmail gibi bir tevekkül hâkimdi. Bunu gören Kureyş ileri gelenleri, hızla yanına yaklaştılar ve:

– Sen ne yapmak istiyorsun ey Abdulmuttalib, dediler. Gayet sakin bir ses tonuyla:

– Onu kurban edeceğim, diyordu. Araya girdiler ve:

– Sakın bunu yapma! Çünkü bu, yapılacak bir şey değil; mazeretini kullan! Zira, burada bugün senin bunu yapman,

---

[40] Mekkeliler, akıllarının ermediği veya neseple ilgili bir problemle karşılaştıkları, yahut işinden çıkamadıkları herhangi bir durumda, Kâbe'ye getirilen hediyelerin biriktirildiği mekanda bulunan bu putun yanına gelirler ve onun yanında kura çekerek çıkan sonuca göre hareket ederlerdi.

Hz. İbrahim'e Uzanan Şecere

bundan sonra insanların gelip burada çocuklarını kurban etmeye başlamaları anlamına gelir. İnsanların kökünü mü kesmek istiyorsun, diye çıkıştılar. Fakat bütün bunlar, verilen sözün yerine getirilip getirilmemesi konusunda bir çözüm önermiyordu. Abdulmuttalib, ikna olmamıştı.

Aralarından birisi ileri atıldı ve şöyle bir teklifte bulundu:

– Kesinlikle onu kurban etme! Çünkü sen bu konuda mazursun. Dilersen, onu kurban etmek yerine, mallarımızı ortaya koyalım ve fidye karşılığında onu kurtaralım.

Bu teklif de Abdulmuttalib'e sıcak gelmemişti. Bir başkasının sesi yükseldi kalabalıktan:

– Sakın bunu yapma! İstersen onu *Hicaz*'a götür. Oradaki meşhur bilgeye durumu arz et ve onun göstereceği yolda yürür; *'kurban et'* derse kurban eder, bir başka yol gösterirse onu yerine getirir ve böylelikle nezrini yerine getirmiş olursun.

Bu teklif, Abdulmuttalib'in aklına yatmıştı. Elindeki bıçağı bir kenara bıraktı ve yanına aldığı bir heyetle birlikte bu bilge zatın yanına gitti. Onu Hayber'de buldular ve önce, başlarından geçenleri anlattılar bir bir. Ardından da, kendileri için bir çözüm bulması talebinde bulundular. Bilge zat:

– Bugün gidin ve bana haber geldiğinde yeniden gelin, dedi. Mecburen ayrıldılar yanından. Gece boyunca dualarla sabahladı Abdulmuttalib. Hayırlı bir sonuç çıkması için Rabbine dua dua yalvarıyordu.

Ertesi gün yeniden ve heyecanla bu şahsın kapısını çalıyorlardı. Açılan kapıdan, çözüm adına bir alternatifin geleceği seziliyordu. Önce:

– Sizin aranızda diyet miktarı nedir, diye sordu bilge.

– On deve, cevabını verdiler.

– Öyleyse şimdi memleketinize gidin ve kurban edilecek şahsı da on deveyi de ortaya koyun. Sonra da her ikisi için kur'a çekmeye başlayın. Şayet kur'a, delikanlının adına çıkar-

Efendimiz (sallallahu aleyhi ve sellem)

sa bu işlemi tekrarlayın. Ne zaman ki kur'a, develerin kurban edilmesi istikametinde çıkar, bilin ki Rabbiniz bu işten razı olmuş demektir. İşte o zaman siz de, arkadaşınızı kurban edilmekten kurtarmış olursunuz.

Güzel bir teklifti. Aynı zamanda bu teklifi yapan, herkes tarafından otorite kabul edilen bir makamdı ve hiç vakit geçirmeden yeniden Mekke'nin yolunu tuttular.

Bilgenin tavsiye ettiği şekilde işe koyulmadan önce Abdulmuttalib, yine Rabbine yöneldi ve atacağı adımların hayırlı sonuçlar doğurması için dua dua yalvardı. Ardından da, oğlu Abdullah ile on deveyi ortaya koyarak kur'a işlemine geçtiler. Abdulmuttalib, yine bir kenara çekilmiş, gönlünden gelen samimi hisleriyle Allah'a yalvarıyordu.

İlk kur'a, Abdullah'a çıkmıştı. On deve daha ilave ederek işlemi tekrarladılar; kur'ada çıkan yine Abdullah'tı. Her defasında on deve daha ilave ederek bu işlemi dokuz defa tekrarladılar ve dokuzunda da sonuç Abdullah'ın aleyhine tecelli etti. Nihayet, on deve daha ortaya koyup develerin toplamı 100 rakamına ulaştığında çekilen kur'ada sonuç, develer istikametinde tecelli edince, önce sevinçle göz göze geldiler ve ardından da Abdulmuttalib'e dönerek:

– Artık Rabbin rızası kazanılmış oldu ey Abdulmuttalib, dediler. Ancak Abdulmuttalib, daha temkinliydi ve bu işlemi üç kez daha tekrarladılar. Her defasında da kur'a Abdulmuttalib'in lehine çıkmıştı. Bütün bunlar, bir değer ifade ediyordu ve artık, yüz deve karşılığında Abdullah'ın kurban edilmekten kurtulması konusunda kalpler mutmain olmuştu. Nihayet, yüz deveyi orada kurban ederek, samimi bir yürekle Rabbe verilen söz de yerine getirilmiş oluyordu.[41]

Yıllar sonra Allah Resûlü (sallallahu aleyhi ve sellem) çıkacak ve kendisine:

---

[41] İbn Hişâm, Sîre, 1/288-290 ; Taberî, Târîh, 1/498

Hz. İbrahim'e Uzanan Şecere

– Ey iki kurbanlığın oğlu, diye seslenen bir bedeviye dönecek ve bunu tasdik edercesine:

– Ben, iki kurbanlığın oğluyum,[42] diyecekti. Zira, Hz. İsmail gibi babası Hz. Abdullah da, bıçak altına yatmış, tevekkülde nasıl zirveleştiklerini fiilen göstermişti.

Kutlu Yuva

Abdulmuttalib'in, on oğlu, altı da kızı dünyaya gelmişti. Efendimiz'in babası *Abdullah*, onun dünyaya gelen son oğluydu. Bu çocuğun her haliyle diğer oğullarından farklı olduğu gözlerden kaçmıyordu. İffet abidesi bir insandı. Onun için Abdulmuttalib onu, diğer çocuklarından daha çok seviyor ve adeta yanından hiç ayırmak istemiyordu. Aynı zamanda Abdullah, çok güzel bir yüze sahipti.

Kur'a işlemi tamamlanıp da yüz deveyi keserek nezrini yerine getirdikten sonra Abdulmuttalib, oğlu Abdullah'ın elinden tutarak *Zühreoğulları*nın yurduna geldi. Maksadı, Abdullah'ı buradan evlendirmekti. Nihayet, *Zühreoğullarının* reisi *Vehb İbn Abdi Menâf*'a gelerek, o gün için en soylu ve şeref sahibi genç bir kız olan kızı *Âmine*'ye talip olduklarını iletti. O günlerde Hz. Âmine, Kureyş arasında fazilet ve konum itibariyle, en önde olan bir genç kızdı.

Teklife icabet de olumluydu ve çok geçmeden Abdulmuttalib'in oğlu Abdullah'la, Vehb'in kızı Âmine'nin nikahı kıyılarak yeni bir yuva kurulmuş oldu. Bu yuva, yeryüzündeki ilk insan Hz. Âdem'den itibaren her peygamberin muştusunu verdiği, mânâya açık her gönül adamının, gelecek diye intizar ettiği *Son Nebi*'yi netice verecek bir yuvaydı.

Hz. Abdullah da, ticaretle uğraşıyordu ve çok geçmeden, bir kervanla birlikte o da, bu maksatla yola çıktı. Medine yakınlarına geldiğinde ağır şekilde hastalandı ve burada konak-

---

[42] Hâkim, Müstedrek, 2/604 (4036); Âlûsî, Rûhu'l-Meânî, 23/134

Efendimiz (sallallahu aleyhi ve sellem)

lamak zorunda kaldı. Çok geçmeden de, burada vefat etti. Vefat ettiğinde 25 yaşındaydı.

Geride miras olarak bıraktığı ise, beş deve, bir miktar koyun ve Ümmü Eymen künyesiyle çağrılan Habeşli bir cariyeden ibaretti.

Vefat haberi Mekke'ye gelince, Abdulmuttalib ailesine büyük bir hüzün hâkim oldu. Hz. Âmine, üzüntüsünü dile getirirken duygularını şiirle ifade ediyor ve genç yaşta kaybettiği kocasının arkasından yana yakıla ağıt yakıyordu.[43]

Ancak bu, tahammül edilmesi gereken bir durumdu; yüzyıllar öncesinden Bekke vadisine gelerek burada Kâbe'yi inşa eden Hz. İbrahim gibi baba Abdullah da, beklenen Son Sultan Hz. Muhammed'in, hicret edip kalan ömrünü geçireceği ve Allah davasını buradan bütün dünyaya tebliğ edeceği bir mübarek beldeye gelmiş ve adeta bir öncü kuvvet olarak O'nun adına Medine'ye kalıcı bir imza atmıştı.

Bu arada Hz. Âmine, cihanın doğumunu beklediği Zât'a hamileydi.

---

[43] Bkz. İbn Sa'd, Tabakât, 1/100

FİL HADİSESİ

Beri tarafta Abdulmuttalib'in başında bir gaile daha vardı; Habeş meliki Necâşî'nin Yemen valisi Ebrehe, ordusunu toplamış Kâbe'yi yıkmak için geliyordu. Bu şahıs, insanların ibadet maksadıyla Kâbe'ye yönelmelerini kıskanarak, alternatif olsun diye kendi topraklarında bulunan *San'a*'da büyük bir mabed yaptırmıştı. Heybet ve ihtişamını tamamlayabilmek için elindeki bütün imkânları seferber etmiş ve onu, devrinin zirvesindeki her türlü tezyinatla da süslemişti. Bunu yaparken, Bizans imparatorundan da destek alıyordu. Maksadı, hac ibadeti için Kâbe'ye giden insanların, yön değiştirip bu kiliseye gelmelerini temin etmekti. Bunu, Habeş meliki Necâşî'ye yazdığı mektupta açıkça ifade ediyordu:

– Ey melik! Senin için öyle bir kilise yaptırdım ki, onun bir benzeri senden önceki hiçbir melik için inşa edilmemiştir. Hac vazifelerini yerine getirmek için Arapları buraya çekmedikçe de asla durmayacağım.[44]

Ancak, temeli takva ve samimiyet üzere kurulan bir mekana, alternatif bir yer oluşturup oradan insanların ayağını

---
[44] İbn Sa'd, Tabakât, 1/91; Taberî, Tarih, 2/109

kesmenin imkânı yoktu. İşin özü, bu davete kimse icabet etmemişti.

Bir de Ebrehe'nin, hacıların yönünü değiştirmek için bu kiliseyi yaptırdığını duyan *Kinâne*oğullarından bir adam gizlice gidip bu kilisenin iç ve dışını, hakaret maksadıyla, tabiî ihtiyacını gidererek kirletmiş; üstüne üstlük bulabildiği kadar pisliği getirip kilisenin içine dökmüştü.

Bu hadise, Ebrehe'yi çileden çıkarmıştı ve bardağı taşıran son damla oldu; hemen emir vererek büyük bir ordu hazırlanmasını istedi.

– Şüphesiz bu Araplar bunu, evlerine alternatif olacağı için yaptılar; yemin olsun ki ben de onların Kâbe'sindeki taşları teker teker sökerek yerle bir edeceğim,[45] tehditlerini savuruyordu. Habeş meliki Necâşî'ye de mektup göndermiş, bu savaşta kullanmak üzere Mahmûd ismindeki meşhur büyük filini kendisine göndermesini istemişti.

Derken, altmış bin kişilik büyük bir ordu hazırlayıp Mekke'ye doğru yürümeye başladı. Ordusu arasında filler de vardı. Melikin gönderdiği Mahmûd'u kendi kontrolünde tutuyordu.

Mekke yakınlarındaki Muğammıs denilen yere geldiklerinde ordusuna konaklama emri veren Ebrehe, öncü kuvvet olarak Esved İbn Maksûd ismindeki bir kumandanıyla birlikte bir müfrezeyi Mekke'ye gönderdi. Mekke civarına kadar sokulan bu müfreze, Kureyş Hüzeyl ve Tihâmelilere ait kıymetli mal ve sürülerin yanında bir de, o gün Mekke'nin reisi olan Abdulmuttalib'e ait iki yüz deveyi gasp ederek geri döndü. Konudan haberdar olan Kureyş, Hüzeyl ve Tihâmeliler, böylelikle kapılarına kadar gelen bir tehlikenin varlığından haberdar olmuşlardı. Ancak, gelen ordunun gücünü duyduklarında, yapabilecekleri pek bir şey olmadığını da anlamışlar, çaresizlik içinde bekleşmeye durmuşlardı.

---

[45] İbn Sa'd, Tabakât, 1/91-92

Fil Hadisesi

Daha sonra Ebrehe, gönderdiği Hunâta adındaki bir elçi ile Abdulmuttalib'e şu mesajı ulaştırmıştı:

– Ben, sizinle harp etmek için gelmedim; benim geliş maksadım, şu Kâbe'yi yıkmaktır. Şayet bu konuda problem çıkarıp bana karşı gelmezseniz, benim sizinle bir işim yok.

Mesajı yerine ulaştıran elçinin Abdulmuttalib'den aldığı cevap, beklenilenden çok farklıydı:

– Vallahi, biz de onunla savaşma niyetinde değiliz; zaten buna gücümüz de yetmez. Bu ev ise, Allah'ın haram evi ve O'nun Halîl'i İbrahim'in yâdigârıdır. Şayet onu koruyacaksa mutlaka O koruyacaktır; eğer yıkmasına müsaade edecekse de bizim, onu koruma adına bugün yapabileceğimiz bir şey yok.

Hunâta, kendisiyle birlikte Abdulmuttalib'in de gelmesini istemiş ve o da yola koyularak Muğammıs'a kadar gelmişti. Ebrehe'nin niyeti belliydi ve bu niyetini gerçekleştirmek için yola koyulduğunda, sebepler açısından önünde duracak bir güç de yoktu. Ancak çıkmayan candan da ümit kesilmezdi. Bu durumda bile, çözüm arayışı içindeydi. Önce, tanıdık dost bir sima aradı ve Zî Nefr adında eski bir dostunun da burada olduğunu öğrendi. Sevinmişti; ancak, Zî Nefr denilen bu adam da, Ebrehe'nin esirleri arasındaydı. Yine de Abdulmuttalib, Ebrehe ile görüşüp bu işten onu vazgeçirme konusundaki isteğini iletti ona.

– Ey Zî Nefr! Başımıza gelen şu işi engelleyecek bir çözüm bulamaz mısın, diyordu.

– Sabah-akşam ne zaman öldürüleceği belli olmayan bir esir ne yapabilir ki? Şu halde, sizin için yapabileceğim hiçbir şey yok, diye cevapladı Zî Nefr. Arkasından da:

– Ancak, filleri sevkeden seyis benim arkadaşımdı. İstersen ona haber ulaştırıp sizin isteklerinizi melike ulaştırma, hakkınızı koruma ve melikle konuşma ortamı hazırlama hususlarında yardım isteyebilirim, dedi.

Efendimiz (sallallahu aleyhi ve sellem)

Böyle bir ortamda, her bir emare büyük bir umuttu ve adama haber gönderilip maksat anlatıldı. Çok geçmeden seyis, Ebrehe'nin karşısındaydı:

– Ey melik! Bu adam, Kureyş'in efendisidir; huzuruna gelmek için senden izin talep etmektedir. Aynı zamanda o, Mekke kervanlarının sahibi, insanlara bollukla ikramda bulunan, hatta dağ başlarındaki yırtıcı hayvanlara bile yiyecek dağıtan şerefli bir zattır. Onunla bir konuşsan da sana halini arz etse, diye de tamamladı.

Talep, kabul görmüştü. İri yapılı, heybet ve cemal sahibi Abdulmuttalib'i karşısında görünce Ebrehe, önce izzet ve ikramda bulundu; oturduğu yüksek yerden aşağıya indi ve kendisi de Abdulmuttalib'le birlikte yere oturdu ve tercümanı vasıtasıyla sordu:

– Ne ihtiyacın var, benden ne istiyorsun?

Alışılmışın dışında bir cevap geliyordu:

– Benden alınan ve mülküm olan iki yüz devemi geri vermeni istiyorum.

Ebrehe, büyük bir şok geçirmişti. Bu, nasıl bir reislikti! Karşı konulmaz bir ordu ile gelmiş, sorumluluğunu uhdesinde taşıdığı beldeyi yerle bir edeceğini haykırıyordu, ama o şahsına ait bir malın peşine düşmüş; olacaklara aldırış bile etmiyordu.

– İşin doğrusu, seni ilk gördüğümde, duruşundan etkilenmiştim, diye tepkisini dile getirdi önce ve arkasından ekledi:

– Fakat, konuştukça anlıyorum ki sen, öyle bir insan değilmişsin. Senden aldığım iki yüz devenin peşine düşüp onu benden istiyorsun da, senin ve atalarının dini olan bir evi yıkmak için gelmiş bir ordu hakkında hiçbir şey konuşmuyorsun!

Abdulmuttalib, vakar ve ciddiyetinden hiç taviz vermeden bütün samimiyetiyle:

Fil Hadisesi

– Ben, sadece develerin sahibiyim; şüphesiz, o evi de koruyacak bir Sahibi var, deyiverdi. *"Şu an için istediğin her şeyi yaparım zannediyorsun; ama iş, öyle senin zannettiğin gibi kolay değil."* mânâsına geliyordu. Zira, güç ve kuvvetin gerçek sahibine sığınıp dehalet eden hiçbir zayıfa, onun dışındaki hiçbir güç zarar veremezdi ve işte, Abdulmuttalib de Ebrehe'ye bu gücü hatırlatıyordu.

Elbette Ebrehe kızmıştı:

– Onu bana karşı kimse koruyamaz, diye gürledi sinirle... Tavrını hiç değiştirmeyen Abdulmuttalib, kendinden emin bir ses tonuyla ve bunu zaman gösterecek dercesine:

– Madem öyle, işte o ve işte sen, deyiverdi. Bunun anlamı, *"Madem öyle, sonucuna da katlanırsın."* demekti.

Ortam iyice gerilmişti. Aldığı cevaplar karşısında oldukça sinirlenen Ebrehe, buna rağmen Abdulmuttalib'in develerini geri teslim etti.

Yeniden Mekke'ye dönen Abdulmuttalib, ahaliyi toplayıp işin vahametini haber verdi ve herkesten, gelecek tehlikelerden canlarını kurtarmaları için, Mekke'yi terk ederek dağlara sığınmalarını istedi. Ardından da, Mekke'nin önde geleniyle birlikte Kâbe'ye geldi. Kapının halkasına yapıştı ve Ebrehe ordusuna karşı kendilerine yardım etmesi ve Hz. İbrahim emanetine sahip çıkabilmeleri için, beraberce ve saatler süren bir yakarışla Rabb-i Rahîm'e yalvarmaya durdular. Daha sonra onlar da Kâbe'den ayrılıp dağ başlarına çıkarak beklemeye koyuldular.

Beri tarafta Ebrehe, ordusunu hazırlamış ve Kâbe'yi yıkmak için hareket emri vermişti. Ancak, ordusunun içinde onun emrini dinlemeyenler vardı. Filleri sevk etmekle görevli olan Nüfeyl ibn Habîb isminde bir zat, kendisinden çok büyük işler beklenen Necâşî hediyesi Mahmûd'un kulağına eğilmiş ve:

Efendimiz (sallallahu aleyhi ve sellem)

– Olduğun yere çök ve sakın kalkma! Ardından da sağ-salim olarak geldiğin yere geri dön! Çünkü sen, Allah'ın haram bir beldesindesin, demişti. Firavun hanedanı arasındaki mü'min özellikleri taşıyan bu zat da, kendisine düşen görevi yerine getirmenin huzuruyla oradan ayrılmış ve o da dağlara sığınmıştı.

Müsebbibü'l-Esbâb olan Allah'ın, kimi ve ne şekilde hayra sebep kılacağı belli olmazdı. Gerçekten de Mahmûd, olduğu yere çökmüştü ve bütün zorlamalara rağmen ayağa kalkıp bir türlü Mekke'ye doğru yol almıyordu. Bir aralık, yönünü değiştirmeyi denediler; hiç beklemedikleri şekilde Mahmûd yerinden fırlamış ve koşarcasına ilerliyordu. Sağ ve sol istikamete de çevirdiklerinde durum farklı değildi; filin gitmediği tek istikâmet, Kâbe yönüydü. Zavallı hayvanı, akla hayale gelmedik şekilde dövüp tartakladılar, ama sonuç değişmiyordu. Mahmûd, kan revan içinde kalmıştı.

Bu ara, hiç beklemedikleri bir gelişmeye daha şahit oluyorlardı; sahil cihetinden büyük bir karartı kopmuş kendilerine doğru geliyordu. Biraz daha yaklaşınca, gelenlerin büyük bir kuş sürüsü olduğunu gördüler. Büyük bir gürültüyle üzerlerine doğru gelen bu kuşlar, Allah düşüncesine savaş açan Ebrehe ordusunu hedef seçmişlerdi ve taşıdıkları nohut büyüklüğündeki taşlarla ordunun üzerine yürüyorlardı. Her biri, gagaları ve ayaklarında üçer tane taş taşıyordu. Attıkları her bir taş, mutlaka bir askerin üzerine isabet ediyor ve taşın isabet ettiği asker de olduğu yere yığılıp çöküveriyordu. Orduyu, büyük bir korku ve telaş kaplamıştı. Şimdiye kadar böyle bir hadiseyi, ne görmüş ne de duymuşlardı. Çığlıklar arasında koşuşturan her bir asker, hedefi belli olmayan bir yöne doğru kaçmaya çalışıyordu, ama hedefi belli olan bir taşın gelip de kendisini bulmasından kurtulamıyordu. Ebrehe de bundan

Fil Hadisesi

nasibini almıştı. Kaçarken isabet eden taşın etkisiyle vücudu pul pul dökülmeye başlamış ve o da, büyük bir inilti, ıstırap ve korkuyla geri dönerken son nefesini vermişti.

Çok geçmeden, kimsenin karşı koymaya cesaret edemeyeceği ihtişamdaki Ebrehe ordusu, elinde güç olmadığı halde gücün gerçek sahibine yönelmekle kuvvet kazananlar karşısında yerle bir olmuş ve yenilmiş ekin taneleri gibi delik deşik hale gelivermişti. Sanki gizli bir el, masanın üstündeki kir ve pası temizlercesine Ebrehe ordusuna yönelmiş, üstlerine bir sünger çekerek Hicaz'ı, kir ve paslarından temizleyivermişti.

Temizliği bir başka temizlik takip edecekti; bardaktan boşanırcasına bir yağmur yağacak ve bundan hasıl olan seller, önlerine kattıkları cesetleri alıp denize dökecek ve böylelikle, Allah davasına baş kaldıran küfür ordusunun geride bıraktıkları da dezenfekte edilerek Hicaz, yeniden yaşanılır bir mekana inkılâb edecekti.

Zira, çok geçmeden bu mekanı, Alemlerin Sultanı şereflendirecekti.

KUTLU DOĞUM

Abdulmuttalib'in tevekkül ve teslimiyetiyle birlikte, Ebrehe ve ordusunun başına gelenler dilden dile dolaşır olmuştu. Zihinler bir kez daha silkelenmiş ve Hz. İbrahim'le Hz. İsmail'in dua dua yalvararak inşa ettikleri Kâbe'ye ilişilemeyeceği bir kez daha perçinlenmişti. İşte şimdi dünya, bu duaların kabul edilişini yaşamaya hazırlanıyordu.

İnsanlığın beklediği Son Kurtarıcı'ya hamile kalan Hz. Âmine, diğer anne adayları gibi sıkıntılar yaşamıyor ve tatlı bir meltem gibi kendisini kucaklayan rahmet esintileri altında bir hamilelik süreci geçiriyordu. Üstüne üstlük bir de, kulağına fısıldanan müjdeler oluyordu. Bir gün şunları duydu, Hz. Âmine:

– Şüphesiz ki Sen, ümmetin efendisine hamilesin. Onu dünyaya getirdiğin zaman; O'nu, her türlü hasetçinin şerrinden, Bir olana istiâze ediyor ve O'nun korumasına bırakıyorum, de ve ardından, adını da *"Muhammed"* koy.[46]

Âmine, şahit olduğu bu olaydan oldukça etkilenmişti. Evet, yetim bir çocuk dünyaya getirecekti. Ama bu yetimin, ümmetin efendisi olması ne demekti? Hem, Muhammed diye

---

[46] İbn Kesîr, el-Bidâye, 2/263

bir isim bilmiyordu. Zira o gün için Muhammed ismi, bilinen bir ad değildi. Bütün Hicaz'da, sadece üç kişiye verilmiş bir isimdi. Bunların üçünün babası da, kral ve meliklerle birlikte bulunmuş, ehl-i kitap insanlardı. Her biri de, hanımlarının hamile oldukları dönemde vefat etmişler ve vefat etmeden önce de, şayet doğacak çocuk erkek olursa adını Muhammed koyması konusunda eşlerine vasiyette bulunmuşlardı. Zira biliyorlardı ki, ahir zamanda gelecek Son Nebi'nin adı Muhammed olacaktı ve artık O'nun yıldızı doğmak üzereydi.[47]

Karnında taşıdığı emanet, onun rüyalarına konu oluyor ve böylelikle onun yükü hafifletilmiş oluyordu. Bir gün anne Âmine, rüyasında vücudundan büyük bir nurun çıktığını görecek ve bu nurla, Basra ve Şam bölgesinin saraylarının aydınlığa kavuştuğuna şahit olacaktı.[48]

Tarihin, 20 nisan 571'i gösterdiği bir gündü. Fil hadisesi üzerinden yaklaşık 50 gün geçmişti. Kamerî takvim, Rabîülevvel ayının 12'sini gösteriyordu. Günlerden pazartesi idi. Tan yerinin aydınlığa durduğu bu demde, bütün karanlıkları aydınlığa kavuşturacak bir doğum yaşanıyordu. Hz. Âmine'nin yanında, Abdurrahman İbn Avf'ın annesi Şifa Hatun ile Osman İbn Ebi'l-Âs'ın annesi Fâtıma Hatun vardı. Derken, asırlardır dilden dile muştusu dolaşan Son Sultan Hz. Muhammed (sallallahu aleyhi ve sellem), olanca bir sühûlet içinde dünyaya teşrif ediverdi. Âmine'nin yetimi dünyaya gelmişti; ama başka çocuklara hiç benzemiyordu. Dudakları kıpırdıyor ve bir şeyler söylüyordu. Şifa Hatun biraz dikkat edince, "Allah sana merhamet etsin!" dediğini duydu. Odanın içi bir anda aydınlanıvermiş; Doğu ile Batı bu aydınlıkla nura gark olmuştu. Hatta bu nurla, Rûm diyarının sarayları görülür olmuştu.[49] Fâtıma Hatunun da şehadetiyle evin her bir köşesi, adeta nur

---

[47] İbnü Seyyidi'n-Nâs, Uyûnu'l-Eser, 1/88
[48] Bkz. Ahmed b. Hanbel, Müsned, 4/127; 5/262; İbn Hişâm, Sîre, 1/293
[49] Kastallânî, Mevâhib, 1/122

kesilmişti. Sanki gökteki yıldızlar salkım salkım uzanmış ve üzerlerine dökülecek gibi olmuştu.[50]

Hemen Abdulmuttalib'e haber gönderildi ve Kâbe'de ibadetle meşgul olan dede Abdulmuttalib, heyecanla eve geldi. Âlemin beklediği Nûr'u kucağına aldığında sevinçten sakalı, gözyaşlarıyla yıkanıyordu. Oğulları arasında en çok sevdiği Abdullah'ın yetimi, sağ-salim dünyaya gelmiş; mânâlı bakışlarla kendini süzüyordu. Kürek kemikleri arasında bulunan işaret, herkesin dikkatini çekmişti; zira bu, din bilginlerinin tarif ettikleri gibi gelecek Son Nebi'nin *'risâlet mührü'* idi.

Sıra adını koymaya gelince Hz. Âmine, görüp duyduklarını anlattı Abdulmuttalib'e ve adını *'Muhammed'* koydular. Sonra da Abdulmuttalib, şükrünü eda etmek için torununu kucağına alıp doğruca Kâbe'ye geldi. İlk defa Kâbe, ikizi ile buluşuyordu. Abdulmuttalib'e, Abdullah'ın yetimi biricik torununa niçin bu ismi verdiği sorulunca o şunları söyleyecekti:

– Rüyamda, sanki gümüşten bir silsile gördüm; ortasından bir direk çıkmış, bir tarafı semaya, diğeri yerin derinliklerine, bir diğeri doğuya diğer biri de batıya doğru yönelip yükseliyordu. Daha sonra sanki bu, bir ağaç oluverdi. Her yaprağı nur doluydu. Doğu ve batıdaki herkes, bu ağaca müteveccih olup ona tutunma yarışına girmişlerdi.[51]

Zira o, gördüğü bu rüyayı tabircilere sormuş ve onlar da, neslinden dünyaya teşrif edecek birisinin, doğu ve batılılar tarafından umde kabul edilerek arkasından gidileceğini, sema ve arz ehlinin de, O'nu takdis ederek başlarına taç yapacaklarını anlatmışlardı. Abdulmuttalib, bunları Hz. Âmine'nin anlattıklarıyla birleştirince, tereddüdü kalmamış ve artık, torununa Muhammed diye seslenir olmuştu.

Aradan yedi gün geçmişti; Arapların genel âdeti olduğu

---

[50] Kâdı İyâz, Şifâ, 1/267
[51] Ebû Zehra, Hatemü'n-Nebiyyîn, 1/140

şekilde Abdulmuttalib de, Abdullah'ın yetimini aldı ve O'nu sünnet ettirdi.[52]

Efendiler Efendisini annesinden sonra henüz bir haftalık iken emziren, Ebû Leheb'in cariyesi Süveybe'dir. Onu, yeğeninin doğumunu haber verdiğinden dolayı Ebû Leheb, bir sevinç nişanesi olarak hürriyetine kavuşturmuştu. Ancak, İslâm'ı tebliğle birlikte yeğeniyle yollarını sonsuza kadar ayıran bu öz amcanın, sırf bu hareketinden dolayı bir nebze de olsa ahiret azabından rahatlık duyacağı bilinmektedir. Zira, vefatından bir yıl sonra kardeşi Hz. Abbas'ın rüyasına giren ve perişan haliyle yürekler yakan Ebû Leheb'e:

– Bu ne hal, nelerle karşılaştın, diye sorulduğunda, iki parmağının arasını işaret edecek ve şu cevabı verecekti:

– Sizden sonra hayır adına hiçbir şey görmedim; sadece Süveybe'yi hürriyete kavuşturduğum için bir yudum su alma imkânım oluyor.[53]

Süt anne Süveybe, daha önce Abdulmuttalib'in bir diğer

---

[52] Mübârekfûrî, Safiyyürrahmân, er-Rahîku'l-Mahtûm, Dâru'l-Vefâ, el-Mensûra, 2004, s. 61. Efendiler Efendisi'nin sünnetli olarak dünyaya geldiğine, yahut O'nu, süt annesinin yanındayken şakk-ı sadr hadisesinde Cibril'in sünnet ettiğine dair de bazı rivayetler vardır. Ancak, her yönüyle kemali temsil eden ve her haliyle ümmetine örnek olacak olan bir Zât için sünnet gibi bir meselede böylesine harikulade bir hadise arayışına girmek pek uygun düşmemektedir. Aynı zamanda bu rivayetler, erbabınca tetkik edilmiş ve mevsûkiyeti konusunda şüphelerin olduğu tespiti yapılmıştır. (Bkz. İbnü'l-Kayyim, Zâdü'l-Meâd, 1/81, 82, 233; İbn Kesîr, el-Bidâye, 2/265; Suyûtî, Hasâisü'l-Kübrâ, 1/91; Halebî, Sîre, 1/87, 88). Onun için biz, doğumunun yedinci gününde sünnet olduğunu ifade eden rivayeti esas aldık.

[53] Buhârî, Sahîh, 5/1961(4813); İbn Hişâm, Sîre, 1/110, 111; İbn Sa'd, Tabakât, 1/108. Süveybe'nin, Efendimiz Mekke'de olduğu sürece kendisini ziyarete gittiği ve bu sebeple Hz. Hatice validemizin kendisini hürriyete kavuşturmak istediği, ancak Ebû Leheb'in buna yanaşmadığı da gelen rivayetler arasındadır. Buna göre o, ancak hicretten sonra hürriyetine kavuşmuştur. Bkz. İbn Sa'd, Tabakât, 1/108. Konuyla ilgili rivayetlere bakıldığında Süveybe'nin Müslüman olma ihtimali çok zayıf gözükmektedir.

oğlu ve Efendimiz'in amcası olan Hz. Hamza'yı da emzirdiği için, Hz. Hamza ile Allah Resûlü (sallallahu aleyhi ve sellem) süt kardeş olmuşlardı.⁵⁴

Dört Bir Yandan Gelen Haberler

Çok geçmeden, dört bir yandan farklı haberler gelmeye başladı. İşin ilginç yanı, bu haberlerin hepsinin de, yeni doğan küçük Muhammed'le ilgili olmasıydı. Çünkü O, insanlığın Son Sultanıydı ve kâinat ağacının en mütekâmil meyvesi idi. Varlığın vücut bulmasındaki sebep O olduğu gibi; insanlığın geleceği de, O'nun getireceği mesajın muhtevasında yatıyordu. Onun için varlık, O'nun gelişiyle ilgili olduğunu gösteriyor ve değişik yansımalarıyla insanların dikkatini, bu kutlu doğuma çekiyordu.

Önce, Kâbe'deki putların o gece, baş aşağı yere düştüklerinin haberiyle çalkalandı Mekke... Kimin yaptığını ve niçin böyle bir sonuçla karşılaştıklarını kimse anlayamamıştı. Ardından da, farklı yerlerden değişik haberler peşi peşine gelmeye başladı. Her bir haberde, beklenen Nebi'nin gelişine karşılık eşya ve hadiselerin, kendi çapında kendilerine mahsus bir dille 'hoş geldin' mesajları gizliydi.

Yeni Bir Yıldız

Bilhassa Yahudi âlimleri arasındaki yaygın anlayışa göre, ahir zaman peygamberinin doğumu yaklaşmıştı ve bu doğumu haber verecek olan yıldız da doğmak üzereydi. Zaten, uzun zamandır gökyüzünde, adeta bir maytap şenliği başlamıştı, yıldız kaymaları semada sürekli kavsiyeler çiziyordu.

---

⁵⁴ Hz. Hamza'yı, kısa bir süreliğine de olsa Halîme-i Sa'diye de emzirmiş ve böylelikle o, Efendimiz (sallallahu aleyhi ve sellem) ile iki ayrı bağla süt kardeş haline gelmişti. Bkz. Buhârî, Sahîh, 2/935 (2502)

Efendimiz (sallallahu aleyhi ve sellem)

Daha önceleri hiç bu kadar yıldız kayması yaşanmamıştı; o geceden sonra da yaşanmayacaktı. Zira şeytani düşüncenin haber kaynaklarına yıldızlar kurşun olmuş yağıyor, O'na ve O'nunla gelecek hakikatlere zarar vermesinin önüne geçilmiş olunuyordu. O güne kadar Hicaz'da yaygın olarak yapılagelen kâhinlik, bundan sonra vahye karıştırılmamak için son bulacak ve kâhinlere gelen haberlerin de önü kesilecekti. Zira O, kâhinleri de kâhinliği de ortadan kaldırmak için geliyordu.

O gün Mekke'de, Yahudi bir tüccar vardı. Sabah olunca Kureyş'e şunları soruyordu:

– Ey Kureyş Topluluğu! Bu gece sizin aranızda bir çocuk dünyaya geldi mi?

Henüz kimsenin haberi yoktu ve:

– Vallahi haberimiz yok, bilmiyoruz, dediler.

Bunun üzerine adam, önce tekbir getirdi ve arkasından da şunları tembihledi onlara:

– Bir yanlışınız var; gidin iyice bakın ve söylediklerimi de iyice hıfzedin: Bu gece, ümmetin Son Nebisi Ahmed dünyaya geldi. İyi bakın; zira o burada değilse Filistin'dedir. İki omuz küreği arasında, siyahla sarı arasında tüylerle örtülü risalet mührü vardır.

Mekkeliler, adamın sözlerinden hayrete düşmüşlerdi. Şaşkınlıkla birbirlerine bakıyorlardı, ama henüz böyle bir doğumdan da haberdar değillerdi. Her zaman olduğu gibi bu meclis de dağılmış ve herkes çoluk-çocuğunun arasına gitmişti. Çok geçmeden her biri, o gece Abdulmuttalib'in bir torunu olduğu ve adını da Muhammed koydukları haberini alıyordu. Daha da ilginci, Yahudi bilgenin anlattığı gibi bu çocuğun iki omuz küreği arasında tarif edildiği şekilde bir mührün bulunmasıydı.

Durumdan haberdar olan Yahudi bilgenin yanına geliyordu. Onlar:

– Hani sen, bizim aramızda bir çocuğun dünyaya gelişinden bahsetmiştin ya, demeden adam:

– Ben size haber verdikten sonra mı doğdu, önce mi, diye sordu telaşla.

– Önce, dediler.

Adam iyice heyecanlanmıştı ve bir an önce kendisini bu çocuğun yanına götürmelerini istedi. Hz. Âmine'nin yanına gelip de küçük Muhammed'in omuz kürekleri arasındaki mührü görünce kendinden geçip bayıldı. Kendine geldiğinde:

– Yazıklar olsun! Sana neler oluyor, diye çıkıştıklarında da, teker teker şunları söylemeye başladı:

– Artık nübüvvet meselesi, İsrailoğullarının elinden çıkıp gitmiştir. Bu, böyle yazılıdır. Artık peygamberliğin bereketi Araplarındır. Sevinin ey Kureyş! Çünkü O, sizinle birlikte öyle bir güce ulaşacak ki O'nun haberi, Doğu ile Batı arasını dolduracak.[55]

Benzeri bir durum da Medine'de yaşanıyordu. O gün için henüz sekiz yaşlarında bir çocuk olan meşhur şair Hassân bin Sâbit, bu heyecanı yıllar sonra şu cümlelerle anlatacaktı:

– Ben o zaman yedi veya sekiz yaşlarında bir çocuktum ve işittiğim her şeyi anlıyordum. Yesrib kalelerinden birinin üzerinde Yahudi bir bilgeyi, yüksek sesle şöyle bağırırken gördüm:

– Ey Yesrib halkı! Ey Yesrib halkı!

Bu telaşa herkes şaşırmıştı. Belli ki, çok önemli bir hadise gerçekleşmişti veya büyük bir tehlike geliyordu. Çok geçmeden:

– Ne bu telaşın? Ne oldu sana, diyerek etrafında toplanıverdiler. Etrafında birikenlere şöyle sesleniyordu:

– Bu gece, dünyaya gelen Ahmed'in yıldızı doğdu.[56]

---

[55] İbn Sa'd, Tabakât, 1/162, 163
[56] Kastallânî, Mevâhib, 1/122

Efendimiz (sallallahu aleyhi ve sellem)

Fars Topraklarındaki Telaş

O gün için iki büyük devletten birisi olan Fars'tan gelen haberler de oldukça ilginçti. Kisrâ saraylarının bulunduğu yer şiddetle sarsılmış ve bu sarayın, sağlamlıkta eşine rastlanmayacak kadar dayanıklı olduğuyla iftihar edilen on dört eyvanı yerle bir olmuştu. Bir gecede, mukaddes olarak bilinen Sâve gölünün suyu çekilmiş ve kuruyuvermişti. Bir de Fars imparatoru o gece rüyasında, Arap atlarının, semiz ve güçlü develeri arkasına takıp Dicle'yi geçtiklerini görmüş, oradan da ülkesinin her bir tarafına yayıldıklarına şahit olmuştu.

Endişe ve telaşla sabahlayan kral, sabah olup da tacını giyer giymez olanları vezirleriyle paylaştı ve bunun bir anlamının olduğu üzerinde durarak bütün bunların manasını bilen birisini bulmalarını istedi. İşte tam bu sırada, İstahrâbad denilen yerde bin senedir hiç sönmeden yanan ve insanların etrafında pervane olup döndükleri ateşin de o gece sönüp tarih olduğu haberi gelivermişti. Kral, yanındaki birinci adama döndü ve bütün bunların ne anlama geldiğini sordu. Bilge vezir:

– Arapların olduğu yerde büyük bir hadise olduğu anlaşılıyor, diyordu.

Evet, büyük bir hadisenin olduğu anlaşılıyordu; ama bunun ne olduğu henüz belli değildi. Hiç vakit geçirmeden Hîre valisi Nu'mân bin Münzir'e haber göndererek, hem konuyu araştırmasını hem de bütün bunların ne anlama geldiğini bilen birisini bulup kendisine getirmesini istiyordu. Durumun nezaket ve ciddiyetini kavrayan vali de, bir başka bilge ve aynı zamanda meşhur kâhin Satîh'in yeğeni olan Abdulmesîh'i, söz konusu bu kâhine göndermiş ve bütün bunların yorumunu dayısından teker teker almasını istemişti.

Nihayet Abdulmesîh, Dayısı Satîh'in yanına gelip yaşanılanları anlattı bir bir. Satîh'in ayakta duracak takati yoktu; yaşlanmıştı ve artık son demlerini yaşıyordu. Bunun için Abdulmesîh, bir an önce bütün bunların ne anlama geldiğini öğrenmek istiyordu. Olup bitenleri dinledikten sonra, birden ciddileşen ve kendini toparlayan Satîh, güçlükle şunları söylemeye başladı:

– Ey Abdulmesîh! Büyük asânın sahibi gönderildi, artık ilahî vahiy hükmünü icra edecek. Semâve vadisi taşıp Sâve gölü kuruduğuna ve Farslıların da sönmeyen ateşi söndüğüne göre artık, Arap yarımadasında Satîh'e yer yok demektir. Mutlak Hâkim böyle murad buyurdu ve risaletle nübüvvet ipinin iki ucu böylelikle düğümlenmiş oldu. Buralara bundan sonra, çöken eyvanlar sayısınca melikler hâkim olacaktır. İnan, bunların hepsi de olacaktır.[57]

Bu cümleler, Satîh'in son sözleri olmuştu. Adeta, yıllardır bu cümleleri söylemek için zamana direnmişti. Şimdi de, vazifesini yapmış olmanın huzuruyla artık dünyaya veda ediyordu.

---

[57] Taberî, Tarîh, 2/131, 132. Gerçekten de tarih, bu çöküş ve yıkılışa şahit olacak, 67 yıl sonra Hz. Osman (radıyallahu anh)'ın hilafeti zamanında on dört melikin idare ettiği Sasaniler, Kâdisiyye Savaşıyla İslâm hakimiyetine teslim olacaktır.

SÜT ANNEYLE GEÇEN SENELER

Yeni doğan çocukları, daha gürbüz büyümeleri ve pürüzsüz bir dil öğrenmeleri için süt anneye verme, Mekkelilerin bir âdeti haline gelmişti. Çünkü Mekke, sıcak ve yorucu bir iklime sahipti. Bir de, uzaklarda yaşayan bazı kabileler, hem şehir hayatının olumsuzluklarından uzak kalıp kendilerine ait kültürü muhafaza edebiliyor hem de cahiliyeye ait çirkinliklere bulaşmadan nezih bir hayat yaşıyorlardı. Her yönüyle bunaltan bu atmosferden uzaklaşarak çocukların daha tabii şartlarda büyümesi, genel bir alışkanlık haline gelmiş ve adeta Mekke'de, bu işin de bir pazarı kurulmuştu. Belli zamanlarda bu pazara gelinir ve yeni doğmuş çocukların ebeveynleriyle burada buluşularak yavruları alınır; yeniden badiyeye geri dönülürdü.

Bu maksatla Benî Sa'd yurdundan yola çıkan Hâris İbn Abduluzzâ ve onun hanımı Halîme Binti Abdullah İbn Hâris, beraberlerindeki on kadınla birlikte Mekke yollarına düşmüşlerdi. Zira, uzun zamandır devam edegelen kıtlık, her yanı kavurmuş; elde avuçta bir şey bırakmamıştı. Bu yüzden, beraberlerindeki küçük çocuklar açlıktan kıvranıp ağlaşırlarken, anneleri bunları doyuracak bir yiyecek imkânı bulamıyordu. Kendileri de bir şeyler yiyip içemedikleri için sütleri kurumuş,

Efendimiz (sallallahu aleyhi ve sellem)

çocukları teskin edebilecek bir damlaya hasret kalmışlardı. Tek umutları, serinleten bir yağmurun yağmasıydı. Bu yüzden yol, bir türlü bitmek bilmiyordu.

Bir de, Halîme'nin üzerine bindiği cılız merkeple Hâris'in ihtiyar devesi, yürümekte zorlanıyor ve bundan dolayı arkadaşlarına yetişemiyorlardı. Mekke'ye ulaştıklarında, yol arkadaşları çoktan işlerini bitirmiş ve her biri, birer süt yavru alarak dönüş hazırlıklarına bile başlamışlardı.

Halîme ve Hâris de, aynı maksatla kapı kapı dolaşmaya başladılar. Süt anneye verilmeyen sadece, Abdullah'ın yetimi Muhammed kalmıştı. Kapıyı her çalan, O'nun yetim olduğunu öğrenince, hizmetlerine karşılık bir bedel alamayacağı endişesiyle geri dönmüş ve bir başka kapıya yönelmişti. Bilmiyorlardı ki O, herkesin kendisine yöneleceği beklenen şahıstı. Nihayet Halîme ve Hâris de bu kapıya geldiler ve öncekiler gibi onlar da başka süt yavru buluruz ümidiyle ayrıldılar oradan. Ancak, sonuç olumsuzdu. Bu kadar yol teptikten sonra eli boş dönmek de olmazdı. Kocası Hâris'e dönerek:

– Süt yavru almadan arkadaşlarımın arasına dönmeyi istemiyorum; gel, o yetimi alalım ve öyle dönelim, dedi Halîme.

– İstiyorsan öyle yap; belki de Allah, O'nun vesilesiyle bize bereket ihsan eder, hayır ve yümün verir,[58] diye cevapladı Hâris ve böylelikle yeniden Abdulmuttalib'in kapısına geldiler.

Yeniden geldiklerini görünce Hz. Âmine, talip oldukları çocuğun herhangi bir çocuk olmadığını anlattı önce onlara. Ardından da, hamile kaldığı zaman yaşadığı kolaylıklardan, gördüğü rüyadan ve bu rüyayı tevil ettirdiğinde anlatılanlardan bahsetti bir bir. Zira bu, sadece Hz. Âmine'nin değil, kıyamete kadar gelecek insanlığın emanetiydi ve ona göre hassasiyet gösterilmeli; kılına bile zarar getirilmemeliydi.

---

[58] İbn Hişâm, Sîre, 1/300; İbn Sa'd, Tabakât, 1/110, 111

Süt Anneyle Geçen Seneler

Hâris ailesi, anne Âmine'den çocuğu aldığında, içlerinde büyük bir huzur duymuşlardı. Halîme-i Sa'diye, kucağına aldığı yavruyu, hemen oracıkta emzirmek istedi. Beklemediği bir sonuçla karşılaşmıştı: Hiç süt olmayan göğüsleri sütle dolup taşmaktaydı! Önce Efendiler Efendisi, ardından da, aylardan beri karnı doymadan uyumak zorunda kalan Halîme'nin oğlu Abdullah emdi doyasıya. Her ikisi de uyumuşlardı. Halbuki Abdullah, sürekli huzursuzdu ve bir türlü uyumak bilmiyordu.

İhtiyar devenin yanına geldiklerinde onda da bir hareketin olduğunu müşahede edeceklerdi; onun da memeleri süt dolmuştu ve o da ayrı bir berekete mazhar olmuştu. Sağıp kendileri de içtiler doyasıya. Mekke'de geçirdikleri o gece, hayatlarının en mesut gecesiydi. Ertesi sabah Hâris, Halîme'ye dönmüş şunları söylüyordu:

– Vallahi şunu iyi bil ki ey Halîme, sen ne mübarek bir nesilden süt yavru tercih etmişsin!

Kocası gibi, bu bereketi Halîme de fark etmişti. Bunun için:

– Allah'a yemin olsun ki, ben de öyle umuyorum, dedi Hâris'e.

Daha sonra da, Mekke'deki işleri biten ve bir süt yavru bulan aile, yurtlarına dönmek için yola koyuldular. Arkadan biricik oğluna şefkatle bakan Hz. Âmine, O'nu uzun uzun süzecek, ardından da başına bir şeyler gelmemesi için izzet ve celal sahibi Rabb-i Rahim'ine emanet edecekti.

Merkebine binen ve Efendiler Efendisini de kucağına alan Halîme-i Sa'diye, o zayıf ve cılız bineğin birdenbire değiştiğini ve ayrı bir çeviklik kazanarak koşarcasına yürüdüğünü görüyordu. Hatta, kendilerinden bir gün önce yola çıkmalarına rağmen Mekke'ye beraber geldiği arkadaşlarına yetişmiş ve dönüşte yaşadıkları gibi bu sefer arkada kalmayacaklarını fiilen de göstermişlerdi.

Efendimiz (sallallahu aleyhi ve sellem)

Kendileri yorgun ve bitkin olmalarına rağmen Halîme ve Hâris'in yol almadaki hızlarına ve üstüne üstlük üzerlerinde yorgunluk emaresi bulunmamasına bakanlar, bütün bu gelişmelere bir mânâ vermeye çalışıyorlar, ama işin içinden çıkamıyorlardı. Çok geçmeden Halîme'ye dönecek ve şöyle sesleneceklerdi:

– Ey Züeyboğullarının kızı, bu ne hâl? Hani sen hep bizim arkamızda kalıp gecikmiyor muydun? Yoksa bu, senin gelirken bindiğin merkep değil mi?

Kendinden emin olan ve yaptığı işin bereketiyle coşan Halîme:

– Vallahi de evet! Bu, gelirken bindiğim merkebin ta kendisi, diye seslenecek ve arkasından da:

– Vallahi de ben, bugüne kadar gördüğüm bereket yönüyle en hayırlı çocuğu tercih edip almışım, diyecekti. Hemen sordular:

– Yoksa O, Abdulmuttalib'in oğlu mu?

Evet, bu işte bir hayır vardı ve hayrın peşinde olan Halîme ve kocası Hâris, şimdi bu hayra mazhariyet yaşıyorlardı.[59]

Ancak bu mazhariyet, sadece bunlardan da ibaret değildi; normal şartlarda kurak ve verimsiz olan topraklarında ayrı bir bereket kendini gösterecek ve koyunları da, karınlarını doyurmuş olarak geri gelip bol miktarda süt verecekti. Hatta diğer sürü sahipleri çobanlarını çağırıp:

– Yazıklar olsun size! Sizler de Halîme'nin koyunlarının otladığı yerlerde dolaştırsanız ve bizim koyunlarımızın da karnı doymuş olarak gelse, aynı şekilde biz de bol süte kavuşsak, diye azarlıyorlardı. Artık Halîme-i Sa'diye, yaşadıkları bereket ve ihsandan dolayı arkadaşlarının kendisine gıpta ve hayranlıkla baktıkları bir kişiydi.

Altı aylık dilimlerle Mekke'ye gelinip ana yurdun ziyaret

---

[59] İbn Hişâm, Sîre, 1/ 301; İbn Sa'd, Tabakât, 1/111; Taberî, Tarih, 2/127

Süt Anneyle Geçen Seneler

edilerek geri dönüldüğü iki yıl, böylece gelip geçivermişti. Kâinatın Efendisi büyüyüp gelişmişti. Artık, sütten de kesilmiş ve konuşulan süre dolmuş; ayrılık vakti de gelmişti. Gönülleri rıza göstermese de verdikleri bir söz vardı ve küçük Muhammed'i alıp annesine teslim etmek için Mekke'ye getirdiler.

Bir taraftan da, O'nun öz annesi gibi olan Halîme-i Sa'diye'nin yüreği yerinden kopacak gibi, sinesi daraldıkça daralıyor; ayrılığı düşündükçe vücudundan bir parça koparcasına ıstırap duyuyordu. Kâinatın İftihar Vesilesi, bir müddet daha yanında kalsa ne olurdu? Evet, aklında şimşekler gibi çakan bu fikir ve baskın duygular altında bir ümit de olsa Âmine'ye:

– Mekke vebasının O'nu da vurmasından endişe duyuyorum. Ne olur, müsaade edin de bu oğulcuğum, bir müddet daha bizimle birlikte kalsın, diye candan bir teklifte bulundu.

Öz anne için bu, kabullenilmesi zor bir teklifti. Onun için Hz. Âmine, başlangıçta buna çok sıcak bakmadı. Ancak beri tarafta, gerçekten bir salgın vardı ve biricik yavrusunun da bundan etkilenmemesi için bağrına bir taş daha basmayı uygun görüp teklifi istemeyerek de olsa kabul etti. Hep beraber yeniden Sa'doğulları yurduna dönen Hâris ailesinde, tarifsiz bir neşe hâkim olmuştu.

Şakk-ı Sadr Hadisesi

Aradan bir müddet daha geçmişti. İnsanlığın Efendisi, süt kardeşleri ve Sa'doğullarının çocuklarıyla birlikte oynuyor; kuzuların yanına gidip onları otlatıyordu. Yine böyle bir gün, evin arka taraflarında kuzularla birlikte oynarlarken süt kardeşi Abdullah, nefes nefese koşarak anne Halîme'nin yanına geldi. Heyecanla:

– Şu Kureyşli kardeşim var ya, O'nu beyaz elbiseli iki adam aldı ve yere yatırarak karnını yardı; sonra da üst üste koyarak kapattılar,⁶⁰ diyordu. Gelenler, biri Cibril olmak üzere iki melekten ibaretti ve mesajı bütün insanlığı kucaklayacak olan Allah Resûlü'nün kalbini açarak onu zemzemle yıkayacak ve içinde hikmet çağlayanlarının feyezan edip coşacağı bir ameliye gerçekleştireceklerdi.

Anne-babayı ciddi bir endişe kaplamıştı. Koşarak tarif edilen yere geldiler. Gerçekten de küçük Muhammed, yüzünün rengi solmuş bir vaziyette ayakta bekliyordu. Yüreği ağzına gelmişti Halîme ve Hâris'in. Önce anne Halîme, ardından da Hâris kucaklayıp sinesine sardı ve:

– Sana ne oldu ey oğulcuğum, dediler.

– Beyaz elbiseli iki adam geldi. Birisinin elinde içi kar dolu altından bir tas vardı. Sonra beni alıp yere yatırdılar. Göğsümü açarak kalbimi çıkarıp ikiye ayırdılar. İçinden siyah bir nesne çıkarıp onu attılar ve kalbim tertemiz oluncaya kadar karnımı buzlu karla yıkadılar. Sonra onlardan birisi diğerine:

– Bunu, ümmetinden on kişiyle tart, diyordu. On kişiyle beni tarttılar ve ben ağır geldim. Ardından:

– Yüz kişiyle tart, diye tekrarladı. Yüz kişiyle tartıldım ve yine onlara ağır geldim. Bu sefer de:

– O'nu ümmetinden bin kişiyle tart, dedi. Bin kişiyle de tartıldım ve yine ağır geldim. Bunu da görünce adam;

– O'nu kendi haline bırak! Allah'a yemin olsun ki, şayet O'nu bütün ümmetiyle tartsan, yine O hepsine üstün gelir, dedi.⁶¹

Karı koca, bu gelişmelerden çok endişelenmişlerdi. Eve döner dönmez Hâris:

---

60 Enes İbn Mâlik (radıyallahu anh), Efendimiz'in göğsünün yarılması neticesinde meydana gelen yara izinin vücudunda kaldığını ve bir çizgi halinde görüldüğünü anlatmaktadır. Bkz. Müslim, Sahîh, 1/147 (162)

61 İbn Hişâm, Sîre, 1/301; Taberî, Tarih, 2/128. Bir sahabenin sorusu üzerine, yıllar sonra Efendiler Efendisi'nin verdiği cevapla o gün Halîme ve Hâris'e anlattıkları ifadeler birleştirilerek verilmiştir.

– Ey Halîme! Bu çocuğun başına bir şeylerin gelmesinden korkuyorum. İstersen, sağ-salim bunu götürüp ailesine teslim et, dedi. Halîme de farklı düşünmüyordu. Evet, belki O'nun vesilesiyle hiç olmadıkları kadar berekete mazhar olmuşlardı; ama şimdi iş beklemedikleri bir seyre girmiş ve tanıyıp görmedikleri birileri O'nunla ilgilenmeye başlamıştı. İşin nereye varacağını kestirme imkânı yoktu. En iyisi, hiç riske girmeden emaneti sahibine teslim etmekti.

Bunun için hemen yola koyuldular. Kapısını çaldıklarında Âmine, karşısında gördüğü Halîme'ye:

– Seni buraya hangi sebep getirmiş ola ki! Daha düne kadar O'nu götürüp, 'Yanımda kalsın.' diye ısrar eden sen değil miydin, diyerek gelişmeler karşısındaki taaccübünü dile getirdi.

– Evet, bu oğulcuğum sebebiyle çok şeye mazhariyet yaşadım ve üzerime düşeni yerine getirmek için çok gayret ettim. Ancak, O'nunla ilgili olarak bazı korkularım var; senin de sevineceğini düşünerek O'nu sana geri getirdim, diye cevapladı Halîme. Ancak bunlar, Âmine gibi bir anneyi tatmin edecek cevaplar değildi. Onun için:

– Sana neler oluyor, bana bu konuda doğru söyle! Olup bitenleri anlatmadıkça seni bırakacak değilim. Yoksa O'nun için şeytandan mı korkup endişe duyuyorsun, diyerek önünü açmaya çalıştı.

– Evet, dedi.

– Hayır, bu imkânsız, diye tepki verdi önce Âmine.

– Vallahi de şeytanın O'na bir zararı dokunamaz. Şüphesiz benim oğlumun durumu çok ciddidir. Hem, O'nun haberini ben sana anlatmamış mıydım, diye de ilave etti. Yine:

– Evet, anlatmıştın, dedi sessizce Halîme. Bir kez daha anlatma lüzumu duydu Hz. Âmine:

– Ben O'na hamile olduğum zaman, bedenimden bir nur

Efendimiz (sallallahu aleyhi ve sellem)

çıktığını ve bu nurla, Şam beldelerindeki Busrâ saraylarının aydınlandığını gördüm. Sonra, O'na hamile olduğumda, hiçbir zaman hamile bir kadının yaşayabileceği zorluklarla karşılaşmadım. O'nu doğurduğumda da, ellerini yere koymuş; başını da semaya kaldırmıştı.

Madem öyle, peki bırak O'nu ve güvenle beldene geri dön, dedi.[62] Böylelikle Efendiler Efendisi'nin Sa'doğullarındaki hayatı noktalanmış oluyordu.

---

[62] İbn Hişâm, Sîre, 1/301, 302; İbn Sa'd, Tabakât, 1/112; Taberî, Tarih, 2/128

HZ. ÂMİNE'NİN VEFATI

Bir müddet de annesi Hz. Âmine ile birlikte kaldı Allah'ın en sevgili kulu. Baba yokluğunu hissettirmemeye çalışan bir hâli vardı Hz. Âmine'nin. Zaman zaman dede Abdulmuttalib'le birlikte dolaşıyor, bazen de amcalarıyla birlikte hoş vakitler geçiriyordu.

Hz. Âmine'nin yüreğinde Medine sevgisi yeşermişti; hem akrabalarını ziyaret edip sıla-i rahim yapmak hem de burada vefat eden kocası Abdullah'ın mezarı başında ona dua etmek için koca yâdigârı Ümmü Eymen ve biricik oğlu Muhammed'le birlikte burayı ziyaret için yola düşmüştü. Medine'ye kadar geldiler. Eski hatıralar canlanmış ve bir yandan sevinç neşideleri yudumlanırken diğer yandan, gırtlaklarda hüzün boğumları düğümlenmişti. Dünya gözüyle göremediği babasını Efendiler Efendisi, mezarı başında ziyaret ediyor ve gıyabında ona dua ediyordu. Boynu büküktü. Belki de, ilk defa yetim olduğunu yüreğinde hissetmişti. Bu durumdan, mahzun anne de çok etkilenmişti.

Çok geçmeden, anne Hz. Âmine de burada hastalandı. Hastalığı, gittikçe artıyor ve ağırlaşıyordu. Medine'ye geleli, bir ay kadar zaman geçmişti ve ilk fırsatta Mekke'ye dönmeleri gerekiyordu. Her şeye rağmen yola koyuldular.

Efendimiz (sallallahu aleyhi ve sellem)

Ebvâ denilen köyün yakınlarına kadar geldiklerinde, Hz. Âmine'nin hastalığı dayanılmaz boyutlara ulaştı. Dizlerinde derman kalmamıştı ve Hz. Âmine artık adım atacak takat bulamıyordu. Çaresiz, bir ağacın altında mola verdiler. Belli ki, dünyadaki birliktelik buraya kadardı ve Hz. Âmine dünyaya veda etmek üzereydi.

Mahzun annenin gözleri bir aralık, gelecekte kendisinden çok önemli işler beklediği oğlunun üzerine kilitlenmişti. Göz, yaş döküyor; gönül de hüzün yudumluyordu. Zaten yetim olan biricik oğlunu, bu ıssız çöllerde bir de öksüz bırakıp gidecekti. Yanaklarından süzülen gözyaşları Ümmü Eymen ve Efendiler Efendisi'ni de ağlatmış, adeta Ebvâ mateme bürünmüştü. Anne ile oğul arasında tarifi imkansız bir duygu seli cereyan ediyordu. Nihayet, kadife gibi yumuşak ellerini avuçları içine alıp biricik kuzusunu uzun uzun süzdükten sonra şunları söylemeye başladı:

– Allah seni mübarek kılsın. Sen ki, Melik-i Mennân olan Allah'ın yardımıyla dehşetli ölüm okunun isabet etmesinden yüz deve karşılığında kurtulan babanın oğlusun! Şayet benim uykuda gördüklerim doğru ise Sen, Celâl ve Kerem sahibi Zât tarafından bütün varlığa gönderilecek, beklenen Nebi olacaksın. Onlara helal ve haramı bildirecek, atan olan iyilik abidesi İbrahim'in getirdiklerini teslim edip tamamlayacak ve Allah'ın inayetiyle Sen, öteden beri insanların alışkanlık peydâ etmiş oldukları putlardan da uzak kalacaksın.

Bunları söylerken kendinden çok emin bir duruşu vardı. Sözlerini, biricik ve kimsesiz yavrusunu, her şeyin sahibine emanet ettiğinin bilinciyle söyler gibiydi. Arkasından da şunları ilave etti:

– Canlı olan her şey, her an ölümle burun buruna, her yeni de eskimeğe mahkûm ve her büyük de fena bulmaya müheyyâdır. İşte ben, bugün ölüyorum. Ancak, ismim bâki ka-

Hz. Âmine'nin Vefatı

lacaktır. Çünkü ben, tertemiz bir çocuk dünyaya getirdim ve bugün, en hayırlı olanı arkamda bırakıp gidiyorum.[63]

Bunları söyledikten sonra da, bir daha açmamak üzere gözlerini kapayacak ve son nefesini verecekti. Böylece Medine'deki babasından sonra, gelecek Son Nebi adına bir imza da Ebvâ'da atılmış oluyordu.

Belki de Allah, O'nun peder ve validesini; oğullarına karşı minnet altında tutmamak ve anne-babalık mertebesinden manevî evlat konumuna düşürmemek için kendi huzuruna almış, böylelikle onları mesut ettiği gibi Habîb-i Ekrem'ini de memnun etmek istemişti. Görünüşte onlar, zahiren ümmet olmamışlardı; ama böylelikle Allah (celle celâluhû) onları da manevî ümmet mertebesine yükseltmiş, diğer ümmetin fazilet, meziyet ve saadetini de onlara ihsan etmiştir.[64]

Zira bilinmektedir ki; Efendimiz'in anne ve babaları, Hz. İbrahim'den kalma *'Hanîf'* anlayışı üzere bir hayat yaşıyorlardı. Aynı zamanda onlar, henüz tebliğ döneminin başlamadığı *'fetret'* döneminin insanlarıydı. Bilhassa anne Hz. Âmine'nin sözlerinden de açıkça anlaşılacağı üzere onlar, bu sağlam ve tertemiz anlayışı kabullenmiş ender insanlar arasında bulunuyorlardı ki, dünyanın en hayırlı evladını insanlık âlemine emanet etmişlerdi ve ahiret yurduna öyle gidiyorlardı.

Tarihin, milâdî 576'yı gösterdiği bu dönemde Efendiler Efendisi, yapayalnız kalıvermişti. Sadece yanında, Ümmü Eymen vardı. Bundan böyle, O'na analık ve babalık görevini o üstlenecek ve onların yokluklarını hissettirmemeye çalışacaktı. Bu sebepten Allah Resûlü (sallallahu aleyhi ve sellem), onun için

---

[63] İsfehânî, Delâilü'n-Nübüvve, 119, 120
[64] Bkz. Bediüzzamân, Mektûbât, 28. Mektub, Sekizinci Mesele, Yedinci Nükte, s. 375

Efendimiz (sallallahu aleyhi ve sellem)

'Annemden sonra ikinci bir annem.'⁶⁵ ifadesini kullanacak ve onu bir müddet sonra da hürriyetine kavuşturacaktı.

Çok geçmeden Ümmü Eymen'le birlikte Habîb-i Zîşan Efendilerimiz de Mekke'ye döndüler.

---

65 El-Hindî, Kenzu'l-Ummâl, 12/276 (34417)

DEDE ABDULMUTTALİB'İN HİMAYESİ

Hz. Âmine'nin vefat edip de Efendiler Efendisi'nin öksüz kalışı, herkes gibi Abdulmuttalib'i de üzmüştü. Artık torunu Muhammed'e, anne ve baba yokluğunu hissettirmeyecek sıcaklıkta bir sevgi gösteriyor ve onun üzerine titriyordu. Kâbe'nin gölgesinde kendisi için kurulan bir sedir vardı ve insanlarla burada buluşup konuşur, Mekke'ye ait işleri buradan deruhte ederdi. Kendi oğulları dahil kimse, saygılarından dolayı bu sedirin üzerine oturamaz; insanlar etrafında halka oluşturarak yerde oturmayı tercih ederlerdi. Mekke'de bu prensibi delip uygulamayan, sadece gürbüz bir delikanlı vardı: Abdullah'ın emaneti Muhammed. Gelir ve dedesinin yanına oturur; sarığının arkasından tutarak onu çekerdi. O'nun bu hareketine mâni olmak için yeltenenlere karşılık Abdulmuttalib:

– Benim oğulcuğumu kendi haline bırakın, ilişmeyin O'na. Allah'a yemin olsun ki, O'nun geleceği çok parlak, durumu çok ciddi, der, sırtını sıvazladıktan sonra da yanı başına oturturdu.[66] Belli ki, O'nun bu türlü davranışları, Abdulmuttalib'in

---
[66] İbn Sa'd, Tabakât, 1/118

Efendimiz (sallallahu aleyhi ve sellem)

de hoşuna gidiyor ve geleceği adına büyük ümitler beslediği torununa kimsenin ilişmesine gönlü razı olmuyordu.

Bir gün Abdulmuttalib, yanındaki Kureyş heyetiyle birlikte Yemen'e gitmişti. Bu sırada Habeşistan'da melik olarak, yıllar öncesinden meşhur kâhinler Şıkk ve Satîh'in haberini verdikleri Seyf İbn Zî Yezen vardı. Melik, Abdulmuttalib'i karşısında görünce, onunla daha yakından ilgilenmeye başlamıştı. Bu durum, herkesin dikkatini çekmişti ve herkes sebebini anlamaya çalışıyordu. Nihayet Seyf, yalnız kaldıkları bir fırsatı değerlendirerek Abdulmuttalib'i karşısına aldı ve ona şunları söylemeye başladı:

– Ey Abdulmuttalib! Ben sana, bana ait hususî ilmimden bir kısım sırlar vereceğim. Bunu senden başkasına da söyleyecek değilim. Konunun seninle ilgili olduğunu görüyor ve onun için bunları sana söyleme lüzûmunu hissediyorum. Senin şahsında ben, O'nun doğuşunu görüyorum. Allah izin verinceye kadar bunlar, senin yanında gizli kalsın ve sakın kimseye açma. Şüphe yok ki, kendi aramızda sır gibi sakladığımız ve kimseyi muttali kılmadığımız derin ilimlerin arasında ve saklı kitapların sayfaları içinde büyük bir hayrın, önemli bir hadisenin gerçekleşeceğini görüp duruyoruz. Bu hayır ve önemli hadisede, genel olarak bütün insanlığın; özel olarak da senin içinde bulunduğun heyetin, şeref ve fazileti, bilhassa da senin şeref ve faziletin gizli.

Melikin anlattıkları Abdulmuttalib'i de heyecanlandırmıştı. Ancak adam, henüz söyleyeceklerini söylemiş görünmüyordu. Onun için Abdulmuttalib:

– Peki bu ne, diye sordu. Melik şunları söyledi:

– Tihâme'de bir çocuk dünyaya gelecek ve o çocuğun iki omuz küreği arasında bir alâmet olacak. Bundan böyle imamet de artık bu çocuğa ait olacak. Kıyamete kadar sizin reisiniz O olacak. İşte bu zaman, O'nun dünyaya gelip de ortaya çıkma zamanı. Adı Muhammed'dir. Baba ve annesi vefat edecek ve

Dede Abdulmuttalib'in Himayesi

O'nu himayesine dede ve amcası alacaktır. Vallahi de bizler aramızda, hep O'nun gelişini konuşup duruyoruz. Allah, O'nu açıktan gönderecek ve bizlerden de O'na yardımcılar seçecektir. O'nun yanında yerini alanlar O'nunla aziz olacak; karşı çıkıp da düşmanlık edenler zelil olacaklardır. İnsanlardan gelecek tehlikelere karşı Allah O'nu koruyacak ve yeryüzünü O'nun için fethe açık kılacaktır. O, Rahman'a kulluk vazifesiyle dolu, şeytanî düşünceden alabildiğince uzaktır; O'nun gelişiyle ateşperestlik ortadan kalkacak ve putlara tapma da tarih olacaktır. O'nun sözü, son sözdür... Adaletle hükmeder... İyiliği emreder ve onu kendisi de yerine getirir; kötülükten insanları uzaklaştırır ve kendisi de kötülüğün kökünü kurutma gayreti içindedir. Şu süsleri içindeki kutsal ev Kâbe'ye and olsun ki sen, O'nun dedesisin ey Abdulmuttalib! İnan, bunda yalan yok... Sana anlattıklarımdan umarım anlaman gerekeni anlamışsındır ve mesaj yerine ulaşmıştır.

Bu kadar açık tarif, elbette ki Abdulmuttalib tarafından da anlaşılmıştı. Zaten onun, daha önceden de bildikleri vardı. Bunun için önce başını salladı. Üzerinde yılların ağırlığını taşıyan bir hâl vardı. Büyük bir yük ve sorumluluğun altında olduğunu gösteren bir tavırla şunları söyledi:

– Evet, ey melik! Benim bir oğlum vardı; o benim çok hoşuma gidiyor ve üzerine de tir tir titriyordum. Onun için onu, kavmim arasındaki en kerim kız olan Vehb'in kızı Âmine ile evlendirdim. Âmine bir erkek çocuk dünyaya getirdi ve adını Muhammed koydum. Ancak O'nun babası ve ardından da annesi vefat etti. O, şimdi benim himayem ve amcasının himayesi altında.

İşin burasında Seyf devreye girdi ve:

– İşte, benim de sana demek istediğim buydu. O'nu iyi koru ve O'na düşman olan bazı hasetkâr din adamlarının şerrinden O'nu muhafaza et! Gerçi onlar, asla O'na bir zarar veremeyeceklerdir. Şayet bilsem ki ölüm, O'nun gelişine kadar

Efendimiz (sallallahu aleyhi ve sellem)

bana müsaade edecek, gider bütün asker ve ordumla birlikte Medine'ye yerleşir ve orada beklemeye dururdum. Çünkü ben, kitab-ı nâtık ve ilm-i sâbıkta Medine'nin, O'nun işinin yerleşeceği yer, yardımcılarının mahalli ve kabrinin de mekanı olacağını görüyorum.[67]

Yemen'deki işlerini de bitirmiş ve Mekke'ye geri dönmüşlerdi. Seyf İbn Zî Yezen'in anlattıkları, Abdulmuttalib'in zihnini sürekli meşgul ediyordu. Belki, dışarıdan bakanlar bunun farkında değillerdi; ama onun dünyasında hep, torunuyla ilgili hülyalar, yarını adına karşılaşacağı lütuf ve sıkıntılar tüllenip duruyor ve bunları düşünmekten bir türlü kendini alamıyordu.

Kendi halkı kadar, dışarıdan gelen insanlar için de Abdulmuttalib bir çözüm merciiydi. Onun için zaman zaman dışarıdan da bazı heyetler gelir ve onun himmetine müracaat ederlerdi. Yine böyle bir gün Müdlicli birkaç bilge Mekke'ye gelmişti. Belli ki, Hz İsa'nın izinden yürüyen bu adamlar da, Seyf İbn Zî Yezen gibi O'nun geleceğinden haberdar idiler. Zira, Kâbe'ye doğru ilerlerken karşılarına çıkan bir delikanlıya takılmıştı gözleri... Hayranlıkla O'nu seyrediyorlar ve şaşkınlıklarını ifade etmekten de kendilerini alamıyorlardı. Hızlarını alamadılar ve yanına yaklaşıp daha çok tanımak ve kendisiyle de konuşmak istediler. Ümmü Eymen durumu fark etmişti ve bu kadar ilgiden rahatsızlık duyarak müdahale etmek istedi:

– Dokunmayın o çocuğa!

Adamlar, yabancı bir beldede yanlış bir hareket yapmış olmanın hacaletiyle irkildiler önce ve geri adım attılar. Ancak meraklarını giderecek bazı sorular sormadan da edemediler. Aralarından birisi atıldı ve:

– Bu kimin çocuğu, diye sordu. Babanın olmadığı yerde amca ve dede, baba hükmünde değerlendirilirdi. Ümmü Eymen de bu maksatla cevap verdi:

---

[67] İbn Hacer, İsâbe, 2/134, 135; Halebî, İnsânu'l-Uyûn, 1/187

Dede Abdulmuttalib'in Himayesi

– Abdulmuttalib'in.

Tanıdıkları bir isimdi. Mekke'nin reisiydi. Zaten onlar da Abdulmuttalib'i ziyarete gelmişlerdi. Onu nerede bulabileceklerini sordular. Adres Kâbe'yi gösteriyordu.

Çok geçmeden Abdulmuttalib'i Kâbe'nin avlusunda, sedirinin üzerinde buldular. Selam ve muhabbetin ardından sözü, yolda gelirken gördükleri çocuğa getirdiler ve sordular:

– Bugün güzel bir çocukla karşılaştık. Yanındaki kadın, bu çocuğun sana ait olduğunu söyledi.

– Evet, o benim oğlum.

– Hayır, olamaz, dedi biri.

– Olamaz; zira bu çocuğun babası, daha O doğmadan vefat etmiş olmalı, diye de ilave etti.

Adamların bir bildiği vardı ve daha açık konuşmak gerekiyordu. Yemen'deki melik gibi bunlar da bir şeyler biliyor olmalıydı. Bu sebeple Abdulmuttalib:

– Evet, o benim oğlumun emaneti; yani torunum, dedi.

Şimdi olmuştu. Zihinlerini kemiren şüphe de ortadan kalkmıştı. Gördükleri her şey, bu çocuğun bekledikleri Zat olduğunu anlatmaktaydı. İçlerinden birisi atıldı:

– Bu çocuğun ayak izleriyle, Makam-ı İbrahim'deki izler aynı. Yani bu, İbrahim soyundan geliyor. Yüzündeki güzellik.. .gözlerinin rengi... Seciye ve duruşundaki duruluk... Karakterindeki ululuk... Hele iki omuzu arasındaki işaret, bu çocuğun Beklenen Nebi olduğunu söylüyor.

Bir başkası devam etti:

– Biz, İsmailoğullarından gelecek ve Peygamberlerin sonuncusu olacak bir Nebi'nin sıfatlarını kitaplarda okuyup duruyoruz. Bu malûmata göre, o Nebi'nin zuhûr edeceği yer de burası, yani Mekke'dir.

Bu sırada yetim Muhammed de dedesinin yanına gelmişti. Gözler yine O'nun üzerinde yoğunlaşmış, nazarlar İnsanlığın

Efendimiz (sallallahu aleyhi ve sellem)

Emini'ni süzer olmuştu. Aralarından birisi Abdulmuttalib'in kulağına eğildi ve:

– Ancak bu çocuğu iyi koruman lazım, dedi ve ilave etti:

– Zira, Beklenen Nebi'nin bu çocuk olduğunu, hasetkâr bazı din bilginleri anlarsa -ki onlar da bu çocuğun geleceğini iyi bilmektedirler- O'na bir kötülük yaparlar.[68]

Abdulmuttalib, şimdi daha bir derin düşünüyordu; zira, biraz kitap karıştırıp din adına derinleşen herkes, Abdullah'ın emaneti Muhammed'in Beklenen Nebi olduğunu biliyordu; ama hepsinin de müşterek O'nu bir endişesi vardı: hasetkâr din adamlarının şerrinden koruyamamak. Demek ki Abdulmuttalib için, böyle bir mesuliyet daha vardı.

Bu sıralarda İnsanlığın Emini sekiz yaşını biraz geçmişti. Abdulmuttalib de artık yaşlanmış ve dünyaya veda etmek üzereydi. Bir gün yanına, diğer bir oğlu olan Ebû Tâlib'i çağırdı. Olanca vakar ve ciddiyetle karşısına almış; ona şunları söylüyordu:

– Bu oğlumun şân ve şerefi pek yüce olacaktır ve O, benim sana bir emanetimdir.[69]

Belli ki, o da yola revan olmuş, ebedi âleme yürüyordu. Ve çok geçmeden, seksen iki yaşlarındaki Abdulmuttalib de vefat etti. Dedesinin de Hakka yürüdüğü haberini alan İnsanlığın Emini, cansız bedeninin yanı başında durmuş; şefkat kanatlarıyla kendisini görüp kollayan dedesinin üzerine gözyaşı döküyordu.[70]

Belli ki kader, baba ve annesinden sonra dedesi Abdulmuttalib'i de yanından alarak, bütün insanlığın beklediği Son Nebi'nin yüzünü, sadece Rabb-i Rahîm'in şefkat ve merhamet

---

[68] İbn Kesîr, el-Bidâye, 2/272
[69] Suyûtî, Hasâisu'l-Kübrâ, 1/90
[70] Bkz. İbn Sa'd, Tabakât, 1/119; Semânî, Ensâb, 1/57. Abdulmuttalib vefat ettiğinde yaşının yüz on olduğunu söyleyenler de vardır. Bkz. Aynı eser.

Dede Abdulmuttalib'in Himayesi

kapısına yöneltiyor ve böylelikle, O'ndan gelecek vahyi kendi duruluğu içinde alabilecek bir şuuraltı müktesebatın oluşmasını murad ediyordu. Madem O, insanlığın halaskârı idi, öyleyse anne ve baba bile olsa bir beşerin yönlendirmesinden ziyade, doğrudan mülk ve melekûtun Sahibi tarafından terbiye edilmeli idi. Zaten Efendiler Efendisi için hadiseler, hep bu merkezde cereyan ediyordu.

AMCA EBÛ TÂLİB'İN HİMÂYESİ

Amca Ebû Tâlib için babası Abdulmuttalib'in söylediği bu sözler, bir baba vasiyeti demekti. Onun için, yeğeni Muhammed'i yanına aldı ve bir baba şefkatiyle kucakladı O'nu. Artık Efendiler Efendisi, baba yerine Ebû Tâlib'den şefkat görecek, anne yerine de, Ebû Tâlib'in hanımı ve Hz. Ali'nin annesi Hz. Fâtıma'nın[71] sıcaklığını hissedecekti.

Belki Ebû Tâlib, fakirdi; kendisini iğna edecek servete de sahip değildi. Ama onun, yeğenine açtığı şefkat kucağı, her türlü şartta kendini gösterecek; mal ve mülkle çözülemeyecek meseleler böylelikle çözümlenecekti. Zira evlerine, Muhammedü'l-Emîn geldiğinden beri ayrı bir bereket yaşanıyor; aile fertleri arasında da çok farklı bir huzur yayılıyordu. Hatta, O'nun sofrada olmadığı demlerde karınları doymadan kalkmak zorunda kalan ev halkı, O'nunla birlikte yedikleri yeme-

---

[71] Yıllar sonra Hz. Ali'nin annesi Hz. Fâtıma vefat ettiğinde Allah Resûlü (sallallahu aleyhi ve sellem) hanelerine şeref verecek ve üzerindeki cübbeyi Hz. Fâtıma'nın üstüne örtecek, kabre de bizzat onu kendisi indirecekti. Başkalarına yapmadığı böyle bir davranışın sebebini soranlara da; "Ebû Tâlib'den sonra bana onun kadar iyilik yapan olmadı. Onun üstüne cübbemi, cennet libaslarından giyinsin diye örttüm ve mezarına da, hesabını kolay versin diye kendim indirdim." cevabını verecekti. Bkz. Süheylî, Ravdu'l-Ünf, 1/112; İbn Abdilberr, İstîâb, 1/369, 370

ğin arttığına şahit oluyorlardı. Onun için Ebû Tâlib, kendi çocuklarından daha çok sevdiği Muhammedü'l-Emîn olmadan sofraya oturmak istemiyor ve otururken de, O'nu yanı başına almaya gayret ediyor, başka kimseye göstermediği şefkat ve alâkayı O'na gösteriyordu.

Aynı zamanda Muhammed, yaşıtlarının çok fevkinde bir olgunluk gösteriyor ve asla yokluğu problem etmiyordu. Açlık veya susuzluktan dolayı herhangi bir şikayetini duyan olmamıştı. Gidip zemzemden içiyor ve birileri ikramda bulunmak istediğinde, arzu etmediğini, zira karnının tok olduğunu söylüyordu.[72]

Ebû Talib, kardeş emaneti ve baba vasiyeti olduğu için de, gözünü onun üstünden eksik etmiyor; yatarken yanı başında sabahlıyor ve dışarı çıkarken de onunla beraber çıkmayı tercih ediyordu. Ona göre her bilge, aynı noktada uyarı yaptığına göre mutlaka bunun bir hakikati vardı ve işi ihtimallere bırakmamak gerekiyordu.[73]

Kureyş'in gençleri gibi Ebû Tâlib de ticaretle uğraşıyordu. Zaman zaman yeğeni Muhammed'i de yanına alıyor ve O'nu da geleceğe hazırlamaya çalışıyordu. Bu sırada O, on iki yaşlarındaydı. Efendiler Efendisi, Mekke'de kaldığı zamanlarda *Ecyâd* taraflarına gidiyor, buralarda koyun otlatıyordu.[74] Böylelikle tecrübe kazanıyor, hayatın her alanında malûmat sahibi oluyordu.

Bir gün Ebû Tâlib, Şam taraflarına gitmek üzere hazırlıklara başlamıştı. Bunu duyan yeğeni Muhammed, boynunu bükmüş ve kendisinin de amcasıyla beraber gitme arzusunu dile getirmişti. Ebû Tâlib'i duygulandıran bir tabloydu bu ve:

— Vallahi de O'nu almadan gitmeyeceğim; bundan son-

---

[72] Bkz. Kâdı İyâz, Şifâ, 1/729, 730
[73] Bkz. İbn Sa'd, Tabakât, 1/119, 120
[74] Bkz. Buhârî, Sahîh, 2/247, 248; Müslim, Sahîh, 6/125; İbn Mâce, Sünen, 2/727; İbn Sa'd, Tabakât, 1/125, 126

Amca Ebû Tâlib'in Himâyesi

ra ne ben O'ndan ayrı kalacağım ne de O'nun benden uzak kalmasına müsaade edeceğim, diye ahdetti. Onun bu ahdini duyan Efendiler Efendisi'nde ayrı bir sürur hakimdi. Ticaret için ilk defa Mekke dışına çıkacak, hangi şehirlerden geçecek, kim bilir kimlerle tanışacak ve yol boyunca kim bilir ne türlü olaylara şahit olacaktı...

Şam Yolculuğu ve Rahip Bahîra

Derken, ayrılık vakti geldi ve hareket eden kervanla birlikte amca-yeğen de vedalaşıp yola koyuldu. Uzun ve yorucu bir yolculuktu. Zaman zaman dinlenip ihtiyaçlarını gideriyorlar ve bir müddet sonra yeniden yola revan olup Şam'a doğru ilerliyorlardı. Nihayet, Kudüs'le Şam arasında bulunan *Busrâ* denilen şehrin yakınlarına geldiklerinde, yeniden mola vermiş ve dinlenmeye durmuşlardı.

Kervandakiler dinlenmeye başlamışlardı ki, uzaktan heyecanla birisinin kendilerine doğru geldiği görüldü. Görünüş itibariyle dağınık ve dünyadan kopmuş bir hâli vardı gelenin. Bunun için kervandakiler, gelenin kendileriyle ilgisinin olabileceğine hiç ihtimal vermemiş ve kendi hallerinde dinlenmeye devam ediyorlardı. Ne zaman ki bu şahıs yaklaşıp kendilerine:

– Şu manastırdaki Rahip *Bahîra* sizi yemeğe davet ediyor, dedi. Oradakiler konunun kendileriyle ilgili olduğunu anladılar; ama bu davetin sebebi konusunda hâlâ herhangi bir bilgileri yoktu.

Bahîra, dünyadan elini-eteğini çekmiş, geri kalan hayatını manastırda Rabbine kullukla geçiren bir rahipti. İyi bir Hristiyan âlimiydi. Hatta, önceden Yahudi iken daha sonraları Hristiyanlığı seçmiş ve bununla da kalmayıp din konusunda derinleşerek zamanının parmakla gösterilen insanlarından biri hâline gelmişti. İçinde bulunduğu kilisede, rahipler arasında elden ele dolaşan tarihî bir kitap vardı ve bu kitabı oku-

Efendimiz (sallallahu aleyhi ve sellem)

yup anlayabilen birkaç kişiden birisi de şüphesiz o idi. Dünyadan elini eteğini çekmiş, kilisede ruhban hayatı yaşıyordu.

Onun için, ne ticaret için gidip-gelenlerin, ne de mal ve mülk adına ortaya konulan gayretlerin bir değeri vardı!.. Ancak, olacak ya, bir aralık küçük dehlizlerden dışarıya gözü kayıvermişti. Aslında bu kayış da, şüphesiz takdirin bir başka boyutuydu. Her zaman olduğu gibi yine bir kervan geliyordu. Yalnız bu kervanı, öncekilerden ayıran bir başka özellik daha vardı; kervanla birlikte bir bulut, yolcuları takip ediyor ve kızgın güneşin yakıcılığından onları koruyordu. Zihninde şimşekler çakıvermişti... Bulut... Gölgeler... Ahir zaman... Son Nebi... Ahmed... Tarihi kitap... Birer yıldırım hızıyla hafızasında beliren bu konular, onun kervana olan ilgisini daha da artırmıştı. Yoksa, kısmet ayağına mı geliyordu? Ya gerçekten öyleyse! O zaman, hâlâ burada miskin miskin durmanın ne anlamı olabilirdi ki?

Dünyaya pencerelerini kapatan bu ihtiyar, birden gençleşmiş ve o güne kadar hiç yapmadığı şeyleri yapmaya başlamıştı... Yıllardır kaybedip de artık bulmaktan ümidini kestiği bir yitiğini bulmanın sevinci vardı gözlerinde. Yoksa, dizinin dibine kadar gelen, Fârân dağlarında zuhûr edecek olan Faraklit miydi?

Kervan üzerinde bulutlar bir noktaya yoğunlaşmış, altındaki şahsı güneşten koruyorlardı. Hatta kervan mola verince bu şahıs, belli ki bir ağacın altında istirahate çekilmek istemiş ve onunla birlikte bulut da ağacın üzerine gelerek gölgelemeye devam etmişti. Ağacın dalları dahi harekelenmiş, aralarından güneş ışınlarının geçmemesi için ve alttaki Zat'ı, sıcağın etkisinden koruma adına birbirlerine kenetlenmişlerdi.

Görüp durduklarının okuyup bildikleriyle herhangi bir alâkasının olup-olmadığını anlayabilmek için daha yakın olmak gerekiyordu ve işte bunun için Bahîra, alelacele kervana ulaşmış, onlara şöyle sesleniyordu:

Amca Ebû Tâlib'in Himâyesi

– Ey Kureyş cemaati! Şüphesiz ki ben size bugün, bir yemek tertip ettim ve küçük-büyük, köle-hür hepinizin bu yemeğe gelmenizi arzu ediyorum.

Şaşırmıştı kervandakiler!.. Zira, buradan çok gelip geçmişlerdi, ama manastırdaki bir rahibin... Hele Bahîra'nın kendileriyle ilgilendiğine hiç şahit olmamışlardı. Aralarından birisi öne atıldı ve:

– Allah'a yemin olsun ki ey Bahîra! Bugün sende ayrı bir gariplik var; daha önceleri sen böyle şeyler yapmazdın, dedi.

– Doğru söylüyorsun, diye cevapladı Bahîra ve devam etti:

– Aynen dediğin gibi, bugün bir gariplik var. Fakat sizler misafirlersiniz. Size yemekler yapıp ikramda bulunma arzum nüksetti birden. Gelip hep beraber bu sofranın etrafında toplanın ve yiyin ondan.

Bu kadar samimi bir davete icabet etmemek olur muydu hiç? Hem, haftalardır yol yürümüşler, işin doğrusu böyle bir daveti özlemişlerdi. Bunun için, kervandaki işini toparlayan, kilisenin yolunu tutuyordu.

Beri tarafta da, kilise sakinleri harekete geçmişti ve kervana ikram edilmek üzere mükellef bir sofra hazırlanıyordu.

Herkes gelmişti: ama esasen Rahip Bahîra'yı ilgilendiren manzara hâlâ kervanın yanında duruyordu. Gelenler arasında da, henüz aradığı simayı görememişti. Merakından çatlayacak gibiydi ve fazla dayanamadı:

– Ey Kureyş topluluğu! Sizden kervanın yanında kalıp yemeğe gelmeyen birisi kaldı mı? Buraya gelmeyen birisi var mı orada acaba?

– Yemeğine icabet etmesi gerekip de gelmeyen kimse kalmadı. Ancak küçük bir çocuk hariç, dediler. Ve:

– O, yaş itibariyle en küçüğümüzdü ve eşyalarımıza göz-kulak olsun diye bıraktık O'nu, diye de ilave ettiler.

Efendimiz (sallallahu aleyhi ve sellem)

– Öyle yapmayın, dedi Bahîra ve ilave etti:

– O'nu da çağırın ve yemeğe sizinle birlikte O da gelip katılsın.

Küçük bir çocuk bile olsa o da gelmeliydi ve İnsanlığın Emini de davet edildi. Aralarından birisi, koşarak kervanın olduğu yere gelmiş ve gözlerin aradığı Zât'ı da yemeğe davet etmişti. Artık O da geliyordu. O'nun yerinden kalkması ve kiliseye doğru hareket etmesiyle birlikte üzerinde kendisine gölgelik yapan bulut da hareket etmişti ve davet edilen mekâna doğru ilerlemekteydi. Şimdi olmuştu. Bahîra'nın kanaati, artık biraz daha belirginleşmiş, çözüm bekleyen sorularına cevap bulacağı ümidiyle heyecandan kalbi duracak gibi olmuştu.

Hele, yanına gelip de nur cemalini gördüğünde, artık bütün tereddüt ve şüphelerinden arınmış; meseleyi çözmüştü. Gözleri Muhammed'in üzerinde kilitlenmişti adeta. Uzun uzadıya süzdü önce. Baştan aşağıya üzerinde gezdirdi gözlerini ve aradığını bulmanın sevinci kapladı bütün bedenini. Hiç şüphe yok ki bu, kadim kitapların müjdesini verdiği Ahmed'den başkası değildi!

Beri tarafta yemekler yenmişti ve artık insanlar yavaş yavaş hareketlenmekteydi. Ya, konuşamadan giderse?.. Ne yapıp edip, O'nunla konuşmalı, fiziki şartların ortaya koyduğu sonucu bir de kendisiyle konuşup görüşerek pekiştirmeliydi. Bir fırsatını buldu ve yaklaştı yanına:

– Ey delikanlı, dedi ve ilave etti:

– Sana bazı sorular soracağım. Ancak Lât ve Uzzâ hakkı için sadece sorduklarımın cevabını vereceksin bana.

Ancak İnsanlığın Emini, soruda kullanılan bazı isimlerden rahatsız olmuştu ve:

– Bana Lât ve Uzzâ ismini vererek soru sorma. Allah'a yemin olsun ki ben, onlara kızdığım kadar başka hiçbir şeye kızmıyorum, diye tepki gösterdi. Zaten Bahîra da, Kureyş'in

Amca Ebû Tâlib'in Himâyesi

genelde bu iki put üzerine yemin ettiklerini duyup bildiğinden dolayı öyle söylemiş ve böylelikle belki de, İnsanlığın Emini'nin putperestlik hakkındaki tepkilerini ölçmek istemişti. Aradığını buluyordu. Rahip için emarelerin her biri, bir diğerini destekler mahiyetteydi ve daha da rahatlamıştı. Farkına vardığı farklılık, aşikâr ve açıktı.

– Öyleyse, Allah adına bana söz ver ve sadece sorduklarıma cevap ver, diyerek soracağı sorulara zemin hazırladı. Gelen cevap Bahîra'yı daha da rahatlatacaktı:

– İstediğini sor.

Artık Bahîra, uykusundan rüyalarına, gündelik yaşayışından isteklerine kadar birçok şey sordu Hz. Muhammed'e (sallallahu aleyhi ve sellem). Bahîra soruyor, Allah Resûlü de sühûletle cevaplıyordu. O kadar netti ki; her şey, kitaplarda gördüğü gibi cereyan ediyordu. İşin kelam boyutu tamamlanmış ve bütün emareler, muhatabının O olduğunu haykırmıştı. Geriye, sadece risalet mührü kalmıştı. Onu da görmek istedi. Ancak, edep insanı Allah Resûlü, sebebini bilmeden öyle herkese sırtını açıp omzunu gösterecek değildi. Başka çare olmadığını gören Bahîra, çaresiz fısıldadı kulağına. O da, meraklı ihtiyarı daha fazla bekletmedi. Belki de tam, *'Göremeden gidiyorum.'* derken bu kadar yakınında kendisini O'nunla şereflendiren Rabbine gönlünden gelerek hamd ediyordu.

Artık tereddüt edecek en ufak bir nokta kalmamıştı. Tarihî bir vazifesi daha vardı ve o da, kendi çapında bu vazifesini yerine getirecekti. Bunun için de, Amca Ebû Tâlib'e yöneldi:

– Bu çocuğun sen nesi oluyorsun?

Araplarda amca ve dede, babanın olmadığı yerde baba yerine geçerdi ve buna dayanarak Ebû Tâlib de:

– Babası, cevabını verdi.

Tam bu ana kadar her istediğini beklediği şekilde bulan Bahîra, bir anda irkilmiş ve Ebû Tâlib'den beklemediği bir cevap almıştı. Bir müddet duraksadı ve beklemediği bu cevaptan dolayı başını, şiddetle iki yana doğru sallamaya başladı. Hal lisanıyla sanki, *"Hayır, bu olamaz!"* diyordu. Zira onun bildiklerine göre, bu çocuğun babası, daha O dünyaya gelmeden vefat etmiş olmalıydı.

– Hayır, bu çocuğun babası sen olamazsın. Zira, bu çocuğun babası, bugün yaşıyor olamaz. Daha O dünyaya gelmeden vefat etmiş olmalıdır, dedi.

Zaten Ebû Tâlib de, amca olması yönüyle ve o an için velayetini taşıdığı için bu cevabı vermişti. Dolayısıyla, Ebû Tâlib için gerçeği söyleme zamanıydı artık ve:

– O, benim kardeşimin oğlu, dedi bütün soğukkanlılığıyla. Ebû Tâlib sorulardan endişelenmeye başlasa da, Bahîra sormaya devam ediyordu:

– Peki, babası ne yapıyor?

Kestirmeden cevapladı Ebû Tâlîb:

– Annesi O'na hamile iken vefat etti.

İşte şimdi olmuştu. Bahîra için, inkıtaa uğrayan tarihi bilgilerle karşılaştıklarını kıyaslama işi yeniden rayına girmişti ve:

– İşte şimdi doğruyu söyledin, deyiverdi Ebû Tâlib'e. Arkasından da, amca Ebû Tâlib'i bir kenara çekecek ve ona, ciddi ciddi şunları söyleyecekti:

– Kardeşinin oğluyla sen, geldiğiniz yere, memleketinize geri dönün. Bu çocuk konusunda, buradaki hasetkâr din bilginlerine karşı dikkatli ol. Allah'a yemin olsun ki, şayet benim gördüklerimi onlar da görür ve sıfatlarından O'nu tanırlarsa, bu delikanlıya bir kötülük yaparlar. Çünkü senin kardeşinin bu oğlu için, dünya çapında büyük bir hadise olacak. Geldiğiniz yere dönmekte acele edip süratli davranmaya bak.[75]

Yılların tecrübesiyle konuşan rahipten bu nasihati alan Ebû Tâlib de, babasının kendisine vasiyet ederek emanet bı-

---

75 İbn Sa'd, Tabakât, 1/153-155; Semânî, Ensâb, 1/96, 97, Taberî, Tarih, 1/194, 195

Amca Ebû Tâlib'in Himâyesi

raktığı yeğeninin başına bir şey gelmemesi için hemen dönüş kararı alacak; önce yanında getirdiği malları Busrâ'da satacak ve ardından da yeğeninin elinden tutarak Mekke'ye doğru yola koyulacaktı.

Korunup Kollanmada İlahî Yönlendirme

Ebû Tâlib, yeğeni konusunda artık daha duyarlıydı. Bugüne kadar dinlediklerinin yanında bir de Bahîra'nın anlattıklarını düşündükçe, O'nun üzerine ayrı bir hassasiyetle titriyor ve başına bir şey geleceğinin korkusuyla yatıp kalkıyordu.

Zaten yeğeni Muhammed de, gelişip boy atmış, endamıyla dikkat çeker olmuştu. Üstüne üstlük bir de, bugüne kadar insanların genel alışkanlıkları konusunda farklı düşünüyor ve toplumda uygulanagelen her hareketi, mutlaka kendi kriterlerine göre değerlendirip bir sonuca gidiyordu. Bunun için, putlarla arası hiç iyi değildi. Akranlarında olduğu gibi O'nda, kötü alışkanlıklara karşı meyil bir tarafa; onlardan olabildiğince bir uzaklaşma hakimdi. Kısaca, başkalarının pişirerek önüne koyduğu hayat tarzı yerine, tamamen kendine has bir hayat felsefesi vardı. Çünkü O, insanlığın kurtuluşu adına ilk baştan beri süzülerek seçilmişti ve her haliyle bu seçilmişliği temsil ediyordu.

Buvâne denilen yerde Kureyş'in ihtiram gösterdiği büyük bir put vardı ve senenin belli günlerinde buraya gelerek ona kurban keser, etrafında halkalanarak dilekte bulunurlardı. Bir sene yarım; diğer sene de tam günlerini yanında geçirdikleri bu putun yanında saçlarını tıraş ettirerek huzurunda uzun uzadıya temenna dururlardı.

Yine böyle bir zaman diliminde Ebû Tâlib, yanından ayırmak istemediği yeğeni Muhammed'i de alarak Buvâne'nin yanına götürmek istedi. Yanına gelip durumu anlattığında aldığı ilk tepki olumsuzdu. Nasıl gidebilirdi ki?.. O, bütün bunları ortadan kaldırmak için seçilen bir insandı. Sadece, henüz risalet vazifesi tebliğ edilmemişti, o gün de, bu risalet vazifesini eda ederken takınacağı tavrın dışına çıkmayacak ve geleneğin akıl kabul etmez anlayışlarına *'evet'* demeyecekti.

Yeğeninden beklemediği bir tepki alan Ebû Tâlib, önce kızdı. Bu duruma sinirlenip tepki gösteren, sadece Ebû Tâlib de değildi. Efendimizin halaları da devreye girmiş:

– Yâ Muhammed! Kavminin bayram gününde onlarla birlikte olmayı reddetmekle sen ne yapmak istiyorsun? Şüphesiz bizler, ilahlarımızdan bu kadar uzaklaşmandan ve onlara yaptıklarından dolayı başına bir şeyler geleceğinden korkuyoruz, diyor ve yeğenlerini itap ediyorlardı.

Evet, onlar büyükleriydi; saygıda kusur etmemek gerekiyordu. Ancak, tekliflerinin de elle tutulur bir yanı yoktu. Hele bu kadar üstüne gelmelerini ve yanlışlarında bu kadar ısrarcı olmalarını anlamanın imkânı yoktu. O kadar ki, Habîb-i Zîşân Efendimiz, konuşulanlardan bunalmış ve meclisi terk etmek zorunda kalmıştı. Evden çıkarak bir müddet yalnız kalmayı tercih etmiş, şirk dolu böyle bir atmosferden uzaklaşarak kendini dinlemek istemişti.

Bir müddet sonra İnsanlığın Emîni, büyük bir telaş ve korkuyla geri döndü. O'nun gelişini gören halaları da korkuya kapılmış:

– Senin başına bir şey mi geldi? Ne o, neden korktun, diye teskin etmeye çalışıyorlardı.

– Başıma bir şeylerin gelmesinden korkuyorum, diye cevapladı Allah Resûlü (sallallahu aleyhi ve sellem).

– Allah (celle celâluhû), seni şeytanla imtihan edecek değildir. Gördüğüm kadarıyla sende hep hayır meziyetleri var, diye de teyit etti aralarından biri. Bütün bunlara son noktayı koymaya, onların muttali olmadıkları; ama kendisinin sürekli muhatap olduğu farklılığı anlatmaya gelmişti sıra ve Efendiler Efendisi şunları paylaştı onlarla:

– Sizin putlarınızın yanına her yaklaştığımda karşıma, uzun boylu ve beyaz elbiseli bir adam çıkıyor ve:

Amca Ebû Tâlib'in Himâyesi

– Sakın ona yaklaşma ve olduğun yerde kal ey Muhammed, diye sesleniyor.

Bu konuşma, konuyla ilgili son konuşmaydı ve bir daha da böyle bir konu hiç gündeme gelmeyecekti.[76]

Daha dünyaya gelmeden önce babasını, altı yaşında annesini ve nihayet sekiz yaşındayken de dedesini kaybeden İnsanlığın Emini, belli ki beşer takatinin üstünde bir terbiye ile büyüyor ve her şeyiyle beraber bizzat Âlemlerin Rabbi tarafından yönlendiriliyordu. Yıllar sonra bu hakikati ifade sadedinde Allah Resûlü (sallallahu aleyhi ve sellem) şunları söyleyecekti:

– Beni, bizzat Rabbim terbiye etti; o ne güzel bir terbiyedir![77]

Henüz kendisine risalet vazifesi verilmemiş olsa da O (sallallahu aleyhi ve sellem), açıkça bir koruma altında hayatını sürdürüyor ve nezih bir hayat sürüyordu. Nerede hayır adına bir hareket varsa oraya gidiyor ve işin bir tarafından da O tutuyordu. Uzun uzadıya tefekküre dalıyor ve kulağını tırmalayıp gözünü rahatsız eden manzaralardan kurtulma adına derin derin düşünüyordu. İçki benzeri bütün kötülüklerden uzak duruyor, putlar adına kesilen hayvanlara el sürmüyordu. Her şey Hakk'ı anlatırken, insanların elleriyle yapageldikleri putlar karşısında temenna durmalarından ciddi rahatsızlık duyuyor; yanında Lât ve Uzzâ adına yemin edildiğinde bu rahatsızlığını açıktan belli ediyordu.

Her yönüyle, ilahî bir koruma altındaydı. Mekke dışında koyun güttüğü günlerden birinde, yanındaki arkadaşına rica etmiş ve şehre inmek istemişti. Arkadaşı da bunu kabul etmiş ve geri dönünceye kadar koyunlarına bakacağını söylemişti. Daha Mekke'ye girerken, bir sesin yankılandığını duymuştu. Bu bir düğün ilanıydı. Oracıkta oturup gelişmeleri takip etmek

---
[76] Bkz. İbn Sa'd, Tabakât, 1/158; Halebî, İnsânü'l-Uyûn, 1/164
[77] Münâvî, Feyzu'l-Kadîr, 1/91

Efendimiz (sallallahu aleyhi ve sellem)

istemişti ki, kulağının üstünde büyük bir darbe hissediverdi; oracıkta bayılıp kalmıştı. Aradan bir hayli zaman geçmiş ve ancak güneşin kızgın ışıklarıyla kendine gelip ayağa kalkabilmişti. Çaresiz kalktı ve koyunlarını emanet ettiği arkadaşının yanına geri döndü.[78]

Kâbe'nin tamiri sırasında amcası Abbas ile birlikte Efendimiz (sallallahu aleyhi ve sellem) de taş taşıyordu. Genelde omuza alınarak taşınan bu taşlar, Efendimiz'in omzunu tahriş edip acı vermeye başlamıştı. Durumu görüp de kendisine çözüm tavsiye eden amcası Abbas'ın:

– İzarının bir parçasını omzuna koy ki, taşın vereceği eziyetten seni korusun, demesi üzerine Muhammedü'l-Emîn de, bunu yapmak istemişti. Daha elini izarına uzatır uzatmaz, gözleri kaymaya başlamış ve olduğu yere yığılıvermişti. Ayılıp kendine geldiğinde, heyecanla:

– İzarım! İzarım, diye yüksek sesle haykırıyor ve üzerindeki elbisesini sımsıkı tutuyordu. Ne bundan önce ne de sonra, bedeninin yasak olan bölgelerini kimseye açıp gösterecekti.[79]

Nasıl olmasın ki O (sallallahu aleyhi ve sellem), ismet sıfatlarıyla mücehhez enbiya ve mürselînin en son halkasıydı. Her bir nebi, O'nun gelişini müjdelemiş ve geleceği gün için insanları hazırlamaya çalışmıştı. Kevn ü mekan ilk hareketi O'nunla aldığı gibi, varlık ağacının münteha meyvesi de O idi. O'nun davası, sadece belli bir bölgeye ve sayılı insanlara da has değildi; kıyamete kadar gelecek bütün insanlar için rehber-i ekmeldi O (sallallahu aleyhi ve sellem). Öyleyse O, sadece risaletle görevli olduğu zamanlarda değil, bu görevle serfiraz kılınmadan önce de kötülüklerden korunmalı ve hayır ve yümünden başka bir şeyle asla tanışmamalıydı. Vak'alar da bunu gösteriyordu.

---

[78] Süheylî, Ravdü'l-Ünf, 1/81
[79] Buhârî, Sahîh, 1/143 (357); Ahmed İbn Hanbel, Müsned, 3/310 (14371); Halebî, Uyûnu'l-Eser, 1/105

Amca Ebû Tâlib'in Himâyesi

O'nunla Gelen Yağmur Bereketi

Zaten sıcaklıktan bunalan Mekke'de, uzun süredir devam eden bir kıtlık hâkimdi. Sema, rahmet kapılarını kapatmış, yer de susuzluktan gerilip çatlamıştı. Ne yeşillik adına bir şenlik, ne de pınarlarda bir damla su kalmıştı. Hayvanlar kırılıyor, insanlar da hayatlarının en zor günlerini geçiriyorlardı.

Bir ümit, Ebû Tâlib'in yanına geldiler:

— Ey Ebû Tâlib, diyorlardı.

— Kuraklıktan vadiler kurudu ve artık çoluk-çocuk da, bu dayanılmaz felaket karşısında kırılıp duruyor. Ne olur, gel de yağmur duasına çıkalım!

Bu durumda zaten yapılabilecek başka bir şey yoktu ve Ebû Tâlib de, yanına aldığı yeğeniyle birlikte, yağmur duasına katılmak üzere evinden çıktı. Sadece O'nun üzerinde, adımlarını takip eden bir bulut vardı. Nihayet Kâbe'ye kadar geldiler.

Sırtını Kâbe'nin duvarına yaslayan Ebû Tâlib, önce yeğeninin elinden tuttu ve O'nun eliyle birlikte kendi ellerini de kaldırarak, yağmur yağdırması için Kâbe'nin Rabbine yalvarmaya başladı.

Çok geçmeden, ufkun dört bir yanından hareket eden bulutlar, Mekke'nin üstünde kümelenivermişti. Daha dua nihayete ermeden sema, Kâbe avlusunu rahmet damlalarıyla yıkamaya başlamıştı bile... Arkası kesilmeyen bir rahmet çağlıyordu. Nihayet, vadiler yeniden yeşermeye başlamış; canlılar da eski günlerine dönmenin hareketliliğine yeniden kavuşmuşlardı. Kıtlıktan kırılan Mekkelilerin yüzü artık gülüyordu.

Çoğu insanın gözünden kaçsa da Amca Ebû Tâlib, yapılan dua ve duaya karşılık gönderilen rahmet karşısında çok duygulanmış; bütün bunlara yeğeni Muhammed'in sebebiyle mazhar oldukları konusunda tereddüdü kalmamıştı. Zaten

O'nun geleceği konusunda çok hassas davranması gerektiğini biliyordu. Bu gelişme, onun kanaatini bir kez daha pekiştirmiş, yeğenine olan saygısını bir kat daha artırmıştı. Onun için, duygularını şiirin kalıplarına dökecek ve o gün yeğeniyle birlikte Kâbe'de yaşadığı bu ilahî mazhariyeti, gelecek nesillere tatlı bir hatıra olarak bırakacaktı.[80]

Ficâr Savaşları ve Hılfü'l-Fudûl

Hemen her hareketiyle diğer akranlarından ayrılan Efendiler Efendisi, artık yirmi yaşlarına gelmiş ve her haliyle Mekkelilerin takdirini kazanmıştı. Gelişmeler karşısındaki duruşu ve sonuçları itibariyle ortaya koyduğu yorumları dikkatle izlenir olmuş, kararlarındaki isabet sebebiyle müracaat kaynağı haline gelmiş ve bugüne kadar ortaya koyduğu çizgi vesilesiyle yavaş yavaş kendisine, en güvenilir insan mânâsında '*el-Emîn*' denilmeye başlanmıştı.

Bu arada Kureyş'in de içinde bulunduğu Kinâne kabilesiyle Kaysoğulları arasında yeni bir savaş[81] patlak vermişti. Bu iki kabile, teamülde uygulanan kuralları da aradan kaldırarak birbirlerine saldırıyordu. Bu savaşta Hâşimoğullarının bayraktarı, Efendiler Efendisi'nin bir diğer amcası *Zübeyr İbn Abdilmuttalib*; Kureyş'in komutanı ise, *Ebû Süfyan*'ın babası *Harb İbn Ümeyye* idi.

Aslına bakılacak olursa, ağırlıklı olarak ticaretle uğraşan Mekke halkı, en azından ticaretin yoğun olarak yaşandığı belli başlı aylarda, bölgede barış ve huzur ortamının oluşabilmesi için aralarında anlaşmış ve bu aylarda savaş yapmayı haram kabul etmişlerdi. Bu, o kadar yaygın bir uygulama idi ki, en azılı kabileler bile bu prensibe uyar ve bu aylarda kılıçlarını

---

80 Bkz. Heysemî, Mecmaü'z-Zevâid, 8/222
81 Bu savaş, eskiden beri yaşanan Ficâr savaşlarının sonuncusuydu. Bundan önce de üç kez yaşanmış ve söz konusu kabileler, yüzyıllarca hep savaş ortamında olağanüstü hal yaşamışlardı.

Amca Ebû Tâlib'in Himâyesi

kınlarından çıkarmazlardı. Zaten bu savaşlara, haddi aşma ve günah mânâsında *'Ficâr'* denilmesi de, böyle bir ilkenin çiğnenerek yasaklara uyulmamasından kaynaklanıyordu. Çok çetin günlerdi. O kadar ki, savaşın rengi her an değişebiliyor; öğleye kadar galip durumda olan, akşam üstü mağlubiyet yaşayabiliyordu.

Muhammedü'l-Emîn de, kendisi bizzat savaşa iştirak etmemekle birlikte[82] savaş halindeki amcalarına yardım ediyor; cephede göğüs göğüse mücadele eden yakınlarına lojistik destek sağlamak maksadıyla ok taşıyordu.[83]

Nihayet, bu anlamsız savaşın insanları yorduğu bir dönemde Kureyş arasından birisi ileri atılacak ve iki tarafı sulha davet edecekti. Teklif kabul görmüştü. İki tarafın da ölüleri sayıldı ve hangi taraftaki ölü sayısı daha fazla ise, karşı tarafın bu fazlalık kadar diyet ödemesi kararlaştırıldı. Böylelikle Mekke'ye, yeniden huzur ve sükûn hâkim olmaya başlamıştı.

Hılfü'l-Fudûl

Bu arada Mekke'de, beklenmedik bir gelişme daha yaşanıyordu; yine haram aylardan birinde adamın birisi, henüz güneşin yeni doğmaya başladığı bir zaman diliminde *Ebû Kubeys* dağına çıkmış, avazı çıktığı kadar bağırıyordu. Belli ki, önemli bir hadise, yine huzuru kaçıracak bir olay vardı. Çok geçmeden etrafında büyük bir kalabalık toplanıvermişti. Çaresizlik içinde kıvranıp duran ve her şeyini yitirmiş olmanın sancısıyla sinir küpü haline gelen bu adama ilk yaklaşan yine, Efendimiz'in amcası *Zübeyr* oldu. Yanına yaklaştı ve:

– Sana ne oldu, bu kadar öfkenin sebebi ne, diye sordu.

---

[82] Efendimiz (sallallahu aleyhi ve sellem)'in bu savaşlarda bizzat yer almaması, savaşın haram aylarda gerçekleşiyor olmasından veya taraflar itibariyle birini diğerine üstün tutacak dini bir telakki yahut fazilet açısından bir üstünlük bulunmayışındandır.

[83] İbn Hişâm, Sîre, 1/326 vd.

Efendimiz (sallallahu aleyhi ve sellem)

Adam çok dertliydi. Kendisini dinleyecek birilerini bulma ve bu vesileyle derdine çare bulabilme ümidiyle konuşmaya başladı. Özetle, Kureyş arasından *Âs İbn Vâil*, bu adamın getirdiği malları elinden almış ve malların bedelini, aradan yıllar geçmesine rağmen ödemiyordu. *Bugün-yarın* derken oyalamış ve şimdi de borcunu inkâr edip açıktan ödemeyeceğini ilan etmişti. Birilerinin araya girerek alacağını tahsil konusunda yardım etmelerini talep etmiş, onlar da bu işe bulaşmak istememişlerdi. Anlaşılan, durup dururken kimse başının belaya girmesini istemiyordu. O da, *'bir umut'* deyip tek çareyi buraya çıkıp durumdan herkesi haberdar etmekte bulmuştu.

Durumu netlik kazanıp da ortada bir zulüm olduğu tescil edilince, vicdan sahibi olan Mekke ileri gelenleri, yaşının olgunluğu ve Mekke'deki konumu itibariyle *Abdullah İbn Cüd'ân'ın*[84] evinde bir araya gelecek ve bu türlü durumlarda mazlumun hakkını zalimden alarak adaleti tesis edeceklerine dair aralarında kalıcı bir söz vereceklerdi. İnsan haklarının hiçe sayıldığı, güçlünün haklı görülüp zayıfın da sürekli horlandığı cahiliye döneminde bu hadise, devrim niteliğinde bir adımdı ve İnsanlığın İftihar Vesilesi Efendimiz (sallallahu aleyhi ve sellem) de, bu adımı atanlar arasındaydı.[85]

---

[84] Abdullah İbn Cüd'ân, cömert bir insandı. Bu toplantıda da mükellef bir sofra tertip etmiş ve Mekke ileri gelenlerine güzel bir ziyafet çekmişti. İyiliğe meyilli ve olgun bir insandı. Hz. Âişe validemizin amcası, Züheyr'in de babasıydı. Bu sebeple Âişe validemiz bir gün, "Yâ Resûlallah! Şüphesiz İbn Cüd'ân yemek yedirir, misafire izzet-i ikramda bulunurdu; bütün bunların ona, kıyamet gününde bir faydası olacak mı?" diye sormuş ve Efendimiz (sallallahu aleyhi ve sellem) de, *"Hayır. Çünkü o, bütün bunları yaparken bir defa bile, 'Rabbim, ne olur din gününde benim hatalarımı temizleyip affeyle!' diyemedi."* cevabını vermişti. Bkz. Müslim, Sahîh, 1/196 (214)

[85] Yıllar sonra bu hadise yâdına düştüğünde, "O gün, Abdullah İbn Cüd'ân'ın evindeki sözleşmeye ben de şahit olmuştum. Benim için o, vadi dolusu kırmızı develerden daha hayırlıdır. Vallahi de ben, şimdi de böyle bir gayret için davet alsam, tereddüt etmez, bu davete icabet ederim." buyuracaktı.

Amca Ebû Tâlib'in Himâyesi

Toplantı dağılırken artık herkes şunu çok iyi biliyordu: Bundan böyle Mekke'de, kendi ailesinden veya dışarıdan bir başkası tarafından zulme maruz kalan herkesin muhatabı bu meclisti. Kabile gücü, şeref ve konumuna bakmadan adil bir değerlendirme yapılacak ve zulmü yapan kim olursa olsun gidilip ondan, mazlumun hakkı talep edilecekti.

İlk uygulama da, tabii olarak Ebû Kubeys dağında ortalığı ayağa kaldıran *Zebîd*li mazluma ait olacaktı. Hep birlikte Âs İbn Vâil'in kapısına dayanmış, adamın hakkını talep ediyorlardı. Karşısında Mekke ileri gelenlerinin ittifak ederek hak talep ettiklerini gören Âs İbn Vâil, kaçacak bir zemin bulamayacak ve istemeyerek de olsa *Zebîd*li zâtın alacağını geri verecekti.[86]

Artık Efendiler Efendisi Mekke'de, parmakla gösterilen, müracaat kaynağı bir *'Emîn'*di. Bu sıfat, O'na yakıştığı kadar hiç kimseye yakışmamıştı ve bunu, içinde yaşadığı toplum ittifakla O'na layık görüyor ve isminden daha çok artık, O'nu bu sıfatla çağırıyorlardı. En yaşlı, tecrübeli ve bilge insanların arasında O'nun kapısı da aşındırılmaya başlanmış ve O'na, sosyal statünün kendiliğinden takdir ettiği kalıcı bir statü verilmişti.

Şam'a İkinci Yolculuk

Bu arada, yirmi beş yaşlarına ulaşmıştı. Bir gün amcası Ebû Tâlib, O'nu karşısına aldı ve şunları söylemeye başladı:

– Ey kardeşimin oğlu, yeğenim! Biliyorsun ki ben, mal ve mülkü olmayan bir adamım. Gün geçtikçe sıkıntılarımız artıyor ve gelen her yeni sene, hoşumuza gitmeyecek sıkıntılarla birlikte geliyor. Ne malımız kaldı ortada, ne de bir ticaretimiz!

Bu cümlelerin arkasından belli ki bir teklif gelecekti. Zira bunlar, uzun zaman düşünülüp de teker teker seçilerek kulla-

---

[86] Bkz. İbn Sa'd, Tabakât, 1/128; Süheylî, Ravdu'l-Ünf, 1/91

nılan cümlelerdi. Bunları ifade ederken Ebû Tâlib'in yüzünde, yanlış bir işe adım atma ihtimalinden kaynaklanan bir endişe de okunuyordu. Belli ki, zor bir kararın arefesindeydi.

– Duydum ki kavmin, Şam taraflarına ticaret için bir kervan tertip etmiş. Huveylid'in kızı *Hatice* de, bu kervanda görevlendireceği, ticaretinde kendisine ortak güvenilir bir adam arıyormuş. Her ne kadar ben Senin, Şam taraflarına gitmenden hoşlanmasam ve oradaki hasetkâr bazı din adamlarının Sana bir kötülük yapmalarından endişe edip korksam da, çaresizim. O'na bir gitsen, sanıyorum ki, Sana duyduğu güven, emniyet ve senin temiz fıtratın sebebiyle bu iş için başkaları yerine Seni tercih edecektir...

Öyle '*git*' demek kolaydı; ama işi fiile dönüştürüp gitmek pek kolay görünmüyordu. Onun için bu işin, ihtimallere bırakılmaması gerekiyordu. Bu maksatla söze, işin burasında Efendimiz'in teyzesi *Âtike* girdi ve *"hayâ abidesi bir insanın, kendini arz gibi bir konumda bırakılmaması"* gerektiğini ortaya koydu. Zira Efendimiz'in teyzesi Âtike, Hatice Binti Huveylid'in erkek kardeşi ve *Zübeyr İbn Avvâm*'ın da babası olan *Avvâm İbn Huveylid* ile evliydi. İki tarafı da bilen bir insan olarak konuşuyor ve olmasını arzu ettiği bir işte, sonuca götürücü bir rehberlik yapmak istiyordu.

Evet, işin çoğu Ebû Tâlib'e düşüyordu. Ancak bunun için de, öncelikle Muhammedü'l-Emîn'in onayı alınmalıydı. Ancak bu da zor olmayacaktı; cevap bekleyen yüzlere Efendiler Efendisi:

– Nasıl isterseniz öyle olsun, diyor ve meseleye olumlu bakıyordu.

HATİCE İLE İLK RANDEVU

Olurunu alır almaz hemen Hatice'nin yanına gitti Ebû Tâlib. Zira Hz. Hatice'ye, yeğenini bizzat anlatma lüzumunu hissediyordu. Çünkü O, Mekke'nin en güvenilir ve en kaliteli insanıydı. Öyleyse, O'nunla iş yaparken bu nazara alınmalı ve yine O'na verilecek ücret de başkalarından farklı olmalıydı. Böyle bir iş için Hz. Hatice'nin, başkalarına ne kadar ücret verdiğini de biliyordu ve onun için Hz. Hatice'den bunun iki katını isteyecekti.

Çok geçmeden Ebû Tâlib, Hatice'nin huzurundaydı. Hal ve hatır sorma adına âdetten ve alışılagelmiş konuşmaların ardından sözü kervana getirdi ve yeğeni Muhammedü'l-Emîn'in faziletlerinden söz açtı bir bir...

Muhammed... el-Emîn... Bu isim, Hatice için hiç de yabancı değildi. Bilhassa amcaoğlu *Varaka İbn Nevfel*'in dilinden düşmeyen bir isimdi. Küçüklüğünden beri kulağına hep O'nun haberleri fısıldanmış; gördüğü rüyaların tevillerinde de hep, O'nun izleri sürülmüştü.[87]

Şimdi bu ne büyük bir lütuftu; O'nu, gökte ararken yerde bulmanın heyecanı vardı Hz. Hatice'nin üzerinde... Kader

---

[87] Bkz. Burak, Bekir, Hazreti Hatice, Rehber Yayınları, İstanbul, 2005, s. 15 vd.

yoluna su serpmiş ve daha kervanı yola bile vurmadan, en büyük kazancı elde etmenin sevincini yaşıyordu, hem de iliklerine kadar. Gelmiş geçmiş en kârlı ticaretini yapmak üzereydi. Malının tamamını bile istese, belki vermekte tereddüt etmeyecekti. Ebû Tâlib'in sözleriyle irkildi; şöyle diyordu ona:

– Ey Hatice! Bu iş için iki deve ücret vereceğinin haberini aldım; yeğenim Muhammed, Emîn'dir ve ben O'nun için bunun senden iki katını isterim.

Bir müddet bu talebi alıp verdi zihninde... Böyle bir kazanç için pazarlık yapılır mıydı hiç? Hem, dünya ve ukba saadetine kapı aralamışken, devenin de lafı mı olurdu? Nitekim Ebû Tâlib'in sözünün hemen akabinde şunları sıraladı teker teker:

– Ey Ebû Tâlib! Doğrusu sen, çok kolay ve hoşa gidecek bir ücret istemiş bulunuyorsun! Bundan kat be kat daha fazlasını istemiş olsaydın vallahi de ben, yine kabul eder ve tereddüt etmeden onu da verirdim. Sen bunu, hiç sevmediğim ve uzak birisi için bile isteseydin yapardım; kaldı ki sen onu, benim çok sevdiğim yakın birisi için talep ediyorsun![88]

Ücrette de anlaşıldığına göre, artık kervanın yola çıkmasına bir engel kalmamıştı. Önceki Şam yolculuğunda karşılaştıkları Rahip Bahîra'nın sözlerini hatırlatarak Amca Ebû Tâlib, dikkatli olması konusunda yeğenini uyarıyor ve dünyalık elde edelim derken yeğeninden mahrum kalmamak endişesini ifade ediyordu.

Derken o gün geldi, Efendiler Efendisi ve kervan Mekke'den hareket etti. Bu yolculukta dikkat çeken bir husus gözlerden kaçmıyordu. *Meysere*[89] adındaki bir şahıs, adım adım Muhammedü'l-Emîn'i izliyor, adeta yanından hiç ayrılmadan bütün hareketlerini takip ediyordu. Üç ay sürecek bir yolculuktu

---

[88] İbn Sa'd, Tabakât, 1/156; Süheylî, Ravdu'l-Unf, 1/122
[89] Meysere, Efendimiz'in bütün hareketlerini takip edip de kendisine rapor etmesi için Hz. Hatice validemizin görevlendirdiği özel adamıydı.

Hz. Hatice İle İlk Randevu

bu. Bu yolculuk esnasında, yolcular da kaynaşmış ve Efendiler Efendisi'ni, daha yakından tanıma imkanı bulmuşlardı.

Çarşıdaki Yemin

Uzun süren meşakkatli bir yolculuk sonunda nihayet Şam'a geldiler. Getirdiklerini burada değerlendirip yeni yükler almak için kervandaki herkes, çarşı-pazarda hummalı bir gayret gösteriyordu. Muhammedü'l-Emîn de bunun için çarşının yolunu tutmuştu. Derken birisiyle alış-veriş yapmış, ticarete konu olan hususta anlaşmışlar ve mesele artık son noktanın konulmasına gelmişti. İşin burasında adamın inadı tutmuştu. Muhammedü'l-Emîn'den yemin etmesini istiyordu. Üstüne üstlük bu yemini de, o gün için en büyük put olarak bilinen *Lât* ve *Uzzâ* üzerine yapmasını talep ediyordu. Hayatının hiçbir karesinde temenna durmadığı el yapımı bu zavallılar adına yemin edilir miydi hiç!.. Tabiî olarak, Allah Resûlü (sallallahu aleyhi ve sellem), böyle anlamsız bir talebe tepki gösteriyor ve:

– Ben, onlar adına asla yemin etmem; zaten onlar kadar bana sevimsiz gelen bir şey de yok, diyor; kendi şartları kabul edilmedikçe de böyle bir anlaşmanın mümkün olamayacağını ifade ediyordu.[90]

Beri tarafta gelişmeleri izleyen Meysere için bunlar önemli bilgilerdi. Efendiler Efendisi yanlarından ayrılınca adam, gizlice Meysere'nin yanına yaklaşacak; Lât ve Uzzâ adına yemin vermekten çekinen bu adamın kim olduğunu soracaktı:

– Onu tanıyor musun? Kim bu adam?

Daha Meysere'nin cevap bile vermesine fırsat bırakmadan da hükmünü verecek ve şunları söyleyecekti:

– Sakın O'nun peşini bırakma; şüphesiz O, Nebi'dir.[91]

---

[90] İbn Sa'd, Tabakât, 1/130
[91] Yemânî, *Ümmü'l-Mü'minîn Hatîcetü Bintü Huveylid Seyyidetün fî Kalbi'l-Mustafâ*, 119

Efendimiz (sallallahu aleyhi ve sellem)

Rahip Nastûra

Nihayet, Şam'daki işleri de bitmiş ve dönüş için yola koyulmuşlardı. Meşakkat ağırlaşıp da yol yürünmez hale gelince bir yerde mola verip dinlenmeye durdular. Herkes bir kenara çekilmiş, bir taraftan hesap ve kitapla meşgûl olurken diğer yandan da dinlenmeye çalışıyordu. Efendiler Efendisi de, yaşlı bir ağacın altında oturmuş gölgeleniyordu.

Çok geçmeden uzaktan koşarak gelen birisini gördü Meysere. Bu, kendilerini uzaktan seyreden meşhur Râhip *Nastûra*'dan başkası değildi. Meysere'nin yanına geldi ve:

– Şu ağacın altında oturup gölgelenen de kim, diye sordu. Meysere için bu, cevaplaması kolay bir soruydu. Tereddüt etmeden:

– O, Muhammed İbn Abdullah. Harem ehlinden bir genç, diye cevapladı.

Aldığı cevap karşısında önce başını salladı Rahip. Belli ki, bu cevap ve üsluptan pek hoşlanmamıştı. Zaten, O'nun kim olduğunu sorarken de, bir şeyler imâ eder gibi bir hâli vardı. Siz bilmiyorsunuz dercesine bir tavır içindeydi ve bir soru daha yöneltti:

– O'nun gözlerinde hiç, bir miktar kırmızılık var mı?

– Evet, var, dedi Meysere.

Rahibin kanaati kesinleşmiş gibiydi ve yemin ederek şunları söylemeye başladı:

– Vallahi bu ağacın altında, bu güne kadar Nebi'den başka kimse konaklamamıştır.[92]

Belli ki Rahip'in söyleyeceği çok şey vardı ve daha da konuşmak istiyordu:

– Hiç şüphe yok ki O, bu ümmetin beklediği peygamberdir. Hem de peygamberlerin en sonuncusudur.[93]

---
[92] İbn Sa'd, Tabakât, 1/130
[93] İbn Sa'd, Tabakât, 1/130

Hz. Hatice İle İlk Randevu

Meysere'nin şaşkınlığı devam ediyordu. Bütün bu gelişmelere pek bir anlam verememişti. Sadece, hanımefendisi Hatice'nin kendisine verdiği görevi hakkıyla yerine getirmenin hassasiyetiyle kulağını dört açmış; hiçbir ayrıntıyı kaçırmadan kaydetmeye çalışıyordu.

Rahipten öğrenilecek çok şey vardı. Belli ki o da, aradığını bu kadar yakınında bulunca, O'nunla ilgili daha fazla bilgi almak istiyordu. Onun için Meysere'ye, ağacın altında dinlenen Allah Resûlü'yle ilgili sorular soruyor ve kendisine, yol boyunca karşılaştıkları ilginç olaylardan bahsetmesini istiyordu. O da, alışveriş esnasında yaşanan yemin meselesini anlattı Rahip'e. Heyecanı bir kat daha artmıştı. Belli ki, içi içini yiyordu. Verdiği hüküm, kesinlik ifade ediyordu ve kendinden emin bir şekilde şunları söylemeye başladı tekrar:

— Vallahi de bu, bizim bekleyip durduğumuz Nebî. Ne olur O'na iyi bak ve göz-kulak ol![94]

Ardından da, heyecanla Muhammedü'l-Emîn'in yanına koştu. Önce, ihtimamla mübarek alnından öptü ve ardından da, hızla ayaklarına kapanıp şunları söylemeye başladı:

— Ben şehadet ederim ki Sen, Allah'ın Tevrat'ta zikrettiği o şahıssın.[95]

Yine Aynı Bulut

Bu molanın ardından yeniden toparlanıp tekrar Mekke'nin yollarına koyuldular. Havalar çok sıcaktı ve yolda gelirken Meysere, Allah Resûlü'nü, bulut şeklinde iki meleğin gölgelediğini görmüş ve hayretle arkasından bakakalmıştı. Bu kadar sıcak bir ortamda iki bulut... Hem de, sürekli birisini takip eden iki bulut... Gittiği yere giden ve durduğunda da oldukları yerde sabit kalan iki bulut...

---

[94] İbn Sa'd, Tabakât, 1/130
[95] Suyûtî, el-Hasâisü'l-Kübrâ, 1/51

Efendimiz (sallallahu aleyhi ve sellem)

O ise, tavrını hiç bozmadan emniyet ve güven içinde, hiçbir şey yokmuşçasına yoluna devam etmekteydi. Bütün bunlar, Meysere'de öylesine bir muhabbet hâsıl etmişti ki artık o, varlığını Muhammedü'l-Emîn'e adamış; kendini O'nun bir kölesi gibi görüyordu.[96]

Mekke'ye ulaştıklarında, günün en sıcak zamanıydı ve güneş tam tepelerinde bulunuyordu. Kervanının haberini alan Hatice de, yüksek bir mekana çıkmış gelişlerini seyrediyordu. Bir aralık gözüne ilişen manzaraya takılıp gitti; zira, ticaretteki ortağı Muhammedü'l-Emîn'in üzerinde iki melek kanatlarını germiş, O'nu güneşin yakıcılığından koruyup ona gölge ediyordu. Gördüklerini, yakın arkadaşlarıyla da paylaşmak istemişti. Hemen onları da yanına çağırarak bu manzaradan onların da nasiplerini almalarını arzu etti. Gerçekten de, seyrine doyum olmayan bir manzaraydı. Gören herkes, şaşkınlık ve taaccübünü gizleyemiyordu.[97]

Yolculuğun Raporu

Elbette Meysere için bu yolculuk, öncekilerden çok farklıydı; ne bir haksızlığa şahit olmuş ne de yol boyunca bir huzursuzluk yaşamıştı. Götürdüklerini Şam'da en iyi şekilde değerlendirmişler ve getirdikleri mallar da, Mekke'de kat be kat değerle satılmıştı. Belli ki Hz. Hatice, aradığı kaliteyi sonunda bulmuştu. Daha önce çok farklı kimselerle ticaret yapmıştı; ama elbette ki *'İnsanlığın Emîn'i* bir başkaydı.

Aslına bakılacak olursa, Hz. Hatice'nin derdi, kâr üstüne kâr getirecek mallarında değildi. O, telâşla Meysere'nin gelmesini bekliyordu ve gelir gelmez de, yol boyunca şahit olduklarını sormaya başladı, teker teker.

Meysere, önce Rahip'in sözlerini nakletti O'na. Gelirken

---
[96] İbn Sa'd, Tabakât, 1/130, 131; Taberî, Tarih, 2/196
[97] Taberî, Tarih, 2/197

Hz. Hatice İle İlk Randevu

gördüğü iki melekten bahisler açtı ardından. Şam'daki yemin talebi ve buna mukabil Efendisi'nin tepkisini, ardından da adamın anlattıklarını aktardı hassasiyetle. O kadar anlattı ki, yol boyunca yaşadıklarını evirip çevirip yeniden aktarıyor, metanet ve güvenini öve öve bir türlü bitiremiyordu.

Zaten Hatice'nin aradıkları da bunlardı. İçten içe kendini yiyip tüketiyor ve ruh dünyasındaki dalgalanmaları saklamaya çalışıyordu. Nasıl olmasın ki, bütün yollar hep O'nu gösteriyordu.

Varaka İbn Nevfel'in Yorumları

Hemen kalktı ve doğruca, kâmil mürşidi *Varaka İbn Nevfel*'in yanına gitti; Meysere'nin anlattıklarını paylaşacaktı yine amcaoğluyla.

Duydukları karşısında Varaka da heyecanlanmıştı. Artık o da, beklediğini bulduğundan emindi. Yorum bekleyen Hz. Hatice'nin yüzüne:

– Eğer bu anlattıkların doğru ise ey Hatice! Şüphesiz Muhammed bu ümmetin peygamberidir. Ben de biliyordum ki, bu ümmetin beklenen bir Peygamberi vardır. İşte, bu zaman da zaten O'nun zamanıdır,[98] deyiverdi.

Zira Varaka, Tevrat ve İncil'i İbranice aslından okuyup yazabilen ender insanlardan birisiydi. Kitaplarda gördükleri onu, sürekli bir beklenti içine sokmuş ve sık sık, *'Ne zaman?'* diye O'nun geleceği günü intizar eder olmuştu. Bunun için şiirler yazıyor, her fırsatta, gelişinin gecikmesinden duyduğu üzüntüyü dile getiriyordu.

Varaka'nın yorumları çok önemliydi Hatice için. Görüldüğü üzere, her şey O'nu işaret ediyordu; bugüne kadar dinledikleri, Mekke'nin şehâdeti ve Meysere'nin anlattıkları, hep

---

[98] İbn Hişâm, Sîre, 2/10

Efendimiz (sallallahu aleyhi ve sellem)

yolların birleştiği yeri... Muhammedü'l-Emîn'i, yani doğru adresi gösteriyordu. Artık hiç tereddüdü kalmamıştı Hz. Hatice'nin. Yıllarca beklediği müjdelenen Nebi, artık çok yakınındaydı. Evliliği zihninden silmişti; ama bugün O'na daha yakın olmanın başka da bir yolu görünmüyordu.

İzdivaca Giden Yol

Hz. Hatice, o güne kadar iki evlilik yaşamış ve bütün tekliflere artık kapılarını kapatmıştı. Zira, onun için yaş kemâle ermiş ve ayakta kalabilmek için bir başkasının dayanağına da ihtiyacı kalmamıştı. Bugünkü mânâda uluslararası bir ticarî zemine sahipti ve emrinde çalışanlar, sınırları aşkın bir coğrafyanın insanlarıydı. Rûm, Fars ve Gassâsine beldelerinden adamlar çalıştırdığı gibi, emrinde daha yakın coğrafya sayılan Hîre ve Şam bölgelerinden de insanlar vardı.

Zengindi; işini sağlam yapan akıllı, güzel, olgun ve herkesin rağbet ettiği şerefli bir kadındı. O gün için Kureyş arasında, böylesi bir kıymet ve kadre kurban olmayacak kimse yoktu. Kavminden her erkek, imkânı olsa ve buna gücü yetse, onunla evlenmeye can atardı. O güne kadar kim bilir kaç kişi kapısını aşındırmıştı; ama o bunların hiçbirini kabul etmemiş; gelen herkese kapılarını, bir daha da açmamak üzere kapatmıştı.[99]

Ancak bu sefer durum farklıydı ve böyle sürekli bir beraberlik için evlilikten başka da bir yol görünmüyordu. O güne kadar evlenmeyi düşünmeyen, belki de böylesine nezih bir ev-

---

[99] Hatta daha sonraları Ebû Cehil olarak şöhret bulacak olan *Amr İbn Hişâm* da, ona evlenme teklifinde bulunanlar arasındaydı. Fakat Hz. Hatice, bunu da tereddütsüz reddetmiş, açmamak üzere kapıyı arkadan sürgülemişti. Hatta daha sonraları Ebû Cehil'in, Efendimiz'e karşı tavır almasının sebeplerinden birisinin de bu izdivaç olduğu vurgulanmaktadır. Hatta böyle bir evlilik gerçekleşince Ebû Cehil, kin ve nefretle köpürecek ve kendi kendine, "Evlenecek, Ebû Tâlib'in evlatlığı ve Kureyş'in yetiminden başkasını bulamamış mı?" diye tepki gösterecekti.

Hz. Hatice İle İlk Randevu

liliğin hayaliyle diğer talepleri geri çeviren Hz. Hatice, artık kararını vermişti. Ancak, bunu nasıl açacağını bir türlü kestiremiyordu.

Hâlden Anlayan Bir Arkadaş

Hz. Hatice'nin bu düşünceli halini ve ondaki değişimi fark eden yakın arkadaşı *Münye kızı Nefîse*, bir gün yanına yaklaşacak ve şefkat dolu bir sesle şunları söyleyecekti:

– Sana ne oluyor, bu hâlin ne ey Hatice? Bugüne kadar hep seninle birlikte oldum, ama seni hiç bu kadar düşünceli görmedim!

Önce, meseleyi açıp açmama konusunda tereddüt geçirdi Hz. Hatice. Bir müddet suskun kaldı öylece. Ancak, adım atmadan hayra nail olmanın imkânı yoktu ve neticede, arkadaşına anlattı aklından geçenleri bir bir...

Önce, şunları söyledi:

– Ey Nefîse! Şüphe yok ki ben, Abdullah oğlu Muhammed'de, başkalarında görmediğim bir üstünlük görüyorum. O, dosdoğru, sâdık ve emîn, şeref ve pâk bir nesep sahibi, insanın karşısına çıkabilecek en hayırlı insan. Üstüne üstlük O'nun için bir de, sürpriz ve güzel haberler var! Garip bir durum... Meysere'nin anlattıklarına bakınca... Rahibin anlattıklarını dinleyip çarşı-pazardaki gelişmelere şahit olunca... Şam'dan kervanla gelirken üstünde kendisini gölgeleyen bulutu seyrederken, kalbim neredeyse yerinden fırlayacak gibi oldu; inandım ki, bu ümmetin beklenen Nebî'si O'ndan başkası değil!

Nefîse, hâlâ meseleyi anlamaya çalışıyordu:

– İyi de, senin bu kadar sararıp solman ve sabahtan bu yana düşünceli bir hal almanla bunun ne alâkası var, diye mukabelede bulundu. Anlaşılan daha açık konuşmak, meseleyi biraz daha açmak gerekiyordu. Hz. Hatice arkadaşına yöneldi ve açık bir dille şunları söyledi:

Efendimiz (sallallahu aleyhi ve sellem)

– O'nunla evlenmek suretiyle yollarımı birleştirmeyi umuyorum; ancak buna da nasıl nail olacağımı bilemiyorum.

Bu sefer mesele anlaşılmıştı. Halden anlayan Nefise şöyle mukabelede bulundu:

– İzin verirsen, senin için ben, bir nabız tutarım!

Hz. Hatice'nin beklediği tepkiydi bu ve heyecanla:

– Eğer bunu yapabilirsen ey Nefise, hiç gecikme, hemen yap, dedi.

Çok geçmeden Münye kızı Nefise, oradan ayrıldı ve Muhammedü'l-Emîn'in yerini öğrenmek için adres sormaya başladı. Bir müddet sonra da, Allah Resûlü'nün yanındaydı. Önce selam verdi ve ardından:

– Yâ Muhammed, diye seslendi. Efendimiz (sallallahu aleyhi ve sellem), bütün vücuduyla yönelmiş, Nefise'nin sözlerine kulak veriyordu. Şöyle devam etti:

– Senin evlenmene engel olan ne, Sen niye evlenmiyorsun?

Efendiler Efendisi'nin beklemediği sürpriz bir soruydu bu, ve:

– Elimde evlenmek için imkânım yok ki, diye mukabelede bulundu. Gerçekten de Resûlüllah'ın elinde, evlenecek kadar maddî imkân yoktu. Başkalarının sorumluluğunu üzerine alacak olan kimsenin, en azından onları görüp gözetecek kadar bir imkânı olmalıydı.

Ancak bunun, bir problem teşkil etmediğini anlatacaktı Nefise!.. Mal ve mülk kaybolup giden bir meta iken, asalet, şeref, emniyet ve böylesi bir karakter, öyle kolay bulunacak bir kıymet değildi zira. Kapı bu kadar aralanmışken, kapatmamak gerekiyordu ve ardından:

– Şayet Senin için bu, problem olmaktan çıksa ve karşına, güzellik, mal, şeref ve Sana denklik itibariyle bir kıymet çıksa, müspet cevap vermez misin, diye sordu.

Hz. Hatice İle İlk Randevu

Cümleler, böyle bir adayın olduğundan açıkça haber veriyordu ve sözden anlayan Söz Sultanı sordu ona:
– Peki, kim bu?
– Hatice, diye cevapladı Nefise.

Huveylid'in kızı Hatice'yi tanımamak olmazdı; daha birkaç gün önce onun kervanını Şam'a götürmüş ve iyi bir ticaretle gelip kendisine teslim etmişti. Ancak evlilik, ticaret kadar kolay değildi. Onun için;
– Bu nasıl olacak ki, diye sordu. Nefise'nin derdi, bu işin nasıl olacağı değildi; o, sadece bir *'kabul'* bekliyordu. İşte bu cümle de, o kabulün bir emaresiydi ve Allah Resûlü'nden bunları duyar duymaz, rahat bir nefes aldı. Zira bu, *"Benim açımdan problem değil, ama böyle bir evlilik nasıl mümkün olabilir ki?"* manasında bir tepkiydi. İşin bundan sonrası, Nefise için daha kolaydı. Onun için de:
– Sen, onu bana bırak. Ben hallederim, deyiverdi.

Tabii olarak sükût, icabetin vuku bulduğunun habercisiydi ve süratle oradan ayrılan Nefise, doğruca Hatice validemizin yanına koştu. Müjdeyi, bizzat kendisi vermek istiyordu. Koştu bir çırpıda ve anlattı bütün konuşmaları bir bir! Nefise'nin getirdiği haber, rahat bir nefes aldırmıştı Hz. Hatice'ye. Konuya sıcak baktığını öğrenir öğrenmez de, O'na rağbet edişinin ve evlilik talebinin gerekçelerini bildiren bir haber gönderdi Özlenen Nebi'ye. Şöyle başlıyordu sözlerine:
– Ey amcamın oğlu! Şüphesiz ben, aramızdaki akrabalık bağlarının yakınlığından,[100] Senin, kavmin arasındaki eşsiz konumundan, güzel ahlakın ve emanete riayetinden ve sözündeki doğruluktan dolayı Sana talip oldum. Amcalarına söyle de, işlerin tedviri için devreye girsinler!

---

[100] Baba tarafından soyu, Efendimiz'in dedelerinden Kusay'da birleşmekte; benzeri bir akrabalık bağı da, annesi tarafından Efendimiz'in bir başka dedesi Lüey'de buluşmaktaydı.

Efendimiz (sallallahu aleyhi ve sellem)

Belli ki, Allah Resûlü'ne olan hayranlığını, olanca içtenlik ve titizlikle ifade etmenin adıydı bütün bunlar. Ancak, böylesine önemli bir meselede, büyükleriyle istişare etmeden karar vermek istemiyordu Allah Resûlü de... Teklifi alır almaz doğruca amcası Ebû Tâlib'in yanına gitti ve Nefîse ile aralarında geçen süreci anlattı tek tek.

Evet, yeğeni Muhammedü'l-Emîn, Ebû Tâlib için de çok değerliydi ve o kıymette bir başkasını tanımıyordu. Ancak, Hatice de, öyle yabana atılacak bir kadın değildi. İzzet ve onuruyla yaşadığı bir hayatı vardı ortada. Şeref ve nesep yönüyle en önde gelenlerden birisiydi. Yeğeninin de bu işe sıcak baktığını anlamıştı ve *"Niçin olmasın?"* diye düşünecek, hayır dileklerinde bulunacaktı.

Ve Nikah

Artık, yıllara yön verecek mutlu beraberlik vakti gelmişti. Ve çok geçmeden bir gün, *Abdulmuttalib*'in oğulları *Ebû Tâlib*, *Abbâs*[101] ve *Hamza*, Hatice'yi istemek için yola koyulacaktı. Muhatapların oluru olsa bile, aileler arasında geçerli olan merasimler yerine getirilmeli ve konu, bir velimeyle herkese duyurulmalıydı. Önce Ebû Tâlib konuşmaya başladı:

– Bizi, İbrahim neslinden ve İsmail soyundan kılan Allah'a hamd olsun! Hasep ve nesep itibariyle bizi, insanların hizmetine adayan, evine hizmetle bizi şereflendiren, Harem'e hizmetle serfirâz kılan; bizim için evini, insanların yönelip emniyet solukladığı bir mekana çeviren ve bizi, insanlar hakkında hüküm vermekle öne geçiren şüphesiz O'dur.

Konuşmaya başlamadan önce tercih edilen böyle bir hitap, işin ciddiyetini açıkça ortaya koyuyordu. İnsanların teveccühüne mazhariyetin şükrü de, zaten böyle olmalıydı. Ardından şunları söyledi aile meclisinde:

---

[101] Bazı rivayetlerde, bu isteme işinde Hz. Abbâs yoktur.

Hz. Hatice İle İlk Randevu

— Kardeşimin oğlu Muhammed'e gelince O, Abdullah'ın oğlu Muhammed'dir. Onunla kim boy ölçüşmeye kalkışsa, mutlaka Muhammed, üstün gelir. Mal ve mülk itibariyle pek bir varlığı olmasa da şeref, asalet, şecaat, cesaret, akıl ve fazilet yönüyle herkesten üstündür O. Zaten mal ve mülk de, kaybolan bir gölge gibidir; emanettir ve kalıcı olamaz. Ancak şu var ki, gelecek itibariyle O'nun hakkında büyük haberler, herkesi hayran bırakacak yenilikler var! O sizden, kerimeniz olan Hatice'yi talep etmektedir. Mehir olarak da ona, bir kısmı peşin ve diğer bir kısmı da sonradan ödenmek üzere on iki ûkiyye ve bir neşş[102] takdir etmektedir.[103]

Erkek evinin talebine karşılık kız tarafından da söylenmesi gereken sözler vardı. Ebû Tâlib'in arkasından Hatice'nin amcası *Amr İbn Esed* de[104] kalktı ve Hatice'nin faziletini ifade eden benzeri sözler söyledi. Zira o gün Hz. Hatice'nin de babası yoktu; *Ficar* savaşlarında ölmüş ve Huveylid'in kızı Hz. Hatice de, Resûlullah gibi yetim büyümüştü. Şöyle diyordu:

---

[102] Bir neşş, yirmi dirheme; bir ûkiyye de, kırk dirheme tekabül etmektedir. Bu durumda Efendimiz'in Hz. Hatice için takdir edilen mehiri, toplam beş yüz dirhem etmektedir. Bugünkü şartlarda ise bu, 1600 gram gümüş karşılığı bir değere tekabül etmektedir.
Bir gün Hz. Âişe validemize Ebû Seleme İbn Abdurrahman şunu soracaktır:
— Resûlullah'ın mehiri ne kadardı?
— O'nun, zevceleri için verdiği mehir, on iki ûkiyye ve neşşdir. Peki neşş nedir, biliyor musun?
— Hayır.
— Neşş, yarım ûkiyyedir. Bu da, beş yüz dirhemdir. İşte bu, Resûlullah'ın hanımları için takdir ettiği mehiridir. Bkz. İbn Kesîr, Tefsîr, 1/658 ; İbn Mâce, Sünen, 1/607 (1886); İbn Hişâm, Sîre, 6/57

[103] Bir kısmı nakit ve geriye kalanı sonradan ödenmek üzere borç olarak yaklaşık beş yüz dirhem... İşte, Efendiler Efendisi'nin, Hz. Hatice validemiz için takdir ettiği mehirin bedeli... Bazı rivayetlerde, Ebû Tâlib'in ilan ettiğinin dışında mehir olarak, Allah Resûlü'nün de yirmi deve vaat ettiği anlatılmaktadır ki, büyük ihtimalle bu, o günün şartlarında beş yüz dirhemin karşılığına tekabül ediyordu.

[104] Bazı rivayetlerde bu ismin, Varaka İbn Nevfel olduğu anlatılmaktadır.

Efendimiz (sallallahu aleyhi ve sellem)

— Senin de zikrettiğin gibi, saydığın hususlarda bizi insanlara üstün kılan Allah'a hamd olsun! Şüphe yok ki bizler, Arap'ın önde gelenleri ve efendileriyiz. Sizler de öyle... Araplardan hiç kimse, sizin faziletinizi inkar edip şeref ve iftihar noktalarınızı yok sayamaz. Sizinle aynı kökten gelme ve müşterek şerefimizin adına sizler şahit olun ki ben, -ey Kureyş topluluğu- Huveylid kızı Hatice'yi, zikredilen mehir mukabilinde Abdullah'ın oğlu Muhammed'e nikahladım.

İşin sorumluluğunu üzerinde hisseden Ebû Tâlib, mecliste bulunan diğer akrabalardan da aynı ikrarı duymak istiyordu. Bunun için:

— İstiyorum ki bu kabule, diğer amcalar da iştirak etsin, dedi. Bunun üzerine orada bulunan diğer bir amcası sözü aldı ve:

— Sizler de şahid olun ki ey Kureyş, bizler, Abdullah'ın oğlu Muhammed'e Huveylid'in kızı Hatice'yi nikahladık, diyerek aynı hükmü yeniden seslendirmiş oldular.[105]

Genel kabul gören merasimler de tamamlanmış; artık iş velimeye kalmıştı. Çok geçmeden o da yerine getirilecekti. Derken, koyunlar kesilip develer boğazlanmış ve düğün-dernek için bir de meclis tertip edilmişti. Böylelikle, 25 yıl sürecek zor; ama huzur dolu bir evlilik hayatı başlamış oluyordu.

Beri tarafta, zamanın ağır şartları altında zor günler yaşayan Ebû Tâlib'in sevincine de diyecek yoktu; bir kenara çekilmiş ve yeğenine böyle bir kapı aralayan Allah'a, içtenlikle hamd ediyordu.

Sevinen sadece Ebû Tâlib değildi elbette; Mekkeliler bu birlikteliği o kadar içtenlikle onaylamışlardı ki, duygularını şiirin diliyle ortaya koyacak ve yapılan işteki isabeti birbirlerine haykıracaklardı.

---

[105] Yemânî, Ümmü'l-Mü'minîn Hatîcetü Bintü Huveylid Seyyidetün fî Kalbi'l-Mustafâ, s. 65 vd.

Hz. Hatice İle İlk Randevu

Ancak o gün, hiç kimsenin sevinci, Hz. Hatice'ninkine denk olamazdı. O'nu o kadar yakından takip ediyordu ki, düğünlerine, artık ayrılmaz bir parçası olan kocası Muhammedü'l-Emîn'in süt annesi *Halîme-i Sa'diye*'yi de davet etmiş; böylelikle, yetim büyüyen süt yavrusunun mutluluğunu onunla da paylaşmak istemişti.

Sevinci, cömertliğine gölge düşürmeyecek ve yapması gerekeni unutturmayacaktı. Sabah ayrılıp giderken Halîme'nin yanında, sütünü verdiği Abdullah'ın oğlu Muhammed'in kerim hatırına mukabil, bahtiyar Hatice tarafından hediye edilen kırk baş koyun da vardı.

Birkaç gün; Amca Ebû Tâlib'in evinde kaldıktan sonra artık, Hatice validemizin yeğeni olan *Hakîm İbn Hizâm*'dan alınan yeni eve yerleşecekler ve böylelikle, vahyi geleceği âna kadar 15 yıl süren, herkese örnek, yeni bir hayat başlayacaktı. Muhammedü'l-Emîn, bundan böyle herkese örnek bir aile reisiydi. Yeri geldiğinde, ev işlerinde hanımına yardım ediyor, çoğu zaman kendi ihtiyaçlarını bizzat kendisi karşılıyor ve böylelikle, karşılıklı saygı ve sevginin esas olduğu mutlu ve örnek bir yuva inşa ediliyordu. Bunu yapacak imkânı olmasına rağmen Hz. Hatice, kocasına bizzat kendisi hizmet edebilmek için ev işlerini hizmetçi veya adamlarına bırakmıyor, bütün bunları kendisi bir ibadet neşvesi içinde yürütüyordu. O'nun hoşnutluğuna kendini öylesine adamış, O'na öylesine kendini vakfetmişti ki, kılının bile incinmesinden rahatsızlık duyuyor ve O'nu rahatsız edici en küçük bir hareketinin olmaması için azami gayret gösteriyordu.

Hane-i Saadetin Diğer Sakinleri

Efendiler Efendisi, Hz. Hatice validemizle hayatını birleştirmiş ve yeni bir yuva daha kurulmuştu kurulmasına; ama bu yuvada onlar, sadece kendilerini düşünüp yalnız kalmayacaklar; kendileriyle birlikte başkalarının da elinden tutarak

Efendimiz (sallallahu aleyhi ve sellem)

onları da hayata hazırlayacaklardı. Anne ve babaları hayatta olsaydı, mutlaka onlar da bu evin içindeki huzurdan soluklanacak ve evlatlarıyla birlikte torunlarını sevme bahtiyarlığına erişeceklerdi.

Öncelikle baba yadigârı *Ümmü Eymen*, İnsanlığın Emîni ile birlikte bu eve taşınmıştı. Efendisi Abdullah'ın yetimi ve hanımefendisi Âmine'nin öksüzünün ihtiyaçlarını gidermeye çalışıyordu.

Habîb-i Zîşân Hazretleri Efendimiz (sallallahu aleyhi ve sellem), aynı zamanda bir vefa insanıydı. Hatice validemizle evlenip yeni bir yuva kurar kurmaz diğer amcası Abbas'ın yanına gimiş ve Ebû Tâlib ailesinin içinde bulunduğu sıkıntıyı gündeme getirerek bu evin yükünü paylaşmalarını teklif etmişti. Nihayet, oğullarından birisine Amca Abbas sahip çıkacak; diğer oğlu *Ali*'yi de Efendiler Efendisi kendi himayesine alacaktı. Himayede üçüncü dönem olarak zikredilebilecek bu süreçte artık, Muhammedü'l-Emîn, Ali için bir baba, Hatice de; şefkat dolu bir anne idi. Bir taraftan en şerefli insanın rahle-i tedrisinde terbiye görürken diğer yandan da asil kadın Hz. Hatice'nin şefkat ve merhamet dünyasından doyasıya istifade etmiş oluyordu.

Bu evde yaşayan bir delikanlı daha vardı: Zeyd İbn Hârise. Zeyd, aslen hür bir ailenin çocuğu iken, annesiyle birlikte gittikleri ana ocağında baskına uğramış ve köle pazarlarında satılmıştı. Ukâz panayırından onu, Hz. Hatice validemizin yeğeni Hakîm İbn Hizâm satın almış ve halasına getirmişti. Kutlu izdivaç gerçekleşinceye kadar, bir müddet öylece hizmetine devam eden Hz. Zeyd, artık bu yeni hanenin bir üyesiydi. Ancak çok geçmeden statüsünde bir değişiklik olacaktı; zira, Kainatın İftihar Vesilesi'nin hizmetine tahsis edilmiş ve O da, hürriyetin kapılarını sonuna kadar aralayıp onu özgür bırakmıştı.

Bir başka genç de, Hatice validemizin önceki kocası Ebû

Hz. Hatice İle İlk Randevu

Hâle'den olan oğlu *Hind* idi. Bir aralık bu kervana, babası Avvâm vefat ettikten sonra küçük *Zübeyr* de katılacak ve o da, bu kutlu evde büyüme lütfuna erişecekti.

Huzur Dolu Bir Yuva

İşte, böyle bir yuvada huzur olurdu. Başta Efendiler Efendisi, tek başına bir huzur kaynağıydı. Huzuru rüyasında bile göremeyenlerin, başlarından aşağıya sağanak sağanak huzur yağmurları boşaltmak, varlığının gayesiydi O'nun.

Hatice validemizin şefkat dolu çabaları da, bu huzuru besleyen önemli bir dinamikti. Efendisinin her hareketini, daha baştan doğru olarak kabullenmiş ve asla tenkit etmeden aynen uygulama yarışına girmişti. Ne zaman başı sıkışıp huzurunu kaçıran bir durumla karşılaşsa, gelir ve Hz. Hatice validemizin karar kıldığı bu hanede sükûn bulurdu.

Evin genelinde böyle bir huzur olduğu gibi her ikisi arasında da, gıpta edilen bir samimiyet, koşulsuz bir teslimiyet ve şüphe duyulmayan bir emniyet vardı. Hatta, aralarındaki samimiyet, başkalarının da dikkatini çekiyor ve başkaları rastlamaya imkân bulamadıkları böyle bir hayata hayranlıkla bakıyorlardı. Bir gün, kendisinden Hz. Hatice'nin yanına gitmek için izin isteyen Muhammedü'l-Emîn'in arkasına, *Neb'a* adındaki cariyesini takan Ebû Tâlib, böylelikle O'nun, yeğenine olan alâkasını öğrenmek istemişti. Geri döndüğünde Neb'a, Ebû Tâlib'e şunları anlatacaktı:

– Gördüklerim çok ilginçti. Gelişini görünce Hatice, hemen kapıya yöneldi, elinden tuttu ve O'na şöyle dedi:

– Anam babam sana feda olsun! Vallahi bunu ben, senden başka hiç kimseye yapmam. Fakat biliyorum ki sen, geleceği beklenen Peygambersin. O gününü yaşarken ne olur beni ve yanındaki konumumu unutma! Ne olur, seni gönderen Allah'a benim için de dua et!

Efendimiz (sallallahu aleyhi ve sellem)

Eşi ve her konudaki destekçisi Hz. Hatice'den bu iltifatları duyan Muhammedü'l-Emîn:

– Allah'a yemin olsun ki şayet o ben isem, benim için sen, asla zayi etmeyeceğim nice fedakârlıklar yaptın, diyecek[106] ve sonrasında da onu asla unutmayacaktı.[107]

Bu Yuvanın Semereleri

Çok geçmeden bu yuva da semere vermeye başladı. Önce *Kâsım* dünyaya geldi. Efendimiz (sallallahu aleyhi ve sellem)'in, Kâsım'ın babası mânâsında *'Ebu'l-Kâsım'* diye künyelendiği oğlu idi aynı zamanda. Ancak o, bu fâni âlemde kalıcı değildi. Henüz emekleyip yürümeye başlamıştı ki, kanatlanarak cennete uçuverdi.

---

[106] İbn İshâk, Ahbârü Mekke, 5/206
[107] Bazı rivayetlerde bu hadisenin, düğün öncesinde gerçekleştiği izlenimi vardır. Buna göre Ebû Tâlib, Hatice'nin yeğenine olan talebinden emin olmak için, evlenmesi için izin verdiği yeğeninin arkasından, *Neb'a* isminde bir cariyesini göndermişti. Böylelikle konuşmalarına muttali olacak ve bunun, kalıcı bir yuvanın başlangıcı olmasından emin olacaktı. Şu tembihte bulunuyordu:
– Git de dinle bakalım; Hatice O'na neler söylüyor?
Neb'a, Efendiler Efendisi'ni takibe koyuldu. Nihayet Hz. Hatice'nin bulunduğu mekana gelince, yanına oturup konuşmaya başladılar. Sözü açan yine Hz. Hatice idi:
– Anam babam Sana feda olsun! Allah'a yemin olsun ki, bütün bunları ben, Senin, gönderilecek Nebi olduğunu umarak yapıyorum. Şayet, gerçekten o Sen isen, ne olur beni ve konumumu unutup aklından çıkarma! Aynı zamanda, Seni peygamber olarak gönderen Allah'a benim için de dua et!
Bu kadar içten ve sırf Allah için ortaya konulan gayret karşısında Efendiler Efendisi de şunları söyleyecekti:
– Vallahi de, şayet o Ben isem, elimden geleni yapar ve seni zayi etmem. Şayet o, benden başkası ise, bu durumda, kendisi için bütün bunlara katlandığın ilah seni asla zayi etmeyecektir! Bkz. Yemânî, a.g.e. s. 68
Henüz risalet yoktu; ancak, kıymet, her yerde ayrı bir kıymet ifade ediyordu. Ne zaman gerçekleşirse gerçekleşsin, hak adına bir hakikatin seslendirilmesinden başka bir şey değildi bütün bunlar...

Hz. Hatice İle İlk Randevu

Kâsım'ın vefatı üzerinden iki yıl geçmişti ve Efendimiz'in kızlarından *Zeynep* validemiz dünyaya geldi. Aynı zamanda Zeynep, dünyaya gelen ilk kız çocuğuydu. Ardından, bir yıl sonra *Rukiyye* ve Rukiyye'den üç yıl sonra da *Ümmü Gülsüm* dünyaya gelecekti. *Fâtıma* validemiz ise, vahyin gelmeye başladığı yıl dünyayı şereflendirecekti.

Hatice validemizin dünyaya getireceği son çocuğu *Abdullah* olacaktı. Henüz, Hira'daki vuslat başlayalı iki yıl olmuştu. Müslüman bir zeminde dünyaya geldiği için Abdullah'a *Tayyib* ve *Tâhir* de deniliyordu. Kaderin ayrı bir cilvesi ki Abdullah da uzun yaşamayacak ve üç ay sonra o da dünyaya veda edecekti. Anlaşılan Allah (celle celâluhû), kendisinden sonra yaşanması muhtemel kargaşalardan onları masûn kılmak istiyordu.

KÂBE'NİN TAMİRİ VE SÖZ KESEN HAKEM

Aradan on yıl daha geçmiş ve İnsanlığın Emîni otuz beş yaşlarına gelmişti. Bugünlerde en çok konuşulan husus, zamanla aşınan Kâbe'nin yeniden tamir işiydi. Üstelik, yıkılan duvarlar arasından hırsızın biri içeri girmiş ve orada bulunan bazı kıymetli eşyayı alıp kaçmıştı. Bu arada bir kadın ateş yakmış ve bu ateşten sıçrayan bir kıvılcımla Kâbe'nin örtüsü tutuşarak yanıvermişti. İşte, bütün bunları birlikte değerlendiren Kureyş, bir an önce Kâbe'yi tamir kararı almıştı.

Cidde yakınlarında karaya oturan bir geminin haberi Kureyşlileri sevindirmişti; zira bu geminin yükü, tam da aradıkları malzeme ile doluydu. Üstelik gemide, inşaat işini yapabilecek usta da vardı. Hiç vakit kaybetmeden *Velîd İbn Muğîre* başkanlığında bir heyet, tarif edilen yere giderek malzemeleri satın alıp Rum asıllı usta *Bâkûm*'la birlikte Mekke'ye geri döndü.[108]

Sıra, işin taksimine gelince ortam birden gerilmiş ve Kâbe'ye hizmet gibi bir krediyi her kabile kendi adına kullanma yarışına girişmişti. Nihayet, her bir duvarı belli başlı kabileler arasında taksim edilerek bir anlaşma sağlanmıştı.

---

[108] İbn Sa'd, Tabakât, 1/145

Efendimiz (sallallahu aleyhi ve sellem)

Ancak, yapmak için önce yıkmak gerekiyordu ve bunun için kimsede cesaret yoktu. Başlarına bir musibet gelmesinden korkuyorlardı. Eline manivela alıp ilk kazmayı vuran, yine Velîd İbn Muğîre oldu:

– Allah'ım! Bunu yaparken, hayırdan başka bir muradımız yok, diyor ve elindeki manivelayı titizlikle kaldırıp indiriyordu. Hatta o gün, kimse cesaret edip yıkma işlemine girişemedi. En azından aradan bir günün geçmesini bekliyorlardı; şayet ertesi güne kadar başlarına bir olumsuzluk gelmezse Rabbin razı olduğu kanaatine varacaklar ve bu işleme devam edeceklerdi. Aksi halde bu işten vazgeçecek ve bir daha akıllarına bile getirmeyeceklerdi.

Ertesi gün olmuş ve herkes, dünden farksız olarak sabahlamıştı. Belli ki, bu işte Rabbin de rızası vardı ve her bir kabile, kendi payına düşen yerden başlayarak önce yıkım işlemi tamamlandı.

Nihayet, Hz. İbrahim'den kalma temellere kadar inmişlerdi. Aralarından biri, bu temele ilişince, Mekke'nin şiddetle sallandığına şahit oldular ve akıbetlerinden korkarak, yeni inşaatı bu temellerin üzerinde yükseltme kararı aldılar.[109]

Taş taş üstünde yükselen Kâbe, Rükne kadar geldiğinde yeni bir tartışma konusu ortaya çıkmış ve ortam yeniden gerilmişti. Zira her bir kabile, kendileri için kutsal saydıkları *Hacerü'l-Esved* denilen kara taşı kendilerinin yerleştirmesi gerektiğinde ısrar ediyor ve bunun için de bir türlü aralarında anlaşamıyordu. Gerginlik o kadar artmıştı ki, neredeyse herkes iş-gücünü bırakmış, birbirlerine saldırmak için fırsat kollar hâle gelmişti; daha Ficar savaşlarının yaraları yeni kapanırken bugün yeniden, yüzyıllarca devam edecek bir savaşın eşiğine gelinmişti.

İşte tam bu sırada, Kureyş'in en yaşlı adamı Ebû Ümeyye,

---

[109] İbn Sa'd, Tabakât, 1/146; Taberî, Tarih, 2/200

Kâbe'nin Tamiri ve Söz Kesen Hakem

ayağa kalkmış vuruşmak için fırsat bekleyen gergin Mekkelilere şöyle sesleniyordu:

– Ey Kureyş topluluğu! En iyisi siz, gelin aranızda bir hakem tayin edin ve bu anlaşmazlığa bir son verin! Gelin, Kâbe'nin şu kapısından ilk giren insan aranızda hakem olsun ve ne derse onu yapın!

Önce herkes bu teklifi şöyle bir tartmış ve ardından da haklı bularak kabul etmişti. Hayır adına çıktıkları bir yolda, ne de olsa yüzyıllar sürecek bir şerre kapı aralamak istemiyorlardı. Herkes bu teklifi kabul ettiğine göre şimdi iş, söz konusu kapıdan gelecek ilk insanı beklemeye kalmıştı.

Bir pazartesi günüydü.[110] Uzun ve sessiz bir bekleyişin ardından herkes kulak kesilmiş; gelen ayak seslerinin sahibini merakla beklemeye durmuştu. Nihayet bu kapıdan, bekleşen Kureyş üzerine doğan ilk sima, İnsanlığın Emîni Hz. Muhammed'den başkası değildi. O'nu görünce hep bir ağızdan:

– İşte, Emîn geliyor! Biz, O'nun vereceği hükme razıyız, demeye başladılar.

Neden herkesin kendisine baktığını ve görür görmez de böyle bağırdıklarını öğrenip, gelişmeleri de teker teker dinledikten sonra; Muhammedü'l-Emîn önce büyük bir bez parçası getirmelerini talep etti onlardan. Çok geçmeden bu talep yerine gelmiş ve Muhammedü'l-Emîn'in ne yapacağı merakla beklenir olmuştu.

Önce, getirilen bezi yere serdi Allah Resûlü (sallallahu aleyhi ve sellem). Ardından da, kendi elleriyle Hacerü'l-Esved'i kucaklayıp bu bezin üzerine koydu. Bu sırada, dikkatle ne yaptığını gözleyen meraklı bakışlara yöneldi ve:

---

[110] Efendiler Efendisi'nin hayatında pazartesi gününün ayrı bir yeri vardır; dünyaya teşrif ettikleri gün pazartesi olduğu gibi Hira'da ilk vahye mazhar oldukları gün de pazartesi idi. Medine'ye hicrete başladığı gün de, Medine'ye ulaştığı gün de yine pazartesi idi. Yüce dostluğu tercih edip dünyaya veda ettiği gün de pazartesiden başkası değildi. Bkz. Süheylî, Ravdu'l-Ünf, 1/129

Efendimiz (sallallahu aleyhi ve sellem)

– Her bir kabile, şu bezin bir tarafından tutarak taşı kaldırsın, buyurdular. Zekice bir çözümdü ve bu hükme, hiç kimsenin itirazı olmadı. Çünkü her bir kabile, taşın konulmasında ortak olmuş, el birliği ile onu yerden kaldırıyordu. Nihayet taş, rükun hizasına gelince Muhammedü'l-Emîn, taşı orada sabit tutmalarını istedi onlardan. Ardından da, kendisi yaklaştı ve yine mübarek elleriyle taşı kavrayarak yerine yerleştiriverdi. Belli ki Allah (celle celâluhû), ilk insan Hz. Âdem'le birlikte yeryüzüne inen ve Hz. İbrahim'le Hz. İsmail zamanından bu yana Kâbe'yi şenlendiren cennet kaynaklı bu taşın yerleştirilmesini, bizzat Son Nebi'sinin eliyle gerçekleştirmeyi murad etmiş ve zamanlamayı da böyle takdir etmişti. İşin doğrusu her şey, O'nunla yeniden aslî haline dönmeye başlamıştı.

Artık mesele, fetanet-i a'zam sahibi Efendiler Efendisi'nin küçük bir müdahalesiyle tatlıya bağlanmıştı ve günlerdir ara verilen tamir işi böylelikle yeniden başladı ve zamanı gelince de nihayet buldu.[111]

Ahde Vefa

O (sallallahu aleyhi ve sellem), Cibril-i Emîn'le de tanışmadan önce öyle bir hayat yaşamıştı ki, zamanın belli bir anını O'nunla birlikte yaşama imkânı bulanlar, insanlık adına her türlü fazileti ilk defa O'nda tanıyacak ve bunları, unutulmaz birer hatıra olarak zihinlerine nakşedeceklerdi.

Efendimiz, *Abdullah İbn Ebî Hamsâ* adındaki bir genç ile alışveriş yapmış ve bu zat, Efendimiz'e borçlanmıştı. Borcun ne zaman ve nerede ödeneceği konusunda da anlaşmış ve birbirlerinden ayrılmışlardı. Gün gelip de sözleştikleri zaman gelince Allah Resûlü (sallallahu aleyhi ve sellem), buluşacakları mekana gelip beklemeye başladı. O gün, akşama kadar orada

---

[111] Bkz. İbn Sa'd, Tabakât, 1/146; Taberî, Tarih, 2/201; Süheylî, Ravdu'l-Ünf, 1/129; Belâzurî, Ensâb, 1/99

Kâbe'nin Tamiri ve Söz Kesen Hakem

bekleyecekti, ama Abdullah verdiği sözü unutmuş ve zikredilen yere gelmemişti. İkinci gün yeniden beklemeye başladı. Ancak, genç Abdullah, o gün de gelmeyecekti. Derken, üçüncü gün Abdullah'ın aklına, Muhammedü'l-Emîn'le olan anlaşma gelecek ve gecikmiş olmanın heyecanıyla sözleşme mahalline koşacaktı. Üzerinde, O'nun gibi bir insana karşı sözünde duramamış olmanın mahcubiyeti vardı.

Anlaşma mahalline geldiğinde ise, tahmin ettiği gibi İnsanlığın Emîni orada bekliyordu. Gözünü, genç Abdullah'ın geleceği mekana çevirmiş ve *"Belki biraz sonra gelir."* diye üç gündür orada beklemeye durmuştu.

Genç Abdullah'ın telaşla kendisine doğru gelişini görünce O da sevinecekti. Ancak, tarihe not düşme adına şunları da söylemekten kendini alamayacaktı:

– Ey genç! Beni zor durumda bırakıp epeyce meşakkat verdin; üç gündür Ben, burada seni bekliyorum.[112]

---

[112] Ebû Dâvûd, Edeb, 90 (4996). Abdullah İbn Ebî Hamsâ, yıllar sonra Müslüman olduğunda Mekke dönemine ait bu olayı, tatlı bir hatırası olarak yâd edecek ve böylelikle tarihe önemli bir not düşmüş olacaktı.

GELİŞİNDEN ÖNCE HAZIRLANAN ORTAM

Evet, içinde bulunduğu çağ, cehaletin en yoğun şekilde yaşandığı çağdı; gözünün değdiği her yerde, ruh dünyasını örseleyecek birçok olumsuzluk vardı. Ancak bu, hayır ve yümün adına etrafında hiçbir hareketin olmadığı anlamına da gelmiyordu. Beri tarafta, ender de olsa iyilik ve faziletten bahseden, küfür ve cehalete bayrak açanlar da vardı ve bunlar, O'nun geleceği zemini hazırlama adına önemli bir misyon eda ediyorlardı. Bilhassa, *Varaka İbn Nevfel*, *Zeyd İbn Amr* ve *Kuss İbn Sâide*'nin gözleri, sürekli semaları süzüyor ve ufuklarda, insanlığı yeniden kurtuluşa davet edecek olan Son Nebi'yi arıyor, etraflarında biriken insan kitleleriyle, gelmesi gereken Kutlu Misafir'in gecikmesinden duydukları üzüntüyü paylaşıyorlardı. Hele, bunlardan birkaçı bir araya geldiğinde, aralarındaki sohbetin vazgeçilmez konusu bu oluyordu. Şiirin diliyle O'nu seslendiriyor, buldukları her kalabalığa O'nun vuslat türküleriyle yönelip hitap ediyorlardı.

Efendimiz (sallallahu aleyhi ve sellem)

Kâbe'deki Yankı ve Varaka'nın Yorumları

Bir gün Zeyd İbn Amr[113] ile Ümeyye İbnu's-Salt'ın[114] konuşmalarına şahit olmuştu Mekke. Yine sözü, o Son Kurtarıcı'ya getiren Zeyd, şunları söylüyordu Ümeyye'ye:

– Allah'ın hükmü ve Hanîflik hariç, kıyamet günü bütün dinler boş ve faydasızdır.

Takındığı ciddi tavırla da şunları ilâve edecek ve soracaktı:

– Dikkatli ol! Bu beklenen peygamber, bizden mi, sizden mi, yoksa Filistin ehlinden mi?[115]

Başka bir dünyadan bahsediyorlardı ve konuşulanlar da, öyle yabana atılacak meseleler değildi. Konuşanlar ise, Mekke'nin en bilge insanlarıydı. Onların bu konuşmalarına muttali olan bir başka Mekkeli *Abdullah İbn Osmân (Hz. Ebû Bekir)*, işin gerçek yönünü öğrenmek için doğruca Varaka İbn Nevfel'in yanına koşacak ve ona bunların ne anlama geldiklerini soracaktı. Zira onun da gözleri semadan ayrılmıyor, geleceği ümidiyle sinesi inip kabarıyordu. Oturdu yanına ve Kâbe'nin avlusunda dinlediklerini anlattı bir bir. Ardından da, meselenin ne olduğunu sordu ona...

– Evet ey kardeşimin oğlu, diye söze başladı Varaka. Hitaptaki kucaklayıcılık, ses tonuna da yansımış; kıymetini bilen

---

[113] Zeyd İbn Amr, Efendiler Efendisi zuhûr etmeden önce, O'nun gelişini müjdeleyenlerden birisidir. Gelişinin geciktiğini görünce, bir başka yerde ortaya çıkmış olabileceği ümidiyle yollara koyulmuş ve bu yolculuğu sırasında, gelecek Nebi'yi ararken yol kesiciler tarafından öldürülmüştür. Bkz. İbn Hişâm, Sîre, 2/58-60

[114] Ümeyye, pek yakında bir peygamberin geleceğine kesin gözüyle bakıyor ve bunun kendisi olacağını düşünüyordu. Daha sonra mesele tebeyyün edip de risalet kendisine verilmeyince, kavmiyet düşüncesinin kurbanı olacak ve bekleyip durduğu Zât'a gelip iman edemeyecekti. Bir gün konuyu Ümeyye'ye getiren Allah Resûlü (sallallahu aleyhi ve sellem), "Şiiri iman etti, ama kalbi kafir gitti." buyuracaktır. Bkz. İbn Hacer, İsâbe, 1/251

[115] Suyûtî, Hasâisu'l-Kübrâ, 1/42

Gelişinden Önce Hazırlanan Ortam

bir insana kıymetli haberler vermenin hassasiyetine bürünmüştü. Şöyle devam etti sözlerine:

– Ehl-i Kitap ve bütün ulema, bu Beklenen Nebi'nin, nesep yönüyle Arap'ın ortasından çıkacağında müttefiktirler. Ben nesep ilmini de iyi bilirim. Senin kavmin, nesep yönüyle Arap'ın ortasıdır, diye de ilâve etti.

Bu sözleriyle Varaka İbn Nevfel, Ebû Bekir'in dikkatini çekiyor, adres gösteriyor ve kendi kabilesine bu nazarla bakmasını tembihlemiş oluyordu. Bunun üzerine Ebû Bekir:

– Ey amca! Bu Nebi ne ile gelecek? Ne söyleyecek, diye sorunca Varaka:

– O'na söyleneni söyleyecek. Ancak O gelince ne bir zulüm ne de zulüm yapılacak bir zemin kalacak,[116] dedi.

Aynı Ebû Bekir, başka bir gün Zeyd İbn Amr'ı şöyle seslenirken duyacaktı:

– Ey Kureyş topluluğu! Nefsim, yed-i kudretinde olana and olsun ki aranızda, benden başka İbrahim'in peşinden gideniniz yok. Şüphe yok ki ben, İbrahim ve O'nun arkasından da İsmail'in peşinden gidiyorum. Ve ben şimdi, İsmailoğullarından gelecek bir Nebi'yi bekliyorum; sanırım ben O'na da yetişeceğim.

Onun bu sözlerini duyan bir başka ihtiyar Âmir İbn Rabîa seslendi:

– Şayet O'na yetişip görürsen, benden de selam söylemeyi unutma![117]

Şayet bu bilge ihtiyarların dedikleri doğru ise, dünya nice sürprizlere gebe demekti. O kadar emin konuşuyorlardı ki, inanmamaya imkân yoktu. Aynı zamanda her biri, aynı noktaya parmak basıyor ve en ince detayına kadar hep, gelecek o Son Nebi'den bahsediyorlardı.

---

[116] Suyûtî, Hasâisu'l-Kübrâ, 1/42
[117] İbn Sa'd, Tabakât, 1/161; İbn Kesîr, el-Bidâye, 6/64

Efendimiz (sallallahu aleyhi ve sellem)

Artık Ebû Bekir, olaylara daha farklı bakıyordu. Zaman zaman Kâbe'ye gidiyor ve insanların acınası hallerini garipseyerek seyrediyordu. Bilgelerden duydukları, ölümün ikizi olan uykularını esir alıyor; rüyalarında bile artık, adım adım gelecek Nebi'nin peşinde gidiyordu. Nasıl gitmesin ki, semtine uğradığı her bilge, aynı şarkının sözüne ritim tutuyor, karşılaştığı her candan dost da, sürekli aynı nakaratı terennüm ediyordu.

Bir tarafta insanlığın iflâsına inat, diğer yanda kurtuluş reçeteleri yazan bilgelerle insanlar, gelecek Nebi'nin adından evsafına, insanlar arasındaki yâdından etrafındaki insanların özelliklerine kadar nice hakikatten bahsediyorlardı.

Şam'daki Rüya ve Rahibin Hatırlattıkları

Ticaret maksadıyla bir gün Şam'a gitmişti Ebû Bekir. Burada, bir rüya görmüştü; geceleyin ay parçalanmış ve Mekke'ye inerek buradaki bütün evlere giriyordu. Aynı ay, yeniden dolunay halini aldıktan sonra da, bir bütün halinde kendi evine gelip orada karar kılmıştı.

Çığlıklarla uyandı uykusundan. Unutamayacağı kadar haz veren bir rüya idi bu ve kendini tutamayıp, güvendiği salih bir rahibin yanına giderek anlattı ona gördüklerini.

Rahibin yüzünde güller açıyordu. Cümlelerini bitirir bitirmez de:

– Şüphesiz O'nun günleri geldi, dedi.

Şaşırmıştı. Rüyasını tevil etmesi için yanına geldiği adamın neden bahsettiğini anlamamıştı. Bunun için de:

– Ne diyorsun sen, diye tepki gösterdi. Bakışlarındaki sıcaklık, aslında her şeyi anlatıyordu. Bunun için Ebû Bekir, anladığının doğru olup olmadığını tasdik etmesi için:

– Bekleyip durduğumuz Nebi mi, diye sordu.

Gelişinden Önce Hazırlanan Ortam

Önce başını salladı rahip ve ardından da, beklenen cevabı verdi:

– Evet. Sen de O'nunla birlikte iman edecek ve insanlar arasında O'na en çok yardımcı da yine sen olacaksın![118]

Ticarî işlerini bitirip Şam'dan dönerken zihninde hep O vardı. Zaman zaman ellerini bir bayrak gibi kaldırıp şiir terennümüne başlardı. Bir aralık, etrafındakilere:

– Hanginiz Ümeyye İbn Ebi's-Salt'ın şiirinden okuyacak, diye sordu. Birisi ileri atılıp:

– Ümeyye'nin o kadar çok şiiri var ki, hangisini okumamızı istiyorsun ey nessâbete'l-Arap,[119] diye karşılık verdi.

– Dikkat edin! Bizim Nebi'miz var, diye cevapladı. Bunun üzerine kervandan birisi, şunları terennüme başladı:

– Dikkat edin! Bizim, bizden bir Nebi'miz var ki O bize, ana kaynağımızdan yarınımız adına haberler verecek!

Biz biliyoruz ki, şayet ilim fayda veren bir değer olmasaydı, baştan sona kılıçtan geçirilirdik.

....

Ey Rabbim! Ne olur beni şirke düşmekten ebediyyen koru ve kalbimi, dünya yaşadığı sürece iman ile doldur.

Zira ben, hacıların kendisi için haccettiği ve dine ait değerleri O'nun için bayraklaştırdıkları Zât'a sığınırım bütün kötülüklerden![120]

Dönüş yolu, Rahib Bahîra'nın memleketi Busrâ'dan geçiyordu. Buraya kadar gelmişken meşhur rahibi ziyaret etmemek olmazdı. Aynı zamanda, gördüğü rüyayı bir de ona anlatmak istiyordu ve doğruca, rahibin yalnız yaşadığı manastıra gitti.

Şam'da gördüğü rüyayı anlattı ona da. Gözleri fal taşı gibi açılmıştı rahibin ve sordu ona:

---

[118] Ebû Ca'fer et-Taberî, er-Rıyâdü'n-Nadıra, 1/413 (333)
[119] Arapların soyunu en iyi bilen, şecere ilmine vakıf kimse demektir.
[120] Ali Muhammed, el-İnşirâhu ve Ref'u'd-dîki bi sîreti Ebî Bekr es-Sıddîk, s. 34

Efendimiz (sallallahu aleyhi ve sellem)

— Sen nerelisin?
— Mekkeliyim, cevabını verdi sükûnetle Hz. Ebû Bekir.
Belli ki Rahip, daha fazlasını istiyordu ve:
— Neresinden? Kimlerden, diye sıkıştırdı onu.
— Kureyş'ten, diyordu şaşkın bakışlarla.
Belli ki bu cevap da kesmemişti rahibin hızını. Tekrar sordu:
— Sen ne işle meşgulsün?
— Ticaretle, cevabını verdi yine aynı sükûnetle.
İşin burasında Rahip, Ebû Bekir'in de merakını giderecek cümlelerini sıralamaya başladı bir bir:
— Şüphesiz Allah senin rüyanı sadık çıkaracaktır. Çünkü çok geçmeden, senin kavmin arasından bir Nebi gelecek. Sen de, O hayatta olduğu müddetçe veziri, öldükten sonra da halifesi olacaksın!

Ebû Bekir, şaşkınlıktan ne diyeceğini bile unutmuştu. Bu kadar net bir adres gösterme karşısında, utancından ne diyeceğini bilemez hale gelmişti. Derin derin düşünüyordu; acaba bu kim olabilirdi? Aslında düşünmeye ne hacet; bütün berraklığıyla beraber yakın arkadaşı Muhammedü'l-Emîn önünde duruyordu. Evet, olsa olsa bu, O olabilirdi... Ancak, henüz O'ndan bunu destekleyecek bir cümle duymamıştı. Evet, belki putlara karşı çıkıyor, insanların elinden tutup yoksulları gözetip kolluyordu, ama *"Sizin beklediğiniz Nebi benim."* mânâsına gelen hiçbir sözüne şahit olmamıştı. En iyisi, bir müddet daha izlemek gerekiyordu.[121]

Her geçen gün O'na biraz daha yaklaşıyor ve ayrı bir ünsiyet peyda ediyordu. Kendisini o kadar fark ettiriyordu ki, zifiri karanlık bir geceye doğan dolunay misali, yüzüne bakmaya doyum olmuyordu. Mekkeliler de bunun farkındaydı.

---

[121] Ebû Ca'fer et-Taberî, er-Rıyâdü'n-Nadıra, 1/413 (333)

VUSLATA DOĞRU

Artık dünya, şafağın sökün etmeye durduğu zamanı gösteriyordu. Hemen her taraftan, O'nunla ilgili haberler geliyordu. Sema kapıları kapanmış ve artık kâhinler kulak hırsızlığı yapamaz olmuşlardı. Yahudi ve Hristiyan din adamları, ittifakla artık vaktin yaklaştığını ve Beklenen Nebi'nin gelmek üzere olduğunu söylüyor ve bütün bunlar, bir nebze hakikate âşina gönüllerde büyük bir beklenti oluşturuyordu.

Yalnızlık Arayışları

Bu arada Efendiler Efendisi, Hak katındaki hakikatinden uzaklaştırılan Kâbe'yi, istemeyerek de olsa terk ediyor ve yanına aldığı azığıyla birlikte sessizliğin peşine düşüyordu. Çünkü, cehaletin koyuluğu gittikçe artmış ve Kâbe'nin dört bir yanı putlarla doldurulmuştu. Put ve putçuluk düşüncesini yere çalmış Hz. İbrahim gibi bir peygamberin, ihlas ve samimiyetle tesis ettiği Kâbe, Mekkelilerin elinde oyuncak haline gelmiş, *Âlemlerin Rabbi*'ne kulluğu unutan insanlar, sanal ve sahte ilâhlara neredeyse kurban olma yarışına girmişlerdi. Belli ki, *Ruh-u Pâk*'ını bu durum, sıktıkça sıkıyordu. Huzur vermek için inşa edilen yeryüzünün ilk binası *Kâbe*, o gün için âdeta kasvet merkezi hâline getirilmek istenmişti. Bu sebepledir

Efendimiz (sallallahu aleyhi ve sellem)

ki Allah Resûlü, o havadan uzaklaşmaya çalışıyor, bir yandan her adımı O'nu buradan uzaklaştırırken diğer taraftan gönlünü orada bırakıyor ve bir türlü de Kâbe'den kopamıyordu.

Ayrılıp uzaklaştığında da, yine onu seyredebileceği bir mekanı tercih ediyordu. Bu mekan, *Nûr* adıyla bilinen bir dağın zirvesiydi. Bu zirvenin, Kâbe'yi kuş bakışı süzen tarafında *Hira* adında bir mağara bulunuyordu. İşte Efendiler Efendisi, Kâbe'den uzaklaştığı demlerde buraya kadar geliyor; günlerce, hatta aylarca burada kalıp, zamanını kullukla kıymetlendiriyordu. Belli ki bu, kıyamete kadar hükmü devam edecek evrensel bir mesajı omuzlayabilmek için Cenab-ı Mevla'nın takdir ettiği bir kaderdi.

Mahzun Nebi'nin boynu büküktü; ara sıra, mağaranın dehlizinden süzdüğü Kâbe'nin de boynunu bükük görüyor ve bu manzara karşısında bir kez daha boynunu bükmek zorunda kalıyordu. Belki de gelecekteki iman dolu, temiz ve dupduru hâlini tasavvur ederek o günlerin hayaliyle bir nebze olsun teselli olabiliyordu. Burada kaldığı sürece, kendine mahsus bir kullukla dolup taşıyor ve belki de, uzaktan süzerek hicranını dile getirdiği Kâbe ve ona yapılanları bir bir zikredip, sıfırlanan insanlık kredisini yeniden kendilerine bahşetmesi için dua dua yalvarıyordu. Saatlerce yürüyerek ulaştığı *Nûr Dağı*, âdeta nurun sahibine davetiye çıkarmış, beraberce semadan gelecek nuru beklemeye durmuşlardı. Âdeta Kâbe'ye rükûa durmuş *Hirâ*'da O'nun, ağyara kapalı, Hakk'a açık kendine göre bir ibadeti; mübarek elleriyle yüzünü buluşturduğu anlarda da, başka zamanlarda hissetmediği tarifi imkânsız bir gönül ziyafeti vardı.

Sadık Rüyalar

Belli ki vakit, daha da yaklaşmıştı. Şafak sökün etmek üzereydi. Zira, bunu müjdeleyen birçok emareyle karşılaşıyordu. Başını yastığa koyduğunda mânâ âlemini şenlendiren ve gözlerini açtığında da orada gördüğü gibi neticelenen *'sa-*

dik rüyalar' sıklaşmış; ötelerden sürekli mesajlar getiriyordu. Vahyin öncüleriydi bunlar ve bilhassa vuslatın altı ay öncesinde, birbirini takip eden muştulara dönüşmüş ve daha bir kendini hissettirir olmuştu. Bugünlerde Resûl-ü Ekrem Efendimiz, akşam gördüğü bir rüyanın ertesi gün karşısında cereyan eden bir hadise olduğuna tanık olur[122] ve iki âlem arasındaki irtibatı tefekküre dalarak uzun uzun düşünürdü. Belki de bunlar, yaklaşan vahiy ortamına bir hazırlık mânâsını taşıyordu.

Görülen rüyalar genelde Hz. Hatice validemizle paylaşılır ve O da, dimağına yerleşmiş ve kesin kanaat haline gelmiş beklentileri istikametinde yorumlar yapar, bu süreçte Efendisine destek olmaya çalışırdı. Bir defasında Efendimiz (sallallahu aleyhi ve sellem), evinin üstünden bir tahta çekilerek buraya büyük bir delik açıldığını; sonra buraya gümüşten bir merdiven konulduğunu ve oradan iki adamın içeri girdiğini görmüştü. Bu manzara karşısında birilerini yardıma çağırmak istiyor, ama bir türlü konuşamıyor; yardım için fırsat bulamıyordu. Sonra bu adamların her biri gelip O'nun iki yanına oturdu. Sonra tuttu birisi, elini vücuduna sokup buradan iki kaburga kemiği çıkardı. Sonra da göğsüne yönelerek buradan kalbini çıkarıp eline koyuverdi. O kadar gerçekçiydi ki elinin izini iliklerine kadar hissediyordu. Bu arada yanındaki arkadaşına şunu söylüyordu:

– Bu salih adamın kalbi ne kadar da güzel bir kalp.

Sonra da kalbini yıkayıp temizledi ve tekrar alıp onu yerine yerleştirdi. Çok geçmeden kaburga kemiklerini de olduğu yere iade etti. Ardından da, geldikleri yere yönelerek merdivenden çıkarak gözden kayboldular. Giderken merdiveni de alıp götürmüşlerdi. Artık tavan, yeniden eski haline getirilmiş ve her şey normale dönmüştü.

Beklenen Nebi, tabii olarak bu rüyasını da önce Hatice

---

[122] Bkz. Buhârî, Sahîh, 1/6; Müslim, Sahîh, 1/97; Ahmed İbn Hanbel, Müsned, 2/153

Efendimiz (sallallahu aleyhi ve sellem)

validemize anlattı. Böylesine kritik günlerinde en büyük destekçisi Hz. Hatice, yine kendisinden beklenilen tavrı ortaya koyuyordu:

– Müjdeler olsun sana, dedi önce. Ardından da, metin bir ses tonuyla şunları söyledi:

– Şüphesiz ki Allah, Senin için sadece hayır murad etmektedir. Bunda da bir hayır vardır; müjdeler olsun Sana![123]

Evet, önlerine bir yol takdir edilmişti ve onlar da, takdir edilen bu yolda adım adım ilerliyorlardı. Hz. Hatice validemiz de bu yolun farkındaydı ve onun için, kendinden emin konuşuyor ve Efendisine destek olmaya çalışıyordu.

Varlık Selama Durmuştu

Bütün bunlara ilave olarak bir de, karşılaşılan her bir ağaç, her bir taş ve her bir canlı, Efendiler Efendisi'ni görür görmez tavır değiştiriyor; O'na selama duruyor ve Gelecek Nebi'ye vuslat öncesinde temennada bulunuyordu. İlk insanla başlayan süreçte, bütün peygamberler ve onların zemininde yetişen evliyaullahın, müjdesini vererek *'geliyor'* diye dikkat çektikleri bir Zât'ın teşrifinde, elbette varlık da üzerine düşeni yapacak ve yanına yaklaştığında selama duracaktı. Zira gelen, varlığın yaratılışındaki yegâne sebepti. Çünkü, şayet O olmasaydı varlık da olmayacaktı.

Benzeri hadiselerle sıklıkla karşılaştığı bir günün ardından yine hane-i saadetlerine gelmiş ve Hatice validemize endişelerini aktarmıştı. Yine ortada, O'nun metanet dolu destekleri vardı:

– Şüphesiz ki Allah, seni asla zayi etmez ve sana bir kötülük dokundurmaz. Çünkü Sen, sözün en doğrusunu söyler; emanete sadık kalır ve yakınlarını görüp gözetirsin.[124]

---

[123] Buhârî, Sahîh, 4/1894 (4670)
[124] Buhârî, Sahîh, 6/2561 (6581)

Hz. Hatice'nin Telaş ve Gayretleri

Her ayrılışı, Hz. Hatice için ayrı bir hüzün ifade ediyordu. Belli ki Allah Resûlü, Hirâ'da ayrı bir huzur solukluyordu; ama beri tarafta, her ayrılışında Hz. Hatice'nin yüreği ağzına geliyor; Efendisinin başına bir şeylerin gelmesinden endişe duyuyordu. Bunun için arkasından adamlarını gönderiyor ve emniyette olup olmadığını görmek istiyor; koruyup kollamaları için tembih üstüne tembihte bulunuyordu.[125]

Hatice validemizin hazırladığı azığını alıp gittiği demlerde, bazen kendisi geri gelip yeni bir azıkla geriye dönse de, zaman zaman Hatice validemiz, hasretine dayanamadığı evinin direği ve gelişini gözlediği efendisi için kendisi yollara düşüyor ve kilometrelerce yürüyüp saatler süren gayretleri neticesinde, Efendiler Efendisi'ne kendi elleriyle azık taşıyordu.[126] Bazen de Hira'nın sırlı atmosferini Efendisiyle birlikte solukluyor, bin bir güçlükle ulaştığı Hira'da, O'nunla kalarak zamanını paylaşmayı en büyük bahtiyarlık sayıyordu. Zaman zaman da yolları, bugün *İcâbe Mescidi* olarak anılan yerde birleşiyor ve buluştukları bu mekânı mesken tutarak geceliyorlardı. Daha sonra da Efendimiz, yeniden ayrılarak mağaraya çıkıyor, Hatice validemiz de evinin yolunu tutuyordu.

Bir kadın için, kocasının evinden bu kadar ayrı kalması, dayanılacak bir durum değildi; ancak Hz. Hatice, uzayan ayrılıklar karşısında en küçük bir tepki göstermiyor, hatta tepki vermek bir yana Efendisi'nin yalnızlığını paylaşarak O'nu, gelecek günleri adına hazırlayıp teşvik ediyordu.

Cibril'in Sesi

Yine böyle ayrı kaldığı demlerden birisinde Efendimiz (sallallahu aleyhi ve sellem), kendisini görmediği halde birisinin şöyle seslendiğini duymuştu:

---

[125] İbn Kesîr, el-Bidâye, 3/11
[126] Buhârî, Sahîh, 3/1389 (3609)

Efendimiz (sallallahu aleyhi ve sellem)

— Yâ Muhammed! Ben Cibril'im.

Belki bu da, vahiy öncesinde bir hazırlık anlamına geliyordu. Endişeyle irkilen Efendiler Efendisi, yine Hatice'nin teselli ve temkin dolu dünyasına yöneldi ve teker teker anlattı sesi ve sesin geldiği ciheti. Ardından da, yüreğine işleyen bir ses tonuyla:

— Allah'a yemin olsun ki, büyük işlerin olacağından endişe duyuyorum, dedi.

Metanet insanının tavrı, öncekilerden farklı değildi; olamazdı. Istırap ve sıkıntılarını dindirecek şu cümleleri sıraladı teker teker:

— O ne söz! Allah'a sığınırız ondan! Allah (celle celâluhû) hiç seni zayi eder mi? Sen ki, emaneti yerine getirir ve zayi etmez, akrabalarını görüp gözetir ve ellerinden tutarsın; Sen hep, sözün en doğrusunu söylersin.[127]

Yine bir gün, akşam karanlığı basmış ve herkes evine çekilmişti. Etrafı derin bir sessizliğin aldığı böylesine yalnız bir akşam, Cibril'e ait aynı sesi duymuştu. Kendisine:

— Selam, diyordu. Yine, hızlı adımlarla teselligâhına yöneldi Allah'ın Resûlü (sallallahu aleyhi ve sellem). O'nun bu telaşını gören Hz.Hatice:

— Bu ne hal? Bir şey mi oldu, diye sordu. Yine tuttu, başından geçenleri anlattı kerim eşine. Sözünü bitirir bitirmez de:

— Müjdeler olsun sana. Çünkü selam, sadece hayırdır, dedi heyecanla.[128] Heyecanında metanet ve durduğu yerin resâneti hissediliyordu. Bununla belki de o, *"Selamla sana hitap eden kim olursa olsun, neticede mutlaka hayırla karşılaşılacak demektir. Çünkü selam, esenlik yüklüdür."* demek istiyordu.

---

[127] Buhârî, Sahîh, 1/4 (3)
[128] İbn Hammâd, ez-Zürriyyetü't-Tâhira, 1/33

VE VUSLAT

Ve derken bir gün... Takvimlerin milâdî 610'u gösterdiği bir Pazartesi günü... Ramazan'ın on yedisi... Nûr Dağı'nda nûrlar buluşmuş, sema ile yer arasında kopmaz bir bağ kurulmuştu. Vahiy meleği *Cibrîl-i Emîn* gelmiş ve rahmet peygamberi *Muhammedü'l-Emîn*'e risalet vazifesini açıktan tebliğ ediyordu. İki emniyet, Nûr dağında birbirine kavuşmuştu ve böylelikle insanlığa yeni bir emanet geliyordu. Artık Nûr'un, Nûr'u karşılama mevsimi gelmiş; yeryüzünde nurlu bir süreç başlıyordu. Semâvî olanı, arzî olanını kucaklayacak ve "Oku!" diyecekti. Dağ ve taşın, taşımaktan âciz kaldıkları bir mesuliyetin konulmasıydı bu omuzlara... Vazifenin azameti karşısında hissedilen ağırlık, dayanılacak gibi değildi.

Aynı zamanda neyi okuyacaktı? Okuma-yazma bilmiyordu ki! Herhangi birisinin dizinin dibinde oturup da tahsil görmemişti. Rabbinden başka ufkunu dolduracak ikinci bir mercii olmamıştı O'nun.

– Ben okuma bilmem ki, diye mukabelede bulundu. Cibril, yaklaşmış ve yeniden kucaklamıştı. Takatini zorlayıncaya kadar sıkıyor ve ardından bırakarak yine:

– Oku, diyordu. Resûl-i Kibriyâ, yine aynı cümleyi tekrarlayacaktı:

– Ben okuma bilmem ki!

Belli ki bu işin arkasında başka bir mesele vardı. Çünkü Cibril yeniden yaklaşmış ve Muhammedü'l-Emîn'i belinden kavrayarak, olanca kuvvetiyle sıkıyordu. Bir müddet sonra bırakırken aynı şeyi söyledi:

– Oku!

– Ben okuma bilmem ki! Ne okuyayım, diye tekrarladı Allah Resûlü. Aynı işlem yeniden başlamıştı. Nihayet, mesele çözülecek gibiydi. Kucakladığı Habîb-i Zîşân'ı bırakan Cibril şunları söylüyordu:

– Yaratan Rabbinin adıyla oku! O ki, insanı yapışkan bir hücreden yarattı. Oku ki, o Rabbin, sonsuz kerem sahibidir. Kalemle yazmayı ve insana bilmediği şeyleri öğretendir O.[129]

Mesele şimdi anlaşılmıştı; çünkü Rabb-i Rahîm'in adıyla olunca, her şey okunurdu. Gerçi, henüz okunması gerekenin ne olduğu anlatılmamıştı. Ama, göze çarpan ve kulağa gelen her şey, okunmak için yaratılmıştı. İnsanın önünde duran her bir varlık, yaratıcısını anlatan birer ayet olarak arz-ı endam ediyordu ve şuurlu varlık olan insanın, bu dili çözebilmesi için de, varlığı iyi okuması gerekiyordu.[130]

Aynı zamanda bu emirde, bugüne kadarki birikimini, bundan sonra geleceklerle aynı paralellikte değerlendirme telkini de vardı... Bundan sonra ceste ceste inecek olan Kur'ân ayetlerini, her defasında yeniden başa dönerek tekrar okumanın tahşidatı da gizliydi burada... Zira bu kitap, öyle bir kenara konularak terk edilecek veya hürmet için bile olsa kaliteli malzemeye sarılarak duvarlara hapsedilecek bir kitap değildi; her yönüyle o, mü'minle birlikte yaşayan bir mesaj olmalıydı.

---

[129] Bkz. Alak, 96/1-5
[130] Kur'ân'da geçen 'ayet' kavramlarının belki % 90'ı, bu türlü bir okumadan bahsetmekte ve insanı Allah'a ulaştıran delillerin, sadece sureleri meydana getiren cümleler değil, aynı zamanda en küçüğünden en büyüğüne kadar varlığı meydana getiren unsurlar olduğunu anlatmaktadır.

Ve Vuslat

Bunun içinse, öncelikle iyi okunması ve anlamak maksadıyla ve ciddi bir teveccühle kendisine yönelinmesi gerekiyordu. Çünkü o, teveccüh nispetinde kapılarını aralar ve taliplerine hazinelerinden en nadide inciler takdim ederdi.

Bir de bu emir, bundan sonraki vazife adına yeni bir başlangıcı ifade ediyordu; bu vesileyle insanlara gidecek ve onları da hak dine davet edecekti. İşte bu vazifeyi yerine getirirken Allah Resûlü'ne, muhatabı olduğu insan karakterini iyi okuması telkin ediliyor ve muhatabını iyi tanıdıktan, ruh haletine ait şifreleri çözdükten sonra onunla, kendi anlayacağı dilden konuşması gerektiği anlatılıyordu.

Bu arada, Hira'daki ilk vazifesini yerine getiren Cibril, ayrılıp gitmiş ve bir anda gözden kaybolmuştu. Yaşadıklarının tesiri bütün ihtişamıyla üzerinde duruyordu. Bir müddet sonra anladı ki, dilinde terennüm ettikleri, Cibril'in az önce getirdiklerinden başkası değildi; Onun getirdikleri harfi harfine kalbine yerleşmişti ve O da, bunları tekrarlayıp duruyordu.

Artık mesele daha netti; bugüne kadar yanlışlıklarına şahit olduğu insanlığın, bundan sonra doğruyu bulması konusunda rehberlik vazifesi kendisine verilmişti. İş başa düşmüştü; inecek ve Mekke'deki ilk muhataplarından başlayarak dünyayı, Rabbin arzuladığı istikamette yeni bir boya ile tanıştırıp herkesi Rahmânî bir kıvama davet edecekti. Zira, öncekiler gibi; ama öncekilerden farklı olarak bütün insanları kucaklayacak bir vazife, risalet vazifesi O'na verilmişti ve O da, bu vazifeyi yerine getirmek için artık Mekke'ye iniyordu.

Mekke'ye Yöneliş

Artık, Nûr dağında buluşan iki Nûr, bundan sonra sıklıkla bir araya gelme vaadiyle birbirinden ayrılmış ve Allah'ın Resûlü (sallallahu aleyhi ve sellem), karşılaştığı yeni haberle birlikte hızla Mekke'ye yönelmişti. Kendisine yüklenen misyonun ağırlığıyla iki büklüm ve Hira'da yaşadığı vuslatın hazzıyla

Efendimiz (sallallahu aleyhi ve sellem)

kalbi duracak gibi oluyordu. Zira bütün bedenini, vahyin ağırlığı kaplamıştı. Bu esnada, semada bir sesin yankılandığına şahit oldu:

– Yâ Muhammed! Sen, Allah'ın Resûlü'sün, ben de Cibril!

Mübarek başını semaya kaldırdığında, bütün ihtişamıyla karşısında Cebrâil duruyor ve aynı şeyi tekrar ediyordu:

– Yâ Muhammed! Sen, Allah'ın Resûlü'sün, ben de Cibril!

Adeta, olduğu yere çakılıp kalmıştı Allah Resûlü (sallallahu aleyhi ve sellem); ne bir adım ileri atabiliyor ne de geri dönüp gidebiliyordu. Öylece bir müddet bekledikten sonra nihayet başını hareket ettirmeye başlamıştı. O da ne? Yöneldiği her bir yanda aynı manzara vardı! Her bir cihetteki ufku bütünüyle Cibril-i Emîn kaplamış öylece duruyordu.

Beri tarafta Hz. Hatice, geri dönüşü gecikince endişelenmiş ve bir haber getirmeleri için yine arkasından adamlarını göndermişti. Hira'ya gittiğini bildikleri için onlar da, tabii olarak buraya yönelmiş, ama bir sonuç elde edememişlerdi.

Derken, hayret ve dehşet anları sona ermiş ve Efendiler Efendisi, yeniden Mekke'ye yönelmişti. O ne gariplik ki, yolda yürürken dört bir yandan:

– Allah'ın selamı Senin üzerine olsun yâ Resûlallah, diye sesler geliyordu. Bu seslerin geldiği cihete yöneliyordu, ama hiç kimseyi göremiyordu. Çok geçmeden anladı ki, karşılaştığı her bir ağaç ve taş, O'nun önünde temenna duruyor ve kendisine selam verip açıkça risaletini tasdik ediyordu.[131]

Heyecanla evine döndü ve:

– Beni örtün! Beni örtün, diye vefalı eşinden üstünü örtmesini istedi.[132] Daha sonra da mübarek başını Hatice validemizin dizine koydu. Dikkatlice gelişmeleri izleyen metanetli kadın, şefkat dolu sesle:

---

[131] İbn Hacer, İsâbe, 7/601; Münâvî, Feyzü'l-Kadîr, 3/19
[132] Buhârî, Sahîh, 4/1874 (4638)

Ve Vuslat

– Ey Ebâ Kâsım! Nerelerdeydin? Allah'a yemin olsun ki, ardından adamlarımı gönderdim, Mekke'de bakmadık yer bırakmadılar; ama Senden bir haberle geri dönemediler, diye Efendisi'ne olan muhabbetini dile getiriyordu.

Bir aralık Efendiler Efendisi:

– Kendimden korkuyorum ey Hatice! Bir zararın gelmesinden endişeleniyorum, deyince, yine aynı teselli kaynağı olan kerim eş devreye girdi:

– Asla endişe edip korkma! Allah, Seni asla zayi etmez, muhafaza eder, dedi önce. Ardından da:

– Çünkü Sen, akrabalarını görüp gözetir, düşkünlerin elinden tutar ve ihtiyacı olanları da giydirirsin. Aynı zamanda Senin misafirin hiç eksik olmaz, her hareketinle Sen, sürekli Hakk'ın peşindesin ve yine Sen, bütünüyle hayır yollarına kendini adamış birisin.[133]

Toplumda oluşabilecek bu türlü boşlukları doldurup eksiklikleri gidermeyi kendine vazife edinmiş Birini, işin Sahibi yalnız bırakır mıydı hiç!.. Aslında bu haliyle Hz. Hatice, her bir Müslüman kadın için örnek alınacak bir tavır sergiliyor ve dünya adına hayırda en öne geçmenin bir modelini koyuyordu ortaya. Tabii ya, Allah için en sıkıntılı günlerde rüştünü ispat edenleri O, hiç yalnız bırakır mıydı?

Ve çok geçmeden Allah Resûlü, başından geçenleri anlattı O'na, ilk olarak. Tecrübe, metanet ve sabır insanı Hz. Hatice, tevekkülü tam bir insandı ve gayet metindi. Başkalarının kendisinden emniyet dilendiği bir *Emîn*'in sahipsiz olmadığını zaten biliyordu. Kendisinden beklenen metaneti ortaya koyacak ve destek olması gereken bir zamanda, kâinatın iftihar ettiği Yüce Kâmet'i yalnız bırakmayıp O'na destek olacaktı:

– Müjdeler olsun sana ey amcamın oğlu, diye başladı sözlerine. Ardından da:

---

[133] Buhârî, Sahîh, 1/4 (3)

— Bulunduğun yerde sebat et ve kararlı ol! Hatice'nin nefsi elinde olana yemin olsun ki Sen, bu ümmetin beklenen Nebi'sisin, dedi. Zira ona göre zaten bu, beklenen bir sonuçtu ve hiç tereddütsüz hemen oracıkta, imanla tasdik etti O'nu ve O'na birlikte gelenleri!..[134] Ardından da, üzerini örttüğü Resûlullah'ı hanelerinde Rabb-i Rahîmiyle birlikte yalnız bırakıp bir başka kapıya yöneldi.

Varaka'nın Rehberliği

Mekke'de bu haberle sevinecek birisi daha vardı ve Hatice de, hiç vakit kaybetmeden amca oğlu Varaka İbn Nevfel'in yanına koştu. Kerim zevcesinin anlattıklarını anlattı bir bir Varaka'ya!.. Her bir ifadesi, Varaka'nın dünyasında fırtınaların kopmasına sebep oluyordu. Bir noktaya gelince dayanamadı ve:

— Kuddûs!.. Kuddûs,[135] diye haykırmaya başladı yaşlı bilge. Ardından da ilâve etti:

— Varaka'nın nefsi yed-i kudretinde olana yemin olsun ki, şayet bana anlattıkların doğruysa ey Hatice! Bu gelen, Musa ve İsa'ya gelen Nâmûs-u Ekber'dir. Ve şüphesiz ki O da, bu ümmetin Nebi'sidir. Git ve bunu O'na söyle, olduğu yerde sebat etsin.[136]

Demek ki, toprağın altındaki tohum çatlamış ve artık filiz verme yoluna girmişti. Beklenen an gelmişti ve insanlığın makûs talihi değişmeye başlamıştı. İnsanlığın yönünü değiştirecek bu olayı, bir de vasıtasız dinlemek gerekiyordu ve yine Hz. Hatice'nin delaletiyle, Kâbe'nin avlusunda buluştular çok geçmeden. Yaş farkı, itaate engel değildi ve önce Allah Resûlü'nün alnından öptü yaşlı Varaka...

---

[134] Mâverdî, A'lâmü'n-Nübüvve, 1/275
[135] Varaka İbn Nevfel'in taaccüp dolu sözleri, başka bir rivayette, *'Subbûh! Subbûh!'* şeklindedir. Bkz. İbn Hişâm, Sîretü'n-Nebeviyye, 2/73
[136] Mâverdî, A'lâmü'n-Nübüvve, 1/275

— Ey kardeşimin oğlu! İşitip gördüğün şeyleri bir de bana anlat, dedi merhamet dilenircesine...

Allah'ın son Nebisi, başından geçenleri anlatmaya başladı bir bir Varaka'ya, vasıtasız ve perdesiz olarak... Duyduğu her bir söz, kulağına ilişen her bir kelime, ruh dünyasında fırtınalar koparıyor ve halden hale giren Varaka, ayrı bir heyecan yaşıyordu. Zira yıllardan beri, kavuşma hasretiyle yandığı ve sadece satırlarda okuyarak geleceği günü can u gönülden beklediği Müjde, o an yanında duran şahıstan başkası değildi. Allah Resûlü'nün sözleri bitince, bu sefer Varaka'nın dili çözülecek, aradığını bulmuş bir gönlün heyecan ve titreyen bir ses tonuyla şu tarihî cümleleri söyleyecekti:

— Nefsim, yed-i kudretinde olana and olsun ki Sen, bu ümmetin Nebisi'sin. Daha önce Musa'ya gelen Nâmus gelmiş Sana. Unutma ki Sen, bu sebeple yalancılıkla itham edilecek, eziyet ve işkencelere maruz kalacak ve akla gelmedik düşmanlıklarla karşılaşacaksın. Keşke ben o gün genç olsaydım, yaşıyor olsaydım da, kavminin Seni çıkarıp yurdundan kovacakları güne yetişip, o gün Sana destek verseydim.

Teselli için gidilen kapıda duyulan sözler gerçekten dikkat çekiciydi; evet, gelecek umut doluydu. Ancak bu umut, öyle kolay elde edilecek gibi de görünmüyordu; işin ucunda O'nu, mihnet, sıkıntı ve çile dolu günler bekliyordu.

Resûl-ü Kibriyâ da, şaşırmıştı. Belli ki, bu ihtiyarın daha bildiği çok şey vardı. Merak dolu bir ses tonuyla sordu Varaka'ya:

— Kavmim beni çıkaracak mı?

Gelen cevap, sadece sorunun cevabını ihtiva etmiyordu; daha genel ifadelerle hem O'nun başına gelecekleri sıralıyor hem de adeta O'ndan sonra aynı çizgide yürüyeceklerin yaşayacağı bütün mukaddes göçlerin sebebini açıklıyordu:

— Evet.. Seni de çıkaracaklar. Zira Senin getirdiğin hakikatle gelen hiçbir insan yoktur ki, yurdundan çıkarılmış, vatanından ayrı bırakılmış olmasın!..[137]

Kırk Günlük Ara

Hira'da vuslat başlamıştı, ama günler geçmesine rağmen bu vuslatın arkası gelmiyordu. Yıllardır bu anı bekleyen Allah Resûlü, tam *'Artık buldum.'* dediği böyle bir zamanda, Cibril'in hayat-bahş soluklarına hasret kalmanın sancısını yaşıyordu.

Bu süre içinde yine kendini yalnızlığa terk etmişti, zaman zaman *Sebîr* dağına giderken çoğunlukla yine Hira'nın yolunu tutuyordu. O kadar sıkılmıştı ki, bütün genişliğine rağmen O'nun için yeryüzü daraldıkça daralmıştı ve bir türlü zaman geçmek bilmiyordu.

Kırk yaşına kadar beklediği vahyin inkıtaı üzerinden kırk gün daha geçmişti ki,[138] semada Cibril-i Emîn'in sesi duyuldu:

– Ben Cibril'im, diyordu. Efendiler Efendisi, sesin geldiği yöne dönüp ve başını semaya doğru kaldırdı. Karşısındaki, Hira'da gördüğü Cibril'den başkası değildi; sema ile arz arasında bir kürsü üzerine kurulmuş:

– Yâ Muhammed! Sen, Allah'ın hak peygamberisin, diyordu.

Evet, sema ile yeniden bir ittisal kurulmuş, iki Emîn yeniden buluşmuştu. Gözü aydın, gönlü de huzurlu kılan bir gelişmeydi bu. Zaten bugüne kadar Allah Resûlü, yeni bir vuslat için iştiyaktan yanıp tutuşmuş, Cibril'le yeniden buluşmayı aşırı derecede arzular olmuştu. Aynı zamanda böyle bir fetret, bundan sonra gelecek vahyin de peyderpey ineceğinin bir işaretiydi. Çünkü Kur'ân, insanları bir hedefe doğru götürmek,

---

[137] Bkz. Buhârî, Sahîh, 1/4 (3); Müslim, Sahîh, 1/97, 98
[138] Bazıları bu süreyi üç yıla kadar çıkarırlar ki, 23 yıllık vahiy sürecinde bu süre, oldukça büyük bir zaman dilimi demektir. Halbuki, neredeyse Kur'ân'ın yarısı Mekke'de inmiştir ve Efendimiz'in Mekke hayatında, içinde Kur'ân'ın inmediği bir yılı bulunmamaktadır.

Ve Vuslat

asırlardır insanların şuuraltlarına işlemiş yanlış telakkileri söküp yerine kendi otağını kurmak için geliyordu. Öyleyse, yeni gelen her vahiy, toplum tarafından özümsenerek sosyal hayatta yaşanır hale gelmeliydi.

Bu, kendi cinsinden şükür isteyen bir nimetti ve Allah Resûlü de (sallallahu aleyhi ve sellem), önce yere kapandı ve şükür secdesinde bulundu. Ardından da, hiç vakit kaybetmeden hane-i saadetlerinin yolunu tuttu. Üzerine yeniden vahyin ağırlığı çökmüştü. Sıcak yaz günü olmasına rağmen tir tir titriyor, aynı zamanda buram buram ter döküyordu. Hatice validemize yöneldi ve yeniden üzerini örtmesini talep etti. Kalbine nakşedilen vahiyle yeni bir süreç başlıyordu. Zira Allah (celle celâluhû), O'nu muhatap alarak ona şunları söylüyordu:

– Ey örtüye bürünüp duran Nebi! Ayağa kalk ve insanları uyar! Rabbinin büyüklüğünü tazim ile haykır. Elbiseni tertemiz tut, maddi-manevi kirlerden arın. Pis ve murdar olan her şeyden de kaçın![139]

Yine beş ayet gelmişti; ancak bu sefer arkası kesilmeyecek ve peşi peşine diğer ayetler de sıralanacak, Cibril'in soluklarıyla insanlık, küllî bir aydınlanma yaşamaya başlayacaktı. Kısmî bir inkıtadan sonra yeniden gerçekleşen vuslatta dikkat çeken husus, tebliğ vazifesinin açıkça kendisine bildirilmesi, Rabbin büyüklüğünü tazim edip etrafına da bu azameti duyurması, son olarak da, maddi-manevi bütün olumsuzluklardan arınarak tertemiz bir dünya hayatı yaşayıp başkalarına da bunu teşmil etmesinin istenmesiydi.

Müddessir suresi, aynı zamanda bütün halinde inen ilk sure oluyordu. Zira, *Alak* suresinin ilk beş ayeti *Hira*'da gelmişti; ama geri kalan diğer ayetleri daha sonra inecekti. Bunun için bir kısım ulema, nübüvvet adına ilk gelen surenin

---

[139] Müddessir, 74/1-5

Efendimiz (sallallahu aleyhi ve sellem)

Alak, risalet adına gelenin ise Müddessir olduğu şeklinde bir ayırım yapmaktadır.[140]

Bir de, bu sefer gelen ayetler, Son Nebi'nin misyonunu belirginleştiriyor, O'ndan diğer insanların da elinden tutmasını ve Rabbinin adını herkese duyurmasını istiyordu. Zaten nübüvvet vazifesiyle birlikte, böyle bir sorumluluk O'na daha baştan yüklenmiş bulunuyordu. Artık O (sallallahu aleyhi ve sellem), Allah'ın varlığını ve bir olduğunu anlatacak, ahiret gününe inanmanın gerekliliği üzerinde ısrarla duracak ve iman hakikatlerinin bütününü toplumda ikameye çalışacaktı. Bunu gerçekleştirmek için ilk muhataplarından da benzeri şeyleri istiyor, kendini Hakk'a adamışların şahsi hazlardan uzaklaşarak varlıklarını toplumun salahına vakfetmeleri gerektiğini ifade ediyor ve sebeplere tevessülde kusur etmemekle birlikte, sonucun nasıl cereyan edeceğini Allah'a havale etmenin lüzumuna dikkat çekiyordu.

Anlaşılan artık, ferdi mânâda gelişme dönemine, sosyal inkişaf dönemi ilave edilmişti. Bundan sonra her iki yönde de faaliyet yürütülmesi gerekiyordu. Açıkça bu, selim vicdan sahibi her insanı rahatsız eden olumsuzluklardan uzaklaşmaları ve Hakkın rızasını kazandıracak davranışlarla hemhal olmaları için insanları uyarmak gerektiği anlamına geliyordu. Bundan sonrası, öncesinden çok farklı olmalıydı. Zira, bu ayet Efendiler Efendisine, *'kalk'* diyerek, her şeyiyle farklı yeni bir toplum inşa etme sorumluluğu yüklüyor; kalp ve kafadan vize almayan her şeye karşı da bir karşı duruş çizgisi belirliyordu.[141]

---

[140] Bazı müfessirler ise, ilk inen surenin *Fâtiha* olduğunu söylemekte, diğer bir kısım ulema da, Fâtiha suresinin Alak ve Müddessir'den sonra indiğini ifade etmektedir. Sonuç ne olursa olsun, ilk inen ayetin *'Bismillahirrahmanirrahîm'* olduğunda şüphe yoktur. Bkz. Muhammed İbn Muhammed, İtkân, 1/75-77

[141] Bu ne hassasiyettir ki Allah Resûlü (sallallahu aleyhi ve sellem), yüce dostluğa pervaz edeceği güne kadar bu gömleği hiç çıkarmayacak; ötelere giderken bile bu emri yerine getirme adına teşkil ettiği Üsâme ordusuyla Hak düşünceyi, daha da ötelere götürmenin sancısını taşıyacaktı.

Ve Vuslat

Gelen bu ayetlerde dikkat çeken bir diğer husus da, sabır üzerine yapılan vurguydu. Henüz her şey yeni başlamıştı. Alınacak mesafe çoktu ve bu işe gönül veren insanların sayısı belliydi. Mekke şiddetle karşı çıkıyor ve Mekkelilerin tavırları, daha sonrasında olabilecekler adına ip uçları veriyordu. Yol uzun, sular derin ve azık da sınırlıydı; öyleyse, bu sıkıntılı süreçten sağ ve salim sahil-i selamete erebilmek için, sabır denilen sihirli kuvvete çok sağlam yapışmak gerekiyordu. Zira o, gücü elinde bulunduranlara karşı kullanılabilecek en etkili cevap anlamına geliyordu. İbadet ü taat mükellefiyetini yerine getirirken, günahların cazibesine karşı dişini sıkıp harama tenezzül etmeden ve din düşmanlarının estirdiği havada başa gelebilecek her türlü sıkıntıyı daha baştan göğüslemeyi kabullenerek sabretme... Bütün bunları yaparken de, asla yerinde durmama ve mutlaka her dakikayı, Hakk'ı razı edecek bir aktivite ile dolu geçirme... İşte, Kur'ân çizgisinde karşılığını bulan sabır bu demekti ve Kur'ân, daha işin başında mü'minlere, 'sabır' tavsiye ediyordu.

Çok geçmeden, insanlardan gelebilecek tehlikelere karşı bizzat Allah'ın, kendisini koruyacağı da anlatılacak ve:

– Ey Resûl! Sen, Rabbinden Sana indirilen buyrukları tebliğ et; şayet bunu yapmazsan, risalet vazifesini yerine getirmiş olamazsın! Allah Seni, zarar vermek isteyen insanların şerlerinden koruyacaktır,[142] denilecekti. Bundan sonra da, tebliğ vazifesinin Efendimiz'e ait bir görev olduğu sıklıkla hatırlatılacak ve hesap görme işinin ise Allah'a ait olduğu vurgulanacaktı.[143]

O'nu peygamber olarak görevlendiren Allah (celle celâluhû), bizzat teminat veriyor ve O'na Allah'ın adını herkese duyurabilmek için koşturması gerektiğini söylüyordu.[144] Elbette böy-

---

[142] Bkz. Mâide, 5/67
[143] Bkz. Ra'd, 13/40; Bakara, 2/272
[144] Konuyla ilgili olarak bkz. Mâide, 5/55, 56; Nûr, 24/55; Sâffât, 37/171-173; Mü'min, 40/51, 52; Mücâdele, 58/20, 21

le bir yolda, birileri rahatsızlık duyacak ve Hak katından gelen hükümleri, ağızlarıyla söndürmeye çalışacaklardı; ancak, inkârda başı çeken ve şirk bataklığına saplanmış küfür fanatikleri istemese de, Allah'ın teminatı vardı; kim ne yaparsa yapsın O (celle celâluhû) mutlaka nurunu tamamlayacaktı.[145] Bunun için O'nun istediği ise, güçlü ve sarsılmaz bir iman, takva ölçüleri içinde bir hayat ve esbaba tevessülü ifade eden salih bir amel ortaya koymaktı.[146] Öyleyse, başkalarının ne dediğine bakmadan Rahmânî çağrıya kulak verip, yeryüzünde O'nun adına yürümek gerekiyordu.

Sıklıkla tarihten örnekler veriliyor; risalet vazifesinin nev-zuhur bir yapı olmadığı ifade edilerek, hak düşüncenin karşısında yer alanların her zaman kaybetmeye mahkûm oldukları, misalleriyle ve defalarca anlatılıyordu. Hz. *Âdem*'den Hz. *Nûh*'a, Hz. *İbrahim*'den de Hz. *İsa*'ya kadar insanlık semasının ay ve güneşleri olan rehber şahsiyetlerden örnekler veriliyor, onların risalet vazifesini yerine getirirken nelerle karşılaştıkları ortaya konulup bundan sonra olabileceklere karşı hazırlıklı olunması isteniyordu.

Ölüm sonrası hayatla ilgili konular gündeme getiriliyor ve yaşanılan hayatın hesabının verileceği yeni bir dünyanın kapıları aralanarak, hayatı, hesabı verilecek tarzda yaşamanın gerekliliği ortaya konuluyordu.

Velhasıl, artık vahiy, süreklilik arz eden ve rıza ufkunun yeni toplumunu inşâda en etkin bir unsurdu. Anlaşıldığı üzere bu süreç, vahyin sağanak olup yağmaya başladığı süreçti. Böylelikle, *Müzzemmil*'i *Müddessir*; *Tebbet*'i *Tekvîr* takip edecek; *A'lâ*'dan, *Leyl*'e, *Fecr*'den de *Mutaffifîn*'e kadar neredeyse Kur'ân'ın yarıya yakın kısmı Mekke'de inmiş olacaktı.[147]

---

[145] Bkz. Âl-i İmrân, 3/139; Tevbe, 9/32, 33; Sâd, 38/8, 9; Saff, 61/9
[146] Bkz. Bakara, 2/212; A'râf, 7/128; Hûd, 11/49; Kasas, 28/83; Mümin, 40/51; Enbiyâ, 21/105
[147] İniş sırasına göre zikretmek gerekirse, Mekke'de şu sureler nazil olmuştu:

Ve Vuslat

Küsme de Yok Dargınlık da

Beri tarafta bu süreç, Mekke müşrikleri tarafından da takip ediliyor ve müşrikler vahyin kesintiye uğramasından dolayı içten içe bir sevinç duyuyorlardı. Onlara göre Efendimiz (sallallahu aleyhi ve sellem), adım attığı bu yolda toplumdan tecrit edilip yalnız kaldığı gibi sema ile de bağları kesilmişti ve O her yönüyle bir gurbet (!) yaşıyordu. Hatta, Mekkelilerden bir kadın Efendimiz'in yolu üstüne çıkmış:

– Yâ Muhammed! Görüyorum ki şeytanın Seni terk etmiş, diyordu. Bununla o, kendince Allah Resûlü'yle alay ettiğini sanıyordu. Ancak bu, Efendiler Efendisi'ni üzdüğü gibi semanın kapılarını da harekete getirecek bir davranıştı. Neyse ki, zor durumda kalınan her zaman imdada koşan bir Cibril vardı. Yine gelmiş, şu ayetleri getiriyordu:

– Güneş'in yükselip de en parlak hâlini aldığı kuşluk vaktine ve sükûnetle erdiği dem geceye yemin olsun ki, ey Resûlüm! Rabbin Seni ne terk etti ne de sana darıldı! Elbette Senin için, gelecek her yeni gün, bir öncekinden, her zaman işin

---

Alak (Bazı rivayetlerde Alak suresinden sonra Nûn suresinin indiği anlatılmaktadır), Müzzemmil, Müddessir (Bazı rivayetler, Müddessir suresinin Kalem'den sonra inzal olduğu yönündedir), Tebbet, Tekvîr, A'lâ, Leyl, Fecr, Duhâ, İnşirah, Asr, Âdiyât (Bazı rivayetlerde Asr ile Âdiyât suresinin inişi yer değiştirilerek anlatılmaktadır), Kevser, Tekâsür, Mâûn, Kâfirûn, Fîl, Felak, Nâs, İhlâs, Necm, Abese, Kadr, Şems, Bürûc, Tîn, Kureyş, Kâria, Kıyâme, Hümeze, Mürselât (Bazı rivayetlerde Mürselât suresi Kıyâme suresinden sonra inmiş görünmektedir), Kâf, Beled, Târık, Kamer (Bazı rivayetlerde Kamer, Kâf suresinden sonra inmiş olduğu belirtilmektedir.), Sâd, A'râf, Cinn, Yâ-Sîn, Fürkân, Melâike/Fâtır, Meryem, Tâ-Hâ, Vâkıa, Şuarâ, Tâ-Sîn/Neml, Kasas, Benî İsrâîl/Sâf, Yûnus, Hûd, Yûsuf, Hıcr, En'âm, Sâffât, Lokmân, Sebe', Zümer, Mü'min, Secde, Hâ-Mîm-Ayn-Sîn-Kâf/Şûrâ, Zuhruf, Duhân, Câsiye, Ahkâf, Zâriyât, Ğâşiye, Kehf, Nahl, Nûh, İbrâhîm, Enbiyâ, Mü'minûn, Secde, Tûr, Mülk, Hâkka, Seele/Meâric, Amme, Nâziât, İnfitâr, İnşikâk, Rûm, Ankebût ve Mutaffifîn. Bunların dışında kalan diğer sureler ise Medine'de nazil olacaktır. Uzun surelerin arasında bazı ayetlerin de Mekke'de iken indiği bir gerçektir. Bkz. Muhammed İbn Muhammed, İtkân, 1/38, 39; Kurtubî, el-Câmi', 20/117, 118; Zührî, Tenzîlü'l-Kur'ân, 1/23-29

sonu başından daha hayırlıdır. Elbette Rabbin, Sana ileride öyle şeyler ihsan edecek ki, neticede Sen, hem O'ndan hem de vereceklerinden razı olacaksın![148]

Ne güzel iltifatlardı bunlar! Rahmet-i Rahmân, Habîb-i Zîşân'ın elinden tutuyor ve adeta basamak basamak O'nu geleceğe taşıyordu. Öyleyse, durup beklemenin ne anlamı olabilirdi ki?

Her gelecek günün, bir önceki güne göre daha hayırlı olacağı bildirildiğine göre, öyleyse bugün yapılması gereken, hiç durmadan hayrı tavsiye edip Rahmânî güzellikleri Allah'ın diğer kullarıyla da paylaşmak, çirkin ve kötü olandan da onları uzaklaştırma gayreti içinde bulunmaktı. Zaten, çok geçmeden ilahî mesaj da:

– Sizin aranızda öyle bir grup olsun ki onlar, her dâim insanları hayra davet etsinler ve ma'rûf olanı emredip münker olandan da insanları uzaklaştırsınlar,[149] diyerek aynı şeyleri söyleyecekti. Zira, bundan böyle yeniden şekillenecek olan ümmet, orta yolun temsilcisi olacak ve Allah'a imanda derinlikle, hayır konusundaki hayırhahlığıyla ve şer karşısında da takındığı tavırla doğruluğun şiarı olacaktı.[150]

Aynı zamanda bu, toplumu kaynaştırıp birbirine kenetleyen en önemli dinamikti. Zira, sosyal olmanın bir sonucuydu bu. Yanlışlıkların görmezden gelindiği, güzelliklerin de paylaşılmadığı toplumlarda iç çöküntü kendini hissettirir ve bu toplumlar asla hayatiyetlerini uzun soluklu devam ettiremezlerdi. Kur'ân'ın, bir ibret vesilesi olarak nazarlara arz ettiği İsrailoğulları, bu vazifeyi hakkıyla yapamadıkları için, aralarında iftiraklar zuhûr etmiş ve paramparça olmuşlardı.[151] Demek ki, müşahede edilen şerre karşı umursamazlık tavrı,

---

[148] Bkz. Duhâ, 93/1-6
[149] Bkz. Âl-i İmrân, 104
[150] Bkz. Âl-i İmrân, 3/110
[151] Bkz. Mâide, 5/78, 79

musibetlere davetiye anlamına geliyor ve bu durumda, yaşın yanında kuru da yanıyordu. Öyleyse, topyekûn kurtuluş, hayırda cansiparâne bir yarışa; kullarını Allah'a, Allah'ı da kullarına sevdirmeye bağlıydı.[152]

Ümmet-i Muhammed, sonu temsil edecekti ve bu temsil, öncekilerden de ders alınarak iyi yerine getirilmeliydi. Zira, güneş gurûba kaymış ve insanlık adına zaman, gurûb öncesi bir yerde duruyordu. Onun için, *'ikindi vakti'*ne yemin edilecek, muhtemel kaymaların yaşanmaması için imanın ne kadar gerekli olduğu anlatılarak bu yolun yolcularına sabır ve hak çizgide sebat tavsiye edilecekti.[153]

Gece İbadeti

Her ne kadar Allah Resûlü (sallallahu aleyhi ve sellem), Hira'da yaşadığı vuslat ve sonrasını Mekke müşrikleriyle paylaşmamış olsa da onlar, birer söylenti halinde bunları duymuşlardı ve kendi aralarında konuşuyorlardı. Kendileri açısından ortada yeni bir durum vardı; kendi iradeleri dışında Mekke'de yeni bir gelişme yaşanıyor ve bu gelişme, dünya adına herkesten bağımsız yürüyordu. Daha ilk günden Mekkeliler, bu gelişmeye bir kulp takıp da önünü almak için planlar kurmaya başlamış; düne kadar *'Emîn'* diye tavsif ettikleri Efendiler Efendisi'ne, *'mecnûn'*, *'kâhin'*, *'sihirbaz'* gibi lakaplar takmışlardı.

Elbette bu konuşmalar, Efendimiz'in de kulağına gelmiş ve daha ilk günden karşılaştığı bu karalama kampanyasına çok üzülmüştü. Hane-i saadetlerine döndüğünde üzerini örtmüş ve derin bir tefekküre dalmıştı ki, yanında Cibril-i Emîn'in hazır olduğunu görüverdi.[154] Yeni bir vahiy geliyordu:

---

[152] Konuyla ilgili olarak bkz. Buharî, Sahîh, 2/520 (1368), 3/1314 (3393); Müslim, Sahîh, 1/69 (78), 1/69 (80)
[153] Bkz. Asr, 103/1-3
[154] Bazı rivayetlerde aynı hadisenin, Müddessir suresinin iniş sebebi olarak ele alındığı görülmektedir. Bkz. İbn Kesîr, Tefsîr, 4/441, 442

Efendimiz (sallallahu aleyhi ve sellem)

– Ey örtüsüne bürünen Resûlüm! Geceleyin kalk da, az bir kısmı hariç geceyi ibadetle geçir! Duruma göre gecenin yarısında veya bundan biraz daha azında veya fazlasında ibadet etmen de yeterlidir.

Allah (celle celâluhû), Resûlü'ne bir mesaj iletir de O (sallallahu aleyhi ve sellem), bu mesaja bîgâne kalır mıydı hiç? Artık bundan böyle O'nun geceleri, gündüzleri kadar aydın; gündüzleri de geceleri kadar fazilet doluyduyu. Gece kalkıp ibadet etmek Allah'ın emri olduğuna göre, O'na ilk gönül veren herkes aynı yolu meslek edinecek ve gecelerini gündüzleri gibi aydın kılma adına, adeta birbirleriyle yarışacaklardı. Çünkü bu emir, farz olarak algılanmıştı ve emr-i ilahiyi yerine getirmemek olmazdı. Gece ibadeti, mü'min için bir şerefti artık; gündelik meşgalelerden sıyrılıp ruh ve kalbin kendini dinlediği bu sessiz dakikalarda kalkılarak sıcak yataklar terk edilecek, havf ve haşyet duyguları içinde hep Rabbe iltica ile eller kalkıp, içten yönelişle bir tazarru ve niyazda bulunulacaktı.[155] Çünkü rahmet-i Rahmân, gecenin kuytularında fazilet avına çıkan insanların üzerine sağanak olup yağar ve Rabb-i Rahîm de, bu dakikalarda kendisine kalkan elleri boş, geri çevirmezdi.[156]

Nihayet, aradan bir müddet daha geçecek ve Allah Resûlü'nün, Cibril-i Emîn'le buluştuğu bir gün şu mesaj gelecekti:

– Sana mahsus bir namaz olmak üzere, gecenin bir kısmında kalkıp Kur'ân okuyarak teheccüd namazı kıl. Böylece Rabbinin Seni, Makam-ı Mahmûd'a eriştireceğini umabilirsin![157]

Artık teheccüd, bir kavramdı ve gece kalkılarak kılınan namazı ifade ediyordu. Ancak, önemli bir ayrıntı olarak bu namaz, sadece Allah Resûlü için fariziyet ifade ediyor; üm-

---
[155] Bkz. Ebû Nuaym el-İsbahânî, Hilyetü'l-Evliyâ, 6/267; İbn Hacer, Fethu'l-Bârî, 1/466
[156] Bkz. İbn Hibbân, Sahîh, 1/444 (212); İbn Mâce, Sünen, 1/435 (1366)
[157] Bkz. İsrâ, 17/79

meti için ise, kabir ve berzah yolunu aydınlatmaya matuf, teşvik edilen bir namaz olarak kalıyordu. Çünkü teheccüd, Makam-ı Mahmûd'a ulaşmanın da en büyük vesilelerinden birisiydi.

Aynı surenin devam eden ayetlerinde, Kur'ân'ın tane tane tertil üzere okunması teşvik ediliyordu. Bunun için Efendiler Efendisi, hem namazlarında hem de namaz dışında Kur'ân okurken sesini yükseltiyor ve üzerinde dura dura, tane tane okuyordu. *'Bismillah'* dedikten sonra duruyor, ardından *'er-Rahmân'* diyor ve sonrasında da, *'er-Rahîm'* diye devam ediyordu.[158] Aynı dikkat ve hassasiyeti ümmetinden de isteyen Efendimiz (sallallahu aleyhi ve sellem), bunu yaparken şu kelimeleri kullanacaktı:

– Oku ve yüksel! Aynı zamanda, dünya işlerinde düzen ve tertibe hassasiyet gösterdiğin gibi, onu da tertil ile oku! Çünkü senin menzilin, okuduğun son ayet kadardır.[159]

Demek ki, Kur'ân'ın ihtiva ettiği gerçeklerin yaşanması kadar toplumdaki yansıma ve temsili de önemliydi. Ses, Allah tarafından verilmiş büyük bir nimetti ve bu nimet, Kur'ân okunurken kendini göstermeli, ortaya güzel bir ses ahenk ve armonisi çıkmalıydı.

– Kur'ân'ı seslerinizle tezyin ediniz,[160] mânâsındaki emir de zaten bunu ifade etmekteydi. Ashabı arasında, güzel sesiyle Kur'ân okuyan birisini gördüğünde başını sıvazlayacak ve:

– Davud (aleyhisselâm)'ın sesindeki ahenge benzer bir kabiliyet verilmiş,[161] diyerek takdir edecekti. Çünkü O (sallallahu aley-

---

[158] Bkz. İbn Kesîr, Tefsîr, 4/558; İbn Sa'd, Tabakât, 1/376
[159] Bkz. İbn Kesîr, Tefsîr, 4/558; İbn Hibbân, Sahîh, 3/43 (766); Tirmizî, Sünen, 5/177 (2914)
[160] Buhârî, Sahîh, 6/2742 (4653); Ebû Dâvud, Sünen, 1/464 (1468)
[161] Söz konusu sahabe, Ebû Musa el-Eş'arî idi. Efendimiz'in bu iltifatına karşılık o da, "Şayet Sizin dinlediğinizi bilmiş olsaydım, biraz daha temrin yapar, daha iyi okumaya çalışırdım." diyecekti. Bkz. Buhârî, Sahîh, 4/1925 (4761); İbn Mâce, Sünen, 1/425 (1341)

Efendimiz (sallallahu aleyhi ve sellem)

hi ve sellem), etrafa saçılan kum taneleri gibi Kur'ân harflerinin ağızdan ahenksiz çıkmasından hoşlanmıyor ve:

– Okurken onun, mânâ derinliklerine dalıp ilgili yerlerde durarak tefekkür edin; onunla kalplerinizi harekete geçirin ve bir an önce bitirip de elimden bırakayım gibi bir endişe içinde olmayın,[162] buyuruyordu.

İşte, başta Efendiler Efendisi olmak üzere her bir mü'min, artık geceleri kalkıyor ve Rabbi adına namaz kılarak Kur'ân okuyordu.

Gece ibadetiyle ilgili olarak inen ayetlerdeki sıralama da çok ilginçti. Önce, kalkılıp gecenin azı müstesna, geceyi kullukla geçirerek ayakta kalmanın gerekliliği anlatılmış; ardından da bu iş için, gecenin yarısını ayırmanın yeterli olduğu ifade edilmişti. Bundan dolayı, bazı insanlar, ayakta durmanın zor olduğu uzun gecelerde direkler arasına ipler geriyor ve kendilerini bu iplere bağlayarak kullukta bulunmaya çalışıyordu.[163] Daha sonraları da, teheccüdün farz olarak sadece Efendiler Efendisi'ne has bir ibadet olduğu vurgulanarak diğer insanlar için, nafile olmak kaydıyla gece, belli bir zaman diliminde ibadet etmenin yeterli olabileceği anlatılıyordu. İlk emirle, sonradan gelen hafifletme çizgisi arasında geçen zaman, yaklaşık bir seneyi bulmuştu. Bu müddet içinde sahabe, ayakları şişinceye kadar gece ibadetine yönelecek, sabahlara kadar kullukla zamanlarını taçlandırmış olacaktı.

Anlaşılan, işin başında ve en öndekiler için, gecenin karanlıklarında yapılacak böylesine bir kulluk Allah katında ayrı bir mana ifade ediyordu. Demek ki; herkesin, ölümün küçük kardeşi olarak bilinen uykuya kendini salıp da rahat döşeklerine uzandığı demlerde mü'minler, gelecek günlerde karşılaşacakları sıkıntıları göğüsleyip onlar karşısında yılmadan

---
[162] Heysemî, Mecmeu'z-Zevâid, 7/167; Ahmed b. Hanbel, Müsned, 3/428
[163] Bkz. İbn Hibbân, Sahîh, 6/239 (2492) ; Müslim, Sahîh, 1/541 (784)

Ve Vuslat

mesafe alabilmek için böyle bir ibadete çok ihtiyaç duyuyorlardı. Zira, uzun soluklu ve meşakkatlerle dolu olan bu kulluk yolunda, yılmadan ve hız kesmeden yürüyebilmenin zemini, Hak karşısındaki duruşla doğru orantılıydı.

Bununla birlikte, Allah (celle celâluhû), yine merhamet gösteriyor, kullarının arasındaki dayanıklılığı esas alıyor ve herkesin kendine göre bulabileceği bir zeminde kullukla dolması gerektiğini ifade ediyordu.[164]

---

[164] Bilindiği üzere Efendimiz (sallallahu aleyhi ve sellem), dine ait meseleleri kendi adına en ağır biçimde yaşıyor, ama ümmeti adına sürekli tahfiften yana tavır sergiliyordu. Başlangıçta farz olan gece ibadeti (teheccüd) için daha sonraları, ümmetinin de kendisini beklediğini görünce, yeniden farz olacağını ve buna da insanların güç yetiremeyeceklerini düşünerek karşı çıkacak ve:
– Ey insanlar! Amellerden, gücünüzün yettiğinin peşinde olun; çünkü Allah, sizler amelden usanmadığınız sürece size sevap vermekten bıkıp usanmaz. Ve amellerin en faziletli olanı da, az dahi olsa devamlı olanıdır, diyecekti. Bkz. İbn Hibbân, Sahîh, 6/309 (2571); Beyhâkî, Sünen, 3/109 (5020)

EN ÖNDEKİLER

Efendiler Efendisi, bir pazartesi günü namaza durmuş ve kullukla Rabbine yönelmişti. Aynı günün akşamında Efendiler Efendisi'nin arkasında saf bağlayan kişi ise, Hz. Hatice'den başkası değildi.[165] Efendiler Efendisi, Cibril'in öğrettiği abdest ve namazı ilk olarak O'na aktarmış ve O da, ilk dersini bizzat Allah Resûlü'nden almış olarak, O'nunla birlikte ilk namazını kılıyordu. Böylelikle, dünyanın cehalete kurban gittiği bu dönemde, âlemin yüzünü güldürecek bir *'ilk hareket'* başlıyordu.

Artık Hz. Hatice, Efendimiz'in yanında sadık bir vezir gibiydi; ne zaman bir olumsuzlukla karşılaşsa, O'nun yanına gelecek ve O'nun teskin edici cümleleriyle sükûnet bulacaktı. İmkân nispetinde hep yanında bulunmaya çalışacak ve yoluna çıkacak bütün mâniaları teker teker kaldırmaya gayret edecekti.

Abdest ve Namaz

Çok geçmeden Cibril-i Emîn gelmiş, Allah Resûlü'ne abdest ve namazı talim ediyordu. Habîb-i Ekrem Efendimiz

---
[165] İbn Abdi'l-Berr, İstîâb, 3/1096

Efendimiz (sallallahu aleyhi ve sellem)

(sallallahu aleyhi ve sellem), Mekke'nin üst taraflarına gittiği bir sırada vahyin emin elçisi Cibril yanında belirivermişti. Vadinin bir kenarında ayağıyla yeri eşeliyordu. Çok geçmeden buradan bir pınar fışkırıverdi. Çıkan sudan, önce Cibril abdest aldı. Bu sırada Allah Resûlü (sallallahu aleyhi ve sellem), abdestin nasıl alındığını öğrenmek için Cibril'i seyrediyordu. Arkasından O da, Cibril'in gösterdiği şekilde abdest aldı. Sıra namaza gelmişti; önce Cibril, ardından da Efendiler Efendisi namaz kıldı.

Efendiler Efendisi, hane-i saadetlerine dönerek abdest ve namazı ilk olarak Hz. Hatice validemize öğretti. Aynen Cibril'in gösterdiği gibi önce kendisi abdest alıyor ve ardından da onun almasını istiyordu. Abdest işi tamamlandıktan sonra da, yine talim edildiği şekilde namazı anlatmaya başladı. Namazın da nasıl kılınacağı tebeyyün edince, birlikte ilk namazlarını kıldılar.

Küçük Ali'nin Büyük Kararı

Muhammedü'l-Emîn'in hanesinde yaşanan telaş ve Varaka İbn Nevfel'e gidip gelmeler, Hira'dan indikten sonraki telaş ve Hz. Hatice'nin çırpınışları, yeni bir şeylerin olduğunu gösteriyordu. *Küçük Ali* de bu değişimin hemen farkına varmıştı. Meraklı bakışlarla namaz kılışlarını seyrediyordu. Bu sırada, henüz on yaşlarındaydı. Önce:

– Ne yapıyorsun, yaptığın da ne senin, diye sordu.

Allah'ın Resûlü cevapladı:

– Âlemlerin Rabbi için namaz kılıyorum.

Hz. Ali, bunu ilk defa duyuyordu ve pürdikkat yine sordu:

– Alemlerin Rabbi de kim?

Allah Resûlü (sallallahu aleyhi ve sellem), müşfik bir baba edasıyla dizine oturttu O'nu, Hirâ'da başından geçenleri ve pey-

En Öndekiler

gamberlikle vazifelendirilişini anlatmaya başladı bir bir. Ardından tane tane şunları söyledi:

– O, bir ve tek olan Allah'tır. O'nun ortağı olamaz. Varlığı O yaratmış, rızkını da O vermektedir. Her şey O'nun yed-i kudretindedir; öldüren de yaşatan da O'dur. Ve O, her şeye kâdirdir.[166]

Şefkat dolu bir babanın yürek yakan nasihatleri gibiydi bunlar ve doğrudan küçük Ali'nin ruhuna hitap ediyordu.

Hz. Ali'nin, O'na o kadar itimadı vardı ki, gittiği her yere ölümüne gider; bunda zerre kadar tereddüt göstermezdi. Ancak böylesi önemli bir meselede, babasına danışmadan da karar vermemeliydi. Ne de olsa babanın yeri farklıydı. Ancak, Hz. Peygamber'in (sallallahu aleyhi ve sellem) de O'ndan bir isteği olacaktı; tembihte bulunacak ve aralarında geçenlerden kimsenin haberdar olmamasını isteyecekti.

O gece Ali, uzun uzun düşündü; Allah'a iman gibi önemli bir meselede, anne ve babaya sormaya ne lüzum vardı!.. Artık kesin kararını vermişti. Sabah olur olmaz da, Allah Resûlü'nün yanına geldi ve:

– Dün sen bana neler anlatmış ve neye davet etmiştin, diye sordu. Belli ki, küçük Ali, yaşının üstünde bir olgunluk gösteriyor ve babasına danışma lüzumu bile hissetmeden ilklerin arasına giriyordu. O'nu Allah Resûlü yanına oturttu ve şehâdete davet etti. Böylelikle, on yaşlarındaki küçük Ali, Hz. Hatice'den sonra kelime-i tevhidi söyleyen ilk kişi oluyor ve nice büyüklerden önce İslâm'ı tercih ederek, gönlünden gele gele Rabb-i Rahîm'ine teslim olup iman ediyordu.[167] Artık küçük Ali, Allah'ın Resûlü ve amcaoğlu Muhammed'in yanından hiç ayrılmıyor ve gelen ayetleri, Resûl-ü Kibriya'nın dudaklarından ilk duyan olmak istiyordu.

---

[166] İbn İshâk, Sîre, 2/118
[167] İbn Hibbân, Sîre, 1/63

Efendimiz (sallallahu aleyhi ve sellem)

Kulluk ve Sükûnet

İlk günlerde namaz, sabah ve akşam vakitlerinde ikişer rekat olarak kılınıyordu. Efendiler Efendisi, belli ki namazlarını kılmak için sakin bir yer arıyordu ve bunun için de, genellikle Mekke dışına çıkıyor ve hurma ağaçlıklarının arasında sükûnet içinde Rabb-i Rahîm'ine içini döküyordu. Yine bu maksatla Mekke dışına çıkmışlar ve yeğeni Hz. Ali ile birlikte namaza durmuşlardı. Halbuki, Hz. Ali'nin Müslüman olduğundan daha ne amcalarının ne de babasının haberi vardı. Olacak ya, babası ve düne kadar Efendimiz'in hâmisi Ebû Tâlib'in de yolu o gün oradan geçiyordu. Yeğeni ile oğlunun hareketleri Ebû Talib'in dikkatini çekmişti. Akşam olup da geri geldiklerinde, gözüne ilişen manzaranın ne olduğunu sordu:

– Ey kardeşimin oğlu! Şu senin din olarak kabullendiğin şeyin mahiyeti de ne?

– Ey amcacığım, diye söze başladı Allah Resûlü. Gönlüne işleyen bir ton vardı seslenişinde. Ardından da:

– Bu, Allah ve meleklerinin dini, peygamberlerinin ve atamız İbrahim'in dinidir. Allah, onunla beni bütün kullarına vazifeli olarak gönderdi. Sen ise -ey amcacığım!- bu davet ve nasihate en çok layık olan, hidayet güneşinden istifade edecek ve bu mayanın tutmasında bana yardımcı olacak en liyakatli insansın, dedi. Ebû Tâlib öyle düşünmüyordu:

– Ey kardeşimin oğlu, diye söze başladı ve şöyle devam etti:

– Ben, atalarımın dinini ve üzerinde karar kıldıkları geleneği terk edemem. Ancak, Allah'a yemin olsun ki Sen bu işini yaparken ne zaman hoşlanmadığın bir şeyle karşılaşsan Sana yardımcı olurum.'

Bir taraftan bunları söylüyordu; ama diğer yandan da ilave etmeden geçemiyordu:

– Dediklerin konusunda söylenecek bir şey yok. Ancak

vallahi de ben, bundan sonra toplum içinde yüzüm yerde dolaşamam.

Daha sonra da oğluna döndü:

– Ey oğulcuğum! Sana ne oldu, bu yeni hâlin de ne böyle?

– Ey babacığım! Ben, Allah ve Resûlü'ne iman ettim. Aynı zamanda O'nunla gelen her şeyi gönülden tasdik ettim. O'nunla namaz kılıyorum ve artık, hiç ayrılmamak üzere hep O'nun peşindeyim.

Ebû Tâlib'in buna itirazı olamazdı. Yüzünü çevirip giderken, dudaklarından şunların döküldüğü duyuldu:

– O'na gelince O, seni sadece hayra davet eder; ayrılma peşinden! Çünkü bu, güzeldir. Ben de biliyorum ki, kardeşimin oğlunun dedikleri doğru ve haktır. Şayet Kureyş kadınlarının beni ayıplamasından endişe etmeseydim ben de gelir O'na tâbi olurdum.[168]

Bu ne saadetti! Daha kimseciklerin olmadığı bu zaman dilimlerinde bile O'nunla birlikte zamanlarını paylaşmak ve daha ilk günden itibaren kullukta O'nunla omuz omuza, Hak kapısında yalvarışa geçmek ne büyük bir bahtiyarlıktı! Ama kaderin bir cilvesi ki, en yakınlarından olan birisi ve küçüklüğünden bu yana gözünü kendisinin üzerinden eksik etmeyen öz amcası bu saadetten mahrum kalıyordu. Böyle bir manzaraya şahit olup da yıllar sonra kaçırdığını telafi yarışına giren Afif İbn Ömer ismindeki bir sahabe, yıllar sonra üzüntü ve hicran içinde şunları anlatacaktı:

– Ben, ticaretle uğraşan bir adamdım. Bir hac mevsiminde Mekke'ye gelmiştim. Abbas İbn Abdulmuttalib, kadim dos-

---

[168] Halebî, Sîre, 1/436. Aradan bir müddet daha zaman geçecek ve Ebû Tâlib'in diğer oğlu Cafer de Müslüman olacaktı. Bir gün, onun da namaz kıldığına muttali olunca, "Amcaoğlunun yanında, sol yanında kıl!" diye onu teşvik edecek ve diğer çocuğunun da Müslüman olmasını hiç garipsemeyecekti.

tumdu; ben ondan mal alırdım, o da benden alışveriş yapardı. Onu sordum ve Mina'da olduğunu öğrenince de doğruca buraya geldim. Nihayet arayıp bulmuştum. Oturup bir müddet muhabbete daldık. Biz, kendi halimizde vakit geçirirken oraya birisi geldi. Önce şöyle güneşe bir baktı ve ardından da beklemeye durdu. Tam güneş zevale kaymıştı ki, kalktı ve namaza durdu. Ardından da bir kadın geldi ve o da namaza durdu. Sonra bir çocuk yetişti onlara ve o da onlarla birlikte namaza durdu. Abbas'a sordum:

– Bu da ne ey Abbas? Yeni bir din mi?

– Bu, Abdullah'ın oğlu Muhammed; Allah'ın kendisini peygamber olarak gönderdiğini söylüyor ve Kisrâ ile Kayser saraylarının kendisine açılacağını sanıyor. Kadın ise, O'na ilk inanan insan Hatice Binti Huveylid. Çocuğa gelince o da, Ali İbn Ebî Tâlib'dir; O'nun amcasının oğlu ve o da O'na ilk inananlardan.[169]

Zeyd İbn Hârise'nin Gelişi

Çok geçmeden bir gün, bu hanenin bir başka mukimi Zeyd İbn Hârise, Efendisi'nin yanına girmişti. Evet, yeni bir şeylerin olduğunu seziyordu; ama bunun muhtevasına henüz muttali olamamıştı. Ne Muhammedü'l-Emîn'i ne de hanımefendisi Hatice'yi, daha önce böyle görmüştü; önde Efendiler Efendisi ve arkasında da kerim zevcesi Hz. Hatice ayakta duruyor ve o güne kadar hiç duymadığı şeyler söylüyorlardı. Bir müddet bekledi öylece. Namaz kılıyorlardı. Rüku ve secdelerini seyre daldı bir süre, şaşkın bakışlar arasında...[170]

---

[169] Bunları anlattıktan sonra Afif İbn Ömer, "Keşke o gün onların dördüncüsü ben olsaydım!" diyecek ve ilk günlerde iman etme fırsatını kaçırmış olmanın üzüntüsüyle iç geçirecektir. Bkz. İbn Sa'd, Tabakât, 8/18

[170] İlk günlerde namaz, ikişer rekatlı idi ve güneş doğmadan önce ve akşam güneş battıktan sonra kılınıyordu. Müşriklerin hedefi haline gelmemek için çoğunlukla gizli ve tenha yerler seçiliyor ve kulluğun kadrinin bilinmediği bu dönemde ibadetler, gizlice eda ediliyordu.

En Öndekiler

Namazlarını bitirir bitirmez de, yaptıklarının ne olduğunu sordu Allah'ın Resûlü'ne... Artık vakit gelmişti; karşısına aldı Zeyd'i ve şefkat dolu bir baba sıcaklığıyla anlattı ona da olanları bir bir... Ardından, Kur'ân ayetlerinden bazılarını okudu Zeyd'e ve imana davet etti açıkça...

Efendisi bir talepte bulunur da Zeyd onu yapmaz mıydı hiç? O'nun için, anne ve babayla birlikte mesut yaşamayı bir kenara koymuş, vahiy öncesindeki hâline imrenerek adeta O'nun sevdalısı olmuştu. Şimdi ise, hayatına yeni bir yön veren ve dünyanın yanı sıra ölüm sonrasını da saadete götüren bir davetle karşı karşıyaydı. En önemlisi de, bu daveti yapan, gönlünün gülü, Allah'ın da Resûlü'ydü... Hemen oracıkta, içinden gele gele kelime-i tevhidi söyledi ve Hz. Hatice ile Hz. Ali'nin ardından katılıverdi iman kervanına... Artık O, insanları Allah davasına çağırmada Hz. Ali ile birlikte Efendiler Efendisi'nin en sadık yârânlarından olacaktı.

Ebû Bekir Teslimiyeti

İşte tam bu sıralarda Ebû Bekir, ticaret maksadıyla Yemen'e gitmiş ve uzun süren bir yolculuktan sonra Mekke'ye dönmüştü. O dönemin Mekke'sinde Ebû Bekir, zengin ve itibarlı biriydi. Mekkeliler, diyet ve mirasla ilgili işlerini onun fikrini almadan çözmez, bir dediğini de iki etmezlerdi. Mekke'ye yaklaştığında, *Ukbe İbn Ebî Muayt, Şeybe, Rabîa, Ebû Cehil* ve *Ebu'l-Bahterî* gibi Kureyş'in ileri gelenlerinin kendisini beklediklerini gördü. Duruşları hayra alâmet değildi. Belli ki, yokluğunda önemli gelişmeler yaşanmıştı Mekke'de ve telaşla:

– Ben yokken buralarda neler oldu? Yeni bir şey mi var, diye sordu.

Onlar da zaten bunu anlatmak için fırsat kolluyorlardı. Kin ve nefretle sıralamaya başladılar:

– Hem de ne olay yâ Ebâ Bekir! Ebû Tâlib'in yetimi, ken-

Efendimiz (sallallahu aleyhi ve sellem)

disinin nebi olduğunu sanıyor. Sen olmasaydın hiç beklemez, işini bitirirdik. Ancak sen geldin ya, artık meseleyi çözersin.

Onlar bunu diyedursunlar, Ebû Bekir'in zihninde mazi, sinema şeridi gibi kayıp gidiyordu. Saniyelere seneler sığmıştı. Kâbe'nin avlusunda kulak verdiği Zeyd İbn Amr'ın sözleri... Panayırların yaşlı mürşidi Kuss İbn Sâide'nin nasihatlerini ve Şam'da gördüğü rüya ile tevilini yapan rahibin yorumlarını geçirdi bu kısa sürede aklından bir bir... Yoksa zaman O'nun zamanı mıydı?..

Hele, Yemen'deki ihtiyarın sözleri... Yemen'e girerken ziyaret ettiği Ezdli İhtiyar'ın dedikleri çıkıyordu. Daha kendisini ilk gördüğünde soru üstüne soru sormuş, Harem'de ortaya çıkacak Son Nebi'den bahsetmiş ve O'nun yanında yer alacak ilklerin özelliklerinden bahisler açmıştı. Ebû Bekir'i daha yakından tanıyınca da, tereddütsüz:

– Kâbe'nin Rabbi'ne yemin olsun ki sen, ilklerdensin, diyerek ilk gününden itibaren O'na sadık bir yardımcı olacağının müjdesini vermişti. Tutmuş bir de, O'nunla ilgili şiirlerini terennüm etmiş ve Hz. Ebû Bekir'in eline tutuşturmuştu.

Yemen'e ticaret için giden Ebû Bekir, zaten yüklü bir malûmatla geri dönüyordu. Zihni, sürekli İhtiyar'ın söyledikleriyle meşguldü. Bunları da Varaka İbn Nevfel'le paylaşmak için can atıyor, yolun bir an önce bitmesi için olabildiğince, süratle yürümeye çalışıyordu. Şimdi ise karşısında, Kureyş uluları duruyor ve İhtiyar'ı tasdik edercesine yeni gelişmelerden bahsediyorlardı.

Kırk yıldır, insanlara zerre kadar hilaf-ı vâki beyanda bulunmayan bir Emîn, tutup da Allah adına yalan söyleyecek değil di ya... Şüphesiz beklenen an gelmişti.

Hiçbir şey hissettirmeden onları, gönüllerini hoş ederek, tatlılıkla yanından gönderdi. Ne de olsa kudretli adamdı ve onların, Ebû Bekir'in meseleyi çözeceğine inançları tamdı.

En Öndekiler

Bunun için onlar da problem çıkarmadılar. Belki de, zihinlerinde iz bırakacak ve düşünmelerini netice verecek böylesine bir işe bulaşmak istemiyorlardı.

Varaka İbn Nevfel'e gidip de zaman kaybedecek durumda bile değildi artık. Beklentisi gerçekleşiyor gibiydi; rüyalarında fısıldanan, Zât'a[171] vazifesini tebliğ emri yapılmış, gerçeği açıklama zamanı da gelmiş olmalıydı. Ve doğruca Hz. Hatice'nin evine yöneldi. Kader onu bir yola koymuştu; o da bu yolda emin adımlarla yürüyecekti.

Çok geçmeden Ebû Bekir, Hz. Hatice'nin kapısını çaldı. Kapıyı açan, aradığı insandı. Bu yüzde yalan olabilir miydi hiç?.. Meraktan çatlayacak gibiydi, ama emin olmak için önce mesafeli durdu:

– Yâ Muhammed! Sen, ehlinin geleneklerini bırakıp, atalarının dininden vaz mı geçtin?..

Yılların dostuna Allah Resûlü (sallallahu aleyhi ve sellem), nasıl davranacağını çok iyi biliyordu. Arkadaşını tanıyordu zira:

– Ben Allah'ın Resûlü'yüm yâ Ebâ Bekr, dedi önce ve ilâve etti:

– Risaletini tebliğ etmem için beni, Sana ve bütün insanlara Nebi olarak Allah gönderdi. Seni de Hak ile O'na davet ediyorum. Vallahi yâ Ebâ Bekr; seni kendisine davet ettiğim Allah, Hak'tır. O, benzeri olmayan yegâne Tek'tir. Biz O'ndan başkasına kul olamayız... Gel ve sen de iman et Allah'a...

---

[171] Hz. Ebû Bekir (radıyallahu anh) bir gün rüyasında, Mekke üzerine inen bir ay görmüş ve bu aydan bir parçanın, daha sonra bütün Mekke evlerine girdiğine şahit olmuştu; her eve, o aydan bir parça ışık giriyordu. Daha sonra da sanki Ebû Bekir, bütün bu ışık hüzmelerini kendi kucağında toplayıvermişti. Uyandığında, etkisinden kurtulamadığı bu rüyayı bilgelerle paylaşmış ve tabirlerinden, yine gelecek bir Nebi'den bahisler dinlemiş, O'nun zamanının çok yaklaştığı anlatılmış, bugünlerde de en çok kendisinin O'na yardımcı olarak en bahtiyar insan olacağı şeklinde yorumlara şahit olmuştu. Bkz. Süheylî, Ravdu'l-Unf, 1/165

Ebû Bekir, hâlâ ihtiyatı elden bırakmıyor, kanaatinin pekişmesini istiyordu. Bunun için:

– Peki, bu konuda delilin ne, diye sordu.

Risaletle serfiraz kılınan Habîb-i Ekrem de, onun halini anlamıştı ve belli ki anladığı dilden konuşmak gerekiyordu. Şok edici bir çıkış yapmak gerekiyordu. Bunun için:

– Yemen'de karşılaştığın ihtiyar, cevabını verdi.

Onun Yemen'e gittiğini duymuş olabilirdi, ama Yemen'deki ihtiyar da nereden çıkmıştı? Yoksa, aralarında geçen gelişmelere muttali miydi? Bu kadarını bilen, elbette kendi konumundan da haberdar demekti. Yine de temkinli olmalıydı. Kendini toparladı ve ekledi:

– Yemen'de o kadar ihtiyarla karşılaştım ki!..

"Hangisinden bahsediyorsun?" mânâsında, bir zaman kazanma hamlesiydi bu onun için. Ancak karşısında, nabızlarındaki atışa muttali bir Mürşid-i Ekmel duruyordu ve sözü eğip bükmeden neticeye götürecek; son vuruşunu yapacaktı. Dudaklarından şu kelimeler döküldü:

– Sana o beyitleri veren ihtiyar.

Bundan daha büyük bir emare olamazdı. Artık, Ebû Bekir bitip tükenmiş; bir başka söz söylemeye de mecali kalmamıştı. Sadece:

– Bunu sana kim haber verdi ey Habîbim, diyebildi.

Gelen cevap:

– Benden öncekilere de gelen o büyük melek, şeklindeydi. Hz. Ebû Bekir için yapılacak tek şey kalmıştı. Ellerini uzatarak:

– Uzat ellerini, Sana bey'at edeceğim, dedi bütün samimiyetiyle. Ardından da, rikkat dolu bir ses tonuyla, gönlünün feyezanını haykırıyordu:

En Öndekiler

– Ben şehâdet ederim ki, Allah'tan başka ilâh yoktur ve Sen de şüphesiz, O'nun Resûlü'sün.[172]

Evet... Ebû Bekir de teslim olmuştu!.. Hem de bir daha hiç kopmamak üzere bir teslimiyetti bu ve yitiğini bulmanın sevinciyle gözlerine yaş yürümüştü, göz pınarlarından da katre katre huzur damlıyordu.

Sevinçten ağlayan, elbette sadece Ebû Bekir değildi. Evinin gülü Hz. Hatice, azatlı delikanlı Zeyd ve amcasının oğlu Ali'den sonra, huzuruna gelip bir gönül daha Müslüman olmuştu ya; Mekke'nin dağları arasında Resûlullah'tan daha fazla sürûr içinde olan kimse yoktu; olamazdı da!..

O güne kadar imana zaten hazır hale gelen Hz. Ebû Bekir (radıyallahu anh), o kadar hızlı karar vermiş ve o denli kolay iman etmişti ki Allah Resûlü (sallâllahu aleyhi ve sellem), bunu ifade sadedinde bir gün, şunları söyleyecekti:

– Ebû Bekir dışında kimi İslâm'a davet etmişsem, bir müddet çekinme, duraksama ve tereddüt yaşadı. O ise, kendisine arz eder etmez hiç tereddüt göstermeden kabul etti.[173]

Şüphesiz O'nun Müslüman oluş haberi hemen yayılmış ve tam anlamıyla Mekke'de bir şok etkisi meydana getirmişti. Nasıl olabilirdi; meseleyi çözmek için kendisine iş havale ettikleri bir insan gidiyor ve saf değiştiriyordu? Demek ki mesele, sanıldığından da önemliydi.

Artık Mekke'de, şahsını başkasının imanına adamış bir Resûl ve yine, O'nunla ölüme bile gitmeye gözünü kırpmadan and içmiş bir de ashabı vardı. O, etrafında halelenmeye başlayan cemaatine Allah'ın ayetlerini okuyor, hakikate susamış

---

[172] Bkz. Taberî, er-Riyâdu'n-Nadıra, 1/415. Hz. Ebû Bekir'in Müslüman oluşu anlatılırken, zikrettiğimiz bu olay anlatılmadan yalın bir şekilde mescide geldiği, insanların konuştuklarının doğru olup olmadığını sorduğu ve aldığı cevaplar karşısında hiç tereddüt etmeden davete icabet ettiği şeklinde de rivayetler vardır. Bkz. İbn Sa'd, Tabakât, 3/171

[173] İbn Hişâm, Sîre, 2/91; Taberî, er-Riyâdu'n-Nadıra, 1/415

gönüllere hikmet ve kitabı öğretiyordu.[174] Onlar ise, en derûnî hisleriyle O'na yönelmiş hikmet çağlayanları gibi akıp gelen beyanlarına kalplerini açarak imanda derinleştikçe derinleşiyor, insan-ı kâmil olma yolunda her daim mesafe katediyorlardı.[175]

Zübeyr İbn Avvâm

Hz. Ebû Bekir'in gelip huzurda teslim olmasının üzerinden daha birkaç gün geçmişti ki, Efendiler Efendisi'nin huzuruna on beş yaşlarında,[176] genç bir delikanlı girecekti. Bu delikanlı, Allah Resûlü'nün halası Safiyye Binti Abdulmuttalib'in oğlu *Zübeyr İbn Avvâm*'dan başkası değildi. Bu geliş, onun için geri dönüşü olmayan bir gelişti ve Allah Resûlü'ne o kadar yakınlık tesis edecekti ki, günün birinde onun için Efendiler Efendisi:

– Her peygamberin bir havârîsi vardır; benim havârîm de Zübeyr İbn Avvâm'dır, buyuracaktı.

Mekke'nin sıkıntılı günlerinde, tek bir cephe haline gelmiş azılı müşriklere karşı Allah yolunda ilk kez kılıç çeken de o olacaktı. Bir gün Mekke'de, Efendimiz'in müşrikler tarafından yakalanıp hapsedildiği haberi çıkarılmış ve kısa sürede bu haber herkese ulaştırılıvermişti. Psikolojik bir harp yaşanıyordu ve o gün de, topluma hükmeden mühendisler belli başlı söylentiler üretip insanlara kendilerince yön vermeye çalışıyorlardı.

Haberi alır almaz beyninden vurulmuşçasına yerinden fırlayan genç Zübeyr, kılıcını çektiği gibi zikredilen yere doğru yönelecekti. Resûlullah'a ilişmek kimin haddineydi! O'na

---

[174] Bkz. Cumua, 62/2
[175] Bkz. Enfâl, 8/2
[176] Müslüman olduğunda Hz. Zübeyr'in yaşının on iki veya on altı, yahut da sekiz olduğuna dair rivayetler de vardır. Bkz. İbnü'l-Esîr, Üsüdü'l-Ğâbe, 2/307

En Öndekiler

ilişen eller kırılmalı ve O'na uzanan diller de kökünden kesilmeliydi. Kalabalıkları yara yara Mekke'nin üst mahallelerine kadar gelmiş ve yıldırım hızıyla hedefine doğru gidiyordu. Bir ara:

– Bu halin de ne? Sana ne oluyor ey Zübeyr, nidasıyla irkildi. Bu sesin sahibi, başına bir şey geldi diye heyecanlanıp da yola düştüğü Allah Resûlü'nden başkası değildi. Telaşla sesin geldiği tarafa baktı; Resûl-ü Kibriyâ Hazretleri, olanca heybetiyle karşısında duruyordu. Sesin sahibi Resûlullah olduğuna göre yine müşrikler yalan söylemiş ve yine mü'minlerin moralini bozmaya matuf bir adım atmışlardı. Önce, derin bir nefes aldı ve ardından da:

– Senin yakalanıp hapsedildiğini duymuştum, diyebildi.

Bu hassasiyet, tasvip edilip takdir görecek bir hassasiyetti ve Efendiler Efendisi, önce onu sena edip ortaya koyduğu bu hassasiyetin önemini yanındakilerle paylaşacak; ardından, hem Hz. Zübeyr hem de elinde taşıdığı kılıç için mübarek ellerini kaldırıp dua edecekti.[177]

Kâbe'deki Putlar

Allah için yeryüzünde inşa edilen ilk bina olan Kâbe, zamanla gerçek mahiyetinden uzaklaştırılmış ve putlarla doldurulmuştu. İnsanlar, içlerinden bir türlü atamadıkları kulluk duygusunu, elleriyle yapıp inşa ettikleri tahta ve taş parçalarının karşısında durarak tatmin etmeye çalışıyor; önemli kararları öncesinde bunların yanına gelip kur'a çekiyor, şükürlerini bunlara kurban keserek yerine getirdiklerini düşünüyor ve korktukları zaman da yine bunların yanına giderek rahatlamaya çalışıyorlardı.

---

[177] Bkz. Beyhakî, es-Sünenü'l-Kübra, 6/367; İbn Ebî Şeybe, Musannef, 5/344

Efendimiz (sallallahu aleyhi ve sellem)

Çoğunluğu itibariyle bu putlar, ataları arasındaki itibarlı insanların heykellerinden ibaretti. Hubel, Nâile, İsâf, Lât gibi meşhur putlar, önceleri sadece saygı duymak için resimleri yapılan, ancak zamanla heykelleşen ve neticede karşısına geçilip de ilah diye iç dökülen sahte birer ilaha dönüşmüştü!

Allah Resûlü Muhammedü'l-Emîn ise, putçuluk düşüncesini ortadan kaldırıp hakiki tevhid inancını ikame için gelmişti. Daha, kendisine risalet verilmeden önce de, bunlara karşı tepki duyuyor ve asla gidip önlerinde temenna durmuyordu. Gençlik yıllarında bile, amca ve halalarının ısrarına rağmen onların dediklerini hiç yapmamış ve onlara da, yaptıklarınını kötü olduğunu söylemekten çekinmemişti.

Şimdi ise O (sallallahu aleyhi ve sellem), artık vazifeli bir peygamberdi; hem de, herkesin gelişini gözlediği Son Peygamber! Kâbe'yi, ilk günkü safvetine O kavuşturacak; ilah yerine konulan sahte mabudları ortadan kaldıracak ve insanların midesine inen haram maddelerden onları uzaklaştıracaktı.

Ancak, bütün bunların gerçekleşebilmesi için zamana ihtiyaç vardı. Zira, sinekleri öldürmekle bataklığı kurutmak arasındaki tercihini, meseleyi temelinden çözme istikametinde kullanıyordu. O'nunla gelen mesaj, sadece Kâbe'deki değil; bütün dünyadaki bataklığı kurutma hedefini haizdi. Öyleyse, hissî davranıp meseleyi çıkmaza sürüklemenin bir anlamı olamazdı.

Gerçi, Hz. *Ali* ve Hz. *Zeyd* gibi yakınlarıyla birlikte Kâbe'ye girdiğinde, orada bulunan putlara karşı gösterdiği tavır, zamanın çıldırtıcılığına rağmen sabrın ne kadar zor olduğunu anlatıyordu.

Zeyd İbn Hârise ile Kâbe'ye geldiklerinde, gözüne ilişen putlardan rahatsız olan Allah Resûlü, eline aldığı bez parçasını ıslatıp onlar üzerine vuracak ve:

– Allah, o insanları kahretsin! Nasıl olup da, yaratma ko-

En Öndekiler

nuşunda adeta Allah'la yarışırcasına bir teşebbüste bulunuyor ve bunları yapıyorlar, diye sitemde bulunacaktı.[178]

O'nun bu konudaki yaklaşımı, iki delikanlı Hz. *Ali* ve Hz. *Zeyd*'in de gözünden kaçmıyor ve fırsat bulduklarında onlar da, kendilerine ne bir fayda ne de zararı söz konusu olan bu taş ve tahtalara karşı tavır alıyorlardı.

Bir gün, ikisi birlikte Kâbe'ye gelmişlerdi. Ne garip ki etrafta, ikisinden başka kimse görünmüyordu. İbrâhimvârî bir hareket gelmişti akıllarına... Aslında, onları çöp yığınlarının arasına gömmekti en güzeli... Ama onlar, henüz bunu yapacak konumda değillerdi. Bununla birlikte, içlerinde duydukları derin heyecanı bir şekilde dışa vurmaları gerekiyordu. Demek ki henüz, yön bulmamış bir heyecandı bunlar... Derken, gittiler ve Mekke müşriklerinin kıymet verdikleri bu putlara, getirdikleri toz-toprak ve pisliği bulaştırıverdiler!

Sabah olup da putlarını toz-toprak ve pislik içinde bulan Mekke müşrikleri, başlarına kaynar sular dökülmüşçesine bir telaşa kapılmışlardı. Bunu yapanlar hakkında en ağır ithamlarda bulunuyorlar; bir yandan:

– Bunları bizim ilahlarımıza kim yaptı, diye dövünürken diğer yandan da, süt ve su ile onları yıkıyor ve konuşacak dili ve düşünecek bir beyni bile olmayan bu şuursuz taş ve tahta parçalarından özür diliyorlardı.[179]

O güne kadar belki de bunu hiç yapmamışlardı; demek ki tahrik oluyor ve köhneleşmiş düşüncelerine daha çok yapışıp sahip çıkıyorlardı. Öyleyse bu yol, tasvip görecek bir yol değildi! Dört bir tarafı kristalden müteşekkil binaya sahip olanların, başkalarının camına taş atması, sahip olduklarının da tehlikeye girmesi anlamına geliyordu. Farkına varıldığı za-

---

[178] Efendimiz'in, Hz. Ali ile birlikte buraya geldiği bir sırada yeğeninin, Kâbe'nin damındaki bir putu kırışına seslenmediği şeklinde de bir rivayet vardır. Bkz. Heysemî, Mecmaü'z-Zevâid, 6/23

[179] Hindî, Kenzü'l-Ummal, 14/107 (38084)

Efendimiz (sallallahu aleyhi ve sellem)

man bu, onları da tahrik eder ve -hâşâ- Allah'a karşı uygunsuz tavır ve davranış içine girmeye sevkederdi. Zaten, müşrikler de söylenmeye başlamıştı ve açıkça tehdit ediyorlardı:

– Yâ Muhammed! Ya Sen, bizim ilahlarımız hakkında kötü söz söylemekten vazgeçersin ya da bizler, Senin Rabbin hakkında ağzımıza geleni söyleriz!

Ortalık, yeni bir gerginliğe doğru gidiyordu ki, dillerde, Cibril'in yeni bir mesajla geldiğinin müjdesi dolaşmaya başladı. Gelen ayet, açıkça şunu ifade ediyordu:

– Onların, Allah'tan başka arkasına düşüp de *'ilah'* diye yalvardıkları tanrılarına hakaret etmeyin ki, onlar da cahillik ederek hadlerini aşıp Allah'a hakaret etmesin ve kötü söz sarfetmesinler![180]

Artık bu ayet, putlar konusundaki kavl-i fasıldı ve bundan sonra, mesele temelinden çözülene kadar bir daha bu çapta gündeme gelmeyecekti. Çünkü Allah, herkes için kendi yapageldiklerinin, kendilerine süslü gösterildiğini anlatıyor ve başkalarının putlarıyla uğraşarak vakit kaybetmemenin üzerinde duruyordu.

---

[180] Bkz. En'âm, 6/108; Vâhidî, Esbâbü Nüzûli'l-Kur'ân, 224, 225. Bu ayetin, Mekke ileri gelenlerinin, vefat etmeden önce Ebû Tâlib'in yanına gelip de aracı olmasını dilemeleri üzerine indiği şeklinde de rivayet vardır. Bkz. Vâhidî, a.g.e. s. 225

ARKADAN GELENLER VE MİHNET YILLARI

Efendiler Efendisi'nin dizinin dibinde huzuru yakalayan herkes, bu huzuru paylaşacağı başka kişilerin peşine düşüyordu. Davetin gizliden gizliye yürütüldüğü bu dönemde Hz. Ebû Bekir gibi insanlar, önceki konumlarının sağladığı imkânları kullanarak eski dostlarıyla Resûl-ü Kibriyâ'yı tanıştırma yarışına girmişlerdi. Onu, Efendimiz'in hala oğlu genç *Zübeyr İbn Avvâm*[181] takip etti. Bir başka gün *Osman İbn Affan* ve *Talha İbn Ubeydullah*'ı tanıştırdı O'nunla... Hz. Zübeyr'in gelişinden hemen sonra idi; *Osman İbn Afvân* ve *Talha İbn Ubeydullah*, beraberce çıkmış huzura geliyorlardı. Kapıdan girip de gül cemali müşahede edince, zaten eriyip mum gibi yumuşamışlardı. Ebû Bekir'in kendilerine anlattığından daha çok şey görmüş ve çarpılmışlardı adeta...

İslâm'dan bahsetti onlara Allah Resûlü (sallallahu aleyhi ve sellem)... Ardından da gelen ayetlerden parçalar okudu... İslâm'ın tanıdığı haklardan bahisler açtı ve bir Müslüman'ı, dünya ve ahirette diğerlerinden ayıran hususları dile getirdi bir bir...

Erken davranıp fırsatları iyi değerlendirenler için Allah

---

[181] Hz. Zübeyr, Efendimiz'in halası Safiyye Binti Abdulmuttalib'in oğluydu. Hatice validemizin de, kardeşinin oğlu oluyordu. Müslüman olduğunda henüz on beş yaşlarındaydı. Bkz. İbnü'l-Esîr, Üsüdü'l-Ğâbe, 2/209

Efendimiz (sallallahu aleyhi ve sellem)

(celle celâluhû), kim bilir öbür âlemde ne sürpriz nimetler hazırlıyordu! Meclis, yekpâre nur kesilmişti sanki ve her ikisi de oracıkta içlerini seslendirecek ve Müslüman olacaktı.

Bu manzara, Yüceler Yücesi'nden de takdir görecekti. Cibril-i Emin gelmiş, şu ayetleri tebliğ ediyordu:

– Tâğûta ibadet etmekten kaçınıp gönülden Allah'a yönelenlere nice müjdeler vardır! O halde, sözü dinleyip sonra da en güzeline tâbi olup tatbik eden o kullarımı müjdele! İşte, onlardır Allah'ın hidayetine mazhar olanlar! Ve yine, işte onlardır, akl-ı selim sahibi olanlar![182]

Hz. Ebû Bekir'in, kendisi Müslüman olduktan sonra, aynı güzellikleri etrafındaki dostlarıyla da paylaşıp onların da bunlarla bezenmesi adına gösterdiği gayret gözden kaçmamıştı. Hz. Ebû Bekir, bu yüzden semalar ötesinden alkış alıyordu. Zira bunlar, Hakk'ı razı edecek hamlelerdi ve Allah da, kendi adına gayret gösterenlere, akla-hayale gelmedik sürprizler vadediyordu.[183]

Hz. Osman Müslüman olmuştu olmasına; ama laf dinlemeyen Hakem İbn Ebi'l-Âs isminde bir amcası vardı. Amcası, onun da Müslüman olduğunu öğrenince küplere binmişti. Tuttu, tüccar Osman'ı bağlayıp hapsetti. Belli ki gözünü korkutmak istiyordu. Hakaretler ediyor ve:

– Sen nasıl olur da, atalarının dinini bırakır ve yeni yetme bir dinin peşinden gidebilirsin? Bu dinle bütün bağlarını koparmadığın sürece seni bu bağlardan çözmeyeceğim, diye tehditler savuruyordu. Hz. Osman ise, bütün tehditlere kulaklarını tıkamış, kararlılığından zerre kadar taviz vermiyor:

– Allah'a yemin olsun ki ben, asla geri dönüp de bu dini terk edecek değilim, diyordu. Bununla o, *"Boşuna kendini yorup da hırpalama, benden istediğin tavizi ebediyen alama-*

---
[182] Bkz. Zümer, 39/17, 18
[183] Bkz. Vâhidî, Esbâbü Nüzûli'l-Kur'ân, s. 382, 383

Arkadan Gelenler ve Mihnet Yılları

yacaksın." mesajını veriyordu. Nihayet bu kararlı tutum, netice verecek ve Hz. Osman'ın, ucunda ölüm bile olsa kararından vazgeçmeyeceğini anlayınca onu serbest bırakacaktı.[184]

Huzurun havasına kendini kaptıran Hz. Talha, içindeki tufanlardan bahsetmek için fırsat kollar gibiydi. Halden anlayan Allah Resûlü de, ona bu fırsatı verecek ve gözyaşları içinde Şam'daki ticaretinden, Busrâ'daki panayır ve rahibin müjdelerinden bahisler açacak ve orada duyduklarını burada görüp yaşamanın sevincini paylaşacaktı Allah'ın Resûlü'yle...

– Aranızda Ahmed ortaya çıktı mı, diye sorduğunu anlattı O'na. Rahibe:

– Ahmed de kim, dediğinde:

– O, Abdülmuttalib'in torunu, Abdullah'ın da oğludur. Bu günler, O'nun ortaya çıkacağı günler. O, peygamberlerden bir peygamber ve beklenen Son Nebî'dir. Harem'den çıkacak ve hurma ağaçları bol, etrafı siyah taşlarla dolu çorak bir beldeye hicret edecektir. Dikkat et ve sakın gecikme; O'na ilk iman edip sahip çıkan sen ol, dediğini paylaştı. İşte şimdi kendisi, papazın açıktan verdiği adreste idi. Meğer buraya gelmeden önce o da, Ebû Bekir'in yanına uğramış, bu değişim öncesi ruhen bir rehabilite süreci yaşamış ve:

– Sen de zaman kaybetme, hemen git, O'na tâbi ol; çünkü O, sadece Hakk'a davet ediyor, diye teşvik görmüştü. İşte şimdi de gelmiş ve teslim olmuştu. Bunları dikkatle dinleyen Efendiler Efendisi'nin yüzünde sürûr belirtileri hâkimdi.[185]

Ancak, her şey planlandığı gibi yolunda gitmeyecekti. Tabii ki, bu yol uzundu ve derin sular vardı. İman gibi bir huzurun, zaman zaman bedeli de olacaktı ve o gün Hz. Talha ile Hz. Ebû Bekir'i de böyle bir mihnet bekliyordu.

---

[184] İbn Sa'd, Tabakât, 3/55
[185] Bkz. İbn Hacer, İsâbe, 2/229

Efendimiz (sallallahu aleyhi ve sellem)

Hz. Talha'nın, Efendiler Efendisi'nin huzurunda kelime-i tevhidi haykırdığının haberi başkalarına da ulaşmıştı. Hz. Ebû Bekir'le birlikte yürüdükleri bir sırada, adım adım kin tüccarlığı yapan Kureyş'in hışmına uğradılar. *'Kureyş'in aslanı'* denilen *Nevfel İbn Huveylid* adında bir adam, karşılarına dikiliverdi yol ortasında. Gözünü budaktan sakınmayan bir adamdı bu. Karşı çıksalar bile sonuç, daha baştan belliydi. Duruşundan, adamın niyetinin kötü olduğu anlaşılıyordu. Daha ilk günden kavga ve gürültü çıkarmama adına temkini tercih ettiler ikisi de... Sözle iknayı denedilerse de, adamın bundan anlayacağı yoktu ve her ikisini de bir iple bağlayıverdi orada.

Azman yapılı bu adamın maksadı, namaz kılıp Kur'ân okumalarını önlemekti. Ancak ne el ve kollarının bağlanması ne de başlarında tehdit yağmurlarının sağanak halinde yağması, onları namaz kılıp Kur'ân okumaktan alıkoyacaktı.

Adamın ünü o denli yayılmıştı ki, Teymoğulları bile arka çıkamadılar, iki adamları Hz. Ebû Bekir ve Hz. Talha'ya. Ortalık duruluncaya kadar bir müddet öylece kalakaldılar beraberce.

Bu olay sebebiyle daha sonraları Talha ile Ebû Bekir kardeş gibi algılanacak ve kendilerine, *'ayrılmaz iki arkadaş'* mânâsında *'Karîneyn'* denilecekti.[186]

Bu bir ilkti, ama arkası da gelecekti. Artık Hz. Talha da, diğer Müslümanlar gibi Kureyş'in eza ve cefasına maruz kalanlardan biri haline gelmişti. Hatta, Hz. Ebû Bekir tarafından dine davet edildiği halde kabul etmeyen öz kardeşi *Osman İbn Ubeydullah*, Hz. Talha'ya düşman kesilmişti ve kendi kardeşine yapmadığı eziyet kalmamıştı.[187]

---

[186] İbnü'l-Esîr, Üsüdü'l-Ğâbe, 3/85
[187] İbnü'l-Esîr, Üsüdü'l-Ğâbe, 3/59

Arkadan Gelenler ve Mihnet Yılları

Ebû Zerr'in Gelişi ve Yaşanan İlk Acı Tecrübe

İçten içe bir heyecan dalgası yayılıyordu Mekke'de... Yüzyılların kuraklığını dindirecek bir menba bulunmuştu ve bunun farkına varan herkeste, susuzluğunu gidermenin telaşı vardı. Hatta insanlarda, sadece kendi susuzluğunu değil, kendisi gibi susuzluk çeken herkesi bu pınarla buluşturmanın gayreti görülüyordu. Yıllardır bugünü bekleyen insanlar, aradığını bulmanın heyecanını yaşıyorlardı. Gıfâr kabilesinin dil üstadı *Ebû Zerr* de bunlardan birisiydi. Mekke'deki farklılığı duymuştu ve bir an önce buluşmak için can atıyordu. Önce, kendisi gibi şair olan ağabeyi *Üneys*'i gönderdi Mekke'ye... Müşahedelerini anlatırken:

– Mekke'de senin dininin benzeri bir dinle gelen bir adamla karşılaştım. Allah O'nu peygamber olarak göndermiş, insanlar ise O'na, *'sâbî'* diyorlar. Ben sadece insanların O'na dediklerini aktarıyorum. O'na 'kâhin', 'sihirbaz' ve 'yalancı' diyorlar. Ama ben, O'nun bazı sözlerini duydum; eminim ki O, bunlardan hiçbiri değil; Allah'a yemin olsun ki ben, O'nun doğru söylediğine inanıyorum, dedi.[188]

Ebû Zerr için o gün bayramdı; ağabeyi gitmiş ve gelişini gözlediği Zât'tan haber getirmişti. Onun da içine bir kor düşmüştü. Bunca yıl bekledikten sonra yerinde durmak olur muydu? Hemen yola koyuldu ve doğruca Mekke'ye geldi.

Geldi gelmesine; ama beklediği Zât'ı tanımıyordu. O günlerde tebliğ açıktan yapılmadığı için ortalıkta da kimseyi görememişti. Çaresiz, sorarak bulacaktı. Karşılaştığı bir adama döndü ve:

– Hani, şu sizin sâbî dediğiniz adam nerede, diye sordu. Adamın bakışları, sorduğuna pişman edici mahiyetteydi. Bu

---

[188] İbn Hacer, İsâbe, 1/136. Ebû Zerr, Müslüman olmadan önce de namaz kılan bir insandı. O günlerini anlatırken sonraları, Efendimiz'le buluşmadan üç yıl öncesinden namaz kılmaya başladığından bahsedecek ve akşamları başladığı bu ibadetini gecenin geç vakitlerine kadar devam ettirdiğini ifade edecekti.

Efendimiz (sallallahu aleyhi ve sellem)

kadar çekingen olmalarına bir anlam veremiyordu. Derken akşam olmuştu; çaresiz Kâbe'nin avlusuna geldi ve o geceyi orada geçirdi.

Ertesi gün Allah (celle celâluhû), karşısına Hz. Ali'yi çıkardı. Mekke'ye uzaklardan gelmiş bu yabancıya yardım etmek istiyordu Hz. Ali. Ancak, o günün Mekke'sinde Müslümanlar üzerinde o denli bir sosyal baskı kurulmuştu ki, kimse inancını açıktan ifade edemez olmuştu. İkisi de içten içe maksatlarını açamamanın ıstırabını duyuyorlardı; Hz. Ali, *"Şayet söylersem ve inanmayıp tepki gösterirse!"* diye düşünürken Ebû Zerr, *"Ya bu da bana kızar ve benden uzaklaşırsa!"* diye endişe duyuyor ve böylelikle ikisi de, gerçek niyetlerini ortaya koyamıyordu. Ne de olsa, birbirlerini tanımıyorlardı. Meseleyi ana konuya hiç getirmeden akşamı birlikte geçirdiler. Ebû Zerr Mekke'ye geleli üç gün üç gece geçmişti; ama hâlâ aradığına ulaşamadan yine Kâbe'ye gelmiş vuslatı bekliyordu. Nihayet Hz. Ali yanına yaklaştı ve her türlü riski göze alarak Ebû Zerr'in gerçek niyetini sordu. Onu rahatlatmak için de Efendiler Efendisi'nden bahisler açtı. Evet, şimdi aynı dili konuşmaya başlamışlardı. Bu kadar yakınına gelmişken, niçin O'ndan üç gün daha ayrı kaldığına yanıyordu Ebû Zer. Niyet ve hedef belli olduğuna göre şimdi sırada, problemsiz bir şekilde buluşma mekanına ulaşmak vardı. Muhammed'ül-Emîn'in yanına bir başka insanın daha geldiğini görürlerse, engel olmaya çalışır veya olur-olmadık sözlerle aklını çelmek, hatta bir kötülük yapmak isteyebilirlerdi. Yani, sonucunun tatlıya bağlanabilmesi için belli ölçüde tedbire riayet edilmesi gerekiyordu. Onun için Hz. Ali:

– Ben önden gideceğim ve sen de beni, arkadan takip edeceksin. Şayet ben, senin için sıkıntılı olabilecek bir durum sezersem bir kenara çekilir ve ihtiyacımı giderir gibi yaparım; işte o zaman sen, beni hiç düşünmeden yoluna devam edersin. Nasılsa, sonra ben seni yine bulurum. Şayet bir tehlike

Arkadan Gelenler ve Mihnet Yılları

sezmezsem, sen de benimle birlikte gelirsin ve o zaman istediğimiz yere birlikte gideriz, dedi. O gün için Mekkelilerin Müslümanlar üzerinde nasıl bir baskı kurduklarını anlatan sözlerdi bunlar aynı zamanda...

Derken bir yolculuk başladı. Aslında gidilecek yer, öyle çok da uzak değildi; ancak bu kısa yol bile Ebû Zerr için, uzaklardan da uzak olmuş, bir türlü bitmek bilmiyordu.

Ve çok geçmeden kapı aralanmış, yıllardır gelişini gözlediği ay yüzle göz göze gelmişti Ebû Zerr. Yüreğini ısıtan bakışlardı bunlar...

– Allah'ın selamı senin üzerine olsun ey Allah'ın Resûlü, diye seslendi önce. Selamından da anlaşılacağı üzere çoktan eriyip teslim olmuştu Ebû Zerr. Daha sonra da, beklentilerini, yaşadıklarını ve Mekke'ye gelip bekleyişini anlattı bir bir... Ardından da:

– Ey Allah'ın Nebisi! Bana ne emreder, neye davet edersin, diye sordu. Allah Resûlü (sallallahu aleyhi ve sellem):

– Seni Allah'a ibadet etmeye, O'na hiçbir şeyi şerik koşmamaya ve bütün putları bir kenara koyup terk etmeye çağırırım, buyurdu. Hemen oracıkta Ebû Zerr:

– Ben şehadet ederim ki, Allah'tan başka ilah yoktur ve yine ben şehadet ederim ki, Sen de O'nun Resûlü'sün, deyiverdi. Halinden, daha diyeceği başka şeylerin de olduğu seziliyordu. Bir müddet daha bekledi ve dayanamayıp şunları söyledi:

– Yâ Resûlallah! Şimdi ben memleketime, ailemin yanına geri dönecek ve orada, savaş emrinin geleceği günü iştiyakla bekleyeceğim! O zaman Senin yanına gelecek ve Sana destek olacağım; çünkü şu an kavmini, Senin aleyhinde birleşmiş olarak görüyorum.

Onun bu tespiti karşısında Efendimiz (sallallahu aleyhi ve sellem) önce:

Efendimiz (sallallahu aleyhi ve sellem)

— Doğru söylüyorsun,[189] dedi ve arkasından da, ruh dünyasında kopan fırtınaları görürcesine şunları ilave etti:

— Bu mesele açığa çıkıp da güzel haberlerimiz size ulaşıncaya kadar kavminin yanına geri dön ve güzel bildiklerini onlarla paylaş!

Bu, olacakları önceden sezen bir Mürşid-i Kâmil'in, fıtratlarına göre müritlerini yönlendirmesi demekti. Ancak Ebû Zerr, heyecandan yerinde duramıyor ve:

— Nefsim, yed-i kudretinde olana and olsun ki, gidip Kâbe'de İslâm'ı haykırmadıkça dönecek değilim, diyordu.

Gerçekten de Ebû Zerr, huzur-u risalette söylediği gibi çok geçmeden bir çırpıda Kâbe'ye gelecek ve avazı çıktığı kadar şunları haykıracaktı:

— Ben şehadet ederim ki, Allah'tan başka ilah yoktur ve yine ben şehadet ederim ki Muhammed, O'nun hem kulu hem de Resûlü'dür.

Bir anda bütün nazarlar, onun üzerinde toplanıvermişti:

— Adama bak! Bu da sâbi oldu, diyor ve onu alaya alıyorlardı. Bir adamın daha karşı tarafa geçtiğini duyan herkes toplanmış, Ebû Zerr'e hakaret yarışına girmişti. Nihayet işi daha da ileri götürdüler ve sırtlanların üşüşmesi gibi üşüşüverdiler Ebû Zerr'in üzerine. Gözü dönmüş kör kalabalığın tekme-tokatlarına hedef olmuştu Gıfârlı Ebû Zerr.

Konunun nezaketini bilen ve zekasıyla meseleye yaklaşan Efendimiz'in bir diğer amcası Hz. Abbas[190] olmasaydı o gün, belki de Ebû Zerr öldürülecekti. Hz. Abbas önce Ebû Zerr'in üzerine eğilip kollarıyla korumaya çalışacak ve arkasından da öfkeli kalabalığa şöyle seslenecekti:

— Ey Kureyş topluluğu! Siz ne yapıyorsunuz? Gıfâr kabilesi sizin ticaret yolunuzun üzerindedir; onu öldürmekle siz, ticaretinizi tüketmek mi istiyorsunuz? Bırakın onu!

---

[189] İbn Sa'd, Tabakât, 4/222
[190] Hz. Abbas, o gün henüz Müslüman olmamıştı.

Arkadan Gelenler ve Mihnet Yılları

Evet, Abbas doğru söylüyordu. Savunmasız bir adamı öldürüp de tek geçim kaynakları olan ticaretlerini riske atmanın bir mânâsı olamazdı ve ağza alınmadık küfürler ederek teker teker uzaklaşmaya başladılar Ebû Zerr'den.

Kâbe'de tek başına ve kanlar içinde kalakalan Ebû Zerr, önce Zemzem'in yanına gitti. Elini-yüzünü yıkayıp kendine gelmeye, üzerindeki kanları da Zemzem'le temizlemeye çalışıyordu. İçinde öylesine tufanlar kopuyor, öylesine fırtınalar esiyordu ki, bedenine gelen onca darbenin acısını belki de hiç duymamıştı. O gününü, böylesine gelgitlerle geçirdikten sonra ertesi sabah karar vermiş ve yine Kâbe'nin avlusuna gelmişti; çıktı yüksek bir yere ve yine aynı şeyleri haykırdı. Sanki gün, dünün bir tekrarı gibiydi. Yine üzerine çullandılar ve yine Hz. Abbas koştu imdada.[191]

İkinci defa aynı sonuçla karşılaşınca Efendiler Efendisi'nin sözleri geldi hatırına. Demek ki gün, bu hareketi kaldıracak keyfiyete henüz ulaşmamıştı. Demek ki her dönemin şartları hesaba katılmalı ve ona göre bir hareket stratejisi ortaya konulmalıydı. Yeni dünyaya gelen bir çocuktan, yirmi yaşındaki bir delikanlının hareketi beklenmemeli ve gelişimine paralel bir muamele de bulunulmalıydı.

Ve Ebû Zerr, yaşadığı bu acı tecrübenin ardından yeniden köyünün yolunu tutacaktı. Onun bu acı tecrübesi, bütün mü'minler için de bir ders olmuştu. Zaten o gün, bilhassa zayıf ve kimsesiz olanlar hedef haline getirilmiş; her fırsatta hakarete maruz kalıyorlardı. Efendiler Efendisi, amcası Ebû Tâlib'in himayesinde olduğu için ve Hz. Ebû Bekir de, kavminin arasındaki konumu gereği, kendisine sahip çıkıldığından dolayı bu duruma maruz kalmıyordu. Diğer Müslümanlara gelince, onlar adeta Kureyş için birer eğlenme vesilesi haline getirilmeye çalışılıyordu. Ağza alınmadık hakaretlere maruz

---

[191] Bkz. İbn Sa'd, Tabakât, 3/165; 4/224, 225, 255

kalıyorlar, köşe başlarında sıkıştırılarak taciz ediliyor ve her fırsatta sıkıştırılıp şiddete maruz bırakılıyorlardı.[192]

Huzura Koşuş

Bütün bunlar, neyi değiştirirdi ki? İman gibi bir değerle buluştuktan sonra, hangi güç ve kuvvet insanın karşısına çıkar ve onu değerlerinden vazgeçirebilirdi? Kureyş'in kinine inat, iman dairesi çığ gibi büyümeye durmuş; hemen her gün huzur-u risalet, yeni katılımlarla şenleniyordu.

Ardı ardına bir yarış başlamıştı; bütün acıları unuttururcasına, yeni doğumlar yaşanıyordu. Başka gün de, bir başka genç ve dinamik insan *Sa'd İbn Ebî Vakkas*'la[193] şenlendi huzur-i risalet... Bunların hepsi de, can ciğer arkadaşıydı Hz. Ebû Bekir'in; o, kendini ortaya koymuş ve ellerinden tutarak huzura getirmişti teker teker...

Sa'd İbn Ebî Vakkâs, henüz İslâm'la tanışmadan önce bir gün rüyasında kendisini, zifiri karanlık bir gecede görmüştü. Göz gözü görmeyen bir geceydi. Bu hâl devam ederken ansızın bu karanlık geceye bir dolunay doğuverdi. Önünde ışıktan bir yol beliren Sa'd, ışığı takip ederek yürümeye başladı. Bir de baktı ki, önünde Zeyd İbn Hârise, Ali İbn Ebî Tâlib ve Ebû Bekir vardı. Onlara döndü ve sordu:

– Sizler buraya ne zaman geldiniz?

– Yeni geldik, diye cevapladılar. Bunun üzerine uykudan uyanan Hz. Sa'd, aradan günler geçmesine rağmen ne zifiri karanlık geceyi ne bu dolunayı ne de önünde yürüyen isimleri unutabildi. Nihayet bir gün, Allah Resûlü'nün gizlice insanları İslâm'a davet ettiğini duymuştu. Gidip, *Ecyâd* denilen mevkide buldu O'nu. İkindi namazını kılıyordu. Namazını bitirir

---

[192] Bkz. İbn Sa'd, Tabakât, 3/165
[193] Müslüman olduğunda Hz. Sa'd'ın yaşı, on altı veya on yedi idi. Bkz. İbn Sa'd, Tabakât, 3/139

Arkadan Gelenler ve Mihnet Yılları

bitirmez de yanına yaklaştı ve hemen oracıkta Müslüman oluverdi. Bu sırada o, henüz on dokuz yaşlarındaydı.[194] Efendiler Efendisi ile anne tarafından akraba oluyordu. Bunun için kendisine, 'dayım' der ve, "Böyle dayısı olan varsa gelsin beriye!" diye de iltifat ederdi.[195]

Hz. Sa'd, Müslüman olmuştu olmasına, ama annesi problem çıkarıyordu. Sa'd ise, anne ve babası konusunda çok hassas bir yapıya sahipti; gönüllerini kırmamak için üzerlerine titrer ve bir dediklerini iki etmemeye çalışırdı. Onun bu tavrını iyi bilen annesi, önce:

– Ey Sa'd! Bu yeni ortaya çıkardığın din de ne, diye tepki göstermiş; ardından da:

– Ya sen bu dinini terk edersin ya da ben, ölünceye kadar ne yer ne de içerim. O zaman da senin halk nezdindeki konumunu sen düşün, diyerek üzerinde manevi baskı kurmaya çalışıyordu. Annesini kırmamak için elinden gelen her şeyi yapıyordu; ama annesinde zerre miktar bir yumuşama emaresi görülmüyordu:

– Ey anneciğim! Ne olur böyle davranma! Çünkü ben, dinimi terk edecek değilim, diye cevap verdi.

Böylece aradan bir gece bir de gündüz geçmişti; ama Sa'd'ın annesi ne bir yudum su ne de bir lokma ekmek almıştı. En az Sa'd kadar, annesi de ciddi görünüyordu. Ertesi sabah olmuştu ve annesinde hâlâ değişen bir şey yoktu. Ancak, beri tarafta bir değişiklik vardı; sema dile gelmişti ve Cibril-i Emîn, "Anne ve babaya itaatin bir esas olduğunu, ancak bunun, Allah'a isyan anlamına asla gelmemesi gerektiğini, bu kerteye geldiği yerde ise, itaatin söz konusu olamayacağını"[196] anlatı-

---

[194] Bkz. İbn Hişâm, Sîre, 1/266; İbn Sa'd, Tabakât, 3/139; Taberî, Tarih, 2/216; İbnü'l-Esîr, Üsüdü'l-Ğâbe, 2/292
[195] Bkz. İbnü'l-Esîr, Üsüdü'l-Ğâbe, 2/216
[196] Bkz. Lokmân, 31/15

Efendimiz (sallallahu aleyhi ve sellem)

yordu. Şimdi rahatlamıştı Sa'd. Artık ne yapacağını biliyordu ve annesinin yanına gelerek bütün kararlılığıyla:

– Vallahi de ey anneciğim! Şayet senin bin tane canın olsa ve sen, her gün bunlardan bir tanesiyle ölüp gitsen bundan dolayı ben dinimi terk edecek değilim, deyiverdi.

Normal şartlarda onun gibi yufka yürekli birisinin asla söyleyemeyeceği sözlerdi bunlar. İşin burasında hiç beklenmedik bir şey oldu ve oğlunun kendisinden daha kararlı olduğunu gören Hz. Sa'd'ın annesi, yeme ve içmeye karşı başlattığı orucunu bozup yemek yemeye başladı.[197] Hz. Sa'd, vahyin aydınlatan tayfları altında adım atmanın semeresini toplamaya hemen oracıkta başlamıştı bile.

Sözüne Sadık Bir Çoban ve Süt Mucizesi

Hz. Ebû Bekir'le birlikte Allah Resûlü (sallallahu aleyhi ve sellem), Mekke dışına çıkmış ve huzur arıyordu. Karşılarına, *Abdullah İbn Mes'ûd*[198] adında bir çoban çıktı; Ukbe İbn Ebî Muayt'ın koyunlarını otlatıyordu. Muhammedü'l-Emîn'i de Ebû Bekir'i de biliyordu; kim ne derse desin bunlar, Mekke'nin göz dolduran iki insanıydı. Gerçi bundan, koyunlarını güttüğü Ukbe İbn Ebî Muayt hiç hoşlanmıyor ve her fırsatta sözü bu iki zata getirip sürekli onların aleyhlerinde konuşuyordu; ama İbn Mes'ûd, kendi kararını verebilecek kadar muhakeme sahibi bir insandı.

Efendimiz (sallallahu aleyhi ve sellem) için her karşılaşılan kişi, tebliğ adına yeni bir sayfa demekti ve karşısında düşünceli haliyle duran çobana sordu:

– Ey delikanlı! Yanında süt var mı?

---

[197] Bkz. İbn Hacer, İsâbe, 2/31; Halebî, İnsânü'l-Uyûn, 1/280.
[198] Abdullah İbn Mes'ûd, Zühreoğullarının anlaşmalı elemanıydı. Cahiliyye döneminde babası Ebû Mes'ûd, Abdullah İbn Hâris ile anlaşmış ve onun işlerini görmeye başlamıştı. O günkü telakkilere göre oğlu Abdullah da aynı kaderi paylaşmak zorundaydı.

Arkadan Gelenler ve Mihnet Yılları

– Evet, dedi İbn Mes'ûd. Arkasından da ilave etti:

– Süt var, ama ben emanetçiyim; onu size veremem!

Cehaletin kol gezdiği toplumda böylesine güven veren bir harekete ender rastlanılırdı. Öyleyse, bu kadar olumsuzluklar içinde bile büyüklüğünü gösteren bir insan, İslâm adına çok uygun bir muhataptı. Zira o, fıtratı temsil ediyordu ve fıtrat da asla yalan söylemezdi.

Aynı zamanda tebliğde, muhatabı iyi tanımak ve onun dilinden konuşmak çok önemliydi. Belli ki Efendiler Efendisi de, İbn Mes'ûd'un anlayacağı bir dille ona hitap etmek istiyordu. Onun için İbn Mes'ûd'a ikinci kez yöneldi ve:

– Öyleyse bana, hiç doğurmamış bir keçi veya kuzu getirebilir misin, dedi.

Talebi şaşkınlıkla karşılasa da İbn Mes'ûd, isteklerini yerine getireceğini ifade ediyordu. Bir taraftan sürünün arasına doğru ilerlerken diğer yandan da neler olacağını merak ediyordu. Gitti ve sürü içinden hiç doğum yapmamış bir oğlağı tutup getirdi.

Önce onu tutup bağladı Allah Resûlü (sallallahu aleyhi ve sellem). Ardından da, elini göğsünün üzerinde sıvazlayarak dua etmeye başladı. Talep eden Resûlullah (sallallahu aleyhi ve sellem) olunca Allah da veriyordu. Çünkü O (sallallahu aleyhi ve sellem), neyi, kimden ve nasıl isteyeceğini de en iyi bilendi.

Gördüğü manzara karşısında İbn Mes'ûd'un gözleri yerinden fırlayacak gibi olmuştu; zira, kuru memelere süt yürümüş ve oğlağın göğsü sütle doluvermişti! Olacak şey değildi; bunca yıldır böyle bir şey ne duymuş ne de görmüştü!

Aynı gelişmeleri seyreden Hz. Ebû Bekir, hemen koşup bir kâse bulmuş ve bir mucize sonucu ikram edilen sütü sağmaya başlamıştı bile. Allah Resûlü (sallallahu aleyhi ve sellem), sadık yârine döndü önce:

– İç, dedi.

Efendimiz (sallallahu aleyhi ve sellem)

Süt dolu kâseyi dudaklarına götüren Hz. Ebû Bekir, doyasıya içti. Ardından, aynı kâseyi Efendimiz (sallallahu aleyhi ve sellem) aldı ve O da içti.

Artık, maksat hâsıl olmuş ve ortada bir ihtiyaç kalmamıştı. Şimdi sıra, her şeyin eski haline dönmesini temin etmeye gelmişti. Onun için Efendimiz, süt dolu göğse seslendi:

– Eski haline geri dön!

Az öncesine kadar hiç sütü olmadığı halde, taşacakmışçasına bir süt tulumbacığı haline gelen göğüs, yeniden büzüşmeye başladı ve hemen oracıkta eski haline dönüverdi.

Bu sefer İbn Mes'ûd konuşmaya başladı:

– Okuduğun o kelimeleri bana da öğretir misin yâ Resûlallah!

Artık, maksat hâsıl olmuş, mesaj da yerini bulmuştu. Belli ki İbn Mes'ûd da artık mü'mindi. Biraz daha yanına yaklaştı Allah Resûlü (sallallahu aleyhi ve sellem). Mübarek ellerini başına götürdü ve sıvazlamaya başladı. Bu esnada şunları söylüyordu:

– Sen çok bilge bir delikanlısın![199]

Artık İbn Mes'ûd, ümmetin âlimi mânâsında *'hıbrü'l-ümme'* olma yoluna girmişti ve gönlünden gele gele kelime-i tevhidi söylüyordu. Onun Müslüman olduğu aynı gün, Hattab ailesinin damadı *Saîd İbn Zeyd* ve hanımı, Ömer İbn Hattâb'ın da kız kardeşi *Fâtıma* İslâm'la şereflenecekleridi.

Huzura Koşuş Devam Ediyor

Bu arada, *Âmir İbn Rabîa*, Utbe İbn Rabîa'nın oğlu *Ebû Huzeyfe*, Ebû *Ubeyde İbn Cerrâh*, *Osman İbn Maz'ûn* ve iki kardeşi *Kudâme* ve *Abdullah*, *Esmâ Binti Ümeys*, *Ümmü Eymen*, Efendimiz'in amcası Hz. Abbas'ın hanımı *Ümmü'l-Fadl*

---

[199] Bkz. İbnü'l-Esîr, Üsüdü'l-Ğâbe, 2/589

Arkadan Gelenler ve Mihnet Yılları

ve Hz. Ali'nin ağabeyi *Ca'fer İbn Ebî Tâlib* de gelmiş ve Müslüman olmuşlardı.[200] Fazilet aşığı insanların arasında bu din, hızla yayılıyor ve insanca yaşama arzusuyla yanıp tutuşan herkes bu kaynağa koşuyordu. Üç yıl sürecek bir dönemdi bu.

Henüz tebliğ dar alanda gerçekleşiyor ve daha çok da, münferit gayretler semere veriyordu. Bir taraftan yeni yeni ayetler geliyor; Allah Resûlü de bu ayetleri, etrafındaki bu ilk halka ile paylaşıyordu. Ancak bunun için, genellikle tenha yerler seçiliyor; çoğu zaman bu sohbetler için hane-i saadetleri tercih ediliyor ve böylelikle Kureyş'in tepkisi çekilmemeye çalışılıyordu. Dönem, iman adına kıvama erme dönemiydi ve bu dönemde inen ayetlerin genel temasını da bu husus oluşturuyordu. Çünkü sancağı omuzlarda uzun soluklu taşıyıp dalgalandırabilmek için güçlü ve sarsılmaz bir imana sahip olmak gerekiyordu.

Bu süreçte Kureyş, genellikle gelişmelere seyirci kalmayı tercih ediyordu. Zannediyorlardı ki; bu yeni gelişme, daha önceleri *Zeyd İbn Amr, Kuss İbn Sâide* ve *Ümeyye İbn Ebî Salt* gibi insanların anlayış seyrinde yürüyecek ve münferit bir hadise olarak sadece Muhammedü'l-Emîn ile sınırlı kalacaktı. Ancak durum, hiç de zannettikleri istikamette gelişmiyordu. Kendilerini açıktan zorlayan bir gayret göze çarpmasa da, en yakınlarından birer ikişer kopan insanlar, gidip Muhammed'in huzurunda diz çöküyor; yollarını değiştirip bambaşka birer insan oluveriyorlardı.

Çok geçmeden *Bilâl-i Habeşî, Ebû Seleme,*[201] *Erkam İbn Ebi'l-Erkam, Ubeyde İbn Hâris,* Hz. Ebû Bekir'in iki kızı *Esmâ*

---

[200] Ca'fer İbn Ebî Tâlib, ahlak ve sîret itibariyle Efendimiz'e en çok benzeyen insandı. Bkz. Taberî, Tarih, 1/539
[201] Asıl adı, Abdullah İbn Abdilesed olan Ebû Seleme, Efendimiz'in halası Berre Binti Abdulmuttalib'in oğluydu. Aynı zamanda Hz. Hamza ile birlikte Efendimiz'in süt kardeşi oluyordu. Bkz. İbnü'l-Esîr, Üsüdü'l-Ğâbe, 2/567

Efendimiz (sallallahu aleyhi ve sellem)

ve *Âişe, Habbâb İbn Erett, Umeyr İbn Ebî Vakkas, Mes'ûd İbnü'l-Kâriyy, Selît İbn Amr, Ayyâş İbn Ebî Rabîa* ve hanımı *Esmâ Binti Selâme, Huneys İbn Huzâfe, Âmir İbn Rabîa, Abdullah İbn Cahş* ve kardeşi *Ebû Ahmed, Hâtıb İbn Hâris* ve hanımı *Fâtıma Binti Mücellel* ile Hâtıb'ın kardeşi *Hattâb* ve onun hanımı *Fükeyhe Binti Yesâr, Ma'mar İbn Hâris,* Osman İbn Maz'ûn'un oğlu *Sâib, Muttalib İbn Ezher* ve hanımı *Ramle Binti Ebî Avf, Nuaym İbn Abdullah, Âmir İbn Füheyre*[202] ile *Hâlid İbn Saîd İbni'l-Âs* ve hanımı *Ümeyne Binti Halef* de bu nura koşanlar arasındaydı.

Hâlid İbn Saîd, rüyasında kendisini cehennem benzeri bir ateşin kenarında ve onun içine doğru sürüklenirken görmüştü; babası arkasında durmuş, kendini ateşe doğru itiyordu. Tam alevlerin arasına düşeceği sırada Allah Resûlü (sallallahu aleyhi ve sellem) imdadına koşmuş ve belinden kavrayarak onu kenara çıkarıp, cehennemde yanmaktan kurtarmıştı. Ürpertiyle uykusundan fırladı ve uzun bir düşünme sürecinden sonra, etkisi hâlâ devam eden bu rüyanın hak ve doğru olduğu konusunda tereddüdü kalmamıştı. Kendi kendine, *"Cehennemden kurtulmanın tek yolu, Resûlullah'la birlikte hareket etmektir."* diyordu. Önce gidip Hz. Ebû Bekir'le istişare etti; o da farklı düşünmüyordu ve:

– Bununla ben, senin hakkında hayır murad edildiğini düşünüyorum. İşte, Resûlullah orada duruyor; git ve tâbi ol O'na! Çünkü, seni cehennemden kurtaracak odur. Ne yazık ki, babanın durumu pek iç açıcı değil, dedi. Vakit kaybetmeden huzura gelen Hâlid İbn Saîd, Efendimiz'i Ecyâd denilen yerde bulmuş ve:

– Yâ Muhammed! Senin davetin nedir, diye sesleniyordu.

---

[202] Âmir İbn Füheyre, Hz. Âişe validemizle anne bir kardeş idi. Bkz. İbnü'l-Esîr, Üsüdü'l-Ğâbe, 2/254

Arkadan Gelenler ve Mihnet Yılları

– Ben, sadece Allah'a davet ediyorum; O'na hiçbir şeyi eş ve ortak koşmayacak, Muhammed'in de O'nun kulu ve Resûlü olduğunu kabulleneceksin. Aynı zamanda, işitip görmeyen, kendine bile fayda veya zararı dokunmayan, hatta kimin kendisine kullukta bulunduğunu kimin de önünde temenna durmadığını bile bilmeyen şu taşlara kullukтан vazgeçip sadece O'na ibadet edeceksin, diyordu Allah Resûlü (sallallahu aleyhi ve sellem). Hiç tereddüt etmedi Hz. Hâlid ve:

– Eşhedü en lâ ilâhe illallah ve eşhedü enneke Resûlüllah, diyerek hemen oracıkta Müslüman oluverdi.[203]

Hâlid İbn Saîd, hür iradesiyle gelip teslim olmuştu; ama inatçı mı inatçı bir babası vardı. Oğlunun gidip Müslüman olduğu haberini alır almaz hemen onu bulacak ve:

– Atalarının gelenekleri ve ilahlarını ayıplayıp yerdiği ve senin anlayışına muhalif olduğu halde sen, nasıl olur da Muhammed'e tâbi olursun, diye sıkıştıracak ve eline geçirdiği bir odunla başını yarıp kanlar içinde bırakacaktı. Babaya itaat farz olsa da, Allah'a isyan konusunda gözü kapalı tehditlerine *evet* denemezdi ve Hâlid de:

– Allah'a yemin olsun ki ben, O'na tâbi oldum ve bir daha da asla dönmem, diyecekti. Babasının tepkisi yine çok sertti. Önce, ağza alınmayacak kötü sözler sarfetti ve ardından da:

– İstediğin yere git! Yemin olsun ki, artık ben sana zırnık koklatmam, dedi. O'nu bulan neyi kaybederdi ki! O'nun huzurundayken dünyalar zaten onun oluyordu. Bu sebeple de:

– Beni her şeyden mahrum etsen de ben, bu yoldan dönmeyeceğim. Şüphesiz Allah (celle celâluhû), yaşadığım sürece benim rızkımı da verir, diyen Hz. Hâlid, kimin yanında yer alması gerektiğini net bir şekilde ortaya koyacaktı. Ancak öfkeli baba, burada duracak gibi gözükmüyordu; kendisi gibi düşünen diğer çocuklarını da bir araya toplayacak ve hiçbirisinin

---

[203] İbn Sa'd, Tabakât, 4/94; İbn Hacer, İsâbe, 1/406

Efendimiz (sallallahu aleyhi ve sellem)

Hz. Hâlid ile konuşmaması gerektiğini söyleyecekti. Çaresiz Hz. Hâlid, Allah Resûlü'nün yanına gelecek ve bir daha da bu kapıdan asla ayrılmayacaktı.[204]

Çok geçmeden *Hâtıb İbn Amr, Vâkıd İbn Abdullah,* Bükeyr İbn Abdiyâleyl'in dört oğlu *Hâlid, Âmir, Âkıl*[205] ve *İyâs* da gelip huzur-u risâlette kelime-i tevhidi söyleyip imana teslim oldular.

O gün için Mekke'de fazilete âşık ne kadar insan varsa, toplanıvermişti Allah Resûlü'nun yanında. Artık namaz kılarken, yanında sadece Ali yoktu; bundan böyle namazlar, güçlü omuzların destek verdiği bir cemaatle birlikte kılınıyordu.[206]

Ancak, bu kadarı bile Mekkelileri çileden çıkarmaya yetmişti. Otorite, kendi iradesinin dışında bir başka yapıyı kaldırmıyor ve yeni gelişmelere tepkiyle karşılık veriyordu. *Sa'd İbn Ebî Vakkâs* ve arkadaşları yine beraberce bir kenara çekilmiş, Mekke dışında bir yerde namaz kılıyorlardı. Olacak ya, Kureyş'ten bir grup insanın yolu da o gün, namaza durdukları yerden geçiyordu. Onları bu halde görünce garipsemiş ve alaylı tavırlarla laf atmaya başlamışlardı. İşi o kadar ileri götürdüler ki, artık mesele, sadece sözle sınırlı kalmamış ve Müslümanların üzerine saldırmışlar, kısa bir müddet de olsa aralarında bir arbede yaşanıvermişti. Bu ne tahammülsüzlüktü ki, insanların kendi başlarına ibadet etmelerine bile müsamaha gösterilmiyor ve engel olmak için de şiddet kullanılıyordu.[207]

---

[204] Bkz. İbnü'l-Esîr, Üsüdü'l-Ğâbe, 2/87; İbn Sa'd, Tabakât, 4/95; Halebî, İnsânü'l-Uyûn, 2/421
[205] Âkıl İbn Bükeyr'in adı, Gâfil idi. Efendimiz'in huzuruna gelip de adını söyleyince Allah Resûlü (sallallahu aleyhi ve sellem), onun adını Âkıl olarak değiştirmişti. Bkz. İbn Hacer, İsâbe, 3/575
[206] İbn Hişâm, Sîre, 2/98
[207] Bu hengâmede Sa'd İbn Ebî Vakkâs, kendini ve arkadaşlarını koruma adına eline geçirdiği bir deve çene kemiğini, müşriklerden birisinin kafasına indirmiş ve bu darbeyle adamın kafasını kanatmıştı. Yeryüzünde bir Müslüman'ın akıttığı ilk kan da bu idi. Bkz İbn Hişâm, Sîre, 2/98.

Arkadan Gelenler ve Mihnet Yılları

Bilâl-i Habeşî

Hz. Ebû Bekir'le birlikte Allah Resûlü (sallallahu aleyhi ve sellem) bir gün Mekke dışında bir yere gitmiş; gelen ayetleri müzakere edip namaz kılıyordu. Bu arada, yakınlarında koyun otlatmakta olan Bilâl-i Habeşî yaklaştı yanlarına. Ayla güneş gibiydiler; göz kamaştıran bu manzaraya meftun olmamak mümkün değildi. Önce, yanlarına gitmesi için bir vesile bulması gerekiyordu, bir kâse süt aldı eline ve takdim etti iki sadık yâre. Herkesin gönlüne Allah sevgisini koyma gayreti, onu da cezp edecek ve böylece, nice hürlerden önce Bilâl de İslâm'la tanışacaktı.

Bir... İki... Üç derken ondaki hızlı değişimin farkına varılacak ve arkasından amansız bir takip başlatılacaktı. Bir gün, Kâbe'deki putlara karşı haşin davrandığı ve onların aleyhine söz saydığını duymuşlardı. Nasıl olur da bir köle, efendilerinin kullukta bulunduğu bu taş ve ağaç parçaları hakkında ileri-geri konuşabilirdi. Sahabe *Ümeyye İbn Halef*'i sıkıştırdılar; bir köle için riske girmeye hiç niyeti yoktu onun. Zaten Bilâl de, kölelerinden bir köleydi. Minnetsizdi ve:

– Alın sizin olsun. Ne yaparsanız yapın, deyiverdi. Artık Bilâl, Ümeyye İbn Halef'in ellerinde, *Ebû Cehil*'in insafına (!) kalmıştı. Ve, aldılar Bilâl'i sahraya götürdüler. Çölün kızgın kumları üzerinde yatırıyor, dayanılmaz işkencelere maruz bırakıyorlardı. Üzerine kilolarca ağırlıkta taşlar koyup inim inim inlettikleri yetmiyormuş gibi bir de, düşüncesini ipotek altına almaya çalışıyorlar ve ondan gönlünün gülü *Muhammed*'i ve dinini inkâr etmesini istiyorlardı.

Bilhassa Ebû Cehil'de, bitip tükenme bilmeyen bir kin vardı ve bu kinini, salyalar dökülen ağzından her fırsatta kusuyordu. Bir efendi olarak aklı almıyordu: Kendi iradesi dışında bir başka güç nasıl kabul edilebilirdi! Hele bir köle... Konumuna bakmadan böyle bir kabule nasıl cür'et edebilirdi? Yüz üstü kızgın kumlara yatırıyor ve güneşte kızarıncaya

Efendimiz (sallallahu aleyhi ve sellem)

kadar işkence yapıyordu. Zaten takati tükenen Bilâl'in, söz söylemeye mecali kalmıyor; dudaklarından sadece bir kelime dökülüyordu:

– Ehad.. Ehad..![208]

Bilâl, o dünyayı da bilen birisiydi. Hayatı boyunca işkence altında yaşamaktansa, bugün katlanıp ebedî huzuru yakalamak vardı işin ucunda. Onun için dişini sıkmış ve *'zilletle yaşamaktansa izzetle ölümü'* çoktan göze almıştı. O gün Bilâl'e, kimse güç yetirip isteklerini kabul ettiremedi. Bulduğu yolda *sabit kadem* kalmaya kararlıydı ve her türlü işkenceye rağmen bu kararlılığından zerre kadar taviz vermedi.

Ancak o ne kin ki, boynuna ipler bağlıyor ve onu çocukların eline verip sokaklarda, Mekke dağlarının arasında sürükletiyorlardı. Allah'ın, *'kulum'*; Resûlü'nün de, *'ümmetim'* dediği Bilâl'i, çoluk çocuğun oyuncağı hâline getirmişlerdi. Çölde yalınayak yürüyüp yanmadan Bilâl'i anlamaya, çilesini görüp bilmeden mihnetlerin ortaya çıkardığı kadr u kıymetini idrake imkân olabilir mi!..

Bilâl'in yanık sesiyle *'Ehad!'* diye inleyişini duymayan kalmamıştı artık Mekke'de. İnim inim inlemesine rağmen, ne Ümeyye'nin ne de Ebû Cehil'in insafa geleceği vardı! Yine iş başa düşüyordu. Bir çırpıda yanlarında bitiverdi Hz. Ebû Bekir. Elindeki mal, zaten bir gün tükenip gidecekti; hiç olmazsa onu, ahireti adına büyük bir yatırıma çevirme fırsatı vardı önünde. Bununla hem, Bilâl'i işkenceden kurtaracak hem de Resûl-ü Kibriyâ'yı memnun edecekti. Geldi yanlarına ve:

– Bu insana bu kadar işkenceyi niye yapıyorsunuz, diye tepki gösterdi önce. Ardından da onu satın alarak, önce işkenceden kurtardı; ardından da hürriyete giden yolları gösterdi.

---

[208] Onun bu haline yaşlı *Varaka İbn Nevfel*'in de şahit olduğu, "Ehad Ehad" seslerini duyunca da, *"Ey Bilâl! Vallahi de sen, eğer bu halde iken ölürsen ben, senin mezarının üzerine türbe yaparım."* dediği anlatılmaktadır. Bkz. İbnü'l-Esîr, Üsüdü'l-Ğâbe, 1/236

Arkadan Gelenler ve Mihnet Yılları

Hz. Bilâl, sabrının semeresini alıyordu. Ümeyye'nin yanında sessiz kalmış olsaydı, hayatı boyunca belki bir köle olarak kalacak ve öylece son nefesini verecekti. Ama şimdi, hem bütün sıkıntıları sona ermiş hem de Habîb-i Zîşân'ın yanında bir efendi gibi muamele görme fırsatını bulmuştu.

Habbâb'ın Alacağı

Görüldüğü gibi, bu günlerde bir insanın Müslüman olduğunu açıklaması, başına gelecek kötülüklere açıktan davetiye çıkarması anlamına geliyordu. Onun için birçok sahabenin Müslüman olduğunu Kureyş henüz bilmiyordu. Yedi kişi hariç, diğer Müslümanlar kendilerini gizlemek zorunda hissetmişlerdi. Bunlar, Allah Resûlü Hz. *Muhammed* (sallallahu aleyhi ve sellem), Hz. *Ebû Bekir*, *Ammâr İbn Yâsir* ve onun annesi *Sümeyye*, *Suheyb İbn Sinân*, *Bilâl-i Habeşî* ve *Mikdâd İbn Esved* idi.[209]

Habbâb İbnü'l-Erett, aslen hür bir insandı; henüz küçük yaşlarda iken bulunduğu yerde bir saldırı gerçekleşmiş ve o da, akrabalarıyla birlikte esir alınmış, daha sonra da Mekke'ye getirilerek köle diye satılmıştı. *Ümmü Enmâr* adında Huzâa kabilesinden bir kadının kölesi olarak hayatını devam ettirirken Efendiler Efendisi ile tanışmış ve daha ilk günlerde Müslüman olmuştu.

Sahipsiz olduğu için, başta efendileri olmak üzere müşriklerin hiddetine muhatap olacak ve her daim şiddet soluklayacaktı. Kızgın güneş altında işkenceye tâbi tutuluyor, akla hayale gelmedik hakaretlere maruz bırakılıyordu.[210]

Habbâb İbnü'l-Erett'in, Âs İbn Vâil'den alacağı vardı ve Âs ibn Vâil bir türlü vermeye yanaşmıyordu. Borcunu tahsil etmek için yanına her gittiğinde:

---

[209] İbn Hibbân, Sahîh, 15/558 (7083); Ahmed b. Hanbel, Müsned, 1/404 (3832)
[210] Bkz. İbnü'l-Esîr, Üsüdü'l-Ğâbe, 2/102; İbn Sa'd, Tabakât, 3/164, 165; İbn Hacer, İsâbe, 2/258

Efendimiz (sallallahu aleyhi ve sellem)

– Muhammed'i ve dinini inkar etmediğin sürece sana borcunu ödemem, diyor ve hakkı olanı talep ettiğinde bile bunu, dinsizliği adına malzeme olarak kullanıyordu. Yine böyle bir gün Hz. Habbâb:

– Sen ölüp gitsen de, haşir meydanında haşrolacağın zamana kadar asla O'nu inkar edecek değilim, demiş ve nasılsa alacağını tahsil edeceği bir günü hatırlatmıştı ona. Ancak bu inceliği anlamak için insanda akıl ve vicdan olmalıydı. Belki zekaları vardı; ama şeytan gibi tek taraflı çalışıyordu. Onun için Habbâb'a döndü ve:

– Hani ben, öldükten sonra dirileceğim ya, sana olan borcumu o gün öderim; çünkü o gün benim, birçok çocuğum ve malım olacak, diye alay etmeye başladı.[211]

Bu, semayı titretecek bir hadiseydi ve çok geçmeden huzur-u risalette yine Cibril beliriverdi. Getirdiği ayetle Allah (celle celâluhû), mü'minlerin kuvve-i maneviyesini takviye ediyor ve Âs gibi küstahların akıbetlerinden haber veriyordu.[212]

Belki Habbâb İbnü'l-Erett, o gün bir nebze rahat nefes almıştı; ama toplumda başka bir dayanağı olmadığı için başka bir gün yine Efendiler Efendisi'nin huzuruna gelecek ve halini yine O'na arz edecekti. Zira, canını dişine takarak çalışıyordu; toplumda artı bir katma değere sahipti; ama yalnızlığını bilen Kureyş'in hedefi olmaktan bir türlü kurtulamıyordu. Küçücük bir kulübesi vardı; ateşin karşısında sabahtan akşama kadar demir döver, kılıç ve kalkan yapardı. Akşam olup da kulübesinin kapısından adımını atar atmaz karşısında Kureyş'ten bir başka ateşle karşılaşır ve hep ıstırap yudumlardı. Hele bir gün, Müslüman olduğunu duyan efendisi çıkıp gelmiş ve iyice hırpaladıktan sonra el ve kolunu bağlayarak kızgın demirleri vücuduna basmış, bayılıncaya kadar işkence etmişti. Canını

---

[211] İbn Sa'd, Tabakât, 3/164, 165
[212] Bkz. Meryem, 18/77, 78

Arkadan Gelenler ve Mihnet Yılları

zor kurtarmıştı; çaresiz huzura gelmiş ve Allah Resûlü'ne şunları söylüyordu:

— Bizim için nusret talebinde bulunmaz mısın yâ Resûlallah! Ellerini açıp da bize dua etmez misin ey Allah'ın Resûlü?

Onların acınacak bu halini Allah Resûlü (sallallahu aleyhi ve sellem) de zaten görüp duruyordu, ama elde başka bir çare bulunmuyordu. Ancak biliyordu ki, böylesine çetin şartlar içinden geçerken metin durmak gerekiyordu. Hem, benzeri sıkıntıları yaşayanlar, sadece kendilerinden ibaret de değildi. Cibril-i Emîn'in getirdiği ayetlerde de konu dile getiriliyor ve öncekilerin başına gelenler başa gelip de yaşanmadan cennetin kolay olmadığı anlatılıyordu.[213] Belki de Allah, uzun soluklu bir davayı ilk temsil edenlerde, sabır ve sebat ağırlıklı bir duruşu talep ediyor ve davasına ilk sahip çıkanları da, yarının daha büyük sıkıntılarını tereddütsüz ve kolayca göğüsleyebilmeleri için şimdiden hazırlıyor, imtihan üstüne imtihandan geçiriyordu. Bunun için Efendiler Efendisi:

— Sizden öncekiler arasında öyleleri vardı ki, diye başladı sözlerine. Yüzünün rengi değişmiş ve adeta pembeleşmişti. Ardından da şöyle devam etti:

— Sırf iman ettiğinden dolayı alınır ve demir testere ile başından ikiye biçilirdi, ama bu bile onun dininden taviz vermesine sebep olamazdı. Sonra demir taraklarla etleri kemiklerinden parça parça ayrılırdı; yine de yerinde sebat eder ve dininden taviz vermezdi. Aynı şekilde yere hendekler kazılır ve içine ateşler yakılırdı; ardından da diri diri içine atılır ve cayır cayır yakılırdı. Bütün bunlar, onu dininden döndürmeye yetmezdi.

Bunları anlatırken Resûl-ü Kibriyâ, adeta zaman ve mekan üstü bir konuma gelmişti ve öncekilerin hâlini adeta müşahede ederek anlatıyordu. Bunlar, geçmişten bir tabloydu. Kıymetli ve büyük olan nimetler, öyle küçük gayretlerle elde

---

[213] Bkz. İbn Hibbân, Sahîh, 7/156 (2897)

Efendimiz (sallallahu aleyhi ve sellem)

edilemezdi. Ne cennet ucuzdu ne de cehennem lüzumsuz... Birileri, lüzumsuz olmayan için, burada yatırım yaparken mü'minler, kıymeti bîpaha olan cennet ve cemalullah için bazı zorluklara tahammül etmeliydi. Ancak bu, sürekli karşılaşılan bir husus da değildi. Onun için işin burasında Allah Resûlü (sallallahu aleyhi ve sellem), yüzünü istikbale çevirecek ve teselli bekleyen yüzlere şunları söyleyecekti:

– Vallahi de Allah, bu işi hitama erdirecek ve nurunu tamamlayacaktır. Ta ki bir kadın, tek başına *San'â*'dan yola çıkacak ve *Hadremevt*'e kadar gidecek ve bu yolculuğu boyunca Allah'tan başka hiç kimseden korkmayacaktır. Ancak sizler, acele ediyorsunuz.[214]

San'â? Hadremevt?.. O gün için, bırakın bir kadını; kervanlarla giden nice güçlü erkeğin bile yolu kesilir ve elinde-avucunda ne varsa alınırdı. Ama bunları, Allah'ın Resûlü söylüyorsa mutlaka gerçekleşir ve böylesine huzurlu bir dünya yeniden kurulurdu. Dolayısıyla Hz. Habbâb gibi sahabeler, sıkıntılı günlerinde dişlerini sıkmaları gerektiğini öğrenmiş; böylesine bir dünyayı inşa için daha fazla gayret göstermenin gerekliliğine bir kez daha azmetmişlerdi.

Hayallerde Yeşeren Ümit Meşceresi

Evet, belki bugün sıkıntı vardı, ama gelecek her gün de, matem içinde geçecek değildi. Günün birinde kar ve buzlar eriyecek, insanlık semasında yeniden bir nevbahar yaşanacak, etrafa nurlar yağacak ve Rabb-i Rahîm'in arzu ettiği istikamette bir bayram yaşanacaktı.

Efendimiz'in (sallallahu aleyhi ve sellem) Hz. Habbâb'a söylediği cümlelere benzer ifadeleri, bizzat Kur'ân'da Allah (celle

---

[214] Bkz. Buhârî, Sahîh, 3/1322 (3416). O gün Efendiler Efendisi'nden bunları dinleyen bir sahabe, yıllar sonra yemin edecek ve gerçekten de böylesine huzur tüten bir iklimi yaşadığını ifade ederek Rabbine hamd edecektir.

celâluhû) da söylüyordu. Birileri bugün, ellerindeki imkânları da kullanarak Allah davasının nurunu söndürmek istiyordu; ancak Allah (celle celâluhû), Cibril-i Emîn'i vasıtasıyla:

– Kâfirler istemese de Allah nurunu tamamlayacak,[215] müjdesini gönderiyor ve bu müjde, bugün sıkıntı yaşayan herkes tarafından paylaşılıp şiddete karşı birer azık oluyordu. Bunu vadeden Allah'tı.. Resûlullah'tı... Allah ve Resûlü bir şey demişse o, mutlaka olurdu ve sahabenin bu konuda zerre kadar tereddüdü yoktu ve olamazdı. Zira onlar, gözlerinden gayba ait perdeler kalksa ve fizik ötesindeki alemleri bütün netliğiyle müşahedeye başlasalar bile, önceki hallerine nispetle yakînlerinde bir farklılık olmayacak kadar iman konusunda metin insanlardı. Resûlullah'ın dizinde, Allah'ın da korumasında yetişmişlerdi. Hemen her gün, yeni bir semavî sofra önlerine koyuluyor ve onlar da, eltaf-ı sübhaniyetin önlerine koyduğu bu sofralardan doyasıya istifade ediyorlardı. Sohbet-i nebeviyenin boyasıyla mest, huzurda bulunuyor olmanın insibağıyla da rengarenk bir halleri vardı.

Cibril-i Emîn'in ulaştırdığı haberde onlar için Allah (celle celâluhû), bitip tükenme bilmeyen bir ukbâ vadediyordu; içinde ırmakların aktığı, pınarların kaynayıp çeşmelerin çağıldadığı bu dünyada, mahz-ı lezzet bir hayat bekliyordu onları. Ve bütün bunlar, onlar için birer gaye de değildi; Allah'ın hoşnutluğu doldurmuştu bütün ufuklarını ve onun dışında başka bir beklentiye girmeyecek kadar da iffet sahibiydiler.

Kuvve-i maneviyelerini takviye için gelen ayetlerde Allah (celle celâluhû), önceki peygamberlerinden misaller veriyor ve:

---

[215] Bkz. Tevbe, 9/32,33. Benzeri başka ayetlerde, Allah davasından hoşlanmayan insanlara vurgu yapılırken müşrik, mücrim ve fasık tanımları üzerinde de durulmakta ve böylelikle, hemen her dönemde karşılaşılabilecek engellemeler arasında, mü'min olduğu halde mücrim veya fasık olabilen bu insanların engelleme arzularıyla karşılaşılabileceği hatırlatılmak istenmektedir. Bkz. Enfal, 8/8; Yûnus, 10/82

Efendimiz (sallallahu aleyhi ve sellem)

– Şüphe yok ki Biz, o Resûllerimiz ve onlarla birlikte iman edenlere, daha dünyada iken nusret edip yardım gönderdik; her şeyin ortaya döküleceği o gün de yardımımız, şüphesiz onların üzerinde olacak,[216] diyerek, benzeri sıkıntılara onlarla birlikte hareket eden havarilerin de dûçar olduklarından bahsediyor, ama sonuçta gülen tarafın kimler olduğunu açıkça gösteriyordu. Hz. *Nuh*'tan... Hz. *İbrahim*'den... Hz. *Şuayb*'dan... Hz. *Eyyûb*'dan... Hz. *Salih*'ten.. Hz. *Musa*'dan... Hz. *İsa*'dan misaller veriyor ve bütün bunlardan sonra:

– Onlar, sabır gösterip bu yolda nusrete mazhar olup galip geldiler; sizler de biraz dişinizi sıkın ki, yarınki bayramı yaşayabilesiniz, mesajları veriliyor ve yeni muhataplardan da, aynı yolda sebat ve sabır bekleniyordu. Bu şartlarda sabır, mü'min için en büyük silahtı ve her türlü tezvir ve karalamaya rağmen bu tavırdan asla vazgeçmemek gerekiyordu. Çünkü gelen ayetlerde Yüce Mevla, Habîb-i Ekrem'inin kuvve-i maneviyesini takviye etmek ve mü'minlere de moral olmak için açıktan şöyle diyordu:

– O halde Sen, sabır kuvvetine dayan! Şüphe yok ki Allah'ın vadettikleri kesin ve gerçektir. Ve, sakın Seni, O'na inanmayıp da bu işe şaşı bakanların tutum ve davranışları paniğe düşürüp endişeye sevk etmesin![217]

Neden endişe duyulacaktı ki? Yeryüzü Allah'ın tasarrufundaydı ve onu, dilediğine verme işi de O'nun olacaktı. Ve Allah, bugün başa gelen bu türlü musibetlerden dolayı endişeye kapılıp üzülmemek gerektiğini, mahzun olup da keder yudumlamamak için güçlü bir imana sahip olmak lazım geldiğini anlatıyordu. Zira, mutlak mânâda üstünlük, ancak güçlü bir imanla elde edilebilirdi.[218] Yine Yüce Mevlâ, işin tâ başından beri, yeryüzünün anahtarlarını ancak salih kullarına ve-

---

[216] Bkz. Mü'min, 40/51
[217] Bkz. Rûm, 30/60
[218] Bkz. Âl-i İmrân, 3/139

receğini vadediyordu.²¹⁹ Takvâ, her dönemde geçerli olan bir akçe idi ve bugün hangi sıkıntı ile karşılaşılırsa karşılaşılsın yarınlar, mutlaka müttakilerin tasarrufuyla şekillenecekti.²²⁰ Öyleyse, iman, salih amel ve takvâ, Allah'ın nusret ve yardımı için O'na sunulmuş en büyük davetiye demekti. Onun için bir araya geldiklerinde:

– Gel, bir miktar oturalım ve imanda derinleşme adına bir kapı daha aralayalım, diyorlardı.²²¹

Ukâz'da... *Mecenne*'de... *Zilmecâz*'da insanların peşinden koşup onlara da Rabbini anlatma gayreti ortaya koyarken Allah Resûlü (sallallahu aleyhi ve sellem), benzeri şeyler söylüyor ve:

– Ey insanlar! Gelin, sizler de 'lâ ilâhe illallah' deyin ve siz de kurtulun! Bu kelime ile bütün Araplara hâkim olun! Bu vesileyle Acem yurdu size serfurû etsin! Şayet o günleri görmeden ölüp giderseniz, zaten cennetin melikleri sizler olacaksınız, müjdesini veriyordu.²²²

O kadar ki, müşrikler bunları da dillerine dolamış kendilerince alay ediyorlardı. Bir gün, Esved İbn Abdulmuttalib ve arkadaşları oturmuş, kendi aralarında bunu konuşuyorlardı. O sırada ashapdan bazıları yanlarından geçiyordu. Onları görünce laf atmaya başladılar, şöyle diyorlardı:

– Bakın, Kisrâ ve Kayser saraylarına mirasçı olacak yeryüzü kralları geliyor!

Daha sonra da ellerini çırparak meseleyi gürültüyle kapatmaya ve hakaretlerle kendilerini haklı çıkarmaya çalışıyorlardı.²²³

Ashab-ı Muhammed için, onların ne dediği değil, Allah ve

---

²¹⁹ Bkz. Enbiyâ, 21/105
²²⁰ Bkz. Kasas, 28/83
²²¹ Suyûtî, ed-Dürrü'l-Mensûr, 1/365
²²² İbn Sa'd, Tabakât, 1/216
²²³ Bkz. Halebî, Sîre, 1/511, 512; Mübârekfûrî, er-Rahîku'l-Mahtûm, s. 123

Efendimiz (sallallahu aleyhi ve sellem)

Resûlü'nün buyurdukları önemliydi ve yine, tebessüm ederek yanlarından geçiyor, acınası hallerine bakıp, sadece ellerinden tutamadıklarına yanıyorlardı.

Dünya ve dünyevilik, onlar için çok basit şeylerdi; bugün burada ayaklarına batacak bir dikenin bile öbür tarafta karşılığını alacaklarında şüpheleri yoktu. Aynı zamanda onlar, işlerini bu karşılığa da bağlamıyorlardı. Onlar için bu, içinde bulundukları sıkıntıları aşma adına sadece bir dayanak oluyordu. Biliyorlardı ki, şayet dünyanın, Allah katında zerre kadar bir değeri olmuş olsaydı, kâfir bu dünyadan bir yudum bile su içemez; her türlü nimetten mahrumiyet yaşardı. Halbuki *Ebû Cehi*ller... *Ebû Leheb*ler... *Utbe* ve *Şeybe*ler, nimetler içinde yüzüyorlardı! Demek ki Allah (celle celâluhû), çok merhametliydi ve bu rahmet hazinesinden asla ümit kesilmezdi.

İşte, iman adına böyle bir noktaya ulaşan mü'min için, Allah ve Resûlü'nün yarın adına vadettikleri şeyler, çok ayrı bir mânâ ifade ediyordu. O demişse bunlar, mutlaka olacak ve nasılsa bir gün sıkıntılar bütünüyle bitecekti. Baykuşların her daim bayram yaşamaları mümkün olmadığı gibi geceler de sürekli zifiri karanlık değildi; bu dünyada bülbüllere de yer vardı ve vakt-i merhunu gelince şafak söker, sabahın meltem esintilerinde ne can alıcı, gönül ferahlatıcı hatıralar yaşanırdı!

Evet, bir gün bu zulümler mutlaka bitecek ve etraf, lalezâra dönecekti. Ama bunun için bugün, günün şartlarına göre hareket edilmesi ve her çeşidiyle sabır gücünden iyi istifade edilmesi gerekiyordu.

Öyleyse, bugünü yaşayanlar için, müspeti ikame adına gayretten başka bir vazife gözükmüyordu. Her şeye rağmen koşturup insanların elinden tutulacak ve neticeye karışılmayacaktı; zira, sonucu yaratma işi, Allah'a aitti. Onlar ise, sadece kendi vazifelerini yerine getiriyor ve başkasının vazifesine asla karışmıyorlardı. Zira, nusretin geleceğinde kimsenin şüphesi yoktu; önemli olan, nusrete ehil hale gelebilmekti!

DAVET VE TEBLİĞİN AÇIKTAN BAŞLAMASI

Aradan üç koca yıl geçmiş, münferit gayretlerle iman halkası ancak bu kadar genişleyebilmişti. Bir yakınının daha İslâm'ı tercih edişine şahit olan, yahut kendi kapısı çalınıp da imana davet edilen veya Kureyş'in nefret dolu tepkisiyle karşılaşan birçok insan, Mekke'deki bu değişimin farkına varmış; artık mesele çoğu insan tarafından konuşulur hâle gelmişti. Muhataplar nezdinde mesajın dikkat çekebilmesi için yeni bir açılıma ihtiyaç vardı ve çok geçmeden yine Cibril-i Emîn gelmiş, Rabb-i Rahîm'den yeni mesajlar getirmişti. Vahyin ağırlığı üzerinden kalkıp da Cibril gidince, kalb-i Resûl'de nakşolunan ayet şunları söylüyordu:

– Önce en yakın akrabalarını uyar! Mü'minlerden sana tabi olanların üzerine şefkat ve merhametle eğil! Ve de ki; sizin için ben, apaçık bir uyarıcıyım.[224]

Belli ki yeni bir durum vardı; artık tebliğ, münferit ve gizliden gizliye değil; bundan sonra aleni ve açıktan, büyük kitleler hedeflenerek, yapılacaktı. İlk olarak Efendiler Efendisi, yanına Hz. Ali'yi çağırdı şöyle dertleşti onunla:

---

[224] Bkz. Şuarâ, 26/214

Efendimiz (sallallahu aleyhi ve sellem)

– Ey Ali! Allah (celle celâluhû) bana, en yakın akrabalarımdan başlayarak kendilerini uyarmamı emrediyor. Zaten ben de, demir bukağıların arasında sıkışmışçasına sıkışmış ve onların da bu işe sahip çıkacakları günü suskunlukla bekleyip duruyordum. Nitekim, bu günlerimde Cibril geldi ve bana:

"Ey Muhammed! Sen, sadece Rabbinin Sana emrettiğini yerine getir; çünkü Sen, bunları yerine getirmekle mükellefsin." diyordu. Ancak şimdi yeni bir durum var. Hemen bir yemek tertip edelim; içinde koyun budu ve süt dolu kâseler de olsun. Sonra da bu yemeğe, Abdulmuttalib ailesini çağır ki onlarla konuşup bana tebliğ olunan hususları onlara aktarayım.

Hz. Ali, denilenleri yapmış ve nihayet, o günün şartlarında mükellef bir sofra tertip edilmişti. Gelenler arasında, genelde amcaları başta olmak üzere yaklaşık kırk kişilik bir davetli vardı. Efendiler Efendisi, sofraya Hz. Ali'nin koyduğu etleri kendi elleriyle parçalayıp paylaştırıyor ve insanlara ikram ediyordu. Yemeğin ardından içecek faslına geçildi ve bu fasıl da, yemekte olduğu gibi hiç görmedikleri şekilde bir izzet ve ikramla tamamlanmıştı. Gelenler, böyle bir yemeğin niçin tertip edildiğini ve sonunda nasıl bir sürprizle karşılaşacaklarını düşünmeye başlamışlardı. İşte tam bu sırada Efendimiz, sözü alıp maksadını ifade edecekti ki, öz amcası Ebû Leheb ileri atılarak:

– Görüyorum da, adamınız sizi iyi büyülemiş, deyiverdi. O kadar kin doluydu ki, söyledikleri bu kadarla da sınırlı kalmayacak, şunları da ilave edecekti:

– İşte bunlar, senin amcaların ve amcalarının çocukları; ne konuşacaksan konuş! Sâbîliği de bir kenara bırak! Bil ki artık, kavminin sabrı taşmak üzere. Seni durdurmak da bana düşüyor! Sen sadece babanın oğullarıyla yetin! Şayet, üzerinde bulunduğun halde devam etmekte ısrar edersen, bil ki, Kureyş'in gençleri üzerine üşüşecek; Araplar da onlara destek verecektir. Akrabalarına Senden daha kötü bir bela musallat eden kimse görmedim ben!

Davet ve Tebliğin Açıktan Başlaması

Bir anda ortalık buz gibi oluvermişti. Onca gayret boşa gitmiş ve Efendiler Efendisi'ne birkaç kelime konuşma fırsatı bile verilmemişti. Ebû Leheb, üstüne üstelik bir de, hakaret üstüne hakaret etmiş, herkesin içinde Allah'ın en sevgili kulu Son Nebi'ye ağza alınmadık sözler sarfetmişti. Öz amcaydı; ama gayretullaha dokunacak bir çıkıştı bu.

Derken, ortamın gerilen havasından bunalan davetliler birer ikişer dağılmaya başlamış ve evlerinin yolunu tutmuşlardı. Ertesi gün Allah Resûlü (sallallahu aleyhi ve sellem), yeniden Hz. Ali'yi karşısına aldı ve:

– Ey Ali! Dün şu adamın dediklerini sen de duydun; daha ben bir şey konuşmadan insanlar dağıldılar. Sen, bugün yeniden bir yemek hazırla da insanları yine bu yemeğe davet et, dedi. Bunun üzerine aynı işlem yeniden başlayıp, daha akşam olmadan yine mükellef bir sofra kuruldu. Yemek nihayete erdiğinde, bu sefer Habîb-i Zîşân Hazretleri ayağa kalktı; önce Allah'a hamd ü sena ettikten sonra onlara döndü ve yakın akrabalarına şöyle seslendi:

– Ey Abdulmuttalib oğulları! Allah'a yemin olsun ki ben, Araplar arasında sizin genciniz kadar hayırlı bir davetle gelenini bilmiyorum. Ben size, dünya ve ahiret hayrını birlikte getirdim. Allah (celle celâluhû) bana, sizi kendisine davet etmemi emretti. Böyle önemli bir yolda, şimdi sizden hanginiz bana destek çıkar ve yardımcı olur da, benimle sıcak bir dost ve yakın bir kardeş olur?

Efendimiz'in talebine cemaat içinden hiçbir mukabele yoktu. Huzuru, derin bir sessizlik bürümüştü. Kimseden çıt çıkmıyordu. Bu derin sessizliği, çocuk denebilecek bir şahsın gürlemesi bozdu:

– Ben yâ Resûlallah! Bu konuda Senin en büyük destekçin ben olurum.

Bütün yüzler bir anda sesin geldiği tarafa yönelmişti. Bu sesin sahibi, Ali'den başkası değildi. Halbuki o gün o, yaş iti-

Efendimiz (sallallahu aleyhi ve sellem)

bariyle onların en küçüğüydü. Onun, büyüklerden daha önde ve büyükçe bu tavrı karşısında Allah Resûlü (sallallahu aleyhi ve sellem), önce başını okşadı, ardından da:

– İşte bu, benim kardeşim ve en yakın destekçim. Bunu dinleyin ve dediklerine kulak verin, dedi. Kendilerinden kabul beklediği o kalabalık, Resûlullah'ın bu sözleri karşısında aralarında gülüşmeye başladı; Ebû Tâlib'e dönmüş şöyle takılıyorlardı:

– Eh, artık sen de çocuğunu dinler ve ona itaat edersin!

Bir gün daha geçmiş, bu olağanüstü gayretlere rağmen herhangi bir semere vermemiş; yeniden herkes kendi evinin yolunu tutmuştu.

Yalnız bu gün, dünküne göre daha farklıydı; zira artık Kureyş, Efendiler Efendisi ve getirdiklerine açıktan cephe almış; düne kadar münferit çıkışlarla engellemeye çalıştıkları hak davaya mâni olmayı, bundan böyle kurumsal bir vazife olarak görmeye başlamıştı. Neyse ki, Efendiler Efendisi'nin az dahi olsa sahip çıkanı, arkasında saf bağlamasa da destek olanı vardı. O gün de amcası Ebû Tâlib devreye girecek, şefkat ve merhamet yüklü bir ses tonuyla yeğenini teselli ederek:

– İşte, Senin amcalarının hâli! Ben de onlardan biriyim; ancak ben, Senin hoşuna gideni yapmakta onlardan daha ileriyim. Emrolunduğun şekilde yoluna devam et! Vallahi de ben, Seni görüp kollamaya devam edeceğim. Ancak nefsim, Abdulmuttalib'in dini dışında bir başka anlayışı kabullenmek istemiyor, diyecek ve yeğeninin getirdiklerini kabullenmese bile O'na sahip çıkacaktı. Onun bu tavrı, ateş sevdalısı Ebû Leheb'i daha çok çileden çıkaracak ve:

– İşte bu, vallahi daha da kötü! Başkaları O'nun hakkından gelmeden sizler engelleyip O'na mâni olun, diyecekti. İş gittikçe inada biniyordu; o karşı çıktıkça Ebû Tâlib sahip çıkıyor ve yeğenine olan bağlılığı daha da perçinleniyordu. Son sözü yine o söyledi:

Davet ve Tebliğin Açıktan Başlaması

– Vallahi de biz, sağ kaldığımız sürece O'nu koruyacak ve başkalarından gelebilecek olumsuzluklara karşı da hep müdafaa edeceğiz![225]

Aralarında itibar gören birisinin, O'na sahip çıktığına laf söylenemezdi; ancak, Ebû Tâlib'in bu tavrı da hiç iyi değildi! Yeğenine sahip çıkma adına herkesi karşısına almıştı ve her şeye rağmen bu kararında da ısrar ediyordu. Onun bu tavrını gördüklerinde daha çok sinirlenen Kureyş'ten bir grup, çok geçmeden Ebû Tâlib'in kapısını çaldı:

– Ey Ebû Tâlib, diyorlardı. Her hallerinden rahatsızlık dökülüyordu. Daha adını söylerken bile, cümlelerinin sonunda telaffuz edecekleri kelimeleri okumak mümkündü:

– Şu senin kardeşinin oğlu var ya, işte O, bizim ilahlarımız konusunda hoşumuza gitmeyen şeyler söyleyip duruyor. Üstelik dini anlayışımızı ayıplıyor ve önderlerimizi sefihlikle suçlayıp atalarımızın da dalâlette olduğunu söylüyor. Şimdi sen, ya O'nun bu işten vazgeçmesini sağlarsın, ya da meseleyi kendi aramızda halledebilmek için O'nu bize bırakırsın!

Baba yâdigârı bir yetim, böylesine gözü dönmüş aç kurtlara teslim edilir miydi hiç? Alttan alarak önce ortamı yumuşatmaya çalıştı Ebû Tâlib... Ardından da, gönüllerini hoş tutmaya çalışacak ve öfkelerini teskin edip geri gönderecekti.[226]

Ancak bu, Kureyş rahatsız oldu diye peşi bırakılacak bir iş değildi; Allah'ın emri vardı ve mutlaka bu emir yerine getirilmeliydi. Her geçen gün, imanla küfrün arası daha da açılıyor ve saflar daha bir belirginleşiyordu. Aradan birkaç gün daha geçince Habîb-i Kibriyâ'da yeniden vahyin ağırlığı kendini göstermeye başladı. Yeniden Cibril-i Emîn gelmişti ve bu emri yerine getirmesini söylüyordu. Çok geçmeden yeni bir ziya-

---

[225] İbnü'l-Esîr, el-Kâmil, 1/584, 585; Mübârakfûrî, er-Rahîku'l-Mahtûm, s. 83, 84
[226] Bkz. İbn Hişâm, Sîre, 2/100-101

fet daha yapılmıştı. Zengin sofralarla midelere seslenildikten sonra Allah Resûlü çıktı ve bu sefer de gönüllere hitap etmeye başladı. Şöyle diyordu:

– Şüphesiz ki gerçek bir rehber, kendi halkına karşı yalan söylemez. Allah'a yemin olsun ki, -farz-ı muhal- şayet ben, bütün insanlara yalan söylesem bile size karşı bunu asla yapmam; bütün insanları aldatsam bile sizi asla aldatmam. Vallahi de, O Allah ki, kendisinden başka ilah yoktur; şüphesiz ki ben, hususi olarak sizin, genel mânâda da bütün insanların peygamberiyim. Allah'a yemin olsun ki, tatlı uykuya daldığınız gibi ölecek ve uykudan uyandığınız gibi de yeniden diriltilecek ve bugün yaptıklarınızdan hesaba çekileceksiniz; iyilikleriniz neticesinde ihsana nail olurken, kötülüklerinizin sonucu olarak da hoşlanmayacağınız manzaralarla karşılaşacaksınız. Ne yazık ki bu sonuç da, ya ebedi cennet veya ebedi cehennem olacak! Vallahi de ey Abdulmuttalib oğulları! Benim size getirdiklerimden daha hayırlı ve faziletlisini kendi kavmine getiren bir başka genç bilmiyor ve tanımıyorum; ben size, dünya ve ahireti beraber takdim ediyorum.[227]

Bu kadar gayret gösterilmiş, ama yine de herhangi bir sonuç elde edilememişti. Ancak, sonucun istenilen seviyede olup olmaması, atılacak adımları belirlemede bir esas değildi; Allah istediği için bir işe teşebbüs edilir ve adımlar bunun için atılırdı. Onun için, bu ve benzeri yemeklerin ardı arkası kesilmeyecek; midelerle açılmaya çalışılan kapıdan Allah davası adına girilmeye çalışılacaktı. Artık, Hz. Hatice validemiz sürekli yemekler tertip ediyor, Hz. Ali ve Hz. Zeyd de bu yemeğe insanları davet edip onların hizmetlerine koşturuyordu. Öyle ki, bir zamanların dudak uçurtan servetine sahip Hz. Hatice'nin mal varlığı, bu ve benzeri ziyafetlerle eriyecekti.

---

[227] Bkz. Taberî, Tarih, 1/542

Davet ve Tebliğin Açıktan Başlaması

Yine böyle bir yemeğin ardından, olanca mülâyemetle ve alttan alarak kendilerine hitap eden Resûl-ü Kibriyâ'ya, öz amcası Ebû Leheb karşı çıkacak ve Abdulmuttalib ailesine dönerek şunları söyleyecekti:

– Ey Abdulmuttalib oğulları! Allah'a yemin olsun ki bu, çok kötü bir durum! Başkaları O'nun hakkından gelmeden sizler bir çözüm bulmalısınız. İşlerinizi şayet buna bırakırsanız, zelil ve rüsva olursunuz. O'nu koruyup müdafaa etmeye kalkarsanız, bu sefer de başınız beladan asla kurtulmaz.

Yeğeninin teklifleri karşısında, diğer insanları korkutarak O'ndan uzaklaştırmanın bir yoluydu bu onun için ve ne yazık ki bunda etkili de oluyordu. Yalnız, aralarında insaf sahibi olanlar da yok değildi; Efendimiz'in halası ve Ebû Leheb'in de kız kardeşi Safiyye Binti Abdulmuttalib ayağa kalkacak ve Ebû Leheb'e şu cevabı verecekti:

– Kardeşinin oğlunun başına gelecek herhangi bir kötülük, hiç senin hoşuna gider mi? Allah'a yemin olsun ki, uzun zamandır âlimler, Abdulmuttalib soyundan bir Nebi'nin çıkacağını söyleyip duruyorlardı; işte bu odur!

Daha Safiyye validemiz sözünü bitirmemişti ki, Ebû Leheb tekrar sözü aldı:

– Hayır, hayır! Bu, kuru bir beklentiden başka bir şey değil! Kadınların sözünü dinlemek zaten hep utanç getirir. Hem sonra, Kureyş ve Araplar birleşip de karşımıza çıktıklarında onlara karşı hangi kuvvetle cevap veririz? Vallahi de o zaman biz, olgun başaklar gibi toplanır, onlar karşısında tükenip gideriz, dedi.

Yine oyun bozulmuş ve yine bu oyunu bozmadaki baş aktör Ebû Leheb olmuştu. Ayrılıp giderlerken, kendi yeğenine karşı bu kadar sert çıkmasını bir türlü hazmedemeyen Ebû Tâlib'in yine o bildik sesi duyuldu:

– Allah'a yemin olsun ki, hayatta olduğumuz sürece O'nu

mutlaka koruyacak ve gelebilecek zararlara karşı müdafaa edeceğiz.[228]

Artık Resûlullah (sallallahu aleyhi ve sellem) için her yeni bir araya gelme yeni bir umut, her yeni davet de kalpleri yumuşatma adına yeni bir hedefti. Yine böyle bir davetin ardından onlara şöyle seslenecekti:

– Ey Abdulmuttalib oğulları! Şüphesiz ki Allah beni, genel olarak bütün insanlara, özelde de size peygamber olarak gönderdi ve bana, "Önce yakın akrabalarını uyar." diye emretti. Ben de sizi, söylemesi dile kolay; ama mizanda çok ağır basacak iki kelimeye davet ediyorum; gelin, Allah'tan başka ilah olmadığına ve benim de O'nun Resûlü olduğuma şehadet edin.[229]

Bütün bunlar, en yakınındaki insanların da elinden tutarak onları cehennem azabından korumanın gayretleriydi. Kendisine karşı cephe alsalar ve her fırsatta karşı çıksalar da O, bir ümit deyip yine kapılarını çalıyor ve her fırsatı değerlendirerek kalplerinin yumuşayacağı zamanları kollamaya çalışıyordu. Çünkü O, tebliğ aşkını zirvede yaşıyordu; günlerce bir şey yemeyip ağzına bir damla su almasa problem etmezdi; ama Allah'ın adını bir muhtaç gönüle daha ulaştırmada en küçük bir kusuru, kendisi için çok büyük bir kabahat sayardı. İman etmiyorlar diye üzüntüden kendini kahredecek noktaya gelmişti. O'nun bu hâlini farklı yerlerde dile getiren Kur'ân, her defasında kapılarını çaldığı halde icabet etmeyen ve bununla da kalmayıp karşı çıkan insanlar için nasıl bir üzüntü duyduğunu anlatacak, kendisinden sonrakiler için de alınması gereken bir model olarak sonrakilere takdirle sunacaktı.[230]

---

[228] Bkz. Halebî, İnsânü'l-Uyûn, 1/459
[229] Bkz. Taberî, Tarih, 1/542
[230] Bkz. Hûd, 11/12 (Herhalde sen: "Ona bir hazine indirilmeli veya beraberinde bir melek gelmeli değil miydi?" demelerinden ötürü, sana vahyolunanın bir kısmını bırakacaksın ve bununla göğsün sıkılacak; ama sen sadece bir uyarıcısın (böyle sözlere aldırma), her şeye vekil olan Allah'tır); Kehf, 18/6 (Herhalde sen, onlar bu söze inanmıyorlar diye, peşlerinde üzüntüden kendini helâk edeceksin!)

Davet ve Tebliğin Açıktan Başlaması

Genişleyen Tebliğ Halkası

Bu arada her geçen gün yeni yeni ayetler geliyor ve mü'minleri, iman adına sürekli besleyip onların dirençlerini artırıyordu. Çok geçmeden: "Emrolunduğun şeyleri, başları çatlatırcasına bir gayretle tebliğ et ve müşriklerden de yüz çevir."[231] mealindeki ayet gelmişti. Anlaşılan bu sefer hüküm daha geneldi ve ilk planda bütün Mekke'yi, ardından da bütün insanlığı hedefliyordu. Böyle bir emri yerine getirmemek olur muydu hiç?

Hemen Safa tepesinin üzerine çıktı ve:

– Yâ sabâhâh! Yâ sabâhâh, diye bütün Mekke ahalisine seslendi. Normal şartlarda bu sesleniş, büyük bir düşman tehlikesi karşısında insanları uyarıp toparlanmalarını temin için yapılırdı. Böyle bir ses duyulur duyulmaz herkes, kendince tedbirini alır ve düşmana karşı hazır hale gelerek beklemeye başlardı. İşte bugün Allah Resûlü de, yarın başlarına geleceklerden onları korumak için bir de bu yolu deniyordu. Onun için hiç kimse bu sese seyirci kalamazdı. Gelebilen kendisi geliyor, gelemeyenler ise kendisinin yerine mutlaka birisini gönderiyordu. Artık Safa tepesinde büyük bir kalabalık toplanmıştı. Önce kabile kabile dikkatlerini çekti Allah Resûlü (sallallahu aleyhi ve sellem):

– Ey Fihroğulları! Ey Adiyyoğulları! Ey Abdimenâfoğulları ve ey Abdulmuttalib oğulları!..

Herkes dikkat kesilmiş, arkasından gelecek haberi intizar ediyordu. Bu arada kendi aralarında:

– İnsanları buraya çağırıp duran adam da kim, diyenler vardı ve cevabını yine kendileri vereceklerdi:

– Muhammed!

---

[231] Bkz. Hicr, 15/94

Efendimiz (sallallahu aleyhi ve sellem)

Ebû Leheb, bizzat gelenler arasındaydı. Söyleyeceklerini büyük bir merakla bekleyen yüzlere önce şunu sordu Allah Resûlü (sallallahu aleyhi ve sellem):

— Şayet ben size desem ki, şu dağın ardında üstünüze doğru gelen bir düşman var; beni yalanla itham eder misiniz?

— Hayır, vallahi de biz Seni, hiç yalan söylerken görmedik; bugüne kadar Senden, doğrudan başka bir şeye şahit olmadık, diyorlardı. Zaten O'nun beklediği de buydu. Zira bu cevaba bir hüküm bina edecekti:

— Ey Kureyş topluluğu, diye seslendi yeniden ve ilave etti:

— Sizin için ben, hızla yaklaşan elim bir azap öncesinde âşikâr bir uyarıcıyım. Gelin de, kendinizi cehennem ateşinden koruyun! Aksi halde ben, sizin için Allah katında hiçbir şey yapamam. Benimle sizin misaliniz şu adama benzer ki o, düşmanı görmüş ve kendi ehline koşarak gelip haber vermiştir. Çünkü o, ansızın düşmanın gelip de ehline zarar vereceği görmüş, bunun için de yakınlarını uyarmıştır. Bunun için yüksek bir yere çıkmış ve:

— Yâ sabâhâh! Yâ sabâhâh, diye bağırmaya başlamıştır.[232]

Daha ne yapabilirdi ki! Ellerinden tutmak için her türlü yolu deniyordu; ama bir türlü istediği sonucu alamıyordu. Ama ne önemi vardı ki! O (sallallahu aleyhi ve sellem), bütün bunları yaparken gayretlerini, sonunda elde edeceği semereye asla bağlamamış ve her seferinde, emr-i ilahiyi yerine getirmek suretiyle rıza-yı ilahiyi kazanmayı hedeflemişti.

Resûl-ü Ekrem Efendimiz'in bu kadar ısrarının temelinde, elbette vazifesinin hakkını verme şuuru yatıyordu. Aynı zamanda O, bir insanın bile göz göre göre cehenneme gitmesine razı değildi. Muhataplarından her ne kadar hakaret ve tez-

---

[232] Bkz. Buhârî, Sahîh, 4/1804 (4523); Taberî, Tarih, 1/541

Davet ve Tebliğin Açıktan Başlaması

yif görse de O, bir gün gelip de gönüllerinin yumuşayacağına inanıyordu. Bizzat kendileri olmasa da, en azından bu insanların neslinden gelenler, bir gün İslâm'ın kıymetini anlayacak ve gelip ona teslim olacaklardı. Bir de yarınki hesap gününde Allah (celle celâluhû), herkese yaptığının hesabını soracaktı; hesap gününde, *"Bizim haberimiz yoktu."* gibi, bir mazerete sığınmak isteyenlere karşı şimdiden o kapının kapanması gerekiyordu. İşte, işin burasında Habîb-i Zîşân Hazretleri, topluluk içinde bulunan her bir akrabasını özel olarak hedefleyip şunları söylemeye başladı:

– Ey Kureyş topluluğu! Nefsinizi ipotek olmaktan kurtarıp Allah'tan satın alın ve cehennemden koruyun; çünkü yarın sizin hakkınızda ne bir zarar, ne de bir faydaya mâlik olabilirim. Yoksa yarın, Allah katında size hiçbir yararım olamaz!

Genelden başladığı hitabını daraltarak özele, daha da özele doğru getirecek ve orada bulunanlara, isim isim zikrederek benzeri şekilde hitap edecekti:

– Ey Ka'b İbn Lüeyyoğulları!

Ey Mürre İbn Ka'boğulları!

Ey Kusayyoğulları!

Ey Abdimenâfoğulları!

Ey Abdişemsoğulları!

Ey Hâşimoğulları!

Ey Abdulmuttaliboğulları cemaati! Cehennem ateşinden kendinizi kurtarmaya bakın! Çünkü, aksi halde ben, sizin için ne bir zarara muktedir olabilir ne de bir faydaya malik bulunabilirim; benim size hiçbir faydam dokunamaz! Şu anda benden ve elimdeki imkândan, istediğinizi talep edin vereyim; ama yarın Allah katında sizin için hiçbir şey yapamam!

Ey Abbas İbn Abdulmuttalib! Aksi halde yarın Allah katında, senin için de hiçbir şey yapamam!

Ey Resûlullah'ın halası Safiyye Binti Abdulmuttalib! Aksi halde aynı şekilde senin için de elimden bir şey gelmez!

Ey Resûlullah'ın kızı Fâtıma Binti Muhammed! Benden ve elimdeki imkânlardan ne isteyeceksen şimdi iste! Ve sen de kendini cehennem ateşinden korumaya bak! Aksi halde senin için de o gün, Allah katında herhangi bir zarar veya faydaya malik olamam; Allah huzurunda senin için de bir şey yapamam!

Sizin için tek yapabileceğim şey bugün, aramızdaki akrabalık bağı hatırına ziyaretlerinize gelip gönlünüzü hoş tutmaktır!

Bunların hepsi de doğruydu ve kimseden aksi istikametinde ses çıkmadı. Efendiler Efendisi, üzerine düşeni yapmış, bütün benliğiyle kendini ortaya koyarak akrabalarına karşı olan vazifesini yerine getiriyordu. O'ndan bu nasihatleri alanlar, teker teker evlerinin yolunu tutmuş, herhangi bir tepki vermeden geri gidiyorlardı. Aralarından yine bildik bir yüz ileri atılıp Efendimiz'e yaklaştı. Duydukları karşısında sinirden küplere bindiği ve gelecek günlerin hatırlatılmasından hiç hoşlanmadığı her halinden belliydi.

– Yazıklar olsun Sana! Bizi bunun için mi çağırdın; ellerin kurusun Senin, diyor ve yeğenine hakaret ediyordu. Çok geçmedi; yine Cibril imdada yetişmiş; Habîb-i Zîşân'ı şu ifadelerle teskin ediyordu:

– Kurusun Ebû Leheb'in elleri! Zaten kurudu da! Ona, ne malı ne de yapageldiği işler fayda verdi! Yarın da o, alev alev yükselen cehenneme girecek! Eşi de, boynunda bükülmüş urgan olarak o cehenneme odun taşıyacak![233]

Aynı zamanda bu, en yakında bile olsa bir insanın, Allah ve Resûlü'nün davetine icabet etmemişse kurtuluş imkânı

---

[233] Bkz. Tebbet, 111/1-5. Ebû Leheb'in karısı, Ebû Süfyân'ın kız kardeşi olan Ümmü Cemîl idi.

Davet ve Tebliğin Açıktan Başlaması

bulamayacağının bir tesciliydi. Bu ayetlerden haberdar olan Mekke, bu sefer gerçekten sarsılacak, hele açıktan gideceği adres kendilerine gösterilen Ebû Leheb ailesi, dışa vurmamak için kendilerini tutmaya çalışsa da, içten içe büyük bir yıkım yaşayacaktı: Ya denilenler gerçekten doğruysa!.. Ya gerçekten cehennem varsa!.. Ya Muhammed, beklenilen o Nebi ise!.. Ancak bir kere hayır demişti ya, bu sözünün arkasında duracaktı ve günü gelince, Ebû Leheb'in ölümü Kur'ân'ın ve Resûlullah'ın kendisi hakkındaki hükmünü tasdik eder bir şekilde gerçekleşecekti.

Allah düşmanı Ebû Leheb'in hanımı *Ümmü Cemil* de, Resûlullah'a düşmanlık konusunda kocasından geri kalmıyor ve insanlığın bekleyip durduğu Son Nebi'nin geçeceği yollara diken döşüyor, geceleri gelip kapısının önüne pislik döküyordu. Zaten dili uzun ve ağzı bozuk bir kadın olan Ümmü Cemil, başkalarını da tahrik ederek insanları, Allah Resûlü'ne karşı örgütlüyor ve düşmanlığı kitlesel bir tepkiye dönüştürmeye çalışıyordu. Onun için ondan bahsederken Kur'ân, *'odun taşıyıcısı'* tabirini kullanacak ve cehennemdeki acınası halini ibretle sonrakilere arz edecekti.

Bu olayın ardından, kocasının aleyhindeki konuşmalardan rahatsızlık duyup çılgına dönen Ümmü Cemîl, büyük bir gürültü koparmış ve avuçladığı taşlarla Efendiler Efendisi'nin bulunduğu yere yönelmişti. Sinir krizleri geçiriyordu; nasıl olur da Muhammed, kendilerini konu edinir ve gelecek dünyalarını böylesine kötü ve çirkin bir manzara ile tasvir edebilirdi!..

O sırada Efendimiz'in yanında yine sadık yâr Ebû Bekir vardı. Ümmü Cemîl'in hiddetle geldiğini görünce:

– Yâ Resûlallah! Bu kadının ağzı bozuktur; şayet Seni burada bulursa kötü şeyler söyleyip Size eziyet eder, demek istedi. Ancak Resûl-ü Kibriyâ aynı kanaatte değildi:

– O beni hiç görmeyecek ki, buyurdu. Ebû Bekir, bu cüm-

Efendimiz (sallallahu aleyhi ve sellem)

leden başta pek bir şey anlamamıştı; ancak bunu, Resûlullah söylemişse mutlaka bir hikmeti vardı. Öyleyse bekleyip görecekti.

Bu arada Ümmü Cemîl de hışımla gelmiş, hiddetle:

– Ey Ebû Bekir! O şiir söyleyen arkadaşın da nerede, diyordu. Ebû Bekir hemen cevapladı:

– Şu beytin Rabbine yemin olsun ki, benim Sâhibim asla şair değildir ve O, şiirin de ne olduğunu bilmez! Bunu sen de bilip duruyorsun!

Belli ki; onun esas konusu şiir değildi ve boşuna konuşarak vakit geçirmek istemiyordu. "Senin gözlerin görmüyor mu?" mânâsına gelecek bir cevap verdi Hz. Ebû Bekir:

– Sen hiç benim yanımda birisini görüyor musun?

– Benimle dalga mı geçiyorsun? Vallahi de yanında kimseyi göremiyorum, dedi başından savarcasına. Zaten kaybedecek zamanı yok gibiydi ve oradan ayrılıp giderken de:

– Kureyş de bilir ki ben, onların efendisinin kızıyım. Babası Abdimenâf olanın aleyhinde konuşacak adam ise, cesaret edip de asla onun aleyhinde olamaz, diye söyleniyordu. Kendince bu, bir nevi meydan okumaydı. Gelmişti; esasında ise, geldiği gibi de gidiyordu.

Meraklı bakışlar arasında gelişmelere şahit olan Hz. Ebû Bekir (radıyallahu anh), Efendiler Efendisi'ne döndü:

– Yâ Resûlallah! O kadın Seni niye göremedi?

– Burada beni, kanatlarıyla ondan koruyan bir melek var idi, buyurdu.[234]

Etrafa Açılma Dönemi

Abdulmuttalip oğullarıyla bu kadar yakından ilgilenen ve her fırsatta onları Hakk'a davet eden Allah Resûlü (sallallahu

---
[234] Halebî, Sîre, 1/466

Davet ve Tebliğin Açıktan Başlaması

aleyhi ve sellem), yavaş yavaş tebliğ halkasını daha da genişletiyordu. Artık, açıktan Kâbe'ye gidip namaz kılıyor; insanları dine davet edip Kur'ân okuyordu. Kendisinden önceki peygamberlerin dedikleri gibi O da:

– Ey kavmim! Gelin siz de, kendisinden başka ilah olmayan tek Allah'a kul olun, diyor ve böylelikle, insanlarla Rableri arasındaki sun'î engelleri kaldırmak istiyordu.

İlk olarak, yakın çevredeki kabilelerle görüşmeye başlayacaktı. Her türlü yola başvuruyordu Allah'ın Resûlü; yeri geliyor kapı kapı dolaşıp gönlünün zenginliklerini paylaşıyordu onlarla... Bu meseleleri neden kendi kabilesiyle paylaşmadığı şeklinde akla gelebilecek sorulara karşılık da:

– Kureyş, Rabbimin kelamını tebliğ etmeme engel oluyor, cevabını veriyor ve tereddütsüz bir zeminde tebliğ vazifesini yerine getirmek istiyordu. Zaman zaman da kitleleri hedefliyor, belli vesilelerle insanları bir araya getirip umumuna birden sesleniyordu. Bunun için de, insanların kalabalık olarak bulundukları zamanları kolluyordu. İşte böyle bir zaman diliminde Efendiler Efendisi, Mina'da durmuş, insanlara şöyle hitap ediyordu:

– Ey insanlar! Şüphe yok ki Allah size, atalarınızın din diye ortaya koydukları anlayışlardan vazgeçmenizi emrediyor.

Daha O, ilk cümlesini tamamlamadan kalabalık arasında nefret yüklü bir ses duyuldu. Yüzler sesin geldiği tarafa dönmüştü, gözler de bu sesin sahibinin kim olduğunu arıyordu; bulmakta gecikmediler. Bu, iş ve gücünü bırakıp kendini, öz yeğeninin taş üstüne taş koyarak inşa etmeye çalıştığı müspeti ikame işini bozmaya adamış Ebû Leheb'den başkası değildi. Bir anda hava, yine gerilmiş ve semayı yine kasvet bağlamıştı.

O (sallallahu aleyhi ve sellem), Resûl-ü Kibriyâ idi ve ne Ebû Leheb ne de Ebû Cehil'in inadı O'nu durdurabilirdi. Karşısına çıkan her engel, her defasında O'nun hızını bir kat daha artırıyor, onu eski muhataplarını ihmal etmeme yanında sürekli yeni yüzler arayışına sevkediyordu. Nihayet başka bir gün de, Zilmecâz denilen panayırda insanlara seslenecek ve:

– Ey insanlar! Gelin, *"Lâ ilâhe illallah"* deyin ve siz de kurtuluşa erin, diyecekti. Ancak, bunları söylerken bile rahat görünmüyordu; zira, arkasında adım adım kendisini takip eden, takip etmek bir tarafa avuçladığı taşlarla Efendiler Efendisi'ni taş yağmuruna tutan yine o tanıdık yüz; öz amca Ebû Leheb vardı. Bir fırsat bulup da insanlara bir cümle hakikat söylerim diye çıktığı yolda, mübarek ayakları kan içinde kalmış, ama O yine de yoluna devam edip vazifesini yerine getirmek istiyordu. Henüz ilk cümlesini telaffuz etmişti ki, hızını alamayan Ebû Leheb'in sesiyle bozuldu Zilmecâz'ın havası. Belli ki, can çıkmadan huy çıkmayacaktı. Şöyle sesleniyordu Efendiler Efendisi'nin muhataplarına:

– Ey insanlar! Sakın bu adama kulak vermeyin; çünkü o, yalancıdır![235]

İşte yalan buna denirdi; daha düne kadar *'Emîn'* diye baş üstünde taşıdıkları, en kıymetli eşyalarını götürüp de kendisine teslim ettikleri bir şahsı, - hem de bu şahıs, Ebû Leheb'in öz yeğeniydi- sadece kendileri gibi düşünmediği için karalama kampanyası başlatmışlardı ve semtine uğraması bile düşünülemeyen eğreti etiketlerle etkisini azaltmaya çalışıyorlardı. Elbette bunlar tutmayacaktı; ama olan, o gün için muhatap olarak seçilen insanlara oluyor ve imanla tanışmaları bir gün daha gecikmiş bulunuyordu.

İnsanların İslâm'la Tanışmalarını Engelleme Çabaları

Bu arada hac mevsimi yaklaşmış, Kureyş'i ayrı bir telaş almıştı. Şüphesiz en çok endişe ettikleri konu, dışarıdan

---

[235] Bkz. Halebî, Sîre, 2/154

Davet ve Tebliğin Açıktan Başlaması

Kâbe'ye gelenlerle Efendiler Efendisi'nin görüşmesi ve gelen ayetleri onlara da anlatıp tebliğ etmesiydi. Ne yapıp edip, mutlaka buna bir çözüm bulunmalı ve hac için O'nun gelenlerle konuşması engellenmeli; en azından konuşsa bile konuştuklarına itibar edilmeyecek kadar aleyhinde propaganda yapılmalıydı. Bu meseleyi çözmek için, tek gündemle Velîd İbn Muğîre'nin evinde bir araya geldiler. Maksatları, insanlarla Efendiler Efendisi'nin arasına girip tebliğ yapmasına engel olmak ve yeni mesajların kalplerde neşv ü nema bulmasının önüne geçmekti.

Yaşlı ve tecrübeli Velîd söze başladı:

– Ey Kureyş cemaati! Biliyorsunuz ki hac mevsimi gelip çattı; gruplar halinde Arap toplulukları buralara gelecekler! Şu adamınızın durumunu da biliyorsunuz! O'nunla ilgili olarak, bir fikir üzerinde ittifak edin de; yarın aranızda farklı görüş ve uygulamaya mahal verilmesin! Yoksa, biriniz diğerinizi yalanlar, arkadaşını nakzeden bir hareket yaparsa, güvenirliliğiniz ortadan kalkar.

– Önce sen ey Abdişems'in babası! Sen bize bir şeyler söyle ve yol göster ki, onun etrafında konuşalım, dediler. Velîd onlardan bu cevabı bekliyordu ve:

– Bilâkis, önce siz bir şeyler söyleyin de ben dinleyeyim, diye ısrar etti.

– O'na, *'Kâhin'* diyelim.

– Hayır! Vallahi de bu asla tutmaz! Çünkü O, kâhin değil; biz ne kâhinler gördük! O'nunki asla, kâhinlerin yaptıkları gibi öyle işitilmeyecek, gizli veya kafiyeli söz değil ki!

– O zaman, *'mecnûn'* diyelim.

– O, mecnûn da değil! Biz ne mecnûnlar, ne deliler görüp tanıdık; bu hiçbirine benzemiyor! O'nda ne boğulacak gibi bir hâl, ne aklının karışıklığı nedeniyle sağa sola yalpalayarak yürüme ne de bir vesvese görebiliyoruz!

Efendimiz (sallallahu aleyhi ve sellem)

– Öyleyse, '*şâir*' diyelim.

– O, şâir de değil ki! Şiirin kafiyesini, ahengini, rengini ve musikisini biz iyi biliriz; O'nun söyledikleri şiir de değil!

– Peki, öyleyse '*sihirbaz*' diyelim.

– İşin garibi O, sihirbaz da değil! Bizler, ne sihirbazlar gördük, ne sihirlere tanıklık yaptık. Bunda, ne onların üfleyip okumaları ne de düğüm düğüm üstüne bağladıkları var!

Akıllarına gelen bütün alternatifleri sıralamış, ama bir türlü mesafe katedememişlerdi. Anlaşılan bu ihtiyara da bir şey beğendirmek mümkün değildi. Bu kadar lafı uzatıp kendilerini uğraştıracağına, kestirmeden kendi kafasındakini söyleyiverseydi sanki ne olurdu. Onun için aralarından bazıları:

– Peki, senin fikrin ne ey Ebû Abdişems, diyerek meseleyi kısa tutmak istiyordu. Ancak, onun da diyebileceği pek bir şey yoktu:

– Bana biraz mühlet verin de düşüneyim, dedi ve uzun uzun düşünmeye durdu. Bir türlü aklına çözüm gelmiyordu. Biraz önce konuşulanlar arasındaki alternatifleri geçirdi zihninden bir bir. Evet, bunlardan birisi tutabilirdi! Döndü cemaate ve şunları söyledi:

– Yemin olsun ki, O'nun sözlerinde ayrı bir tat, bir cazibe var; kökü sağlam ve bol ve bereketli meyveye gebe! Bu konuda siz ne söylerseniz söyleyin, doğru olmadığı çabuk anlaşılır. Söylediklerinizin arasında O'nun için en yakın olanı, '*sihirbaz*' kelimesidir; öyle bir söz söylüyor ki, onunla baba ile oğulun; adam ile karısının ve insanlarla kabilelerinin arasını açıyor.

Yaşanılan bu olayı da, bütün yönleriyle anlatıp gelecektekilere örnek olabilmesi için yine Cibril-i Emîn gelecek ve şu mealdeki ayetleri getirecekti:

– O düşündü, ölçtü ve biçti.

Kahrolası, nasıl da ölçtü biçti!

Davet ve Tebliğin Açıktan Başlaması

Hay kahrolası! Nasıl, nasıl da ölçtü biçti?

Sonra baktı. Derken, suratını astı ve kaşlarını çattı. Arkasından da sırtını döndü ve kibirinden kabardıkça kabardı. Daha sonra da arkasına bakmadan çekip gitti ve:

– Bu, dedi. Büyücülerden nakledilen büyüden başka bir şey değildir! Bu, beşer sözünden başka bir şey değildir![236]

Velîd'in dediği gibi başka denilebilecek bir şey yoktu ve bu kavil üzerinde ittifak ederek meclisten ayrıldılar. Artık, genel politika belli olmuş ve Efendiler Efendisi'ni toplumdan tecrit etmek için başvurulacak müşterek bir yöntem üzerinde ittifak edilmişti. Bundan sonra her biri, aynı dili konuşacak ve yalanda ittifak ederek bile bile Allah Resûlü'nü karalama yarışına girişeceklerdi. Bugünkü anlamda bu, aynı yalan haberi bütün medyaya aynı anda servis yapma gibi bir hadiseydi.

Günler gelip de hacılar akın akın Mekke'ye yöneldiğinde, her köşeyi tutan bir Kureyşli, misafirleri karşılıyor ve her biri de konuyu Efendimiz'e getirerek -inanmasalar bile- O'nun sihirbaz olduğunu söylüyordu. Böylelikle insanların, O'nun yanına gelmelerini engellemiş ve semavî mesajın kendilerine ulaşmasının da önüne geçmiş olduklarını sanıyorlardı.[237]

Beri tarafta ise, Allah Resûlü'nün üzerine yine vahyin ağırlığı çökmüş; Cibril-i Emîn yine yeni bir mesaj getiriyordu. Gelen ayetlerde Cenab-ı Mevlâ, bu sinsi plandan haber vermişti. Allah Resûlü'nün aleyhinde komplo kurarken onların içinde bulundukları ruh hâletini teker teker ortaya dökerek, bu işi tezgahlayanlar ve bilhassa *Velîd İbn Muğîre* hakkında şunları söylüyordu:

– Sen onu bana bırak! Tek olarak yarattığım, sonra çok çok mal, servet ve etrafında dolaşan oğullar verdiğim, her tür-

---
[236] Bkz. Müddessir, 74/18-25
[237] Bkz. İbn Hişâm, Sîre, 2/105

lü imkânı önüne serdiğim o adamın hakkından ben geleceğim!²³⁸

Doğru ya, bir de bu işin yarını vardı. Ancak bugünden yapılması gerekenler, atılması gereken adımlar olacaktı. Herkes, kendince bir gayretin içindeydi ve bütün bu gayretlerin sonunda, Allah adına adım atanların sonuca gitmesi gerekliydi. Onun için Allah Resûlü (sallallahu aleyhi ve sellem), hac mevsimi gelip de insanlar akın akın Mekke'ye yönelince, *Ukâz, Mecenne* ve *Zilmecâz* panayırlarını daha bir hızla dolaşacak ve karşılaştığı herkese:

– Ey insanlar! Gelin, siz de *'lâ ilâhe illallah'* deyin ve siz de kurtulun, diyerek Rabbinin adını duyurmaya çalışacaktı.

Kureyş'in bütün çabalarına ve Ebû Leheb'in adım adım takip ederek yaptıklarını yıkmaya çalışmasına rağmen hac mevsimi gelip gidecek ve geri dönenlerin zihninde sadece Allah Resûlü'nün mesajı ve gökler ötesinden getirdiği haberleri canlı kalacaktı. Zira, Mekke'de görüp duydukları tek yenilik buydu ve bu, sadece Mekke'yi değil, bütün dünyayı değiştirecek çapta bir yenilikti.

Aleyhteki Kampanya Genişliyor

Artık Kureyş, işin dozunu her geçen gün daha da artırıyor ve insanları Allah Resûlü'nden uzaklaştırabilmek için her türlü yola başvuruyordu. Ağza alınmadık sözler sarfediyorlar, gün yüzü görmemiş yalanlara tevessül ediyorlardı! Bütün bunlarla onlar, Müslümanların kuvve-i maneviyelerini sarsmak; hakaret ve karalamalarla küçük düşürmek ve Müslüman olmayanları da korkutarak O'na ulaşmalarını engellemek istiyorlardı.

---

²³⁸ Bkz. Müddessir, 74/11-30. Velîd İbn Muğîre'nin on oğlu vardı. Hudeybiye'den sonra Müslüman olacak olan Halid bin Velîd de bunlardan birisiydi.

Davet ve Tebliğin Açıktan Başlaması

Velîd İbn Muğîre'nin evindeki plan, istedikleri gibi netice vermeyince artık akıllarına geleni yakıştırır olmuşlardı. Önlerine gelene istedikleri cümleleri savuruyorlardı. Topyekûn bir karalama kampanyasıydı bu. Ağzı laf yapan hemen her Mekkeli, etrafına topladığı kalabalıklara hitap ediyor ve böylelikle aleyhte bir kamuoyu oluşturmaya çalışıyordu.

Bunun için de, öncelikle Allah Resûlü'nün şahsını hedef almışlardı; bir gün *'mecnûn'*, başka bir zaman *'sihirbaz'*, bir başka gün *'yalancı'* ve akıllarına estiği diğer bir gün de *'şâir'* diyor ve kendilerince Efendiler Efendisi'ni alaya alıyorlardı. Bazen:

— Bu nasıl peygamber ki, çarşı-pazarda yürüyüp yemek yiyor,[239] diyerek burun kıvırıyor, zaman zaman da:

— Bu Kur'ân, şu iki beldede bulunan büyük şahsa gelmeli değil miydi,[240] gibi kuruntularıyla, sanki Allah'ın rahmetini kendileri taksim ediyormuşçasına bu konudaki tercihi de kendileri yapmak istiyorlardı. Halbuki, bu işin yegâne sahibi de Allah'tı ve O (celle celâluhû), risalet vazifesiyle kimi serfiraz kılacağını da çok iyi bilirdi.[241]

— Siz de bizim gibi bir beşersiniz, diye de Resûlün, kendi cinslerinden bir varlık olmasını garipsiyorlardı. Halbuki risaletin kemali için, gelen peygamberin de muhataplar cinsinden olması gerekiyordu ve Allah (celle celâluhû) da, risalet vazifesini kulları arasından dilediğine verir ve böylelikle ona ihsanda bulunurdu.[242]

Gün geliyor, hevâlarına tâbi akıllarına başka bir düşünce hakim oluyor ve peygamberin yalnızlığını gündeme getirerek:

— O'nunla birlikte bir melek indirilseydi de yanında kendisine yardımcı olsaydı ya! Yahut büyük bir servete konsaydı

---

[239] Bkz. Furkân, 25/7
[240] Bkz. Zuhruf, 43/31
[241] Bkz. En'âm, 6/124
[242] Bkz. İbrâhîm, 14/10, 11

da içinde her türlü yiyeceğin olduğu cennet gibi bir bahçesi olsaydı,[243] diyorlardı.

Bütün bunların temelinde, risalet gibi önemli bir vazife için Allah Resûlü'nün tercih edilişini kabullenememe, toplumsal baskı, taassup, haset, inat, korku, gurur ve kibir gibi şahsi problemleri yatıyordu.

Küfrün kuralı yoktu ve çok geçmeden yönlerini Kur'ân'a çevirdiler. Kimi zaman *'eskilerin masalları'*, bazen *'faydasız ve süslü söz'*, akıllarına estiğinde *'şeytan veya cin sözü'* ve zaman zaman da *'beşer sözü'* yakıştırmasında bulunuyor ve böylelikle, Allah kelamının insanlar üzerindeki tesirini kırmak istiyorlardı.[244]

Mekke'de kılıçlar çekilmeden önce, kelimelerin savaşı olanca hızıyla devam ediyordu. Bir taraftan kendi yandaşlarına:

– Şu Kur'ân'a kulak asmayın! Onun karşısında bir üstünlük sağlayabilmeniz için sürekli karışıklık meydana getirin,[245] diyerek anarşiyi körüklüyor, diğer yandan da suret-i haktan gözükebilmek için akla gelmedik hilelere tevessül ediyorlardı. Kelime oyunlarının her türlüsüne başvuruyor ve karşılarındakileri devre dışı bırakabilmek için akla hayale gelmedik oyunlar oynuyorlardı. O kadar ki, belli bir dönem iman etmiş gibi görünmeyi yeğliyor, ancak aradan biraz zaman geçtikten sonra yeniden küfrünü ilan ederek, sanki aradığını bulamamış bir insan rolü oynamaya çalışıyor; kendi saflarındakilere moral olmaya çalışırken Efendiler Efendisi ve O'nunla birlikte olanların kuvve-i maneviyelerini çökertmek istiyorlardı.[246] Bu ne gariplik ki, üstlerinde dalâlet ve küfrün en koyu tonunu ta-

---

[243] Bkz. Furkân, 25/8
[244] Konuyla ilgili detay bilgi için bkz. Haylamaz, Reşit, Güller ve Dikenler, 1/206 vd.
[245] Bkz. Fussılet, 41/26
[246] Zerkânî, Menâhilu'l-İrfân, 2/296

Davet ve Tebliğin Açıktan Başlaması

şıdıkları halde Müslümanlara aynı sıfatları yakıştırmaya çalışıyor, en masum insanları dalâletle itham etmek istiyorlardı.

İşi daha da ileri götürenler vardı; Kureyş'in şeytanı olarak da bilinen Nadr İbn Hâris, Hîre'den yeni gelmişti. Bu adam, zaman zaman uzak ülkelere gider, melik ve krallarla aynı meclisleri paylaşır ve böylelikle farklı kültürlere ait bazı bilgilere sahip olurdu. O günkü Mekke düşünüldüğünde kısaca Nadr, genel kültürün çok üzerinde bir bilgiye sahipti. Onun için, Resûl-ü Ekrem Efendimiz ne zaman İslâm'ı anlatmak için bir meclise gelse, hemen arkasından o da gelir ve insanlara:

– Vallahi de ey Kureyş topluluğu! Ben, O'ndan daha güzel konuşuyorum! Hem, hangi özelliği var ki Muhammed, benden daha iyi konuşsun, diyerek böylelikle, Efendiler Efendisi'nin etkinliğini kırmaya çalışırdı.[247]

Aynı Nadr bir gün, bir cariye satın almış ve bu cariyeyi, İslâm'ı tercih etme kertesine gelenleri yolundan çevirme maksatlı kullanıyordu. Allah Resûlü'nün hanesine yönelen herkesin yolunu kesip bu cariyesine teslim ediyor ve izzet ü ikramın en güzeliyle kendisine iltifatta bulunmasını tenbihleyerek İnsanlığın İftiharı ile görüşmesine engel olmaya çalışıyordu.[248]

Küfür bu ya, akla hayale gelmedik ve kapağı açılmadık yeni yeni yöntemlerle, her gün yeni bir yüzle kendini gösteriyor ve bütün bunlar, o günün gündemini oluşturuyordu. Efendiler Efendisi'yle karşılaştıklarında olmadık isteklerde bulunuyor ve sanki iman edeceklermiş gibi rol yaparak kafa karıştırmak istiyorlardı. Peygamberliğini ispat edebilmesi için bazen merdiven dayayıp gökyüzüne tırmanması gerektiğini ileri sürüyor, bazen de cennete uzanıp da onun meyvelerinden kendilerine mükellef bir sofra kurması gerektiğini söylüyorlardı. Hoş, bütün bunları yerine getirse de inanacak

---
[247] Kurtubî, Tefsîr, 14/47
[248] Şevkânî, Fethu'l-Kadîr, 4/335

değillerdi; bütün bunları, sadece diyalektik malzemesi olarak kullanıyor, kendilerince gönül eğlendiriyorlardı!

İnançları sarsık, varlığa bakışları miyop, karekterleri kaypak, ufukları çıkmaz ve akılları da nefislerinde tutsaktı. Bile bile imandan kaçıyorlardı! Büyük çoğunlukla, kendilerini ilah görüyor, yaptıkları her yanlışı birer fazilet eseri olarak göstermeye çalışıyorlardı. Velhasıl, bugüne kadar içinde bulundukları durumun yanlışlığını bir türlü kabullenemiyor ve *"Biz yanlış yapıyormuşuz!"* deme faziletini gösteremiyorlardı. Tabii ki bu, büyük bir fazilet nişanesiydi ve o gün için onların çoğu, bu fazileti ortaya koyacak konumda değillerdi. Onun için de, yanlışlıklarını dile getirenleri en büyük düşmanları olarak niteliyor ve kendilerine topyekûn savaş ilan ediyorlardı.

Neyse ki, mü'minlerin Allah'ı, inananların yanında Resûlullah vardı... Müşriklerin olabildiğince yaygın ve kuralsız yüklenmelerine karşılık Kur'ân, gelen her yeni ayetiyle mü'minleri kuşatıyor ve hakkı temsil eden duruşlarında sebat etmeleri gerektiğini hatırlatıyor; Resûl-ü Kibriyâ da, her fırsatta ashabıyla bunları paylaşıp imanlarını takviye ediyordu. Hayırlı işlerin çok muzır mânilerinin bulunduğu, şeytan ve şeytani düşüncenin, hayır yolunu tercih edenlerle sürekli uğraşacağı haber veriliyor ve böylelikle, daha onlar planlarını ortaya koymadan mü'minlerin mevzi almaları temin ediliyordu. Sıklıkla, önceki ümmetlerden misaller veriliyor ve Hak adına yol almanın kolay olmadığı vurgulandıktan sonra neticenin, mutlaka inanan ve hayatını takva ölçülerine göre şekillendirenler lehine gelişeceği ortaya konuluyordu.

Bazen de gelen ayetler, öncelikle ve bizzat Allah Resûlü'nü teselli ediyor ve:

– Onların iddia olarak ortaya koyup söyleyegeldiklerinden dolayı Senin sadr u sinenin daralıp canının sıkıldığını biliyoruz; ama Sen, Rabbini hamd ile tenzih etmekten geri

Davet ve Tebliğin Açıktan Başlaması

durma ve hep, yüzünü yere koyup secde edenlerle beraber ol! Sana ölüm gelip çatıncaya kadar da, Rabbine ibadetten ayrılma,[249] şeklindeki emirlerle sükûnet telkininde bulunuyordu. Başka bir zaman:

– Seninle alay edip duran o küstahların hakkından Biz geliriz! Onlar ki, Allah yanında başka ilahların peşinden gitmeyi tercih ediyorlar; halbuki yarın, her şeyi ayân-beyan görüp bilecekler,[250] diyor ve son gülenin, kendileri olacağının müjdesini veriyordu. Muştuyu veren Allah olduktan sonra O'na güvenmemek olur muydu! Zaten yaşadıkları her hadise, kendilerini bir adım daha Allah'a yaklaştırıyordu. O da, adeta başlarını okşayıp sırtlarını sıvazlarcasına merhametini hissettiriyor ve:

– Senden önce de nice peygamberler böyle alaya alındılar; ama unutma ki çok geçmeden, o alay edip durdukları hususlar, birer realite olarak kendi başlarına gelip dört bir yandan kuşatıverdi de perişan oldular,[251] diyerek bunu, okunan Kur'ân ayeti olarak önlerine koyuyordu. Zira bu türlü karşı çıkmalar, aslında şahıslara değildi; müşrik ve kâfirlerin asıl derdi, Allah davasını etkisiz hale getirmek ve yeryüzünden Allah'ın adını silmekti. Sebep planında önde göründükleri için onların hışmından mü'minler nasibini alıyorlardı; ama O'nun için çekilen bu sıkıntıların mükâfatı da büyük olacaktı. Habîb-i Ekrem'ini teselli ederken Yüce Mevla:

– Onların, Senin hakkında ileri geri konuşup da Seni yalanlamalarının Seni ne kadar üzdüğünü elbette biliyoruz; aslında onların hedefi Sen değilsin; onlar Seni yalanlamıyorlar; o zalimler, bile bile Allah'ın ayetlerini inkâr ediyorlar. Senden önce de nice peygambere aynı yaftalar takılmak istendi de

---

[249] Bkz. Hicr, 15/97, 98, 99
[250] Bkz. Hicr, 15/95, 96
[251] Bkz. En'âm, 6/10

onların hepsi, aleyhlerinde çevrilen bütün tuzaklara rağmen Allah'ın inayeti yetişip onları kucaklayacağı âna kadar dişini sıkıp sabretti,[252] ifadelerini kullanacak ve bütün bunların ardında, nusret-i ilâhî olduğunu ortaya koyacaktı. Ne büyük şefkat! Ne büyük iltifat! Ve ne büyük teselli!

---

[252] Bkz. En'âm, 6/33, 34

TOPLUMLA BÜTÜNLEŞEN NÜZÛL KEYFİYETİ

Artık Mekke'de, her yönüyle yeni, taze ve orijinal bir süreç yaşanıyordu. İnsan fıtratını hesaba katarak ceste ceste ve ihtiyaç endeksli gelen ayetlerle toplum yeniden inşa ediliyor ve böylelikle, gelen ayetlerin insanlar tarafından özümsenerek temiz fıtratlarda yaşanan birer Kur'ân haline gelmesi hedefleniyordu. Adeta o günkü toplum, sema ile içli-dışlı olmuş ve -tabiri caizse- insanların üzerlerine ilahî bir mercek konularak yakından izlemeye alınmıştı. Attıkları her adımın cevabı geliyor ve işin doğrusu ortaya konularak insanlık geleceğe yönlendiriliyordu.

Huzura gelip de:

– Bize güzel şeyler anlat, diyenlere karşılık Cibril geliyor ve şu mesajı ulaştırıyordu:

– Allah, sözlerin en güzelini indirmektedir; Allah'ın, vahiy yoluyla indirdiği bu söz, ayet ve sureleri arasında tutarlı ve gerçekleri, muhatap olduğu toplum tarafından iyi anlaşılabilmesi için farklı üsluplarla ve tekrar be tekrar beyan eden bir kitaptır. Rablerini ta'zim edip de O'ndan haşyet duyanların deri ve vücutları, onu okuyup dinlerken ürperti duyar, sonra derileri ve kalpleri Allah'ı anmakla ısınıp yumuşar ve sükûnet bulur. İşte bu, Allah'ın hidayetidir ki, onunla O, dilediğine yol gösterir. Allah yolunu terk eden kimseye gelince, onu hiç kimse doğru yola koyamaz![253]

Allah'a İman ve Ulûhiyet Hakikati

İman, insan için en önemli ve vazgeçilmez bir dinamikti. Hakiki imanı elde eden kimse, ne Kureyş'in tehditlerine boyun eğer ne de bir başka gücün savurmalarından endişe duyardı. Aynı zamanda gelecek hükümler, iman zemini üzerinde yeşerirse bir mânâ ifade ederdi. Öyleyse bugün, en temel mesele, iman meselesiydi; istikbale yürüyen adımlar onunla atılır, başa gelen sıkıntılar onun vesilesiyle çabuk atlatılırdı. Onun için öncelikle insanların, iman adına polat gibi sağlam bir yapıya ulaşmaları gerekiyordu. Aksi halde, iman adına istenilen keyfiyeti yakalayamayan bir mü'min, önüne çıkan engellere takılabilir ve bir kenarda kalabilirdi. Halbuki mü'minden, sadece kendi adına istikbale yürümek değil, aynı zamanda başkalarını da sırtlayıp geleceğe taşımak gibi bir vazife bekleniyordu. İşte bu sebeple, Mekke'nin bu yıllarında gelen ayetlerin geneli hep bu mevzuları ele alıyor ve o âyetleri tebliğ eden Efendiler Efendisi'nin elinde, yeni bir nesil yetiştiriyordu.

Allah'a iman konusunda inen ayetlerin iki hedefi vardı:

1. Eski ve köhneleşmiş, yanlış ilah telakkilerine son vermek.

2. Ulûhiyet hakikatini, şanına layık ve olması gerektiği şekilde anlatmak.

Halbuki Mekkeliler, putçuluk düşüncesine o kadar dalmışlardı ki, Allah'ın tek ve yektâ oluşunu bir türlü akılları almıyor ve hatta bu konuyu kendi aralarında konuşarak bir nakise gibi dile getiriyorlardı. Ebû Cehil ve Velîd İbn Muğîre'nin de içinde bulunduğu bir grup, Ebû Tâlib'in yanına geldiğinde

---

[253] Bkz. Zümer, 39/23; Vâhidî, Esbâbü Nüzûli'l-Kur'ân, 383

Toplumla Bütünleşen Nüzûl Keyfiyeti

aynı konuyu şikâyet vesilesi yapacak ve bundan duydukları taaccübü dile getirecekti. Bunun üzerine Kur'ân inmeye başlayacak ve onların iç dünyalarını ortaya koyma adına şunları söyleyecekti:

– İçlerinden kendilerini uyarıp irşad edecek birisinin gelmesinden her nedense gocundular ve o kâfirler, *"Bu bir sihirbaz! İşte tutmuş, bunca ilahî bir tek ilaha indirmeye kalkıyor! Bu, gerçekten çok tuhaf ve şaşılacak bir şey!"* dediler.[254]

Kureyş ileri gelenleri bir araya gelmiş, *Husayn İbn Ubeyd*'le[255] konuşmak üzere yanına doğru ilerliyorlardı. Maksatları, büyük olarak görüp saydıkları Husayn'ı araya koyup Efendimiz'in yolunu kesmekti.

– Bizim için şu adamla konuş ki, ilahlarımız konusunda konuşmaktan vazgeçsin, diyorlardı. Zaten Husayn'ın kendisi de rahatsızdı ve tekliflerini kabul edip hemen yola koyuldu. Diğerleri de arkadan onu takip ediyorlardı. Nihayet, Efendimiz'in kapısına kadar geldiler. İlk konuşan Husayn'dı:

– Yâ Muhammed! Sana ne oluyor ki, atalarımız aleyhinde konuşmaların kulağımıza kadar gelip duruyor? Halbuki Senin baban, çok iyi ve hayırlı birisiydi!

Ancak, Habîb-i Kibriyâ Hazretleri muhatabını tanımada eşsiz bir örnekti ve Husayn'ı nasıl dize getireceğini çok iyi biliyordu. Önce:

– Yâ Husayn! Sen, kaç ilaha kulluk ediyorsun, diye sordu.

– Yedisi yerde, biri de gökte olmak üzere sekiz!

– Başına bir sıkıntı geldiğinde hangisinden yardım istiyorsun?

– Göktekinden!

– Malın kaybolduğunda hangisine yalvarıyorsun?

---

[254] Bkz. Sâd, 38/4, 5; Vâhidî, Esbâbü Nüzûli'l-Kur'ân, s. 380, 381
[255] İmrân İbn Husayn'ın babasıdır.

Efendimiz (sallallahu aleyhi ve sellem)

– Göktekine!

– Peki, sıkışıp da ihtiyacını gidermesi için kendisine yalvardığın Allah, tek başına senin bütün ihtiyaçlarını giderdiği halde sen, nasıl oluyor da O'na başkalarını ortak koşup başka ilahları O'na denk görebiliyor, isteklerinde kimseyi kendisine ortak etmediğin o Allah'a, iş bitip de şükretmeye gelince başka ortaklar üretiyorsun?

Ey Husayn! Gel, sen de bir olan o Allah'a teslim ol![256]

Davet bu kadar samimi ve ifadeler de bu kadar duru ve mantıklı olunca, alternatif olarak söylenebilecek hangi cümle olabilirdi ki! Mesele, Allah hakikatinin kendine has özellik ve güzellikleriyle birlikte insanlarla doğru bir zeminde paylaşılmasıydı ve Resûlullah da o gün, Mekke'de işte bunu yapıyordu.

Başka bir gün gelmiş, Efendimiz'den Rabbini tarif etmesini istiyorlardı. Aslında maksatları, Allah'ı Resûlü'nden tanımak değil; kuru gürültü çıkararak anlatılanları alaya almaktı. Yani Kureyş'in, her zamanki alışkanlığı depreşmiş; Kureyşliler kendilerince gönül eğlendirmek istiyorlardı.

Ancak, Efendimiz için her buluşma, Allah'ı anlatmak için yeni bir fırsat demekti. Meclis, O'nun adıyla açılmışken en azından yine O'nun adıyla devam etmeli ve bu vesileyle O, daha geniş kitlelere anlatılmalıydı.

Elbette, O'nu en güzel yine O anlatırdı. Efendimiz de, Cibril-i Emîn'in getirdiği ayetleri paylaştı onlarla:

– De ki O, ikincisi olma ihtimali bile olmayan Tek Allah'tır. Aynı zamanda O, doğma ve doğurma gibi bir arazla muhat olmayan bir Samed'dir. Şüphe yok ki O'nun, ne bir dengi ne de misli vardır![257]

Her şeye rağmen müşrikler, o gün de yüzlerini çevirip gitmeyi tercih edecek ve bu ifadeleri de, hiç duymamış gibi

---
[256] İbn Hacer, İsâbe, 1/337; İbnü'l-Esîr, Üsüdü'l-Ğâbe, 2/34, 35
[257] Bkz. İhlâs, 112/1-4; Vâhidî, Esbâbü Nüzûli'l-Kur'ân, s. 501

Toplumla Bütünleşen Nüzûl Keyfiyeti

davranıp yok sayacaklardı. Zira, o kadar şartlanmışlık içindeydiler ki, altın ve zebercetten merdivenler dayamış ve kendilerini cennete *buyur* etmiş olsaydı bile yine iltifat etmeyecek ve gözlerini kapatarak kendilerini gecenin karanlığına teslim edeceklerdi.

Mekke, zaman zaman tartışmalara da sahne oluyordu. Bir gün Hz. Ebû Bekir, ileri gelenlerle oturmuş Zât-ı Bârî hakkındaki yanlış düşünceleri düzeltmeye çalışıyordu. Anlayışlar sakat ve telakkiler dökülüyordu. Müşrikler:

– Rabbimiz Allah'tır ve melekler de O'nun kızlarıdır; aynı zamanda onlar, bizi Allah'a yaklaştıran vesilelerdir, diyorlar ve bir türlü istikamet bulamıyorlardı. Yahudiler ise:

– Rabbimiz Allah'tır ve Uzeyr de O'nun oğludur, dayatmasında bulunuyor, Hz. Muhammed'in de Allah'ın Resûlü olduğunu kabul etmiyorlardı. Dolayısıyla, onlar da hak çizgiden inhiraf etmiş; istikamet çizgisini bulamamışlardı. Bunlarla muhatap olan Hz. Ebû Bekir (radıyallahu anh):

– Rabbimiz Allah'tır; O, ikincisi olmayan Tek'tir ve O'nun ortağı da yoktur. Muhammed'e gelince O da (sallallahu aleyhi ve sellem), Allah'ın kulu ve Resûlü'dür, diyor ve iki üç düşünce arasındaki istikamet çizgisini belirlemiş oluyordu. Derken, Efendiler Efendisi, Cibril-i Emîn'in getirdiği bir ayetin müjdesini veriyordu. Bu ayette, açıkça Hz. Ebû Bekir çizgisinini istikameti temsil ettiği anlatılıyor ve şöyle deniliyordu:

– Rabbimiz Allah'tır deyip, sonra da istikamet üzere doğru yolda yürüyenler yok mu, işte onların üzerine melekler inip, *"Hiç endişe edip de asla üzülmeyin ve size vaad edilen cennetle sevinin!"* derler.[258]

Diğer bir gün adamın birisi huzura gelecek ve:

– Yâ Eba'l-Kâsım! Sana ulaşan bilgilere göre Allah, bütün mahlukatı bir parmağında, semayı diğer parmağında; ağaçla-

---
[258] Bkz. Fussılet, 41/30; Vâhidî, Esbâbü Nüzûli'l-Kur'ân, s. 388

rı başka bir parmağının üzerinde serâyı da öbürünün üstünde tutuyormuş! Sonra da diyormuş ki: "Ben, Melik'im..."

Daha adam sözünü bitirmeden Allah Resûlü acı bir tebessüm edecekti. Zira, Zât-ı Bârî'yi, heva ve hevese göre konuşturmak kimsenin haddi olamaz; O falan yerdeki bir melikten bahsedercesine bir basitlik içinde, asla anlatılamazdı. Zaten çok geçmeden hemen Cibril belirdi:

– Onlar asla, Allah'ın kudret ve azametini hakkıyla takdir edemedi, O'na layık olan ta'zimi gösteremediler. Halbuki, bütün bir dünya kıyamet günü O'nun yed-i kudretinde, gökler âlemi de büzülmüş bir şekilde avucunda olacaktır. Elbette böyle bir azamet ve hakimiyet sahibi olan Allah, onların uydurdukları şeriklerden yüce ve münezzehtir,[259] mealindeki ayeti getiriyordu.[260]

Ölüm Sonrası Hayat

Adiyy İbn Rebîa, Kevn ü Mekânın Sultanı'nın yanına gelmiş, kıyamet gününün ne zaman gerçekleşeceğini soruyor, kıyametin keyfiyeti ve oluş şeklini merak ettiğini söylüyordu. Tabii olarak Allah Resûlü de, Rabbinin bildirmesiyle sorulara cevap veriyordu. Ancak adamın maksadı, sorusuna cevap bulmak değil, Efendimiz'i kendince zor durumda bırakmaktı. Onun için şunları söyledi:

– Bugünü, gözümle müşahede etsem de ben, Sana inanacak ve Seni tasdik edecek değilim, yâ Muhammed!

Bu arada, elinde duran çürümüş bir kemiği parça parça haline getiriyor ve:

– Allah, şu darmadağınık kemikleri de mi birleştirip canlandıracak yani, diye kendince istihzâ ediyordu.

---

[259] Bkz. Zümer, 39/67
[260] Bkz. Vâhidî, Esbâbü Nüzûli'l-Kur'ân, s. 386

Toplumla Bütünleşen Nüzûl Keyfiyeti

Hemen oracıkta sema kapıları harekete geçmiş ve Cibril yetişmişti imdada:

– İnsan zanneder mi ki ölümünden sonra Biz kemiklerini toplayıp onu diriltmeyeceğiz?[261]

Bunu duyan *Übeyy İbn Halef*, eline aldığı döküntü bir kemikle Efendimiz'in yanına geldi ve eliyle de ufalayarak:

– Yâ Muhammed! Sen Allah'ın, çürüyüp dağıldıktan sonra şu kemiği yeniden dirilteceğini mi söylemek istiyorsun, diye sordu. Efendimiz:

– Evet, Allah (celle celâluhû), bunu da yeniden diriltecek. Önce senin canını alıp arkasından da yeniden diriltecek ve sonunda da seni, cehennem ateşine atacak, diye cevap verdi.

Bu fotoğrafı çeken Kur'ân, şu ifadelerle meseleyi özetleyecekti:

– Biz, kendisini bir nutfeden yaratmışken, yaman bir hasım kesilip, nasıl yaratıldığını da unutarak ve bir de misal getirerek Bize, *'Çürümüş vaziyetteki o kemikleri kim diriltecek'* diyen insan, şunu hiç görüp düşünmedi mi? De ki:

"Onları ilk defa inşâ eden kim ise, yeniden diriltecek de O'dur!"[262]

Başka bir gün, *Abdullah* adında bir sahabe, Kâbe'ye gelmiş ibadet ü taatta bulunmak istemişti. Tavafını yapıp da bir kenarda oturup Kur'ân okumak isterken, uzaktan birkaç kişinin geldiğini gördü. Bunlar, *Sakîf* kabilesiyle *Kureyş*'ten, göbekleri büyük, ama anlayışları kıt bazı sırdaş insanlardı; belli ki, gizlice konuşacak bir mekân arıyorlardı. Belli ki gündemlerinde, İnsanlığın Emîni ve O'nun ashabı aleyhinde ne türlü kötülük yapacakları vardı. Bir kenara çömelip uzun uzadıya konuşmuşlardı. Bir aralık, aralarından birisi, fısıldaşarak şunları söyledi:

---

[261] Bkz. Kıyâmet, 75/3; Bkz. Vâhidî, Esbâbü Nüzûli'l-Kur'ân, s. 469
[262] Bkz. Yâ-Sîn, 36/77; Bkz. Vâhidî, Esbâbü Nüzûli'l-Kur'ân, s. 379

Efendimiz (sallallahu aleyhi ve sellem)

– Ne diyorsunuz; acaba şimdi Allah, bizim bu konuşmalarımızı da duyuyor mu?

– Belki bir kısmını duymuştur, dedi birisi. Diğeri ileri atıldı ve:

– Yüksek sesle konuştuklarımızı duymuştur belki! Sessiz konuştuklarımızı duyduğunu sanmıyorum, diye ilave etti. Bunun üzerine bir diğeri ileri atıldı:

– Bir kısmını duyan, tamamını da duyar; öyleyse hepsini duymuştur!

Daha sonra da, ayrılıp her biri bir başka yöne giderek dağıldı. Derken, Hz. Abdullah da oradan ayrılıp Efendimiz'in huzuruna gelmiş, görüp duyduklarını anlatıyordu. Çok geçmeden yine Cibril geldi. Şu mesajı getiriyordu:

– Siz, kulaklarınızın, gözlerinizin ve derilerinizin, aleyhinizde şehadet getireceği bir günün geleceğine inanmıyor ve ondan sakınmıyorsunuz! Ne garip siz, yaptıklarınızın çoğunu, Allah'ın bilmeyeceğini sanıyorsunuz! Halbuki bu, Rabbiniz hakkında sizin beslediğiniz kötü zandan başka bir şey değildir! Zaten, sizi mahvedip hüsran yudumlamanız da bu yüzden değil mi?[263]

Bundan sonra da ayetler gelmeye devam edecekti. Gelecek ayetlerde, özetle şunlara vurgu yapılıyordu:

– Göklerin ve yerin hâkimiyeti Allah'a aittir ve Allah da, her şeye kadirdir.[264] Ne göklerde ne de yerde, Allah'ı âciz bırakacak ve icraatını engelleyecek bir kuvvet vardır. O, Alim'dir ve her şeye gücü yeten bir Kadir'dir.[265] Kıyametin meydana gelmesi, bir göz açıp kapama süresinde veya daha kısa bir anda gerçekleşecektir; şüphesiz Allah, her şeye kadirdir.[266] Allah, hakkın tâ kendisidir; ölüleri diriltecek de işte O'dur ve

---

[263] Bkz. Fussılet, 41/22, 23
[264] Bkz. Âl-i İmrân, 3/189
[265] Bkz. Fâtır, 35/44
[266] Bkz. Nahl, 16/77

Toplumla Bütünleşen Nüzûl Keyfiyeti

O, her şeye kadir olandır.[267] Allah, öldükten sonra diriltmeyi gerçekleştirecektir; zira O, her şeye kadirdir.[268]

Görüldüğü gibi, bugünün insanı için mümkün gözükmeyen her meselenin sonunda, Allah'ın güç ve kudretine vurgu yapılmakta ve O'nun, mülkün tamamına sahip olduğu anlatılarak, bugün mümkün gibi gözükmeyen her meselenin, O'nun için çok âsân olduğu vurgulanmaktaydı.[269] Hiçbir şey yokken kainâtı var etmek; havasıyla suyunu ayarlayıp ışığıyla ısısını tanzim etmek ve böylelikle, onun içinde canlıların yaşamaları için gerekli olan imkânları yaratmak... Sonra da her bir canlı, bitki ve cemadâtı ihya ederek mükemmel bir sistem kurmak... Bunların hiçbiri, ilk başta olmayan hususlardı. Dün bunu yaratan kudret, bugün veya yarın benzerini yapmaktan nasıl aciz görülebilir ki? Halbuki, biraz düşünen herkes bilir ki, sistemli orduları oluşturmadaki zorlukların aynısı, verilen molalardan sonra yeniden toparlanmalarda yaşanmadığı gibi ikinci yaratılış da, ilkine göre daha kolaydı! Zaten, Cibril-i Emîn'in getirdiği mesaj da aynı şeyleri söyleyecekti:

– Varlığı ilk yaratan da, öldükten sonra onları diriltecek olan da O'dur. Ve bu diriltme işi, O'na göre daha kolaydır.[270]

Aynı zamanda O (celle celâluhû), öyle bir kudret sahibidir ki, O'nun için en küçük bir zerreyi yaratmakla bütün sistemleri yaratmanın arasında zorluk bakımından hiçbir fark yoktur. Bunun da insanlar tarafından bilinmesinde zaruret olacak ki, ölüm sonrasındaki yeniden dirilmeyi anlatırken Kur'ân, şu ifadeleri kullanacaktı:

– Ey insanlar! Allah için, sizin hepinizi yaratmak veya hepinizi öldükten sonra diriltmek, tek bir kişiyi diriltmek ko-

---

[267] Bkz. Hacc, 22/6
[268] Bkz. Ankebût, 29/20
[269] Bkz. Mülk, 67/1
[270] Bkz. Rûm, 30/27

Efendimiz (sallallahu aleyhi ve sellem)

laylığında bir iştir! Şüphe yok ki Allah, her şeyi hakkıyla işitip görendir.[271]

Aynı zamanda mesele, sadece teorilere dayandırılarak anlatılmıyordu. Aslında bu, Kur'ânî metodun bir parçasıydı; teoriyle birlikte pratikten örnekler de ortaya konuluyor ve insanların görüp duyarak ikna olmaları isteniyordu. Öldükten sonra yeniden diriltme gerçeğini anlatırken Kur'ân, düşünen herkese şöyle seslenecekti:

– İşte, Allah'ın rahmet eserlerine bir bak! Ölmüş toprağa nasıl da hayat veriyor? İşte, bunu yapan aynı kudret, ölüleri diriltecek olan aynı kudrettir. Zira O, her şeye kadirdir.[272]

Öyle ya, hemen her an etrafta yeni yeni ölümler ve ardından da yeniden dirilmeler yaşanıyor ve bunları da, biraz ibretle bakan herkes görüyordu. Kışın yağan karın ardından, beyaz kefenini üzerinden atıp ayağa kalkarak yeniden baharın gelmesi, bir-iki hafta içinde bütün bitkilerin, yeniden haşroluyor gibi yeni elbiselerini giyip yaprak ve çiçeklerle bezenmeleri ve sinekler gibi bazı canlıların, uzun süre gözden kaybolduktan sonra aynı çoklukla yeniden yaratılmaları gibi insan gözü önünde, cereyan eden nice haşir örnekleri durmaktaydı. Önemli olan bunları, gözdeki ülfet perdesini kaldırarak görebilmek, sonra da bu işin arkasındaki kudreti görerek O'na iman edebilmekti!

Ancak, bunun için *bakmak* değil, aynı zamanda baktığını *görmek* gerekiyordu. Cemaatini şuurlu görme zemininde yetiştiren Kur'ân, elinden tuttuğu insanı farklı zeminlerde dolaştırmakta; her defasında ona, nelere bakıp da neler görmesi gerektiğini hatırlatmakta ve bütün bunların neticesinde de konuyu getirip haşir meselesine bağlamaktadır:

---

[271] Bkz. Lokmân, 31/28
[272] Bkz. Rûm, 30/50

Toplumla Bütünleşen Nüzûl Keyfiyeti

– Hiç, üzerlerindeki gökyüzüne bakmazlar mı? Bakıp da, Bizim onu nasıl sağlamca bina ettiğimizi, onda en ufak bir çatlaklık ve dengesizlik olmadığını düşünmezler mi?

Yeryüzünü de döşedik! Orada dengeyi sağlayacak ağır baskılar, sabit ulu dağlar yerleştirdik. Ve orada, gönül ve göz açan her çeşit bitkiden çiftler bitirdik!

Bütün bunları, Allah'a yönelecek her kula, Yaradan'ın kudretini hatırlatması, dersler veren birer basiret nişanesi ve ibret nümûnesi olması için yaptık!

Gökten bereketli bir su indirdik! Onunla bahçeler ve biçilen ekinler, salkım salkım meyveleriyle ulu hurma ağaçları yetiştirdik!

Bütün bunlar, kullarımıza olan rızkımızı tamamlamak içindir.

İşte, ölmüş insanların, mezarlarından çıkışı da böyle olacaktır.[273]

Evet, bütün bunlar, Rahmânî eğitimden birer kesitti. Bu eğitim, hayatın her alanında artık kendini gösteriyor ve böylelikle, yaşanılan olaylara paralel gündeme getirilen konuların, insanlar tarafından özümsenmesi temin ediliyordu.

Artık onlar, havf ve recanın yoğurduğu bir terbiye altında mum gibi yumuşamış, iştiyakla rahmet-i Rahmân'ı bekler olmuşlardı. Rablerine döneceklerine olan imanlarından dolayı kalpleri tir tir titriyor, geçici dünya yerine gelecek, ebedî günler adına kalıcı yatırımlar yapıyor ve ellerinde bulunan her şeyi bu istikamette kullanmaktan da geri durmuyorlardı.[274]

Kader, Takdir, Kudret ve Meşîet-i İlâhî

Mekke müşrikleri, zaman zaman oturur ve kendi aralarında dinî meseleleri de tartışırlardı. Halbuki onların, bu tarakta

---

[273] Bkz. Kâf, 50/6-11
[274] Bkz. Mü'minûn, 23/60

Efendimiz (sallallahu aleyhi ve sellem)

hiç bezleri yoktu. Yine bir gün oturmuş, Necrân'dan gelen din adamlarıyla birlikte kader konusunu tartışıyorlardı. Derununa muttali olmadıkları halde her birinden bir ses çıkıyor ve kendilerince kaderi yorumlamaya çalışıyorlardı. İçinden çıkamayınca meseleyi Muhammedü'l-Emîn'e götürmeye karar verdiler. Konuşmaya Necrân bilginleri başlayacaktı:

– Yâ Muhammed! Sana kalırsa günahlar da bir kader dahilinde gerçekleşiyor, denizlerle semavatta olan şeyler de; "Daha doğrusu olup biten her şey", aynı kader çerçevesinde gelişiyor! Haydi, diğerlerini anladık da, günahların da bir kader dahilinde olmasına imkân yok!

Konuya bütüncül bir nazarla bakamayan bu adamlara önce:

– Sizler, yoksa Allah'ın hasımları mısınız, dedi. Arkasından da, Cibril'in getirdiği şu ayetleri okudu:

– Şüphe yok ki mücrimler, tam bir şaşkınlık ve çılgınlık içinde bocalayıp durmaktadır; o gün de onlar, yüzleri üstüne cehenneme sürüleceklerdir. Ve onlara, *"Haydi, cehennem ateşini tadın bakalım!"* denilecektir. Şüphe yok ki Biz, her şeyi bir kader ve ölçü dahilinde yarattık.[275]

Her şeyi yaratan ve rızkını verip hayatını idame ettiren Allah, bunu söyledikten sonra, Mekke müşrikleriyle Necrân ahalisine ne oluyordu ki! Dolayısıyla bu ayet, o gün haddi aşanların sesini kestiği gibi sonrasında ortaya çıkacak her haddini bilmezin de ağzının payını verecek ve Kudret-i İlahî'nin gücünün, her şeye yettiğini her daim gösteren bir kıblenüma olacaktı.[276]

Başka bir gün, kendince kader konusunu alaya almak isteyen birisi gelmiş Resûlullah'a şöyle diyordu:

---

[275] Bkz. Kamer, 54/47, 48, 49
[276] Bkz. Vâhidî, Esbâbü Nüzûli'l-Kur'ân, s. 419, 420

Toplumla Bütünleşen Nüzûl Keyfiyeti

– Ben, kendimce kalkıp kullukta bulunuyor ve namaz kılıyorum!

Maksadı, ne namaz kılmak ne de geceler boyu ayakta kalıp da Allah'a karşı olan kulluk vazifesini yerine getirmekti! Bunu ve bundan sonra söyleyeceği şeyleri, kendi iradesiyle gerçekleştirdiğini söylemeye çalışıyor ve bunların, bir takdir neticesinde olmayacağını söylemek istiyordu. Niyet anlaşılmıştı ve cevaplar da ona göre olacaktı:

– Demek ki Allah, senin namaz kılmanı takdir etmiş!

– Ben oturuyorum da!

– Oturmanı da O takdir etmiş!

– Şu ağaca doğru yürüyor ve onu kesiyorum, o zaman?

– Senin o ağacı keseceğini de Allah takdir etmiş ki bunu yapabiliyorsun!

Ne garip bir yaklaşımdı! Bir çekirdek kadar beyinle, Kudret-i İlahî'yi tartmaya çalışıyor ve bu kadar sıkleti kaldıramayan terazisiyle Meşîet-i İlahî'yi sorgulamak istiyordu!

Neyse ki, sema ile irtibat aralıksız devam ediyordu ve Cibril'in getirdiği ayetler imdada yetişerek, işin gerçek yönünü ortaya koyacaktı.[277] Zira, O dilemeden bir yaprağın bile kımıldaması söz konusu olamazdı; Allah neyi dilerse o olur, olmasını dilemediği de olmazdı.[278] Göklerin ve yerin hâkimiyeti O'na aitti ve O, dilediğini yaratır; dilediğine kız evlat verirken dilediğine de erkek çocuk nasip ederdi.[279] Cezalandırmak istediği veya zarar murad ettiği zamanlarda da, O'nun önüne geçip de engel olacak herhangi bir güç yoktu.[280] O'nun verdiği felaketi engelleyip geri çevirmek kimin haddine! Diğer yandan, yine O'nun rahmet vermeyi murad ettiği kimse için de, bu rahmetin

---

[277] Bkz. Haşir, 59/5; Vâhidî, Esbâbü Nüzûli'l-Kur'ân, s. 438
[278] Bkz. Ebû Dâvûd, Edeb, 101
[279] Bkz. Şûrâ, 42/49
[280] Bkz. Ra'd, 13/11; Fetih, 48/11

Efendimiz (sallallahu aleyhi ve sellem)

ulaşmasına engel olmaya kim güç yetirebilir ki?²⁸¹ Allah (celle celâluhû), bir şeyin olmasını istediğinde, sadece *'ol'* deyiverir ve O'nun *'ol'* dediği şey de hemen oluverir.²⁸²

"Sizden, istikamet sahibi olmak isteyenler onu dinleyip kulak verirler" mealindeki ayeti duyunca *Ebû Cehil*, kendi çapında bir diyalektik geliştirecek ve şöyle diyecekti:

– Bak, görüyor musun; nasıl olsa iş bize bırakılmış! İstersek istikameti tercih eder istemezsek etmeyiz!

Ancak mesele, öyle keyfe bırakılacak bir mesele değildi. Zira, hemen arkasından gelen ayet, şu izahatta bulunacaktı:

– Ama bu iş, sizin istemenize göre değil, ancak, âlemlerin Rabbi olan Allah'ın dilemesiyle tamam olur!²⁸³

Kısaca, Ebû Cehiller ne derse desin, bütün mülk O'na aitti ve O da, bu mülkünü dilediğine verir ve dilediğini de bundan mahrum bırakır; dilediğini aziz kılıp dilediğini de zelil ederdi! Zira O (celle celâluhû), bunların hepsine kadirdi.²⁸⁴

Direnç Eğitimi

İnsanların, sadece imanda zirveyi yakalamaları yeterli değildi; aynı zamanda onların, iman adına yürürken karşılarına çıkabilecek engelleri aşabilmek için gösterecekleri direnç de çok önemliydi. Bunun için Kur'ân, sıklıkla önceki peygamberler ve onların ümmetlerinden örnekler verecek ve bu istikamette ne türlü sıkıntılara maruz kaldıklarını anlatarak ümmet-i Muhammed'i de, gelecek günlerde yaşanabilecek muhtemel problemlere karşı hazırlayacaktı. Şöyle diyordu:

– Elif, lâm, mîm! Mü'minler, sadece *"iman ettik"* demekle, öyle hiç imtihana tâbi tutulmadan kendi hallerine bırakılı-

---

[281] BKz. Ahzâb, 33/17
[282] Bkz. Yâsîn, 36/ 82
[283] Bkz. Tekvîr, 81/27-29; Vâhidî, Esbâbü Nüzûli'l-Kur'ân, s. 473
[284] Bkz. Âl-i İmrân, 3/26

Toplumla Bütünleşen Nüzûl Keyfiyeti

vereceklerini mi sanıyorlar? Elbette Biz, onlardan önce yaşamış nice mü'minleri de imtihanlara tâbi tutup denedik. Şüphe yok ki Allah, elbette şimdiki mü'minleri de imtihan edip, iman iddiasında sadık olanlarla bu konuda samimi olmayanları birbirinden ayıracaktır![285]

Demek ki, geleceğin sürpriz sıkıntılarını göğüsleyebilmek için sadece *"iman ettik"* demek yetmiyordu. Elbetteki iman, çok önemli bir meseleydi; ama imanın da kendi içinde dereceleri vardı ve bu yolun sâliki olan bir mü'min, imanda kemal noktayı yakalamalıydı ki, Allah'ın kendisi için takdir ettiği ipi arızasız göğüsleyebilsin ve necat bulduğu yurtta, *'rıza'* ufkunu yakalamanın semereleriyle baş başa kalabilsin!

Evet, mü'minleri gelecekte cennet ü cinân, rahmet-i Rahmân bekliyordu; ama bunun için hiç durmadan çalışmak gerekiyordu. Dünya, ücret yeri olmadığı için bu çalışmaların semeresi, çoğunlukla ölüm sonrası ebedi hayatta kendini gösterecek, buna mukabil acıları burada yaşanacaktı. Cehennem lüzumsuz olmadığı gibi cennet de ucuz değildi! Böyle bir nimete ulaşabilmek için, çile ve mihnet imbiklerinden geçmek, sabır deryalarında reftâre at koşturmak ve her şeye rağmen yerinde sabit kadem kalabildiğini göstermek gerekiyordu. Zira Cibril'in getirdiği mesaj, şunları söyleyecekti:

– Yoksa siz, daha önce yaşayıp da misyonlarını eda etmiş ümmetlerin başlarına gelen o sıkıntılı durumlara maruz kalmadan, öyle kolayca cennete gireceğinizi mi sanıyorsunuz? Onlar, öyle ezici mihnetlere, öyle katlanılmaz zorluklara dûçâr oldular, öyle şiddetle sarsıldılar ki, peygamber ile onun yanındaki mü'minler bile, *"Allah'ın vaad ettiği nusret ve yardım ne zaman gelecek?"* diye yalvarıp bekleyecek duruma geldiler. İyi bilin ki, Allah'ın yardımı pek yakındır![286]

---

[285] Bkz. Ankebût, 29/1, 2, 3
[286] Bkz. Bakara, 2/214

Efendimiz (sallallahu aleyhi ve sellem)

Sabahın aydınlık fecri çok yakındı ve doğmak üzereydi; ufukta bahar vardı... Günler şafağa durmuş bahar soluklayacak olmanın heyecanını yaşıyordu... Ancak, bunun için bir Ebû Bekir, bir Hatice, bir Ali olmak gerekiyordu... Tarihte yaşanan her yeni şafak, hep böyle bir imana sahip olanların üzerinde bayraklaşmıştı.[287] Bu keyfiyet yakalandıktan sonra, dünya bomba olup patlasa ne değişirdi ki! Zaten zaman da, değişmediğini gösterecekti.

Kuvvet, Kesret-i Etbada Değil; Haktadır

O günün Mekke'sinde her mesele, kaba kuvvete göre şekillendiği için insanlar, etraflarındaki insan sayısına göre kendisini güçlü görüyor ve karşısında yer alanlara da bu gücü göstermek istiyordu. Hatta, bazı durumlarda eski defterler gündeme getiriliyor ve ataları arasındaki etkin kimseler öne sürülerek geçmiş üzerinden psikolojik savaş yürütülüyordu.

Abdimenâfoğullarıyla Sehmoğulları arasında ciddi anlaşmazlıklar ve bir rekabet yaşanmaktaydı. Birbirlerini geride bırakabilmek için her iki taraf da, akla hayale gelmedik yöntemlere başvuruyor ve neticede kendi kabilesinin daha güçlü olduğunu ispat etmek istiyordu. İşi o noktaya kadar götürmüşlerdi ki, kabirlerde yatan atalarının adlarıyla, onların ün salmış menkıbelerini dile getirip hararetle anlatıyorlardı. Derken, bu kesret yarışında Abdimenâfoğulları geride kalacak ve psikolojik savaşı, cahiliye döneminde nüfusu daha kalabalık olan Sehmoğulları kazanacaktı.

Mekke'de yeni bir gelişme daha vardı ve bu gelişmenin üzerine de bina edilecek bir hüküm olmalıydı. Çok geçmeden Cibril geldi ve şu ayetleri getirdi:

– Dünyalıklarla böbürlenmek, oyalayıp durdu sizleri!

---

[287] Bkz. Sâffât, 37, 171-177; Kamer, 54/45; Sâd, 38/110; Nahl, 16/41; Yûsuf, 12/7; İbrâhîm, 14/14; Rûm, 30/4

Toplumla Bütünleşen Nüzûl Keyfiyeti

Tâ, boylayıncaya kadar kabirleri!

Hayır! (Geçici dünya zevklerine bağlanmak doğru değil ve sizler de sakının bundan!) Hayır! Bileceksiniz ileride!

Evet, evet! Bileceksiniz ileride![288]

Başka bir gün, Efendimiz'i namaz kılarken gören Ebû Cehil hışımla yanına gelmişti ve:

– Ben Seni bunu yapmaktan nehyetmemiş miydim, diyerek şirretlik yapmıştı. Böyle bir adama verilecek en güzel cevap sükûttu ve Efendiler Efendisi de, namazını bitirir bitirmez oradan ayrılıp uzaklaştı. O'nun gidişini arkadan seyrederken Ebû Cehil, yanındakilere şöyle diyordu:

– Vallahi de, Sen de biliyorsun ki, buralarda benden daha fazla adamı olan yoktur!

Bununla o, *"Senin etrafında ne kadar insan toplanırsa toplansın ben, hepsinin hakkından gelirim."* demek istiyordu. Kudret-i İlahî'yi hesaba katmadan konuşuyordu.

Halbuki güç ve kuvvet, kesret-i etbada değil; haktaydı. Mekke müşriklerinin kimsesiz gördükleri Allah Resûlü'nün kimsesi, doğrudan Allah Teâla idi ve Habîb-i Ekrem'ini teselli için şu ayetleri indirip Resûlü'nün gönlünü alıyordu:

– O bilmiyor mu ki Allah, olan biten her şeyi görüyor?

Hayır, hayır! Olmaz böyle şey! Eğer bu tutumundan vazgeçmezse onu perçeminden tutup cehenneme sürükleriz. Evet, o yalancı ve suçlu perçeminden tutup sürükleriz!

İstediği kadar grubunu yardıma çağırsın!

Biz de, Zebânîleri çağırırız!

Hayır, hayır! Ona boyun eğme! Sen, Rabbine secde et, O'na yaklaş![289]

---

[288] Bkz. Tekâsür, 102/1-5; Vâhidî, Esbâbü Nüzûli'l-Kur'ân, s. 490
[289] Bkz. Alak, 96/14-19

EBÛ TÂLİB'İ İKNA ÇABALARI

Beri tarafta Kureyş, her geçen gün artarak devam eden bu gayretlerden duyduğu rahatsızlığı dile getirmek için yeniden Ebû Tâlib'in kapısına dayanmıştı:

– Bak, Ebû Tâlib! Şüphesiz ki sen, yaş ve tecrübe itibariyle büyüğümüzsün; konumun itibariyle hepimizden üstünsün! Sana daha önce de gelmiş ve yeğeninin yaptıklarına bir son vermeni istemiştik; ama sen, buna yanaşmadın! Allah'a yemin olsun ki, ilahlarımıza dil uzatılması, önderlerimizin dalâletle suçlanması ve atalarımız hakkında iyi şeyler söylenmemesi, artık sabrımızı taşırmak üzere! Ne zaman O'na engel olacaksın! İstersen, O'nu bize bırak da, iki taraftan birisi helak olana kadar, aramızdaki meseleyi kendimiz çözelim.

İkide bir yanına gelip bozuk çalanların baskılarından bunalan Ebû Tâlib, yeğeni Muhammedü'l-Emîn'e haber gönderdi:

– Ey kardeşimin oğlu, dedi ve gelen Kureyşlilerin dediklerini anlattı. Sözlerinin sonunda, mahcubiyet içinde şunları ilave etti:

– Ne olur, hem kendini hem de beni düşün; bana, altından kalkamayacağım yük yükleme![290]

---

[290] İbn İshâk, Sîre, 2/135

Efendimiz (sallallahu aleyhi ve sellem)

Amcası Ebû Tâlib'in bu mesajıyla endişelenen Allah Resûlü (sallallahu aleyhi ve sellem), bir aralık amcasının fikir değiştirdiği, müdafaa etmekten yorulup çekindiği ve bundan sonra kendisini yalnız bırakacağı endişesine kapıldı. Kalbi kırılmış ve mahzun olmuştu, içten içe gözyaşı döküyordu. Yalnızlığı zirvede hissetmenin tezahürüydü bütün bunlar... Belki de Allah (celle celâluhû), kendisinden başka açık kapı bırakmak istemiyordu önünde. Onun için şöyle seslendi amcası Ebû Tâlib'e:

– Ey amcacığım! Allah'a yemin olsun ki, şayet onlar, bu işten vazgeçmem karşılığında güneşi bir elime; ayı da diğerine verseler, Allah beni muzaffer kılıncaya veya bu yolda yok oluncaya kadar bu işte sabit kalır, asla terk etmem.

Çok duygulanmıştı Kâinatın İftiharı... Ayağa kalkıp giderken gözyaşı döküyor, içten içe ağlıyordu. Ancak, o kadar yürekten ve içtenlikle konuşmuştu ki, titreyen ses tonunda bile, sonuna kadar devam edeceğinin kararlılığı hâkimdi. Bu tavır, Ebû Tâlib'i çok etkilemişti. Babası Abdulmuttalib'in emaneti, kardeşi Abdullah'ın yetimi, aç kurtlara teslim edilir miydi hiç? Arkasından:

– Gel, ey kardeşimin oğlu gel, diye seslendi. Kucaklayan bir ton vardı sesinin renginde. Mahzun Nebi, sesin geldiği cihete yönelmişti, yaş döken gözlerini silerek... Gözler, dilden önce anlaşmıştı sanki ve Ebû Tâlib, yeğenine şunları söyledi:

– Git ey kardeşimin oğlu git! Git ve dilediğini yap! Vallahi ben, hiçbir zaman Seni teslim edecek değilim![291]

Ardından da, şiirleriyle O'nu destekledi ve toprağa gömülünceye kadar yeğeninin arkasında duracağını ilan etti.

Ebû Tâlib'in, yeğenini teslim etme niyetinde olmadığını ve koruma kararında ısrar ettiğini görenler, bu sefer yöntem değiştirdiler ve huzuruna gelip başka bir teklifte bulundular.

---
[291] İbn Hişâm, Sîre, 2/101

Ebû Tâlib'i İkna Çabaları

Aralarında, Umâra İbn Velîd adında dikkat çeken yakışıklı ve güçlü bir delikanlı da vardı. Bu genci yanlarına katıp onun yanına geldiler ve şunları söylemeye başladılar:

– Ey Ebû Tâlib! İşte bu, *Umâre İbn Muğîre*'dir. Kureyş'in en güçlü ve en güzel gencidir. Bu genç senin yardımcın olsun; onu evlat olarak edin, senin olsun. Onun yerine bize sen, şu senin ve atalarının dinini değiştiren, kavmine muhalefet edip karşı çıkan ve önde gelenlerimiz hakkında iyi düşünmeyen kardeşinin oğlunu ver de O'nu öldürelim. Madem kısasta, sizden bir adamın bedeli bizden bir adamdır; işte bu genç de O'nun diyeti olsun.

Ne çirkin ve ahlâksız bir teklifti! Bir tarafta, asırlardır gelişi gözlenen Son Nebi, diğer yanda ise, sadece fizikî yönüyle dikkat çeken bir genç! Kaldı ki, kim kimin yerini doldurabilirdi! Onun için, tereddütsüz Ebû Tâlib:

– Vallahi siz, ne kötü bir teklifte bulunuyorsunuz! Kendi çocuğunuzu büyük görüp evime almamı, buna mukabil olarak da kendi oğlumu size teslim edip öldürmenize göz yummamı bekliyorsunuz ha! Vallahi bu, asla olmayacaktır, cevabını verdi onlara.

Yine Ebû Tâlib'in taviz vermediğini gören Mut'im İbn Adiyy, biraz da tavır değiştirerek şunları söyledi:

– Vallahi yâ Ebâ Tâlib! Kavmin sana bugüne kadar çok insaflı davrandı ve senin hoşuna gitmeyecek şeyleri sana dayatmadı. Ancak görüyorum ki bugün sen, onların hiçbir teklifine *'evet'* demiyorsun!

Adamlar göz göre göre Allah Resûlü'nü öldürmek istiyorlardı ve buna *'evet'* demeyince de bunun adı insafsızlık oluyordu! Bundan daha büyük küstahlık olamazdı ve kendi anladıklarını dilden bir cevap gerekiyordu. Ebû Tâlib de, bu cevabı verdi:

– Allah'a yemin olsun ki hiçbir zaman insaflı olmadınız! Baksana sen şimdi, benim perişan olmamı ve aleyhimde in-

Efendimiz (sallallahu aleyhi ve sellem)

sanların çirkin işler çevirmelerini teklif ediyorsun! Elini ardına koyma ve istediğini yap!

Bu konuşma, zaten yarıya kadar çekilmiş olan kılıçların, bundan böyle kınından çıkması anlamına geliyordu. Bugüne kadar münferit ve lokal olan düşmanlık, bundan sonra kurumsal olacak ve Mekke'nin her yerinde kendini gösterecekti. Bu düşmanlıktaki hedef, sadece Resûlullah da değildi; her bir kabile, o güne kadar kendi içinde İslâm'ı tercih eden kim varsa onu düşman biliyor ve topyekûn bir savaş ilan ediyordu. Onları, binbir türlü işkenceye maruz bırakıp dinlerinden döndürebilmek için, akla hayale gelmedik yöntemlere başvuruyorlardı.

Konunun, insaf boyutunu da aşıp aklı devre dışı bıraktığını gören Ebû Tâlib, çok geçmeden diğer kardeşlerine meseleyi taşıyacak ve yeğenlerini koruma konusunda onların da desteğini almaya çalışacaktı. Abdulmuttalib ve Hâşimoğullarının hemen hepsi, onun davetine olumlu cevap verirken sadece Ebû Leheb buna karşı çıkacak ve yeğeninin karşısında yer alanlarla beraber olmayı tercih edecekti. Kabilesinden beklediği desteği bulan Ebû Tâlib'in keyfine diyecek yoktu; bu kadar sıkıntılı bir sürecin akabinde yeniden bir araya gelip de fikir birliği etmelerine karşılık şiirin diliyle onları medhedecek ve yeğeni Muhammed'e de övgüler yağdırarak üzerine toz kondurmayacaktı.[292]

Damatlara Yapılan Baskı

Kureyş o kadar sinsi yaklaşıyordu ki, başta Allah Resûlü olmakla birlikte Hz. Hatice'ye de acı yaşatmak için üzerlerinde toplumsal baskı kurmaya çalışıyordu. Bu sebeple, risalet öncesinde evlendirdikleri üç kızlarını boşamaları hususunda Efendimiz'in damatlarına baskı yapıyorlar ve Muhammed'in (sallallahu aleyhi ve sellem) kızlarını boşadıkları takdirde, istedik-

---
[292] Bkz. İbn Hişâm, Sîre, 2/104

Ebû Tâlib'i İkna Çabaları

leri kızlarla evlendirecekleri konusunda garanti veriyorlardı. Efendimiz'in kızları *Rukiyye* ve *Ümmü Gülsüm*, Ebû Leheb'in iki oğlu *Utbe* ve *Uteybe* ile evli idiler. Utbe ve Uteybe, baskılar karşısında direnecek fıtratta değillerdi ve istedikleri kızlarla evlenme garantisini alır almaz da bırakıverdiler Rukiyye ve Ümmü Gülsüm'ü... Yıkılan yuvalar, ayrı bir hicrana sebep oluyordu Allah Resûlü ve kerim eşi Hz. Hatice için...

Normal şartlarda bir anne ve baba için, sadece bir çocuklarının bozulan yuvası bile acı kaynağı olurken burada Efendiler Efendisi ve kerim zevcesi Hz. Hatice, bir anda iki kızının yıkılan yuvasıyla karşı karşıya kalıvermişlerdi. Hem de ortada, bunu gerektiren hiçbir sebep yokken... Tek sebep, her ikisinin de Allah Resûlü'nün kızı olmasıydı.

Yalnız *Zeyneb* validemizin kocası *Ebû'l-Âs*, bu baskılara boyun eğmemiş ve Efendimiz'in kızını terk ederek akıntıya kürek çekmemişti. Zira o, kararını kendisi verecek kadar onurlu, aile işlerine başkasının burnunu sokturmayacak kadar da izzetli bir hayat yaşıyordu. Ortada bir mesele var ise, bunun kararını kendisi verir ve sonraki hayatını da kendi iradesiyle yönlendirirdi. Onun için bir ailede huzur var ise, bunu dışarıdan hiçbir güç yıkmaya yeltenmemeliydi. Huzurlu bir ailesi vardı ve hanımının farklı düşünmesi de bu huzuru hiç etkilemiyor; aksine bu huzurun artması istikametinde katkıda bulunuyordu. Bunun için, bütün baskılara karşı kulağını tıkamış, sadece yapması gerekeni yapıyor, kuru gürültüye pabuç bırakmıyordu.

Ter Dökmeden Netice Yok

Beri tarafta Kur'ân, toplum içinde gelişen yanlış anlayış ve telakkileri tashih etmeye devam ediyor, insanlar arasında konuşulan konuların doğrusunu ortaya koyarak düşünce kaymalarının önüne geçiyordu.

Efendimiz (sallallahu aleyhi ve sellem)

Zira, tarihte olduğu gibi o gün de, küfür cephesini temsil edenler hep kendilerini farklı görüyor ve mü'minleri alay konusu yapmaya çalışıyordu. Gelen ayetler, önceki peygamberlerin hayatından örnekler vererek, yaşadıkları hayatı örnekleriyle gözler önüne seriyor ve böylelikle mü'minlere, *'sabırlı olun'* mesajı veriyordu. Gelen bir ayet, Nûh (aleyhisselâm)'ın yaşadığı sıkıntılardan bahsettikten sonra, insanlığın ikinci atası olarak anlatılan Hz. Nûh ve ona inananlara, kendi kavminin söylediklerini şu ibret verici cümlelerle aktarıyordu:

– Bize göre sen, sadece bizim gibi bir insansın! Bizden ne farkın var ki! Hem, sonra senin peşinden gidenler, toplumumuzun en düşük kimseleri! Bu da gözler önünde! Ayrıca, sizin bize karşı bir meziyetiniz olduğunu da sanmıyoruz! Bilakis, sizin yalancı olduğunuzu düşünüyoruz![293]

Zaman değişip asır başkalaşsa da küfrün mantığı hep aynıydı; dün nasıl tepki veriyorsa bugün de aynı tepkiyi veriyordu. O günün Mekke'sinde, *"Bugün hangi şartlarda yaşıyor olursak olalım, yarın mutlaka bizler de affa mazhar olur ve kurtuluruz."*[294] düşüncesinin sakat ürünü olan bu anlayış, referanslarını dine dayandırmak isteyen farklı anlayışların elinde yön değiştirecek ve onları, *"Sayılı günler dışında bize cehennem ateşi dokunmaz."*[295] sonucuna götürecekti. Hatta bunlar, meseleyi daha da ileri götürecek ve cennete, kendileri dışında kimsenin giremeyeceğini iddia edeceklerdi.[296]

Sırf fakir oldukları için ve kendi statülerinde olmadıklarından dolayı kimsesizleri huzurdan kovmak istemeye kadar giden bu saygısız tavır,[297] şimdi boyut değiştirmiş; alın teri dökmeden nimetlere konma planları yapıyordu.

---

[293] Bkz. Hûd, 11/27
[294] Bkz. A'râf, 7/169
[295] Bkz. Bakara, 2/80
[296] Bkz. Bakara, 2/111; Mâide, 5/18
[297] Bkz. En'âm, 6/52; Kehf, 18/28

Ebû Tâlib'i İkna Çabaları

Mekke müşrikleri, zaman zaman gelip Efendimiz'in sohbetini dinliyor; okuduğu Kur'ân'a kulak veriyor ve iman adına oluşturduğu halkalara katılarak olup bitenleri anlamak istiyordu. Ancak, bütün bunlara rağmen onlar, iman adına bir mesafe almayı asla düşünmüyor ve zaten bunları da, iman adına ulaşılan noktaları tespit edip, imansızlıklarında tutunabilmek için yapıyorlardı. Dolayısıyla görüp dinlediklerinin kendilerine bir faydası olmuyor, yine yalanlamalarına devam edip alayvâri tavırlarında ısrar ediyorlardı. Zira onlar, Allah düşüncesinde yolda kaldıkları yetmiyormuş gibi bir de, asıl hidayette olanın kendileri olduğunu söylüyor ve:

– Şayet bunlar cennete gireceklerse, şüphesiz orada bizim için ayrılan yer daha fazla olacak, diyor; cennette kendilerine şimdiden yer ayırıyorlardı. Çok geçmeden, bu konudaki kavl-i faslı da Cibril getirecekti:

– O kâfirlere ne oluyor ki, Seninle alay etmek maksadıyla sağdan-soldan dağınık gruplar halinde boyunlarını uzatarak Sana doğru koşuyorlar!

Onlardan her biri, iman etmeden Naîm Cenneti'ne yerleştirilmeye mi hevesleniyor?

Hiç heveslenmesin! Hiç kimsenin, öteki insanlar üzerinde böbürlenmeye hakkı olamaz! Çünkü Biz, öbür insanlar gibi onları da, o bildikleri nesneden, meniden yarattık![298]

'Ebter' Yakıştırması

Efendimiz'in ilk çocuğu *Kâsım* vefat edeli yıllar olmuştu. Ondan sonra kızları dünyaya gelmiş ve onlar da boy atıp gelişmiş; *Fâtıma* hariç, diğerleri evlenip dünya evine girmişlerdi. Hira'daki vuslattan sonra dünyaya gelen ve bundan dolayı kendisine Tayyib ve Tâhir de denilen ikinci oğlu *Abdullah*, henüz emeklemeye başlamıştı ki kader, onu da babasından ayır-

---
[298] Bkz. Meâric, 70/36-39

mış ve ebedi çocuk olarak kalmak üzere cennete davet etmişti. Efendiler Efendisi, anne-baba ve dede gibi dayanakların teker teker yok olmasının ardından bir de, ardı ardına iki evladının acısını tadıyordu.

Küfür bu ya, böyle acı bir günü bile değerlendirecek; Efendimiz'in aleyhinde kullanmak için atağa geçecekti. Yine başı çeken, öz amcası Ebû Leheb'di. Ukbe İbn Ebî Muayt, Ka'b İbn Eşref ve Âs İbn Vâil de bu kervana katılmışlar, Efendiler Efendisi'nin artık erkek çocuğunun kalmadığını ileri sürüyor ve soyunun böylelikle kuruyacağının reklamını yapıyorlardı. Abdullah'ın vefat ettiği gecenin sabahında Kureyş içinde koşan Ebû Leheb:

— Bu gece Muhammed'in soyu kesildi, diye avazı çıktığı kadar bağırıyordu. Zira onlara göre soy ve sop, sadece erkek çocuktan devam ederse bir anlam ifade ediyordu. Soyu devam etmeyen bir adamın da, çok geçmeden adının dünyadan silineceğine inanıyor ve bu sebeple erkek çocuk sahibi olabilmek için her türlü yola başvuruyorlardı. Kız çocukları insan yerine bile koymayan bir zihniyetten zaten başka ne beklenebilirdi ki! Ölünün üzerinden bile siyaset yapıyor, her hareketi kendi lehlerine değerlendirip karşı tarafa hücum vesilesi olarak görüyorlardı.

Çok geçmeden, Resûl-ü Kibriyâ'ya Kevser Sûresi inecek ve yine Mekke müşriklerinin oyunları boşa çıkacaktı. Zira gelen ayette, esas soyu kesilecek ve yeryüzünde adı unutulup gidecek birisi varsa bunların, Habîb-i Zîşân'a karşı çıkıp düşmanlık besleyenler olduğu anlatılıyor ve Efendiler Efendisi'ne Kevser müjdesi verilerek O'ndan namaz kılıp kurban kesmeye devam etmesi isteniyordu.[299]

---

[299] Bkz. Kevser, 108/1-3

Ebû Tâlib'i İkna Çabaları

Kötü Komşular ve Tehdit Halkası

Kaderin ayrı bir cilvesi ki, Efendiler Efendisi'nin en can alıcı düşmanları kapı komşularından ibaretti. Ebû Leheb'in evi, zaten O'nun evine bitişikti. Evi evine bitişik olan diğer komşuları da Ebû Leheb'ten farklı değildi; Hakem İbn Ebi'l-Âs, Ukbe İbn Ebî Muayt, Adiyy İbn Hamrâ ve İbnü'l-Esdâ el-Hüzelî de Ebû Leheb'i aratmayacak kadar düşmanlık duyuyor ve O'nu üzebilmek için fırsat kolluyorlardı.[300]

Bir gün onlardan birisi, Efendimiz namaz kılarken üzerine koyun pisliği atmış; bir başkası da onu alıp, içinde Efendimiz'in abdest suyunun olduğu çömleğin içine dolduruvermişti. Bir müddet sonra Efendiler Efendisi, onların şerrinden emin olabilmek için araya duvar örmüştü. Buna rağmen aynı huylarında ısrar etmelerine karşılık bir gün, attıkları pisliği bir sopanın ucuyla tutup kapının önüne çıkacak ve onlara göstererek şöyle seslenecekti:

– Ey Abdimenâfoğulları! Bu nasıl komşuluk?[301]

Ukbe İbn Ebî Muayt, işi daha da ileri götürecek ve Ebû Cehil'in de kendilerinde olduğu bir akşam vakti oturup, Muhammedü'l-Emîn'e kötülük yapma konusunda onunla anlaşacaklardı.[302] Aralarında konuşurken Efendimiz'i gösterip:

– Hanginiz falanların kestiği devenin işkembesini pisliğiyle birlikte getirip de secdeye gittiğinde Muhammed'in üzerine koyma kahramanlığında bulunabilir, diyorlardı.

Aralarındaki en şaki olanı ayağa kalktı. Bu, Ukbe'den başkası değildi. Sözü edilen işkembeyi getirtti ve beklemeye başladı. Tam Efendiler Efendisi secdeye gittiğinde yanına yak-

---

[300] Bunlar arasında, sadece Hakem İbn Ebi'l-Âs Müslüman olacaktır.
[301] Halebî, Sîre, 1/474
[302] Başka bir rivayette bu hadise Kâbe'de cereyan etmektedir ve başrolde Ebû Cehil vardır. Bkz. Mâverdî, A'lâmu'n-Nübüvve, 1/142

Efendimiz (sallallahu aleyhi ve sellem)

laşıp iki omuz küreğinin ortasına, elindekileri koyup kenara çekiliverdi. Allah'ın en sevgili kulu, Allah'a en yakın olduğu yerde kapı komşuları tarafından işte böyle zor bir durumda bırakılıvermişti.

Beri yanda Ukbe ve misafirleri, yaptıkları işin keyfini çıkarmaya çalışıyor; bir yandan göbeklerini kaşırken diğer yandan kahkaha ile gülüyorlardı. O gün o kadar gülmüşlerdi ki, düşmemek için birbirlerine yaslanıyor ve öylece ayakta durmaya çalışıyorlardı.

Uzun zaman Efendiler Efendisi secdeden başını kaldıramadı. Nihayet kızı Fâtıma validemiz manzaraya şahit olmuş ve koşarak babasının yanına gelmişti. Bir taraftan bu işi yapanlara çıkışıyor; diğer yandan da babasının üstündeki pislikleri temizlemeye çalışıyordu. Allah'ın en sevgili kuluydu; dileseydi orada düşmanları yerle bir olur; hak ettikleri cehennemi boylarlardı. Ama O, hep mülayemet yolunu tercih etmişti, bugün olmasa da bir gün mutlaka anlayıp geleceklerini umuyordu. Ancak bu, belli ki rikkatine çok dokunmuştu; dokunmayacak gibi değildi ki! Başıyla birlikte ellerini kaldırdı semaya:

– Allah'ım! Kureyş'i Sana havale ediyorum.[303]

O kadar ki bu duayı ardı ardına üç kez tekrarladı. Ardından da, isim isim zikrederek hepsini sıraladı teker teker:

– Allah'ım! Ebû Cehil'i de, Utbe İbn Ebî Rebîa'yı da, Şeybe İbn Ebî Rebîa'yı da, Velîd İbn Utbe'yi de, Ümeyye İbn Halef'i de, Ukbe İbn Ebî Muayt'ı da Sana havale ediyorum; onların hakkından Sen gelirsin ey Allah'ım!

O kadar içten ve samimi idi ki, işlerini Allah'a havale etmesi oradakileri bir hayli korkutmuştu. Zira biliyorlardı ki, bu beldede yapılan dualar kabul görür ve başlarına mutlaka bir

---

303 Başka bir rivayette, "Mudar'a Yusuf yılları gibi kıtlık sal ve çetin azabını gönder." şeklinde bir ilave vardır. Bkz. Aynî, Umdetü'l-Kârî, 7/26

Ebû Tâlib'i İkna Çabaları

şeyler gelirdi. Hele bu duayı yapan Allah'ın en sevgili kuluysa![304]

Ümeyye İbn Halef'in başka bir âdeti daha vardı; Resûlullah (sallallahu aleyhi ve sellem) ile karşılaştığında el kol hareketleriyle Efendimiz'e hakaret eder, göz kırparak veya ağız ve yüzünü oynatarak her fırsatta O'nu küçük düşürmeye çalışırdı.[305] Çok geçmeden onun bu foyasını da meydana çıkaran ayetler geldi. Gelen âyetler:

– Yazıklar olsun! Vay haline o kaş ve göz hareketleriyle, el ve kol oynatmakla küçük düşürmeye çalışanların, diyor ve böyle bir hareketin nasıl bir sonuca davetiye çıkardığını açıkça ortaya koyuyordu.[306]

Ümeyye'nin diğer kardeşi Übeyy ve Ukbe İbn Ebî Muayt, bu konuda omuz omuza vermiş, müşterek hareket ediyorlardı. Bir gün Allah Resûlü (sallallahu aleyhi ve sellem) namaz kılarken Allah Resûlü'nün yanına yaklaşıp okuduklarına kulak verdiler. Tam bu sırada aralarında anlaştılar ve toz-toprağı kaldırarak Efendimiz'in üzerine doğru savurdular. Bu insanlar, bu eziyetleri yapmaktan zevk alıyorlardı. Bir keresinde de, çürümüş bir kemik bulmuş; onu öğüttükten sonra da parçalarını rüzgara tutarak Allah Resûlü'nün üzerine gelecek şekilde savuruvermişlerdi.[307]

Ebû Cehil, düşmanlık konusunda en profesyonel olanları idi; zaman zaman gelip Efendimiz'den Kur'ân dinler; sonra da giderek arkadaşlarının yanında dinlediklerini diline dolayarak alay konusu ederdi. Habîb-i Ekrem'e sıkıntı vermeyi va-

---

[304] O gün bu olaya şahit olan ve elinden bir şey gelmeyen Abdullah İbn Mes'ûd (radıyallahu anh), Efendimiz'in beddua ettiği yedinci ismi hatırlayamadığını ifade eder ve yemin vererek bu isimlerin tamamının da, harp meydanındaki ilk karşılaşma olan Bedir Savaşında teker teker öldüğünü anlatır. Bkz. Halebî, Sîre, 1/470
[305] Aynî, Umdetü'l-Kârî, 2/175
[306] Bkz. Hümeze, 104/1-9
[307] Bkz. İbn Kesîr, el-Bidâye ve'n-Nihâye, 2/51

zife haline getiren bu adam, tutar bir de bunları iftihar vesilesi olarak başka meclislere taşır; sonra da kasıla kasıla gülerdi.

O'nu namaz kılarken ilk gördüğü günden beri ona hep engel olmaya çalışıyor ve Allah'a kurbet ifadesi olan bu ibadeti yerine getirmesine mâni olmak istiyordu. Bir gün yine O'nu, Makam-ı İbrahim'de namaz kılarken görünce yanına yaklaşmış:

– Yâ Muhammed! Ben Seni namaz kılmaktan men etmemiş miydim, diye tehdit ediyordu. Ebû Cehil gibi bir adam bu kadar sözle yetinmezdi. Ardından, nice hakaretler etmişti. Habîb-i Zîşân Hazretlerine... Sonra da:

– Yâ Muhammed! Senin neyin var ki beni tehdit ediyorsun? Vallahi de ben, şu ahali arasında arkası en kuvvetli olan insanım, diyordu. Belli ki, O'nun Hak karşısındaki metin duruşunu bile kendisine karşı bir meydan okuma olarak telakki ediyordu. Bir de, onun bu halini tasvir eden ayetler geliyordu. Ayetler, bu haliyle kendine yazık ettiğini anlatıyordu.[308] Bundan da alınmış, inatla işi bir düelloya doğru götürmek istiyordu:

– Yâ Muhammed! Öyle boşuna uğraşma! Ne Sen ne de Rabbin bana karşı güç yetirebilir ve herhangi bir zarara muktedir olabilir! Çünkü ben, şu dağların arasında, arkası en güçlü ve yandaşı en çok olan insanım.

İşte burası, küstahlığın zirveye çıktığı yerdi ve yine Cibril imdada yetişmişti. Diyordu ki:

– Haydi bakalım o çağırsın bütün yandaşlarını... Biz de çağıracağız Zebânîleri![309]

Ebû Cehil, kendini Allah davasına düşmanlık işine o kadar kaptırmıştı ki, bu ikazlardan pek bir şey anlayacak halde değildi. Hatta denilebilirdi ki, her gün bu istikametteki kin ve adaveti artıyor, iman halkası genişledikçe engelleme adına bir şey yapamadığı için çileden çıkıyordu. Bir gün arkadaşlarına:

---

[308] Bkz. Kıyâme, 75/33, 34, 35
[309] Bkz. Alak, 96/17, 18

Ebû Tâlib'i İkna Çabaları

– Sizin aranızda Muhammed, yüzünü toprağa koyup duruyor mu, diye sordu.

– Evet, dediler. Bunun üzerine:

– Lât ve Uzzâ'ya yemin olsun ki, şayet O'nu bu şekilde görürsem boynuna çöreklenecek ve başını toprağa gömerek elimdeki koca taşla kafasını ezeceğim, diye ahdetti. Cinnetin kuralı olmazdı ki! Bir kere kafaya koymuştu:

– Ey Kureyş topluluğu! Gördüğünüz gibi Muhammed, dinimizi ayıplayıp atalarımızı dalaletle itham etmeye devam ediyor. İlahlarımıza söz söyleyip büyüklerimiz hakkında uygunsuz sözler sarfediyor. Ahdediyorum; yarın O'nun yanına gidecek ve taşıyabileceğim kadar büyüklükte bir taş alarak, secdeye gittiğinde onunla başına vurup işini bitireceğim. Ben bu işi yaptıktan sonra onu ister bana teslim edin isterseniz elimden tutup engel olmaya çalışın fark etmez! Ondan sonra da Abdimenâfoğulları ne yaparsa yapsın, ellerinden geleni arkalarına koymasınlar, hiç önemli değil!

O günün sosyal yapısında böyle bir hareket düpedüz delilik demekti; sonrasında kabileler arasında bitip tükenmeyen kan davaları başlar ve binlerce insan bu savaşlarda telef olup giderdi. Ficâr savaşları herkesin zihninde hâlâ yerini koruyordu. Onun için Ebû Cehil'e:

– Vallahi de biz, sana hiçbir şeyi teslim etmeyiz. Ne halin varsa kendin gör, dediler. Bunun üzerine Ebû Cehil, onlara da kızarak oradan ayrıldı.

Ertesi sabah, aynen ahdettiği gibi eline büyük bir taş almış, Kâbe'ye doğru gidiyordu. Geldi ve burada O'nu beklemeye başladı.

Çok geçmeden, olup bitenlerden habersiz olan Allah Resûlü de Kâbe'ye çıkageldi ve hiç vakit geçirmeden orada namaza durdu. Etrafta durumdan haberdar olanlar halkalanmış, Ebû Cehil'in yapacaklarını merakla bekler olmuşlardı.

Bu arada Ebû Cehil, herkesi şahit tutarak verdiği ahdini

Efendimiz (sallallahu aleyhi ve sellem)

yerine getirmek için fırsat kolluyordu. Nihayet, hareketlendi ve Allah Resûlü'ne doğru ilerlemeye başladı. Ancak, bir anda hiç kimsenin beklemediği şekilde Ebû Cehil, gerisin geriye dönmüş ve eliyle kendini bir şeylerden korurcasına, korku içinde geldiği istikamette kaçıyordu. Bu arada elinde avucunda ne varsa hepsini bir kenara fırlatmış, korkudan yüzünde renk kalmamıştı. Dikkatle bakıyorlardı; ama onun kaçışını gerektirecek herhangi bir durum da göremiyorlardı. Çünkü, namazına devam eden Muhammedü'l-Emîn hiç istifini bozmamış, sanki olanlardan habersiz ve huşu içinde kendi kulluğuyla meşguldü. Meselenin gerçek boyutunu anlamak için sordular:

– Sana neler oluyor ey Eba'l-Hakem? Niye kaçıyorsun?

Korkudan yüzünün rengi solmuş Ebû Cehil, yaptığından o an için bin pişman cevap verdi:

– Aynen dün size söylediğim şeyi yapmak üzere O'nun yanına yaklaştığımda, bir anda karşıma büyük bir deve çıkıverdi. Onun gibi büyük, onun gibi hırsla üzerime gelen ve onun gibi tırnaklarıyla beni parçalamak isteyenini bugüne kadar hiç görmedim; şayet geri kaçmasaydım, beni yiyip bitirecekti.

Daha sonra bu işin gerçek yönünü Allah Resûlü'ne sordular. Buyurdular ki:

– Bu Cibril'di; şayet daha yaklaşmış olsaydı onun işini bitirirdi.[310]

---

[310] Bkz. İbn Kesîr, el-Bidâye ve'n-Nihâye, 3/43 ; Kâdı Iyâz, Şifâ, 1/688 vd. Başka bir rivayette Ebû Cehil, "Benimle O'nun arasında bir anda, içinde devasa alevlerin olduğu büyük bir hendek meydana geliverdi. Sanki kollarını açmış beni yutacak gibiydi!" demektedir. Buna mukabil Efendimiz de, "Şayet bana biraz daha yaklaşsaydı, melekler onu parça parça edeceklerdi!" buyuracak ve mü'minlerin kuvve-i maneviyelerini takviye etmiş olacaktı. Ebû Cehil'in Efendimiz'i öldürmek kastıyla üzerine gelişi hakkında farklı rivayetler bulunmaktadır. Bunlar, farklı zamanlarda olabileceği gibi bir kere cereyan etmiş olayı gören herkes, kendi müşahede ettiği kadarını aktarmış da olabilir. Bunun için biz, mümkün mertebe rivayetleri birleştirerek vermeye çalıştık.

ŞİDDET MANZARALARI

Bugüne kadar her türlü yönteme başvurmuş; ama bir türlü netice alamamışlardı. Belli ki bu savaşta, Müslümanların üstesinden gelmek için Söz'e sözle karşılık vermek yeterli değildi ve daha farklı yöntemlere müracaat edilmesi gerekiyordu. Zaten kaba kuvvet, fikir planında yenik düşenlerin başvuracakları bir yoldu ve o günün Mekke'si de, bu yolu tercih etmeye başlayacaktı.

Gerçi, o güne kadar münferit olarak bu metodu uygulayanlar da yok değildi; amcasının Hz. Osman'ı bir hasırın içine bağlayıp mahzende hapsetmesi, annesinin *Sa'd İbn Ebî Vakkâs*'a manevi baskı kurarak dininden döndürmeye çalışması, annesinin *Mus'ab İbn Umeyr*'i hapsederek dövmesi, günlerce aç ve susuz bırakarak evden kovup neticede mirastan mahrum etmesi ve Ümeyye İbn Halef ile Ebû Cehil'in *Bilâl-i Habeşî*'ye yaptıkları zihinlerde hâlâ canlılığını koruyordu.

Ancak mesele, böyle münferit olaylarla çözülecek gibi değildi; daha köklü tedbirler alınmalıydı ve gelişen İslâm'ın önünü alabilmek için daha kurumsal bir karşı hamle başlatılmalıydı. Bunun için ilk hedef, Allah'ın Resûlü'ydü.

Bir gün Kureyş ileri gelenleri, Kâbe'nin Hıcr denilen mev-

Efendimiz (sallallahu aleyhi ve sellem)

kiinde bir araya gelmiş; Mekke'deki gelişmeleri konuşuyorlardı. Tabii olarak konu, o günün en önemli meselesine geldi:

– Şu adama sabrettiğimiz kadar bir başkasına sabrettiğimizi hiç hatırlamıyorum, dedi aralarından birisi ve ilave etti:

– Büyüklerimizi sefahetle suçluyor ve ilahlarımız hakkında olumsuz şeyler konuşuyor da biz, hâlâ O'na sabrediyoruz; gerçekten de bu, büyük bir iş!

Tam bu esnada, üzerinde konuştukları Allah Resûlü de, Kâbe'ye gelmekteydi. Yaklaştı ve önce Hacerü'l-Esved'i selamladı. Ardından da Kâbe'yi tavafa başladı. Hıcr'da bulunan kin tüccarlarına yaklaştığında O'na sözle sataşmaya başladılar. Duydukları karşısında belli ki çok rahatsız olmuştu; Kâbe gibi kutsal bir mekânda ağza alınmayacak sözler sarfediyorlar, Allah'ın en sevgili kuluna olmadık hareketlerde bulunuyorlardı. İkinci tavafta aynı manzara... Üçüncü tavafta da aynı manzara karşılayacaktı O'nu... Derken işi o kadar ileri götürmüşlerdi ki, Resûl-ü Kibriyâ'yı celallendirmişlerdi, kin kusan bu insanlara döndü ve Allah Resûlü:

– İşitiyor musunuz ey Kureyş! Nefsim, yed-i kudretinde olana and olsun ki, akıbetiniz perişan olur, diye seslendi.

Bakışı ve yönelişindeki heybeti o kadar ruhlarına işlemişti ki, bir anda ortalık buz kesilivermişti. Çok etkilenmişlerdi; başlarında kuş varmışçasına bir hassasiyet kesbetmiş, oldukları yerde kalakalmışlardı. Bir anda tavırlarını değiştirmiş, en katı olanı bile mülayemet kesbetmişti. Şöyle diyorlardı:

– Sen yoluna git ey Ebâ Kâsım! Zira, Sen cahil birisi değilsin!

Bunun anlamı, *"Biz Seni yine kendi haline bırakalım da ne olur Sen bize beddua etme. Sen kendi yoluna, biz de kendi yolumuza devam edelim."* demekti. Resûl-ü Kibriyâ da, oradan ayrılıp yine bir başka muhtaç gönüle İslâm'ı anlatmak üzere yola koyuldu.

Şiddet Manzaraları

Ertesi gün yine aynı mekânda bir araya gelmişler, yine benzeri konuları görüşüyorlardı:

– O'nun size yaptıklarını ve sizin de O'nun için yaptıklarınızı bir hatırlayın! Adam, sizin için hoşunuza gitmeyecek her şeyi söylediği halde siz, korkup O'nu kendi haline bırakıyorsunuz!

Olacak ya, yine tam bu sırada Allah Resûlü (sallallahu aleyhi ve sellem), Kâbe'ye çıkageldi. Göz göze gelmişlerdi. Belli ki bir dümen çeviriyorlardı. Tam, istîlamla tavafa başlayacaktı ki, birden etrafında halkalanıverdiler:

– Sen miydin bizim ilahlarımız hakkında olumsuz beyanda bulunan, atalarımızı da dalaletle itham eden, diyor ve diş biliyorlardı. Bu durumda bile Efendiler Efendisi:

– Evet, bütün bunları söyleyen bendim, diyor ve tavrını bile değiştirmeden doğruyu olduğu gibi söylüyordu. Ancak adamların niyeti kötüydü. Hep birden üzerine üşüşüverdiler Habîb-i Zîşân'ın. Kimi cübbesinden tutmuş çekiştiriyor, kimi kolundan asılıyor, kimi de kırılası elleriyle vurmaya çalışıyordu. Bir anda hepsi, gözü dönmüş kurt sürüsüne inkılâb edivermişti. Hatta, Ukbe İbn Ebî Muayt, İnsanlığın Emîni'nin boynuna sarığını dolamış; sıkıştırdıkça sıkıştırıyor ve böylelikle O'nu boğmak istiyordu.

Bu esnada, hiç beklenmeyen bir şey oldu; bütün kargaşaya inat Kâbe'nin avlusunda, kulakları yırtarcasına gür bir ses yükseliyordu:

– Sadece, *"Rabbim Allah'tır."* dediği için bir adamı öldürecek misiniz?

Bu ses, yüzyıllar öncesinde Mısır'da yankılanan Mü'min-i Âl-i Firavun'un sesi gibi gür bir sesti. Ve yine bu ses, hak davanın üstüne üşüşüldüğü her dönemde tekrarlanması gereken mukaddes bir sesti.

Bütün yüzler birden sesin geldiği cihete dönüverdi. Bu ses, Ebû Bekir'in sesiydi. Mekke'yi titreten bu ses, misyonu-

Efendimiz (sallallahu aleyhi ve sellem)

nu eda edecekti etmesine; ama bu sefer de Mekkeliler onun üzerine saldıracak ve hınçlarını ondan çıkarma yarışına gireceklerdi. Bu, o ana kadar Mekke'de yaşanan en çetin gündü. Akşam olup da Hz. Ebû Bekir (radıyallahu anh), kolu kanadı-kırık evine döndüğünde vücudunda ezilmedik yer kalmamıştı ve kıyafetleri de kanlar içindeydi.[311]

Zayıf ve Kimsesizlerin Hazin Hâli

Bundan böyle Mekke, Müslümanların üzerine daha planlı geliyordu. İlk olarak, zayıf ve güçsüzleri, üzerlerine gittiklerinde kendilerine zorluk çıkaracak dayanakları olmayan masum kimseleri tercih ediyorlardı. Aralarında anlaşmışlardı. Her kabilenin reisi kendi uhdesinde bulunan bu türlü insanları tespit edecek ve dinlerinden dönünceye veya başlarına bela(!) olmaktan kurtuluncaya kadar işkenceye maruz bırakacaktı. Bilhassa Ebû Cehil, nerede birisinin *'Lâ ilâhe illallah'* dediğini duyarsa hemen oraya koşuyor ve -hele bir de bu şahıs zayıf ve kimsesizlerden biri ise- dininden döndürmek için ona işkence etmekten zevk duyuyordu.

Bu sıkıntılı süreçte Suheyb İbn Sinân, hafızasını yitirmiş, ne dediğini bilemez hâle gelmişti.

Ebû Fükeyhe'nin ayaklarına demir zincirler bağlanmış, günün en sıcak saatlerinde sahraya çıkarılıp üzerine koca koca taşlar konuyor ve bu yükün altında akşama kadar inim inim inletiliyordu. O da hafızasını yitirmiş, akli melekelerini bu çöllerde kaybetmişti.

---

[311] İbn Hibbân, Sahîh, 14/526. Kur'ân-ı Kerîm, Firavun hanesinde yaşanan Ebû Bekir benzeri çıkışı şu ifadelerle anlatmaktadır: Firavun âilesinden imanını gizleyen mü'min bir adam çıkıp da şöyle dedi: *'Rabbim Allah'tır dediği için bir adamı öldürüyor musunuz? Oysa o size Rabbinizden kanıtlar getirmiştir. Eğer yalancı ise yalanı kendi zararınadır. Ve eğer doğru söylüyorsa, size va'dettiklerinin bir kısmı başınıza gelir. Şüphesiz Allah aşırı giden, yalancı kimseyi doğru yola iletmez.'* Bkz. Mü'min, 40/28

Şiddet Manzaraları

Habbâb İbn Erett'in vücudunda hep yanık izleri vardı; dinini inkâr etmesi için efendisi sürekli işkence ediyor, yanına geldikçe kızgın demirleri alıp vücuduna basıyordu. Hatta bir gün, saçlarından yakaladıkları Habbâb'ı, boynundan da sıkarak dükkânındaki ateşin üzerine yatırmış; kendilerince terbiye ediyorlardı. Dayanılmaz bir tabloydu; hatta onu burada o kadar uzun tutuyorlardı ki, sırtından akan yağlar ateşi söndürüyor; böylelikle kısmen de olsa bir rahatlama imkânı buluyordu.

İşkence altında bu mihneti yaşarken Zinnîre adındaki bir cariye gözünü kaybedecek,[312] Zühreoğullarının cariyesi Ümmü Ubeys de Esved İbn Ebî Yeğûs'un kırbaçları altında inim inim inleyecekti.

Henüz Müslüman olmayan Ömer'in cariyesi de bu süreçten nasibini alacak ve efendisi yoruluncaya kadar dayak yiyecekti.

– Yorulmamış olsaydım; sana gösterirdim, diyerek, işkenceye ara verdiği dönemlerde bu kadın:

– Yarın da Rabbin, aynısını sana yapacak, diye Hattaboğluna söylenecek, ama o gün için bunun bir faydasını göremeyecekti.

Abdüddâroğullarında anne-kız hizmet eden iki cariye vardı ve her ikisi de işkence altına alınmış; bilhassa anne, ne dediğini bilemeyecek kadar hafızasını yitirmişti.

İşte bu sıkıntılı dönemde, ilk hedef halindeki bu zayıf ve güçsüzlerin imdadına, yine Ebû Bekir (radıyallahu anh) koşacak; onları efendilerinden satın alarak hürriyetlerine kavuşturacaktı. Hatta, onun bu haline şahit olan baba Ebû Kuhâfe:

---

[312] Ebû Ca'fer et-Taberî, er-Rıyâdü'n-Nadıra, 2/22 (424). Gerçi onun gözünü Allah (celle celâluhû) ertesi gün yeniden açmış ve görme duyusunu kendisine iade etmişti. Hatta bu bile Kureyş arasında mevzu edilmiş, *"Bu da Muhammed'in bir sihridir."* demeye başlamışlardı.

Efendimiz (sallallahu aleyhi ve sellem)

– Görüyorum ki hep zayıf ve güçsüzleri satın alıp hürriyete kavuşturuyorsun. Daha güçlülerini bulup onları tercih etsen, hiç olmazsa bunlar seni de destekler ve arkanda güç olurlar, diye onu yönlendirmek isteyecek, ancak o:

– Bununla ben, sadece Allah'ın rızasını hedefliyorum, diyerek yaptığı işe, kendine ait bir beklentinin girmesine asla kapı aralamayacaktı.

Zaten, çok geçmeden gelen ayetler de, Ebû Bekir'in ne kadar isabetli olduğunu tescil etmiş ve rıza ufkuna ulaşmada ihraz ettiği konumu insanlara örnek olarak göstermişti.[313]

Anne ve babasıyla birlikte Müslüman olan Ammâr İbn Yâsir, Benî Mahzûm'un kölesi idi. Başta Ebû Cehil olmak üzere kabilenin önde gelenleri onları, gündüzün en sıcak zamanlarında açık araziye çıkarır ve yoruluncaya kadar işkence yaparlardı. Bir gün onları, acınacak bu hallerinde gören şefkat peygamberi Allah Resûlü (sallallahu aleyhi ve sellem) çok üzülmüş ve:

– Biraz daha sabır ey Yâsir ailesi! Şüphe yok ki sonunuz cennettir, müjdesini vermişti.

Gerçekten de yaşlı baba Yâsir, bu işkenceler sırasında cennete yürümüştü. Yaşlı ve güçsüz anne Sümeyye ise, bütün baskılara rağmen Rabbini inkâr etmekten, Resûlullah'ın aleyhinde söz sarfetmekten kaçınınca Ebû Cehil'in mızrağına hedef olmuş ve şehadet mertebesine ulaşmıştı. İslâm'ın ilk şehidiydi Hz. Sümeyye.[314]

İşin kötü tarafı, bütün olanların Ammâr'ın gözünün önünde gerçekleşmesiydi. Üstüne, kızgın taşların biri inip diğeri kalkıyordu. Maddi ve manevi o kadar baskı altında tutmuşlardı ki, Ammâr şuurunu kaybetmiş ve ne dediğini bilemez hale gelmişti.

– Muhammed'e küfretmedikçe ya da Lât ve Uzzâ'yı ha-

---

[313] Bkz. A'la, 87/14-21
[314] Bkz. İbn Hişâm, Sîre, 2/162

Şiddet Manzaraları

yırla yâd etmedikçe asla seni bırakacak değiliz, diyorlardı. Nitekim o da, Lât ve Uzzâ'nın adını söyleyince ancak serbest bırakılacaktı.

Ammâr serbest bırakılmıştı bırakılmasına; ama hayatının en büyük ıstırabını duyuyordu. Zira, canından çok sevdiği ve her şeyden aziz tuttuğu Allah ve Resûlü yerine sahte ve beşer ürünü ilah yakıştırmalarının adını anmış ve dilini kirletmişti. Bitip tükenmişti âdeta... Kolu kanadı kırık halde huzur-u risalete geldi. Çok mahcuptu. Allah Resûlü'nün nur cemaline bakamıyordu. Çok geçmeden yine Allah Resûlü'nde vahiy emareleri görülmeye başlandı. Bu sırada Cibril-i Emîn gelmiş ve şiddete maruz kalanların, kalbi tasdik etmedikçe dilleriyle söylemek zorunda kaldıkları kötü kelimelerin küfür olmayacağını anlatıyordu.[315] Ammâr da rahat bir nefes almış, huzur-u risalette sükûn bularak âdeta bütün acılarını unutuvermişti.[316]

---

[315] Bkz. Nahl, 16/106
[316] İbn Abdi'l-Berr, Üsüdü'l-Gâbe, 1/809

İBN ERKAM'IN EVİNDE

Namaz kılıp Kur'ân okurken müşrikler, gelip alay ediyor ve inananlara rahatsızlık veriyorlardı. Onun için Efendimiz ve ashab-ı kirâm hazretleri, ibadetlerini yerine getirebilmek için daha tenha yerleri tercih ediyorlar ve namazlarını buralarda kılıp Kur'ân'larını sessiz zeminde okumayı maslahat olarak görüyorlardı. Ancak müşrikler, onların bu haline de muttali olmuşlardı; buralara kadar gelip rahatsızlık verme alışkanlıklarını devam ettirmek istiyorlardı.

Risalet vazifesiyle serfiraz kılınalı iki yıl olmuştu. Yine bir gün ashab, bir araya gelmiş; Mekke dışında tenha bir yerde namaz kılıyorlardı. Yanlarına, Mekkeli bir grup geldi ve onlarla alay etmeye, namazlarına dil uzatmaya başladı. Hareketlerinde de ciddi bir tahrik vardı. Nihayet işi o kadar ileri götürmüşlerdi ki, aralarında başlayan ağız kavgası, çok geçmeden yerini şiddete bırakıvermişti. Bir anlık hislerine mağlup olan Sa'd İbn Ebî Vakkas, müşriklerden birisiyle yaka-paça olurken onun kafasını yarmış ve adam, kanlar içinde kalmıştı. Zaten, bir bahane arıyorlardı ve onlar açısından bu hadise, kendi lehlerinde kullanılacak büyük bir koz idi.

Efendimiz (sallallahu aleyhi ve sellem)

Gidişat, iyi görünmüyordu. Bu olaydan haberdar olan ve uzun zamandır meseleye bir çözüm arayan Allah Resûlü (sallallahu aleyhi ve sellem), ibadetlerin daha rahat yapılabileceği ve gelen ayetlerin müşterek paylaşılarak herkesle Rahmânî bir insibağın yaşanabileceği bir mekân arayışına girmişti. Kardelenlerin ve yumurtaların zarar görmemesi için zamana ihtiyaç vardı ve daha tenha bir yerde bu zamanın kazanılması gerekiyordu. Böylece bulundukları yerde hedef haline gelmekten kurtulabilir ve müşriklerle karşı karşıya gelip şiddet soluklayarak zaman kaybetmemiş olurlardı.

Erkam İbn Ebi'l-Erkam, elindeki imkânları Hak adına kullanmanın fırsatını yakalamıştı. Safa tepesinde bir evi vardı ve Resûl-ü Kibriyâ ile ashabı buraya davet etmişti. Burada rahatlıkla namaz kılabilir, Kur'ân okuyup gelen ayetleri ashab-ı kiram ile problemsiz bir şekilde paylaşabilirlerdi.

Teklif makuldü ve Efendimiz tarafından da hüsn-ü kabul görecekti. Yeni bir süreç başlıyordu ve Efendiler Efendisi, İbn Erkam'ın teklifini kabul ederek Safa tepesindeki bu eve taşınmıştı. Bunun anlamı, üç yıl sürecek yeni bir hayat demekti.[317]

Artık kötü komşular geride kalmıştı ve mekanla birlikte İslâmi gelişmeye de yeni bir renk gelmiş, yeni bir ivme kazandırılmıştı. Müslümanlar buraya gizlice geliyor ve Resûl-ü Kibriyâ ile yeni gelen ayetleri burada paylaşıyor, iman ve takva adına derin sohbetlere dalıyor ve başkalarının da elinden tutma adına fikir sancısı çekiyorlardı.

Ammâr İbn Yâsir ve Süheyb İbn Sinân

Ammâr'ın babası *Yâsir İbn Âmir*, kardeşleri *Hâris* ve *Mâlik* ile birlikte *Yemen*'den çıkıp Mekke'ye gelmiş; kaybolan dördüncü kardeşlerini arıyorlardı. Uzun uzadıya beklemişlerdi, ama bir türlü kardeşlerinden haber alamamışlardı. Bir

---

[317] Bkz. İbn Âşûr, Tefsîru't-Tenvîr ve't-Tahrîr, 1/2321

İbn Erkam'ın Evinde

müddet sonra Mâlik ve Hâris, Yemen'e dönecek; fakat Yâsir Mekke'de kalmaya devam edecekti. Bu esnada Yâsir, *Ebû Huzeyfe* ile anlaşmış; onun işlerini deruhte ediyordu. Kısa zamanda göz dolduran Yâsir'i Ebû Huzeyfe, kölelerinden birisi olan *Sümeyye* ile evlendirecek ve çok geçmeden bu evlilikten, Ammâr adında bir oğulları olacaktı.

Yâsir ailesine olan ihsan devam ediyordu; işin bu noktasında Ebû Huzeyfe, Yâsir'i hürriyetine kavuşturmuş ve bundan sonra Yâsir, Mahzûmoğullarının mevlâsı olarak hayatına devam etmişti.

Şimdi ise, Ammâr da büyümüştü ve risalet davetine icabet ediyordu. Rûm diyarından kopup gelen *Suheyb İbn Sinân* ile aynı gün İbn Erkam'ın evinin önünde karşılaşmışlardı.

Süheyb İbn Sinân, Rûm diyarında esir edilmiş ve onu, Mekke'den Kelb isminde birisi satın alarak buraya getirmişti. Bir müddet sonra Kelb onu, Abdullah İbn Cüd'ân'a satmış ve artık o, İbn Cüd'ân'ın yanında bulunuyordu. O da, Hira'daki vuslatı duymuş ve şahsı adına da bir vuslat yaşamak arzusuyla İbn Erkam'ın evine doğru yönelmişti. Şimdi kader onu, kendisi gibi bir delikanlı olan Ammâr İbn Yâsir'le karşılaştırıyordu.

Önce Ammâr sordu:

– Nereye gidiyorsun?

Suheyb, soruya soru ile karşılık veriyordu:

– Peki sen nereye gidiyorsun?

Ammâr:

– Muhammed'in yanına gidip O'nun sözlerine kulak vermek istiyorum, diye cevaplayınca Suheyb:

– Ben de aynı şeyin peşindeyim, diyecek ve beraberce eve gireceklerdi. Bu huzura erip de iman soluklamamak olur muydu hiç? Huzura gelip de hizaya girmemek olur muydu? Hikmet çağlayanları coşmuş; ashabıyla bütünleşip sohbet-i cânân yudumluyordu. Böyle bir tatlı su kaynağına ulaşılır da pınarlarından içmemek olur muydu hiç? İki arkadaş aynı anda kelime-i tevhidi haykıracak ve birlikte Müslüman olacaklardı.[318]

Oğullarının yeni halini hemen fark eden Ammâr'ın babası *Yâsir* ve annesi *Sümeyye* de, Muhammedü'l-Emîn'e duydukları güvenin de saikiyle, Müslüman olacak ve iman kervanına katılacaklardı.

Mus'ab İbn Umeyr

Mus'ab İbn Umeyr, zengin ve aristokrat bir ailenin çocuğuydu. Anne-babası, üzerinde tir tir titriyor bir dediğini iki etmiyorlardı. Bilhassa annesi *Hünâs*, oğluna gözü gibi bakıyor, dizinin dibinden ayırmak istemiyordu.

Gençlik yıllarına geldiğinde Mus'ab, artık yakışıklı bir delikanlıydı. Bakımlıydı; bir giydiğini ikinci kez giymez, güzel kokular kullanırdı. Hayranlıkla takip edilen biri hâline gelmişti. Geçtiği sokaklarda pencereler aralanır, onu görüp seyredebilmek için perdeler hareket eder ve arkasından uzun uzun süzülürdü. İtibarlıydı; meclislerde bulunması şeref kabul edilir ve hep hürmet görürdü. Kapılar da, kalpler de kendisine sonuna kadar açıktı.

Derken bir gün, onun da kulağına bir şeyler gelmiş ve içini önlenemez bir merak almıştı. Tarif edemediği bir meraktı bu. Sürpriz bir şekilde bir akşam, kendini İbn Erkam'ın evinde buluverdi. İnsanlığın Emîni orada Kur'ân okuyup sohbet ediyor, dua ve ilticada bulunuyordu. Kulak verdi bir müddet... İnsanın bu sese vurulmaması mümkün değildi. Çok tatlı bir hikmet çağlayanıyla karşı karşıyaydı. Kulağından girenlerin, hücrelerine kadar işlediğini hissediyordu. Kalbinde tatlı bir sızı başlamış, dimağı görüp dinledikleriyle hüşyâr hale gelmişti.

Onun bu durumu, Hz. Peygamber'in (sallallahu aleyhi ve sellem) gözünden kaçmadı. Yaklaştı yanına ve elini göğsüne koyup sı-

---
[318] Bkz. İbnü'l-Esîr, Üsüdü'l-Gâbe, 3/307; 2/460

İbn Erkam'ın Evinde

vazlamaya başladı. Mübarek ellerin hareketiyle iliklerine kadar imanın işlediğini hissediyordu. Daha oracıkta, yaşının fevkinde bir olgunlukta bir kabul yaşadı Hz. Mus'ab! Akışı değiştirecek bir olgunluktu bu! Kabına sığmıyordu; nur kesilmiş, sevinçten uçuyordu. İnsanların hayranlıkla baktıkları o lüks hayatın kendisine huzur vermediğini, veremeyeceğini şimdi daha iyi anlıyordu. Çünkü, burada her şey yeni ve çok orijinaldi.

Artık Mus'ab da, *Bilâl*ler gibi İbn Erkam'ın evinden nebean eden bu tatlı su kaynağına kendini kaptırmış; oraya uğramadan edemiyordu. Bir taraftan Allah Resûlü'nün sözlerindeki letafetle iliklerine kadar huzur soluklarken, diğer yandan da böylesine bir kıymetin farkına varamadıkları -hatta O'na karşı tavır aldıkları- için Mekkelilere kızıyordu. Böyle bir kıymetin kadri bilinmez miydi hiç?

Müslüman olmuştu olmasına, ama bunu ailesine -hele annesine- nasıl anlatacaktı? Zira, ondan çekindiği kadar hiçbir güçten çekinmiyordu. Bütün gücüyle Mekke üstüne gelse endişe duymazdı; ama annesinin vereceği tepki, aklını başından alıyordu. Bu sebeple imanını gizlemeye karar verdi; kimseye bir şey söylemeyecek ve böylelikle annesiyle de karşı karşıya gelmemiş olacaktı.

Ancak o gün için Mekke'de, herhangi bir şeyi gizlemeye imkân yoktu; âdeta herkes Kureyş'in casusu hâline gelmiş; birbirine haber taşıyordu.

Bir gün, İbn Erkam'ın evine girerken Osman İbn Talha görmüştü onu. İkinci defa gördüğünde, Mus'ab namaz kılıyordu. Mus'ab'ın da yeni akıntıya kapıldığında şüphesi kalmamıştı Osman'ın. İnanamıyordu; onun gibi zengin birisi, nasıl olur da Ammâr gibi, Bilâl gibi, Habbâb gibi fakirlerle beraber oturup kalkabilir; onların arasına katılıp da atalarının geleneğinden, putlardan kopabilirdi? Hemen Mus'ab'ın annesine koştu ve vakit geçirmeden durumu haber verdi. Zira bu gidişe bir çare bulunmalı, akışa 'dur' denmeliydi!

Efendimiz (sallallahu aleyhi ve sellem)

Mus'ab'ın yeniden doğduğunu duymayan kalmamıştı artık Mekke'de! Beklediği gibi, annesinin şiddetli tepkisiyle karşılaştı. Bir zamanlar, el üstünden inmeyen Mekke'nin delikanlısı Mus'ab, artık "Allah" deyip, "Peygamber"e hayranlığını ifade ettiği için her gün dayak yiyordu. 'Onlarla irtibat kurmasın.' diye kuytu bir yere hapsetmiş ve başına da bir bekçi dikmişlerdi. Aklıyla gönlü Allah Resûlü'nün yanında, ama bedeniyle kendi evinde hapis yaşıyordu artık!..

Evet, annenin istekleri çok önemliydi, ama bir anne de, göz göre göre oğlunun kalbine kilit vurmamalıydı. İncitemezdi onu da... Hakkı vardı üstünde!.. Ancak gönlünün gülüyle irtibatının kesilmesini bir türlü hazmedemiyordu. Tam, "buldum" derken mahrumiyetin ne anlamı vardı?

Hz. Ebû Bekir'in Teşebbüsü

Aradan bir müddet daha geçmişti. Efendimiz'in etrafında henüz otuz sekiz mü'min bulunuyordu. Gelen vahyin aydınlığında gönül zenginliği zirve yapan Hz. Ebû Bekir (radıyallahu anh) ruhundaki fırtınaları dindirememiş ve Ebû Zerr gibi o da, Allah'ın adını Kâbe'de haykırmak istemişti. Önce Allah Resûlü (sallallahu aleyhi ve sellem), güç dengesinin olmadığını vurgulayıp:

– Biz, adet itibariyle çok azız, dese de Hz. Ebû Bekir'i kıramadı. Ardından da, onu yalnız bırakmamak için beraberce Kâbe'ye geldiler. Herkes bir köşeye çekilmiş, insanları açıktan İslâm'a davet eden Hz. Ebû Bekir'i dinliyordu. Böylelikle o, aynı zamanda ilk hatip olma vasfını da ihraz etmiş oluyordu.

Ancak, kendi iradesinin dışında bir başka gelişmeye asla tahammülü olmayan Kureyş, dört bir yandan üzerlerine çullanıverdi. Oradaki herkesi hedef almışlar ve ellerine ne geçirmişlerse önlerine gelene acımasızca vuruyorlardı. Bu arada, Hz. Ebû Bekir'i de ayakları altına almış çiğniyorlardı. Bilhassa *Utbe İbn Rebîa*'nın, tükenme bilmeyen bir hıncı vardı ve Hz. Ebû Bekir'i ölümüne dövüyordu. O kadar ki, Hz. Ebû Bekir'in yüzü

İbn Erkam'ın Evinde

kanlar içinde kalmış, burnu âdeta yüzüne yapışmıştı. Tâkati tükenen Hz. Ebû Bekir'in bedeni, hareketsiz bir şekilde yerde yatıyordu. Nihayet, *'öldü'* diye bir kenara bırakıp çekip gittiler.

Derken, konudan haberdar olan akrabaları gelip aldılar ve hareketsiz yatan Ebû Bekir'i ve evine götürdüler. Durumun ciddiyetini görünce de, yeniden Kâbe'ye dönerek, yemin billâh edip, oradakilere şunları söylediler:

– Vallahi şayet Ebû Bekir ölürse, Utbe'yi de biz öldürürüz.

Ardından tekrar Hz. Ebû Bekir'in evine döndüler. Bütün akrabalar toplanmış, yaşadığına dair bir tepki vermesini bekliyorlardı. Cevap versin diye de sürekli konuşturmaya zorluyorlardı.

Akşama doğru bir ara kendine gelir gibi oldu.. Ebû Bekir hareket etmişti. Evet, yaşıyordu!.. Etrafındaki akrabaları, böylelikle rahat bir nefes almışlar, yıllar boyu devam etmesi muhtemel bir kan davasını hafif atlatmışlardı.

Ebû Bekir, niçin yaşadığını çok iyi bilen bir insandı ve ufkunu hep O'nun sevgisi doldurmuştu. Malını da canını da, daha baştan feda ederken, bugünlere zaten hazırdı. Güçlükle kendini toplamaya çalıştı; zorlasa da kendini, ayağa kalkamıyordu. Bir şeyler demeye çalışıyordu. Titrek dudaklarından dökülen ilk cümle şu oldu:

– *Resûlüllah ne durumda?*

Etrafındakilerin bu heyecanı anlamalarına imkân yoktu ve ölüme ramak kala geri dönen bir adamın, ayılır ayılmaz ilk tepki olarak başkasını düşünüp O'nun hâlini sorması, onlar için anlaşılır bir durum değildi. Hiç önemsemediler bile ve ardından ona yiyecek ve içecek vermeye çalıştılar.

Onun gıdasının, yeme ve içmeyle alâkalı olmadığını bilemezlerdi. Beraber yola çıktıkları yerde Habîbi'nin başına bir şey gelmişse Ebû Bekir, nasıl yemek düşünebilir; hayır haberlerini almadığı sürece soğuk suyla nasıl serinleyebilirdi!

Efendimiz (sallallahu aleyhi ve sellem)

Yaşadığını görmüşlerdi ya, artık akrabaları da ayrılmış; Ebû Bekir de annesiyle baş başa kalmıştı. Gözlerini yeniden açtığında, annesi başında elinde bir kâse çorbayla bekliyordu. O, yine güçlükle hareket ettirdiği dudaklarıyla aynı cümleleri tekrarladı:

— Resûlüllah nasıl? O ne durumda?

— Vallahi, sahibin hakkında bir bilgim yok, diye cevapladı annesi, şaşkın bakışlarla. Bir anne olarak yüreği yanıyordu; yıllardır özlemini çektiği ve nice yalvarmalardan sonra Rabbinin kendisine ihsan ettiği biricik oğlunun, kolu kanadı kırılmış; kanlar içinde yatıyordu.

Çaresizdi... Ayağa kalkmak için kendini zorladıysa da buna imkân yoktu. Kendi başına çözemeyeceği bir problemle karşı karşıyaydı ve yalvardı âdeta annesine:

— Ne olur, Hattab'ın kızı Ümmü Cemil'e[319] bir gitsen de O'nun durumunu soruversen!

Anne yüreği, daha bir şefkatle atıyordu. Oğlunun bu isteğini yerine getirmek için Ümmü Cemil'in yanına gitti, çaresiz. Önce:

— Ebû Bekir, senden Abdullah'ın oğlu Muhammed'in durumunu soruyor, dedi.

Ancak o gün, iman ettiğini açıklamak bir insan için, belâ ve musibetlere kapılarını açmak anlamına geliyordu. Evet, Ümmü Cemil de iman etmişti; ama Kureyş'in şerrinden bir nebze emin olabilmek için imanını açıklamıyordu. Önce, ne Ebû Bekir'i ne de Abdullah'ın oğlu Muhammed'i tanıdığını söyledi. Ancak Ümmü'l-Hayr buraya kadar gelmişse mutlaka önemli bir durum söz konusuydu.

---

[319] Ümmü Cemil, Hz. Ömer'in kendisinden önce Müslüman olan ve Saîd İbn Zeyd ile evli bulunan Fâtıma Binti Hattâb idi. Bkz. İbnü'l-Esîr, Üsüdü'l-Ğâbe, 7/215, 297

İbn Erkam'ın Evinde

— Bu işte bir gariplik var, deyip birlikte eve geldiler. Hz. Ebû Bekir, evde baygın ve hareketsiz yatıyordu. Yanına yaklaşıp hâlini görünce kendini tutamadı Ümmü Cemil. Ümmü'l-Hayr'a hissettirmemeye çalıştığı durumu da göz ardı ederek:

— Sana bunu reva görenler, şüphesiz ki ehl-i fısktır. Umuyorum ki Allah, çok geçmeden senin intikamını alır, deyiverdi farkına varmadan. Ebû Bekir'in tepkisi yine farklı değildi:

— Resûlüllah ne yaptı? O nerede?

Ümmü Cemil kendini toparlamış ve yeniden temkinli haline avdet etmişti:

— Annen burada, konuştuklarını duyuyor, dedi sessizce. Ebû Bekir, annesini tanıyordu ve:

— Ondan sana bir zarar gelmez. Ondan sır çıkmaz, diye teminat verince, Ebû Bekir'i rahatlatacak müjdeyi verdi:

— Sağ ve salim.

Ancak o, bununla yetinecek gibi görünmüyordu. Zaten sadakat de bunu gerektiriyordu. Tekrar sordu:

— Nerede O?

— Erkam'ın evinde, diye cevapladı Ümmü Cemil.

Dünya gözüyle görmeden acıları dinecek gibi değildi ve son bir gayretle kendini toparlayıp:

— Allah'a andım olsun ki, Resûlüllah'ın yanına gidip O'nu görünceye kadar ne bir şey içer ne de bir lokma yerim, dedi etrafındakilere.

Ortalığın sakinleşmesini beklemekten başka çare yoktu. Akşam olup ortalık sükûna erince, yatalak Ebû Bekir'in iki koluna girerek İbn Erkam'ın evine getirdiler.

Kapıdan girip Habîb-i Ekrem'inin nur cemâlini görür görmez üzerine kapandı Sıddîk-i Ekber ve yüzünü gözünü öpmeye başladı Habîb-i Zîşân'ın. Dünyalılar açısından çok acınacak durumda olsa da onun için dünyalar kendisine bahşedilmiş gibiydi. Tarifi imkânsız bir haz yaşıyordu. Aynı zamanda bu,

Efendimiz (sallallahu aleyhi ve sellem)

Allah'ın en sevgili kulunu, anne-babadan, yâr ve yârandan öte sevmenin; imanın kemal noktasına ulaşmanın bir neticesiydi. Zaten Resûlullah da öyle buyurmamış mıydı?[320]

Bu arada huzurdaki diğer sahabeler de, bedeninin her bir yerine darbe alan Hz. Ebû Bekir'in hâline bakıp bakıp ağlaşıyorlardı. Gelişmeler karşısında Allah Resûlü de çok duygulanmıştı. O'nun bu halini de fark etmişti İbn Ebî Kuhâfe. Zaten, çok hassas bir yapısı vardı ve Habîbi'nin, kendi durumunu görüp üzülmesine de gönlü razı değildi... Olamazdı!.. Bir ara kendini toparlayıp hıçkırıklarına hâkim olan Ebû Bekir'in (radıyallahu anh) dudaklarından şunlar döküldü:

– Anam-babam sana feda olsun yâ Resûlallah! Bende önemli bir şey yok. Sadece o fasıkın yüzüme basıp ezmesi biraz acı veriyor.

Bu ne sevgi ki, sevdiğinin kendi yaşadıklarına üzülmesine de ayrıca üzülüyor ve O'nu üzmemek için iyi olduğunu söylemeye çalışıyordu.

Resûlüllah'a bu derece yakınlaşmıştı ya, bunu da imanı adına değerlendirmeli; fırsatı kaçırmamalıydı. Üzerinde titreyen annesini göstererek, içten yalvaran bir sesle, şu talepte bulundu:

– İşte bu annemdir yâ Resûlallah! Bana karşı sevgisi çok derin, anne-babasına karşı da çok iyidir. Sen mübareksin. Onu, bir de Sen Allah'a davet etsen. Onun için Allah'a dua etsen de Allah, Senin vesilenle onu cehennemden korusa!

Bu, ne samimiyet... Ve yine bu, ne fedâkarlıktı. Ve böylesine samimi talebe Allah Resûlü de hayır demeyecekti. Ellerini açtı ve Ebû Bekir'in (radıyallahu anh) annesine iman nasip etmesi için yalvardı Rabb-i Rahîm'ine.

Demek ki vakit gelmişti ve bu ne lütuftu ki, Hz. Ebû Be-

---
[320] Müslim, Sahîh, 1/67 (44)

İbn Erkam'ın Evinde

kir'in annesi Ümmü'l-Hayr daha oracıkta Müslüman oluvermişti.³²¹

Ölümle burun buruna geldiği anlarda bile başkalarının dünya-âhiret saâdetini düşünen Hz. Ebû Bekir'in sevincine diyecek yoktu. Annesinin Müslüman oluşu, bütün ıstıraplarını unutturmuştu. Resûlullah'la birlikte İbn Erkam'ın evinde bir ay kadar kaldılar.

Bu üzücü hadise, mü'minleri sevindirecek bir başka semereye gebeydi ve o gün, Efendimiz'in amcası ve süt kardeşi Hz. *Hamza* gelip Müslüman olacaktı.³²²

Hz. Hamza'nın Müslüman Oluşu

Hz. Hamza, yeğeni Muhammedü'l-Emîn'den iki yaş büyüktü ve aynı zamanda O'nunla süt kardeş oluyordu. Annesi Hâle, Efendimiz'in annesi Âmine'nin halasının kızıydı. Uzun zamandır olup bitenleri uzaktan seyrediyor, yeğeniyle ilgili söylenilenleri dinleyip kafasında ölçüp biçiyor; ama bir türlü son kararı verip de huzuruna gelemiyordu.

Nübüvvetin başladığı günden bu yana henüz iki yıl geçmişti.³²³ Yine bir hac mevsimiydi. Zilhicce ayının bir gününde Ebû Cehil, Safa tepesinde bulunan Allah Resûlü'nün yanına gelmiş ve ağza alınmayacak sözler sarfederek O'na sataşmış, her zamanki gibi Habîb-i Zîşân'ın gönlünü kırıp ruhunu incitecek birçok harekette bulunmuştu. Bütün bunlara rağmen Allah Resûlü susuyor ve cevap vermeye bile tenezzül etmiyordu. İstediği karşılığı bulamayınca da Ebû Cehil, oradan ayrılmış ve Kâbe'ye, kendisi gibi düşünen Kureyşlilerin bulunduğu

---

³²¹ İbn Hacer, el-İsâbe, 8/200 (12006); Halebî, Sîre, 1/456
³²² Heysemî, Mecmeu'z-Zevâid, 9/267
³²³ Bazı rivayetlerde Hz. Hamza'nın, risaletten altı yıl sonra Müslüman olduğu da yazılıdır. Bkz. İbn Sa'd, Tabakât, 3/9

Efendimiz (sallallahu aleyhi ve sellem)

yere gelmişti. Abdullah İbn Cüd'ân'ın hizmetçisi de, bulunduğu mekandan bütün bu olanlara şahit olmuştu.

Çok geçmeden Efendimiz de oradan ayrılıp hane-i saadetlerine gelmişti.

Bu arada Efendimiz'in bir diğer amcası Hamza İbn Abdulmuttalib, ok ve yayını kuşanmış vaziyette avdan dönüyordu. Hamza, heybetli ve güçlü bir delikanlıydı; Kureyş arasında herkes ondan çekinir ve cesareti karşısında hayranlığını gizleyemez, karşısında olmaktansa her zaman onunla birlikte hareket etmeyi tercih ederdi. Avcılık işini de, sanki bir ibadet neşvesi içinde yapar; tam tekmil kuşandıktan sonra çıktığı avından dönerken herkesle selamlaşır ve o günkü işini, evine gelmeden önce Kâbe'ye uğrayarak noktalamak isterdi. O gün de Hamza, her zaman olduğu gibi avdan dönerken, karşılaştığı insanlara selam veriyor; onların hal ve hatırını sorup gönüllerini almaya çalışıyordu. Nihayet, Abdullah İbn Cüd'ân'ın hizmetçisiyle karşılaştı. Zulme seyirci kalmak da ayrı bir zulümdü ve bugün, yeğeninin yaşadıklarını mutlaka Amca Hamza'ya anlatması gerektiğini düşünüyordu. Onun için önce:

– Ey Ebâ Umâra! Biraz önce yeğenin Muhammed'e, Ebu'l-Hakem İbn Hişâm'ın (Ebû Cehil) yaptıklarından hiç haberin var mı? İşte, şurada görünce O'nun, üzerine yürüdü, ağza alınmadık kötü sözler sarfederek Muhammed'e çok eziyet etti. Karşı koyması için de tahrik etmişti; ama Muhammed, ona iltifat bile etmedi, hiç konuşmadı onunla, dedi.

Hamza, bir anda hiddetlenmiş; sinirden damarları dışarı fırlayacak gibi olmuştu. Evet, yeğeni yeni bir dinle gelmişti; ama O'nu çok seviyordu. Bugüne kadar O'na yapılanlar karşısında pek sesini çıkarmamıştı; belki de henüz yapılanların boyutundan habersizdi. Savunmasız bir adama, hiç suçu yokken bu kadar zulüm yapılır mıydı hiç! Ok ve yayını kaptığı gibi dışarı çıktı; belli ki hedefinde sadece Ebû Cehil vardı. Artık insanlara selam vermeyi bile unutmuştu. Belli ki, Hamza

İbn Erkam'ın Evinde

yeni bir ava çıkmıştı! Yolda giderken karşılaştığı herkes, onun hiddet dolu gelişini görünce telaşlanmış, olacakları merakla beklemeye durmuştu. Kimsenin yanında durmuyor, alışkın oldukları şekilde kimseye selam bile vermiyor ve belli bir hedefe kilitlenmiş, mütemadiyen hızlı adımlarla yürüyordu.

Nihayet, Kâbe'ye geldi. Gözleri birisini arıyordu ve aradığı şahsı, insanlar arasında otururken gördü. Hızla yanına geldi. Oturanların ağızları yüreklerine gelmişti. Daha onun gelişini görür görmez Ebû Cehil, bugün yaptıklarına bin pişman olmuştu, ama artık iş işten geçmişti. Doğruca Ebû Cehil'in yanına geldi, yayını kaldırdı ve şiddetle vurmaya başladı. Bir taraftan da:

– Sen nasıl olur da O'na sataşır, kötü sözler söylersin? Ben de O'nun dinindenim; O'nun dediklerini diyorum. Haydi, gücün yetiyorsa benim karşıma çık da göreyim seni, diyordu.

Ebû Cehil, kanlar içinde kalmıştı. Onu bu halde gören Mahzûmoğulları Hz. Hamza'ya engel olmaya yeltenmişlerdi. Ancak Ebû Cehil buna mâni oldu:

– Ebû Umâra'yı bırakın! Gerçekten bugün ben, O'nun yeğenine ağır küfürler ettim,[324] diyordu. Belki de maksadı, elinden kaçan Hz. Hamza'yı yeniden geri getirmekti. Belki de henüz, testinin kırıldığından haberi yoktu. Ama artık çok geç kalmıştı.

Bu arada bazıları laf atmayı ihmal etmeyecekti:

– Ne o Hamza! Yoksa sen de mi sâbi oldun, Hz. Hamza'nın cevabı gecikmedi:

– Benim için her şey açığa çıkıp da netleştikten sonra, O'nun Resûlullah olduğunu ve söylediklerinin de hak olduğunu söylememe hangi şey mâni olabilir ki! Allah'a yemin olsun ki ben, O'ndan vazgeçmeyeceğim; sözünüzde sadık iseniz haydi bana engel olun da göreyim!

Hamza kararlıydı ve doğruca yeğeni Muhammedü'l-

---

[324] İbn Hişâm, Sîre, 2/128-129

Efendimiz (sallallahu aleyhi ve sellem)

Emîn'in yanına geldi. İçinde bulunduğu ruh haletini anlattı O'na... Düşüncelerini paylaştı uzun uzun ve bundan böyle hep yanında olacağının müjdesini verdi. Aslında zor bir seçimdi; zira bir amca için, kendisinden iki yaş küçük bir yeğenin dizinin dibine çöküp her şeyiyle O'nu kabullenmek; kırk dört yıllık geçmişin üzerine bir sünger çekip yeniden doğmak ve bugüne kadarki birikimi bir kenara itip hayata sıfırdan başlamak; ciddi bir irade gerektiriyordu ve bu iradeyi o gün Hz. Hamza ortaya koymuştu.

Ancak bu iradeyi ortaya koymak, öyle sanıldığı gibi kolay değildi; akşam olup evine döndüğünde nefis ve şeytan onu kıskaca almak için zihnine soru üstüne soru atmaya çalışıyordu. Hamza gibi birisi iman safındaki yerini alıyordu ya, şeytan hiç boş durur muydu! Hemen yanında belirmiş ve:

– Hani sen, Kureyş'in efendisi değil miydin? Atalarının dinini bırakıp da gidiyor ve bir sâbiye tâbi oluyorsun? Senin yaptığını yapmaktansa ölüp gitmek daha hayırlıdır, diyerek içine kor atmaya çalışıyordu.

Tam şeytanca bir yaklaşım ve şeytanî düşünce... Suret-i haktan gözüküp de muhatabının aklını çelmek için takınılan riyakârca bir tavır ve tam bir fırsat avcılığı! Ancak, aslan avcısı Hamza, artık Hz. Hamza olmuştu ve onun gibi bir irade, öyle kolay teslim olmazdı. Ancak, vesvese hâlâ devam ediyordu; tabii, Hamza gibi bir adamın peşi bırakılır mıydı hiç!

Gözüne uyku girmeyen Hz. Hamza, halini Rabbine arz etmek için doğruca Kâbe'nin yolunu tutacak ve orada dua dua yalvararak kalbine düşen şüphe ve vesveselerden kurtarması için Allah'a yalvaracaktı. Artık bir yola girmişti ve o yolun gereğini de yerine getirmeliydi. Gerçekten de Allah (celle celâluhû), bu samimi yönelişin ardından Hz. Hamza'ya musallat olan hali ondan kaldırmış ve Hz. Hamza huzur içinde yeniden evine dönmüştü.

Sabahın ilk ışıklarıyla birlikte Hz. Hamza, doğruca yeğeni

İbn Erkam'ın Evinde

Muhammedü'l-Emîn'in yanına geldi ve dünden bu yana başından geçenleri anlattı. Allah Resûlü (sallallahu aleyhi ve sellem), şefkatle amcasına yöneldi ve uzun uzun konuştu onunla; polat gibi bir imanın, üstesinden gelemeyeceği hiçbir mesele olamazdı ve Hz. Hamza da, bu imanı ortaya koyacak, şeytana pabuç bırakmayacaktı. O gün yeğeninin yanından ayrılırken son sözü şunlar olmuştu:

– İçten gelen en sâdık duygularla söylüyorum ki Sen, iyi ve doğruyu temsil ediyorsun, ey kardeşimin oğlu! Hiç endişe duymadan Sen, dinini tebliğe devam et! Allah'a yemin olsun ki, artık benim için güneşin bile aydınlığının hiç önemi yok! Çünkü ben artık ilk dinime kavuştum![325]

Hz. Hamza'nın gelişi, Müslümanlar için ayrı bir önem arz ediyordu. Gülmeye hasret yüzler, bir nebze de olsa tebessümle tanışmış; örselenmiş duygular sürûrla barışmaya başlamıştı. Ne büyük bir rahmetti bu; başlangıcı kötü gibi görünen bir günün sonunda Hamza gibi bir aslan avcısı gelmiş, Efendimiz'le birlikte saf tutuyordu. Ve, artık hep O'nunla birlikte hareket edecek ve yükünü kaldırmasına yardımcı olacaktı. Bundan sonra da Kureyş, aleyhte komplo kurarken Hz. Hamza'nın varlığını mutlaka hesap edecek; en azından yapageldiği bazı alışkanlıklarından vazgeçecek ve adımlarını da ona göre ayarlayacaktı.

Böylelikle Muttalib ailesi bir arınma yaşıyor; Ali ve Hamza gibi sinesi İslâm'a teşne olanlar gelip huzurda hayat bulurken, Ebû Leheb ve oğulları Utbe ile Uteybe gibi katı kalpliler, Allah'ın zikrinden gafil ve mühürlenmiş kalpleriyle imana sırt çeviriyorlardı. Gelecek bir ayet, konuyu şöyle özetleyecekti:

– Allah'ın, göğsünü İslâm'a açması sebebiyle, Rabbi tarafından nûra kavuşan kimse, kötü tercihi sebebiyle fıtratını değiştiren, kalbi katılaşan ve göğsü daralan kimse gibi olur mu hiç?

---
[325] Bkz. İbn Hişâm, Sîre, 2/129

Kalpleri, Allah'ı anma hususunda katılaşmış olanlara yazıklar olsun! İşte onlar, besbelli bir sapıklık içindedirler![326]

Utbe'nin Planı

Mekke'de her an yeni bir sürpriz vardı; bir yandan Cibril-i Emîn'in getirdikleri dalga dalga yayılıyor; diğer taraftan da Kureyş, her an yeni bir tuzakla inananların karşısına çıkıyordu. Bugüne kadar envâi çeşit kılığa girmişlerdi; ama hiçbirisinden bekledikleri sonucu alamamışlardı. Şimdi bir de, Hamza gibi bir adamlarını kaybetmenin sancısını yaşıyorlardı! Üstüne üstlük, her geçen gün karşı tarafın kemiyet ve keyfiyetinde bir artış gözlenmesine rağmen kendileri sürekli kayıp yaşıyorlardı.

Önderleri ve fikir babaları konumundaki Utbe, bir gün kalkacak ve arkadaşlarına bir teklifte bulunacaktı. Bu sırada Allah Resûlü (sallallahu aleyhi ve sellem), Kâbe'de oturmuş, tek başına Rabbine kullukta bulunuyordu. Utbe, yanındaki arkadaşlarına Efendimiz'i göstererek şöyle diyordu:

– Ey Kureyş! Ne dersiniz; ben gidip Muhammed'le konuşayım ve O'na bazı tekliflerde bulunayım. Belli mi olur, belki bazılarını kabul eder.

– Olur, yâ Ebe'l-Velîd. Git ve konuş O'nunla!

Kavminin düşüncesini de alan Utbe, ayağa kalktı ve doğruca Efendimiz'in yanına geldi. Hayret, gelişinde bile bir mülâyemet vardı; sanki o güne kadar köpürüp duran Utbe değildi gelen! Yanına sokuldu ve:

– Ey kardeşimin oğlu, diye başladı söze. Üzerinde imana dair bir emare de görünmüyordu; ama bu kadar alttan almasının, bu kadar yumuşak davranmasının sebebi ne idi acaba? Sözlerine şöyle devam etti:

– Sen de biliyorsun ki, aramızdaki konumun ve kavmin nezdindeki yerin çok farklıdır. Ancak Sen, kavmine öyle tek-

---
[326] Bkz. Zümer, 39/22; Vâhidî, Esbâbü Nüzûli'l-Kur'ân, s. 383

İbn Erkam'ın Evinde

liflerle geldin ki onunla, onların aralarını açtın, büyüklerini dalaletle suçladın; dinî anlayış ve ilahlarını ayıplar oldun; kısaca, atalarının bıraktığı ne varsa hepsini yok saydın! Bak, şimdi iyi dinle! Sana bazı tekliflerde bulunacağım; belki kabul edersin de bir noktada anlaşırız!

Bir anda Efendiler Efendisi de dikkat kesilmişti; acaba ne türlü bir teklifte bulunacaktı da aralarındaki husumet bitecekti ve bundan böyle sulh imkanı doğacaktı?

– Söyle yâ Ebe'l-Velîd, seni dinliyorum, buyurdular.

– Ey kardeşimin oğlu, şu bize teklif edip durduğun işle Sen, şayet mal elde etmeyi düşünüyorsan, aramızda istediğin kadar mal toplayalım ve Seni en zenginimiz yapalım. Şayet bununla şerefli bir konum arzun varsa, Seni başımıza reis yapalım ve Senden habersiz hiçbir adım atmayalım. Bununla şayet Sen, bir taht peşinde isen, Seni başımıza kral tayin edelim. Ancak şayet bu sana gelenler, altından kalkıp üstesinden gelemediğin bir cin tasallutu veya rüya ise, Seni bu durumdan kurtarmak için mallarımızla seferber olalım ve bu durumdan Seni kurtaralım. Çünkü, şayet tedavi olunmazsa musallat olan cin o adamı etkisi altına alır.

Kureyş'in yeni planı belli olmuştu. Efendimiz (sallallahu aleyhi ve sellem), derin bir sükût içindeydi; bu adamlar neyin peşindeydi! Utbe, bir adım daha attı ve şunları söyledi:

– Ya Muhammed! Sen mi hayırlısın, yoksa baban Abdullah mı?

Efendimiz (sallallahu aleyhi ve sellem), bu soruya da cevap vermedi. Hayır, belki de cevabın en güzeli olan sükût ile karşılık veriyordu. Beklediği cevabı alamayan Utbe, devamla şu şeytanî cümleleri söylemeye başladı:

– Eğer, onun Senden daha hayırlı olduğunu kabul ediyorsan, muhakkak o, Senin şu anda tahkir ettiğin ilâhlara taptı. Yok, eğer kendini ondan daha hayırlı görüyorsan, o zaman konuş da anlattıklarını ben de dinleyeyim.

Sıra Hz. Peygamber'e gelmişti ve o ana kadar dinleyen Allah Resûlü sordu:

– Diyeceklerin bitti mi yâ Ebe'l-Velîd?

Başka ne diyebilirdi ki!

– Evet, dedi sessizce. Ardından sözü, Söz Sultanı aldı. Önce:

– O zaman, biraz da sen Beni dinle, dedi. Utbe:

– Tamam, diyordu.

Büyük bir ihtiramla diz çöktü ve:

– Bismillahirrahmanirrahim! Hâ-mîm! Bu Kur'ân, Rahman ve Rahim Allah'tan gelen bir mesajdır. Ne yaptığını bilenler için onun ayetleri, Arapça bir Kur'ân olarak teker teker açıklanmıştır. Onda, hem gelecekle ilgili müjdeler, hem de kulak tıkayanlar için başlarına geleceklerin haberi vardır. Buna rağmen inkar edenlerin çoğu ona kulak verip inanmaz ve ondan yüz çevirir ve der ki, *"Senin bizi çağırdığın hususların kalbimize nüfuz etmesini engelleyen bazı perdeler var."*[327]

Efendiler Efendisi okuyor, Utbe de kenara çekilmiş sesini çıkarmadan dinliyordu. On üçüncü âyetine gelince, Utbe dayanamadı. Sıtma tutmuş gibi titriyordu. Ellerini Allah Resûlü'nün mübarek dudaklarına götürdü. Takati kalmamıştı:

– Sus yâ Muhammed! İnandığın Allah aşkına sus, dedi.

Efendimiz de ona:

– İşte ey Utbe! Duyduklarını duydun, bundan sonrası senin bileceğin iş, buyurdu.

Utbe, büyük bir şok yaşıyordu; dinledikleri karşısında delik deşik olmuştu adeta. Belki de, böylesine büyük bir kâmete karşı, az önce yaptığı tekliflerin basitliği karşısında hicap duyuyordu. Büyük bir darbe yemiş olmanın ağırlığıyla yerinden

---

[327] Bkz. Fussılet, 41/1 vd.

İbn Erkam'ın Evinde

kalktı ve yavaş yavaş arkadaşlarının bulunduğu yere doğru yöneldi.

Beri tarafta onun gelişini gözleyenler, Utbe'nin bitkin gelişini görünce aralarında konuşmaya başlamışlardı. Ebû Cehil dayanamadı ve:

– Allah'a yemin ederim ki Ebu'l-Velîd, gittiğinden çok farklı bir yüzle geri geliyor, diyerek ondaki değişimi paylaştı kendi arkadaşlarıyla. Bu arada Utbe de gelmişti:

– Neler oldu, hele bir anlat ey Ebe'l-Velîd, dediler. Üzerinde hâlâ yediği şokun etkisi vardı. Gözleri bir noktaya kilitlenmiş, tane tane şunları söylüyordu:

– Vallahi, öyle sözler işittim ki, daha önce bir benzerini asla duymamıştım. Vallahi de o, ne bir şiir, ne bir sihir ve ne de bir kehânet! Ey Kureyş topluluğu! Gelin siz benim dediklerime kulak verin de, şu adamla yapmak istediklerinin arasındaki engelleri kaldıralım! O'nu, kendi işiyle yalnız bırakın! Allah'a yemin olsun ki, O'ndan duyduğum bu sözlerde büyük bir haber var! Böylelikle, şayet Araplar O'na üstün gelirse, sizin dışınızdaki birileri bu meseleyi halletmiş olur; ancak gün gelir de O, Araplara üstünlük sağlarsa, o zaman, O'nun mülkü sizin mülkünüz, izzeti de sizin izzetiniz olur ve siz o zaman, insanların en mutlusu haline gelirsiniz.

Dinleyenlerin suratı asılmıştı, duyduklarından hoşlanmadıkları her hallerinden belliydi. Zaten bu kadarını bile, burunlarından soluyarak dinlemişlerdi.

– Vallahi de yâ Ebe'l-Velîd! Diliyle O, seni de sihirlemiş, deyip işin içinden çıkıverdiler veya en azından çıktıklarını sandılar. Arkalarını dönüp giderken Utbe, sadece:

– Benim O'nun hakkındaki görüşüm bu; siz ne yaparsanız yapın, diyebildi.[328]

---

[328] Bkz. İbn Hişâm, Sîre, 2/130 vd.

Ardından Utbe, doğruca evine gitti. Belli ki yalnız kalmak istiyordu; zira, dinlediği âyetler, onu yıldırım çarpar gibi çarpmıştı...

Biraz sonra da, şeytana akıl öğreten adam Ebû Cehil gelip kapısına dayanıverdi. Utbe'nin îman etmesinden korkuyor ve hemen hâdisenin üzerine gitme lüzumu duyuyordu... Ayrıca, Utbe'nin zayıf tarafını da çok iyi biliyordu; onu gururundan vuracaktı. Harekete geçti ve şöyle dedi:

– Ya Utbe! Duydum ki Muhammed sana fazla iltifat etmiş. Orada sana ziyafet vermiş, yedirip içirmiş. Sen de bu iltifata dayanamayıp O'na îman etmişsin! Halk arasında bunlar konuşuluyor!

Utbe öfkelenmişti. Belli ki Ebû Cehil, yine isabet etmiş, damarından yakalamıştı. Yerinden kalkarak şunları söyledi:

– Benim O'nun yemeğine ihtiyacımın olmadığını hepiniz biliyorsunuz. Aranızda en zengininiz benim. Fakat Muhammed'in söyledikleri, işin doğrusu beni sarstı. Çünkü okuduğu şiir değildi. Kâhin sözüne ise hiç benzemiyordu. Ne diyeceğimi bilemiyorum. O, sözü doğru bir insandır. O'nun okuduklarını dinlerken *Âd* ve *Semûd*'un başına gelenlerin bizim de başımıza geleceğinden korktum...[329]

Hey'etin Teklifi

Utbe'nin planı da bir işe yaramamıştı. Çok geçmeden Mekke ileri gelenleri, Kâbe'de bir araya gelecek ve gelişmeler konusunda yeni bir strateji üretebilme adına fikir teatisinde bulunacaktı. Zira, Muhammed ve taraftarları, başlarını almış gidiyorlardı. Her geçen gün kontrolden çıkan iman seli, böyle giderse kendilerini de önüne katacaktı ve onlar bunun karşısında tutunacak bir dal bulamayacaklardı.

---

[329] İsbahânî, Delâilu'n-Nübüvve, 1/221

İbn Erkam'ın Evinde

Neredeyse her ses oradaydı: *Utbe, Şeybe, Ebû Süfyân, Nadr İbn Hâris, Ebu'l-Bahterî, Esved İbnü'l-Muttalib, Zem'a İbnü'l-Esed, Velîd İbn Muğîre, Ebû Cehil, Abdullah İbn Ebî Ümeyye, Âs İbn Vâil, Ümeyye İbn Halef* gibi kudretli isimler, güneşin batışıyla birlikte, bir araya gelmişlerdi ve Kâbe'de durum değerlendirmesi yapıyorlardı. Nihayet aralarından birisi ileri atılıp:

– Muhammed'e haber gönderin ve konuşun bakalım! Eteğinizdeki her şeyi O'nunla paylaşın ki yarın bize bir mazeret sunmasın, dedi. Bunun üzerine haber gönderip:

– Kavminin ileri gelenleri bir araya gelmiş konuşmak için Seni çağırıyorlar; hemen gel, dediler.

Efendiler Efendisi de, onların imanları adına ümitlenip bir çırpıda Kâbe'ye geldi. İman etmelerini o kadar arzu ediyordu ki! İnatlarından sıkılmıştı artık. Bu davetle yeni bir kapının aralanacağını düşünerek ümitlenmişti. Geldi ve yanlarına oturdu. Dediler ki:

– Yâ Muhammed! Biz Seni, oturup iyice konuşmak için çağırdık. Vallahi de biz, Araplar arasında Senin kadar kavmi arasında ikilik çıkaran, ataları hakkında olumsuz konuşan, onların dini inanışları ve ilahlarını kötüleyen, hiç kimse görmedik. Bütün olumsuzluklar, Sen ortaya çıktıktan sonra meydana geldi.

Daha cümlelerine başlarken gösterdikleri tavır, ümitlerin yine bir başka bahara kaldığını gösteriyordu. Üstüne üstlük, her zamanki hakaretlerini yine sıralamışlardı. Kendi yapageldiklerini yine Efendiler Efendisi'ne fatura edip bir kenara çekilivermişlerdi. Sanki, sütten çıkmış ak kaşıklardı! Bundan sonra sözü, Utbe'nin teklifine getirip benzeri şeyleri söylediler. Şöyle diyorlardı:

– Şayet Sen, bu sözlerinle aramızda mal sahibi olmak istiyorsan, aramızda el birliği yapıp mal toplayalım ve Seni, mal yönüyle en zenginimiz yapalım! Aramızda şeref sahibi bir insan olma arzun varsa, Seni başımıza reis tayin edelim! Şayet

Efendimiz (sallallahu aleyhi ve sellem)

mülk peşinde isen, başına taç giydirip, Seni başımıza melik yapalım! Şayet Sana cin musallat olmuşsa veya gördüklerin üstesinden gelemediğin birer hayal ise, o zaman da mal ve mülkümüzü ortaya döküp Seni tedavi ettirelim; hiç olmazsa sonunda ya Sen iyileşip bu işten kurtulursun yahut biz, kendimize düşeni yapmış oluruz.

Bu kadarı da fazlaydı... Aslında bu, iki dünyanın arasındaki farkı ortaya koyan bir manzaraydı. Dünya ve dünyalık peşinde koşanlar, yine onunla ukbaya ait açılımların önünü alacaklarını sanmış; ama yine baltayı taşa vurmuşlardı. Söylenilenleri sabırla dinleyen Efendiler Efendisi sözü aldı:

– Söylediklerinizin hiçbiri de bende yok! Benim niyetim, ne mallarınızı almak ne de üzerinizde saltanat kurup meliklik yapmak! Allah beni, size peygamber olarak gönderdi ve bana, kendi katından bir kitap verdi; ardından da sizi, gelecek günleriniz adına uyarmamı istedi. Ben de, üzerimdeki tebliğ vazifesini yerine getiriyor ve size nasihat ediyorum. Şayet, benim size arz ettiğim hususları kabul edip benimserseniz, bu, dünya ve ukbadaki en büyük kazancınız olur. Şayet kabul etmeyip kulak ardı ederseniz, ben de Allah'ın emri gelip de sizinle benim aramdaki hükmünü verinceye kadar bana düşeni yapar ve sabrederim.

Bundan daha net bir ifade nasıl olabilirdi ki? *"Sizin dünyanız sizin olsun, ben sizin ahiretinizi kurtarmak için uğraşıyorum."* demekti bu. Onlar da anlamışlardı: "Evet, *ne yaparsak yapalım, Muhammed kendi yolundan taviz vermeyecek ve biz, bir gram mesafe alamayacağız.*" Onun için meseleyi farklı bir boyuta çekmeye başladılar. Birisi ileri atılmış şunları söylüyordu:

– Yâ Muhammed! Şayet bir hususu Sana arz etmemize müsaade edersen, onu arz edelim. Biliyorsun ki buralarda, bizden daha fakir, daha muhtaç, mal ve mülkü daha az, velhasıl maddi mudayaka içinde olan kimse yoktur. Seni, elin-

İbn Erkam'ın Evinde

deki mesajlarla gönderen Rabbinden istesen de, şu bizi sıkıştırıp duran dağları bizim için düzleyiverse ve oradan Şam ve Irak pınarları gibi su fışkırtıverse! Aynı zamanda, bugüne kadar ölüp giden atalarımızı yeniden diriltip, onlar arasından Kusayy İbn Kilâb'ı huzurumuza getirse ve biz de, dediklerinin doğru olup olmadığını ona sorsak. Çünkü biliyoruz ki o, doğru sözlü bir insandır. Şayet Senin doğru söylediğini tasdik eder ve yaptıklarını tasvip ederse biz de Seni tasdik edip kabul etmiş; Allah katındaki konumunu anlamış ve Senin de söylediğin gibi, işte o zaman O'nun, Seni peygamber olarak gönderdiğini kabul etmiş oluruz.

Fe sübhanallah! Adamlar, göz göre göre kendilerince Allah Resûlü'nü alaya alıyorlardı. Küstahlıktı bunun anlamı! Allah'ın en sevgili kuluna saygısızlıktı... Hatta bu üsluplarıyla onlar, sadece Efendiler Efendisi'ni hedef almıyorlar, kendilerince Allah'a da hakaret ediyorlardı. Hangi birisine cevap verilebilirdi ki? Hem, cevap verilse bile, Efendimiz'in karşısında bu cevaptan anlayacak kim vardı! Bunlara verilecek en güzel cevap, şüphesiz sükûttu.

Ortalık buz gibi olmuştu. Her şeye rağmen Efendiler Efendisi, onların da iman edeceklerini umuyor ve aradaki kapıyı tamamen kapatmıyordu. Zira, böyle durumlarda, zamanın çıldırtıcılığına, muhatapların hamakatine ve ortamın kasavetine rağmen sabretmek gerekiyordu. En azından, her iki cenahtaki tavrı müşahede edenler bir gün bunları değerlendirir ve Hak cihetteki yerini alırdı. Kendileri gelip teslim olmasalar da, günü gelince bu adamların ailelerinden gelip iman edenler mutlaka olabilirdi... Yine büyüğe, büyüklük düşüyordu. Onun için bir kez daha konuştu Allah Resûlü (sallallahu aleyhi ve sellem):

– Beni Allah size, bunları yapayım diye göndermedi ki, dedi ve ilave etti:

– Ben, size getireceğimi getirdim ve Allah'tan almış olduğum tebliğ vazifesini de yerine getirdim. Bundan sonra şayet

Efendimiz (sallallahu aleyhi ve sellem)

kabul ederseniz, sizin için bu dünya ve ahiret mutluluğu demektir. Şayet, kabul etmeyip de reddederseniz, aramızda Allah (celle celâluhû) hükmünü verinceye kadar ben de dişimi sıkar, sabreder ve beklerim.

Belli ki Efendiler Efendisi'nin ruh-u pâkleri çok sıkılmıştı. Sıkıntı duyulmayacak bir manzara değildi ki! Onun için konuyu kısa tutmaya çalışıyor ve bir an önce bu kasvet ortamından ayrılmak istiyordu.

Ancak, adamların niyeti işi daha da uzatmaktı; kendilerince eğleniyorlardı. Aralarından birisi ileri atıldı ve yine aynı üslupla şunları söylemeye başladı:

– Madem bizim için bunları yapmayacaksın; öyleyse, Rabbinden kendin için iste! Mesela, şu söyleyip durduğun şeyleri tasdik eden bir melek gönderse de, o melek Senin hakkında bize de malûmat verse! Aynı zamanda yine O'ndan istesen de Senin için cennet gibi bağ ve bahçeler, altın ve gümüşten saray ve malikâneler ihsan etse de Seni bir anda zenginler sınıfına ulaştırsa! Çünkü Sen, aynen bizim gibi çarşı-pazarda yürüyüp duruyor, biz nasıl kazanç peşinde emekliyorsak Sen de maişet peşinde koşuyorsun! Böylelikle biz, Senin Allah katındaki kıymetini anlar ve zannettiğin gibi gerçekten de Sen O'nun peygamberi isen, böylelikle biz de Senin, O'nun nezdindeki yerini görmüş oluruz!

Belli ki adamların ar damarı çatlamıştı. Onlar öylesine gönül eğlendiriyorlardı. Ortam, tam anlamıyla bir köy kahvesine dönmüştü. Önüne gelen, ileri atılıyor ve kendince bir şeyler söylüyordu. Rahmet Peygamberi Efendimiz (sallallahu aleyhi ve sellem) ise, her şeye rağmen dişini sıkıyor ve sabrediyordu. Hisler tepki gösterse de burada mantık öne geçmeli ve sabredilmeliydi. Onun için:

– Sübhanallah, dedi Allah Resûlü (sallallahu aleyhi ve sellem). Ben sadece bir peygamberim! Benim gibi birinin, Rabbinden

İbn Erkam'ın Evinde

böyle bir talepte bulunması uygun olmaz ki! Ben de zaten size bunun için gönderilmedim ki! Allah beni, uyarıcı ve müjdeleyici olarak gönderdi. Kabul ederseniz; dünyayı ve ahireti, siz kazanırsınız. Şayet kabul etmezseniz, o zaman da Allah (celle celâluhû), hakkınızdaki hükmünü verinceye kadar sabrederim.

Artık her kafadan bir ses çıkıyordu:

– Şu semayı ayaklarımızın altına ser ki Sana inanalım!

– Yâ Muhammed! Rabbin de, şu anda bizim Seninle oturduğumuzu, Senden bunları istediğimizi biliyor mu? Haydi bütün bunların haberini Sana bildirse ve işin doğrusunu bize öğretse ya!

– Duyduğumuza göre, Sana bütün bunları Yemâme'deki *Rahmân* denilen bir adam öğretiyormuş! Halbuki, Sen de biliyorsun ki biz, Rahmân'a asla inanmayız!

– Yâ Muhammed! Sen bizi mazur gör; ama biz Seni, ya Sen bizi yok edip tüketinceye kadar ya da biz Senin hakkından gelinceye kadar öyle başıboş bırakmayız!

– Biz, meleklere kullukta bulunuyoruz; halbuki onlar Allah'ın kızlarıdır!

– Allah ve melekleri gözümüzün önüne getirip bize göstermediğin sürece Sana inanmayız!

Söyleyen söyleyene, bir gürültü kopmuştu ve konuşma bir türlü de nihayete ermiyordu. Artık meclis, meclis olmaktan çıkmıştı; dayanılacak gibi gözükmüyordu. Bu yüzden Allah Resûlü, orayı terk etmek için kalkmak istedi. O'nunla birlikte Abdullah İbn Ebî Ümeyye de ayağa kalktı ve Allah'ın en sevgili kuluna şunları söyledi:

– Yâ Muhammed! Sana kavmin, gördüğün gibi bazı şeyler sundu; ama Sen hiçbirini kabul etmedin! Sonra, Senin Allah katındaki konumunu öğrenmek, sonra Sana tâbi olmak ve Seni tasdik etmek için bazı şeyler istediler, onu da yapmadın!

Efendimiz (sallallahu aleyhi ve sellem)

Hatta, kendi konumunu sağlamlaştırma adına bazı talepleri oldu, onlara da 'evet' demedin! Korkutup durduğun azabı çabuklaştırıp başlarına getirmeni söylediler, onu da yapmadın! Vallahi de ben, semaya merdiven dayayıp kat kat semaya yükselmedikçe ve ben de, oradan getirdiklerini çıplak gözle müşahede edip seyretmedikçe, bir de bütün bunlara dört tane melek getirip şahit tutmadıkça Sana asla inanmam. Gerçi, and olsun ki, bütün bunları yapmış olsan bile ben, Seni tasdik edeceğimi sanmıyorum![330]

Bunları söyleyen, Efendimiz'in halası Âtike'nin oğluydu. En yakındakinden bile, çok uzaktakilere yakışmayan şeyler duyuyordu. Bunları söylerken de ayağa kalkmış, az sonra da meclisi terk etmişti. Resûl-ü Kibriyâ da ayağa kalkmış, hane-i saadetlerine doğru yola koyulmuştu. Ne ümitlerle gelmişti, ama şimdi kim bilir ne hicranla geri dönüyordu? Yalnız başına kalakalmıştı. Rabbinden başka kendini müdafaa edecek kimse yoktu. Nihayet imdadına Cibril-i Emîn yetişti. Gelen ayetlerde Yüce Mevlâ şunları söylüyordu:

– Onlar, "Sen bize, yerden suyu kesilmeyen bir pınar fışkırtmadıkça Sana asla inanmayacağız." diyorlar.

Yahut Senin hurma ve üzüm bağların olsun da aralarından gürül gürül ırmaklar akıtasın!

Yahut, iddia ettiğin gibi gökyüzünü parçalayıp üzerimize kısım kısım düşüresin ya da Allah'ı ve melekleri karşımıza getiresin de onlar, Senin söylediklerine şahitlik etsinler!

Yok, yok! Bu da yetmez; Senin, altından bir evin olmalı yahut göğe çıkmalısın!

Ama unutma! Sen bize oradan dönerken okuyacağımız bir kitap indirmedikçe, yine de Senin oraya çıktığına inanmayız ha!

---

[330] Bkz. İbn Hişâm, Sîre, 2/132-136

İbn Erkam'ın Evinde

De ki: "Fe sübhânallah! Ben, Resûl olan bir peygamberden başka bir şey miyim?"[331]

İşte, yeni bir toplum inşa ederken Kur'ân, bu kadar olayların içinde ve inayet-i ilahiye de bu denli Habîb-i Zîşân'ın yanındaydı. Allah Resûlü (sallallahu aleyhi ve sellem), kasvet dolu bir akşam yudumlamıştı; ama şimdi Cibril gelmiş, bulunduğu yerin sağlamlığını ilanın yanında, bu türlü insanlara karşı takınması gereken tavrı da talim ediyordu.

Aslına bakılırsa Hz. Peygamber'in, ahir zaman Nebi'si olduğunu, O'nun hayatına kasteden bu can düşmanları da biliyor; O'nun beklenen Nebi olduğuna inanıyorlardı. Ancak bu bilmenin ötesinde, firavun misal kibirleri, koyu karanlık içinde bir kabile taassupları ve öyle büyük bir inatları vardı ki, bir türlü gelip teslim olamıyorlardı.

Muğîre İbn Şû'be, insafa geldiği bir sırada şunları anlatacaktı:

"Ebû Cehil'le beraber oturuyorduk. Bulunduğumuz yere yine Muhammedü'l-Emîn geldi ve bazı şeyler anlatarak tebliğde bulundu. Ebû Cehil, küstahça:

– Ya Muhammed! Eğer bunları, öbür tarafta tebliğ ettiğine dair şahit aramak için yapıyorsan, hiç yorulma ben sana şehadet ederim, şimdi beni rahatsız etme!

Yine üzüntü içinde Muhammed yanımızdan ayrıldı. Ben Ebû Cehil'e sordum:

– Hakikaten O'na inanmıyor musun?

Cevap verdi:

– Aslında biliyorum ki, O peygamberdir. Fakat, Hâşimîlerle eskiden beri aramızda bir rekâbet var. Onlar, *hacılara hizmet edip Kâbe'nin örtüsüne sahip çıkma işiyle gelenlere Zemzem ikram etme işleri bizde* diye övünüp duruyorlar.

---

[331] Bkz. İsrâ, 17/90-93

Efendimiz (sallallahu aleyhi ve sellem)

Bir de *peygamber de bizden*, derlerse işte ben buna dayanamam."³³²

Yeni Bir Teklif Daha

Yine günlerden bir gün, Efendimiz (sallallahu aleyhi ve sellem), Kâbe'ye gelmiş Allah'ın evini tavaf ediyordu. O sırada karşısına, Esved İbnü'l-Muttalib, Velîd İbn Muğîre, Ümeyye İbn Halef ve Âs İbn Vâil gibi kişilerden oluşan Kureyş'in ihtiyar heyeti çıkageldi. Belli ki, yine sinsi bir plan kurmuş ve bu planlarını teklif etmek istiyorlardı. Dediler ki:

– Yâ Muhammed! Hele gel, biz Senin ilahına kulluk edelim; Sen de bizim ilahlarımıza kulluk et. Böylelikle Sen ve biz, bir konuda ittifak etmiş oluruz! Bu durumda, şayet Senin ibadet ettiğin ilah hayırlı ise, hepimiz bundan nasibimizi almış oluruz. Ama şayet bizim ibadet ettiğimiz ilahlar hayırlı ise o zaman da Sen bundan nasiplenmiş olursun!

Bununla onlar, neyi hedeflemişlerdi? Acaba Allah Resûlü (sallallahu aleyhi ve sellem), böyle bir şeyi -faraza- kabul etmiş olsaydı, gerçekten bir olan Allah'a ibadet edecekler miydi? Hem, ibadet süreklilik isteyen bir kulluktu; öyle bir sene başka bir kıbleye, öbür sene bir başka yöne dönmek, dönekliktikten başka neyle izah edilebilirdi? Belli ki, belki de onlar gibi düşünebilecek bütün ehl-i küfrün ağzını kapatmak için yine imdada Cibril yetişti. Getirdiği ayetler, şunları söylüyordu:

– De ki: Ey kâfirler!
Ben, sizin ibadet ettiklerinize ibadet etmem.
Zaten siz de Benim ibadet ettiğime ibadet etmiyorsunuz!
Ve Ben, sizin ibadet ettiklerinize asla ibadet edecek değilim.

---

³³² Süheylî, Ravdu'l-Unuf, 1/280

İbn Erkam'ın Evinde

Anlaşılan siz de, Benim ibadet ettiğime ibadet edecek değilsiniz!

O halde, sizin dininiz size, Benim dinim de bana.[333]

Can Düşmanlarının Efendimiz'e Bakışları

Her ne kadar Efendimiz'e karşı böylesine olumsuz kampanyalar yürütülse ve bu kampanyalar, O'nun hayatına kastetme kertesine gelse bile, yine de düşmanlarının O'nun hakkındaki fikirleri olumsuz değildi; zira, Efendimiz'in *'Emîn'* denilecek kadar dürüst bir hayatı vardı ve onlar, bir türlü bu güveni yok sayamıyorlardı.

Aynı zamanda, söyleyip durduğu şeyler, öyle yabana atılacak cinsten şeyler de değildi; adam öldürmemek, zina etmemek, hırsızlık yapmamak; başkasının malınına göz dikmemek... Velhâsıl bütün bunlar, toplum salahını isteyen herkesin sahip çıkması gereken değerlerdi.

Bunun yanında anne babaya ihsanda bulunup onları hiç incitmemek, akrabalar arasındaki kaynaşmayı artırıcı ziyaretler yapmak, insanlara iyilikte bulunmak, bencilce davranışlardan uzak durup ihtiyaç sahiplerine yardım etmek gibi güzellikler de, öyle yabana atılacak şeyler değildi.

Ancak, Allah'a iman... Kur'ân... Ahiret hayatında karşılaşılacak hesap ve kitap ve atılan her adımı kaydeden meleklerin varlığı gibi konular, onları rahatsız ediyordu. Canlarının istediği gibi yaşamalarına engel olacak her türlü duruşa karşı çıkıyorlardı. Kolay değildi; bir ömür yaşadıkları hayatı bir kenarda bırakacak ve o güne kadarki her şeyi yalanlarcasına bugün yeni bir yola gireceklerdi! Bunu yapabilmek, fazilet isterdi!

O gün için karşı cephenin en önde gelenlerinden *Ebû Cehil*, *Ebû Süfyân* ve *Ahnes İbn Şerîk*, birbirlerinden gizlice ve

---

[333] Bkz. Kâfirûn, 109/1-6. Bkz. İbn Hişâm, Sîre, 2/208

Efendimiz (sallallahu aleyhi ve sellem)

bağımsız olarak gelmiş; namaz kılarken Kur'ân okuyan Allah Resûlü'nü daha yakından görüp okuduklarını dinlemek istemişlerdi. Merak ediyorlardı; ancak, yaptıkları bu işten bir başkasının haberdar olmasını da istemiyor ve bunun için gecenin karanlığından istifade etmeyi tercih ediyorlardı. Ne müthiş bir buluşmaydı; Allah'ın en sevgili kulu, Cenâb-ı Hakk'la mülâki olmuş, seyrine doyum olmayan bir vuslat yaşıyordu. Hayranlıkla ve uzun uzun dinlediler; yaz sıcağında inen rahmet damlaları gibiydi, kulaklarına çarpıp gelen nağmeler... Kendilerini o kadar kaptırmışlardı ki, o geceki son kelamını duyuncaya kadar vaktin nasıl geçtiğini fark edememişlerdi bile...

Kur'ân sesi kesilince, her biri evine dönmek için yola koyulmuştu; çok geçmeden yol, üçünü de bir noktada birleştiriverdi. Mahcup olmuşlardı:

— Bir daha böyle bir şey yapmayalım! Zira, aramızda zayıf karakterli olanlarımız bizi bu halde görürlerse, onların kalplerine şüphe düşer ve onlar da gelip teslim olurlar, diyerek birbirlerinden ayrıldılar.

Bunu demek kolaydı, ama akşam yaşadıkları o manzarayı unutmanın ve duyduklarını yok saymanın imkânı yoktu. Sürekli beyinlerini meşgul ediyordu. Bir defa daha gidip dinleselerdi ne çıkardı? Hem, artık diğer arkadaşları da gelmez ve yalnız başlarına bir kez daha Kur'ân dinlemiş olurlardı!

İşin doğrusu bunu; sadece biri değil, her biri düşünmüştü. Ertesi akşam da gelmişlerdi; yine sonuna kadar dinlediler ve ayrılık vakti gelince, yol yine aynı noktada birleştiriverdi üçünü de. Bu kadar da olmazdı! Hani dün söz vermişlerdi? Gecenin karanlığında kızaran yüzler gözükmese de ses tonları, mahcubiyetlerini ele veriyordu. Yine ilk geceki gibi sözleşip ayrıldılar; artık bir daha gelip dinlemeyecek ve böyle bir şeyle, bir daha asla karşılaşmayacaklardı.

Nihayet üçüncü gece olmuş ve etraftan el-etek çekilince, aynı üç şahıs yine yola koyulmuştu; Efendiler Efendisi'ni

İbn Erkam'ın Evinde

dinlemeye geliyorlardı. Her biri de, bu sefer diğerlerinin gelmeyeceğinden emindi. Fecir vakti tulû' edince yine ayrılmış, evlerine doğru gidiyorlardı ki, yolları aynı noktada üçüncü kez birleşiverdi! Bu kadar olurdu! Hem, bayrak açıp karşı koyacaklar hem dinlememek için aralarında anlaşıp söz verecekler hem de bütün bunlara rağmen gelip yine O'nu dinlemek için can atacaklardı! Birbirlerini kınayarak konuşmaya başladılar ve artık, ne pahasına olursa olsun bir daha böyle bir hadise yaşamamak için ölümüne söz verdiler.

Ertesi sabah Ahnes İbn Şerîk, asasını kaptığı gibi soluğu Ebû Süfyân'ın yanandı aldı:

– Söyle bana, ey Ebâ Hanzele! Muhammed'den dinlediklerin konusundaki fikrin ne, diye sordu.

Ebû Süfyân, muhatabının niyetini öğrenmeden renk vermek istemiyordu ve:

– Peki, sen ne düşünüyorsun, diye sorusuna soruyla mukabele etti. Kendini gizleme lüzumu hissetmeyen Ahnes:

– Ben O'nun hak üzere olduğunu sanıyorum, diye cevapladı Ebû Süfyân'ın sorusunu. O da rahatlamıştı;

– Allah'a yemin olsun ki ey Ebâ Sa'lebe! Bugüne kadar ben, çok şey işittim ve onlarla nelerin kastedildiği konusunda çok muarefe sahibi oldum; hangi kelamla neyin kastedildiğini iyi bilirim yani!

Daha cümlesini bitirmemişti ki, Ahnes araya girdi:

– Aynen, vallahi de ben de öyle, deyiverdi. Bununla onlar, hakikat nazarında Efendiler Efendisi'ni tasdik ediyor ve getirdiklerinin de hak olduğunu ikrar etmiş oluyorlardı. Ancak, bunu dışarı vurup ilan etmek öyle kolay değildi!

Bundan sonra Ahnes İbn Şerîk, Ebû Süfyân'ın evinden ayrıldı ve doğruca Ebû Cehil'in yanına geldi; aynı şeyleri onunla da konuşmak istiyordu:

– Ey Eba'l-Hakem, diye başladı sözlerine ve devam etti:

Efendimiz (sallallahu aleyhi ve sellem)

– Muhammed'den dinlediğin şeyler konusundaki fikrin ne?

– Ne duymuşum ki, diyerek pişkinliğe vurmak istiyordu Ebû Cehil. Ancak, Ahnes kararlı görünüyordu:

– Ey Ebâ'l-Hakem! Muhammed konusundaki gerçek fikrin ne; o doğru birisi mi yoksa yalan mı söylüyor? Bak, burada seni duyacak benden başka da kimse yok!

Kaçamak bir cevapla başından savamayacağını anlamıştı Ebû Cehil. Kitabın ortasından konuşmak gerekiyordu. Önce derin bir iç geçirdi ve ardından, yelkenleri suya indirip şunları söylemeye başladı:

– Allah'a yemin olsun ki, Muhammed doğru söylüyor; zaten O, asla yalan söylemez! Fakat, Kusayoğullarının sancaktarlık, zemzem suyundaki hizmetleri, perdedarlık ve dışarıdan gelen hacı adaylarına yemek verme hizmetlerine ilave olarak bir de peygamberlik meselesine sahip çıkmalarını düşününce kahroluyorum; onlar bütün bunları tek ellerine alırken, Kureyş'in hâli nice olur, bir düşünsene? Halbuki bizler ve Menâfoğulları, bugüne kadar şeref konusunda hep, birbirimizle yarışıp durduk; onlar yemek ziyafetleri verdiler, biz de verdik! Onlar, bazı yüklerin altına girip insanlara hizmet ettiler, bizler de benzeri şeyler yaptık! Ellerindeki imkânları başkalarına da açtılar, biz de malımızdan başkalarına vermeye başladık! Neticede, artık onlarla at başı gitmeye başlamıştık ki, şimdi onlar:

– Bizim aramızda, semadan haber getiren bir Nebi var, diyorlar. Söyler misin; bunun üstesinden biz nasıl gelebiliriz? Vallahi de, biz O'na asla inanmayacak ve hiçbir zaman da O'nu tasdik etmeyeceğiz![334]

Kalplerini küfrün kalın perdeleri kaplamış olsa da, vic-

---

[334] İbn Hişâm, Sîre, 1/269; Süheylî, Ravdu'l-Unuf, 1/280

İbn Erkam'ın Evinde

danlarıyla yalnız kaldıklarında, kendi yaptıklarından rahatsızlık duyuyor ve insafın kalıplarıyla konuşmaya başlıyorlardı.

Belki de Ebû Cehil'in sağ tarafından kalktığı bir gündü; yürürken Efendimiz'le karşılaşmıştı. Mahzun Nebi'yi yine hüzün içinde görünce insafa geldi ve O'nu teselli edebilmek için şunları söylüyordu:

– Ey Muhammed! Biz, Seni yalanlamıyoruz; biz, Senin bize getirdiğin şeyleri tekzip edip onların yalan olduğunu söylüyoruz!

Efendimiz (sallallahu aleyhi ve sellem), durumdan zaten haberdardı; adamların bugüne kadar verdikleri tepkiler bunu gösterirken bir de Cibril gelmiş ve O'na:

– Ey Habîbim! Onların ileri sürüp de Sana söyleyegeldikleri şeylerin Seni üzüp hüznünü artırdığını biliyoruz! Ama sakın endişe edip üzülme; çünkü şüphe yok ki onlar, asla Seni yalanlamıyorlar; fakat o zalimler, sadece Allah'ın ayetlerini inkar ediyorlar,[335] mealindeki ayeti getirmişti. Çünkü bu kanaatte olanlar, sadece Ebû Cehil'le sınırlı değildi; Hâris İbn Âmir gibi bazı insanlar, açıktan Efendimiz'e karşı bayrak açtıkları halde, akşam evlerine girip yalnızlığın sessizliğinde vicdanlarına döndüklerinde:

– Muhammed, asla yalan söyleyecek biri değil; ben de O'nun, sadece doğru sözlü olduğu kanaatindeyim, demek zorunda kalıyorlardı.[336]

İşte, gerçek fazilet de zaten bu idi; öyle bir hayat yaşanması gerekiyordu ki, can düşmanları bile faziletini kabullenip başkalarına anlatma lüzumu hissetsinler!

Zaten O'nun canına kasteden bu kişiler, hislerine kapıldıklarında ölümüne ferman kesseler bile vicdanları devreye

---
[335] Bkz. En'âm, 6/33
[336] Bkz. Vâhidî, Esbâbü Nüzûli'l-Kur'ân, 218, 219

Efendimiz (sallallahu aleyhi ve sellem)

girdiğinde, asla O'nu gücendirmek istemiyorlar; aleyhlerinde beddua etmesinden de şiddetle kaçınıyorlardı. Üzerine deve işkembesi atıp da karşısında gülerlerken, O'nun duaya durduğunu görünce bütün neşeleri kaçmıştı ve beddua eder diye ödleri kopmuştu. Onun için, O'na karşı savaşa giderken titreyerek adım atıyorlar; karşı karşıya geldiklerinde de, baştan aşağıya kendilerini ölüm korkusu sarıyordu. Hatta, Ümeyye İbn Halef, sırf Efendimiz aleyhinde çevirdiği dolapların kendi başına dolanacağı korkusuyla Mekke dışına çıkamıyor; çıktığı zamanlarda da Efendimiz'den olabildiğince uzak durmaya çalışıyordu. Yine Ebû Cehil'in baskısıyla Bedir'e gideceği gün hanımı karşısına dikilecek ve ona:

– Ey Ebâ Safvân! Medineli kardeşinin senin için söylediklerini[337] unuttun herhalde, diyerek Efendimiz'in verdiği haberi hatırlattığında o:

– Hayır, asla unutmadım! Ben, Mekkelilerle birlikte giderek sadece vaziyeti kurtarmak istiyorum, cevabını verecekti. Zira onlar, Allah'ın matmah-ı nazarı olan bir kalbi kırdıklarından dolayı başlarına nelerin gelebileceğini biliyor ve helak olacaklarından korkup tir tir titriyorlardı.[338]

Ayrıcalık Talepleri

Efendimiz'in etrafında, Hz. *Ebû Bekir*, Hz. *Osman*, *Sa'd İbn Ebî Vakkas* ve Hz. *Talha* gibi zengin sahabeler olduğu gibi, *Bilâl-i Habeşî*, *Ammâr İbn Yâsir*, *Zeyd İbn Hârise* ve *Habbâb İbn Erett* gibi fakir ve kimsesiz insanlar da vardı. Aynı zamanda bu insanlar, büyük çoğunluk itibariyle köle statüsünde, yahut köle iken hürriyete kavuşturulan kimselerdi. Elbette bu

---
[337] Efendimiz (sallallahu aleyhi ve sellem), onun da Bedir'de öldürüleceğini haber vermişti. Buhârî, Sahîh, 4/1453 (3734)
[338] Bkz. Buhârî, Sahîh, 4/1453 (3734); Halebî, Sîre, 2/378; Mübârekfûrî, er-Rahîku'l-Mahtûm, s. 119, 120

farklılık, Allah Resûlü ve ashab arasında bir problem teşkil etmiyordu; insanlar, Allah katında bir tarağın dişleri gibi eşitti. Ne *Arap* olanın *Acem*'e ne de siyahî olanın beyaz tenliye bir üstünlüğü olabilirdi!

Ancak Kureyş öyle düşünmüyordu; cehaletin en koyu tonunun hakim olduğu bu anlayışa göre, statü itibariyle alt tabakayı temsil edenlerle sürekli üstte bulunması gerekenler aynı mekanı paylaşamaz ve birlikte oturamazlardı. İşin esasına bakılacak olursa onlar, bu insanları *'insan'* olarak bile görmüyorlardı; onlara göre bu insanlar, sadece kendilerine hizmet için var olan yaratıklardı.

Efendiler Efendisi'nin bu insanlara değer verip de kendi huzurunda oturtmasından hiç haz almayan ve arzu ettikleri bu sistemin yavaş yavaş kontrollerinden çıktığını gören bu adamlar, hiç akla gelmeyecek bir teklifte bulundular. Diyorlardı ki:

– Bizler, Senin kavminin efendileriyiz; şayet Sen, bizi de yanına çekip meclisinde görmek istiyorsan, yanında bizden başka kimse olmasın!

İnsanlara tepeden bakanların teklifiydi bu. Ancak bu teklif, Allah tarafından da Resûlullah tarafından da kabul görmeyecekti.[339] Çünkü insanlar, imanlarına imanlarındaki derinliklerine göre değer kazanırdı. Allah bilmeyen bir kâfir veya müşrik, dünyanın en zengini veya en zekisi de olsa Allah katında bir değer ifade etmezdi. Zaten akıllı olmak, açıktan iman etmeyi gerektirirdi; iman sahibi olamadıklarına göre, bunların akıllı olduğunu söylemenin de imkânı yoktu. İşin doğrusu, akıllarını kullanıp iman etme gibi de bir niyetleri yoktu; sadece, kendilerini rahatsız eden (!) bir mesele karşısındaki tepkilerini dile getirmek istemiş ve kendilerince, uygun bir

---

[339] Onların imanını ümit ederek Efendimiz'in de bu teklife meylettiğine dair yorumlar, *'ismet'* vasfını haiz peygamberler için düşünülmemesi gereken hususlardandır. Hele söz konusu olan Zât, Efendiler Efendisi olursa!

Efendimiz (sallallahu aleyhi ve sellem)

meclis hakkı verilmediği için iman etmedikleri konusundaki haklılıklarını (!) ortaya koymaya çalışmışlardı.

Çok geçmeden Cibril-i Emîn gelmişti ve bu kanaati pekiştirme adına şu ifadeleri getirmişti:

– Sabah-akşam, sadece onun rızasını düşünerek Rablerine râm olmuş olanları sakın huzurundan uzaklaştırma![340]

Anlaşılan bu iş, elini sıcak sudan soğuk suya sokmamış çilesiz insanlarla yürüyecek bir iş değildi; bu iş, yokluğun ne anlama geldiğini bilen ve elindekini başkalarıyla da paylaşabilen insanların omzunda yükselmeliydi. Varlık içinde yüzenler, yokluğun ne anlama geldiğini bilemez ve onların elinden tutma adına da istenilen gayreti gösteremezlerdi.

Demek ki, yüce insanlar için, gönülden davaya inanmış hasbileri uzaklaştırıp da müşriklerin hidayetini umarak müşrikleri kendilerine yaklaştırmak gibi bir uygulama asla düşünülemezdi. Zira bu, küçük hesapların ve büyük düşünememenin bir sonucu olurdu. Açıkça bir zulümdü ve Allah Resûlü de böyle bir zulümü irtikâb etmekten fersah fersah uzaktı. Üç-beş müşrikin, sırf kendilerini tatmin adına ortaya attıkları bu türlü hezeyanlara kulak asmayacak ve sabah-akşam, davada, düşüncede, duyguda 'Allah' deyip inleyenlerle beraber olacak; gözünü onlardan ayırmayacak ve asla başkalarına kaydırmayacaktı. Çünkü biliyordu ki, Allah'ın rahmeti onlarla beraberdir. Nasıl olabilirdi ki O (sallallahu aleyhi ve sellem):

– Cennet şu üç insana kavuşmak için iştiyak içindedir: Ali, Selmân ve Ammâr,[341] buyuracaktı. Kendini bilmeyen üç-beş sergerdanın sahte taleplerine karşılık, kendilerine cennetin müştak olduğu bu samimi ve yürekten insanlar huzurdan kovulur muydu hiç?

---

[340] Bkz. En'âm, 6/52; Kehf, 18/28
[341] Tirmizî, Sünen, 5/667 (3797); Hâkim, Müstedrek, 3/148 (4666)

GEÇMİŞE AİT BİR MUHASEBE

Dünle bugün arasında, mü'minler açısından Batı ile Doğu arasındaki mesafe kadar açık bir fark vardı. Bu farkı tescil adına Cibril-i Emîn gelmişti ve geçmişte kalan bir konuyu hikaye ediyordu:

– Onlardan birisine, *"Kız çocuğun oldu."* müjdesi verildiğinde, öfke ve üzüntüsünden yüzü kaskatı ve mosmor kesilir. Müjdelendiği bu kötü haberin etkisiyle utanıp, eş ve dostundan saklanmaya çalışır. Başına bu hal geldiğine göre şimdi ne yapacağını düşünmektedir; hor, hakir ve itilip kakılan bir bela olarak hayatta mı bıraksın, yoksa toprağa mı gömsün! Dikkat ediniz; ne kötü hükmediyor ve yanlış karar veriyorlardı![342]

Cehalet, insanı ne hallere koyuyordu! Konu, henüz zihinlerde tazeydi; hatta, cehalet batağından kurtulamayan bazı insanlar itibariyle, hâlâ benzeri uygulamalar devam edip duruyordu. Kimi, açlık endişesinden, kimisi kız yerine erkek çocuğu tercih ettiğinden kimisi de kız çocuğunun olmasını kendisine yediremediği için onlara karşı cephe alıyor; bazıları itibariyle de onları öldürmeye varan canavarlıklar sergileniyordu.[343]

---

[342] Nahl, 16/58, 59
[343] Bkz. Enâm, 6/101; İsrâ, 17/31

Efendimiz (sallallahu aleyhi ve sellem)

Ayet ise, o güne ait bir uygulamayı, tarihe mâl ediyor ve çizgisini kaybettikten sonra bir insanın, vahşet adına gelebileceği noktayı ibret-i âlem olması için kıyamete kadar herkesle paylaşmayı hedefliyordu.

Çok geçmeden, iman suyundan kanasıya tadanlardan biri, Habîb-i Zîşân Hazretlerinin yanına gelmişti. Belli ki, içinde çözemediği bir sıkıntı vardı. Bir şeyler söylemek istiyordu; ama bir türlü cesaretini toplayıp da başlayamıyordu. Şefkat dolu bakışlarını yakaladığı bir sırada:

– Yâ Resûlallah, diye söze başladı. Bu arada Efendiler Efendisi de, bedeniyle birlikte yüzünü bu zata doğru yöneltmiş; onu dinlemeye durmuştu.

– Bizler, cahiliye döneminin insanlarıyız; kendi elimizle yapageldiğimiz putlara tapan ve kızlarımızı öldüren kişileriz biz, diyordu. Ancak, belli ki anlatacağı şeyin onda bıraktığı tesir çok büyüktü. Kesik kesik konuşuyordu.

– Benim de bir kızım vardı. Ben de bir gün, cehalete ait bu baskılara dayanamayıp kızımı yanıma çağırdım. Koşarak geldi; çağırıp onunla ilgilenmemden o kadar mutlu olmuştu ki! Elinden tuttum ve uzaklarda bildiğim bir kuyunun yanına götürdüm onu. Eli avuçlarımın içinde kuyunun kenarında otururken, birden itip onu kuyuya atıverdim. Aşağıya düşerken,

"Babacığım! Babacığım!" diye çığlıkları yükseliyordu.

Huzur-u âlileri birden hüzne bürünmüştü. Resûl-ü Kibriyâ ağlıyordu. O kadar ağladı ki, gözyaşlarıyla sakal-ı şerifleri ıslanmıştı. O'nun bu kadar hüzünlendiğini gören bir başka sahabe kalktı ve adama dönüp:

– Ne yaptın sen! Resûlullah'ı hüzne boğdun, diye tepki gösterdi. Efendiler Efendisi aynı kanaatte değildi. Eliyle de işaret ederek:

– Bırak onu! Çünkü o, geçmişinde yaşadığı önemli bir yanlışı sorguluyor, dedi. Ardından da adama dönerek:

Geçmişe Ait Muhasebe

– Yaşadıklarını bana birkez daha anlatır mısın, dedi. Adam yeniden anlatmaya başladı. Hüzün, artarak devam ediyordu. Efendiler Efendisi'nin gözlerinde ağlamaktan yaş kalmamış, göz pınarları kurumuştu. Ardından herkese şunları söyledi:

– Şüphesiz ki Allah (celle celâluhû), bugününüzün hakkını vererek O'na kul olduğunuz sürece, cahiliye döneminde yaptıklarınızı orada bırakır.

Adam da, içini dökmüş ve en yetkili merciden içini rahatlatacak bir cevap almıştı. Eski hatalarını affettirebilmek için kim bilir neler yapacağının sözlerini veriyordu kendi kendine. İşte burada Efendimiz (sallallahu aleyhi ve sellem), yine adama döndü ve:

– Haydi şimdi, her şeye yeniden başla,[344] dedi.

---

[344] Âlûsî, Rûhu'l-Meânî, 14/169, Dârimî, Sünen, 1/14 (2)

TEBLİĞ AYETLERİ

Bir taraftan İbn Erkam'ın evindeki faaliyet, *sırran tenevverat*³⁴⁵ devam ediyor; diğer yandan da insanlar, teker teker İslâm'a davet ediliyordu. Buna rağmen müşrikler, buldukları her fırsatı mü'minlerin aleyhinde değerlendirmeyi şiar edinmiş; onları sürekli taciz etmeye çalışıyorlardı. Gerçi, gelen ayetlerde hem onların durumu ortaya konuluyor hem de mü'minleri yarın adına bekleyen sürprizlerden bahisler açılıyordu. Mü'minler için tek dayanak O idi ve O (sallallahu aleyhi ve sellem) da, her gün yeni bir mesajla insanları besliyor, yol ve yöntem öğretiyordu.

Hira'daki buluşmadan bu yana, beş yıla yakın bir süre geçmişti. Allah'ın ayetlerini, Allah'ın Resûlü (sallallahu aleyhi ve sellem) insanlara tebliğ ediyor ve bizzat talimini de yerine getiriyordu. İbn Erkam'ın evinde, tam anlamıyla Rahmânî bir sofra kurulmuş; sahabe de bu sofradan doyasıya istifade ediyordu. Bu sofranın müdavimleri, Nebevî sohbetteki insibağla boyanmış, buradan aldıkları boyayı başkalarına da taşımaya başlamışlardı. Artık sofra, dar geliyordu.

---

³⁴⁵ Başkalarını tahrik etmeden ve yapılan şeyler zatında güzel olduğu halde onları çirkin gibi görenlerin anlayışlarına takılmamak için arka planda nurlanma demektir.

Efendimiz (sallallahu aleyhi ve sellem)

Derken, bir anda ortamın havası değişmiş ve vahyin gelişini haber veren bir görüntü hâsıl olmuştu. Gelen ayet, şunları söylüyordu:

– Emrolunduğun şeyi, onların başlarını ağrıtırcasına tebliğ et ve müşriklerden de yüz çevir! Bunu yaparken alaycı bir tavır sergileyenlere karşı Biz Senin arkandayız ve yeteriz. Onlar ki, Allah'a başka ilahları da ortak koşarlar; işin gerçek yönünü yarın onlar da bilecekler.[346]

Üç yıllık süreci sona erdirecek bir emirdi bunlar aynı zamanda. Anlaşılan, ilk defa muhatap olunan bir toplumda, tebliğ adına bazı devreler vardı ve şimdi, bu devrelerden biri geride kalıyor, irşad ve tebliğ adına yeni bir sayfa daha açılıyordu. Zira artık, iman cephesindeki maya tutmuş ve kemiyet itibariyle kırka bâliğ olan Müslümanlar, keyfiyet olarak da zirvede bir temsil yaşamaya başlamıştı.

Demek ki bundan sonra, müşriklerin alaycı tavırlarıyla onlardan gelebilecek tepkilerin çok önemi yoktu. Beri tarafta Hakk'a âşinâ binlerce insan dururken, üç-beş kendini bilmezin tepkilerine mesele kurban edilmemeli; imana ait hakikatler her bir insana ulaştırılarak dileyenin onları kabullenme süreci hızlandırılmalıydı.

---

[346] Bkz.Hıcr, 15/94-96

HZ. ÖMER'İN GELİŞİ VE İBN ERKAM'IN EVİNDEN ÇIKIŞ

Bir Çarşamba akşamıydı. Efendiler Efendisi, İbn Erkam'ın evinde bir akşam ellerini kaldırmış; dua dua yalvarıyordu. O kadar içten ve ısrarcıydı ki, bu durum yanındakilerin gözünden kaçmadı. Karıncalanmış avuçlarını semaya kaldırıp gözlerini semaya dikmiş, içtenlikle şöyle dua ediyordu:

– Allah'ım! Şu, iki adamda dinini aziz kıl: Ömer İbn Hattâb ve Amr İbn Hişâm!³⁴⁷

Ömer İbn Hattâb, sert yapılı bir adamdı; gözü pekti ve kimseden çekinmezdi. Bu tavır, adeta ona babasından kalan bir mirastı. Onun için eniştesiyle kız kardeşi, Müslüman olduklarını Ömer'den gizlemişlerdi, kimseye fark ettirmeden namaz kılıp Kur'ân okuyor; gizliden gizliye de tebliğde bulunuyorlardı.

Aslına bakılırsa Hz. Ömer, gelişmeleri uzaktan izliyor; üzerindeki baskıları bir türlü atıp da Müslüman olamasa da, en azından bu dini tercih edenlerdeki fazileti görüp takdir ediyordu. Bir akşam, Kâbe'ye gelmiş ve orada gecelemeye karar vermişti. Bu sırada Allah Resûlü (sallallahu aleyhi ve sellem) buraya

---

³⁴⁷ Hâkim, Müstedrek, 3/574 (6129)

Efendimiz (sallallahu aleyhi ve sellem)

geldi ve Kur'ân okumaya başladı; Hâkka suresini okuyordu. Hz. Ömer, ilk defa duyuyordu ve sözdeki cezbe çok hoşuna gitmişti. Etkisinden kurtulmak için bir kulp takması gerekiyordu ve tepki olarak Kureyş'in dediği gibi:

– Şâir, deyiverdi. Ancak gelen ses devam ediyordu:

– Şüphesiz ki o, kerim bir elçi olan Cibril'in sözüdür; asla bir şâirin kavli değildir. İnanmamak için ne kadar da ayak diretiyorsunuz!

Olacak şey değildi! Aklından geçirdiği yakıştırmaya hemen cevap gelmişti. Bu sefer:

– Kâhin, diye geçiştirmeye çalıştı. Ses gelmeye devam ediyordu:

– O, bir kâhin sözü de değil; siz ne kadar da az zikrediyorsunuz! O, âlemlerin Rabbi tarafından indirilen ulvî bir kelamdır.[348]

Bu şekilde Allah Resûlü (sallallahu aleyhi ve sellem), sureyi sonuna kadar okumuş ve Ömer de bunu, büyük bir şaşkınlık ve merak içinde dinlemişti. O gece bir hayli ve uzun uzun düşündü. Zihnen gelgitler yaşıyordu. Ama bunlar, henüz Ömer'i harekete geçirip saf değiştirecek güçte değildi. Onun için ertesi sabah, yeniden eski arkadaşlarının arasına dalmış, eski alışkanlıklarına geri dönmüştü.

Amr İbn Hişâm (Ebû Cehil) ise, her fırsatta Allah Resûlü'ne karşı çıkan ve din adına her gelişmeyi engelleme yarışına girişen ve bundan da haz duyan bir adamdı. Bugüne kadar Efendimiz (sallallahu aleyhi ve sellem), onun da Müslüman olması için çok uğraşmış, ama ona bu, bir türlü nasip olmamıştı. Defalarca kapısına kadar gitmiş; fakat her defasında hakaretle karşılaşıp mübarek yüzünde tükürükle geri dönmüştü. Buna rağmen Allah Resûlü (sallallahu aleyhi ve sellem), Ebû Cehil'in peşini bırakmıyor ve bir de dualarına alarak, her şeye rağmen

---

[348] Bkz. Hâkka, 69/42

Hz. Ömer'in Gelişi

onun da kalbine iman koyması için Allah'a dua ediyordu. Ancak bu dua, Ömer için kabul görecek ve kaybeden Ebû Cehil olacaktı.

Efendimiz'in dua ettiği günün ertesi sabahında Ömer, Safa tepesine yönelmiş; İbn Erkam'ın evinde buluşan mü'minlere kötülük yapma niyetiyle yola düşmüş; kılıcı belinde, tam tekmil yürüyordu. Yolda giderken karşısına, Müslüman olduğu halde imanını gizleyen bir başka sahabe *Nuaym İbn Abdullah* çıkıverdi. Gördüğü manzara Nuaym'ı endişelendirmişti; zira Ömer, o kadar öfkeliydi ki, burnundan soluyordu. Ne yapıp edip onu yolundan çevirmeli ve böylelikle şerrinden emin olmalıydı. Onun için:

– Nereye gidiyorsun ey Ömer, diye sordu.

– Şu Kureyş'in arasına iftirak salan, ataları ve ilahları hakkında kötü sözler söyleyen ve onları ayıplayan sâbi Muhammed'i öldürmeye gidiyorum, cevabını verdi.

Zannında isabet etmişti; Ömer gerçekten çok kötü bir niyet taşıyor ve bu niyetini icra etmek için de yola koyulmuş, İbn Erkam'ın evine gidiyordu. Ne yapıp edip onu bu yolda çevirmeliydi. Aklına ilk gelen şey, Ömer'in eniştesiyle kız kardeşi oldu.

– Vallahi de nefsin seni aldatmış ey Ömer! Abdimenâfoğullarını kendi halinde bırakıp da gidiyor; Muhammed'i öldürmek için yol alıyorsun? Bâri, kendi evine dön de, önce onların işini hallet!

Ömer, büyük bir şok geçirmişti. Olamazdı; onun haberi olmadan kendi ailesinden birisi gidip de Müslüman olamazdı! Onun için hemen sordu:

– Kendi evimde ne var ki? Yoksa?..

Evet... Kendi ailesinden de bu tatlı su kaynağına uğrayan ve o pınardan doya doya içmeye başlayanlar vardı. Ancak Ömer bunlardan habersizdi ve çabuk söylemesi için Nuaym'ı sıkıştırıyordu. Nihayet Nuaym, en azından hedef değiştirmiş

Efendimiz (sallallahu aleyhi ve sellem)

ve bir müddetliğine de olsa zaman kazanmıştı. Şimdi ise, gerçeği söylemek durumundaydı:

— Enişten ve amcaoğlun Saîd İbn Zeyd[349] ile kız kardeşin Fâtıma Binti Hattâb. Vallahi onlar da Müslüman olup Muhammed'e tâbi oldu, O'nun dinine girdiler; sen önce kendi meseleni hallet, dedi Ömer'e.

Ömer'in beyninde ardı ardına şimşekler çakmıştı. Nasıl olur da, haberi olmadan kendi hanesinden birileri gider ve bu akıntıya kapılabilirdi? Meseleye hemen müdahil olmalı ve el koymalıydı. Onun için, anında yön değiştirdi. Adeta uçarak gidiyordu. Ancak, bu seferki hedefi, Allah Resûlü değil; eniştesiyle kız kardeşiydi.

Tam kapıya yaklaşmıştı ki, içeriden yürek yakan bir ses duydu. Kâbe'de geçirdiği geceyi hatırlatan bir sesti bu. Her ne kadar bu sesin sahibi farklı olsa da, kaynağı aynıydı. Habbâb İbn Erett'in sesiydi bu:

— Tâ-hâ. Biz Sana bu Kur'ân'ı sana güçlük çekesin diye indirmedik...

Henüz farkında olmasa da koca Ömer erimeye başlamıştı. Ancak o, bir anda teslim olacak gibi gözükmüyordu. Kendini toparlayıp şiddetle kapının tokmağını dövmeye başladı. Bir taraftan da gür sesiyle bağırıyor, bir an önce kapıyı açmalarını istiyordu.

Ömer'in sesini kapıda duyan ev halkında büyük bir telaş başlamıştı. Zira niçin geldiği belli olmuştu. Evde kendilerine Kur'ân öğreten Habbâb'ı bir kenara gizlediler ilk olarak. Ardından da, ellerindeki Kur'ân ayetlerini dizinin altına aldı kardeşi Fâtıma. Evin hali, Ömer'in gelişine müsait hale gelir gelmez de kapıyı açtılar, ürpererek.

Ömer çok zeki bir insandı; kapının geç açılması da onu iyice işkillendirmişti. Hemen sordu:

---

[349] Saîd İbn Zeyd, aynı zamanda Hz. Ömer'in amcaoğlu oluyordu.

Hz. Ömer'in Gelişi

– Biraz önce duyduğum o ses ne idi?

"Ses falan duymadın ki" mânâsında:

– Ne sesi duydun ki, demeye çalıştılar.

– Hayır, duydum, dedi ve ardından; hiddetle üzerlerine yöneldi. Bir taraftan söyleniyor, diğer yandan da ateş püskürüyordu:

– Duydum ki, sizler de Muhammed'in dinine girmiş, O'na tâbi olmuşsunuz, dedi ve hızını alamayıp eniştesi Saîd İbn Zeyd'e şiddetle vurdu. Kız kardeşi Fâtıma, Ömer'e engel olmak isteyince bir darbe de ona indirdi. Ömer gibi birinin sillesine dayanmak zordu ve Hz. Fâtıma, kanlar içinde kalakalmıştı. Ancak bu, onun için yeni bir hamlenin başlangıcıydı. Zira, artık kaybedeceği bir şeyi kalmamıştı. Nasıl olsa ağabeyi her şeyden haberdardı. Hem, Hz. Fâtıma da aynı toprağın semeresi, Hattâb ailesinin bir kızıydı. Öyleyse hâlâ gizlemenin bir anlamı olamazdı ve yiğitçe bir tavırla dikildi ağabeyinin karşısına:

– Evet, biz de Müslüman olduk! Ne var bunda! Allah ve Resûlü'ne iman ettik biz. Haydi şimdi istediğini yap bakalım!

Ömer, üçüncü vurgununu yemişti. Normal şartlarda bir insanın kendisine böyle tavır takınmasının imkanı olamazdı. Hele bir kadın çıkacak ve Ömer'e karşı koyacaktı! Nasıl oluyordu da kız kardeşi, Ömer'e cevap yetiştiriyor ve meydan okurcasına bir tavır sergileyebiliyordu? Ortalığı derin bir sessizlik bürümüştü. Uzun uzun kardeşine baktı Ömer; kanlar içinde kalmıştı; ama duruşunda ayrı bir asalet vardı. Yaralı aslan gibi bir duruşu vardı; her şeye rağmen onurunun peşindeydi. Bakışlarında, hayatı istihkar vardı: *"Öldürsen ne çıkar, biz, gerçek huzuru Muhammed'in yanında bulduk."* mesajları gizliydi. Belli ki bu vurgun, koca Ömer'i dize getirmişti. Demek ki bunun için, enişte ve kız kardeşin Ömer'den şiddet görmesi gerekiyordu. Anlaşılan kader, o güne kadar karşı cephe adına kök söktüren bir gücü, enişte evinde eritmeyi takdir

Efendimiz (sallallahu aleyhi ve sellem)

buyurmuştu. Yaptıklarına bin pişman olmuştu. Ömer'deki değişim, gün yüzüne çıkmak üzereydi; ses tonunu kontrol altına almış bir şekilde kız kardeşine seslendi:

– Ben buraya gelirken okuduğunuz şu sayfayı bana ver de, Muhammed'e gelen şey ne imiş bir bakayım.

Onlar da şaşırmışlardı. Bir aralık, vermekle vermemek arasında tereddüt yaşadılar. Çünkü Ömer, sayfayı alıp yırtabilir, ağzını bozup Kur'ân ve Efendileri hakkında uygunsuz sözler sarfedebilirdi. Onun için Hz. Fâtıma:

– Ona bir kötülük yapmandan endişe ediyoruz, diye cevapladı.

– Korkma, diyordu Ömer, alttan alarak. Ardından da, hiçbir zarar vermeden, okuduktan sonra geri vereceği hususunda yemin ederek güvence verecekti.

Biraz önce kanlar içinde kalan kız kardeşin sevincine diyecek yoktu; ağabeyinin gelişini sezmişti artık. Tanıyordu onu zira... Ömer çözülmüştü. Onun için bir adım daha attı:

– Ey kardeşim! Sen, hâlâ şirkin kirliliği içindesin; halbuki bu Kur'ân'a necis olanlar el süremez!

Peki, o zaman ne yapmak gerekiyordu?

Hemen guslü anlattı Hz. Fâtıma... Zira bu, Allah kelamıydı ve Allah'ın razı olacağı şekilde ele alınmalıydı.

Ömer için bu, büyük bir imtihandı. Ancak, bu büyük vurgunun ardından o, kesin kararını vermiş ve son tercihini yapmıştı. Gitti ve kardeşinin anlattığı şekilde abdest aldı. Biraz önceki kasvet, yerini cennet bağlarındaki huzura bırakmış, yüzlerden mutluluk akıyordu.

Bu arada Hz. Fâtıma, Tâ-hâ suresinin yazılı olduğu sayfaları Hz. Ömer'e vermiş; o da okuyordu. Bir noktaya gelince kendini tutamadı ve:

– Ne güzel kelam... Ne tatlı ifadeler bunlar, dedi.

Hz. Ömer'in Gelişi

Beri tarafta; gizlendiği yerden Hz. Ömer'in Kur'ân okuyuşunu dinleyen ve okuduktan sonra da kanaatini izhar eden, yorumuna şahit olan Habbâb İbn Erett, tekbir getirip haykırmamak için kendini zor tutuyordu. Daha dün akşam İbn Erkam'ın evinden yükselen dua, bütün canlılığıyla zihninde duruyordu. Bir dua, bu kadar kısa sürede icabet görür ve iki Ömer'den biri bu kadar kısa sürede huzura gelir miydi! İşte şimdi Habbâb, gizlendiği yerden buna şahit oluyordu. Çok geçmeden de, heyecanını yenemeyip saklandığı yerden çıktı ve Hz. Ömer'e:

– Ey Ömer! Vallahi de ben senin, Allah'ın Nebisi'nin duasına mazhar olduğunu umuyorum! Daha ben dün, O'nu, "Allah'ım! Ne olur, dinini şu iki Ömer'den birisiyle te'yid buyur. Ömer İbn Hattâb ve Amr İbn Hişâm!" diye dua ederken duydum. Allah'a yemin olsun ki işte bu o, yâ Ömer, diye seslendi.

Hz. Ömer, iki sürprizi birden yaşıyordu; öncelikle Habbâb'ın burada ne işi vardı ve şimdiye kadar neredeydi? Niye saklanmış ve şimdi niçin gelip de kendisine bunları söylüyordu?

Onun için ikinci sürpriz, öldürmek için kılıcını kuşanıp da yanına gitmeye çalıştığı Allah Resûlü'nün büyüklüğüydü. Arada ancak bu kadar fark olabilirdi. Sen O'nu öldürmek isteyecek ve yola koyulacaksın, O ise, senin imanını kurtarmak için vakit ayıracak ve dua dua Rabbine yalvaracak! Aman Allah'ım, bu ne azamet... Bu ne büyüklüktü!

Artık o heybetli Ömer'i büyük bir mahcubiyet bürümüştü. Habbâb'a döndü ve:

– Ey Habbâb! Bana Muhammed'in yerini gösterebilir misin? Hemen yanına gitmek istiyorum, dedi.

– Şimdi O, Safa tepesinde arkadaşlarıyla beraber bir evde bulunuyor.

Artık Hz. Ömer'in hedefi belliydi. Gerçi bu hedef, sabah

Efendimiz (sallallahu aleyhi ve sellem)

evinden çıktığı zamanki hedefle aynıydı; ama bu sefer niyet farklıydı.

Çok geçmeden İbn Erkam'ın kapısını çalıyordu Hz. Ömer. Delikten dışarıya bakan sahabe, kapıdakinin Ömer olduğunu görünce heyecan ve korku ile hemen Resûl-ü Kibriyâ'nın yanına koşmuştu:

— Yâ Resûlallah! Kapıdaki Ömer! Kılıcını da kuşanmış kapıda bekliyor, diyordu. Hz. Hamza ileri atıldı:

— İzin ver, gelsin yâ Resûlallah! Şayet, gelişiyle hayır murad ediyorsa biz de onu alır bağrımıza basarız. Ancak kötü bir niyet besliyorsa işte o zaman biz, kılıcını alır ve kendi kılıcıyla onu öldürürüz!

Zaten, Resûlullah (sallallahu aleyhi ve sellem) da farklı düşünmüyordu. Duanın ne büyük bir silah olduğunu söyleyen de, ellerini açıp Ömer için dua eden de zaten O değil miydi? Elbette bu sıkıntılar içinde Allah (celle celâluhû), Habîbi'ni yalnız bırakmayacak ve isteklerine cevap verecekti. Talebinin kabul görmesinin şükrü içindeki Efendimiz (sallallahu aleyhi ve sellem):

— İzin verin gelsin, buyurdu. Kendileri de, oturdukları yerden kalktı. Belli ki, Ömer'in gelişini ayakta karşılamak istiyordu.

Kapı açılmış ve dev cüsseli Ömer de içeri girmişti. Karşısında, şefkatle kendisine kucak açan Allah Resûlü (sallallahu aleyhi ve sellem) duruyordu. Bu sıcaklığın bir benzeri, ancak cennetlerde bulunabilirdi. Allah Resûlü önce, şiddetle kavrayıp sinesine sardı Hz. Ömer'i ve ardından da:

— Şimdiye kadar neredeydin ey Hattâboğlu! Allah'a yemin olsun ki neredeyse, Allah başına bir musibet getirinceye kadar gelmeyeceğini düşünür olmuştum, buyurdu.

— İşte; geldim yâ Resûlallah! Allah'a, Resûlü'ne ve O'nun katından gelenlere iman etmek için geldim!

İbn Erkam'ın evinden Safa tepesine doğru coşkulu bir

Hz. Ömer'in Gelişi

tekbir yankılanıyordu; zira, Hz. Ömer'in gelişini duyan ve akşamki duaya muttali olan -Resûlullah dahil- herkes, heyecandan kendini tutamamış ve bir ağızdan tekbir getirmeye durmuştu. Zaten, Ömer'in gelişi de ancak böyle karşılanırdı!

Hz. Ömer'in gelişi, artık yeni bir dönemin başladığını gösteriyordu. Hz. Hamza'dan sonra Ömer gibi bir gücü daha yanlarında gören ashab-ı Resûlullah, birer ikişer İbn Erkam'ın evinden çıkmış; Safa tepesindeki tekbiri Mekke'ye yaymanın yarışına girişmişlerdi.[350] Zira Hz. Ömer'in gelişi, herkese ayrı bir güç vermiş; o Müslüman olduktan sonra daha bir izzetle dolaşır olmuşlardı; namaz kılarken daha rahat hareket ediyor, Kur'ân okurken de başkalarının musallat olmasından o kadar endişe duymuyorlardı. İbn Mes'ûd hazretlerinin dediği gibi Hz. Ömer'in Müslüman oluşu, din adına bir fetih anlamına geliyordu.[351]

Hz. Ömer Müslüman olmuştu olmasına, ama içinde yaşadığı değişimi herkese haykırmadan rahat edecek gibi görünmüyordu. Onun için Efendimiz'e döndü ve:

– Yâ Resûlallah! Biz hak üzere olduğumuz halde neden dinimizi gizliyoruz ki? Halbuki onlar, bâtıl üzere oldukları halde anlayışlarını açıktan dile getiriyorlar, dedi. Efendimiz (sallallahu aleyhi ve sellem), sabır ve temkin insanıydı. Daha önce Ebû Bekir'e seslendiği gibi seslendi ona da:

– Ey Ömer! Zaten yaşadıklarımızı görüyorsun... Bizler henüz bunu yapacak sayıda değiliz.

– Seni hak ile gönderen Allah'a yemin olsun ki, daha önce hangi meclislerde dolaşmışsam gidip hepsinde imanımı haykıracağım, dedi ve İbn Erkam'ın evinden çıktı. İlk uğradığı yer, Kâbe idi. Önce, yılların yanlışlığına inat göstere göstere

---

[350] Bkz. İbn Hişâm, Sîre, 2/187 vd.
[351] Bkz. İbn Sa'd, Tabakât, 3/270

tavaf etti onu. Sonra da Kureyş'in yanına gitti. Anlaşılan, zaten onlar da bu gelişi bekliyorlardı. Ebû Cehil öne atıldı:

— Herhalde sen de sâbi olmuşsun,[352] dedi alaylı bir üslupla. Ömer, kendince kükredi:

— Ben şehadet ederim ki, Allah'tan başka ilah yoktur ve Muhammed de, O'nun hem kulu hem de Resûlü'dür.

Bunu söyleyen dünkü arkadaşları Ömer bile olsa, müşriklerin buna tahammülleri yoktu ve hep birden üzerine üşüşüverdiler. Ancak, ortada bir Ömer gerçeği vardı. Üzerine ilk gelen Utbe'yi kaptığı gibi altına almış, güzelce hırpalayıvermişti. Parmağı gözüne batan Utbe, feryâd ü figân içinde çırpınıyor ve ıstıraptan Mekke'yi inletiyordu. Kolay lokma olmadığı zaten belliydi; ama Ömer sanki eski Ömer'den daha güçlü ve çevik çıkmıştı. Etrafındaki kalabalık bir anda dağılıverdi. İslâm'ın izzetini Mekke sokaklarında temsil ederek yürüyen Ömer'e artık kimse karşı koyamıyordu. O da, Resûlullah'ın yanında verdiği sözü yerine getirmek için bütün meclisleri dolaştı ve duymayan sağırlara da duyurdu adını ve İslâm'ın güzelliklerini.

Yine de Allah Resûlü (sallallahu aleyhi ve sellem) endişelenmişti. Nihayet gelişini görünce de, üzerine titrercesine neler olduğunu sordu. Vazifesini kusursuz yerine getirmenin huzuruyla Hz. Ömer anlatmaya başladı:

— Anam-babam Sana feda olsun yâ Resûlallah! Endişe edeceğiniz hiçbir şey yok! Allah'a yemin olsun ki, İslâm'la şereflenmeden önce uğradığım her bir meclise uğradım ve içimden geldiği gibi kimseden korkup çekinmeden imanımı haykırdım.[353]

---

[352] Yıldızlara kutsiyet atfederek onlara ibadet eden bir düşünce biçimi. Semadan vahiy geldiği için Kureyş ileri gelenleri Müslümanlık hakkında bu ifadeyi kullanarak onu hafife almaya çalışıyorlardı.
[353] İbn Kesîr, el-Bidâye ve'n-Nihâye, 1/439

Hz. Ömer'in Gelişi

Hira Ziyaretleri

Risalet vazifesiyle serfiraz kılındıktan sonra da Efendimiz (sallallahu aleyhi ve sellem), vahiy öncesinde mesken tuttuğu Nûr dağına zaman zaman gider ve Hira'da huzur soluklamak isterdi. Bu ziyaretleri sırasında bazen, her an O'nunla birlikte olmak isteyen ashabı da yanına takılır ve böylelikle müşterek bir ziyaret gerçekleştirirlerdi.

Yine böyle bir gün Hz. *Ebû Bekir*, Hz. *Ömer*, Hz. *Osman*, Hz. *Ali*, Hz. *Talha*, Hz. *Zübeyr*, Hz. *Abdurrahman*, Hz. *Sa'd* ve Hz. *Saîd İbn Zeyd*'le birlikte Hira'ya çıkmışlardı. Tam bu sırada Nûr dağı, şiddetle sarsılmaya başladı. Belli ki, O'nunla birlikte bu davayı geleceğe taşıyacağına inandığı bu insanlar için endişe duymaya başlamıştı. Bunun üzerine Efendiler Efendisi (sallallahu aleyhi ve sellem):

– Yerinde dur Hira, diye seslendi. Zira senin üzerinde bulunanlar, bir Nebi, bir sıddîk ve şehîtten başkası değil![354]

Bunu söylerken, keskin nazarlarını geleceğe yöneltmiş ve yanındaki arkadaşlarının son demlerinde başlarına gelecekleri teker teker haber veriyordu.[355]

---

[354] Müslim, Fezâilü's-Sahâbe, 44 (50/2417); Ahmed İbn Hanbel, Müsned, 1/188; Nesâî, Sünen, Vakfü'l-Mesâcid, 4 (3609)

[355] Bu bir mucizeydi ve aradan geçen yıllar, tarihe Sıddîk olarak adını yazdıran Hz. Ebubekir'in dışındakilerin tamamının şehid olarak dünyaya veda ettiğine şahitlikte bulunacaktı. Hatta Cemel günü Hz. Zübeyr, Hz. Ali'nin haklı olduğunu anlayıp savaşmaktan vazgeçip geri dönüp, Sibâ' vadisinde namaz kılarken kendisini arkadan vuran İbn Cürmûz, Hz. Ali'den iltifat almak için bir çırpıda Halife'nin huzuruna gelmiş ve kendince müjde(!) vermek istemişti. Hz. Ali, onun müjde olarak getirdiği bu meş'ûm haberle beyninden vurulmuştu. Dünyası yıkılmış gibiydi ve önce:
- İşte bu kılıç, Resûlullah'tan o günkü sıkıntıyı uzaklaştırmak için çekilen kılıçtı, dedi. Ardından da:
- Safiyye'nin oğlunu öldüren, cehennemdeki yerini hazırlasın, dedi. Bkz. İbn Kesîr, Bidâye, 7/250; Kurtubî, Tefsir, 16/321

HABEŞİSTAN HİCRETLERİ

Vahiy geleli beş yıl olmuştu. Aylardan Recep idi. İbn Erkam'ın evi, kısmen de olsa problemi çözmüş, imana ait meselelerin daha sakin bir atmosferde görüşülmesine zemin hazırlamıştı. Ancak bu, sadece söz konusu evle sınırlı bir durumdu; buradan ayrılan insanlar, yeniden takibe alınıyor ve bilhassa zayıf ve korumasız olanlar, giderek artan bir şiddete maruz kalıyorlardı. Her geçen gün Mekkeliler, daha bir acımasız oluyor ve inananlara, Müslümanca yaşama hakkı tanımıyorlardı. Onun için daha kalıcı bir çözüm gerekliydi.

Bu arada Allah (celle celâluhû), Cibril-i Emîn vasıtasıyla mü'minlere yeni bir yol göstermişti:

– Bu dünya hayatında ihsan şuuruyla hareket edenlere Allah da ihsanla muamele eder. Ve şüpheniz olmasın ki, Allah'ın yarattığı yeryüzü çok geniştir; bununla birlikte sabredip de dişini sıkanların mükâfatı, sayısız bir şekilde kendilerine verilecektir.[356]

Ayet, herkese açıktan hicret emri vermemekle birlikte böyle bir yolculuğun, dinî hayatı yaşayabilmek adına getireceği rahatlıktan bahsediyordu. Madem ki yeryüzü genişti; o zaman bu genişlikten istifade edilmesi gerekiyordu. Bunun

---

[356] Bkz. Zümer, 39/10

için de Allah Resûlü (sallallahu aleyhi ve sellem), şöyle bir yönlendirmede bulunacaktı:

– Keşke Habeşistan'a gidebilseniz. Zira orası güvenli bir yerdir; hem, orada bir melik var ki, yanında kimseye zulmedilmez!

Habeşistan, Mekke için tanıdık bir yerdi; zira ticaret maksadıyla sıklıkla buraya gelirler ve belli başlı ihtiyaçlarını buradan giderirlerdi. Bu gidiş-gelişlerde, ülkenin genel yapısı hakkında bir hayli malûmat sahibi olunmuştu. Buna binaen de mü'minler, Necâşî'nin ülkesine sevkediliyordu.

Birinci Hicret

Efendimiz'in bir işareti bile kitleleri harekete geçirirdi. Kaldı ki, açıktan Habeşistan'a gitmenin bugün için daha güvenli olduğunu söylüyor ve inananları o istikamette yönlendiriyordu. Onun için, hemen hazırlıklar başladı ve Mekke'deki şiddete hedef olmaktan kurtulup dinlerini daha iyi yaşayabilmek için dördü kadın toplam on beş[357] kişilik bir ekip yola koyuldu. Başlarında, Efendimiz'in damadı Hz. Osman da vardı. Elbette bu yolculuk, fırsat kollayan Kureyş'ten gizli yapılacaktı. Gecenin karanlığında ve kimseye haber etmeden Mekke'den yeni bir dünyaya hicret yaşanıyordu. İlk hicretti bu; sonrasının nelere gebe olduğu belli değildi; ama ne önemi vardı! Yönlendiren O olduktan sonra buna ne gamdı!

Kimisi yürüyerek kimisi de binek üzerinde sahile kadar gelmişlerdi. İnayet-i ilahiye yollarına su serpmişti bir kere; kendilerini sahilde bekleyen iki gemiyle karşılaştılar ve yarım dinar karşılığında bu gemilere binerek Habeşistan'ın yolunu tuttular.

---

[357] Bu sayının, on iki erkek ve dört kadın olmak üzere on altı olduğuna dair de rivayet vardır. Bkz. Taberî, Târîh 1/547.

Habeşistan Hicretleri

Beri tarafta Mekke'de, Hz. Osman ve hanımı Rukiye validemiz, Mus'ab İbn Umeyr, Abdurrahman İbn Avf, Ebû Seleme ve hanımı Ümmü Seleme validemiz[358] ve Osman İbn Maz'ûn gibi önde gelen isimlerin de aralarında bulunduğu bu insanların yokluğu kısa süre içinde anlaşılmıştı ve arayıp bulmak için arkalarından Kureyş'in elçileri gitmişlerdi. Ancak, artık çok geç kalmışlardı; zira, sahile geldiklerinde gemiler çoktan hareket etmiş ve mü'minler, sahil-i selamete yelken açmışlardı.

Nihayet, Habeşistan'a ulaştılar; artık ne Ebû Cehil'le Ebû Leheb'in tahakkümleri, ne Utbe ve Şeybe'nin hakaretleri ve ne de Ukbe ile Ümeyye'nin sataşmaları vardı! Mekke'de iken, sadece dinlerini yaşama adına attıkları her adımda karşılarına dikilen bütün engeller bir anda yok olmuş, namazlarını huzur içinde kılıp huşu ile Kur'ân okuma fırsatı bulmuşlardı.[359]

Efendiler Efendisi, Habeşistan'a gidenlerden uzun zaman haber alamamıştı, başlarına neler geldiğini merakla bekliyordu. Nihayet o cihetlerden gelen bir kadın, huzura gelip Hz. Osman ve Hz. Rukiye'yi gördüğünü anlatacaktı. Bu haber karşısında sevinen Habîb-i Zîşân:

– Şüphesiz Osman ve hanımı, İbrahim ve Lût'tan sonra ailecek hicret eden ilk evin sahibidir,[360] buyuracaktı.

Geri Dönüş

Bu ilk yolculuk, Recep ayında gerçekleşmişti. Aradan iki ay daha geçmişti. Ramazan ayının bir gününde Allah Resûlü (sallallahu aleyhi ve sellem), yine Kâbe'ye gelmiş, Rabbine ibadet ü taatle meşguldü. Yine etrafında bir kalabalık birikmiş, ne ya-

---

[358] Bkz. Müslim, Sahîh, 2/631 (918) Ebû Seleme'nin vefatından sonra Efendimiz'e eş olma bahtiyarlığına erecek ve 'mü'minlerin annesi' sıfatını alacaktır.
[359] Bkz. Taberî, Tarih, 1/547
[360] Hâkim, Müstedrek, 4/50 (6849). Başka bir rivayet ise, "Şüphesiz Osman, bu ümmet içinde ailesiyle birlikte hicret edenlerin ilkidir." şeklindedir. Bkz. İbn Sa'd, Tabakât, 1/203 vd. Taberî, Tarih, 2/222

Efendimiz (sallallahu aleyhi ve sellem)

pacağını seyre dalmışlardı. Bir ara Efendiler Efendisi, bütün hücreleriyle birlikte Kur'ân okumaya başladı; Necm suresini okuyordu. Kulaklarına gelen bu kelam, oradakilerin daha da dikkatini çekmiş ve pürdikkat O'nu dinliyorlardı. Zira, o güne kadar hep işin şamatasını yapmış ve yanlarında Kur'ân okunduğunda kuru gürültü yaparak, kelâm-ı ilahîden insanların istifade etmelerine engel olmak istemişlerdi.[361] Belki de ilk defa bu kadar net işitmiş, ilahî kelamın ağırlığını ilk defa engelsiz dinleme fırsatı bulmuşlardı.

Herkes, gerçek niyetini unutmuş, kendini Kur'ân'ın sihirli dünyasına kaptırıvermişti. Yürekleri okşayan o ilahî beyan, adeta zihinlerindeki bütün kir ve pası silip süpürmüş; onları da bambaşka insanlar haline getirivermişti. Nihayet Efendiler Efendisi, surenin sonundaki secde ayetini okuyunca hemen secdeye gitti. O da ne; dinleyen herkes, yaptıklarını hiç sorgulamadan Allah Resûlü'nü taklit edip O'nunla birlikte secdeye gidiyordu! Sanki bu kelama ve onu tebliğ eden Resûlullah'a savaş ilan edenler onlar değildi! Kâbe'nin Rabbi, sanki gelecek günlerin perdesini aralamış, onlardan birini Mekke sakinlerine gösteriyordu.

Tabii olarak bu manzarayı seyreden başkaları da vardı; o kadar yakında olmadıkları için gördükleri bu manzaraya bir anlam verememiş ve Efendimiz'le birlikte secdeye giden Mekkelileri kınıyorlardı. Onları yeniden küfür çizgisine çağıran bir kınamaydı bu ve çok geçmeden hemen, kendilerinin büyülendiğini iddia ederek gerisin geriye dönüvereceklerdi.

Bu hadise, Habeşistan'a ulaşıncaya kadar şekil değiştirmiş ve sadece zahiri görüntüsüyle birlikte anlatılır olmuştu. Habere göre, artık Mekkeliler Müslüman olmuştu. Öyleyse Resûlullah'tan ayrı kalmaya ne hâcet vardı! Mekkeliler Müslüman olmuşsa, orada işkence ve sıkıntı da kalmamış demek-

---

[361] Bkz. Fussılet, 39/26

ti! Gerçekten de çok sevinmişlerdi. Bir taraftan da, hayret etmiyor değillerdi; bu kadar kin ve inat, iki ay içinde nasıl olur da değişebilir, katı kalpler bir anda nasıl da yumuşayıp Hak karşısında secdeye gidebilirdi! Demek ki Allah dileyince her şey olabiliyordu ve hemen geri dönme kararı aldılar.

Yine gemiye binmiş ve karşı sahile ulaşmışlardı. Artık, Efendimiz'e, Mekke'ye, Kâbe'ye, diğer mü'min kardeşlerine, çoluk-çocuklarına ve mal-mülklerine kavuşacak olmanın heyecanıyla yürüyorlardı. Nihayet, Mekke'ye bir saatlik bir mesafeye geldiklerinde işin gerçek yüzünü anlamışlardı. Bir yanlış anlamanın kurbanı olmuşlardı! Gerçekten de zor bir durumdu; geri dönüp yeniden Habeşistan'a gitmekle Mekke'ye girmek arasında gidip geldiler bir müddet! Daha sonra da, bir kısmı geri dönüp Habeşistan'a gitmeyi; diğer bir kısmı da, gecenin karanlığını bekleyip Mekke'ye girmeyi tercih edecekti.

Evet, Habeşistan'a geri dönenler yine kurtulmuştu; belki, yakınlarına kadar geldikleri halde Resûlullah'la görüşememiş, Kâbe'yi ziyaret edip arkadaşlarıyla hasbihal de edememişlerdi. Ancak, en azından Mekke'nin kin ve nefretinden korunmuş; huzur içinde ibadetlerini yapabilecekleri bir zemine yeniden kavuşmuşlardı. Mekke'ye geri gelenler ise, kendilerine sahip çıkacak bir hâmi bulabilenler, bir müddetliğine de olsa işkenceden kurtulmuşlardı. Ancak diğerleri, yeniden eski günlere geri dönmüş ve kendilerini, eskisinden de beter bir sıkıntının içinde buluvermişlerdi. Bu sefer, müşrikler önceki gidişi de bildiklerinden dolayı işi ihtimale bırakmıyor ve karşılaştıkları her yerde söz ve fiille mukabelede bulunup işkence yapıyorlardı.

Mus'ab İbn Umeyr'in Durumu

Mekke'de bunalanların Habeşistan'a hicret haberini alınca Mus'ab İbn Umeyr de, ümitlenmiş ve bir yolunu bularak, hapsedildiği yerden kurtulup Habeşistan'a hicret etmişti. Al-

Efendimiz (sallallahu aleyhi ve sellem)

lah yolunda hicret eden ilk muhacirler arasında artık o da vardı; ne anne şiddeti ne de babasının başında ekşimesi kalmıştı! Şimdi ise, zemherirde açan güneş gibi Habeşistan dönemi bitmiş; yeniden Mekke'ye dönmüşlerdi.

Annesi için bu, bulunmaz bir fırsattı ve döner dönmez tekrar hapsetmek istedi Mus'ab'ı! İkisi de kararlıydı ve ikisi de gözyaşı döküyordu; annesi, öz evlâdını kendince bir hayal uğruna kaybetmenin üzüntüsüyle ağlıyor, oğul ise, Hakk'a kalbinin kapılarını kapatıp üstüne gelen annesinin gereksiz inadına yanıyordu! Yüreği imanla dolup taşan bir delikanlının, imana ateş püsküren bir anneyle imtihanı, küfürde inatla imanda ısrarın bir mücadelesiydi!

Bu durum, kendi öz evlâdı Mus'ab'ı evinden kovacağı ana kadar da devam edecekti. Kendini dinlemeyen birine, *'oğlu'* nazarıyla bakmayı düşünmüyordu *Hünâs Binti Mâlik*. Yine böyle bir gün, iyice sinirlenmişti. Israr etmişti; ama Mus'ab, Allah'ı inkâr edip bir türlü putlara temennâ durmuyordu. Duyduğu kin, evlât sevgisini gölgede bırakacak mahiyetteydi ve:

– Ne hâlin varsa gör. Artık ben senin annen değilim, deyiverdi. Her şeyden mahrum etmişti Mus'ab'ı... Öz oğlunu kovup, evinin kapılarını sürgülerken, aynı zamanda imana da kalbini tamamen kapatmış oluyordu.

Bir annenin oğlundan kopması ne kadar zor ise, imana uyanmış bir evlâdın, annesini *'ebedî yokluk'* içinde kendi hâline bırakması da o derece dayanılmazdı. Ancak, dünya adına vazifesinde kusur etme niyetinde değildi Mus'ab! Mal-mülk de ne lâf; gözünde ne dünya nimetleri ne de gelecek kaygısı vardı. Başta annesi olmak üzere bütün insanlığın imanı doldurmuştu gözlerini ve bir sevda olmuştu onun için bu! Âdeta yalvardı annesine:

– Ey anneciğim! Ne olur bir de beni dinle! Gel, sen de, yegâne ilâhın Allah ve Muhammed'in de O'nun kulu ve Resûlü olduğuna bir inanıver.

Habeşistan Hicretleri

Davet ne kadar tatlı ve yumuşak ise, ona gelen cevap da o derece sert ve tavizsizdi:

— Yıldızlara yemin olsun ki, asla! Senin dinine girecek kadar ne aklımı kaybettim ne de şuurumu yitirdim!

Uğraşlar netice vermiyordu ve çaresiz vedalaşıp koptu hanesinden! Sıcak bir yuvadan kovulmuştu kovulmasına; ama dünyanın en sıcak bir gönlüne kuracaktı otağını! Geldi Resûlallah'ın huzuruna, teslim oldu ona ve ayrılmadı bir daha!

Artık Mus'ab da, diğer sahâbeler gibi, bulabildiği haşin libaslar içinde, bazen karnı doyan, zaman zaman da açlıktan kıvranan bir insandı. O da artık, Habbâbların, Bilâllerin arasına girmişti. Güzel kokular sürmeye alışkın mübarek cildi, açlık ve sıkıntıdan, baharda kabuk değiştiren yılan derisi gibi kabarmış; pul pul dökülüyordu.

Uzaktan meclise geliyordu bir gün! Yaklaşırken etrafındaki sahâbelerle birlikte gelişini seyrediyordu Allah Resûlü (sallallahu aleyhi ve sellem) de. Mus'ab'ın yorgun; ama huzurlu hâlini süzen gözlere çoktan yaş yürümüştü; başlar öne eğildi... Hüzünlenmişlerdi beraberce!.. Zira Mus'ab, eski ve yıpranmış, köhne bir elbise içindeydi. İslâm'dan önceki durumunu bilenlere, onun bu hâli çok dokunmuştu. Bilâl, zaten fakirdi. Habbâb ve Ammâr'ın da imkânları iyi değildi; alışkındı onlar yokluğa! Ama Mus'ab öyle miydi? Gördükleri karşısında Resûlallah da dayanamadı ve şunları söylemeye başladı:

— Bu gelen Mus'ab'ı ben, daha önce de görüyordum. Anne-babası yanında Mekke'de ondan daha kıymetli biri yoktu. O, bunların hepsini Allah ve Resûlü için terk etti ve geldi buraya!

O ise, bütün bu olup bitenlere aldırış etmiyordu. Zira, insana huzuru, elbise vermiyordu ki! Bir kalpte iman yoksa kalıp, bedeni sıkan sürekli bir işkenceydi. O'nun bir hedefi vardı; iman adına gökler ötesine uzanan bir vesileye tutunmuş, günden güne derinleşiyor ve sürekli mesafe alıyordu. Günbegün

Efendimiz (sallallahu aleyhi ve sellem)

gelen âyetleri ezberliyor, Mürşid-i Ekmel'inden, dininin inceliklerini öğrenip, hakkını vererek yaşamaya çalışıyordu.

Abdullah İbn Süheyl'in Gelişi

Hz. *Abdullah*, Kureyş üzerinde söz ve şiirleriyle etkinliğiyle bilinen, hitabeti dillere destan ve her meselede Kureyş'e akıl hocalığı yapan *Süheyl İbn Amr*'ın oğluydu. Efendimiz'i, ilk defa amcası *Selît İbn Amr*'dan duymuş; Hz. Selît'in gayretleri neticesinde Müslüman olan diğer amcaları *Hâtıb* ve *Sekrân*'ın övgü dolu ifadelerine kulak vermiş ve çok geçmeden Efendiler Efendisi'ne gidip teslim olan eniştesi *Ebû Sebre* ve ablası *Ümmü Gülsüm*'deki değişimi de fark ederek İslâmiyet hakkında kendisinde ciddi bir merak uyanmıştı.

Anlaşılan, Mekke'de yeni bir tatlı su kaynağı vardı ve demek ki, bunun farkına varan herkes, teker teker bu kaynağa koşuyor ve kana kana pınarlarından âb-ı hayat yudumluyordu. Her ne kadar babası Süheyl, bu gelişmelerden rahatsızlık duyup diliyle gelişmeleri hicvedse de amcalarına olan itimat ve güveni kendisini, babasının bu konuda haklı olmadığı sonucuna götürüyor ve bu vesileyle de, gelenek olarak tevarüs ettiği bütün anlayışlarını teker teker sorguluyordu.

Derken bir gün, o da bu kaynağa koşmaya ve hayat bahşeden pınarlarından doya doya içip suya doymaya karar vermişti; amcalarının şefkatle kucaklayan bakışları arasında geldi huzura ve babasına inat, kelime-i tevhidi haykırarak Müslüman oldu.

Ancak baba Süheyl, öyle kolay pes edecek birisine benzemiyordu; oğlu Abdullah'ın da gidip Müslüman olduğunu duyunca küplere binmişti ve geri döndürmek için her türlü vesileyi mübah göreceğini haykırıyordu. Gerçekten de, dediğini yaptı ve ilk karşılaşmalarında oğlu Abdullah'ı yakalayıp zincirlere bağladı. Günün her saatinde yediği dayaklar, artık onun gıdası haline gelmiş; binbir hakaret ve tahkirler de

Habeşistan Hicretleri

bunun sos ve biberi gibi olmuştu. Hz. Abdullah için bunlar, tahammül edilemez sancılardı. O kadar hiddet ve kararlılıkla üzerine geliyordu ki, iman adına bir kelime bile duymak istemiyor, her defasında sözü, oğlu Abdullah'ın ağzına tıkarak tek kelime bile etmesine müsaade etmiyordu. Hali, Ammâr'ın haline çok benziyordu; şu kadar ki, Ammâr'ın başında ekşiyip ona işkence edenler yabancılar iken Abdullah'ı inim inim inleten, bizzat öz babasıydı.

Zincirlere bağlı bulunduğu yerden, Habeşistan'a hicret haberini almıştı. Amcası Sekrân da Habeşistan'a gidenler arasındaydı. Bir ömür böyle bağlı kalıp da her an babasından dayak yiyecek hali yoktu ve kafasına koymuştu, bir fırsatını bulup kaçacak ve Habeşistan'a gidecekti.

Dediğini de yaptı Hz. Abdullah. Beri tarafta ise, öfkeli baba Süheyl, oğlunun da elinden kurtularak Habeşistan'a gittiğini duyunca çılgına dönmüştü; etrafına tehditler savuruyor ve bir gün yeniden eline geçirdiği zaman, ona yapacaklarını sıralıyordu bir bir.

İşte bu sırada, Mekkelilerin Müslüman olduğu haberiyle sevinen ve babasının da yumuşamış olabileceğini tahmin eden oğul Abdullah da, Habeşistan'dan dönüyordu. Haberi alır almaz Süheyl, oğlu için düşündüklerini hayata geçirmek için sabırsızlanmış, büyük bir hırsla oğlunun yolunu gözler olmuştu. Nihayet, Mekke'ye gelir gelmez de hemen üzerine çullanmış ve onu bir daha da çözülmemek üzere bağlamıştı. Artık Hz. Abdullah için, mütemâdi işkence vardı. Tek başına bir mahzende, açlıktan kıvrım kıvrım ve her daim üzerinde ekşiyen bir babanın hakaret ve şiddetine karşı artık dayanamaz olmuştu.

Hz. Ammâr'ın yaşadıklarını o da duymuştu ve böyle bir durumda Allah'ın kendisine tanıdığı ruhsatın da farkındaydı; işkenceler dayanılmaz bir hal alınca da bu ruhsatı kullanmaya karar verdi. Böylelikle, babasının dediklerine 'evet' diyecek ve böylelikle bir nebze rahat nefes alacaktı.

Efendimiz (sallallahu aleyhi ve sellem)

Gerçekten de öyle oldu; oğlunun uslanıp terbiye olduğunu gören Süheyl, Hz. Abdullah üzerindeki baskılarını yavaş yavaş kaldırmaya başladı. Ancak, bu süre içinde yine de ihtiyatı elden bırakmıyor; uzaktan tepkilerini ölçüp, baba sözüne yeniden gelişindeki samimiyeti kontrol etmeye çalışıyordu. Bir noktadan sonra, artık hiç tereddüdü kalmamış ve oğlu Abdullah'a yeniden güven duymaya başlamıştı. Bu hal, Bedir Savaşına kadar devam edecekti.

İkinci Hicret

Sıkıntı, her geçen gün katlanarak büyüyordu ve nihayet Resûl-ü Kibriyâ Hazretleri, çözümün yine Habeşistan'a gitmekle mümkün olabileceğini söyleyecekti. Zira önce gidenlerin orada hangi şartlarda olduklarının da haberi alınmıştı ve bu sebeple Allah Resûlü (sallallahu aleyhi ve sellem), Mekke'de henüz bulunmayan bir rahatlığı daha fazla insanın elde edebilmesi için ümmetine Habeşistan'a gitmeleri hususunda tahşidatta bulunuyordu. Ancak gönül, Resûl-ü Kibriyâ'yı da aralarında görmek istiyordu. Onun için Hz. Osman, Efendimiz'e şunları söyleyecek ve aralarında şu diyalog geçecekti:

– Yâ Resûlallah! İlkinde biz gittik ve şimdi ikincisinde yeniden Necâşî'ye gideceğiz! Keşke Sen de bizimle beraber olsan!

– Sizler, hem Allah'a hem de bana hicret etmiş oluyorsunuz; dolayısıyla size iki hicret sevabı var!

– Bize bu yeter yâ Resûlallah!

Artık zaman, yola çıkma zamanıydı. Ancak bu, müşriklerin de bildiği bir yoldu; kendilerince tedbir almışlardı ve yeniden ellerinden kaçırmamak için daha dikkatli davranıyorlardı. Bir de bu sefer, daha kalabalık bir grup gidecekti. Öyleyse, olduğundan daha çok dikkat ve kimseye hissettirmeme adına daha çok tedbir ve işi ihtimale bırakmadan daha kontrollü hareket etmek gerekiyordu.

Habeşistan Hicretleri

Derken bir gece vakti yeniden yola düşülmüş ve peyderpey sahile doğru bir yolculuk başlamıştı. On sekizi kadın toplam yüz bir kişi idiler.[362]

Bütün tedbirlere rağmen yine de Müslümanların ayrılıp gittiklerini duyan Kureyş'te büyük bir telaş yaşanıyordu. Önceki gidişin neticesini ve Necâşî'nin Müslümanlara yaptığı muameleyi de biliyorlardı. Şimdi gidenlerin sayısı ise, öncekine nispetle daha fazlaydı. Çok büyük bir problemle karşı karşıyaydılar; kendi avuçlarının içindeyken çözemedikleri bu meselenin, ülkeler arası bir konuma sıçrayıp da genele mâl olduğunda üstesinden nasıl gelebilirlerdi ki! Yok, yok; mesele, kendi kontrollerinden çıkmak üzereydi! Zaten Hamza ve Ömer'i kaybetmiş olmanın hüznü bellerini bükmüş, bu düşman bellediklari cepheye büyük bir güç katmıştı. Şimdi ise mesele, kontrollerinin tamamen dışında bir zemin bulmuştu.

Hemen bir araya gelip kalıcı ve kesin bir çözüm üzerinde derin derin konuştular. Neticede ittifak ettikleri husus, ne yapıp edip Necâşî'yi ikna etmek ve ellerinden kaçırdıkları Müslümanları kendilerine teslim etmesini sağlamaktı. Bunun için aralarından, bu işin üstesinden gelebilecek iki adam seçtiler; bunlar, *Amr İbnü'l-Âs* ve *Abdullah İbn Ebî Rebîa* idi.[363] Her ikisi de, kralların huzurunda nasıl konuşulacağını bilen ve aynı zamanda Necâşî ile muarefesi olan kimselerdi.

Kureyş, işi şansa bırakmak istemiyordu; bunun için her iki elçilerine de tembih üstüne tembihlerde bulunuyor ve nasıl hareket etmeleri konusunda yol gösteriyorlardı. Bir de, başta Necâşî olmak üzere kralın etrafındaki etkin isimlere çok özel hediyeler hazırlamışlardı. Hatta bu hediyeleri nasıl verecekleri konusunu bile bütün detayına kadar elçilere anlatıyor,

---

[362] Bu rakamı, on dokuz kadın toplam yüz iki olarak bildiren rivayetler de vardır. Bkz. İbn Sa'd, Tabakât, 1/207
[363] Bazı rivayetlerde bu elçilerin ikincisi, Abdullah İbn Ebî Rebîa değil de, Umâra İbnü'l-Velîd olarak geçmektedir. Bkz. İsfehânî, Delâil, 100 vd.

Efendimiz (sallallahu aleyhi ve sellem)

kraldan önce kralın adamlarına hediyelerini vererek önce onları ikna etmeleri, arkasından da Necâşî'ye hediyesini takdim ederek gidenleri geri verme talebinde bulunmaları gerektiğini söylüyorlardı. Planlarına göre, önceden hediyelere boğularak ikna edilen, yakın markaja alınarak kulislerde yönlendirilen vezir ve din adamları da, kendi elçilerini destekleyecek ve böylelikle Necâşî de, herkesin *'olur'* dediği bir meselede aksi istikamette beyanda bulunmayacak ve Müslümanları kendilerine teslim edecekti!

Necâşî'ye Giden Mektup ve Necâşi'nin Cevabı

Bu arada Allah Resûlü (sallallahu aleyhi ve sellem), *Amr İbn Ümeyye* ile bir mektup göndererek Necâşî'den, kendi ülkesine gelen Ca'fer İbn Ebî Tâlib ve arkadaşlarına sahip çıkmasını talep ediyordu. Demek ki mesele, sadece kulaktan duyma bilgilere dayanmıyor ve ilişkiler, derin bir bilginin üzerinde yürütülüyordu. Hatta, sadece bu bilgilere de dayanılmıyor, aynı zamanda gelişmeler konusunda haberleşilerek gidişatın riske girmesinin önüne geçilmek isteniyordu. Mektubunda şunları söylüyordu:

– Bismillâhirrahmânirrahîm.

Allah'ın Resûlü Muhammed'den, Necâşiyyi'l-Esham'a.

Allah'ın selamı senin üzerine olsun! Seni vesile ederek Ben; Melik, Kuddûs, Mü'min ve Müheymin olan Allah'a hamd ederim. Ben şehadet ederim ki Meryem oğlu İsa, Allah'ın, Betûl, Tayyibe ve iffetli Meryem'e ilka ettiği bir ruh ve kelimesidir; O (celle celâluhû), Âdem'i kendi yed-i kudreti ve nefha-i sübhâniyesi ile yarattığı gibi Meryem'in hamile olduğu İsa'yı da kendi ruh ve nefhasından yaratmıştır.

Ve Ben seni, yektâ ve eşi-benzeri olmayan Allah'a ve O'nun dostluğuna; Bana tâbi olup, Hak tarafından getirdiklerimle Bana iman etmeye davet ediyorum. Çünkü Ben, Allah'ın Resûlü'yüm.

Habeşistan Hicretleri

Ben sana, amcaoğlum olan Ca'fer İbn Ebî Tâlib ve onunla birlikte Müslümanlardan bir grup gönderdim. Yanına geldiklerinde onlara, misafirperverliğini gösterip ülkende kalma imkanı ver ve onlara zorluk çıkarma!

Şüphe yok ki Ben, seni ve ordunu Allah'a davet ediyorum. Ben, Bana düşen tebliğ vazifemi yerine getirip nasihatimi yaptım; sizler de bunu Benden kabul edin!

Selam, hidayet yolunu tercih edip ona tâbi olanların üzerine olsun!

Efendiler Efendisi'nin mektubunu alıp okuduktan sonra Necâşî, hislerini de ifade eden bir mektup yazıp Mekke'ye gönderecekti. Bu mektubunda şu ifadeler yer alıyordu:

– Allah'ın Resûlü Muhammed'e, Necâşiyyi'l-Esham İbni-'l-Ebcer'den...

Allah'ın selam, bereket ve rahmesi Senin üzerine olsun ey Allah'ın Nebisi! O ki, O'ndan başka ilah yoktur ve beni de O, İslâm'la hidayete erdirmiştir!

Senin mektubun ve İsa hakkında zikrettiğin şeyler bana ulaştı ey Allah'ın Resûlü! Sema ve arzın Rabbine and olsun ki İsa, Senin zikrettiklerinden fazla bir şey söylememiştir. Senin bize gönderdiklerinden ve amcaoğlunla arkadaşlarının anlattıklarından çok şey öğrenip marifet sahibi olduk. Ben şehadet ediyorum ki Sen, Sâdık ve Musaddak olarak Allah'ın Resûlü'sün. Ben de, Sana tâbi oldum ve amcaoğluna beyat edip huzurunda âlemlerin Rabbi için iman edip teslim oldum. Sana, oğlum Erîhâ İbn Esham İbn Ebcer'i gönderiyorum. Ve ben, sadece kendime malik bulunuyorum; şayet huzuruna gelmemi emredersen, onu da yaparım yâ Resûlallah! Çünkü ben biliyorum ki, Senin söylediklerinin hepsi de haktır.[364]

Necâşî'nin mektubundan da anlaşılacağı üzere o, Efendiler Efendisi'nin davetine icabet ediyor ve kendi ülkesine gelen

---

[364] İbn Kesîr, el-Bidâye, 3/83-84

Efendimiz (sallallahu aleyhi ve sellem)

Müslümanlara sahip çıkacağını söylüyordu. Hatta, bunun da ötesinde, arzu ettiği taktirde saltanat ve melikliği de bırakıp huzuruna geleceğini peşinen söylüyor ve bunun için de, bir işaretinin kifayet edeceğini ortaya koyuyordu.

Başlı başına bu haberleşme bile, bugün aynı yolda yürümeye çalışanlara çok yönlü bir strateji olarak kaynaklık etmektedir.

Ebû Tâlib'in Çabası

Gerçekten de bu, kendi lehlerine kamuoyunu oluşturabilmek için Kureyş'in kurguladığı, bugünkü mânâda medyatik bir plandı ve bu planla sonuç almak, o günkü şartlarda da kuvvetle muhtemel gözüküyordu. Onların bu planını duyar duymaz, yine amca şefkati -hem de bu sefer, sadece yeğeni için değil; içinde kendi oğlu Ca'fer'in de bulunduğu, yeğeninin Habeşistan'daki emanetleri adına- devreye girecek ve Mekke'deki Ebû Tâlib, şiirin gücünü kullanarak deniz aşırı Habeşistan'daki Necâşî'ye şöyle seslenecekti:

– Keşke bilseydim; uzakta Ca'fer, Amr ve akraba olduğu halde düşmanlıkta ilk sırayı alan insanlar neler yapmaktalar?

Acaba Necâşî, Ca'fer ve arkadaşlarını ihsanla kucaklayacak mı yoksa buna, şerri tahrik eden bir şey engel mi olacak?

Ey Melik! Bil ki sen, kötülük karşısında müteyakkız, onurlu ve kerim bir zatsın; senin yanına sığınan insanlar, senin hariminde huzur bulurlar.

Bil ki Allah sana, maddi-manevi büyük bir imkân vermiş; aynı zamanda sen, iyilik ve hayır yollarının hepsine de maliksin.

Ve sen, cömert ve ihsan sahibi birisisin; sakın ha bu ihsan ve cömertlikten o düşman olan akrabalar da faydalanıp sana bir kötülük yaptırmasınlar!

Görüldüğü gibi Ebû Tâlib, sadece yeğeni Muhammedü'l-Emîn'i koruyup kollamakla kalmıyor; aynı zamanda O'nun emanetlerine de sahip çıkarak deniz ötesi ülkelere sesini duyurmaya çalışıyordu. Sahip çıktıklarının arasında, kendi oğlu Ca'fer de vardı. Mekke, gidenleri geri getirme telaşına kapıldığı halde o, kendi oğlu bile olsa onun, Habeşistan'da daha güvenli olduğunu düşünüyor ve bir baba şefkat ve merhametini bir kenara bırakarak oğlunun da orada kalmasını istiyordu. Bu talebini de, o günün en etkin iletişim vasıtası olan şiirle dile getiriyor; kararını vermeden önce Necâşî'nin kulağına kar suyu akıtıyordu.

Elçiler ve Necâşî

Nihayet Müslümanlar, yeniden Habeşistan'a gelmiş ve yine burada, namazlarını rahat kılıp Kur'ân'larını da gürül gürül okumaya başlamışlardı. Çok geçmeden arkalarından, Kureyş'in iki elçisi de, kucak dolusu hediyeleriyle birlikte Habeşistan'a çıkageldi. Mekke önderlerinin kendilerine anlattıkları şekilde önce, fert fert bütün din adamlarının ve sarayda etkin olabilecek her bir görevlinin yanına giderek hediyelerini takdim etmeye başladılar. Yanına uğradıkları her insandan, kralın yanında kendilerini desteklemeleri ve bu ülkeye gelen Müslümanları geri göndermeleri konusunda yardımlarını talep ediyorlardı. Bunun için de şöyle diyorlardı:

– Şu anda Melik'in ülkesine, bizim aramızdan kaçkın ve sefih gençlerimiz gelip sığınmışlardır; bunlar, kendi dinlerini bırakan; ama sizin dininizi de tercih etmeyen, bizim de sizin de bilmediğiniz yeni yetme bir dinle ortaya çıkan insanlardır. Nihayet biz, Melik'in yanına da girip onları bize teslim etmesini isteyeceğiz. Sizden ricamız, onun huzurunda mevzu gündeme geldiğinde bizi destekleyip, onlarla konuşmadan hepsini bize teslim etmesini sağlamaya yardımcı olmanızdır. Çünkü, arkada bıraktığımız Mekke'nin göz ve kulağı, burada gelişecek işin üzerinde!

Efendimiz (sallallahu aleyhi ve sellem)

Yaklaşım çok sinsice ve talep de, kendilerince çok masum idi. Hatta, *"Kendi ülkelerini karıştırıp ikilik çıkardıkları yetmediği gibi bir de gelmişler, sizin ülkenizde de anarşi çıkaracaklar, çoluk-çocuğunuzu aldatıp dininizi ifsat edecekler ve neticede sizin de otoritenizi sarsacaklar."* gibi ifadelerle asılsız yakıştırmaları peşi peşine sıralıyorlar, kendilerini de, açık birer uyarıcı olarak tarif ediyorlardı. Bunun için uğradıkları her bir insan da:

– Peki, tamam; yardımcı oluruz, diyordu.

Nihayet, herkesin yanına uğranmış ve sıra, Necâşî'nin hediyelerini takdim edip konuyu huzurda açmaya gelmişti. Randevular alındı ve günün birinde, Necâşî Mekke temsilcilerini kabul etti.

Selam ve temennilerden sonra Amr İbnü'l-Âs ve Abdullah İbn Ebî Rebîa, sözü ana konuya getirdiler. Diyorlardı ki:

– Ey Melik! Duyduk ki bizim aramızdan bazı sefih ve ne yaptığını bilmez gençlerimiz, kendi kavimlerinin dinini bırakıp sizin ülkenize sığınmışlar. Halbuki onlar, sizin dininizi de kabullenmiş değiller; bizim de sizin de bilmediğiniz yeni bir din ortaya çıkarmışlar! Geçmiş dedelerimiz ve şeref sahibi atalarımız hürmetine onları bize teslim etmeni talep ediyoruz. Çünkü onların gözü bu gençlerin üzerinde; ne yaptıklarının da farkındalar ve bu işin nereye gittiğini de görüyorlar!

Bunu Necâşî'ye söylerken Amr ve Abdullah'ın gözleri, bir taraftan da yüzlerdeki ifadeleri süzüyor ve onlar gidişatı tahmin etmeye çalışıyorlardı. Necâşî'nin yüz ifadeleri pek de hoşlarına gitmemişti; kendilerini yeterince dinlemediğini ve meseleye şartlı baktığını düşünüyorlardı. Ancak, konuyu buraya kadar taşımışken netice almadan geri dönmek de istemiyorlardı. Bu sebeple, etrafta halkalanmış din adamları ve vezirlerle göz göze gelmeye çalışıyor ve onların da desteğini alarak, daha kral *'hayır'* demeden ağzından çıkacak sözü *'evet'*e çevirmeye gayret ediyorlardı. Bu arada, huzuruna çağırma ihtimaline binaen, Müslümanlar hakkında bazı ön bilgiler vermeyi ve meliki onlar hakkında şartlandırmayı da ihmal etmeyeceklerdi; herkes gibi selam vermediklerinden ve melikin otoritesini kabul etmeyerek ona secdeye yanaşmayacaklarından bahisler açıyorlardı.

İşin burası, içeriden bir desteğin gelmesi gereken yerdi ve nihayet, aralarından bir papaz ileri atılıp:

– Ey Melik! Bunlar doğru söylüyorlar! Kavimlerinin göz ve kulağı bunların üzerinde; en iyisi, kendi hesaplarını kendilerinin görebilmeleri için bu adamları teslim edelim gitsin!

O ana kadar sesini çıkarmayan Necâşî kızmıştı. Devlet işi, ciddiyet isterdi. Öyle, iki dudak arasından çıkan birkaç cümle ile ve muhatapları dinlemeden kimsenin hakkında hüküm vermek, adalet ölçüleriyle bağdaşmazdı. Zaten öyle olsaydı, masum insanlar kendi ülkesini tercih etmez; bir başka beldeye sığınırlardı. Ani bir refleksle şunları söylemeye başladı:

– Hayır, vallahi de olmaz! Bunları, onlara asla teslim edemem! Bazı insanlar, başka ülkeler yerine gelip benim ülkemde kalmayı ve benim adaletimi tercih edecek ve ben de, şu iki adamın sözlerine dayanarak onları kendi ellerimle teslim edeceğim; olacak şey değil! Onları dinlemem lazım; şayet gerçekten bu iki adamın dedikleri gibi bir durum varsa o zaman teslim ederim. Ancak durum, sanıldığından farklı ise, işte o zaman ben, asla onları teslim etmem ve ülkemde huzur içinde kalmaları için kendilerine daha çok imkan tanır; inançlarını yaşamaları konusunda elimden gelen yardımı yaparım.

Bir anda ortalık buz kesilivermişti! Mekke temsilcileri ne niyetle gelmiş ve Necâşî üzerinde baskı kurabilmek için ne oyunlar oynamışlardı; ama bunların hiçbiri netice vermiyor ve yine kral, kendi bildiği gibi hareket ediyordu. Ancak, öyle hemen pes etmemek gerekiyordu.

Bu arada Necâşî, ülkesine sığınan Müslümanları da huzuruna davet etmiş ve bir de onları dinlemek istemişti. Kendile-

Efendimiz (sallallahu aleyhi ve sellem)

rine Necâşî'nin daveti gelince, zaten gelişmelerden haberdar olan mü'minler kendi aralarında konuşmaya başladılar:

– Huzuruna gittiğimizde bu adama neler söyleyeceğiz?

– Allah'a yemin olsun ki bildiklerimizi ve Resûlullah'ın, neler olup biteceğini görüp de bize daha önceden söylediklerini söyleyeceğiz!

Derken huzura gelinmiş ve olup bitecekler beklenmeye başlanmıştı. Gelişlerinde bile ayrı bir farklılık vardı ve bu, huzurdakilerin de dikkatinden kaçmamıştı; selam veriyorlar ve diğerleri gibi kralın huzurunda secde etmiyorlardı! Döndü onlara Necâşî ve ardı ardına şunları sormaya başladı:

– Söyleyin bakalım ey cemaat! Buraya niye geldiniz, haliniz nicedir ve niye beni tercih ettiniz? Halbuki siz, ne ticaret ehlisiniz, ne de ülkeniz adına benden bir talepte bulunuyorsunuz! Zuhûr eden Nebi'niz kim ve bu işin aslı nedir? Hem, niye sizler bana diğer insanlar gibi selam vermediniz? Bir de, Meryem oğlu İsa hakkında neler düşünüyorsunuz? Hem, söyleyin bakalım; şu sizin, kavminizin dinini bırakarak benim dinime de buralardaki herhangi bir topluluğun dinine de girmeyen dinî anlayışınız nedir?

Ca'fer İbn Ebî Tâlib'in Çıkışı

Bu arada Necâşî, din adamlarını huzuruna çağırmış ve temel kitaplarını da önüne açıp serdirmişti. Belli ki, din adına İslâm'ın getirdiği yeniliklerle kendi anlayışlarını mukayese edecek ve bir sonuca gitmeye çalışacaklardı. Onun için, efradını câmi, ağyarına mâni bir cevap verilmeliydi. Kısa bir duraksamanın ardından, aralarından Ca'fer İbn Ebî Tâlib öne atıldı ve önce:

– Ey Melik! Bizler seni, Resûlullah'ın selamıyla selamladık ki bu selam, aynı zamanda cennet ehlinin selamıdır; onunla biz, iç dünyamızda yeni bir hayat buluruz. Secdeye gelince biz, sadece Allah'a secde eder, O'ndan başkasına secde etmekten yine O'na sığınırız, diyerek iki temel meseleye açıklık getirdi. Ardından, sözün mecrasını değiştirerek Melik'ten:

— Şu elçilere üç soru sormanızı talep ediyorum, ricasında bulundu.

— Sor öyleyse, diyordu Necâşî.

— Bizler, efendilerinin elinden kaçmış köleler miyiz ki bunlar, bizi efendilerimize teslim etmek için gelmişler?

Hiç beklenmedik bir çıkıştı ve Necâşî elçilere yönelerek:

— Bunlar, köleler miydi yâ Amr, diye sordu. Öldürmek isteseler de yiğidin hakkını vermek gerekiyordu. İstemeseler de:

— Hayır, bilâkis onlar kerem sahibi insanlar, dediler. İlk raund tamamdı. İkinci soruyu yöneltti Hz. Ca'fer:

— Ona sorar mısın ey melik! Bizler, haksız yere kan akıtıp da kısastan kaçmış kimseler miyiz ki bunlar, adaleti temin için bizi geri istiyorlar?

Belli ki Hz. Ca'fer, er meydanında kelimelerin silaha dönüştüğü bir cenk ateşini tutuşturmuştu. Ne de olsa, sözün büyülü bir gücü vardı ve bundan istifade etmek istiyordu. Kelimeler, üstesinden gelinemez silaha dönüşüyor ve küfür adına dikilmek istenilen kaleleri düşürüyordu teker teker! Necâşî yine elçilere dönüp sordu:

— Bunlar, haksız yere bir cana mı kıydılar?

— Hayır, bir damla bile kan akıtmadılar, diyordu Amr. Zaten, gerçek fazilet, düşmanın bile takdir etmek zorunda kaldığı fazilet değil miydi? Şimdi sıra son sorudaydı:

— Bunlara söyler misin ey melik! Bizler, insanların mallarını bâtıl yolla almış insanlar mıyız ki bunlar, gelip de bizden bunların hesabını soruyor, gaspettiğimiz malları geri istiyorlar?

Melikin gözü yine elçilere yönelmişti; kimseyi öldürmemiş, ırz ve namusa göz dikmemiş ve efendilerine isyan ederek

Efendimiz (sallallahu aleyhi ve sellem)

isyan etmemiş olan bu insanlardan o zaman ne istenebilirdi ki? Onun için Necâşî, Ca'fer'in son sorusunu Amr'a yöneltirken üslubunu değiştirecek ve şöyle diyecekti:

– Şayet bunların size bir borcu varsa onu ben tekeffül ediyorum!

Elçiler açısından iş, daha başlarken kontrolden çıkıyordu. Onun için sadakatten ayrılmamak gerekliydi ve Amr:

– Bir kırat bile borçlu değiller, cevabını verdi. Bu sefer, soru sorma sırası melikteydi:

– Peki, öyleyse bu adamlardan siz ne istiyorsunuz?

Huzurdaki sessizliği, daha da derinleştiren bir soruydu bu. Söyleyebileceği tek bir şey vardı ve onu ileri sürdü:

– Daha önceleri biz, aynı dine inanır ve bir inanç etrafında bütünleşirdik; şimdi ise bunlar, o birliği terk ettiler ve biz de onların peşine takıldık!

Anlaşılan, esas meseleye sıra şimdi gelmişti. Kral, Hz. Ca'fer'e döndü:

– Bugüne kadar üzerinde olduğunuz anlayış ne idi, şimdi nasıl bir din üzeresiniz, diye sordu. Hz. Cafer:

– Ey Melik! Daha önce biz, cahil ve şeytanın elinde oyuncak haline gelmiş bir topluluk idik; putlara tapar ve ölü eti yerdik! Fuhşiyatın her türlüsünü yapar, akrabalık bağlarını gözetmez ve komşuluk haklarını da hiçe sayardık. Doğrusu, aramızda kim güçlü ise o, zayıf ve güçsüz olanımızı ezer ve iflah etmezdi. Derken Allah, aramızdan nesebini, doğruluk ve güvenirliliğini bildiğimiz, emanete riayetteki hassasiyetini müşahede ettiğimiz ve iffeti dillere destan bir peygamber gönderdi; bizi Allah'a, O'nu tek ve yektâ kabul edip bilmeye, O'ndan başkasına ibadet etmemeye ve atalarımızdan kalma bir alışkanlığı devam ettirerek taş ve toprak cinsinden kendi elimizle yapıp sonra da karşısına geçerek taptığımız putlara ibadetten vazgeçmeye çağırdı. Aynı zamanda O bizi, sözün en doğru olanını söylemeye,

Habeşistan Hicretleri

emanete riayet ederek verilen sözü yerine getirmeye, akrabalar arasındaki bağları güçlü tutup birbirimizi ziyaret etmeye ve komşularımızla iyi geçinip yakınlık kurmaya davet edip bunları emretti. Buna mukabil de, her türlü haramdan kaçınmamızı, kan akıtmamızı, her türlü fuhşiyata bulaşmayı, dedikodu yapıp yalan söylemeyi, yetim malı yemeyi, namus ve iffetiyle yaşayan kadınlara iftira etmeyi de bize yasakladı. Ayrıca, tek ve yektâ olan Allah'a ibadet etmemizi, O'na hiçbir şeyi şerik koşmamamızı, namaz kılıp oruç tutmamızı ve zekat vermemizi emretti. Bizler de, O'nun dediklerini kabul ederek O'na iman edip tasdikte bulunduk. O'nun Allah'tan bize getirdiklerinin peşinde olup bir olan Allah'a ibadet etmeye ve O'na hiçbir şeyi denk tutmamaya başladık. Artık, O'nun haram kıldığını haram görüyor, helal olarak ilan ettiğini de helal biliyorduk. Tâ ki, işte bu kavmimiz, bize karşı büyük bir mücadele, arkası kesilmez bir düşmanlık başlattı; işkencenin her türlüsüne maruz bırakıp, bizi dinimizden döndürerek Allah'a yönelmemizi engelleyip, her türlü harama yeniden bulaşmamızı istedi. Yeniden el yapımı putların peşinde sürükleyebilmek için de ellerinden gelen her türlü kötülüğü reva gördüler. Bunun için de üzerimize gelip işkenceyi yoğunlaştırdıklarında, zulümle üzerimizde baskı kurup işin dozajını artırdıklarında ve dinimizle aramıza girmeye çalıştıklarında biz de, senin memleketine sığındık. Seni, diğer ülkelere tercih ederek buraya geldik; senin ikliminde kalmayı yeğledik ve senin huzurunda zulüm görmeyeceğimizi umarak adaletine sığındık, ey Melik, dedi.

Hz. Ca'fer'in, süreci bir çırpıda özetleyen bu veciz beyanından hemen sonra Necâşî:

– O'nun Allah'tan getirdiklerinden sizin yanınızda var mı, diye sordu. Anlaşılan maya tutmuş ve Necâşî ilk sinyali vermişti. Heyecanla Hz. Ca'fer, yeniden ileriye atılıp:

– Evet, var, dedi.

Efendimiz (sallallahu aleyhi ve sellem)

– Onu bana okur musun, deyince de, Meryem suresinin başından başlayarak okumaya başladı. Hücrelere kadar işleyen lâhûti bir sesti bunlar... O kadar ki, çok geçmeden Necâşî'nin yanaklarından süzülen damlalar çarptı gözlere... Mecliste bulunan diğer insanları taradı gözler; din adamları da, Necâşî'yle birlikte gözyaşı döküyorlardı! Sakallar gözyaşlarıyla ıslanmış, önlerine açılan kitapların sayfalarına göz pınarlarından kutsi damlalar düşmeye başlamıştı. Bir noktaya gelince Necâşî müdahale etti:

– Vallahi de, İsa'ya gelenlerle bunlar, aynı aydınlıktan kaynaklanan nurun birer parçası ve belli ki aynı kandilden kaynaklanıyor! Söylediklerinizin hepsi de doğru; sizler de doğru söylüyorsunuz Nebi'niz de Sadıku'l-Emîn.

Sonra da, Kureyş'in iki elçisine döndü ve:

– Haydi, sizler de geldiğiniz yere gidin; vallahi de bunları size, asla teslim edecek değilim, diye çıkıştı. Elçiler, büyük bir şok yaşıyorlardı; tabii ki, huzurdaki kıssîs u ruhbân, vezir ü vüzera da! Çaresiz, boyunlarını bükerek çıktılar huzurdan. Ancak, öyle kolay pes edecek gibi gözükmüyorlardı. Kendilerini destekleyecek gayr-i memnunları bulmak da zor görünmüyordu. Ortamın havasını değerlendiren Amr İbnü'l-Âs, arkadaşına yöneldi ve:

– Vallahi de yarın ben, öyle şeyler ortaya koyacağım ki, onunla buradakilerin kökünü temizleyeceğim, dedi. Abdullah İbn Ebî Rebîa, daha ihtiyatlıydı:

– Gerek yok! Öyle bir şey yapma! Her ne kadar bize muhalefet etmişlerse de onlar, yine de bizim akrabalarımız, diye karşılık verdi. Bir miktar daha aralarında konuştular ve neticede, ertesi gün yeniden kralın huzuruna çıkmaya karar verdiler.

Ertesi sabah yine merasim başlamış ve iki elçi de huzura gelmişti. İlk fırsatta Amr İbnü'l-Âs ileri atıldı ve:

– Ey Melik! Şüphesiz onlar, Meryem oğlu İsa hakkında çok büyük laflar ediyorlar!

Habeşistan Hicretleri

Ortaya atılan her şüphe yeni bir ümitti onlar için... Hz. İsa, onlar için her şeydi. Bir anda zihinlerde sorular peş peşe sıralanıverdi; acaba ne diyorlardı? Herkesin huzurunda umuma mâl edilen böyle bir bilgi, yine herkesin huzurunda tebeyyün etmeliydi. Onun için Necâşî, haber gönderip Müslümanları da huzuruna davet etti ve gelir gelmez de hemen sordu:

– Sizler, Meryem oğlu İsa hakkında ne diyorsunuz?

İş, yine Ca'fer İbn Ebî Tâlib'e düşmüştü. Öne çıktı ve:

– Resûlullah'ın bize anlattıklarını söylüyoruz; şüphesiz O, Allah'ın kulu ve insanlara gönderdiği elçisi, kendi ruhundan bir parça, iffet ve haya sahibi Hz. Meryem'e ilka ettiği bir kelimesiydi, dedi. Zaten bu, Necâşî'nin de beklediği bir cevaptı. Heyecanla yerinden kalktı; eline bir baston aldı ve onunla yerde bir çizgi çizdi. Ardından da:

– Vallahi de, Meryem oğlu İsa hakkında senin dediklerinle bizim bildiklerimiz arasında, bastonun çizdiği şu çizgi kadar bile fark yok, dedi. Bu sözü krallarından duyan bazı din adamları homurdanmaya ve rahatsızlıklarını dile getirmeye başlamışlardı. Buna rağmen Necâşî, Hz. Ca'fer ve arkadaşlarına dönerek şunları söyledi:

– Allah'a yemin olsun ki sizler, aleyhinizde tuzak kurup da size kötü muamele edenlerin şerrinden emin olarak ülkemde kalın. Size yan bakan, karşısında beni bulacaktır! Size yan bakan, karşısında beni bulacaktır! Size yan bakan, karşısında beni bulacaktır! Yemin olsun ki, sizden birisinin başı ağrıyacaksa, dağlar dolusu altına bile malik olsam onu istemem!

Bunları söyledikten sonra Necâşî, etrafındaki vezirlerine döndü. Belli ki, daha diyeceği şeyler vardı. İstiğna duyguları içinde, *"Bunlar burada olduğu sürece üzerimde baskı oluşturur ve adil karar veremem."* dercesine şunları söyledi:

– Şu adamların getirdiği hediyeleri de kendilerine geri verin, onlara benim ihtiyacım yok! Vallahi de Allah, bana bu saltanatı verirken rüşvet almadı ki, ben onlardan bu rüşveti kabul edeyim!

Bu, Kureyş adına büyük bir yıkımdı; huzurdan çıkarken elçilerin perişan hali yürüyüşlerine de yansımış; karşılaştıkları muamele adeta bellerini bükmüştü. Ne beklemişlerdi; şimdi ise ne ile karşılaşıyorlardı!

Bundan böyle, Müslümanlar için Habeşistan; namazların rahat kılındığı, Kur'ân'ın açıktan okunduğu ve İslâm adına gelen yeni mesajların kendi aralarında rahatlıkla paylaşılabildiği emin bir beldeydi. Hatta, bir müddet sonra Necâşî'nin ülkesine bir saldırı vukû bulacak ve bu hadise münasebetiyle Müslümanlarda büyük bir endişe baş gösterecekti. Bu süre içinde, dua adına eller Necâşî için kalkacak ve Necâşî'nin yeniden galip gelip de huzur ortamını devam ettirebilmesi için manevi destek sağlanacaktı. Nihayetinde, savaşın galibinin de Necâşî olduğu haberini alan Habeşistan muhacirleri, büyük bir sevinç yaşayacak ve kendilerine bu imkanı yeniden nasip eden Allah'a hamd edeceklerdi.[365]

Habeşistan'dan Mutlu Haberler

Beşer yolculuğu Habeşistan'da da devam ediyordu; burada ölüp de ebedi aleme göçenler olduğu gibi yeni dünyaya gelen talihli insanlar da vardı. Hemen her gün, orada da yeni gelişmeler oluyor ve bunlar, peyderpey Mekke'ye de intikal ediyordu.

Hâtıb İbn Hâris'in burada, *Muhammed* ve *Hâris* adında iki çocuğu olmuş; çok geçmeden de, Hâtıb'ın Habeşistan'da

---

[365] Bkz. İbn Hişâm, Sîre, 2/176 vd. İbn Sa'd, Tabakât, 1/207 vd. İsfehânî, Delâil, 100 vd. Hatta bu kargaşa ortamında, kendilerini koruyamayacağı zannıyla Necâşî, Müslümanlara iki gemi tahsis edecek ve kendilerine, *'galip geldiği takdirde yeniden ülkesine gelebileceklerini, ancak şayet mağlup olursa o zaman kendilerinin Medine'ye dönmelerini'* söyleyecekti. Bkz. Hâkim, Müstedrek, 2/329 (3175)

vefat ettiği haberi gelmişti.[366] Bir ölüm haberi de, *Muttalib İbn Ezher* ve *Tuleyb İbn Ezher* kardeşlerden gelecekti; Abdurrahman İbn Avf'ın amca oğulları olan her iki sahabe de, Habeşistan'da vefat edecek ve Müslümanlık adına birer alem olarak burada kalacaklardı.[367]

Aynı zamanda Habeşistan, Müslüman bir ailede dünyaya gelen yeni bir neslin doğumuna da şahit oluyordu. Hâtıb'dan sonra Selît İbn Amr'ın da burada, hanımı Fâtıma Binti Alkame'den, kendi adını koyduğu *Selît* adında bir oğlu dünyaya gelmişti.[368] İbn Amr ailesine ikinci müjde, Selît'in kız kardeşi Sehle'den geldi. Çok geçmeden o da, Ebû Huzeyfe'den bir erkek çocuk dünyaya getirmişti ve adını da *Muhammed* koymuşlardı.[369]

Doğumlar devam ediyordu; Ayyâş İbn Ebî Rebîa ile Esmâ Binti Seleme'nin de bir oğulları olmuş, adını *Abdullah* koymuşlardı.[370] Ne hikmetse burada doğan çocukların hemen hepsi de erkekti. Çok geçmeden, Efendimiz'in hem süt kardeşi hem de halası Berre'nin oğlu olan Ebû Seleme'nin de, Ümmü Seleme'den Habeşistan'da bir oğlu dünyaya gelecekti ve onun adını da *Ömer* koyacaklardı.[371]

Kız çocuğu müjdesi, Ubeydullah İbn Cahş ile Ramle Binti Ebî Süfyân ailesinden geldi. Hz. Ramle bundan sonra, Ümmü Habîbe diye anılacak ve isminden daha ziyade hep bu künyesiyle çağrılır olacaktı. Zira, kızlarının adını *Habîbe* koymuşlardı.

İbn Cahş ailesi buraya kalabalık bir nüfusla gelmişti; Abdullah, Ebû Ahmed ve Ubeydullah kardeşler, kız kardeşleri

---

[366] Bkz. İbnü'l-Esîr, Üsüdü'l-Ğâbe, 1/410
[367] Bkz. İbnü'l-Esîr, Üsüdü'l-Ğâbe, 4/129
[368] İbnü'l-Esîr, Üsüdü'l-Ğâbe, 2/365
[369] Bkz. İbn Abdilberr, İstîâb, 4/1431
[370] Bkz. İbnü'l-Esîr, Üsüdü'l-Ğâbe, 3/434
[371] Bkz. İbnü'l-Esîr, Üsüdü'l-Ğâbe, 2/567

Zeyneb ve Ubeydullah İbn Cahş'ın hanımı ve Ebû Süfyan'ın da kızı Ümmü Habîbe ile Hamne Binti Cahş, Habeşistan'a hicret edenler arasındaydı. Dünya, imtihan dünyasıydı ve İbn Cahş ailesinden Ubeydullah İbn Cahş, muhatap olduğu yeni kültürün cazibesine kapılarak burada Hristiyan olacak ve hicret maksadıyla geldiği Habeşistan'da saf değiştirecekti. Ancak, Ubeydullah'ın ömrü kısa olacaktı; çok geçmeden de Hristiyan olarak Habeşistan'da vefat etti. Hatta Ubeydullah İbn Cahş, hanımı Ümmü Habîbe'yi de Hristiyan olması için zorlamış; ancak o, bu talebe müspet cevap vermemişti.[372]

Üzücü bir durumdu; ancak, her şeyde bir hayır vardı. Belki de Allah (celle celâluhû), Ubeydullah İbn Cahş'ın şahsında, akıbet itibariyle kimsenin kendisini emniyette görmemesi gerektiğini anlatıyordu. Aynı zamanda bu, dış dünya ile muhatap olunurken, kendi öz kültürüne sımsıkı tutunmanın lüzumunu da ortaya koyan ve ibret alınması gereken bir misaldi.

Elbette, her yeni muhatap olunan kültür, belli başlı riskler de içerirdi; böyle bir zeminde, kimin ayakları daha çok yere basıyorsa o kazanırdı ve Müslümanlar adına Ubeydullah İbn Cahş gibi bir zayiat olsa da, zaman içinde burada İslâm'ı tercih eden yüzlerce insan hakka uyanacak ve gelip Müslüman olacaktı.[373]

---

[372] Bkz. Hâkim, Müstedrek, 4/21-24; Taberî, Târih, 2/213; İbn Hacer, İsâbe, 7/651-653; İbn Abdilberr, İstîâb, 4/1929-1931; İbn Asâkir, Târihi Dımeşk, 45/430; Zübeyr İbn Bekkar, el-Müntehab min Ezvâci'n-Nebî, 1/50/53
[373] Bkz. Taberî, Tarih, 1/547

VAHİY DEVAM EDİYOR

Şakk-ı Kamer Mucizesi

Beri tarafta Kureyş, her fırsatta Allah Resûlü'nü zor durumda bırakma gayretlerine devam ediyordu. Bir gün, Mekke ileri gelenleri, Mina'da bir araya gelmiş ve ashabıyla beraber burada bulunan Efendimiz'den yine bir mucize talep etmişlerdi. Hatta, görmeyi arzu ettikleri mucizeyi de tarif etmişler ve şayet bunu yapabilirse iman edeceklerini beyan etmişlerdi. Onların da iman etmeleri konusunda olabildiğince arzulu olan ve kendilerince sürekli alay etseler bile her taleplerini ciddiye alan Habîb-i Zîşân Hazretleri, bu istekleri karşısında da ümitlenmiş ve bu ümitle, ayı iki parçaya ayırdığı zaman iman edeceklerinin teyidini almıştı:

– Evet, şayet ayı iki parçaya ayırırsan o zaman Sana iman ederiz, diyorlardı. Efendimiz (sallallahu aleyhi ve sellem) de, mübarek elini semaya kaldırdı ve işaret parmağıyla ayı göstererek bir hamle yaptı. Etrafında bulunan herkes, mübarek parmağının işaret ettiği yere bakıyordu. Bu arada birden olan oldu ve ay, gerçekten de iki parçaya ayrılıverdi. O kadar ki, bir parçası

Efendimiz (sallallahu aleyhi ve sellem)

Ebû Kubeys dağının üzerine; diğeri de *Kuaykıân* denilen diğer bir dağın üstüne kadar ayrılıp sanki üzerine düşüvermişti. Bunun üzerine Efendiler Efendisi, etrafındakilere döndü ve:

– Şahid olun, buyurdu. İstediklerine bin pişman olan müşrikler, büyük bir şaşkınlık yaşıyorlardı. Nasıl olur da, yanıbaşlarında duran birisinini işaretiyle koskoca ay ikiye ayrılır ve daha sonra da tekrar eski haline gelebilirdi? Hem, verdikleri söz vardı; iman etme niyetinde olmadıklarına göre bu işin içinden nasıl sıyırıp da kendilerini temize çıkaracaklardı? Aralarında, şeytana papucunu tersten giydirecek kimseler de yok değildi ve birisi ileri atılıp:

– Bu, İbn Ebî Kebşe'nin[374] sihrinden başka bir şey değildir! Bununla O, sizin gözünüzü boyamıştır. Hem, etraftan gelen insanlara bir sorun bakalım; onlar da bunu görmüşler mi? Şayet, sizin gördüklerinizi onlar da görmüşlerse o zaman Muhammed doğru söylüyor demektir. Ancak, bütün bu olanları başka kimse görmemişse, o zaman Muhammed size sihir yaptı demektir, deyiverdi. En azından bu, o an için bir çıkış yoluydu. Her tarafa haber salınıp o an için dışarıda olan kimseler tespit edilmeye çalışıldı ve karşılaştıkları insanlara da bu hadise soruldu. Aldıkları cevap, müşriklerin hiç de hoşlarına gidecek cinsten değildi; adeta ağız birliği yapmışçasına herkes, garip bir hadiseye şahit olduğunu ve ayın ikiye ayrılarak iki farklı dağın üstüne kadar gidip arkasından da tekrar eski haline geri geldiğini anlatıyordu. Umdukları her kapı yüzlerine kapatılıyordu. Gözleriyle de gördükleri, başkaları da şahit olduğu için inkar da edemiyorlardı. Geriye tek bir alternatif kalıyordu; önceki iftiralarına yapışacak ve inatlarına kurban olmaya devam edeceklerdi:

---

[374] İbn Ebî Kebşe, Efendimiz'in süt annesi *Halîme-i Sa'diye*'nin kocasının künyesiydi ve Mekke müşrikleri, O'nu küçümsemek için bu tabiri kullanıyorlardı.

– Bu, İbn Ebî Kebşe'nin sihrinden başka bir şey değil!³⁷⁵

Güneş, balçıkla sıvanmazdı ki! Gözünü kapayan, sadece kendine gece yapardı. Çok geçmeden yine Cibril-i Emîn gelmiş ve müşriklerin, inkar edememekle birlikte bir kulp takarak çarptırmaya çalıştıkları hakikati ebediyen tescil eden ayetleri getiriyordu:

– Kıyamet saati yaklaştı ve ay ikiye ayrıldı. Ama o müşrikler, her ne zaman bir mucize görseler sırtlarını döner ve *"Bu, kuvvetli ve devamlı bir sihirdir."* derler.³⁷⁶

Abese Sûresinin İnişi

Müşriklerin her türlü mucizeyi görüp bildikleri hâlde hakikati inkâr etmelerine rağmen, Kâinatın İftihar Vesilesi'ndeki tebliğ aşkı, hiç eksilmeden devam ediyor ve insanların elinden tutma adına bütün imkânlarını seferber ediyordu. Bunun için, her defasında yüz çevirip karşı çıkmalarına rağmen küfrün ele başlarıyla konuşmayı da ihmal etmiyor ve onların da kalbinin yumuşayacağını umut ederek hep müspet hareket ediyordu. Bunun için de, şahsi hayatını bir kenara bırakmış; bütünüyle ümmeti için yaşıyordu. Rab tanımaz bir sergerdenle karşılaştığında yüreğinin yağı eriyor ve iman etmeden gidecek diye neredeyse kendini helak edecek kadar hüzne boğuluyordu. Çok geçmeden Kur'ân, O'nun bu halini de anlatacak ve ümmeti için yaptıklarını tarihe mâl edecekti.³⁷⁷

Yine böyle bir gün, *Utbe İbn Rebîa, Ümeyye İbn Halef, Ebû Cehil, Velîd İbn Muğîre* gibi insanlar oturmuş,³⁷⁸ kendi aralarında boş boş konuşuyorlardı. İmanları adına bir kapı

---

³⁷⁵ Bkz. Taberî, Tefsîr, 11/543
³⁷⁶ Bkz. Kamer, 54/1, 2
³⁷⁷ Bkz. Kehf, 18/6; Şuarâ, 26/3
³⁷⁸ Bazı rivayetlerde bu isimler arasında Abbas İbn Abdulmuttalib'in de olduğu zikredilmektedir ki, benzeri bir meselenin, birbirine bu kadar yakın bir amca-yeğen arasında cereyan etmesi çok makul görünmemektedir.

aralayabilmek ümidiyle Allah Resûlü (sallallahu aleyhi ve sellem), bulundukları meclisi şereflendirdi; ancak, şereften nasibi olmayan bu kıymet bilmezler hiç oralı değillerdi. Oralı olmadıkları gibi birdenbire tavır değiştirmişler, her halleriyle rahatsızlıklarını dile getiriyorlardı. Halbuki yine O (sallallahu aleyhi ve sellem), dünya ve ukbalarını ihya edecek tekliflerde bulunacak; ebedi hayatlarını kurtarma adına ısrar edecekti. Dinlemeye bile tahammülleri yoktu. Belki de, o esnada aleyhinde konuşuyorlardı; zira meclis, buz kesilmişti. İmandan bu denli rahatsızlık duyulur muydu hiç? Söz konusu olanlar, Utbe, Ebû Cehil ve Velîd olunca bu da mümkündü! Ellerinden gelse, kendileri için huzurunu terk eden Allah Resûlü'nü bir kaşık suda boğarlardı! Zira, O'nun olduğu yerde bunlara yer yoktu. Nefretle bakıyor ve kin solukluyorlardı. Kan davasından çekinip korkmasalar, hemen oracıkta icabına bakar ve hayatını ortadan kaldırırlardı; ama ne yaparsın ki, gelenekler buna engel oluyordu. Onun için, arkalarını dönüp suratlarını asmış ve çareyi, orayı terk etmekte bulmuşlardı. Aslında bu, huzura gelen iman nurunun, karanlığı boğup yok edeceğinin bir göstergesiydi; hak gelmiş ve yokluğa mahkûm olan bâtıl da, ait olduğu yere doğru yönelmişti.

Çok geçmeden Cibril belirdi; yeni bir vahiy vardı. *Abese* sûresini okuyordu:

– O, kalp gözü hakikate kapalı ve kör olan kimse,[379] hak

---

[379] Genellikle bu sûrenin iniş sebebi olarak da anlatılan bu şahsın, Amr İbn Ümmi Mektûm olarak bilinen ve Hz. Hatice validemizin dayıoğlu Abdullah İbn Mektûm olduğu şeklindeki rivayet, hadis kriterleri açısından sağlıklı olmadığı gibi, aynı zamanda Efendimiz'in *ismet* sıfatıyla da bağdaştırılamayacak yanlışlıklar doğurmaktadır. Gerçi, konuyla ilgili rivayetlerde bu şahıs olma ihtimali olan diğer yedi kişiden daha bahsedilmektedir; ancak, peygamberlerin ismeti nokta-i nazarından bakıldığında buradaki şahsın, 'sahabe' olma ihtimali oldukça zayıftır. Öyleyse burada kastedilen kişi, küfürde inat edip ısrarla hakka karşı körlüğünü devam ettiren Velîd, Utbe ve Ebû Cehil gibi mânâ gözü kör olan kimselerden biridir.

beyanla gelen Habîb-i Zîşân geldiği için yüzünü ekşitip, arkasını da dönerek nasıl gidiverdi![380]

Onların, bu zalimce tavırlarını anlattıktan sonra ayet, bu dönek insanları muhatap alarak şöyle devam etmekteydi:

– Ey kalbi hakka kapalı olan mânâ körü! O gelen hak beyanın, O'nu (sallallahu aleyhi ve sellem) tezkiye edip hatırlatmalarının da kendisine fayda verdiğini sen nereden bilebileceksin ki? Ondan müstağni kalana gelince sen, hep onunla oturup kalkar ve ona itibar edersin! Halbuki, hak din ile sana gelen, Rabbinden haşyet duyarak sana ve insanlara gerçeğin ta kendisini anlatana gelince sen, O'ndan yüz çeviriyor; açık kapı bırakıp da muhabbet göstermiyorsun! Hayır, hayır! Sakın öyle yapma! Çünkü bu davet, Hak adına yapılmış bir öğüttür; sizden isteyen o öğüde kulak verir ve size her şeyi açıklayan o Nebi'ye tâbi olur.[381]

Demek ki; inat, kibir, taassup ve küfür, konuştuğu her meseleyi Hak katından onay alarak ifade eden Allah Resûlü'ne karşı çıkıyor; söylediklerine kulak vermek istemiyordu. Zaten, en büyük körlük de, gözler önüne gelen perdeler değil; kalbin kasvetle kaplanması ve hakkı göremez hale gelmesiydi.[382] Öyleyse anlaşılan, yüzünü ekşitip de meclisi terk edip giden; kibrini ortaya koyup da büyüklük taslayanlar, yine Mekke önderleriydi ve bunlar, Kur'ân tarafından körlük vasfı kullanılarak anlatılıyordu.[383]

---

[380] Aynı hususu, yüzünü ekşitti ve arkasını dönüp gitti mânâlarına gelen 'abese' ve 'tevellâ' kelimelerinin Kur'ân'da kullanılış tarzı da teyit etmektedir. Zira bu kelimelerin her biri, küfründe sabit kalmayı tercih eden kafir ve firavunlar için kullanılagelmiştir. Bkz. Müddessir, 74/22; Tâ-Hâ, 20/48, 60; Bakara, 2/205; Necm, 53/33; Meâric, 70/17; Ğâşiye, 88/23; Leyl, 92/16; Alak, 96/13

[381] Bkz. Abese, 1-12. Ayetlere, Efendimiz (sallallahu aleyhi ve sellem) özelinde ve genel mânâda bütün peygamberler için *ismet* kavramını düşünerek mânâ verilmeye çalışılmış ve maksadın iyi anlaşılabilmesi için de bu mânâ, tefsirle zenginleştirilerek verilmiştir. Bkz. Ahmed et-Tâcî, Vahyü's-Sîre, s. 240

[382] Bkz. Hacc, 22/46

[383] Konuyla ilgili daha geniş malûmat için bkz. Ahmed et-Tâcî, Vahyü's-Sîre, Merkezü Mektebe ve Matbabati Mustafâ, Mısır, 1981, s. 222 vd.

GENEL BOYKOT

Hz. Hamza'dan sonra Hz. Ömer de Müslüman olmuş ve Kureyş açısından, ardı ardına çok büyük iki kayıp yaşanmıştı. Ardından bir de Habeşistan elçilerinin eli boş ve götürdükleri kucak dolusu hediyelerle gerisin geriye dönüşlerini gören Mekke, öfkeden kabardıkça kabarmış ve kılıçlarını yeniden gayzla bilemeye başlamıştı. Üstüne üstlük bir de, Habeşistan'a hicret edenlerin haberlerini alıyor ve her geçen gün ayrı bir hüzün yaşıyorlardı. Böyle giderse iş, tamamen kontrollerinden çıkacak ve bir daha önü alınmaz bir arenaya taşınmış olacaktı.

Beri tarafta, Hişâm ve Abdulmuttaliboğullarının himayesi vardı ve bu himayeyi aşarak Allah Resûlü'ne karşı kalıcı bir hamle yapamıyor; önüne çıkıp da yolunu kesemiyorlardı. Bu durumda, sadece belli başlı şahısları hedeflemenin de imkanı yoktu; Müslüman olsun veya olmasın, -Ebû Leheb dışında- herkes ittifak etmiş; Muhammedü'l-Emîn'i, hayatı pahasına koruma yarışına girmişti.

Bir taraftan da, her geçen gün kendi saflarından birileri gidip karşı tarafa iltihak ediyor ve teker teker çözülme yaşanıyordu. Öyleyse, çığ gibi büyüyen bu düşünceye karşı daha etkin ve kalıcı bir çözüm bulunmalıydı.

Efendimiz (sallallahu aleyhi ve sellem)

Nihayet bir akşam, ittifak ettikleri bir mecliste toplanarak ölümden beter bir karar aldılar. Buna göre, *Muhammed'i kendilerine teslim edecekleri ana kadar, Hişâm ve Abdulmuttaliboğulları ile bütün ilişkiler kesilecek; onları Mekke'den kovacak; bütün yolları kesecek; onlardan kız alıp vermeyecek; yiyecek ve içecek temin edebilecekleri bütün kaynaklarını da kurutacaklardı.* Madem öyle, kurunun yanında yaş da yanacaktı! O günün şartlarında bu, sadece iman ettiklerinden dolayı insanları, göz göre göre ölümle baş başa bırakma demekti. Böylelikle, çölün çetin şartlarında kendiliğinden ölüp gitmelerini bekleyecekler; asırlarca devam etmesi muhtemel kan davalarına sebebiyet vermeden başlarındaki bu problemi çözmüş olacaklardı. Bugünkü toplama kamplarından beter bir adımdı bu... Bunun adı *boykot*tu ve açık arazide, gündüzlerin sessizliği ve gecelerin de yalnızlığı içinde, kızgın güneşin altında ve kavurucu çölün dayanılmaz kasveti içinde ve tabii olarak birer birer yok olmalarını bekleyeceklerdi.

Yaptıkları işe bir de kutsiyet kazandırmak istiyorlardı; bunun için, madde madde yazdılar bir sayfanın üstüne ve alıp bunu Kâbe'nin duvarına astılar ittifakla! Bu maddeleri kâğıda geçiren, aralarından Mansûr İbn İkrime adındaki bir zattı.[384]

Varaka'nın dedikleri çıkmaya başlamıştı. Kin ve nefretin bu kadarı da olmazdı; ama o günün Mekke'sinde bunlar oluyordu. Karşı koymaya da imkân yoktu. Vahyin gelişinden yedi yıl sonra bir Muharrem akşamı, yaşadıkları bu büyük mahrumiyetle mecburen ayrıldılar Mekke'den ve Mekkelilerden!..

Yine Ebû Tâlib'in himaye kanatları vardı ortada. Mekke'nin dışında *Şi'b-i Ebî Talib*'in mekânında çadır kurdular kıt kanaat imkânlarıyla... Çadır denilenler de çoğu zaman, yamalı kırk bohçanın çubuklar üzerinde emaneten durmasından ibaretti.

---

[384] Sıkıntıların sel olup yağdığı bu süre içinde, bir gün Efendiler Efendisi bu şahsa beddua edecek ve çok geçmeden Mansûr'un, boykot maddelerini yazdığı eli tutmaz olacaktı.

Genel Boykot

Müslüman olmamasına rağmen, amca Ebû Tâlib'in gayretleri görülmeğe değerdi. Hatta, yeğeninin başına gelebilecek olumsuzluklarla karşılaşmamak için, türlü türlü sebeplere tevessül ediyor ve tedbir olarak çoğu zaman, O'nun yatağına kendi oğullarından birini yatırıyordu.

Şehrin dışında çıplak bir arazi idi Şi'b-i Ebî Talib. Üç yıl sürecek bir mihnet dönemiydi bu. Sıkıntılar, katlanarak geliyordu; hemen her gün, bir çadırdan feryâd ü figân sesleri yükseliyordu. Salgın hastalıkların sökün ettiği Şi'bi Ebî Tâlib'den, keyif çatan Mekkelilerin üstüne, sıklıkla ağıtlar yankılanıyordu, göçüp gidenlerin ardından!

Çok sıkıntılı günlerdi. Sıkıntıyı zirvede yaşayan da, yine Allah'ın en sevgili kulu, Allah'ın da Resûlü'ydü.[385] Ancak, şartlar ne olursa olsun tebliğ vazifesi devam etmeli ve ilahî mesajla insanlar sürekli beslenmeliydi. Zaten, böylesine bir sıkıntı girdabı, ancak güçlü bir imanla aşılabilirdi ve bu iman, Efendimiz'in etrafında halkalanan cemaate *alem* olmuştu. Kendisi Müslüman olmadığı halde, yine de O'nu tercih edenlerde bile bunun eseri görülüyor, her şeye rağmen olup bitenlere karşı mukâvemet gösteriyorlardı.

Tebliğin diğer insanlara ulaştırılacak yanı da vardı. Onun için Allah Resûlü (sallallahu aleyhi ve sellem), fırsat buldukça dışarıdan gelenlerle görüşmeye çalışıyor ve bilhassa haram aylarda muhatap olduğu kitlelere Allah'ın emirlerini ulaştırma gayreti gösteriyordu. Aynı gayretler, iman heyecanını sinesinde taşıyan her bir mü'min için de söz konusuydu ve her şeye rağmen durup tükenme bilmeden bir iman aksiyonu ortaya konuluyordu.

Açlık, susuzluk ve hastalıkların iniltisinde geçen koskoca

---

[385] Yıllar sonra ve hac farizasını yerine getirmek için yeniden Mekke'ye geldiklerinde, kurban kesme öncesinde bu mekana gelen Habîb-i Zîşân Hazretleri, burada yaşadığı acı dolu üç yılı hatırlayacak ve etrafındaki arkadaşlarına da o günlerden bazı kareler sunacaktı. Bkz. Buhârî, 2/576 (1513)

Efendimiz (sallallahu aleyhi ve sellem)

üç yıl!.. Bu ne zulümdü ki, kadın-ihtiyar, çocuk-hasta demeden herkesi aynı konumda değerlendiriyor ve asla taviz vermiyorlardı. Açlıktan, çığlıkları yükseliyordu çocukların Fârân dağlarında...

Efendiler Efendisi, geceleri Rabbiyle baş başa, namaza durduğunda, kulağına hep, çocukların ağlaşan sesleri gelip çarpıyor, annelerin yürek yakan hıçkırıklarını duyuyor ve bir mızrap gibi kanayan yüreğine, birer inilti halinde vurup duruyordu, bütün bunlar tükenme bilmeden! Düşmanlık ve kinleri o dereceye ulaşmıştı ki, artık varlıkları bile rahatsızlık vermeye başlamış, onlarla birlikte aynı şehirde yaşamaya bile tahammülleri kalmamıştı. Mekke, olanca şiddetiyle hücum ediyor ve inananlara nefes bile almayı çok görüyordu. Bütün bu planları hazırlayıp çirkinliklerin altına imza atanlar arasında başı çeken yine, ümmetin firavunu Ebû Cehil idi.

Artık, sadece haram aylarda Mekke'ye inebiliyorlar; kıt kanaat imkanlarıyla sadece sınırlı sayıda malzeme tedarik edebiliyorlardı. Hatta Kureyş, Müslümanlar satın alamasın diye dışarıdan gelen kervanları Mekke dışında karşılıyor ve getirdiklerini Müslümanlara satmamaları konusunda onları ikna etmeye çalışıyorlardı. Çoğu zaman da, ihtiyaçları olmasa bile Kureyş, dışarıdan gelen kervanlarda bulunan malın tamamını satın alıyor ve beri tarafta, sıkıntıların cenderesinde inim inim inleyenlere alternatif bile bırakmıyordu. Elde-avuçta bir şey kalmamış, var gibi görünenler de tükenip yok olmuştu.

O kadar açlık ve sıkıntı çekmişlerdi ki, *Sa'd İbn Ebî Vakkas* gibi, gecenin karanlığında bir kenara gidip bevlederken, farkına vardığı bir deri parçasını yıkayıp temizleyen, temizleyip de ateşe tutup yiyen ve neticede üç gün belinin doğrulmasına sebep olduğu için Rabbine hamdeden baş yüceler vardı.[386] Çoğu ağaç yaprak ve kabuklarını yiyerek ayakta kalmaya

---
[386] Ebû Nuaym el-İsbahânî, Hılyetü'l-Evliyâ, 1/93

Genel Boykot

çalışıyor ve bu sebeple de ihtiyaçlarını giderirken, koyunlar gibi ıtrahatta bulunuyorlardı.[387]

Bu sıkıntılı günlerde Hz. Hatice, bir nebze de olsa nefes alma imkanı verenlerden birisiydi. Zira o, öyle eli kolu bağlı kalacak bir fıtrat değildi. Elindeki imkânlar, boykotun değirmeninde öğütülse de piyasayı biliyordu ve çoğu zaman yeğeni *Hakîm İbn Hizâm*'ı devreye sokup, elinde kalan ne varsa onları gizlice Şi'b-i Ebî Tâlib'e ulaştırıyor ve böylelikle, açlara çare; açıklara da sütre oluyordu. Yine böyle bir gün, gecenin karanlığı çökünce yola koyulmuş; tedarik ettiği bir avuç buğdayı gizlice halasına götürmeye çalışıyordu. *Ebû Cehil*'in gözünden kaçmadı bu ve kesti yollarını. Cehaletin mekanize otoritesine, kendi başına bir fert nasıl karşı koyabilirdi? Kardeşi bile olsa, farklı sesin çıkmasına tahammülü yoktu Ebû Cehil'in:

– Hâşimoğullarına yiyecek götürmek ha, diye sert bir tavır koydu önce...

– Yemin olsun ki, ne sen elimden kurtulabilirsin ne de onlara yiyecek götürmene müsaade ederim. Göreceksin, seni Mekke'ye rezil edeceğim, diye de ilâve etti.

Onlar bu hâldeyken yanlarına *Ebu'l-Bahterî* geldi. O da *Hâşimoğulları*'ndandı. İman etmemişti; ama insaflıydı. Önce, olayın sebebini öğrenmek istedi ve:

– Aranızda ne oluyor öyle, diye sordu. Ebû Cehil:

– Hâşimoğulları'na yiyecek götürmeye yeltenmiş, diye cevap verdi. Bunun üzerine Ebu'l-Bahterî:

– Yanında, halasına götürmek istediği yiyecek var ve sen onu götürmesine engel oluyorsun, öyle mi, diye tepki gösterdi önce. Ardından da:

– Çekil bu adamın yolundan, diyerek zulme son vermek isteyince, inadında direnen Ebû Cehil'le aralarında kavga başladı. Hattâ Ebu'l-Bahterî, eline geçirdiği bir çene kemiğiyle

---

[387] Ebû Nuaym el-İsbahânî, Hılyetü'l-Evliyâ, 1/93

Efendimiz (sallallahu aleyhi ve sellem)

Ebû Cehil'in kafasına vurup başını yaracaktı. Hz. Hamza da, uzaktan bu manzarayı seyrediyordu. Derken bu hamle, Ebu'l-Bahterî gibi düşünen başkalarını da cesaretlendirecek ve Kâbe duvarına asılan anlaşma metnini aşağıya indirip boykotu kaldıracak süreci hazırlayacaktı.[388]

Bu arada Allah Resûlü (sallallahu aleyhi ve sellem), amcası Ebû Tâlib'e gelerek:

– Ey amca! Şüphesiz ki Rabbim Allah (celle celâluhû), Kureyş'in o Kâbe'ye astığı sayfaya bir kurtçuğu musallat etti ve o da, kendi adının dışındaki bütün zulüm, boykot ve iftira adına ne varsa hepsini yiyip bitirdi, diye haber vermişti. Ebû Tâlib, şaşkınlık yaşıyordu. Yeğeninin Kâbe'ye gidip de bu sayfayı göremeyeceğini biliyordu. Kureyş'in kin ve nefreti, bırakın sayfaya ilişmeyi; sayfanın yanına bile yaklaşmaya müsaade etmezdi. Geriye tek bir alternatif kalıyordu. Onun için:

– Bunu Sana Rabbin mi haber verdi, dedi.

– Evet, diyordu Allah'ın Resûlü (sallallahu aleyhi ve sellem).

Bugüne kadar zaten yeğeninde, yalan adına en küçük bir emare bile görmemişti Ebû Tâlib. O yüzden, sadece O da haber verseydi, buna inanacaktı. Ancak, bu sefer başka bir planı vardı. Hemen gidip durumdan diğer kardeşlerini de haberdar etti. Bir zulüm devri sona ermek üzereydi. Büyük bir heyecan yaşıyorlardı. Bu heyecan, sadece Şi'b-i Ebî Tâlib'le sınırlı kalmamalıydı ve hiç vakit geçirmeden, hep birlikte Kâbe'ye yöneldiler. Onların gelişini gören herkes, Kâbe'nin yeni bir hadiseye gebe olduğunu görüp olacakları seyre dalıyordu. Nihayet,

---

[388] Bkz. İbn Hişâm, Sîre, 2/195 vd. Taberî, Târih, 1/550. Ebu'l-Bahterî, Müslüman değildi ve Müslüman olmadan da vefat etti. Ancak Efendimiz'in vefasından o da nasibini alacaktı. Zira, *Bedir* Savaşı'nda karşı cephede Müslümanlarla savaşmak için gelenler arasında o da vardı. Onun geldiğini görünce Allah Resûlü (sallallahu aleyhi ve sellem), ashabına şöyle ilan etti:
– Ebu'l-Bahterî, size ilişmediği sürece dokunmayın ona. (İbn Ebî Şeybe, Musannef, 7/357 (36682))

Genel Boykot

Mekkelilere seslenen Ebû Tâlib, yeğeninin anlattıklarına itimadının ve Rabb-i Rahîm'in verdiği habere güvenin bir gereği olarak şunları söylemeye başladı:

— Şüphesiz ki benim kardeşim oğlu Muhammed, sizin sayfanıza Allah'ın bir kurtçuğu musallat kıldığını ve bu kurtçuğun da onu yediğini söylüyor ki, O asla yalan söylemez! O'nun anlattığına göre, o sayfada bulunan zulüm, taşkınlık, akrabalık bağlarını kesme ve haddi aşma gibi bütün olumsuzluklar yok olup gitmiş; sadece Allah'ın adı kalmıştır. İşte size bir fırsat, şayet yeğenimin söyledikleri doğru çıkarsa, şu kötü tavır ve davranışlarınızı bırakırsınız; yok, denilenler doğru çıkmazsa işte o zaman ben de size yeğenimi teslim ederim ve siz de O'nu öldürür veya yaşatırsınız!

İşin gerçek boyutundan habersiz olan Kureyş'in, zil takıp da oynayacağı bir fırsattı bu; zira Ebû Tâlib, tam da kontrolden çıktı, dedikleri bir sırada yeğenini getirip kendi eliyle teslim ediyordu! Demek ki korkulacak bir durum yoktu. Onun için hemen:

— Tamam, gerçekten de sen insafın gereğini yaptın, demişlerdi.

Derken, hemen Kâbe'nin duvarına yönelmişlerdi ve durumu öğrenmek için adeta birbirleriyle yarışıyorlardı. Ellerine alıp da, üç mühür vurarak kapattıkları, mahfazayı açtıklarında, gerçekten de durumun, ayne Ebû Tâlib'in anlattığı gibi olduğunu gördüler. Bu kadar olurdu! Donakalmışlardı. Öne düşen başlarıyla birlikte, ellerindeki mahfaza da, yenilmiş yazı parçası da yere düşmüştü. Büyük bir yıkım daha yaşıyorlardı. Bu durumda konuşma sırası ve hakkı Ebû Tâlib'e aitti:

— Her şey ortada olduğuna göre öyleyse bu hapis ve kuşatmanın da bir anlamı kalmadı, dedi ve yanındakilerle birlikte örtüsünü kaldırarak Kâbe'ye girdi. Şöyle dua ediyorlardı:

— Allah'ım! Bize zulmedenlere, bizi insanlarla görüşmek-

Efendimiz (sallallahu aleyhi ve sellem)

ten mahrum kılanlara ve hakları olmadığı halde bize saldırıp haksızlık yapanlara karşı Sen bize yardım eyle!

Daha sonra da, hep birlikte çıkıp yeniden, üç yıl çile üstüne çile çekip kesintisiz ıstırap yudumladıkları mekana geri döndüler. Ancak, bundan sonra hiçbir şey, eskisi gibi olmayacaktı; zira, Kâbe'de yapılan dua kabul görmüş ve ehl-i hamiyet bazı insanlar harekete geçmişti. Artık bardak taşmıştı ve neticeye ulaşmadan sular durulacak gibi görünmüyordu.

Beri tarafta, Efendimiz'in (sallallahu aleyhi ve sellem) de halası Âtike Binti Abdulmuttalib'in oğlu Hişâm, Züheyr'i karşısına almış şunları söylüyordu:

– Ey Züheyr! Dayılarının halini bilip duyduğun halde senin burada rahat rahat yiyip içmen, çoluk-çocuğunla şen-şakrak dolaşman ve güzel elbiseler içinde salınmana gönlün ne kadar razı oluyor? Halbuki onlar, ne alışveriş yapabiliyorlar, ne de aileleriyle birlikte bir yudum huzura nail oluyorlar! Allah'a yemin ederim ki, şayet onlar Ebu'l-Hakem'in dayıları olsaydı ve ben de onu bunun için çağırmış olsaydım, mutlaka o bana kulak verir ve dayılarına yardıma koşardı!

Züheyr, bu cümlelerle neyin kastedildiğini anlamıştı; ama yine de sordu:

– Ey Hişâm! Peki sen ne demek istiyorsun? Tek başıma bir adam iken ben ne yapabilirim ki? Vallahi de, benimle beraber bir adam daha olsa kalkıp gider ve o metni yırtıp atarım, dedi.

– Yalnız değilsin ki! Yanında birisi daha var, dedi Hişâm.

– Peki kim o?

– Ben.

– Öyleyse gel, üçüncü birisini daha bulalım!

Hiç vakit kaybetmeden hep birlikte Mut'ım İbn Adiyy'in yanına geldiler. Benzeri sözleri söylediler ona da. Kartopu gibi büyümeye başlamışlardı. Bu sefer de dördüncü şahsı aramaya

Genel Boykot

çıktılar. Ebu'l-Bahterî de zaten onları bekliyordu... Çok geçmeden Zem'a İbn Esved onlara, beşinci isim olarak katılacaktı...

Derken beş kafadar, yılların kin ve nefretine karşı silahlarını kuşanmış, arkalarına taktıkları Hâşim ve Abdulmuttalib oğullarıyla birlikte, meseleye son noktayı koymak için Kâbe'ye geliyorlardı. Onların gelişini gören Kureyş'in ise, pek yapabileceği bir şey kalmamıştı.

Kâbe'ye gelir gelmez, Kabe'yi yedi defa tavaf ettiler ve ardından, anlaştıkları şekilde önce Züheyr sözü aldı:

– Ey Mekke ahalisi, bizler, rahatça yemek yiyip güzel elbiseler içinde salınıp dururken Hâşimoğullarının, herkesle irtibatları kesilmiş vaziyette alışveriş bile yapamadan göz göre göre helak olmasına göz yumamayız! Vallahi de, şu zulüm içeren boykotun yazılı olduğu sayfayı alıp yırtmadıkça bir adım geri gitmeyeceğim!

Ebû Cehil, horozunu dikmiş bir kenarda olup bitenleri seyrediyordu. Önce:

– Vallahi de hayır, yalan söylüyorsun ve bu sayfaya bir şey yapamazsın, diye itiraz etti. Onun bu çıkışına mukâbil, bu sefer Zem'a ileri atıldı:

– Vallahi de esas yalancı sensin! Zaten biz, onun yazılmasına da razı değildik; sen yazdırdın, dedi. Ebu'l-Bahterî'nin desteğine şahit oldu Kâbe:

– Zem'a doğru söylüyor; orada yazılanlara ve bu uygulamalara seyirci kalamayız!

Mut'ım İbn Adiyy ve Hişâm da arkadaşlarını destekliyorlardı:

– Elbette bunlar doğruyu söylüyor; sen yalancısın! Burada yazılanlardan da yapılan muamelelerden de Allah'a sığınırız!

Bir anda Kâbe, insanlık namına Mekkelilerin özlenen çıkışına kavuşmuş, gecikmiş bir hamleyle sürûra gark olmuştu.

Efendimiz (sallallahu aleyhi ve sellem)

Küfrün yıkım yaşadığı bir zamandı bu. İçten içe kendini yiyen Ebû Cehil:

– Şüphe yok ki bu, geceden planlanmış bir komplo, diye tepki verdi.

Bu sırada, yeniden Kâbe'ye gelmiş olan Ebû Tâlib ve arkadaşları, olup bitenleri merakla seyrediyorlardı. Onlar açısından, sonunda karşılaşacakları şeyler gerçi sürpriz sayılmayacaktı. Ama, yaşanılanları çıplak gözle müşahede etmenin ayrı bir hazzı vardı.

Tel tel olmuş küfür düşüncesi dökülüyordu! Derken, *Mut'ım İbn Adiyy*, son noktayı koyup yırtmak ve böylelikle üç yıldır devam eden insanlık dışı muameleyi nihayete erdirmek için sayfaya doğru yöneldi. Aman Allah'ım! Bir de ne görsün; sayfadan geriye sadece, *'Allah'ın adıyla'* ifadesinin yer aldığı küçük bir parça kalmıştı ve yanında da bu fiili gerçekleştiren küçük bir kurtçuk duruyordu!

Böylelikle, üç yıl süren bir zulüm devri kapanıyor, ortada yazılı bir metin de kalmadığına göre genel boykot da son bulmuş oluyordu.[389]

---

[389] Bkz. İbn Hişâm, Sîre, 2/219 vd. İbn Sa'd, Tabakât, 1/208 vd.

HÜZÜN YILI

Her ne kadar, insanlık dışı muamele kaldırılmış ve boykot sona ermiş olsa da, yine seneler hüzün yudumluyordu. Belli ki Allah (celle celâluhû), sevgili kullarını tamamen ahirete yöneltiyor ve yönlerini başlarına gelen binbir türlü sıkıntıyla gerçek vatana çeviriyordu. Zira boykotun kaldırılmasıyla yeniden Mekke'ye girebilir hale gelmeleri, işkence ve baskıların ortadan kalkacağı anlamına gelmiyordu. Dünkü cephede kaybeden ve burçlarından birisinde hazan yaşayan Mekke müşrikleri, Müslümanlara karşı her gün yeni bir cephe açıyor ve böylelikle kayıplarını telafi (!) etme yarışına giriyorlardı.

Geride kalan üç yıllık sürgün hayatı, Müslümanlar üzerinde kalıcı izler bırakmış ve açlıktan kıvranıp ağlaşan çocukların semaya yükselen feryatları, anne ve babaların korkulu rüyası haline gelmişti. Hastalıklar, birer salgın halini almış, toplumu kırıp geçiriyordu. *Ebû Tâlib* ve Hz. *Hatice* gibi önemli dayanaklar da bu furyadan nasibini almış, ağır hastalıklarla boğuşuyorlardı. Bugün, her şeyi sıfırlayarak Mekke'de yeniden hayata başlamak, onun için öyle kolay görünmüyordu. Üstelik Mekke, eski şen-şakrak günleri yaşatmamaya kararlıydı.

Efendimiz (sallallahu aleyhi ve sellem)

Ebû Tâlib'e Son Müracaat

Yılların yorgunluğu, artık Ebû Tâlib'in belini bükmüş; adımlarını bile atarken zorlanacak hale getirmişti. Artık, ayağının biri mezarda sayılırdı. Sadece kendisinin değil, aynı zamanda kabilesinin yükünü de bugüne kadar omuzlarında taşımış; herkesin karşı çıkmasına rağmen, bir de yeğeninin sorumluluğunu üstlenerek mihnet koylarında iniltili bir hayat sürmüştü. Belli ki artık, yeni bir yük daha kaldıracak durumda değildi.

Bir Ramazan ayıydı. Artık Ebû Tâlib de hastaydı ve öyle görünüyordu ki, bu hastalıkla birlikte ebedî âleme göç edecekti. Kısa zamanda hastalık haberi Mekke'ye de yayılmış, ziyaret için yanına gelenlerin sayısı her geçen gün artıyordu.

Beri tarafta ise, her şeye rağmen küfür cephesi boş durmuyordu. Onun bu halini de bildikleri için, çok geçmeden *Utbe* ve *Şeybe İbn Rebîa, Ebû Cehil, Ümeyye İbn Halef* ve *Ebû Süfyan* gibi Kureyş'in ileri gelenlerinden yaklaşık yirmi beş kişi, bir araya gelmiş ve Ebû Tâlib'le son kez konuşmak üzere anlaşmışlardı. İçinde bulundukları hâli arz ederken kendi aralarında şöyle konuşuyorlardı:

– Hamza ve Ömer de Müslüman oldu; onları da kaybettik. Muhammed'in işi, kabileler arasında da yayılıp gidiyor. Gelin, Ebû Tâlib'e gidelim de kardeşinin oğlunu bize teslim edip, O'nu bize versin! Başka türlü biz, vallahi de bu işin üstesinden gelebilecek gibi görünmüyoruz.

– Bu ihtiyardan da korkuyorum işin doğrusu; ölüp giderken Muhammed'in dediklerini diyecek ve sonra da biz, Arapların dilinden kurtulamayacağız!

– En iyisi siz, şimdi beklemede kalın; yarın amcası vefat ettiğinde ortaya çıkar ve işini bitirirsiniz!

Bu ve benzeri fikirler ileri sürseler de, üzerinde ittifak ettikleri konu, vakit geç olmadan artık son demlerini yaşayan

Hüzün Yılı

Ebû Tâlib'e son bir çıkarma yapmanın gerekliliğiydi. Yanına gidecek ve şu teklifte bulunacaklardı:

– Ey Ebû Tâlib! Şüphesiz ki sen, bizim durumumuzu da senin başına gelenleri de biliyorsun! Endişe edip durduğumuz hususlar da zaten belli! Yeğeninle aramızda yaşadıklarımız, kimseye gizli değil; her şey ortada! O'na söyle de; biz O'ndan, O da bizden uzak dursun! Bizim dinimizle ve anlayışımızla uğraşmayı bıraksın ki, biz de O'nun yakasını bırakıp dinine karışmayalım!

Ebû Tâlib açısından mesele, sanki yumuşamış gibiydi. Herkes kendi halinde bir hayatı yaşayınca, kimse rahatsız edilmez, yeğeni de güvende olurdu. Bu mülahâzalar içinde Allah Resûlü'nü çağırdı yanına:

– Ey kardeşimin oğlu! İşte şunlar, kavminin ileri gelenleri! Bir araya gelmiş ve Sana güvence veriyor, bir daha ilişmeyeceklerini söylüyorlar, dedi.

– Ben onlardan tek bir kelime istiyorum ki onunla onlar, Arapların bütününe hâkim olacaklar ve bu kelimeyle Acemler de, gün gelecek onlar gibi yaşamaya başlayacaklar.

Bu cümleden, Muhammed'in kendi tekliflerini kabul ettiği sonucunu çıkaran Ebû Cehil, hemen ileri atıldı ve:

– Bir tek kelime mi? Ne demek, istediğin kelime olsun; babanın hatırına yemin olsun ki, Sana bir değil; on kelime veririz, dedi. Artık, son nokta konulmalıydı ve Efendiler Efendisi:

– *Lâ ilâhe illallah* diyeceksiniz ve O'ndan başka ibadet ettiğiniz her şeyi bırakacaksınız, dedi. Bu, O'nun her fırsatta talep ettiği meseleydi. Ve her zaman olduğu gibi yine onların hoşuna gitmeyecekti. Ellerini birbirine çarpıp alkış tutmaya başladılar ve bir taraftan da, burun bükerek şöyle söyleniyorlardı:

– Yoksa, Sen ey Muhammed! Bütün ilahları tek bir ilah haline mi getirmek istiyorsun?

Bir başkası ileri atıldı ve ilave etti:

– Vallahi de bu adam, istediğiniz hiçbir şeyi size vermeyecek! Yine de siz, istediğinizi yapmaya devam edin ve sizinle onun arasındaki mesele çözülünceye kadar asla atalarınızın dinini bırakmayın!

Yine vahyin emareleri görülmüştü, Cibril-i Emîn yeni bir mesaj daha getiriyordu:

– İçlerinden kendilerini uyarıp irşad edecek birinin gelmesinden her nedense şaşırdılar ve o kâfirler, "Bu bir sihirbaz, bir yalancı! İşte tutmuş, bunca ilahı bir tek ilah yapmış! Bu gerçekten şaşılacak, çok tuhaf bir şey." diyorlar.

Bu ifade, onların adım adım takip edildiklerinin açık bir yansımasıydı. Attıkları her adım takip ediliyor ve iç dünyalarında gizledikleri her şey, ummadıkları bir zamanda önlerine konulup açığa vuruluyordu. Zira, devamındaki ayet şöyle diyordu:

– İçlerinden önde gelen eşraf takımı derhal harekete geçip, "Hâlâ mı duruyorsunuz?" dediler. "Kalkın, yürüyüp gösteri yapın ve ilahlarınız konusunda direnip dayanacağınızı ilan edin. Bu, cidden yapılması gereken bir şeydir. Doğrusu biz, bu tevhid inancını son dinde de göremedik. Bu, sırf bir uydurma! Biz, bu kadar eşraf dururken, kitap gönderilecek bir O mu kalmış?"

Elbette, herkesin bir hesabı vardı; ama hesabı en son tutan, mutlaka her şeyin sahibi Allah (celle celâluhû) olacaktı:

– Hayır, hayır! Onlar benim buyruklarım hakkında tam bir şüphe içindedirler. Doğrusu onlar, henüz azabımı tatmadılar![390]

Ebû Tâlib'in Son Nasihatleri

Tadacaklardı... Ama, her şeyin bir zamanı vardı. İşin burasında yaşlı amca Ebû Tâlib, Kureyş'in temsilcilerine döndü ve şunları söyledi:

---
[390] Bkz. Sâd, 38/4-8; Bkz. İbn Hişâm, Sîre, 2/264 vd.

– Ey Kureyş cemaati! Sizler, Allah'ın, yarattıklarının içinden seçtiği ve Arapların kalbi konumundaki kimselersiniz; itaat edilmesi gereken seyyidler hep sizin aranızda, gözünü budaktan sakınmadan tehlikelerin üzerine giden kahramanlar, cömertlik ve civanmertlikte vüs'at yaşayanlar da hep öyle! İyi bilin ki, Araplar arasında sizler, kendi haline bırakılmamış ve tercihte bir konuma getirilmişsiniz! Şerefinize gelince, zaten onunla birlikte yaşıyorsunuz! Öyleyse sizlerden insanlara bunu cömertçe dağıtmak; insanlardan da buna ulaşmak için değişik vesileler bulmak düşer.

Şu anda insanlar, sizin karşınızda yer alıyorlar ve aranızda savaş var. Ben size, bu bünyeye saygı duymanızı tavsiye ediyorum; çünkü onda, Rabbin hoşnutluğu, geçim kolaylığı ve bulunduğunuz konumu sağlamlaştırma var!

Akrabalarınızı görüp kollayın ve sakın ola ki sıla-i rahimi kesmeyin; çünkü sıla-i rahim, ecel anındaki üzüntüyü kesip hüzün ve kederi azalttığı gibi kemiyet planında güç demektir ve gözünüz arkada kalmaz!

Taşkınlık ve baş kaldırmadan da uzak durun; çünkü bu ikisinde, asırların yok oluşu gizlidir ki, sizden öncekilerin halini biliyorsunuz.

Sizden yardım isteyene yardımcı olun ve elini açıp da sizden bir şey isteyeni de, eli boş göndermeyin; çünkü bu iki konu, hayat ve ölümün şerefini içinde barındırır.

Bir de, sözün doğru olanını söyleyin ve emanette kusur etmeyin; çünkü bu ikisinde özel mânâda bir muhabbet, genel olarak da yücelik vardır.

Sizden son olarak da, Muhammed'e hayır tavsiye ediyorum; çünkü O, Kureyş içindeki en güvenilir insan, Araplar arasındaki en doğru kişi ve şu saydıklarımın tamamını bünyesinde bulunduran en faziletli insandır. O, öyle bir işle ortaya çıktı ki onu, gönül kabul etmekle birlikte ayıplanmak endişesiyle dil inkâr ediyor! Andım olsun ki, ben Arapların koşturup geldiğini; iyi insanların etraftan akın ettiğini ve güçsüz zayıf insanların da, genel mânâda O'na icabet edip huzur bulduklarını; getirdiklerini tasdik edip bu işi yücelttiklerini şimdiden görüyor gibiyim. Böyle giderse, ölüm sonrasında onlar feyiz ve bereketle coşarken Kureyş reisleri ve ileri gelenleri arkada kalacak ve yıldızları sönüp etkisiz hale düşecek; bugünkü zayıflarınız baş tacı olacak; en azametliniz, en muhtaç hale gelecek ve bugün O'na en uzak olanınız yarın O'nun yanında en iyi konumda olacak! Baksanıza, Araplar daha şimdiden O'na kucak açtı ve yardımına koştu, gönüllerini açıp başlarına taç yaptılar.

Aranızdaki değere sahip çıkmayı bilin ey Kureyş! O'nun için yardımcılar ve davası için de koruyucular olun! Allah'a yemin olsun ki, sizden kim O'nun yoluna girse, rüşde ulaşıyor ve getirdiğini rehber edinen de hep saadet yudumluyor! Keşke benim için hayat biraz daha uzun olsaydı ve ecelim bir miktar gecikseydi de ben, şu sıkıntılarını giderebilmiş ve başındaki bela ve musibetleri de savabilmiş olsaydım![391]

Herkesin kulağına küpe yapması gereken bu nasihatler, erbabının yanında bir kıymet ifade ederdi. Anlaşılan, müşrikler bunlardan hiç de hoşlanmamışlardı. Şüphesiz onların da, küfür adına daha başka planları vardı ve onları da devreye koyarak her geçen gün daha derin bir çukura doğru gitmeleri gerekiyordu. Yine homurdanmışlar ve yine burunlarını bükerek meclisi terk etmeye başlamışlardı.

Son Umut

Kureyş'in önde gelenleri yanından ayrılınca Ebû Tâlib, yeğenine döndü ve yılların tecrübesiyle şunları söyledi O'na:

– Vallahi de ey kardeşimin oğlu! Onlardan imkansız bir şey istemedin!

---

[391] Bkz. Halebî, Sîre, 2/49-50

Efendiler Efendisi'ni ümitlendiren bir cümleydi bu. Nihayet, yıllar sonra amcası da İslâm'a geliş emaresi göstermiş; iman adına bir kapı aralamıştı. Her fırsatı değerlendirmek isteyen müşfik Nebi, büyük bir ümitle ona yöneldi; bunca zaman kendisine kol ve kanat geren biricik amcasının, iman adına mesafe alamadan gitmesine gönlü bir türlü razı değildi:

– Ey amca! Peki, onu sen söyle ki, kıyamet gününde ben de onunla sana şefaat edebileyim, dedi.

Kendini, insanların imanını kurtarmaya adamış bir ruh için bu, elbetteki çok önemli bir fırsattı; amcasının, gelip de iman etmesini o kadar gönülden arzuluyordu ki! Ancak iman işi, bir nasip meselesiydi; peygamber bile olsa insan, Allah dilemedikçe kimseyi hidayet üzere sabit tutamaz ve dilediğine bu yolu ayrıcalıklı hâle getiremezdi. Zira, vahiy de aynı şeyleri söylüyordu:

– Şüphe yok ki Sen, dilediğin kimseyi doğru yola eriştiremezsin; lakin ancak Allah dilediğini doğruya hidayet eder.[392]

Ve, Hüzünlü Veda

Evet, bu bir muhabbetin eseriydi; ama bir türlü olmuyor, neticeye gidilemiyordu. İşte bu son hamle de, yeni ve son bir ümitti. Yeğeninin bu kadar içten ümit beslemesini görünce Ebû Tâlib:

– Ey kardeşimin oğlu, diye seslendi. Daha sesinin tonunda, *"O kadar da ümitli olma!"* mesajı gizliydi. Bir anlık durgunluktan sonra da:

– Vallahi de, şayet benden sonra atalarının oğluna bunaklık atfetmelerinden ve Kureyş'in de, ölümden korktuğum için bu kelimeyi söylediğimi zannedeceklerinden endişe edip korkmasaydım mutlaka onu söylerdim. Ancak onu, sadece Seni sevindirmek için söylerim, dedi.

---

[392] Bkz. Kasas, 28/56

Efendimiz (sallallahu aleyhi ve sellem)

Ancak Efendimiz, yine de her anı değerlendirmek isteyecek ve bulduğu her fırsatta amcasının, kalıcı bir adres bırakmasını isteyecekti.

Küfrün önderleri yine amcasının yanına gelmişlerdi. Bu arada Allah Resûlü (sallallahu aleyhi ve sellem), hasta yatağındaki Ebû Tâlib'in yanına doğru ilerlemeye başladı. Bir başka öz amca, hemen ileri atıldı ve Resûlullah'ın hedeflediği boşluğa oturuverdi. Maksadı, Efendiler Efendisi'nin, son demlerinde Ebû Tâlib'e tesir edip de onu; İslâm'a davet etmesinin önüne geçmekti. Ebû Tâlib'in can derdine düştüğü bu demlerde bile küfür, yine küfrünü eda ediyor; iman adına en küçük bir hamleye müsaade etmek istemiyordu. Göz göze gelip de şefkatle amcasına bakışlarına bile tahammülleri yoktu. Bir de Efendimiz, bulduğu her fırsatta iman talebinde bulunuyordu. İşin özü, Ebû Tâlib'in son demlerinde bile, imanla küfrün mücadelesi zirvede yaşanıyordu:

– Ey Ebû Tâlib! Yoksa, Abdulmuttalib'in dininden vaz mı geçiyorsun, diye sordular.

– Hayır. Ben, Abdulmuttalib'in dini üzere kalıyorum, diye cevap verdi Ebû Tâlib.[393]

Artık, ölüme daha yakındı. En yakınında ise, bir diğer kardeşi Abbas vardı. Dudaklarındaki hareketi izlemeye çalışıyordu. Derken, en büyük hâmi ve müşfik amca, hayata gözlerini yumuyordu.

Küfrün baskısı altında ve bir türlü imana giden yola giremeyen amca Ebû Tâlib için Allah Resûlü, bundan sonra da dua ve istiğfardan vazgeçmeyecek ve şöyle diyecekti:

– Bana gelince vallahi de Ben, bundan nehyedilmediğim sürece senin için istiğfar edeceğim.[394]

---
[393] *Abdulmuttalib'in dini üzerinde kalma* meselesi, Ebû Tâlib'in imanı konusunda önemli bir merkezi tutmaktadır.
[394] Bkz. Buhârî, 1/457 (1294)

Hüzün Yılı

Yaşayan Kur'ân'ın bu ifadesi, çok geçmeden Cibril'in müjdeleriyle teyid edilecekti. Gelen ayet de, önce mevcut durumu rapor edip sonrakiler için adeta bu tabloyu ebedileştiriyor; ardından da, ataları arasından bir örnek vererek bu konuda ortaya konulması gereken tavrın ne olduğunu bir modelle anlatmış oluyordu:

– Cehennem ehli oldukları kendilerince belli olduktan sonra -akraba bile olsalar- müşrikler hakkında istiğfarda bulunup onların affedilmelerini istemek, ne peygamberin ne de mü'minlerin yapacağı bir iştir. İbrahim'in, babası için istiğfar dilemesi ise, sırf ona yaptığı vaadi yerine getirmek için olmuştu. Fakat onun Allah düşmanı olduğu kendine belli olunca, onunla ilgisini kesmişti. Gerçekten İbrahim, çok yumuşak huylu ve sabırlı idi.[395]

Techiz ü tekvin işlerini de gördükten sonra Abbas İbn Abdülmuttalib, Allah Resûlü'nün yanına yaklaştı ve hüzün kesilmiş yeğenine:

– Ey kardeşimin oğlu! Allah'a yemin olsun ki kardeşim Ebû Tâlib, Senin ondan istediğin o kelimeyi son anında söyledi, dedi.

Resûl-ü Ekrem (sallallahu aleyhi ve sellem), aynı şekilde düşünmüyordu ve amcasına dönerek:

– Ben duymadım, dedi.[396] Bunun üzerine Abbas, yeğenine yaklaşacak ve amcasıyla ilgili daha yumuşak ve dengeli olmasını talep edecekti. Ancak O, zaten bir denge insanıydı; sırat-ı müstakimin zirve temsilcisiydi O (sallallahu aleyhi ve sellem) ve herkes, dengede O'nu örnek almalıydı. Onun için amca Abbas'a şunları söyledi:

– Umarım ki kıyamet gününde, benim şefaatim ona fayda

---
[395] Bkz. Tevbe, 9/113, 114
[396] Bkz. İbn Hişâm, Sîre, 2/265, 266

verir de, cehennemdeki azabı kısmen de olsa hafifler, o süreci daha hafif atlatır.³⁹⁷

Hz. Hatice'ye Veda

Ebû Tâlib'in vefatı üzerinden henüz üç gün geçmişti. En azından dünyaya veda ederken bir adres bırakması için çok uğraşmıştı, ama dudaklarından bu adresi ifade eden bir cümle duyamamıştı Allah Resûlü (sallallahu aleyhi ve sellem). Üstüne üstlük, onun yokluğunu fırsat bilen Kureyş, artık daha acımasızca yüklenecek ve bu yüklenmelerde onun yokluğunu acı acı hissedecekti. Çok üzüntülüydü; en büyük destekçi ve hâmisi, amcası Ebû Tâlib'in imanına şahit olamadan, dünyadaki sıcaklığına mukabil ebedî huzuru kazanma yoluna girdiğini ifade edecek bir kelime duyamadan onu toprağa vermenin hüznü içindeydi.

Karanlığın koyulaştığı en zifiri demlerdi. Hasta yatağında bıraktığı kerîm zevcesinin durumunu merak ediyordu ve çadırına yöneldi telaşla... Çünkü, bir diğer destekçi Hz. Hatice de hastalıktan kıvranıyordu. Son yolculuk öncesinde Allah Resûlü (sallallahu aleyhi ve sellem), ateşler içinde kıvranan kerim zevcini ziyaret için yola koyuldu. Ebû Tâlib gibi bir dayanaktan mahrumiyetin yanında, can dostu ve en sadık yârânından da mahrum kalmak vardı işin ucunda...

Yaklaştı ve çadırın perdesini araladı yavaşça!.. Hastalıkla inleyen Hz. Hatice'nin hali yürek yakıyordu; altında fırak çığlıkları sezilen iniltilerdi bunlar... Hatice, Mekke'nin en zengin kadınıyken bugün, açlık ve sıkıntı içinde iki büklüm; sürgün

---

³⁹⁷ Bkz. Buhârî, Sahîh, 3/1409 (3672) Ebû Tâlib'le ilgili olarak Efendimiz (sallallahu aleyhi ve sellem)'den şeref sudur olmuş, "Rabbimden onun için çok büyük hayır umuyorum." (İbn Sa'd, Tabakât, 1/124, 125), "Şayet Ben olmasaydım o, şimdi cehennemin en altında azap görüyor olacaktı", (Müslim, Sahih, 1/195 (209) ve "Onun cehennemdeki azabı, topuk kemiklerine kadar ulaşır." (Müslim, Sahih, 1/195 (210) gibi rivayetler de vardır.

hayatının tüketen şartlarıyla boğuşarak gidiyor; geride kalanlara el sallayıp veda ediyordu.

Derinleşmiş hüznünde, Allah Resûlü'nü, kızlarıyla birlikte yalnız bırakacak olmanın endişeleri gizliydi. Gidiyordu; ama gönlü, himayesiz kalan Efendisi'nde mahpus, geride kalan Sultanlar Sultanı ve Rabb-i Rahîm'ine emanet ettiği yetimlerinde esir kalmıştı. Erken doğmuş, Hakk'a erken uyanmış ve şimdi de, kendi elleriyle emanet ettiği iki yavrusundan sonra, onlara kavuşmak için önden gidiyordu.

Yüzünde, gidişi öncesinde tatlı bir tebessüm belirdi; belli ki artık, Cibril'in muştusunu getirdiği cennet yamaçları açılmıştı gözlerine... Ancak bu tatlı tebessüm bile, şefkat ve merhamet yüklü bulutlar gibi çadırın kapısında kendisini gözleyen Efendisi'ni görünce acılaşmış ve derin bir hüzün şekline dönüşmüştü. Her ikisi de, birbirlerinin halini düşünerek hüzün yaşıyordu.

Şefkat ve Merhamet Sultanı'nı derinden yaralayacak bir manzaraydı bu!.. Göz pınarları harekete geçmiş, yanaklarından süzülen damlalar mübarek sakalını ıslatmıştı; ardı ardına hıçkırıklar düğümlendi defalarca boğazında!..

Bir minnet duygusuyla yanına yaklaştı Allah Resûlü ve ifadede kelimelerin kısır kaldığı mânâ yüklü şu cümleleri sıralamaya başladı, titreyen dudaklarından tane tane:

– Benden dolayı, ey Hatice! Sen de, bu sıkıntılara katlanmak zorunda kaldın ve kâmetine göre bir hayattan mahrum yaşadın.

Aslında sen bunlara lâyık bir kadın değildin. Keremine karşılık keremle mukabele bulmak varken sen, çile üstüne çile ve mihnetle mukabele gördün, demek istiyordu ve ilâve etti:

– Ancak unutma ki Allah, her sıkıntı ve zorluğun arkasından, mutlaka hayr-ı kesir murad etmiştir...[398]

---
[398] Heysemî, Mecmau'z-Zevâid, 9/218

Efendimiz (sallallahu aleyhi ve sellem)

Ve Ebû Tâlib'den sonra ikinci önemli dayanak da artık yaşamıyordu. Atmış beş yaşlarındayken dünya ve dünyadaki bütün sıkıntılara veda ederek, içinde ne bir gürültü ne de bir yorgunluk olan, incilerle örülmüş ebedî mekânına intikal etmişti Hz. Hatice (radıyallahü anhâ).

Böylelikle o, Hirâ'da doğan güneşin ardından bir Kadir Gecesi başladığı yeni hayatını, yine bir *Kadir* Gecesi'nde noktalamış oluyordu. Mezarına inip ebedî yurdun ilk kapısı olan *Hacûn* Kabristanı'ndaki mekânına onu, bizzat Allah Resûlü yerleştirecek; yine toprakla üzerini de O kapatıp tesviye edecekti.[399]

Artık musibetler, sağanak olup yağmaya başlamıştı; çünkü yanında, yaşadığı her sıkıntıda semtine sığınıp da sükûn bulduğu bir destek; musibet olup üzerine gelen meteorların atmosferine çarparak parçalandığı bir dayanak ve yılların tecrübesiyle gelişmeleri sabırla karşılamada emin bir yardımcısı yoktu Allah Resûlü'nün.

Allah Resûlü için müşfik bir babadan, güvenli bir koruma ve gönlü zengin bir amcadan sonra; sadık bir yâr, kerim bir zevce ve müşfik bir dayanak da artık yaşamıyordu. Bu sebeple Kureyş, daha bir cesaretlenmişti; Efendimiz'in üzerine daha çok geliyordu. Bir gün, sefahete kendini kaptırmışlardan biri, yolda yürüyen Efendiler Efendisi'nin üzerine toz-toprak atmış ve O da üst-başı bu halde iken, başını öne eğerek hane-i saadetlerine gelmişti. Kızlarından birisi, babasını bu halde görünce çok üzülmüş ve bir taraftan Efendimiz'in üzerini temizlerken diğer yandan da bu üzüntüsünü ağlayarak gösteriyordu. Ufku süzen gözlerin ardından şöyle buyurdular:

– Ağlama kızım ve sakın üzülme! Allah, senin babanı zâyi edecek değildir![400]

---

[399] İbn Sa'd, Tabakât, 8/18
[400] İbn Hişâm, Sîre, 2/264

Hüzün Yılı

Ardı ardına yaşanan bu üzücü olaylarla dolu bu yıla, *hüzün yılı* denilecekti. Zira onda, bir yandan müşriklerin ortaya koydukları haksız başkaldırı ve tepkiler çığırından çıkmış ve kontrol edilemez bir konuma gelmiş, diğer yandan da Efendimiz'in yanındaki iki temel dayanak da ebedi âleme göç etmişti. Mahzun Nebi'yi hüzne boğan gelişmelerdi bunlar ve bundan sonra bu isim, geride kalan bir yıla *alem* olacaktı.

Ebû Leheb'i Bile Duygulandıran Manzara

Ebû Tâlib ve Hatice validemizin vefatıyla birlikte Efendiler Efendisi derin bir hüzne dalmış, çoğu zamanlarını evinde yalnız geçirmeye başlamıştı. Yetimleriyle birlikte baş başa verip müşterek bir hüzün yudumluyordu. Annesiz kalmanın ne anlama geldiğini en iyi bilen de yine O idi. Onun için, kızlarına ayrı bir şefkat gösteriyor ve böylesine önemli bir zaman diliminde onlara daha çok vakit ayırıyordu.

Ebû Leheb olsa da Abduluzzâ, öz amca idi; kardeşinin yokluğunda Kureyş'in yeğeninin üzerine daha fazla gittiğini de zaten görüp duruyordu. Bu manzara, onun cehenneme yakıt olacak taş misal kalbini bile yumuşatmış ve yanına gelerek şu teklifte bulunmuştu:

– Yâ Muhammed! Dilediğin gibi rahat hareket et; Ebû Tâlib hayattayken neler yapıyor idiysen şimdi de aynısını yap! Lât'a yemin olsun ki, ben ölene kadar Sana kimse ilişemeyecek!

Gerçekten de bu, hiç beklenmedik sürpriz bir gelişmeydi, demek ki Allah dileyince, nice olmaz gibi görünenler oluyor, taş kesilmiş vicdanlar bile şefkatle harekete geçebiliyordu.

Derken bir gün, İbnü'l-Gaytala adında birisi, Efendimiz'e hakaret edip kötü sözler sarfetmiş; bunu duyan Ebû Leheb de, hemen gidip İbnü'l-Gaytala'nın haddini bildirmişti. O da şaşırmıştı; daha düne kadar kendileriyle birlikte yeğeninin ölümüne imza atan ve onları, bir hiç uğruna üç yıl sürgüne gönderen adam, karşısında duran Ebû Leheb değildi!

Koşarak bir çırpıda Kureyş'in yanına geldi:

– Ey Kureyş topluluğu! Ebû Utbe de sâbi olmuş!

O gün için bu, en flaş haberdi. Ebû Leheb de gidip Muhammed'e iman etmişse, artık dünya kendilerine zindan demekti. Hemen yanına koştular ve durumu tetkik etmek istediler:

– Hayır! Ben, Abdulmuttalib'in dinini terk etmedim. Sadece ben, kardeşimin oğluna sahip çıkıyor ve O'nu korumaya çalışıyorum, diyordu. Gönüllerine su serpen cümlelerdi bunlar ve:

– İyi ediyorsun; hem böylelikle akraba olmanın gereğini yerine getirip ihsanda bulunuyorsun, diyerek oradan ayrıldılar.

Aradan birkaç gün daha geçmişti. Kureyş'in intikam sesleri bir nebze kesilmişti, kısmen de olsa Mekke'de bir rahatlama hissediyordu. Ancak bu, süreklilik arz etmeyecek sun'î bir rahatlamaydı. Çünkü Ebû Cehil ve Ukbe İbn Ebî Muayt bir araya gelmiş ve Ebû Leheb'i ziyaret ediyorlardı. Belli ki Ebû Cehil, yine Ebû Cehilliğini yapacak, Ukbe de Ukbeliğini gösterecekti. Küfür adına hava oluşturmada, insanlar üzerinde baskı kurup kararlarını etkilemede ve kamuoyunu istedikleri istikamete yönlendirmede üzerlerine diyecek yoktu. Ebû Leheb'e de yaklaşmış, şöyle diyorlardı:

– Senin kardeşinin oğlu, babanın nerede olduğunun haberini sana da verdi mi?

– Peki neredeymiş o, diye soruyordu.

– Babanın cehennemde olduğunu söylüyor, diye damarına basarak konuşuyor, böylelikle onun inat damarını tahrik etmeye çalışıyorlardı. Ve, ne yazık ki bu tahrik de tutacaktı.

Zira, Ebû Leheb'i can evinden vuran bir durumdu bu. Zaten, kendisi ve hanımı hakkında söylenilenlerden haberdar olmuştu; ama o her şeye rağmen (!) çığırından çıkan zulümler karşısında mağdur olan yeğenine sahip çıkma adına, bir nebze O'nun elinden tutmak istemişti. Babasına toz kondurmak istemezdi ve hemen gidip, yeğeniyle olan bütün alâkasını kesmeliydi. Koşarak geldi ve şunları söylemeye başladı:

– Vallahi de ben, Abdulmuttalib'in cehennemde olduğunu söylediğin sürece, ebedi olarak Sana düşman kalacağım!

Yolların yeniden ayrıldığını gösteren bir cümleydi bu. Zaten, Ebû Leheb gibi birinden de ancak bu beklenirdi. Bundan sonra yeniden Kureyş hiddetlenip köpürecek, Mekke'de yaşanan geçici bir nefes alma dönemi de artık, bir nostalji olarak kalacaktı.[401]

---

[401] Bkz. İbn Sa'd, Tabakât, 1/211

SANCILI SÜREÇ

Rukâne ve İki Mucize

Efendimiz (sallallahu aleyhi ve sellem), insanların hidayete ermesi için her türlü yolu deniyordu. Bunu yaparken, kimin hangi konuda ilgisi varsa o alanı tercih ederek İslâm'ı gündeme getiriyor ve böylelikle insanları, Rabbleriyle tanımak çalışıyordu. Ancak bunun için, muhatapları iyi tanımak gerekiyordu; zaten, tebliğin en önemli şartlarından birisi de, duygu ve düşüncesi, istek ve beklentileri, zevk ve hobileri açısından muhatabı çok iyi tanımaktı ve bunu en iyi yapan kişi, hiç şüphesiz Efendiler Efendisi idi.

Rukâne İbn Yezîd adında, sırtı yere gelmez bir pehlivan vardı ve Efendiler Efendisi bu adamla daha sık görüşür olmuştu. Yine bir gün, Mekke'nin kenar mahallelerinden birinde buluşmuş konuşuyorlardı. Resûl-ü Kibriyâ Hazretleri:

— Ey Rükâne, diye başladı sözlerine.

— Sen de takva libasını giysen ve gelip davetime icabet etsen, diye ilave ediyordu. Rukâne:

— Bilsem ki Senin beni davet ettiğin şey hak ve doğrudur; gelir Sana tâbi olurum, diyordu. Bu sözlerde, samimiyet gizliydi ve iş buraya kadar gelmişken mesele, olduğu yerde bıra-

Efendimiz (sallallahu aleyhi ve sellem)

kılmamalı ve son nokta konulmalıydı. Bunun için de, Rukâne-'nin anlayacağı dilden konuşmak gerekiyordu:

– Şayet ben seni burada yensem, getirdiklerimin hak olduğuna inanır mısın, diye sordu Allah Resûlü (sallallahu aleyhi ve sellem).

Fiziki şartlar açısından imkânsız bir teklifti bu. Kendi alanında rüşdünü ispat etmiş bir pehlivana karşı, hayatında hiç güreş tutmamış ve tecrübesiz birisinin, öyle kolayca galip gelmesi düşünülemezdi! Onun için tereddütsüz cevap veriyordu Rukâne:

– Evet, kabul ederim!

Elbette maksat, sadece kuru bir güreş değildi; esas olan, Rukâne'yi düşündürecek bir mucize ortaya koymaktı. Kendi anladığı dilden konuşacak ve güç ve kuvvetini, Allah'ın havl ve kuvvetine bağlayan bir peygamber olduğunu anlatacaktı Allah Resûlü (sallallahu aleyhi ve sellem):

– Öyleyse, gel güreşelim, dedi vakit geçirmeden.

Kendinden emin Rukâne de ayağa kalkmış ve gerçekten bir güreş başlamıştı. Ancak, o da ne, daha ilk hamlede Rukâne kendini yerde buluvermişti! Sanki, karşısında Muhammedü'l-Emîn değil de bir ordu var gibiydi. Ne bir oyun ortaya koyabilmiş, ne de bunu düşünecek vakit bulabilmişti! Sanki, eli-ayağı bağlanmış gibiydi. Bu işten bir şey anlamamıştı. Onun için:

– Tekrar güreşelim, teklifinde bulundu. Bu teklif de kabul görmüştü ve yeniden ayağa kalktılar. Öncekinden farklı bir sonuç yoktu ortada. Daha ilk hamlede sırtı yere gelen, yine Rukâne olmuştu. Şaşkınlığını gizlemeye gerek yoktu ve:

– Ey Muhammed! Allah'a yemin olsun ki bu, imkânsız ve acayip bir şey! Nasıl olur da Sen beni yenebilirsin, dedi.

Rukâne çözülmeye başlamıştı. Habîb-i Zîşân Hazretleri, işi burada bırakmak istemiyordu. Onun için, ikinci bir mucizeye ihtiyaç vardı ve şunları söyledi:

– Şayet istersen, bundan daha acayibini de sana göstereyim! Ancak bunun sonrasında, Allah'tan korkmanı ve bana tâbi olmanı isterim!

– Peki, nedir o, dedi Rukâne.

– Şu gördüğün ağaç var ya, onu çağıracağım ve o da yanıma gelecek, dedi Allah Resûlü (sallallahu aleyhi ve sellem).

– Peki, çağır öyleyse!

Büyük bir titizlikle Efendimiz (sallallahu aleyhi ve sellem) durmuş, ağacı yanına çağırıyordu. Büyük bir dikkatle olacakları izlemeye durmuş Rukâne'nin gözleri yerinden çıkacak gibi olmuştu. Zira, Efendiler Efendisi'nin yanına çağırdığı ağaç, yerinden hareket etmiş; salına salına yanına geliyordu. Nihayet ağaç, Allah Resûlü'nün önüne kadar gelince:

– Haydi, geldiğin yere geri dön, buyurdular ve bu sefer de aynı ağaç, geldiği yere geri döndü.

Zihni, darmadağın olmuştu Rükâne'nin. Üstesinden gelemeyeceği bir gücün karşısında bulunduğunu fark etmişti; ama henüz son hamleyi yapabilecek iradeye sahip değildi.[402] Onun için, kendi kavminin arasına geri dönmeyi tercih edecekti.

Kavminin arasına gelmişti; ama hâlâ yaşadıklarının tesiri altındaydı. Önce, başından geçenleri anlattı bir bir. Ardından da, halindeki garipliği soranlara şöyle diyordu:

– Ey Abdimenâfoğulları! Sizin şu arkadaşınızla bütün dünyayı büyüleyebilirsiniz; Allah'a yemin olsun ki ben, O'ndan daha büyük bir sihirbaz görmedim![403]

Hz. Ebû Bekir'in Hicret Teşebbüsü

Efendimiz ve O'na tâbi olanlar, Ebû Tâlib gibi bir himayeden yoksun kalınınca Mekke daha fazla tepki vermeye baş-

---

[402] Rükâne, Mekke fethinden sonra Müslüman olacak ve Hz. Muaviye'nin hilafeti döneminde vefat edecektir. Bkz. İbn Abdi'l-Berr, İstîâb, 2/507
[403] Bkz. İbn Hişâm, Sîre, 2/235, 236

Efendimiz (sallallahu aleyhi ve sellem)

lamıştı ve bu tepkinin dozu her geçen gün artıyordu. Hedefte sadece Resûl-ü Kibriyâ Hazretleri yoktu; O'nunla birlikte hareket eden herkesi hedef haline getirmişlerdi ve sürekli taciz ediyorlardı. Hz. Ebû Bekir de bundan nasibini alıyordu. Belli ki artık Mekke'de rahat yoktu. Hem, Habeşistan'a önceden gidenlerin hayır haberleri geliyordu.

Çok geçmeden Hz. Ebû Bekir de, hicret için Efendiler Efendisi'nden izin istedi. Talep makûldü ve izin de verilmişti. Bulundukları yerde şiddet ve baskı artsa da yeryüzü genişti ve o da, dayısının oğlu ile birlikte bir gün, *Habeşistan*'a doğru hicret için yola çıktı. Tek arzusu, namazlarını baskı altında kalmadan kılabilmek ve içinden geldiği şekilde gürül gürül Kur'ân'ını okuyabilmekti.

Bir müddet yol aldıktan sonra karşılarına eski dostu ve Mekkeliler katındaki değeri büyük insan *İbn Düğunne* çıkageldi. Onun gibi saygın birisinin yola revan oluşunu görünce telaşla sordu:

– Nereye gidiyorsun?

– Beni, kavmim vatanımdan çıkmaya zorladı... İşkence ettiler ve maddi mudayaka içine almaya çalıştılar, diye cevapladı Hz. Ebû Bekir (radıyallahu anh).

Şaşırmıştı İbn Düğunne. Onun gibi faziletli, güzel ahlak sahibi ve herkesi kucaklayan, dürüstlüğüyle meşhur birisi nasıl olur da böyle bir sonuca zorlanabilirdi? Bu şaşkınlığı kelimelerine de yansıdı:

– Niçin? Allah'a yemin olsun ki sen, yakınlarına iyilik konusunda hepimizden önde bulunuyorsun, ihtiyacı olanlara yardım ediyor, iyilik yapıyor ve yoksulları gözetip kolluyorsun. Hemen geri dön; çünkü artık sen, benim korumam altındasın, dedi.

Hz. Ebû Bekir'in gönlü Mekke'de kalmıştı; Efendisi orada bulunurken Habeşistan hicretine nasıl tahammül edebilecekti!.. Onun gibi birisi, hemen Mekke'ye geri dönmeli ve bir ihtiyacı olduğunda, Efendiler Efendisi'nin yanındaki yerini almalıydı. Zaten, maiyyetin mümtaz Sıddîk'ine yakışan da bu değil miydi? Şimdi ise, tarihî bir fırsat çıkmıştı karşısına ve severek bu teklifi kabul etti.

Beraberce geri döndüler. Elinden tuttuğu Ebû Bekir'le birlikte Kâbe'ye gelen İbn Dügunne, Mekke halkına şöyle haykırdı:

– Ey Kureyş topluluğu! Şüphe yok ki ben, Ebû Kuhâfe'nin oğluna eman verdim. Bundan sonra ona kimse kötü niyet beslemesin.

İbn Düğunne'nin hatırını kıramayan Kureyş'in tek şartı vardı: *Ebû Bekir, açıkta namaz kılıp Kur'ân okumayacak; insanları da dine davet etmeyecekti.*

Evinin bir köşesini ibadet yeri olarak ayırmıştı; namazlarını burada kılar, yanık sesiyle Kur'ân okuyup gözyaşlarıyla Rabbine burada yalvarırdı. Onun yönelişlerindeki bu samimiyetin farkına varan bazı insanlar, etrafında toplanır ve okuduklarına kulak verip hareketlerini seyre dalardı. Bilhassa çocuklarla kadınlar ve köleler için artık burası, bir buluşma noktası haline gelmişti.

Tebliğdeki en etkin yoldu bu aynı zamanda ve Hz. Ebû Bekir de, bu yolu kullanarak farkında olmadan insanların gönlünü İslâm adına kazanmaya başlamıştı.

Ancak bu durumun farkına çabuk vardı Kureyş. Hemen İbn Düğunne'ye gidip, onu durumdan haberdar ettiler:

– Şüphesiz sen Ebû Bekir'e, bize eziyet etsin diye eman vermedin. Halbuki o, Kur'ân okuyup namaz kılarken öyle etkili, öyle güzel bir temsili var ki, çoluk çocuğumuzun, kadınlarımızın dinini değiştireceğinden korkuyoruz, diyorlardı.

Aslında bu halleriyle onlar, Hz. Ebû Bekir'in içinde bulunduğu halin güzelliğini de kabullenmiş oluyorlardı. Ancak

Efendimiz (sallallahu aleyhi ve sellem)

inat ve taassup içindeki insan, bir türlü iyi ve güzel olana ulaşamıyordu. Onların esas endişe edip korktukları konu, hakikat karşısındaki zaaflarıydı ve bu sebeple, realiteyle yüz yüze gelmekten çekiniyor, etraflarındaki insanların da buna muttali olmasını istemiyorlardı.

Çok geçmeden yeniden geldiler İbn Düğunne'nin yanına:

– Git ona ve evine girmesini söyle. Evinde dilediği gibi davransın, diyor ve başkalarının görebileceği yerde namaz kılıp Kur'ân okumaktan vazgeçmesini talep ediyorlardı.

İbn Düğunne'yi de etkilemişlerdi. Geldi Ebû Bekir'in yanına ve şunları söylemeye başladı:

– Ey Ebû Bekir! Ben sana, kavmine eziyet edesin diye eman vermedim. Onlar, senin Kur'ân okuyup namaz kıldığın mekândan rahatsızlık duyuyorlar. Bu halinle onlara eziyet ediyorsun. Evine gir ve orada istediğin gibi ibadetine devam et.

Zaten Hz. Ebû Bekir için, dini adına tebliğ yapamayıp insanların elinden tutamadığı, namazını kılıp Kur'ân'ını açıktan okuyamadığı yerde, bir müşrikin garantörlüğü altında yaşamaktansa Allah'ın inayetine sığınmak daha makûldü. Aslanı zincire vurup bağlamak gibi bir şeydi bu. Halbuki insanlık ondan hizmet bekliyordu ve Ebû Bekir de, zincirlerini bir kenara bırakıp, ardından meşakkat gelse de hizmet yolunu tercih edecekti.

Çok düşündü. Belki denileni yapsa, dinini yaşama konusunda bir problem yaşamayacaktı. Ancak, inandığı değerler, dinin bireysel bir inanç sistemi olmadığını haykırıyordu. Hem öyle olsaydı, Resûlü Ekrem (sallallahu aleyhi ve sellem) niye bu kadar sıkıntıya katlanacaktı ki?.. Ferdi mükellefiyetler arasında, başkalarının elinden tutup onları gerçekle yüz yüze getirmek de vardı. Onun gibi birisinin, bu durumda nasıl davranması gerekiyorsa o da öyle hareket etti. Gitti İbn Düğunne'ye ve

Sancılı Süreç

verdiği emanı iade edip Allah'ın hıfz ve koruması altına sığındığını ilân ederek geri döndü.[404]

Ne var ki, o günün Mekke'sinde böyle bir ilân, belâ ve musibetlerin sağanak olup yeniden yağması anlamına geliyordu.

Artık dar alandan çıkmıştı ve Rabbine kulluk vazifesine çoğunlukla Kâbe'de devam etmeye çalışıyordu. Ancak bu, belli ki kolay olmayacaktı. Kureyş'in eski hiddeti yeniden canlanmıştı ve artık güvencesi de kalmayan Ebû Bekir'i yakın takibe almışlardı.

Bir gün Kâbe'de durmuş namaz kılıyordu. Kureyş'in sefihlerinden birisi yanına yaklaştı ve yerden avuçladığı toz ve toprağı, hakaret dolu sözlerle secdede Rabbiyle baş başa olan Ebû Bekir'in üstünden boşaltıverdi.

Bu arada yanlarından, Kureyş'in ileri gelenlerinden bir başkası geçiyordu. Üstündeki toz ve toprağı temizlemeye çalışan Hz. Ebû Bekir'in gözleri de, kendisini istihzâî tavırlarla süzen bu adama takıldı.[405] Yaptığının kime ne zararı olabilirdi? Bu zulmü kim tasvip edebilirdi ki? İnsanlık adına belki bir değer kalmış olabileceği ümidiyle seslendi ona:

– Şu sefihin yapıp durduğu şeye bir baksan!

Ne çare ki, hitap ettiği kimse ondan daha az sefih değildi:

– Bunu, başkası değil, sen yaptın kendine, diyordu. Sözde, İbn Düğunne'nin emanını bırakmak suretiyle bu duruma kendisinin davetiye çıkardığını söylemek istiyordu. Belki de, başka diyebileceği bir şey kalmamıştı ve *bir şeyler demiş olmak için* bu kelimeleri söylüyordu.

Rabbi dışında yöneldiği hiçbir kapıdan fayda yoktu Hz. Ebû Bekir'in. Ve kaldırdı ellerini, şöyle yalvarmaya başladı:

– Ne kadar da merhametlisin ey Rabbim! Ne kadar da

---
[404] Buhârî, Sahîh, 2/804 (2175)
[405] Bu şahsın Âs İbn Vâil veya Velîd İbnü'l-Muğîre olduğu söylenmektedir.

merhametlisin ey Rabbim! Ne kadar da merhametlisin ey Rabbim![406]

Bununla o, beyazı siyah; gündüzü de gece gibi göstermeye alışkın bu sefihlere karşı gazabıyla muamele etmeyen Rabbinin merhametindeki enginliği ifade etmiş oluyor ve isyanlarına mukabil yine de engin rahmetiyle insanları kucaklamasındaki azamete olan hayranlığını ilan etmiş oluyordu.

Rûm Diyarından Haber Var

Dünyanın hali, o günlerde de sakin değildi; kabileler arasında süregelen savaşlar, devletler arasında da devam edip durur ve bu hengâmede birçok masum insan canından olurdu. Rûmlarla Farslar arasında da benzeri durum söz konusuydu.

Bir gün, Mekke'ye yeni bir haber gelmiş ve Rûmların Farslılar karşısında yenik düştüklerini ve neredeyse Şam'a kadar büyük bir toprak kaybettiklerini söylüyordu. Hatta, bu büyük yenilgi ve Farslıların takibi sonucunda, Bizans kralı Hirakl, İstanbul'a kadar gelmek zorunda kalmıştı. Olaya şahit olanlar, artık Rûmların bir daha toparlanıp yeniden savaşamayacaklarını söylüyorlardı. Mekke müşriklerini sevindiren bir haberdi bu. Çünkü onlar, kendileri gibi müşrik oldukları için Farslıların tarafını tutuyor ve ehl-i kitap oldukları için de Müslümanlara daha yakın duran Rûmların yenilmesini gönülden arzuluyorlardı. Bunun için şöyle diyorlardı:

– Rûmlar da kendilerinin kitap ehli olduğunu söylüyor; ama bugün Farslılar onlara galip geldi. Sizler de, Nebi'nize indirilen kitap sebebiyle bize üstünlük sağlayacağınızı söylüyorsunuz! Unutmayın; nasıl ki Farslılar, ehl-i kitap olan Rûmlara karşı galip gelmişlerse bizler de sizlere galip gelecek ve her zaman üstünlük sağlayacağız.[407]

---
[406] İbn Hişâm, Sîre, 2/218
[407] Suyûtî, Esbâbü'n-Nüzûl, s. 227; Vâhidî, Esbâbü Nüzûli'l-Kur'ân, s. 354

Sancılı Süreç

Bir haber de semalar ötesinden geliyordu:

– Elif, lâm, mîm. Rûmlar, Arap topraklarına yakın bir yerde mağlûp oldular. Ama, bu yenilgilerinden sonra, birkaç yıl içinde yeniden toparlanıp galip gelecekler. İyi bilin ki, işleri karara bağlama yetkisi, işin başında da sonunda da Allah'a aittir. Mü'minler de o gün, Allah'ın verdiği zafer sayesinde büyük bir sevinç yaşayacaklar! Zira Allah, dilediğini muzaffer kılar. Çünkü O, mutlak galiptir; sınırsız merhamet ve ihsan sahibidir.[408]

Semadan gelen haber, hiç de öyle müşriklerin sandıkları gibi değildi; bugün Rûmlar adına bir mağlûbiyet söz konusu olsa bile, yakın gelecekte Rûmlar yeniden toparlanacak ve Farslılara karşı büyük zafer kazanacaklardı. Ve o gün, Müslümanlar açısından da bir zafer söz konusuydu.

Şimdi mesele, ayrı bir boyut daha kazanıyordu. Hz. Ebû Bekir'le karşılaşan Mekke müşrikleri şöyle diyeceklerdi:

– Yâ Ebâ Bekir! Duyduğumuza göre senin arkadaşın, birkaç yıl içinde Rûmların, yeniden Farslılara galip geleceklerini söylüyormuş!

– Evet, dedi Ebû Bekir. Bunu söylerken de, zerre kadar tereddüdü yoktu. Allah ve Resûlü demişse bu, mutlaka olurdu.

Ancak, adamlar aynı şeyi düşünmüyorlardı. Bir nebze, kendilerince eğlenmek istiyorlardı:

– Bizimle iddiaya girmeye var mısın, dediler. Tereddüdü yoktu ve hemen:

– Evet, dedi Hz. Ebû Bekir. Henüz bu konuda bir hüküm vârid olmamıştı zira. Derken, altı yıl üzerinde anlaştılar; kimin dediği olacaksa o, karşı tarafa on deve verecekti.

Hz. Ebû Bekir, Allah Resûlü'nün sadık dostuydu ve bu hadiseyi O'na anlatmamak olmazdı. Geldi huzura ve her şeyi

---

[408] Bkz. Rûm, 30/1-5

anlattı bir bir. Konuya muttâli olan Efendiler Efendisi'nin de bir tavsiyesi olacaktı:

– Süreyi uzat ve develerin sayısını artır!

Çünkü, ayette geçen 'birkaç sene' ifadesi, on yıla kadar geçen zamanı ifade ediyordu.

Efendiler Efendisi'nden bu teminatı da alan Hz. Ebû Bekir, hemen Mekke müşriklerinin olduğu yere geldi:

– Sizin için bu sürenin, dokuz yıl olarak kabul edilmesinde ve develerin adedinin de artırılmasında bir problem var mı, diye soruyordu.

O kadar eminlerdi ki, dokuz değil, on dokuz sene bile olsa, tereddütsüz kabul ederlerdi ve herkesin katılımıyla dokuz yıl içinde olacaklara karşılık yüz deve mukabilinde ciddi bir iddiaya giriyorlardı.[409]

Sevde Validemizle İzdivaç

Efendimiz (sallallahu aleyhi ve sellem)'in yaşı elliyi geçmişti ve buna rağmen her geçen gün yükü daha da ağırlaşıyordu. Üstelik, kerim zevcesi Hz. Hatice de vefat etmiş, kızlarıyla yalnız kalakalmıştı. O'nun bu halini uzaktan seyreden ve yaşadıklarını hesap ederek alternatif çözüm arayan Osman İbn Maz'ûn'un hanımı Hz. *Havle Binti Hakîm*, yanına gelecek ve hanesinde kendisine destek olacak bir kadınla evlenmesi gerektiği konusunda ısrar edecekti. Alternatifini de kendisi sunuyordu: *Sevde Binti Zem'a* ile *Âişe Binti Ebî Bekir*.

Teklif makul gözüküyordu; bir tarafta müşriklerin onca baskı ve zulümleri, diğer yanda Hz. Hatice'nin boynu bükük emanetleri duruyordu.

---

[409] Bkz. Taberî, Tefsîr, 10/162; İbn Kesîr, Tefsîr, 3/560; Tirmizî, Sünen, 5/344 (3194). Aradan dokuz yıl geçecek ve gerçekten de Rûmlar, yeniden toparlanıp Farslılarla savaşacak ve bu savaşın galibi de Rûmlar olacaktı. Mü'minlerle Mekke müşriklerinin arasında yaşanan Bedir Savaşı da aynı günlere denk gelecekti.

Sancılı Süreç

Her ikisi de yakından tanıdığı isimlerdi. Efendiler Efendisi'ni derin bir sükût almıştı ve bu sükûtu 'evet' olarak algılayan Hz. Havle, hemen harekete geçecek ve üstüne düşeni yerine getirebilmek için her iki adayı da ziyarete başlayacaktı. İlk adım olarak, niyetlerini yoklamayı hedefliyordu.

İlk Önce *Sevde Binti Zem'a*'nın yanına geldi. Hz. Sevde, kocası *Sekrân İbn Amr* ile birlikte Habeşistan'a hicret etmiş ve *Hz. Sekrân*'ın burada vefat etmesiyle birlikte Mekke'ye geri gelmişti. Yaşını başını almış, ağırbaşlı, olgun, oturaklı ve güvenilir bir kadındı. Çile ve mihnetlerle dolu bir hayat yaşamış, her şeye rağmen inançlarından hiç taviz vermemişti. Ahirete ait meyveleri dünya hayatında tüketmeye talip değildi ve başına gelebilecek her türlü sıkıntıya karşı sabırla mukabelede bulunup dayanmaya kararlıydı.

Şimdi ise, hiç beklemediği bir anda, *mü'minlerin annesi* konumuna yükselme fırsatı geliyordu ayağına. Aynı zamanda böyle bir teklif, dul ve kimsesiz kalan Hz. Sevde'ye de sahip çıkılması anlamına geliyordu. Buna mukabil o da, bu en sıkıntılı günlerinde Efendimiz'in yalnızlığını paylaşmış olacaktı. Gerçi, kocasının acısı hâla yüreğinde duruyordu; ancak bu teklif, her türlü acıyı dindirecek ve bütün sıkıntılarını unutturacak mahiyetteydi. Şakası yoktu; her türlü kıymetin uğrunda feda edildiği Allah Resûlü'yle aynı yastığa baş koymanın teklifiydi bu! Böyle bir teklife *'evet'* dememek olur muydu hiç? Ancak, bu kararı tek başına veremezdi. Önce Hz. Havle'yi, olurunu alması için yaşlı babasına gönderdi.

Adamın yanına gelen Hz. Havle, cahiliyye döneminde yaygın olan selam türüyle yaşlı babaya selam verdi:

– Kim o, diye tepki veriyordu ihtiyar.

– Havle Binti Hakîm, diye cevapladı Hz. Havle ve aralarında şu konuşma geçti:

– Ne istiyorsun? Niye geldin?

Efendimiz (sallallahu aleyhi ve sellem)

– Beni, Abdullah'ın oğlu Muhammed gönderdi; Sevde'yi kendisine istiyor.
– Kerem sahibi bir denklik! Peki, senin arkadaşın buna ne diyor?
– Olumlu bakıyor!
– Onu bana çağır!

Aynı zamanda bu, babanın da olurunun alındığı anlamına geliyordu. Hemen Sevde Binti Zem'a'nın yanına gidildi ve babasının huzuruna gelmesi söylendi. Bir müddet sonra Sevde, babasının huzurundaydı. Babası sordu:

– Bu kadın, seni Abdullah'ın oğlu Muhammed'in talep ettiğini söylüyor. Bilirim ki O, kerem sahibi bir denktir. Seni O'nunla evlendirmemi sen de istiyor musun?

Bu, cevabı daha baştan belli olan bir soruydu ve Hz. Sevde hiç beklemeden:

– Evet, diyecek ve böylelikle Efendimiz de aile meclisine davet edilerek bir nikâh gerçekleşmiş olacaktı.

Aradan birkaç gün geçince, evlilik sürecinde Mekke'de olmayan kardeş Abdullah İbn Zem'a da dönmüş ve hadiseden haberdar olmuştu; kendi iradesi dışında kız kardeşi Muhammedü'l-Emîn'le nikâhlanmıştı! Bir türlü kabullenmek istemiyor, üstüne başına toprak saçarak tepkisini dile getiriyordu.[410]

Beri tarafta ise, Hz. Sekrân'ın kardeşi ve her defasında bir akrabasını Efendimiz'e kaptıran (!) *Süheyl İbn Amr*, bu evliliğe şiddetle karşı çıkıyor; ailesinden bir ferdin daha gidip Allah Resûlü'yle aynı mekânı paylaşması karşısında, her zamanki gibi şiirinin dilini de kullanarak tepkisini dile getiriyordu. Çünkü bu güne kadar, kardeşleri *Selît*, *Hâtıb* ve *Sekrân*'ın yanı sıra; kızı *Ümmü Gülsüm* ile damadı *Ebû Sebre* de gidip

---

[410] Daha sonra Abdullah İbn Zem'a da Müslüman olacak ve o gün yaptığı bu hareketten dolayı her fırsatta duyduğu üzüntüyü dile getirecekti. Bkz. Taberânî, Mu'cemu'l-Kebîr, 24/30 (80)

Sancılı Süreç

Resûlullah'a teslim olmuştu. Bütün bunlar yetmiyormuş gibi bir de oğlu *Abdullah* gidip Müslüman olmuştu. Tam onu kurtardım (!) derken bu sefer de küçük oğlu *Ebû Cendel*'i elinden kaçırmak üzereydi. Her geçen gün, etrafındaki dayanak noktaları teker teker kayıp gidiyor ve bu gidiş de, Süheyl'i fazlasıyla tedirgin ediyordu.

Ancak bu çabalar bir sonuç vermeyecek ve Allah Resûlü (sallallahu aleyhi ve sellem), yine Süheyl'in kardeşi *Hâtıb İbn Amr*'ın vekaletiyle, Mekke günlerinin birinde bir Ramazan akşamı Hz. Sevde validemizle evlenecekti. Böylelikle Efendimiz (sallallahu aleyhi ve sellem), Hz. Hatice validemizden sonra ilk defa başka bir kadınla hayatını birleştirmiş oluyordu.[411]

Bu arada Hz. Havle, Hz. Ebû Bekir'in evine de gelmiş ve hanımı Ümmü Rûmân'a da şunları söylemişti:

– Ey Ümmü Rûmân! Allah'ın sana olan bereket ve ihsanı neden bu kadar bol ki?

– Neden ki o, diye karşılık verecekti Ümmü Rûmân. Çünkü henüz, konudan habersizdi. Hz. Havle de zaten bunu bekliyordu ve ekledi:

– Beni size Resûlullah gönderdi; kızınız Âişe ile nikâhlanmak istiyor.

Ümmü Rûmân için bundan daha büyük bir bahtiyarlık olamazdı; ancak, bir tereddüdü vardı:

– Bu, O'nun için uygun mu ki? Şüphesiz o, O'nun kardeşinin kızı!

---

[411] İbn Sa'd, Tabakât, 8/53. Yıllar sonra Hz. Sevde, Efendimiz (sallallahu aleyhi ve sellem)'in kendisini boşayacağı zannıyla, *"Ne olur, beni boşama ve yanından ayırma! Önemli değil, Seninle olan günümü de Âişe'ye tahsis et."* diyecek ve Allah Resûlü'nden ayrılmaktansa nikâhı bâki kalmak şartıyla, O'nunla birlikte yaşama hakkını tamamen Hz. Âişe validemize devredecek ve bu evlilik, bundan böyle sadece görünürde; ama ilâ yevmilkıyâme devam edecekti. Bkz. İbnü'l-Esîr, Üsüdü'l-Ğâbe, 7/157, 158

Efendimiz (sallallahu aleyhi ve sellem)

İki insan birbirine bu kadar yakın olunca demek ki, sanki aralarında bu türlü bir izdivacın da olmayacağı şeklinde bir anlayış gelişmişti. Böyle bir tepki karşısında Hz. Havle de tereddüt geçirmiş ve Resûlullah'ın yanına dönüp, olup bitenleri anlatmıştı. Buyurdular ki:

– Git ve ona, *"Ben senin kardeşinim, sen de Benim kardeşimsin; ancak bir şartla ki bu, İslâm kardeşliğidir ve senin kızınla benim nikâhlanmamda bir engel yoktur."* de!

Hz. Havle, yeniden Hz. Ebû Bekir'in evine gelecek ve kendisine denilenleri yapacaktı. Bunun üzerine Ümmü Rûmân:

– Mut'ım İbn Adiyy, onu oğlu Cübeyr için istiyordu; son durum nedir bilmiyorum! Vallahi de Ebû Bekir, birisine söz verdiği zaman asla sözünden dönmez, dedi. Bunun için, Ebû Bekir'in gelişini beklemekten başka çare yoktu.

Nihayet o da gelmiş ve meseleye muttâli olmuştu. Resûlullah (sallallahu aleyhi ve sellem) ile akraba olmak ne büyük onurdu! Ancak, yarım ağız da olsa, Mut'ım ile aralarında bir konuşma geçmişti. Önce işin burası netleştirilmeli ve diğer adımlar bundan sonra atılmalıydı. Hiç vakit geçirmeden doğruca Mut'ım'ın evine geldi. Ebû Bekir'in geldiğini görünce hanımı Ümmü Sabîy, ileri atıldı:

– Ey Ebû Kuhâfe'nin oğlu! Seninle dünür olunca mutlaka bizim arkadaşı da sen, kendi dinine davet eder ve kabul ettirirsin herhalde, diyordu.

Açıktan bir alay söz konusuydu kadının cümlelerinde. Aynı zamanda bu, *seninle biz, bu din farklılığı olduğu sürece asla dünür olamayız* anlamına geliyordu. Hz. Ebû Bekir, Mut'ım'a yöneldi:

– Onun dediklerine sen de katılıyor musun, diye sordu.

– Hayır, o kendi fikrini söylüyor, diyordu Mut'ım.

Aralarında bir müddet daha konuşunca ortaya çıkan sonuç, İbn Adiyy ailesinin Âişe konusundaki düşüncelerinin he-

Sancılı Süreç

nüz netleşmediği istikametindeydi. Demek ki ortada, ne verilmiş bir söz, ne de bunun için bir talep vardı.

Efendimiz'le bu kadar yakınlıktan sonra şimdi, bir de akraba olma imkânı duruyordu önünde. Hz. Ebû Bekir'in, rüyalarında bile göremeyeceği bir husustu bu; en yakınında olmayı bir de böyle bir akrabalık bağıyla güçlendirecek ve bundan böyle O'ndan hiç ayrılmayacaktı. Çıktı Mut'ım'in yanından ve doğruca evine geldi. Onun gelişini bekleyen Hz. Havle'ye müjdeli haberi verecekti. Ve böylelikle, Ebû Bekir ailesi için yeni bir süreç daha başlamış oluyordu.[412] Bu, bir *sözlenme* mânâsı taşıyordu ve bu evlenme, ancak Medine'ye hicretten yedi ay sonra gerçekleşecekti.

Bir Alacak Tahsili

Bütün olanlara rağmen bir taraftan da, Mekke'deki ticarî hayat kendi seyrinde devam ediyordu. Bir gün, *İrâş* denilen bölgeden *Kehle* adında bir adam gelmiş ve devesini Ebû Cehil'e satmıştı. Aradan uzun zaman geçmiş olmasına rağmen Ebû Cehil, paranın üstüne yatmış, bir türlü adamın parasını vermiyordu. Gidip gelmelerden bunalan İrâşlı zât, bir gün Kureyş arasında yüksek sesle bağırmaya başladı;

– Ey Kureyş topluluğu! Ebu'l-Hakem İbn Hişâm'a karşı bana kim yardım edecek? Ben, hem garip biriyim hem de uzun yoldan geldim; bu adam benim hakkımı gasp etti ve vermiyor!

Bu sırada Allah Resûlü de, Kâbe'de bulunuyordu. Aralarından birisi O'nu göstererek:

– Şu adamı görüyor musun? Onlar, getirip söylediklerinden dolayı O'nunla aralarında anlaşmazlık yaşıyorlar. O'na git ve sana O yardım etsin!

Adam, mağdurdu ve bulduğu her bir dala, yeni bir *ümit*

---
[412] Bkz. Hâkim, Müstedrek, 2/181 (2704)

Efendimiz (sallallahu aleyhi ve sellem)

diye tutunuyordu. Doğruca denilen adrese geldi ve durumunu arz etti. Kendisinden bir şey istenilir de Allah Resûlü (sallallahu aleyhi ve sellem), hiç *'hayır'* der miydi? İrâşlı adamla birlikte ayağa kalktı ve doğruca Ebû Cehil'in evine yöneldi.

Gelişmeleri seyreden Kureyş, biraz sonra yaşanacakları kaçırmak istemiyordu. Zira onlara göre Ebû Cehil, yaş tahtaya basmaz ve kapısına geldiklerine bin pişman ederdi! Aralarından birisini görevlendirdiler:

– Sen git ve neler olacağını takip edip bize anlat, diyorlardı.

Nihayet, Efendimiz ve İrâşlı zat Ebû Cehil'in kapısına kadar geldiler. Allah Resûlü (sallallahu aleyhi ve sellem), kapıyı çalmaya başladı:

– Kim o, diyordu Ebû Cehil, öfke ve hiddet tonlu bir sesle.

– Muhammed, diye cevapladı Efendimiz (sallallahu aleyhi ve sellem). "Dışarı çık da görüşelim!"

Şiddetle kapı açılmıştı; ancak, kapıyı açar açmaz Ebû Cehil'de büyük bir değişim yaşanmaya başlamıştı. Sanki az önce içeriden yüksek perdeden bağıran ve hiddetle kapıyı açan o değildi! Bir anda, yelkenleri suya indirivermişti! Yüzü sararıp solmuş, teninde renk kalmamıştı!

Efendiler Efendisi, olanca sükûnet ve teenni ile:

– Bu adamın hakkını ver, dedi.

– Tamam, bekleyin getiriyorum, diyordu Ebû Cehil. Sanki, bugüne kadar borcunu bir türlü vermek bilmeyen adam Ebû Cehil değildi. İrâşlı adam da, Kureyş'in gönderdiği şahıs da şaşkınlıktan ne diyeceklerini bilemez olmuşlardı. Çok geçmeden de, içeri giren Ebû Cehil, elinde devenin parasıyla birlikte dışarı çıktı ve İrâşlıya olan borcunu ödedi.

Kureyş'in gönderdiği adam da geri dönmüştü, bir nebze eğlenip de gülüşmek isteyen Kureyşliler soruyorlardı:

– Anlat bakalım, neler oldu?

Sancılı Süreç

– Acâip, çok acâip şeyler gördüm, diye anlatmaya başladı adam.

– Vallahi de O, gitti ve sadece Ebu'l-Hakem'in kapısını çaldı. Dışarı çıkan Ebu'l-Hakem'e de sadece:

– Bu adama hakkını ver, dedi. O da:

– Tamam, bekleyin getiriyorum, diyerek evine girdi. Ve biraz sonra da devenin parasını getirip adama verdi!

Kureyş'in merakı iyiden iyiye artmıştı; nasıl olur da Ebu'l-Hakem gibi dirayetli ve şeytânî bir zekâya sahip birisi, sadece bir istemeyle, yıllarca vermediği parayı getirip bir anda verebilirdi? Duyduklarına bir türlü inanmak istemiyorlardı.

Nihayet, Ebû Cehil de yola çıkmış yanlarına geliyordu. Gelişini görür görmez sordular:

– Yazıklar olsun sana! Neler oluyor sana böyle? Vallahi de bugüne kadar senin, böyle bir şey yaptığına şahit olmamıştık!

Hâlâ, yaşadıklarının tesirinden kurtulamadığı her hâlinden belli olan Ebû Cehil konuşmaya başladı:

– Yazıklar olsun size! O adam, kapıma öylesine bir şiddetle vuruyordu ki, çıkardığı gürültü korku olup yüreğime işliyordu. Daha sonra da dışarı çıktım. Bir de ne göreyim; başının üstünde şaha kalkmış bir deve duruyor. Bugüne kadar ne onun tırnakları gibi bir deve tırnağı gördüm, ne onun dişleri gibi bir deve dişine şahit oldum, ne de onun başı kadar büyük bir deve başına rastladım! Vallahi de, şayet parayı getirip vermemiş olsaydım, oracıkta beni yiyip bitirecekti![413]

Mekke'de bir mucize daha yaşanıyordu. Efendimiz'in Hak adına haksızlığa karşı duruşu elbette yeni değildi; risalet öncesinde *Hılfü'l-Fudûl* adıyla bir araya gelişleri hatırlatan bir hareketti bu ve silinmemek üzere zihinlere nakşedilecekti.

---

[413] Muhammed İbn Yûsuf es-Sâlihî, Sübülü'l-Hüdâ ve'r-Reşâd, 2/419

Efendimiz (sallallahu aleyhi ve sellem)

Habeşistan'dan Gelen Yirmi Kişi

Habeşistan'a giden mü'minlerin hicretiyle birlikte Efendimiz'in haberi oralara da ulaşınca, bizzat huzurda bulunma niyetiyle bir grup yola çıkacak ve Mekke'ye kadar gelecekti.[414]

Efendimiz'i, Kâbe'de ibadetle meşgûl buldular ve yanına yaklaşarak huzurunda oturup uzun uzadıya konuşmaya başladılar. Etraflarına toplanan Kureyşliler de, olup bitenleri seyrediyorlardı. Maksatlarını arz edip de Efendimiz'den alacaklarını aldıktan sonra Allah Resûlü (sallallahu aleyhi ve sellem), onları Allah'a kulluğa çağırıp Kur'ân ayetlerini okumaya başladı. Okunan ayetleri dinlerken, gözyaşlarını tutamamış, içtenlikle ağlıyorlardı. Allah'a davet olur da onlar geri durur muydu hiç? Hemen imanlarını ikrar edip davete icabetle Hak'tan gelen her şeyi tasdik ettiler; *kitaplarımızda anlatılanlar da işte buydu,* dercesine bir kabul yaşanıyordu Mekke'de.

Ayrılık vakti gelip de huzurdan kalkınca, bir grup insanla birlikte Ebû Cehil yollarını kesti ve:

– Yazıklar olsun size! Ne kötü bir kafilesiniz! Kendi dininizden olan arkanızdakiler sizi buraya gönderdikleri halde siz, bir adamın sözüne kanarak dininizden dönüyor ve onları yüz üstü bırakıyorsunuz! O'nunla ne konuştunuz ki, iki kelamla dininizi değiştirip O'nun dediklerini kabulleniyorsunuz? İşin doğrusu, sizden daha ahmak bir kafileyle hiç karşılaşmadık, diyordu.

Ne garip bir durumdu? Işık kaynağının yanında duruyordu; ama karanlığın en koyu tonunu tercih etmiş cehalet yudumluyordu. Böyle bir adama, ancak acınırdı. Aslında, böylesi bir yaklaşımın cevabı, sadece sükûttu; ama onlar yine de şunları söylediler:

– Allah'ın selamı üzerinize olsun! Cehalette biz sizinle ya-

---

[414] Bazı rivayetlerde bu insanların, Necrânlı oldukları söylenmektedir.

rışamayız; bizim anlayış ve tercihlerimiz bize ait, sizinkiler de size! Kendimiz adına biz, sadece hayır talep ediyoruz!

Yine, yeni bir vahiy gelmiş ve bir durumu haber veriyordu:

– Daha önce kendilerine Kitap verdiğimiz ilim sahipleri, buna da Kur'ân'a da inanırlar. Kendilerine Kur'ân okununca, *"Ona iman ettik, o, Rabbimizden gelen gerçeğin ta kendisidir. Biz zaten daha önce de Allah'a teslim olmuş kimselerdik"* derler. İşte onlar, gösterdikleri sabır ve sebattan dolayı çifte mükafat alırlar. Onlar, kötülüğü iyilikle mukabele ederek savarlar ve kendilerine nasip ettiğimiz mallardan Allah yolunda harcarlar. Anlamsız ve çirkin söz işitince de, yüzlerini çevirip ondan uzak durur ve, *"Bizim işlerimiz bize, sizinkiler de size aittir; selam olsun size, hoşça kalın! Biz, cahillerle arkadaşlık etmeyi hiç arzulamayız."* derler.[415]

İşte Kur'ân, bu kadar toplumun içinde ve insan unsuruyla bütünleşmiş, ihtiyaç endeksli ve gelişen olaylara paralel nazil oluyor; insanlar da ona bakarak kendilerine çekidüzen veriyorlardı. Bu insanlar, Hristiyan'dı ve aralarında bulunan ruhban ve kıssîsler sebebiyle olgunluk gösteriyor ve imanı kabullenmede, diğer insanlara nispetle daha önde görünüyorlardı. Böyle olunca, meveddet ve muhabbet yönüyle Müslümanları daha çok seviyor ve Kur'ân dinlerken de, Hak adına ortaya konulanlardan dolayı duydukları haşyetle göz yaşı döküyorlardı.[416]

---

[415] Kasas, 28/52-55. Bu ayetlerin, Necâşî ve arkadaşları hakkında indiğine dair de rivayet vardır. Bkz. Muhammed Yûsuf es-Sâlihî, Sübülü'l-Hüdâ ve'r-Reşâd, 2/421
[416] Bkz. Mâide, 5/82, 83

TÂİF YOLCULUĞU

Efendimiz'in ve O'nunla birlikte iman eden sahabenin, olağanüstü gayretlerine rağmen Mekke'de artık her şey durağanlaşmış ve Mekkeliler, en azından şimdilik yeni açılımlara kapanmıştı. Tebliğ ise, süreklilik arz eden bir vazifeydi; Allah'ın yarattığı yeryüzü olabildiğince genişti ve başka yerlerdeki insanların da İslâm'a ihtiyaçları vardı.

Bir de Mekkeliler, her geçen gün çığ gibi büyüyen İslâm karşısında nefret ve kinle oturup kalkıyor ve Müslümanlara rahat adım atma imkânı tanımıyorlardı. Üstelik her yönden, Ebû Tâlib'in yokluğunu fırsat bilip açıktan Allah Resûlü'nün bedenini ortadan kaldırmaya niyet eden bahtsızların diş gıcırtıları geliyordu.

Elbette Allah'ın vaadi vardı ve bu dava, gün gelecek bütün yeryüzüne hâkim olacaktı; bunda şüphe yoktu. Ancak bunun, bugünün Mekke'siyle gerçekleşme imkânı pek mümkün gözükmüyordu. Yeni bir açılıma ihtiyaç vardı ve işte bu açılımı sağlamak için Efendimiz (sallallahu aleyhi ve sellem), Şevvâl ayının bir gününde, yanına *Zeyd İbn Hârise*'yi de alarak Tâif'e yöneldi.

Tâif, bağ ve bahçeleriyle meşhur, yeşillikler içinde bir yerdi. Mekke'ye yaklaşık doksan kilometre mesafede idi ve bura-

Efendimiz (sallallahu aleyhi ve sellem)

da Efendimiz'in anne tarafından akrabaları yaşıyordu. Aynı zamanda burası, ömrünün ilk yıllarında gelip yanında kaldığı Efendimiz'in süt annesi Halîme-i Sa'diye'nin memleketine de yakın bir bölgeydi.

Allah tarafından gönderilen mesajlara hüsn-ü kabul gösterecek yeni simalara ulaşmak ve böylelikle, Mekke'de bulamadığı sıcak yüzlerle tanışıp Allah davasına muzahir mü'minlerle birlikte istikbale daha gür adımlarla yürümek gibi hedeflerle çıktığı Tâif yolunda, önce *Sekîf*lilerin yanına gitti. Çünkü o gün için Sakîfliler, Tâif'in ileri gelen eşrafı olarak biliniyor ve çevrelerinde itibar görüyorlardı. İlk muhatapları, *Amr İbn Umeyr*'in üç oğlu *Abdiyâleyl*, *Mes'ûd* ve *Habîb* idi. Hatta, bunlardan birisi, Kureyş'ten bir kadınla evli bulunuyordu. Yanlarına geldi Allah Resûlü (sallallahu aleyhi ve sellem); önce selam verdi ve ardından da, bütün içtenliğiyle konuşmaya başladı; Allah'ı bir bilip davasına sahip çıkmaya davet ediyor ve risalet vazifesinde kendisine yardımcı olmalarını talep ediyordu. Ancak Tâif, Mekke'yi aratmayacak kadar çetin gözüküyordu.

Allah Resûlü'nün şefkatle kucakladığı üç kardeşten ilki sözü aldı:

– Şayet, gerçekten de Allah Seni peygamber olarak göndermişse, Kâbe'nin örtüsünü alıp yere çalarım, diyordu. Allah'ın en sevgili kulu, dünya ve ahiretini kurtarmak için ayağına kadar gelmişti; ama o O'nunla alay edip hafife alarak kendince gönül eğlendiriyordu. Hâyâ timsali Allah Resûlü (sallallahu aleyhi ve sellem), böyle bir küstahlık karşısında yine sükûtu tercih edecekti. Ancak küstahlık, bununla sınırlı kalacak gibi görünmüyordu. Diğeri ileri atıldı ve:

– Allah, Senden başka peygamber olarak gönderecek birisini bulamadı mı, diye takıldı. Belli ki iş, çığırından çıkıyordu. Konuşmak için fırsat kollayan üçüncü kardeş de bir şeyler demeliydi ve o da şunları söyledi:

– Vallahi de ben, artık Seninle hiç konuşamam! Çün-

Tâif Yolculuğu

kü, şayet Sen, söylediğin gibi gerçekten bir peygambersen, Sana söylediklerime beni bin pişman edersin! Yok, şayet Sen, Allah'a karşı yalan söylüyor isen, o zaman da zaten, benim Seninle konuşmam uygun olmaz!

Ciğeri beş para etmeyen bu insanlar, kendilerince İnsanlığın İftihar Tablosu ile alay ediyor ve hoşça (!) vakit geçiriyorlardı. Mahzundu Efendiler Efendisi... Halbuki, onca mesafeyi, belki bir şeyler anlarlar düşüncesiyle yürüyerek gelmiş; onların önlerinde, cennete bir kapı aralamak istemişti. Cevap bile verme gereği duymuyordu artık. Cevap vermeyi içinden bile geçirseydi, O'nun yerine gerekli cevap çoktan verilir ve işleri biterdi; ancak O, rahmet peygamberiydi ve sinesi, herkesi kucaklayacak kadar engin ve genişti. Hatta, en can alıcı düşmanları için bile bu sinede bir yer vardı ve onların da günü gelip, hak dava ile buluşmalarını ümit ediyordu. En azından, kendileri olmasa da, nesilleri arasından bu ufka yükselen birileri mutlaka olacaktı ve onun için de bugün, her şeye rağmen sabır gerekiyordu.

Sadece bir isteği vardı Efendiler Efendisi'nin:

– Olabilir, siz kendi tercihinizi yaptınız; en azından aramızda geçen bu mesele, burada kalsın, diyordu. Zira bu haberin Mekke'ye ulaşması, Mekkeliler açısından yaşanacak bir bayram havası demekti ve böyle bir hareket, bugüne kadar sessiz duranları da cesaretlendirir ve artık Mekke, Müslümanlar açısından asla yaşanamayacak bir belde haline geliverirdi.[417]

Hüznündeki duruş, yürüyüşüne bile aksetmişti. Zahir itibariyle eli boş geri dönüyor gibiydi; ancak vazife, neticeyi görme hedeflenerek yapılmazdı. O (sallallahu aleyhi ve sellem), kendi üzerine düşeni yerine getirmiş, tebliğ vazifesini ifa etmişti; neticeyi yaratmak ise Allah'a aitti. Efendimiz (sallallahu aleyhi ve sellem) ise, kendi işini kusursuz yerine getirmede en önde oldu-

---

[417] Bkz. İbn Hişâm, Sîre, 2/266, 267

Efendimiz (sallallahu aleyhi ve sellem)

ğu gibi Allah Teâlâ'ya ait kısmına müdâhil olmama konusunda da en duyarlı insandı.

Ancak, ayaklarına kadar gelen kısmeti teptiklerinin farkında bile olmayan bu insanlar, bununla da yetinmeyecekler; ayak takımını tetikleyerek bu kutlu Misafir'i taş yağmuruna tutacaklardı.

Efendiler Efendisi, Tâif'te on gün kalacaktı. Bu süre içinde birçok insanla görüşmek istedi; ancak, çoğu O'na icabet edecek yürek taşımıyordu ve korkularından uzak durmayı tercih ettiler. Bir de utanmadan:

– Ey Muhammed! Bizim yurdumuzdan uzak dur da, nereye gidersen git,[418] diyorlardı.

Hz. Zeyd, kendini siper etmiş, yağmur gibi başlarına düşen taşlara karşı Allah Resûlü'nü korumaya çalışıyordu. Başlarına yağan taşların ardı arkası kesilmiyordu. Aslında bu, kendi başlarına taş yağdıracak bir davranıştı; neredeyse tam üç kilometrelik mesafeyi öylece geçtiler. Allah'ın Habîbi Resûl-ü Kibriyâ'nın da ayaklarından kan damlıyordu. Zeyd ise, zaten başı ve gözü yarılmış; kan-revan içinde kalmıştı.

Tâif'teki İltica ve Bir Tecelli

Nihayet, bu musibet mekândan uzaklaşmış ve bir ağacın altında dinlenmek için mola vermişlerdi. Önce, *gözümün nuru* dediği namaza durdu Allah Resûlü (sallallahu aleyhi ve sellem) ve burada iki rekat namaz kıldı. Belli ki, böyle durumlarda güç ve kuvvetin gerçek sahibine gönülden yönelmek gerekiyordu. Demek ki, beşeri arızalardan kurtulup Rahmânî bir boyaya bürünebilmek için, öncelikle duruşun iyi ayarlanması lazımdı. Belli ki bütün bunlar, öfkeyle kalkıp zararla oturmamak için ümmetine birer mesajdı. Çünkü O, her yönüyle takip edi-

---

[418] İbn Sa'd, Tabakât, 1/211, 212

Tâif Yolculuğu

lecek bir modeldi ve bir beşer olarak öfkelenmesi gereken durumlarla da karşılaşacak ve böylesi durumlarda da ümmetine, nasıl davranılması gerektiğini bizzat gösterecekti.

Namazını tamamlayınca da, ellerini açtı açabildiği kadar ve dua dua yalvarmaya başladı... Hz. Zeyd, hayranlıkla seyre dalmıştı; karşısında adeta nurdan bir heykel duruyordu. Biraz daha dikkatlice kulak verdi; Efendiler Efendisi şunları söylüyordu:

– Allah'ım! Güç ve kuvvetimdeki zaafı, çözüm üretmedeki eksikliğimi ve insanların beni istihkar edip hor görmelerini Sana arz ediyorum.

Ey merhametlilerin en merhametlisi!

Zayıf ve güçsüzlerin Rabbi!

Benim de Rabbim!

Beni, kime bırakıyorsun?

Bana karşı kin kusan kötü ve gaddar düşmanlara mı, yoksa işimi kendisine teslim ettiğin yüzsüz ve acımasız yakınlara mı?

Şayet, Senin bana hâlâ kızıp gazap etmen söz konusu değilse, hiçbir şeye aldırmam; Senin afiyet vermen, benim için her şeyden daha önemlidir!

Senin, Bana gadabınla muamele etmemen ve dolayısıyla da bana celalinle tecelli etmemen için, dünya ve ahirete ait işleri yoluna koyan ve kendisiyle bütün karanlıkların aydınlığa kavuştuğu vech-i nûruna dehalet edip rahmetine iltica ediyorum.

Rızanı elde edip hoşnutluğunu kazanana kadar hep Senin kapındayım!

Senden başka ne bir dayanak ne de itimat edilip güvenilecek bir güç vardır![419]

---

[419] İbn Hişâm, Sîre, 2/268; İbn Ebî Şeybe, Musannef, 6/68 (29528); İbn Kay-

Efendimiz (sallallahu aleyhi ve sellem)

Efendiler Efendisi, daha duasını bitirmemişti ki, birden yanında Cibril-i Emîn ve dağlara müvekkel melek beliriverdi. Belli ki Mahzûn Nebi'nin yakarışları Arş-a A'la'yı titretmiş ve Allah, imdadına iki meleğini göndermişti. Şöyle diyordu:

– Yâ Muhammed! Şüphesiz Allah (celle celâluhû), kavminin Sana söylediklerinden ve yüz çevirip yapageldiklerinden haberdar oldu. Ve işte, Sana bunları reva görenlere istediğin her şeyi yapması için dağlara müvekkel meleği gönderdi!

Bu arada dağlara müvekkel melek de Efendimiz'e selam vermiş ve ardından da:

– Şayet istersen yâ Muhammed! Ben, şu iki dağı bunların üzerine geçirmek için geldim, diyordu.

Rahmet Peygamberi'nin farkı ortaya çıkacaktı. Her şeye rağmen edeceği tercih, kendisinden sonrakiler için de bir metod olarak tescil ediliyordu. Onun için Allah Resûlü (sallallahu aleyhi ve sellem), ani bir refleksle hemen tepki verdi:

– Hayır, asla! Umuyorum ki ben, Allah (celle celâluhû), bunların da neslinden kendisine ibadet eden ve O'na hiçbir şeyi ortak koşmayan kullar yaratacak!

Fıtrat böylesine kritik noktalarda kendini gösterirdi; işte Resûl-ü Kibriyâ Hazretlerinin tepkileri de, O'nun nasıl bir yapıda olduğunu ortaya koyuyordu. İşin burasında, talep ettiği takdirde dağları Tâiflilerin başına geçirmek üzere görevli gelen melek şunları söylemeye başladı:

– Gerçekten de Sen, Rabbi'nin Seni isimlendirdiği gibi ne kadar da Raûf ve Rahîm'sin![420]

Üzüm Salkımı ve Addâs

Efendimiz'in namaz kılıp dua edişini uzaktan seyreden iki kişi vardı; bunlar, aleyhte komplo kurmada çoğu zaman ön

---

yım el-Cevzî, Zâdü'l-Meâd, 3/28
[420] Halebî, Sîre, 2/57, 58

Tâif Yolculuğu

safta yer alan Rebîa'nın iki oğlu Utbe ve Şeybe idi. Ancak o gün Allah Resûlü'ne reva görülenler karşısında Utbe ve Şeybe bile insafa gelmişlerdi, *bu kadarı da olmaz* dercesine, başından bu yana Resûl-ü Kibriyâ'yı seyrediyorlardı. Nihayet yanlarına, köleleri Addâs'ı çağırdı ve:

– Şu üzümlerden bir parça topla ve şu tabağa koy da orada duran adama götür de yesin, diyerek, salkımları Efendiler Efendisi'ne götürmesini söylediler.

Addâs, denilenleri yerine getirmek için kalktı ve topladığı üzüm salkımlarını alıp Efendimiz'in yanına geldi. Daha sonra da:

– Buyurun, yiyin, diye ikram etti. Allah Resûlü (sallallahu aleyhi ve sellem), çok tabii olarak, üzümlere elini uzatırken, '*Bismillahirrahmanirrahim*' demiş ve ardından yemeye başlamıştı. O'nun bu sözünü duyan Addâs, olduğu yerde donakalmıştı; zira bu sözü, buralarda bilip söyleyen kimseye rastlamamıştı. Önce Allah Resûlü'nü iyice süzdü ve ardından da:

– Allah'a yemin olsun ki bu sözleri, bu beldelerde söyleyen kimse yoktur, dedi.

Onun bu sözleri ve sıcak yaklaşımı, Efendimiz'in de dikkatini çekmişti. Belli ki Addâs, boş değildi; en azından '*bismillah*'ın ne demek olduğunu biliyor veya bu muhtevadaki bir bilgiye ulaşma arzusu duyuyordu. Onun için Habîb-i Zîşân Hazretleri:

– Sen nerelisin, hangi dine mensupsun ey Addâs, diye sordu.

– Ninovalı ve Hristiyan'ım, diyordu. Bu ismi duyunca Allah Resûlü (sallallahu aleyhi ve sellem):

– Salih kardeşim Yunus İbn Mettâ'nın memleketi, diye iç geçirdi. Gözleri dört açılmıştı Addâs'ın ve hemen sordu:

– Sen, Yunus İbn Mettâ'yı nereden biliyorsun? Vallahi de

Efendimiz (sallallahu aleyhi ve sellem)

ben Ninova'dan ayrılalı onu bilip tanıyan on adama bile rastlamadım! Sen İbn Mettâ'yı nereden öğrendin? Halbuki Sen, gördüğüm kadarıyla okuma-yazma da bilmiyorsun ve ümmî bir kavmin içinde neş'et etmişsin!

– O, benim kardeşimdir; o da bir nebi idi, Ben de bir Nebi'yim!

Bunun ötesinde sorulacak başka bir soru olamazdı ve işin burasında Addâs, önce Efendimiz'in ayaklarına kapandı; belli ki buna muktedir olamayacaktı. Ardından ellerinden öpmek istedi, doyasıya... Sonra da, mübarek başından öptü, defalarca... Günün bütün sıkıntısını unutturacak bir neticeydi bu... Bir insan daha gelmişti ya, dünya bomba olup patlasa ne önemi vardı?

Ancak beri tarafta, köleleri Addâs'ın el-ayak öpmesini gören Utbe ve Şeybe yine eski hüviyetlerine geri dönmüş, bulundukları yerde homurdanmaya başlamışlardı. Kölelerini, iyilik olsun diye göndermişlerdi; ama şimdi o tutmuş bir de Muhammed'in el ve ayaklarına kapanıyor; bel büküp huzurunda el pençe divan duruyordu. Birisi diğerine dönecek ve:

– Görüyor musun, senin köleni de yoldan çıkardı, diyecekti.

Nihayet, Addâs yanlarına gelince ona da çıkışacaklar ve:

– Sana ne oldu da o adamın el ve ayaklarını öptün, diyeceklerdi. Addâs, çok sakindi:

– Ey efendim! Yeryüzünde bu adamdan daha hayırlı kimse yoktur; O'nun bana söylediklerini ancak bir Nebi haber verebilir, dedi.

– Yazıklar olsun sana ey Addâs! Sakın ola ki o adam, seni kendi dininden alıkoymasın; çünkü senin dinin ondan daha hayırlıdır,[421] diyorlardı.

---

[421] Bkz. İbn Hişâm, Sîre, 2/268, 269

Tâif Yolculuğu

Mekke'ye Hareket ve Cinlerin Şehadeti

Acı bir günün sonunda, tatlı bir hediyeye nail olan Efendimiz (sallallahu aleyhi ve sellem), hüzünlü bir şekilde oradan ayrılacak ve yeniden Mekke'nin yolunu tutacaktı. *Nahle* denilen mevkiye geldiklerinde zaman ilerlemiş ve Efendiler Efendisi, teheccüd namazını eda edebilmek için mola vermişti. Belli ki, burada Allah Resûlü (sallallahu aleyhi ve sellem), birkaç gün kalacaktı. Daha sonra da, namaza durdu ve *Cinn* sûresini okumaya başladı.

Bu arada yanına, *Nusaybin* cinlerinden yedi tanesi gelmiş; O'nun namazını seyrediyor ve okuduğu Kur'ân'ı dinliyordu. Yanına yaklaştıklarında, kendi aralarında işaretleşmiş ve:

– Aman sessiz olun ve dinleyin, diye birbirlerini ikaz ediyorlardı.

Okunan Kur'ân bitince de bunlar, kendi milletlerine geri dönecek ve onları şöyle uyararak tebliğde bulunacaklardı:

– Ey kavmimiz! Şüphesiz ki biz, bugün öyle acîb ve harika bir kitaba kulak verdik ki o, iyi ve güzel olana davet ediyor; biz de ona iman ettik. Çünkü bu kitap, Musa'dan sonra gelmiş olmakla birlikte, kendisinden önceki hükümleri tasdik ediyor, Hakka davet mesajlarıyla dolu ve bizi, yolun en doğrusuna çağırıyor.

Ey kavmimiz! Gelin de bu Allah davetçisine müspet cevap verin! Allah'a iman edin ki, O da sizin günahlarınızı bağışlayıp mağfiret buyursun ve sizi, can yakıcı azabın şiddetinden muhafaza eylesin!

Bundan böyle biz, Rabbimize hiçbir şeyi ortak koşmayacağız; çünkü O, ne bir evlat ne de bir çocuk edinmiştir. Meğer, bugüne kadar bizim sefihlerimiz O'nun hakkında ne uygunsuz şeyler söylüyorlarmış! Biz de, insan ve cinlerin Allah hakkında yalan söylemeyeceklerini sanıp dururduk! Meğer insanlardan bir kısmı, cinlerden böyleleriyle baş başa veriyor ve ortalığı karıştırıyormuş! Onlar da, sizin gibi düşünerek sanki Allah'ın yeniden varlığı diriltemeyeceğini sanıyorlar!

Bizler, semayı da şöyle dolaşıp kontrol ettik; artık her yere görevliler yerleştirilmiş ve onlar hiçbir haberin sızmasına müsaade etmiyor, hemen üzerine ışıktan tayflar gönderiyorlar. Bir miktar oturup da bazı şeylere muttali olmak istedik ve gördük ki, kim benzeri bir teşebbüste bulunsa, hemen üzerine ateş parçaları salınıyor ve buna müsaade edilmiyor.

Artık biz, hidayete kulak verdikten sonra ona iman ettik ve biliyoruz ki, kim de Rabbine iman ederse, artık onun için korkulup endişe duyulacak bir husus yoktur.[422]

Bu arada yine Cibril-i Emîn gelmiş ve durumdan Allah Resûlü'nü de haberdar etmişti. Addâs'tan sonra yaşanan ikinci sürprizdi bu ve artık, insanlardan sonra Efendimiz (sallallahu aleyhi ve sellem), cin taifesiyle de irtibata geçmiş ve onlardan da Efendimiz'e inananlar olmuştu. Çünkü O (sallallahu aleyhi ve sellem), insanların yanında cinlere de gönderilen bir Nebi idi.

İki ayrı gaybî destek ardı ardına geliyordu; Cibril-i Emîn'le dağlara müvekkel meleğin emre âmâde edilmesinden sonra bir de, Allah Resûlü'nün önüne, cin taifesine nüfuz edilebilecek bir yol konulmuştu...

Gelen her ayet, aynı zamanda mü'minlerin sa'yini kamçılama anlamına geliyordu. Hele bu ayetlerin muhtevası, o günün ağır şartlarını yaşayan mü'minler için ilaç gibiydi. Şöyle diyordu:

– Her kim, Allah'a davet eden bu samimi çıkışa müspet cevap vermezse bilsin ki, yeryüzünde onu hiçbir güç etkisiz

---

[422] Ayetlerde geçen ifadelerden hareketle ve birebir meal kaygısı gütmeden sadece bir özet yapmaya çalıştık. Daha geniş malûmat için bkz. Ahkâf, 46/29, 30, 31; Cinn, 72/1-15

Tâif Yolculuğu

hale getiremez. Allah'tan başka hiçbir hâmi ve dost bulamaz. Bu kimseler şüphesiz, açık bir dalâlet içindedirler.[423]

Diğer yanda, iyi bir Hristiyan olan *Temîmü'd-Dârî*, belli başlı ihtiyaçlarını gidermek için Şam taraflarında bulunuyordu. Yolculuk esnasında akşam karanlığı çökünce kendi kendine şunları söylemeye başlamıştı:

– Bu gece ben, bu vadinin aziminin himayesindeyim!

Arkasından da uzanıp uyumak istedi. Tam cümlesini bitirmişti ki, sahibini görüp bilemediği bir sesin kendisine şöyle seslenip cevap verdiğini duydu:

–Allah'a sığın ve O'ndan eman dile. Zira cinler, Allah'a karşı hiç kimseyi koruyamazlar.

Şaşırmıştı ve bu şaşkınlıkla:

– Vay başıma! Allah hakkı için söyle. Ne diyorsun sen, gerçekten söylediklerin doğru mu, diye taaccübünü bildiriyordu. Sesin sahibi, hayretini daha da artıracak şeyler söylüyordu:

– Ümmîlerin Peygamberi Allah Resûlü zuhûr etti ve bizler de, O'na teslim olup iman ederek *Hacûn* denilen yerde O'nun arkasında namaz kıldık. Artık cinlerin tuzakları tükendi ve sema ile aralarında ateş topları var. Bundan böyle onların hiç kimseye ne bir faydası ne de herhangi bir zararı söz konusu olabilir. En iyisi sen yürü ve Alemlerin Rabbi'nin Resûlü Muhammed'e giderek Müslüman ol.

Hacûn... Namaz... Alemlerin Rabbi... Resûl... Muhammed... Bütün bunlar, öyle çok yabancı olduğu şeyler değildi. Hele, Muhammed'i tanımamak olmazdı; İncil, O'nun gelişine öncülük etmekte; Hz. İsa da, gelişini gözlemekteydi. Belli ki

---

[423] Bkz. Ahkâf, 46/32. Cin suresindeki ifade ise, cinlerin ağzından şu şekilde verilmektedir: "Daha önceleri bizler, sanki Allah'ı da aciz zanneder ve kendimizi bir konuma koyardık; anladık ki yeryüzünde O'nu engelleyip etkisiz kılacak bir güç asla yoktur." Bkz. Cinn, 72/12

Efendimiz (sallallahu aleyhi ve sellem)

bu işin içinde başka bir iş vardı ve sabah olur olmaz, Şam yakınlarındaki *Havran*'da bulunan meşhur bir rahibin yanına koşup hadiseyi ona anlattı. Büyük bir dikkatle anlatılanları dinleyen Rahip şunları söyleyecekti:

– Şüphesiz sana doğruyu söylemişler. O'nun çıkacağı yer *Harem*'dir ve yine Harem'e hicret edecektir. O, Nebi'lerin en hayırlısıdır ve asla O'nun önünde kimse olmayacaktır.[424]

---

[424] Isbahânî, Delâilu'n-Nübüvve, 1/155; İbn Seyyidi'n-Nâs, Uyûnu'l-Eser, 1/145

YENİDEN MEKKE

Tâif, beklenen semereyi vermese de Addâs ve cinlerin İslâmiyet'i seçmeleriyle bir nebze huzura kavuşan Allah Resûlü (sallallahu aleyhi ve sellem), daha sonra yeniden Mekke'ye yöneldi. Yol Mekke'ye yaklaştığında, yine eski günlerinde olduğu gibi *Nûr* dağına çıkarak *Hira*'ya geldi. Kapılarını yüzüne kapatan Mekke, tam karşısında duruyordu; Beytullah'ın boynu bükük, mü'minleri de yetimdi! Belli ki aralarında, kelimelerin kullanılmadığı bir hasbihâl yaşanıyordu. Zira, Beytullah'ın ikizi olarak bilinen Allah Resûlü de yetim ve boynu büküktü.

Beri tarafta Hz. Zeyd, yeniden Mekke'ye nasıl gireceklerini düşünüyor ve bir türlü işin içinden çıkamıyordu. Nihayet dayanamayıp Efendimiz'e sordu:

– Onlar Seni dışarı çıkarıp kovmuşlarken Siz, Mekke'ye nasıl gireceksiniz?

Rahmet Peygamberi, her zamanki gibi temkinliydi; aynı zamanda temkini içinde, işin nihayetini şimdiden görüyor olmanın mesajları gizliydi:

– Yâ Zeyd! Gördüğün gibi şüphe yok ki Allah, bir çıkış yolu nasip edip, yeni bir kapı aralıyor; şüphesiz O, dinini koruyacak ve peygamberini de muzaffer kılacaktır!

Daha sonra da, sebeplere tevessül etmenin bir gereği olarak Mekke'den bazı eşrafa haber gönderdi; maksadı, yeniden köyüne dönerken herhangi bir problemle karşılaşmamaktı. Hedeflediği ilk isim, *Ahnes İbn Şerîk* idi. Ancak o:

– Ben anlaşmalıyım ve benim durumumdaki anlaşmalı birisi de eman veremez, diyerek bu davete icabet etmemişti. Ardından, Kureyş'in söz üstadı *Süheyl İbn Amr*'a ulaştırdı aynı mesajı. Ancak o da:

– Âmiroğulları, asla Ka'boğullarına eman veremez, diyecek ve o gün için henüz, böyle bir kabullenmeye hazır olmadığını ifade edecekti. Belki de, cesaret edip cevab-ı sevap veremiyorlardı. Ancak, belli ki Süheyl, Efendimiz'in gündeminde ve kendisinden çok şey beklediği bir isimdi.

Müspet cevap, *Mut'ım İbn Adiyy*'den gelmişti. Efendimiz'in talebi kendisine ulaşır ulaşmaz hemen çocuklarını toplayan Mut'ım, onlara şunu tembih edecekti:

– Hemen silahlarınızı kuşanın ve Kâbe'nin rükünleri arasına gidip beni bekleyin! Çünkü ben, Muhammed'e eman verdim.

Daha sonra da Kâbe'ye gelecek ve devesinin üzerinden insanlara:

– Ey Kureyş! İyi bilin ki ben, Muhammed'e eman verdim; sakın O'na kimse ilişmesin, şeklinde hitap ederek durumu bütün Mekke'ye ilan edecek ve Muhammedü'l-Emîn'e ilişenin, karşısında kendisini bulacağını söyleyecekti.

Ardından Efendiler Efendisi, Hz. Zeyd ile birlikte yine Mekke'ye geldi. İlk hedef, yine Kâbe idi ve onu selamladıktan sonra orada iki rekat namaz kılarak akabinde de hane-i saadetlerine yöneldi. Bütün bu aşamalarda Mut'ım İbn Adiyy, çocuklarıyla beraber O'nu koruyup kolluyor ve kimsenin O'na bir kötülük yapmasına müsaade etmiyordu.[425]

---

[425] Bkz. İbn Sa'd, Tabakât, 1/212

Yeniden Mekke

Diğer tarafta, kendi davası adına tedirginlik yaşayan Ebû Cehil, Mut'ım'in yanına yaklaşacak ve:

– Sen, sadece eman mı verdin yoksa Müslüman mı oldun, diye soracaktı. Mut'ım, arkadaşı Ebû Cehil'e döndü ve:

– Hayır, Müslüman olmadım; sadece eman verdim, dedi. Zaten, onun da beklediği cevap bu idi ve kendisini rahatlatan bu cevabın arkasından Mut'ım'e şunu söyledi:

– Öyleyse, senin eman verdiğine biz de ilişmeyiz![426]

Bu nasıl bir kabullenilme idi ki, can alıcı düşmanlarına karşı O'nu yine bir başka düşmanı koruma altına alıyor ve bütün aile fertlerinin hayatı pahasına, kimsenin kendisine ilişmesine izin vermiyordu! Demek ki toplumda sözün nüfuz edebilmesi ve taleplerin tesirli olabilmesi için, insanlık ortak paydasında buluşmak ve herkesin imreneceği bir krediye sahip olmak gerekiyordu. Bu kredinin adı, *güven*di ve temeli, duruluktan kaynaklanıyordu. Ve bu kredi, dünyalık hiçbir değerle karşılanamayacak kadar bir kıymet ifade ediyordu. Zira o gün Mut'ım'e, dünyanın en pahalı hazineleri de teklif edilseydi, böyle bir riske girmez ve durup dururken Mekke'yi karşısına almazdı; ancak Muhammedü'l-Emîn'e duyduğu güven ve O'na yapılanlar karşısında masumâne duruşu, Mut'ım gibileri harekete geçiriyor ve yapılanlara bir yerde *'dur'* deme ihtiyacını hissettiriyordu.

Çevredeki Kabilelere Yöneliş

Belli ki Mekke, artık kapılarını kapatıyordu. Tâif'ten de beklediği cevabı bulamamıştı. Ancak, can bedende bulunduğu sürece tebliğ, vazgeçilmez bir vazifeydi; Rabbin rızası burada yatıyordu zira. Onun için Efendimiz (sallallahu aleyhi ve sellem), yaklaşan hac mevsimini de iyi değerlendirip daha geniş kitlelere ulaşmak istiyordu. Bu sebeple de kabile kabile dolaşmaya

---

[426] Taberî, Târîh, 1/555; Mübârekfûrî, er-Rahîku'l-Mahtûm, s. 127, 128

Efendimiz (sallallahu aleyhi ve sellem)

başladı. Her gittiği kabileye kendini arz ediyor, Allah'ın emirlerini onlara ulaştırıyor ve imana davet ediyordu. Ne garip ki, sanki bu kabileler de Mekke halkıyla anlaşmış gibiydi ve Allah Resûlü, bunlardan da beklediği cevabı alamıyordu. Her birinin başka bir talebiyle karşılaşıyor veya bir başka beklenti içinde olduklarını görüyordu. Onlardan birisi:

– Vallahi bu genci biz, Kureyş'ten alıp himaye etsek, Araplar bizi yiyip bitirir, diyor, diğeri de Efendimiz'e hitaben:

– Biz şimdi Sana söz verip anlaşsak ve Seni korusak, yarın Allah Seni, muhaliflerine karşı üstün kıldığında sonrasında meseleye biz vaziyet edebilir miyiz, deyip bunu, bir nevi pazarlık meselesi haline getiriyordu. Tabii olarak Allah Resûlü (sallallahu aleyhi ve sellem), bu ve benzeri düşüncelere prim vermeyecek ve:

– İşin neticesi Allah'a aittir; O, bu işi, kimi dilerse ona verir, buyuracaktı. Bu sefer de adam:

– Biz, Seni korumak için Arapların önüne başımızı uzatacağız ve sonunda Allah Seni muzaffer kıldığında da iş gidip başkasına verilecek! Bizim böyle bir işe girmemizin imkanı yok, diye cevap verecekti.

Bir de o gün, gönlü Kâbe'de olmakla birlikte yaşlılığı sebebiyle Mekke'ye gelemeyen kabile mensupları vardı. Hac mevsimi bitip kabilesinden Mekke'ye gelenler geri döndüklerinde onları dinleyecek ve neler yaşadıklarını soracaktı. Onlar da, karşılaştıkları ilginç hadiseleri aktarırken bir de, Muhammed isminde birisinin, kendilerini Allah'a imana davet ettiğine; ahir zamanda gönderilen son peygamber olduğuna, mesajlarına kulak vererek kendisine sahip çıkmaları gerektiğine dair sözlerini naklettiler. Bunun üzerine yaşlı adam, ellerini başına koymuş ve büyük bir fırsatı kaçırmış olmanın heyecanıyla şunları söylemeye başlamıştı:

– Ey Âmiroğulları! Siz, nasıl bir fırsatı kaçırdığınızı fark ediyor, elimizden nasıl bir kuşun kaçtığını anlıyor musunuz?

Yeniden Mekke

Nefsim yed-i kudretinde olana yemin olsun ki bu, İsmâilî'nin bize anlattığı haberdir ve o, gerçektir. Nasıl oldu da sizler bunu akıl edemediniz?[427]

Sonuç ne olursa olsun, Allah Resûlü (sallallahu aleyhi ve sellem), dur durak bilmeden tebliğ vazifesine devam ediyordu. Bu süre içinde az dahi olsa, bazı insanlar gelip Müslüman olacaklardı. Süveyd İbn Sâmit de onlardan birisiydi. Şairdi ve kendisine kavmi, şiirdeki mahareti sebebiyle *kâmil* diye hitap ediyordu. Efendimiz'le konuşunca O'na:

– Herhalde Senin dediklerin de benimkiler gibi olmalı, demişti. Allah Resûlü (sallallahu aleyhi ve sellem):

– Senin bildiklerin ne, diye sordu.

– Lokman'ın hikmetleri, diyordu. Bunun üzerine:

– Onlardan bana söyler misin, dedi. Bildiklerini sıralamaya başladı Süveyd. Bunun üzerine Habîb-i Zîşân Hazretleri:

– Bu sözler çok güzel! Ancak, benim yanımdakiler bunlardan daha faziletli; çünkü o, Allah'ın Bana indirdiği Kur'ân'dır; hidayet ve nur kaynağıdır, buyurdular. Ardından da, Kur'ân ayetlerinden okumaya başladı ve bitirince de Süveyd'i İslâm'a davet ettiler. Çok makûl bir insandı ve:

– Gerçekten de bunlar çok güzel ifadeler, diyerek oracıkta Müslüman oluverdi.[428]

Başka bir gün, Medine'den Evs kabilesine mensup bazı insanlar gelmiş, başlamak üzere olan savaş öncesinde Hazreçlilere karşı lojistik destek arıyorlardı.[429] Bunu duyan Allah Resûlü (sallallahu aleyhi ve sellem), bu hey'etin de yanına gelecek ve:

---

[427] Taberî, Târîh, 1/556; Mübârekfûrî, er-Rahîku'l-Mahtûm, s. 129, 130
[428] Taberî, Târîh, 1/557; Mübârekfûrî, er-Rahîku'l-Mahtûm, s. 130
[429] Bi'setin 11. yılıydı ve Medine'de Evs ve Hazreç kabileleri arasındaki anlaşmazlık doruk noktaya çıkmış, savaş patlak vermek üzereydi. Sayı itibariyle Hazreçlilerden az olan Evs kabilesi, dışarıdan destek alma yolunu tercih etmiş ve böylelikle güç dengesini kendi lehine çevirmeyi hedeflemişti.

— Geldiğiniz niyetten daha hayırlı bir yol size göstereyim mi, diye soracaktı.

— Peki, nedir o, diye sordular. Efendiler Efendisi:

— Ben, Allah'ın Resûlü'yüm; Beni O, bütün kullarına peygamber olarak gönderdi. Ben de sizi, sadece O'na ibadet etmeye ve O'ndan başkasını O'na şerik koşmamaya davet ediyorum. O, Bana Kitap da indirdi, buyurdu ve arkasından da, İslâm'la ilgili temel meseleleri anlatıp Kur'ân okudu ve onlardan da, bütün bunlara iman etmelerini talep etti.

Hey'et arasında İyâs İbn Muâz isminde birisi vardı ve öne çıkarak:

— Ey cemaat! Bu, gerçekten de bizim peşinde olduğumuz şeyden daha hayırlıdır, diye seslendi.

Cemaat içinden hemen itiraz sesleri yükselmiş, hatta aralarından birisi öne atılarak avuçladığı toprağı İyâs'ın üzerine atarak açıkça tepkisini dile getirmişti. Şöyle diyordu:

— Bırak şimdi onu! Biz buraya bunun için mi geldik?

Kendi kabile mensupları arasında büyük bir tepkiyle karşılaşan İyâs'a susmak düşmüştü. Medine'ye geri dönerken ne bir destek bulabilmiş ne de ayaklarına kadar gelen hakikatten bir mesaj alabilmişlerdi! Ancak İyâs, çok geçmeden hastalanacak ve bu süre içinde, Müslüman olduğunu ifade sadedinde sürekli tekbir getirip dilinden hamd ve tesbihi hiç düşürmeyecekti.[430]

Tufeyl İbn Amr, Evs kabilesi arasında hatırı sayılır ve güvenilen bir şairdi. Hatta, Yemen taraflarında, kabilesi adına belli başlı faaliyetleri o yürütüyordu. Günün birinde onun da yolu Mekke'ye düşmüştü. O günün Mekke'sinde Allah Resûlü'ne karşı öylesine organize bir karşı duruş var idi ki daha o, Mekke'ye yaklaşmadan Mekkeliler yolunu kesmişlerdi ve Efendimiz'le görüşüp konuşmaması konusunda olabildiğince

---

[430] Bkz. Ahmed İbn Hanbel, Müsned, 5/427 (23668); İbn Sa'd, Tabakât, 3/438

tahşidat yapıyorlardı. İzzet ü ikramda da kusur etmeyen bu insanlar, Tufeyl'i karşılarına almış şöyle diyorlardı:

– Ey Tufeyl! İşte sen, bizim memleketimize geldin, hoş geldin! Şu bizim aramızdan çıkan adam var ya, işte O, bizi çok zor durumda bıraktı; aramızdaki yapıyı parçalayıp ahengimizi darmadağın etti. Sözünde sanki bir sihir var; insanı peşine takıp götürüyor! Baba ile oğlun, karı ile kocanın ve kardeşle kardeşin arasını ayırıyor! İşin doğrusu biz, senin ve kavminin de bize musallat olan bu adamdan etkilenmenizden korkuyoruz. Sakın ola ki, o adama kulak verme ve gidip de O'nunla konuşayım deme!

Durup dururken, bu kadar konuşma lüzumu hissettiklerine göre gerçekten bu adam, çok etkiliydi ve onun için Tufeyl, tedbirini alacak ve bir tek kelimesini bile duyup sözünün tesirinde kalmamak için kulaklarını tıkayarak Kâbe'ye gelecekti. Olacak ya, onun geldiği saatte Efendiler Efendisi de, Kâbe'de durmuş namaz kılıyordu. Uzun uzun seyre daldı Tufeyl... Öyle derinden Kur'ân okuyordu ki! İster istemez bazı ifadeler kulağına gelmiş ve hem gözüne ilişenlerden hem de kulağına gelip çarpanlardan oldukça etkilenmişti. Kendi kendine düşünmeye başladı:

– Hay kahrolası! Niye ben kulağımı kapatıyorum ki? Halbuki ben, şiirin inceliklerini bilen, sözün güzelini çirkininden ayırabilen irade sahibi bir adamım; öyleyse, niçin bu adamın dediklerini dinlemeyeyim ki! Şayet söyledikleri güzel ise kabul eder alırım; yok, kötü şeyler söylüyorsa o zaman da ondan uzak durur kendi işime bakarım, diyordu kendi kendine.

Kulağındaki tıkanıklığı açmasıyla birlikte gönlüne giden yollar da hareketlenmiş, dinledikleri karşısında kalbindeki buzlar erimeye başlamıştı. O kadar ki, namazını bitirip Kur'ân'ına hatime çektiğinde kendini, O'nun peşinden gidiyor bulacaktı. Evine kadar Resûlullah'ı takip etti ve arkasından o da içeri girdi. Bütün kapılar aralanmış, sımsıcak bir dünya-

Efendimiz (sallallahu aleyhi ve sellem)

ya doğmuştu Tufeyl. Bu sıcak atmosferi bulunca dilinin bağı çözülecek ve başından geçenleri anlatacaktı bir bir; buraya kadar gelişindeki hedefi, Mekkelilerin onu dışarıda karşılayıp da kendisine söylediklerini, kelamını işitmemek için kulağını nasıl tıkadığını ve Kâbe'de gördüğü zaman yaşadığı değişimi anlattı... Arkasından da:

– Bana, meselenin gerçek yönünü anlat, dedi. Bir yıldız daha doğuyordu. Onun için Efendiler Efendisi'nin sürûruna diyecek yoktu. Hemen anlatmaya başladı; İslâm'la gelen güzelliklerden bahsetti ve ardından da Kur'ân okudu. Tufeyl'in, hayatında duyduğu en güzel ifadelerdi bunlar... Bugüne kadar, bunlardan daha lâtif ve daha oturaklısına hiç şahit olmamıştı... Ve, hemen oracıkta kelime-i şehadeti söyleyerek Müslüman oluverdi.

Huzura gelip de O'ndan ışık alan her bir sahabede görülen değişim, onda da kendini gösteriyordu; daha adımını attığı yerde, inandığı değerlere başka adımların da gelmesi gerektiğini düşünüyor ve bunun için Efendimiz'e şunu söylüyordu:

– Kavmimin arasında benim konumum gayet iyidir ve ben ne dersem insanlar kırmaz, dinlerler; şimdi ben onlara gider gitmez, İslâm'ı anlatacak ve İslâm'a davet edeceğim. Bana, gördükleri zaman kavmimin etkileneceği bir alâmet bahşedip ifadelerime kuvvet vermesi için Allah'a dua eder misiniz?

Bu samimiyete müspet cevap vermemek olmazdı ve Efendimiz (sallallahu aleyhi ve sellem), hemen oracıkta dua etmeye başlamıştı bile... Derken Tufeyl, huzurdan ayrılmış ve kavmini hidayete davet etmek üzere memleketine dönüyordu. Yolu, köyüne yaklaştığında birden yüzünde, sabahın aydınlığı gibi bir nur beliriverdi. Endişelenmiş ve kendi kendine:

– Allah'ım! Yüzümde bir gariplik oldu; şimdi bana, *"Bu müsledir,* diyecekler." demiş ve daha işin başında bir olumsuzlukla karşılaşmaktan çekindiğini ifade etmişti. Bir anda bu nur, elindeki bastonunun ucuna kayıverdi. Artık o, kavmine karşı elini güçlendirecek ve onların imana gelişlerini kolaylaştıracak bir mucizeydi. Artık o, önünü aydınlatan bir gece lâmbası gibiydi.

Eve gelir gelmez, önce anne ve babasına anlattı yaşadıklarını ve onları da İslâm'a davet etti; oğullarına itimatları vardı ve oracıkta Müslüman oldular. Ancak kavmi, aynı duyarlılıkta değildi; olanca gayretlerine rağmen kapılarını kapatmışlardı ve asla yumuşama emaresi göstermiyorlardı.[431]

Müşriklerin propagandalarına muhatap olanlardan birisi de, *Dımâd el-Ezdî* idi. O da, Yemen'den çıkmış bir işi için Mekke'ye gelmişti. Rukye tabir edilen bir yöntemle bazı cisimlerin üzerine okuyarak insanlara faydalı olmaya çalışıyordu. Daha Mekke'ye adımını atar atmaz, sefahete kurban gidenlerden bazıları yolunu kesmişti ve ona Allah Resûlü'nün yanına yaklaşmaması gerektiğini anlattıktan sonra şunları söylüyorlardı:

– Şüphesiz ki Muhammed, mecnûndur.

Bunu duyunca Dımâd, kendi kendine:

– Bu adamın yanına gideyim; belki de Allah, O'na benim elimle şifa verir, diye düşünmeye başladı. Ve, bir gün yolu, Allah Resûlü ile aynı noktada birleşivermişti.

– Yâ Muhammed! Ben, okuyarak insanları tedavi ediyorum; Senin de buna ihtiyacın var mı, diye sordu:

Garip bir karşılaşma ve garip bir teklifti. Okunarak tedavi olmaya esas kendisinin ihtiyacı vardı ve Resûl-ü Kibriyâ Hazretleri:

– Şüphe yok ki hamd, Allah'a mahsustur, diye başladı sözlerine. Biz de yardımı, sadece O'ndan dileniriz. O, kime hidayet murad etmişse artık kimse ona bir zarar veremez ve kim de dalâlet yolunu seçip O'ndan uzaklaşmışsa onu da hidayete

---

[431] Bkz. İsbahânî, Delâilu'n-Nübüvve, 1/213-214; İbn Kesîr, el-Bidâye ve'n-Nihâye, 3/99

Efendimiz (sallallahu aleyhi ve sellem)

kimse muktedir olamaz! Ben şehadet ederim ki, Allah'tan başka ilah yoktur ve yine ben şehadet ederim ki Muhammed de O'nun kulu ve Resûlü'dür. Sözün özüne gelince...

Belli ki Efendimiz (sallallahu aleyhi ve sellem), devam edecekti; ancak Dımâd araya girdi ve:

– Şu söylediklerini bir kez daha tekrar edebilir misin, dedi. Bir değil, üç kez tekrarladı Allah Resûlü (sallallahu aleyhi ve sellem). Bu kadarı bile yetmişti Dımâd için ve:

– Şimdiye kadar ben, ne kâhinler gördüm ne sihirbazlara şahit oldum ve nice şairlere kulak verdim; ancak, şu Senin söylediğin kelimeler kadar güzeline hiç rastlamadım! Bunlar, bahr-ı bîpâyan ifadeler! Uzat elini, ben Sana beyat edeceğim, diyerek, kendisine uzanan bu mübarek eli tutarak kelime-i şehadeti söyledi ve oracıkta Müslüman oldu.[432]

Bu arada, Medine'den gelen altı kişilik bir grup vardı; Efendiler Efendisi *son bir ümit* deyip bunların da yanına uğradı ve önce selam verdikten sonra:

– Sizler kimlersiniz, diye sordu.

– Hazreç'ten bir grubuz, diyorlardı. Bildik bir isimdi O'nun için Hazreç. Bu yüzden:

– Züfer'in dost ve müttefiki olan Hazreç mi, diye yeni bir soru sordu. Hazreç'in müttefiki Züfer Medine'de, Allah Resûlü'nün geleceğini zaman zaman anlatan önemli bir adamdı.

– Evet, diye tasdik ettiler. İçten davranıyorlardı. Ardından:

– Biraz oturup konuşmaya ne dersiniz, dedi Habîb-i Zîşân Hazretleri.

– Peki, diyorlardı.

Bunun üzerine Allah Resûlü (sallallahu aleyhi ve sellem), uzun

---

[432] Bkz. İsbahânî, Delâilu'n-Nübüvve, 1/193-194; İbn Sa'd, Tabakât, 4/241

Yeniden Mekke

uzadıya oturup bunlarla da konuştu. Kur'ân'dan bazı ayetleri paylaştı onlarla. *Es'ad İbn Zürâre, Avf İbn Hâris, Ukbe İbn Âmir, Kutbe İbn Âmir, Râfi İbn Mâlik ve Câbir İbn Abdullah*'tan oluşan bu genç *Ensâr* hey'eti, anlatılanlar karşısında etkilenmişti. Zaman zaman atalarının konuştuklarını hatırlıyorlardı. Ataları, *Fâran dağlarının arasında İbrahim soyundan bir Nebi gelecek,* diyorlardı. Aynı zamanda komşuları olan Yahudilerle savaşıp onları yendiklerinde kendilerine, *şimdi yenildik; ama çok geçmeden gelecek bir Nebi ile yeniden güç kazanacak ve işte o zaman sizin işinizi bitireceğiz* mânâsında tehditler savuruyorlardı. Oysa bu Nebi'ye ilk inanan, kendileri olacak ve böylelikle, Arap yarımadasının en aziz insanları olarak tarihe geçeceklerdi! Beklenen Nebi gelip zuhûr ettiğine göre beklemenin bir anlamı olamazdı. Onun için Allah'a iman eden bu samimi ve gönülden uyarıcıya kulak veriyor ve içlerinden gele gele iman ediyorlardı.

Mekke'de adam kıtlığı yaşanırken aylarca süren uğraşlar sonunda, ancak bir veya iki insan iman safına geçerken, sadece birkaç saatlik konuşmanın neticesinde altı kişilik Medine cemaatinin İslâm'ı seçmesi, Efendiler Efendisi'ni büyük bir sürûra gark etmişti. Acı olan tek şey, ayrılık vaktinin gelmiş olmasıydı. Herkesin beklediği bu Zât ile oturup konuşmak güzeldi; ama artık Medine'ye gitme vakti gelmişti. Mekke'yi terk edecek ve yeniden kendi memleketlerine geri döneceklerdi.[433]

Ayrılmadan önce aralarında anlaştılar ve ertesi yıl yeniden gelip burada Allah Resûlü ile buluşacak, bu arada Medine'de de yeni arkadaşlar bularak buraya onları da getireceklerdi.

Artık Medine, medeniyete el sallıyordu.

Mekke'ye geri dönerken Allah Resûlü, uzun zamandır ilk defa tebessüm ediyordu.

---

[433] Bkz. İbn Hişâm, Sîre, 2/276 vd.

İSRÂ VE MİRAÇ[434]

Hira'daki vuslattan bu yana on bir yıl geçmişti. Takvimler, Recep ayının yirmi yedisini gösteriyordu. Bu süre içinde çok gayret edilmiş; ama Mekke akıl almaz bir tepki gösterip bu gayretlere müspet cevap vermemişti. Gerçi, müspet cevap verenler de yok değildi; ama, imanla bütünleşmeleri adına ortaya konulan ölümüne gayretlere karşılık, bırakın müspet cevap vermeyi, koşarak gelmeleri gerekiyordu! Çünkü Allah Resûlü (sallallahu aleyhi ve sellem), kendi adına yaşamıyor; can alıcı

---

[434] İsrâ ve miraç, Kur'ân ve sahih sünnetle sabit mütevatir bir mucizedir. Bu seyehate Allah Resûlü (sallallahu aleyhi ve sellem), ruh ve bedeniyle birlikte gitmiş, Cibril'i de geride bırakarak nail olduğu olağanüstü iltifatlara rağmen yine ümmetinin arasına dönerek onlar için de, günde beş vakit eda edilecek bir miraçla yükselme ufkunu ortaya koyup kapıyı da sonuna kadar aralık bırakmıştır.
Bilhassa Kur'ân açısından bakıldığında konuyla ilgili ayetlerin müphemiyet içinde meseleyi ele aldıkları görülmektedir. Zira bu, imanî bir meseledir ve imanın dürbünüyle hareket edilmeden kavranılması zor bir hadisedir. Belki de, iradenin elinden ihtiyarı almamak için Yüce Mevlâ, isra ve miraçla ilgili ayetlerde, sadece güçlü bir imanla bakanların anlayabileceği bir üslup kullanmış ve böylelikle, sınırlı alanda bocalayan aklına meseleyi onaylatamayanlar için de merhamet kapısını açık bırakmıştır. Aksi halde, sarih ayetin ifade ettiği mânâyı inkâr eden, şüphesiz bu rahmetten mahrum kalacak ve bu mahrumiyet ise, o insanı her şeyden mahrum edecekti.

Efendimiz (sallallahu aleyhi ve sellem)

düşmanlarının bile iman şerbetinden kana kana yudumlayabilmeleri için elindeki bütün imkânları ortaya koyuyor ve bunun için de hemen her gün kapı kapı dolaşıyordu.

Alkışlanması gereken bu gayretlerin gördüğü muamele de ortadaydı; bilhassa Ebû Tâlib ve Hz. Hatice'nin vefatından sonra Mekkelilerin takındığı tavır, Tâif'te yaşadıkları ve tekrar geri döndüğünde insanların, mübarek yüzüne ekşimeleri pâk ruhunu sıktıkça sıkmıştı ve bu bunaltan ortamda Allah Resûlü (sallallahu aleyhi ve sellem), kendini ancak ilahî rahmetin sıcak iklimine atarak bir teselli bulabiliyordu. Zaten, bu rahmet meltemleri de olmasa, Mekke'nin kasveti kaldırılacak gibi değildi!

Derken bir akşam Efendiler Efendisi, amcası Ebû Tâlib'in kızı *Ümmü Hânî*'nin evinde bulunduğu bir sırada, evin tavanı adeta birden açılmış ve buradan yanına Cibril-i Ebmîn nüzûl etmişti.[435] Belli ki bu seferki geliş, öncekilerden çok farklıydı. Yanında, daha önceki peygamberlerin de üzerine bindikleri, merkepten biraz büyük, katırdan da bir miktar küçük boyda *'Burak'* adında bir binek vardı. Belli ki, bir davet vardı ve Cibril de, bu davete muhatap olan en kutlu misafiri almak için gelmişti; Sultân-ı Resûl, Şâh-ı Mümecced, bîçârelere devlet-i sermed, dîvân-ı ilâhide serâmed, Ahmed ü Mahmûd u Muhammed (sallallahu aleyhi ve sellem), Hakk'ın özel davetlisi olarak, gökler velîmesine çağrılıyordu.

Demek ki bugüne kadar yaşanan mukaddes hüzne, Allah tarafından lutfedilmiş bir ikram vardı ortada... Vicdanında duyup hissettiği gerçekleri, göz ve kulağıyla da müşahede edebilmesi için Allah (celle celâluhû), kulu Muhammed Musta-

---

[435] Bazı rivayetlerde bu hadisenin başlangıç yeri, Ümmü Hâni'nin evi değil de Kâbe olarak anlatılmaktadır. Muhtemelen, Ümmü Hani'nin evinde bulunduğu o akşam Allah Resûlü (sallallahu aleyhi ve sellem), ibadet maksadıyla Kâbe'ye gelmiş ve bir müddet ibadet ettikten sonra Hatîm denilen yerde bu hadise vuku bulmuştu.

İsrâ ve Miraç

fa'yı Mekke'den alacak ve kim bilir ne sırlı bir yolculuğa çıkaracaktı.

Ancak, bu yolculuk öncesinde, süt annesi Halîme-i Sa'diye'nin yanında yaşadığı hadiseye benzer bir ameliye gerekiyordu. Onun için Cibril-i Emîn, Efendimiz'in göğsünü yardı ve içini Zemzem suyu ile yıkadı; ardından da, altın bir kâse içinde, elinde tuttuğu iman ve hikmetle göğsünü doldurarak kapattı. Sonra da, semanın emini Cibril, insanlığın emini Hz. Muhammed Mustafa'nın elinden tutarak tarifi imkânsız bir yolculuğa başladı.

İsrâ

Üzerine bindiği *Burak*, öyle hızla hareket ediyordu ki, her defasında adımını, ufukta gözüken son noktaya atıyor ve şimşek hızıyla mesafe alıyordu. Daha üzerine binmekle birlikte mekân değişmiş ve bir çırpıda *Mescid-i Aksâ*'ya gelivermişlerdi. Tuttu ve daha önceki peygamberlerin bağladığı yere bağladı Burak'ı. Ardından da, namaz kılmak için mescide yöneldi.

Bugüne kadar risalet vazifesini yerine getiren Allah'ın en seçkin kulları burada toplanmış, risalete mühür olan Zât'ı bekliyorlardı. Gelişini görünce selam ve tahiyyelerle sinelere basıldı Allah Resûlü (sallallahu aleyhi ve sellem) ve ardından da, dünyanın en önemli meselesi için yeniden saf tutuldu; bütün peygamberler, aynı safta kenetlenmiş; iki rekat namaz kılacaklardı. Peygamberlik âleminin imamını bekliyorlardı. Demek ki İbrahimî çizgi, artık Hz. Muhammed'de noktalanacak ve bundan sonrasını, bütün peygamberler namına sonuna kadar O yürütecekti. Zaten, başka bir belde yerine buranın tercihinde de böyle bir mânâ vardı; belli ki Hakk'ı temsil meselesi, peygamberlere dâyelik yapmış bu mekândan artık alınıyor ve yüzler bundan sonrası için Mekke'ye çevriliyordu. Meseleye, miraçtaki süreçte karşılaşacağı peygamberler açısından bakıldığı zaman da aynı konu dikkat çekecek ve ümmetler arasında yaşanacak bir birliktelik adına, geleceğe yönelik bir umut olacaktı.

Derken, safların en önündeki yerini aldı Habîb-i Zîşân Hazretleri... Günü gelince insanlığın yeniden, Allah'ın ilk yarattığı bu çizgide saf tutacağının sembolüydü bu. Âdem'in çocuklarının, yeniden Hz. Âdem toprağında kaynaşacaklarının resmi, tevbe ederken şefaatini dilediği Zâtın da imametinin tesciliydi aynı zamanda... Peygamberler O'nun arkasında saf bağladığına göre demek ki, o peygamberlerin ümmeti de gün gelecek O'nun arkasında namaza duracaktı!

Namaz sonrası önüne üç kâse konulmuştu; birinde süt, diğerinde su ve bir diğerinde de içki vardı. Bunlardan birisini tercih etmesi isteniyordu. Tereddütsüz, içinde süt olan kâseyi tercih etti Efendiler Efendisi! Bu tercih, Cibril-i Emîn'i de heyecanlandırmıştı ve:

– Bunu tercih etmekle Sen, hidayeti tercih etmiş oldun ve Senin ümmetin de hidayet üzere olacak, demişti. Çünkü bu, realiteyi iyi okumanın bir neticesiydi ve seçilen tercih de, fıtratı ifade ediyordu. Bu arada orada yankılanan ses de, aynı şeyleri söylüyordu:

– Şayet su tercih edilmiş olsaydı, ümmeti de kendisi de boğulurdu. İçki tercih edilmiş olsaydı, ümmeti de kendisi de yoldan çıkar taşkınlık içine düşerdi. Sütü tercih ettiğine göre, ümmeti de kendisi de hep hidayet üzere olacak![436]

Mi'raç

Sürprizler, sadece Mescid-i Aksâ'da yaşananlarla sınırlı değildi; tuttu Cibril, O'nu semalar ötesi âlemlere seyahate davet etti. Bir anda, mekân başkalaşmış ve iç içe sırlarla dolu doyumsuz bir yolculuk başlamıştı. Katbekat semaya yükseliyor ve her yükseldikleri semada ayrı bir merasim yaşıyorlardı.

---

[436] Bkz. İbn Hişâm, Sîre, 2/242, 243

İsrâ ve Miraç

Cibril-i Emîn, ilk semanın kapı tokmağına dokununca içeriden bir ses gelmiş ve semanın hazini ile aralarında şu konuşmalar geçmişti:

– Sen kimsin?
– Cibril!
– Yanında kim var?
– Muhammed!
– O peygamber mi?
– Evet, O peygamber!

Şifreler tamamdı ve sema kapısı açılmış; dünya seması geride kalmıştı; Efendiler Efendisi'nin karşısında, insanlığın ilk atası Hz. *Âdem* duruyordu. Önce selam ve hoşâmedî ile tebrik etti O'nu. Hayır duasında bulunuyordu. Ancak, duruşunda bir gariplik vardı; sağ tarafına bakıyor ve gülüyor, soluna baktığında ise ağlıyordu. Daha dikkatli baktı; her iki yanında da büyük bir kalabalık vardı. Meraklı bakışları bekletmeden Cibril-i Emin konuşmaya başladı:

– Bu, Âdem'dir; sağ ve solundaki kalabalık karartı ise, onun neslidir. Sağ tarafındaki insanlar, ehl-i cennettir ve onun için Âdem, onları gördükçe tebessüm eder. Sol yanındakilere gelince onlar ehl-i cehennemdir ve onlar gözüne iliştikçe de hüzün kesilip ağlamaya başlar.

Artık her bir sema kapısında aynı merasim ve yine her bir semada ayrı bir peygamberle karşılaşılıyor; hepsinin de duasını alıp tebriklerine şahit oluyorlardı. İkinci semada teyze çocukları Hz. *Yahyâ* ve Hz. *İsa*, üçüncü semada Hz. *Yusuf*, dördüncü semada Hz. *İdris*, beşinci semada Hz. *Harun*, altıncı semada Hz. *Musa* ve yedinci semada da Hz. *İbrahim* ile karşılaşacak ve bunların her biri de, nübüvvet semasının mührü olan Allah Resûlü'nü tahiyelerle karşılayıp tebrik edeceklerdi. Bu seyahat esnasında Allah Resûlü (sallallahu aleyhi ve sellem), Hz.

Efendimiz (sallallahu aleyhi ve sellem)

Musa'nın ağladığını görmüş ve Cibril'e bunun sebebini sormuştu. Aynı soru kendisine tevcih edilince:

– Ağlıyorum; çünkü bu genç, benden sonra peygamber olarak gönderildi; ama O'nun ümmetinden cennete gireceklerin sayısı, benim ümmetimden cennete girecek olanlardan daha fazla, diyordu.

Miraç, sırlarla dolu bir yolculuğun adıydı ve bu yolculukta müşahede edilecek daha çok şey vardı. Hz. İbrahim'in, sırtını dayayarak yanında durduğu *Beyt-i Ma'mur*, göz alıcı renk ve desenleriyle ve bütün ihtişamıyla Efendimiz'in karşısında duruyordu. Öyle ki buraya, her gün yetmiş bin melek giriyor ve bir daha da geri dönmüyordu. Zira burası, yeryüzünde her daim tavafla serfiraz kılınan Kâbe'nin bir izdüşümüydü.

Cennet

Bu yolculuk esnasında Efendiler Efendisi, cennet ve cehenneme ait tablolara da şahit olacak ve dünyada iken hangi hareketin ne türlü bir karşılık göreceğini örnekleriyle ümmetine de anlatacaktı.

Bir anda cennet, olanca güzelliğiyle önüne açılıvermişti. İnci-mercan misal her çeşit değerli taşlar ve tasavvur üstü bir renk cümbüşüyle donatılmış, nice göz alıcı desenlerle tezyin edilmişti! Hiçbir gözün görmediği ve göremeyeceği, hiçbir kulağa yankısı gelip çarpmayan ve hiçbir faninin de tahayyül edemeyeceği nice güzellikler sergileniyordu önünde. Ne göz alıcı, ne gönül yakıcı manzaralardı... Cennetin zümrüt yamaçları, önünde perde perde açılmış ve O da, meltem gibi gelip yüzüne çarpan esintileriyle mest, hayret makamının hakkını veriyordu.

Bir aralık kulağına hoş bir ses gelmişti:

– Bu ses de neyin nesi, diye sordu Cibril'e.

— Cennetin sesi, diyordu rehber-i sadıkı. Biraz dikkatle dinleyince, gelen sesin şunları dediği duyuluyordu:

— Ey Rabbim! Bana vadettiğin şeyleri lutfet! İşte, artık uhdemde bulunan odalarım, ipek ve hullelerim, sündüs ve inci-mercanlarım, gümüş ve altınlarım, koltuk ve döşemelerim, kap ve kacaklarım, binek ve içkilerim, bal, süt ve sularım çoğaldıkça çoğaldı; artık, vaadettiğin şeyi yerine getir de bana gelecek olanları bir an önce buraya gönder!

Onun bu samimi talebine karşılık bir başka ses yükseldi:

— Evet, her mü'min ve mü'mine, erkek veya kadın Müslüman, Bana iman eden ve Resûlümü de tasdik ederek destekleyen, her daim müspet hareket ederek ortaya salih bir iş koyan ve asla Bana şirk koşmayan ve Allah'tan başka bir değer önünde bel kırıp boyun bükmeyenler, çok geçmeden sana gelecektir!

Kim, Benden haşyet duyar ve çizilen ölçü içinde hareket ederse o emindir; Benden kim ne isterse Ben, onu veririm. Kim de Benden ön talepte bulunur ve borç gibi isterse onun da isteğini yerine getiririm. Ve kim de Bana tevekkül edip işini Bana bırakırsa, mutlaka onun işini nihayete erdirir ve yerine getiririm. Çünkü, şüphe yok ki Ben, kendisinden başka ilah olmayan Allah'ım! Sözümde hulf edip yerine getirmemezlik yapmam! Şüphesiz, mü'min olanlar ancak kurtuluşa erer. Allah, ne mükemmel ve mübarek bir yaratıcıdır.

Rabb-i Rahîm'den gelen bu nidâyı duyan cennet sükun bulacak ve:

— Razı oldum ey Rabbim, diyecekti.[437]

Daha dikkatle baktı içeri; altından ırmaklar üzerinde kurulmuş saraylarda koltuklara yaslanıp muhabbet eden babayiğitler vardı... Etraflarında hizmetçiler dört dönüyor; isteyip arzu ettikleri her şey, anında yerine getiriliyordu. Huri- gıl-

---

[437] Taberî, Tefsîr, 8/3

Efendimiz (sallallahu aleyhi ve sellem)

manlarla kuşatılmıştı, yüzlerindeki ifadeler bile boşa çıkarılmadan nimetler içinde yüzüp duruyorlardı. Akla-hayale gelmedik nimetlerden istifade ederken ne bir bıkkınlık ne de herhangi bir fütur seziliyordu üzerlerinde; çünkü, her yediklerinde renkler farklı, desenler rengârenk, tatlar değişkendi ve kokular da birbirini tutmuyor. Böylelikle her seferinde yeni bir telezzüz imkânı doğuyordu.

Cemaat haline gelmiş insanlar vardı karşısında; her gün yeni bir ekim yapıyorlar ve ekim yaptıkları aynı gün de hasat işlemine başlayıp semere topluyorlardı. Cibril'e sordu:

– Bunlar kim?

– Bunlar, Allah yolunda cehd ü gayret gösteren, Allah'ın adını en yücelere ulaştırmak için mal ve canlarıyla kendilerini ortaya koyanlardır. Bunların yaptığı bir iyiliğin karşılığı, yedi veren başaklar gibi yedi bin kattır. Allah için infak ettikleri değerlerine karşılık da Allah, hemen yenisini verir ve yerine onu kâim kılar; çünkü O, rızık vermede en hayırlı yolu tercih edendir,[438] diye cevaplıyordu Cibril-i Emîn.

Dört bir yana dal-budak salmış nehirler vardı önünde; su yerine kiminden süt, kiminden de bal akıyordu. Bunlar arasında daha belirgin olanlara, *Nil* ve *Fırat* diyorlardı. Belki de bu, yakın vadede İslâmî mesajın ulaşacağı alanı ifade ediyor ve geleceğin fotoğrafını ortaya koyuyor ve miraçta kendisine bunun muştusu veriliyordu.

Bundan başka kimbilir nice nimetler müşahede etmiş, ne iltifatlarla karşılanarak kendisine teşrifatçılık yapılmıştı. Herhangi bir insanın, böylesine bir lütfa mazhar olduktan sonra yine oradan ayrılarak sıkıntıların kucağına dönmesi imkânsız gibiydi. Ancak O'nun hedefi, öncelikle bütün insanları rahmet ve şefkatle kucaklayıp, ümmeti arasında da, kelime-i tevhidin

---

[438] Bkz. İbn Kesîr, Tefsîr, 3/18; Taberî, Tefsîr, 15/7

ikinci yarısını söylemekten kaçınarak kendisini kabul etmese bile 'lâ ilâhe illallah' diyen herkesi buraya getirmekti. Çünkü O, *"Kim, Lâ ilâhe illallah derse, cennete girer."* buyuracaktı.[439] Daha baştan O (sallallahu aleyhi ve sellem), bunun için yaratılmış ve onun için de, ilk yaratıldığı halde gelişi sona denk getirilmiş; peygamberlik güftesine kafiye koyacak Son Sultan olduğu için de, bedeniyle ruhunun buluşması risalet açısından en sona bırakılmıştı.

Cehennem

Elbette her yer, cennet gibi sımsıcak durmuyordu; oradan ayrılıp da bir başka vadiye geldiğinde, ürperten seslere şahit olacak ve bu seslerin kaynağını da soracaktı:

– Cehennemin sesi, diyordu Cibril-i Emîn. Dikkat kesildi. Diyordu ki:

– Ey Rabbim! Artık bana vaadettiğin şeyleri ver! Baksana, bukağılar ve halatlarım, alev ve ateşlerim, irin ve kanlarım çoğaldıkça çoğaldı; dibimdeki derinlik erişilmez noktaya ulaştı ve ateşimin hararati de dayanılacak gibi değil! Bana vaadettiğin şeyleri çabuk gönder!

Cennete seslenen aynı sesin yankısı duyuldu:

– Evet, Bana şirk koşan her müşrik kadın ve erkek, Beni inkâr eden her kâfir, hesap ve kitaba inanmayan her zalim sana gelecektir; acele etme!

Ve, aynı sükûnet:

– Tamam, razıyım ey Rab![440]

Feryad ü figanın yükseldiği yöne bakınca, olanca dehşetiyle cehennem temessül etmiş ve yürek kaldırmayacak görüntüler gelmişti önüne Allah Resûlü'nün. Elbette bu, gör-

---

[439] Buhârî, Sahîh, 5/2193 (5489)
[440] Taberî, Tefsîr, 15/1

Efendimiz (sallallahu aleyhi ve sellem)

düklerini ümmetine aktararak sakındırabilmek için sadece bir manzara temaşasından ibaretti. İnsanlar ve taşların tutuşturduğu ateş tufanları vardı ortada... Derinden bir homurdanma duyuluyor ve içine girenleri azımsarcasına ve doyma bilmeyen bir iştiha ile:

– Daha yok mu, diye bağırıyordu. Bu dehşetli manzara içinde azaba dûçar kalıp da tükenenler, öyle bir kenara atılıp da süreçten kurtulamıyorlardı. Her ne zaman bedenler kül olup vücutlar buharlaşsa, işlem yeniden başlıyor ve belli ki, azabı tam tatmaları için kemiklere et giydirilerek her defasında bu işkence yeniden tekrarlanıyordu. Çığlıklar yükseliyordu cehennemin derinliklerinden:

– Keşke yeniden dünyaya dönme imkânımız olsa!

– Keşke aklımızı kullanıp anlatılanlara kulak vermiş olsaydık da bu duruma düşmeseydik!

– Ne olur Allah'ım! Hiç olmazsa bir gün azabımı hafiflet!

– Keşke toprak olup gitseydim, gibi feryatlar birbirini takip ediyordu. Grup grup insan kitleleri belli yerlerde kümelenmiş, benzeri şekilde azaba dûçar oluyorlardı; başlarında müvekkel zebani-nâm melekler vardı ve yüzlerinde tebessüm adına zerre kadar bir emare gözükmüyordu. Öyle insanlar vardı ki, bir mızrak boyu yaklaştırılan güneş-misal ateş kütlesi karşısında eriyip tükenmiş, gırtlağına kadar kanter içinde kalakalmıştı.

Kan ve irinden nehirler akıp gidiyordu bir taraflara ve içinde, dışarı çıkmak isteyip de bir türlü buna muvaffak olamayan bahtsızlar yüzüyordu çırpınarak. Feryat çığlıklarıyla birlikte kenara yaklaşan her bir zavallıya, orada bekleşip duranlar taş atmaya başlıyor ve yalvarırken açtıkları ağızları, atılan bu taşlarla doluyor, yeniden kan ve irin içine dönmek zorunda kalıyorlardı.

Başlarına demir ve taşlarla vurularak işkence gören kimselere rastlamış ve bunların kimler olduğunu sormuştu. Cibril:

İsrâ ve Miraç

– Bunlar, farz namazları kılma konusunda bir türlü sebat edemeyen ve onu geçiştirenler, buyuruyordu.

Diğer tarafta ise, dünyada iken mallarının zekâtını vermeyen insanların, irin ve zakkum yutkunarak hayvanlar gibi sürüklendiklerine şahit olmuş; Allah'ın emrini yerine getirmemenin cezasının tecellisini müşahede etmişti. Daha başka göreceği şeyler de vardı; yetim malı yiyenler bir kenarda, ateşten kütleler yutkunarak, bunları ıtrahat gibi dışarı çıkararak azap görüyorlar; diğer yanda da, emanete riayet etmekte kusur gösterenlerin, sürekli ağırlaşan yüklerin altında inim inim inledikleri nazara çarpıyordu. İnsanlar arasında fitne ateşini körüklemeyi adet edinenlerin ağızları yamulmuş, dilleri de perişan; masum insanları gammazlayıp da zalimlere teslim edenlerin halleri de yürek yakıyordu.

Beri tarafta ise, göbekleri kendilerinin birkaç katı insanlar vardı; ne ayağa kalkıp durabiliyor ne de bulundukları yerden hareket edip mesafe alabiliyorlardı. Bunların kim olduğunu sorduğunda kendisine, paradan para kazanmayı alışkanlık haline getiren faiz ehli olduğu söylenecekti.

Bazı insanlar gözüne takılıyordu; bir yanlarındaki güzel ve taze etler dururken, diğer taraflarındaki çirkin ve kokuşmuş olan leşlere dadanmış; tertemiz zemini bırakarak bataklıkta bocalayıp duruyorlardı. Merakla baktığı görülünce bunların da, helâl dairesindeki keyifle kifayet etmeyip, haram peşinde koşan zinakârlar olduğu söylenecekti.

Ve buradaki kalabalığın çoğunluğunu, sefahet ve eğlence ağına düşen, düştüğü yere başkalarını da çekerek fasit dairenin oluşmasına sebebiyet veren ve iffet sahibi hemcinslerinin de bedduasına hedef olan kadınların oluşturduğunu görmüştü; insanları avlamak için öne çıkarıp tuzak olarak kullandıkları uzuvlarından asılmış, çığlıklar içinde inim inim inliyorlardı.

Efendimiz (sallallahu aleyhi ve sellem)

Sidretü'l-Müntehâ

Ardından, karşısına *Sidretü'l-Müntehâ*[441] gelmişti; tarifi imkânsız bir letâfetle karşı karşıyaydı. Her tondan renklerin oluşturduğu bir merasim alanı gibiydi. Burası, imkanla vücub arası kutsi bir yerdi aynı zamanda ve artık Efendimiz'in yanında, *Cibril-i Emîn* de yoktu. Zira imkân alemi, artık geride kalmıştı. Burası, has daire ve harem odasıydı ve bu odaya, insanlık var olduğu günden bu yana, alınıp da iltifat görmüş hiçbir mânâ kahramanı olmamıştı. Yani, Hazreti Şeref-i Nev-i İnsan ve Ferîd-i Kevn ü Zaman olan Ruh-u Seyyidi'l-Enâm, bu has odanın ilk ve tek, aynı zamanda da son misafiriydi; O'nun bu konuda selefi olmadığı gibi halefi de olmayacaktı. Çünkü O (sallallahu aleyhi ve sellem), Hâtem-i Divan-ı Nübüvvet idi.

Allah Resûlü (sallallahu aleyhi ve sellem), kader kaleminin mürekkebine şahit oluyor, takdiri yazarken kalemin çıkardığı sesleri duyuyordu.[442] *Kâbe kavseyni ev ednâ* sırrının tezahürü vardı artık orada! Yaklaşmış, yaklaşmış ve artık, adımını atacağı bir mahâl kalmayınca da mekanı lâ mekan olmuştu.[443]

Bütün bunlara rağmen Allah Resûlü'nde, zerre kadar bir bakış kayması, huzurun hakkına muhalif en ufak bir farklılık gözükmüyordu. Bir anda ortalık nur kesilmiş ve Sidre'yi, sınırlı gözlerle müşahede edilip kayıtlı ifadelere sıkıştırılamayacak mahiyette bir güzellik kaplamıştı.[444]

---

[441] Genel olarak Sidretü'l-Müntehâ, yedinci semanın üzerinde, Arş'ın sağ tarafında ve altından, müttakiler için vadedilen cennet ırmaklarının fışkırdığı bir mübarek şecere şeklinde resmedilmektedir. Burayı anlatırken Efendimiz (sallallahu aleyhi ve sellem) de, "Gölgesinde bir süvari, yetmiş sene at koştursa, yine de o gölgeyi aşıp kat'edemez; onun yaprağı bir milletin bütününü kaplayabilir" buyurmaktadır. Bkz. Taberî, Tefsîr, 15/1

[442] İbn Kesîr, Tefsîr, 3/33; Kâdî, İyâz, Şifâ, 1/147

[443] Müslim, Sahîh, 1/159 (290)

[444] Konuyu anlatırken Kur'ân, "O'nun gözü kaymadı, asla şaşmadı/şaşırmadı ve haddini aşmadı. Orada Rabbinin en büyük bürhanlarını müşahede etti." (Bkz. Necm, 53/17, 18) ifadelerini kullanmaktadır.

İsrâ ve Miraç

Faniye ait her şey nur kesilmiş, nurdan bir heykel hüviyetine bürünen Allah Resûlü de Nur-u Rahmân'ı temaşa ediyordu. Cennette mü'minler için vadedilen Cemalullah burada müşahede edilecek ve Allah Resûlü (sallallahu aleyhi ve sellem), mekanın lâ mekan olduğu bu ufukta Rabb-i Rahîm ile vasıtasız görüşecekti. Kendisinden önce Hz. İbrahim'i hıllet ve Hz. Musa'yı da kelamla taltif eden Yüce Mevlâ, peygamberlik semasının son altın halkası Habîb-i Ekrem'ini de rü'yetle serfiraz kılıyor ve bu iltifatla yine, Allah Resûlü'nün Hakk nezdindeki yerini, kevn ü mekana fiilen göstermiş oluyordu.[445]

Vasıtasız Gelen Emir: Namaz

İşte burası, vahyin vasıtasız cereyan ettiği yerdi; en önemli vazife, böyle bir ortamda bildiriliyordu: Namaz. Ve bu namaz, her gün elli vakit kılınacak bir namazdı. Ümmetin miracı olacak bir formüldü bu aynı zamanda.

Derken Allah Resûlü (sallallahu aleyhi ve sellem) için geri dönüş vakti gelmiş ve yeniden yola koyulmuştu. Hz. Musa'nın yanına geldiğinde o:

– Rabbin, ümmetin için neyi farz kıldı, diye sordu. Belli ki böyle bir kurbet, beraberinde mükellefiyet getirirdi.

– Elli vakit namaz, buyurdular. İsrailoğullarıyla çok acı tecrübeler yaşayan Hz. Musa:

– Rabbine müracaat et ve bu mükellefiyeti hafifletmesini iste; çünkü Senin ümmetin buna güç yetiremez! Zira ben, İsrailoğullarıyla benzeri çok tecrübeler yaşadım ve bunu tecrübeyle gördüm, dedi.

Çok geçmeden mübarek eller kalkmış şöyle yalvarıyordu:

– Ey Rabbim! Ümmetimden bu mükellefiyeti tahfif eyle!

Bu kadar iltifatât-ı şahaneye mazhar olan bir Nazdar, talepte bulunur da ona müspet cevap verilmez miydi hiç! Gelen

---

[445] Bkz. Taberî, Tefsîr, 27/48

Efendimiz (sallallahu aleyhi ve sellem)

mesaj, beş vaktin indirildiğini söylüyordu. Hz. Musa (aleyhisselâm), bunun da altından kalkılamayacağını ifade ediyordu. Tekrar müracaat etti ve tekrar bir beş rekat daha indirilmişti. Bundan sonra, her defasında yeni bir müracaat ve yeniden beş rekatlık bir tenzilat yaşanıyordu. Nihayet mesele, son beş rekata kadar geldi. Hz. Musa (aleyhisselâm), bunu da çok bulacaktı; ama Allah Resûlü (sallallahu aleyhi ve sellem) rahmet kapısının daha fazla zorlanmaması gerektiği kanaatindeydi. İşte bu sırada, rahmet televvünlü bir ses yankılandı:

– Yâ Muhammed! Bunlar, bir gün ve gecede beş vakit olarak farzdır; benim katımda artık hüküm değişmez. Ancak, her bir rekat, on rekat gibidir; böylelikle toplamda elli rekat sevabı hasıl olur. Her kim, bir iyilik yapmak isteyip de onu yapamazsa, yine de bir sevap alır. Her kim de, iyiliğe niyet edip de onu yapmaya muvaffak olursa, en az on misli sevap kazanır. Yine her kim, ayağı kayıp da bir kötülüğe meyleder ve bunu yapamazsa, kötülüğün karşılığı vizir ona yazılmaz; şayet bu adam, niyet ettiği kötülüğün içine düşer ve niyetini yerine getirirse, bu durumda da ona, sadece bir kötülüğün vizri yazılır.[446]

Dönüşteki Yansımalar

Bütün bunları bırakıp da yeniden çile ve mihnet yurduna hicret, ancak O'nun gibi bir Nebi'nin yapabileceği bir şeydi; görmüş, gördüklerini ümmetine de göstermek için geliyor; duymuş, duyduklarını ruhlarımıza duyurmak için aramıza geri dönüyordu. Rü'yet ufkuna kadar bütün mâverayı görmüş; gözleri kamaştıran o güzellik armonilerini arkadan gelenlerle paylaşıp kapıyı da, müstaid ruhlar için aralık bırakma adına ümmetinin arasına dönüyordu. İşin özü; kendisi gibi gitmiş, kendisi gibi görüp duymuş ve yine kendisi gibi de geri dönü-

---

[446] Müslim, Sahîh, 1/145 (162, 163)

İsrâ ve Miraç

yordu. Gidişi, herkese açık bir ders olduğu gibi gelişi de, ayrı bir mesaj içeriyordu.

Ve... Efendimiz (sallallahu aleyhi ve sellem), gecenin bir anında çıktığı bu kadar uzun yolculuğu tamamlamış; yaşadığı bunca hadiseyi çok kısa bir ana sığıştırarak yine geri gelmişti. Tabii olarak konuyu ilk anlattığı kişiler de, en yakınlarıydı; sabah namazını kılınca ev halkına dönmüş ve gecenin bir anına sığan bunca hadiseyi anlatmaya başlamıştı.

Meseleyi duyunca Ümmü Hâni validemiz, büyük bir tedirginlik geçirecek ve bunları kimseye anlatmamasını talep edecekti. Hatta, kalkıp giden Efendimiz'in ridasından tutup çekecek ve O'nu engellemeye çalışacaktı. Zira, zaten fırsat kollayan can düşmanlarının, bu konuyu malzeme yapıp Allah Resûlü'ne acımasızca saldıracaklarından endişe ediyor ve:

– Ey Allah'ın Nebisi! Sakın bunları insanlara anlatma; çünkü onlar Seni yalanlar ve Sana eziyet ederler, diyordu. Efendimiz ise:

– Allah'a yemin olsun ki, mutlaka bunu da anlatacağım, diyor ve Allah'ın açıktan bir ikramını insanlardan gizlememek gerektiğini, ortaya koyuyordu.

O'nun, her şeye rağmen konuyu insanlara anlatmak üzere evden çıktığını gören Ümmü Hâni, hizmetçisini çağırarak:

– Git ve Resûlullah'ın peşine takıl; tâ ki, konuyu insanlara anlattıklarında insanların nasıl bir tepki verdiklerini bana haber ver, diye tembihte bulunacak ve bu hadisenin, Mekke'de nasıl bir yankı meydana getireceğini merak edecekti.

Derken Efendiler Efendisi çıktı ve Kâbe'ye gelerek orada karşılaştığı insanlara isrâ ve mi'raç hadisesini anlatmaya başladı. Duyan herseste büyük bir şaşkınlık meydana geliyordu; nasıl olabilirdi? Bir insan, hem de gecenin sadece bir anında Mekke'den yola çıkar, önce Mescid-i Aksâ'ya gelir ve buradan da semalar ötesi sırlı bir yolculuk yaparak yine Mekke'ye nasıl geri dönebilirdi? Bir de buna, mücerret bir yolculuğun dışın-

Efendimiz (sallallahu aleyhi ve sellem)

da, her bir durağında karşılaşılan hadiseler eklenince, konu onlar açısından içinden çıkılmaz bir hale bürünüyordu. Bir beşer olarak, hiçbir insanın üstesinden gelemeyeceği bir meziyetti bütün bunlar...

İki Kervanın Şehadeti

Halbuki Allah, her şeye kâdirdi ve risaletle görevlendirdiği en sevgili kuluna böyle bir yolculuk yaşatarak, hem bu kudretini insanlara da gösteriyor hem de iç içe geçmiş âlemlerin arasında aslında çok ince bir perdenin olduğunu ortaya koyuyordu. O istedikten sonra, olmayacak hiçbir mesele yoktu ve Allah (celle celâluhû), âlemlere rahmet olarak gönderdiği Son Nebi'sini, bütün olumsuzluklara rağmen muzaffer kılmak istiyordu. Böylelikle hem Nebi'sine, önceki hiçbir peygambere nasip olmayan nice turfanda ve doyumsuz haz yaşatmış hem de ümmeti için O'nun, Hakk katındaki konumunu anlatmış oluyordu.

– Peki, bunun alâmeti ne ey Muhammed, diye sordular. "Bugüne kadar biz böyle bir şeyle hiç karşılaşmadık." diyorlardı.

Gerçi bu, bir ikram-ı ilahî idi ve meseleyi bütünüyle kavrayabilmek için güçlü bir iman lazımdı; Allah'a olan itimat ve güven tam olmadan bu anlaşılamazdı. Ancak, gördüğünün dışında bir başka meseleye şüphe ve kuşkuyla bakan kimselerin, anlayacakları dilden de konuşmak gerekiyordu. Bunun için Allah Resûlü (sallallahu aleyhi ve sellem):

– Bunun alâmeti, falan kabilenin filan vadideki kervanıdır, buyurdu. Arkasından da şu ayrıntıyı anlattı onlara:

– Beni görünce kervandaki devenin birisi ürktü ve kervanı terk ederek kaçmaya başladı; ben de, gittiği yeri onlara göstererek develerini bulma konusunda yardımcı oldum. Yönüm, Şam cihetine idi ve sonra döndüm, Dacinân tarafına yöneldim. Burada, filanlara ait başka bir kervana rastladım; mola vermiş uyuyorlardı. Hatta, üzerini bir bezle örttükleri

İsrâ ve Miraç

kırbalarından su içtim ve yeniden üstünü kapatarak olduğu yere koydum. Bunun ispatı da, o kervan. Şu anda *Ten'îm*'deki *Beydâ* denilen yerden Mekke'ye şu an girmek üzere; en önde de boz bir deve var. Devenin üzerinde ise, birisi siyah diğeri de alaca iki çuval var.

Gerçekten de bunlar, şaşılacak şeylerdi! Bu kadar detay, göz alıcı ve bakış bulandırıcı bu kadar sırlarla dolu bir yolculukta nasıl fark edilir ve unutulmadan gelinip muhataplarına anlatılabilirdi? Acaba, gerçekten bütün bunlar doğru muydu? Yok, yok... Bu kadar da olamazdı! Bu sefer Muhammedü'l-Emîn'in anlattıkları, kesinlikle doğru çıkmayacak ve mahcup olacaktı. Kendileri ise, büyük bir fırsat yakalamış ve Muhammed'in anlattıklarına bir daha muhatap olmamak üzere bu defteri kapatacaklardı!

Heyecanla tarifi verilen yere yönelip beklemeye durdular; acaba, Beydâ tepesinden ilk gelen devenin rengi ne olacaktı ve üzerindeki yük de gerçekten Muhammedü'l-Emîn'in anlattığı gibi miydi?

Çok geçmeden Ten'îm'deki bu tepenin üzerinde, yavaş yavaş bir kervan beliriverdi; en önde ise, gerçekten anlatıldığı gibi boz bir deve vardı. Büyük bir şaşkınlık yaşıyorlardı. Ancak, henüz pes etmiş değillerdi; çünkü, bu bir raslantı olabilirdi. Onun için, kervanın yaklaşmasını beklediler. Devenin üzerindeki yükle çuvalların rengini de görmek istiyorlardı. Aman Allah'ım! Gerçekten de, en öndeki boz devenin üzerinde iki tane çuval vardı ve bunlardan birisinin rengi siyah, diğerinin rengi ise de alaca idi. Mekkeliler, büyük bir bozgun yaşıyorlardı!

Ancak, yine de pes etme niyetinde değillerdi; ikinci bir kervandan daha bahsedilmişti ve Muhammedü'l-Emîn'in anlattıklarına inanabilmeleri için bunu da test etmeleri gerekiyordu. Hemen Mekke'ye inip kervanı bularak, yabancı bir bineğin hızından ürküp de kaçan devenin hâlini ve su kırbasının akıbetini sordular:

– Gerçekten de doğru; biz yolda giderken bir aralık, devenin birisi ürktü ve kervandan ayrılarak uzaklaşıp gözden kayboldu. Sonra da, devemizin olduğu yeri haber veren bu adamın sesini duyduk ve devemizi bulup bağladık. Su kırbasına gelince onu, uyumadan önce ağzını kapatıp koymuştuk; uyandığımızda suyundan içmek istedik. Ancak, üzeri açılmadığı halde kırbanın içinde su yoktu; gerçekten buna bir anlam veremedik, diyorlardı.[447]

Kureyşlilerin Mescid-i Aksâ'yı Tarif Talepleri

Kureyş adına, tutunulabilecek en küçük bir dal kalmamıştı; *bir ümit* deyip üzerine gittikleri kapılar teker teker yüzlerine kapanmış ve kabulle inkâr arasında bir tercih yapmak zorunda kalmışlardı. Bu tercihi yapmamak için makûl bahaneler bulmaları gerekiyordu. Çünkü, zaten kabullenmek istemiyorlardı; bu kadar açık emareler varken inkâr etmek de makûl değildi. Onun için aralarından birisi ileri atıldı:

– Mescid-i Aksâ'ya gittiğini söylüyorsun; madem onu bize bir anlatıversen! Mescidin kaç kapısı, ne kadar penceresi var, deyiverdi.

Rahat bir nefes almışlardı. Evet ya, madem gittiğini söylüyordu, öyleyse pencere ve kapılarını da anlatmalıydı. Kendilerince haklıydı; zira maneviyata kapalı kalpleri maddenin ötesindeki bir delile itibar etmiyordu.

Ancak Efendiler Efendisi, işin mekân boyutunu nazara alan bir seyahat yapmamıştı; onun için de pencere ve kapılarıyla ilgili istatistikî herhangi bir bilgiye sahip değildi. Her türlü delili gördükleri halde bir türlü inanmayan ve hâlâ yeni yeni deliller talep edip zorluk çıkarma peşinde koşan bu inatçı insanların tavrı karşısında büyük bir sıkıntı yaşamaya başlamış, mahz-ı küfür kokan tavırlarından da oldukça bunalmıştı.

---

[447] Bkz. İbn Hişâm, Sîre, 2/248, 249

İsrâ ve Miraç

Ancak, O'nun Rabb-i Rahîm'i vardı ve böyle bir durumda da imdadına koşacak ve Mescid-i Aksâ'yı getirip karşısına dikiverecekti. Sanki Kâbe'ye dev bir ekran kurulmuş ve Mescid-i Aksâ'nın her bir köşesi de bu ekrana yansıtılıvermişti. O kadar ki Allah Resûlü (sallallahu aleyhi ve sellem), müşriklerin sordukları her bir soruya Mescid-i Aksâ'ya bakarak cevap veriyor ve böylelikle gelebilecek bütün itiraz noktalarını kapatmış oluyordu.[448]

Küfrün kin ve nefretini zirveye çıkaran bir manzaraydı bu... Tam, *şimdi işini bitirdik,* dedikleri yerde Efendimiz hiç ihtimal vermedikleri bir hamle yapıyor ve yine müşrikler işin en gerisinde kalıveriyorlardı! Zaten imana niyetleri yoktu; bütün bunları, *bir açığını çıkarır da önünü kesebilir miyiz* diye yapıyor ve akla gelmedik entrikalarla etrafındaki insanları uzaklaştırmanın planlarını kuruyorlardı.

Bu sırada, Ebû Cehil'in yolu da Kâbe'den geçiyordu. Kalabalığı görünce o da yaklaştı; kendince bir lâf daha sokuşturacak ve Allah'ın Resûlü ile alay edecekti. Yaklaştı ve alayvârî bir eda ile:

– Bu gece yine ne var? Yeni bir şey mi var, diye sordu. Efendiler Efendisi, yüzünü ona doğru çevirdi ve olanca vakarıyla:

– Evet, dedi önce ve arkasından ilave etti:

– Allah (celle celâluhû) Beni, gecenin bir anında Beyt-i Makdis'e götürdü.

Ebû Cehil'in de kafası karışmıştı ve:

– Sonra da aramıza geri geldin, öyle mi, diye tepkisini dile getirdi. Zira onlar bu yolculuğu, aylar süren yorucu ve meşakkatli seferler sonucu yapabiliyorlardı. Efendimiz (sallallahu aleyhi ve sellem), tereddütsüz cevap verdi:

– Evet, hem de, diğer peygamber kardeşlerimle namaz kıldım.

---

[448] İbn Sa'd, Tabakât, 1/215

Duydukları karşısında önce, sevinçten bir çığlık kopardı Ebû Cehil. Onun için bu, bulunmaz bir fırsattı. Kendince bu işin sonu gelmişti. Alttan alan bir ses tonuyla Efendimiz'e yöneldi ve:

– Kavmini toplasam, bana anlattıklarını onlara da anlatır mısın, dedi.

Bunda gizlenecek bir durum yoktu ki!.. Zaten, anlatıyordu; zira, Allah'ın lutfettiği bir ikramı, insanlara anlatmamak olmazdı. Bunun için:

– Evet, dedi.

Bu garantiyi de almıştı ya, Ebû Cehil'in keyfine diyecek yoktu. İnsanları toplamak için avazı çıktığı kadar bağırıyordu:

– Ey Ka'boğulları! Hemen buraya gelin!

Hz. Ebû Bekir Farkı

Artık bunu, Mekke'de duymayan kalmamıştı. Nihayet Hz. Ebû Bekir'in de yanına geldiler. Kanaatleri kesindi; artık Ebû Bekir'in yolu, Muhammedü'l-Emîn'den ebediyen ayrılacaktı. Çünkü bu, O'nun bitip tükenişi (!) anlamına geliyordu. Kapıyı açar açmaz şöyle diyorlardı:

– Ey Atîk![449] Senin arkadaşının bugüne kadar söyleyip durduğu meseleler, hem kolay hem de kısmen de olsa olması muhtemel şeylerdi. Ancak, gel de bugün olanlara bir kulak ver!

Hz. Ebû Bekir, yufka yürekli bir adamdı ve müşriklerin, Efendisine bir kötülük yapmış olabilecekleri endişesiyle:

– Yazıklar olsun size! Ne oldu arkadaşıma? Başına bir şey mi geldi, dedi.

---

[449] Hz. Ebû Bekir'in, yüzünün güzelliğinden veya kendisine annesi hamileyken ebeveyninin adaklarından dolayı yahut da cehennemden kurtulduğunun müjdesi verildiğinden dolayı kendisine verilen ünvanlarından birisiydi.

– O, şu an Kâbe'de. İnsanlara, Beytü'l-Makdis'e nasıl gittiğini anlatıyor, diye cevapladılar, istihzâlı bakışlarla. Aralarından birisi ileri çıkarak:

– Gecenin bir anında gitmiş ve yine aynı gece aramıza geri dönmüş, diye ilave etti.

Mesele şimdi anlaşılıyordu. Acı acı yüzlerine baktı Hz. Ebû Bekir. Ardından da:

– Ey cemaat, diye seslendi onlara. Duygularına seslenmek istiyordu ve şunları söyledi teker teker:

– Bunda ne var ki? Sizler, bunun doğru olmadığını mı söylemek istiyorsunuz? Ben, bundan öte ne meselelere inanmışım bir kere! O'na, sabah akşam gökler ötesinden haber gelip durduğuna inanıyor ve tasdik ediyorum ben!

Ne hayallerle kapısına gelmişlerdi ve şimdi ne ile karşılaşıyorlardı? *"Şimdi işini bitirdik."* dedikleri bir hamleleri daha boşa çıkıyordu. Zafer nâraları atmaya hazırlanırken yine hezimet yutkunmak düşmüştü paylarına. Ve, kinlerini gayızla yutkunduracak son hamle geldi Hz. Ebû Bekir'den (radıyallahu anh):

– Şayet, bunları O söylüyorsa, mutlaka doğrudur.[450]

Atalarından tevârüs ettiği, yahut da tesadüfen kendini içinde bulduğu bir gönülden çıkmayacak cümlelerdi bunlar; Hz. Ebû Bekir söylüyordu. Ona göre, bir şeyin doğru olup olmaması, bütün Hicaz ehlinin söyledikleriyle değil; gözünün nûru ve gönlünün mimarı Muhammedü'l-Emîn'in dedikleriyle ölçülürdü. Bunun için, *"Ne olmuş?", "Acaba öyle mi olmuş?", "Sizler yanlış anlamış olabilirsiniz"* ve *"Bu işte başka bir iş olmalı, siz böyle yorumluyorsunuz."* gibi bir kapıyı asla açmamış ve bir anlık bile olsa tereddüt emaresi gösterip müşrikleri sevindirmemişti. İşte bu, *'sıddîkiyet'* makamıydı ve o günden sonra da Hz. Ebû Bekir'e, *'Sıddîk'* denilmeye başlana-

---

[450] Ebû Ca'fer et-Taberî, er-Riyâdu'n-Nadıra, 1/403 (322)

Efendimiz (sallallahu aleyhi ve sellem)

caktı. Çünkü hemen akabinde Hz. Ebû Bekir, Kâbe'ye koşacak ve işin gerçek yönünü bizzat Allah Resûlü'nden dinlemek isteyecekti:

– Yâ Resûlallah! Sen bunlara, gecenin bir vaktinde Beyt-i Makdis'e gidip geldiğini söyledin mi?

– Evet, diyordu Allah Resûlü. Bir adım daha attı Hz. Ebû Bekir; maksadı, müşriklerin baskısını hafifletmek ve Efendimiz'e yardımcı olmaktı:

– Onu bana anlatır mısın; çünkü ben oraya daha önce de gittim, biliyorum, dedi.

Efendiler Efendisi anlattıkça Hz. Ebû Bekir:

– Evet, aynen dediğin gibi; ben şehadet ederim ki Sen, doğru söylüyorsun yâ Resûlallah, diyordu.

Bu tavrı onu, sıddîkiyet mertebesine yükseltecekti; zira Allah Resûlü (sallallahu aleyhi ve sellem):

– Sen yâ Ebâ Bekir! Bundan böyle *Sıddîk*'sin, diyecekti.[451] Artık bu nebevî nişan, Hz. Ebû Bekir'in ayrılmaz bir parçası olacak ve hep, kıyamete kadar onun adıyla bütünleşecekti.

Namaz Vakitlerinin Tayini

Miraç yaşanmış ve namaz farz kılınarak, mü'minlere, aralık bırakılan kapıdan her gün miraç yapma imkan ve fırsatı sunulmuştu. Çok geçmeden Cibril-i Emin, yine Efendimiz'in yanındaydı. Çünkü *"Namaz kılın!"* denilmişti; ama namazın nasıl kılınacağı, hangi vakitlerde ve kaç rekat olarak eda edileceği hususunda pek fazla bir malûmat yoktu. Gerçi Hira'daki vuslatın ardından kılınmaya başlanan iki ayrı vakitte ve ikişer rekat olarak kılınan bir namaz vardı ve ardından da gece kılınan teheccüd namazı farz kılınmıştı. Ama şimdiki durum

---

[451] Hâkim, Müstedrek, 3/65 (4407); Heysemî, Mecmeu'z-Zevâid, 9/41; İbn Hişâm, Sîre, 2/244; Ebû Ca'fer et-Taberî, er-Riyâdu'n-Nadıra, 1/403 (322)

belli ki daha farklıydı. İşte Cibril de, namazla ilgili meçhul gibi duran bu hususları açıklamak için gelmişti.

Tam zeval vaktiydi ve güneş meyleder etmez Cebrail namaza durdu. Efendimiz (sallallahu aleyhi ve sellem) de, onun arkasında saf tutmuştu. Öğle namazı bitmiş ve ikindi vakti gelmişti. Eşyanın gölgesi tam kendi boyu kadar olduğu bu ilk vakitte tuttu, ikindi namazına başladı. Yine Efendiler Efendisi, Cibril'in cemaatiydi. Güneş batınca akşam namazına, şafağın aydınlığı kaybolunca da yatsı namazına durdular ve yine cemaat halinde namazlarını kılmışlardı. Gecenin karanlığı, yerini aydınlığa bırakmaya başladığı ilk vakitlerde; yani fecir doğar doğmaz da sabah namazını kılacaklardı. Böylelikle bir günün namazı tamamlanmış oluyordu.

Ancak mesele burada noktalanmayacaktı. Öğle vakti Cibril yine geldi. Bu sefer güneş, bir hayli ilerlemiş ve eşyanın gölgesi kendi boyu kadar uzamıştı. Yine en hayırlı cemaat teşekkül etti ve namazlarını kıldılar. İkindi vakti, gölgelerin iki kat uzadığı zaman kılınıyordu. Akşam, güneş battığı zaman kendi vaktinde; yatsı ise, gecenin üçte ikisi geride kaldıktan sonra kılınacaktı. Sabaha gelince o, güneş doğmadan biraz önceye denk gelmişti.

Bu iki günlük namaz taliminin ardından Cibril-i Emîn, Muhammedü'l-Emîn'e dönerek şunları söyledi:

– Yâ Muhammed! İşte namazlar, dünkü vakitlerle bugünkü vakitlerin arasındaki zamanlarda kılınacaktır.[452]

İsra ve miraç hadisesi, imanla küfür arasındaki çizgiyi daha da belirginleştirmişti. İnkar edenler kendi karanlık dünyalarına dönüp daha kalıcı tuzaklar peşine giderken iman edenler ise, her şeye rağmen en muannitlere bile hakkı anlatma azmini yenileyecek, imana müheyya yeni simalar bulma yarışının erleri olmaya devam edeceklerdi.

---

[452] Nesâî, Sünen, 1/256 (513); Taberânî, Mu'cemu'l-Evsat, 2/192 (1689)

AKABE BEYATLARI

Zaman durma zamanı değildi ve Efendiler Efendisi, yeniden yüzünü dışarıdan Mekke'ye gelenlere çevirmiş; başka beldelerde yeni açılımların peşine düşmüştü. Hira'daki vuslattan bu yana on iki yıl geçmişti. Yine bir hac mevsimiydi. Zaten, önceki yıl gelip de Müslüman olan altı Ensâr'ın olduğu Medine'den yeni haberler bekliyordu.

Birinci Akabe

Derken beklenen zaman geldi ve Efendimiz de, yine gelenleri karşılamak ve onlara İslâm'ı anlatmak için Mina'ya gitmişti. Adeta, karargâhını buraya kurmuş, karşılaştığı her insana *bir umut* deyip yaklaşıyor ve her insanı Allah'a imana davet ediyordu. Bu kalabalıkta O'nu arayanlar da vardı. Uzaktan görür görmez koşarak yanına geldiler; bunlar, geçen yıl gelip de burada Müslüman olan Medineli gençlerdi. Buluştukları yer, Mina'daki *Akabe* denilen mekandı. Ancak bu sefer sayıları on ikiyi bulmuştu. Önceki seneden gelemeyen sadece Câbir İbn Abdullah idi. O zaman gelenlere ilave olarak, bu yıl *Muâz İbn Hâris, Zekvân İbn Abdülkays, Ubâde İbn Sâmit, Yezîd İbn Sa'lebe, Abbâs İbn Ubâde, Ebu'l-Heysem et-Tey-*

Efendimiz (sallallahu aleyhi ve sellem)

yihânî ve *Uveymir İbn Sâide* Müslüman olmuş ve kalıcı bir vuslat için Mekke'ye gelmişlerdi.

Bu buluşma, İslâm adına yeni bir açılım demekti; Mekke'de daralan kıskaç, bundan böyle Medine'ye doğru kayıp genişleyecek ve belli ki Allah davası, zuhûr ettiği yerden başka bir yerde temekkün edip yerleşecekti. Kısaca takdirde olan, yürürlüğe konulmuştu ve *Varaka İbn Nevfel*'in dedikleri çıkıyordu!

Uzun uzadıya konuşuldu ve arkasından Efendiler Efendisi onları beyata çağırdı. Şöyle diyordu:

– Gelin ve Allah'tan başkasını O'na denk tutmamak, hırsızlık yapmamak, zina etmemek, çocuklarınızı öldürmemek, el ve ayaklarınıza hakim olarak aranızda iftira tohumları ekmemek, iyi ve güzel olanda Bana itaat etmek konusunda Bana beyat edin! Bundan sonra sizlerden kim ahdine sadık kalıp da vefalı davranırsa bilsin ki onun mükâfatını bizzat Allah verir. Kim de, bundan dolayı bir sıkıntıya maruz kalır da takibe uğrarsa, bu da onun için bir kefarettir; başına geleni setredip de gizli tutanın durumunu Allah takdir edecektir. Dilerse affeder, dilerse ceza olarak karşılığını verir.

Karşılarında İnsanlığın Emini durmuş, kendilerini fazilete çağırıyordu; zaten bu güne kadar ne çekmişlerse, davet edildikleri hususları göz ardı edip görmezlikten geldikleri için çekmişlerdi. Şimdi ise, Allah Resûlü'nün fazilet davetine icabet ederek, arzu ettikleri kaliteyi yakalama fırsatı vardı önlerinde.

Her mesele konuşulmuş ve artık ayrılık vakti gelmişti; ancak, Medineli Ensâr'ı derinden düşündüren bir husus vardı. Resûlullah ile birlikte oldukları süre içinde İslâm adına bazı hükümleri öğrenmişlerdi; fakat o, sürekli yenilenen ve ihtiyaç ortaya çıktıkça her gün yeni bir mesajla gelen bir dindi. Bir de, Hazreç ve Evs olarak henüz aralarındaki vifak ve ittifak tesis edilebilmiş değildi; aralarından birisinin önce çıkıp da

Akabe Beyatları

kendilerine imamlık yapmasını diğerleri kabullenmekte zorlanabilir ve bu konu bile kendi aralarında yeni bir problem zemini oluşturabilirdi. Zaten, Resûlullah ile birlikte oldukları sınırlı günlerde o güne kadar gelen ayetlerden de haberdar olamamışlardı; demek ki kendilerine bir mürşid gerekiyordu. Ayrılmadan önce konuyu Allah Resûlü'ne açtılar. Mübarek gözler, Ensar'la birlikte Medine'ye gidecek ve hicret öncesinde burayı, medeni bir şehir haline getirip hazırlayacak birisini aramaya başladı:

– Mus'ab, diye seslendi Resûl-ü Kibriyâ Hazretleri.

Belli ki bu mürşid, dün zengin iken, sırf Müslüman olduğu için evinden kovularak her türlü imkândan mahrum bırakılan *Mus'ab İbn Umeyr* olacaktı.

Medine'ye Kor Düşmüştü

Gerçi, Mus'ab için bu, acı bir ayrılıktı; Habîb-i Ekrem'inden ayrı kalacaktı. Ancak, vazife her şeyden âli idi ve Medine'ye yürüyen heyecan tufanı ile birlikte tereddütsüz yola koyuldu. Orada Resûlüllah'ı o temsil edecek, Medine'nin yeni tanıştığı dini, ahaliye o öğretecekti. Ne şerefli bir vazife idi ki, hicret öncesi Medine'yi, *'mukaddes göç*'e Mus'ab hazır hâle getirecek; böylelikle medenî Medine'nin temellerini atmış olacaktı. Yalnızdı; ama temsil ettiği davanın gücüyle birlikte gidiyordu.

Es'ad İbn Zürâre kapılarını açtı ona Medine'de. Evine aldı ve gönüllerindeki güzellikleri Medine'ye aktarabilmenin derdine düştüler beraberce. Beş vakit namazlarını burada kılıyor, her gün yeni bir sima ile Allah'ın ayetlerini okuyup din adına derinleşmenin mücadelesini veriyorlardı. Artık Medine'ye, Allah adına bir kor düşmüş ve iman adına yeni bir ocak tutuşturulmuştu.

Öyle güzel bir temsili vardı ki Mus'ab'ın... Gören hayran kalıyordu. İhlası, samimiyeti, alçakgönüllülüğü ve güzel ahlâkıyla kısa sürede dikkatini çekmişti Medine'nin!.. Her gün,

Efendimiz (sallallahu aleyhi ve sellem)

ileri gelenlerden birileri yanına uğruyor, o da onlara dinin inceliklerini anlatıyordu. Himmetini Medine'ye adamış, âdeta tek başına bir ümmet hâline gelmişti.

Elbette zorluklarla da karşılaştı bunun için!.. Bunlar, onun için tanıdık hadiselerdi; Mekke'de en büyük sıkıntıyı bizzat çeken Allah Resûlü (sallallahu aleyhi ve sellem) değil miydi? Kimse kolay kolay teslim olmak istemiyordu zira!.. Bir farkla ki, yanına gelirken ellerinde kılıçla karşısına dikilenler, ayrılırken kalblerinde imanla dönüyorlardı. Hışım içinde gelen bu istikbalin büyük sahâbelerine Hz. Mus'ab, öyle yumuşak davranıp alttan alıyordu ki, en haşin insan bile, onun bu yumuşaklardan yumuşak davranışlarına uzun süre karşı koyamıyor; çok geçmeden gelip teslim oluyordu:

– Arkadaş, önce beni dinle. Sonra da istersen boynumu vur. Vallahi sana mukabele edecek değilim, diyordu Mus'ab. Evet, bu kadar hayatı hafife alan ve bütün gayreti, insanlara hakikati anlatmak olan bir şahsiyet karşısında yavaş yavaş buzlar eriyor ve Hz. Mus'ab'ın etrafındaki iman hâlesi her geçen gün genişliyordu.

Es'ad İbn Zürâre, onu akrabalarının bulunduğu mahalleye götürdü bir gün. Bir kuyunun başına kadar gelip konakladılar orada. Onların geldiğini duyan eşraftan *Sa'd İbn Muâz* ve *Üseyd İbn Hudayr*, gelişmelerden rahatsız olmuş ve aralarında konuşmaya başlamışlardı. Sa'd, Üseyd'i yanına çekecek ve bir an önce her ikisini de beldelerinden kovmasını isteyecekti.

Mızrağını aldı Üseyd ve doğruca yanlarına geldi. Onun geldiğini gören Es'ad'la Mus'ab, olacakları tahmin edebiliyorlardı. Ancak onların derdi, daha başkaydı; zira, bir gönle iman otağ kurmuşsa o insan, kendini öldürmek isteyenlere bile hayat suyu vermeli, imanının farklılığını ortaya koymalıydı. Kulağına eğildi ve Üseyd'i tanıttı ona. Zira, tebliğde muhatabı tanımak çok önemliydi. Üseyd, kavmin efendisiydi ve Mus'ab da ona göre konuşmalıydı.

Akabe Beyatları

Gelir gelmez çıkıştı Üseyd... Çok kızgındı:

– Ne diye buraya gelip zayıflarımızın aklını çeliyorsunuz. Eğer sağ kalmak istiyorsanız buradan çekilip gidin, diyordu. Mus'ab alttan aldı:

– Biraz oturup dinler misin? Şayet hoşuna giderse kabul edersin. Hoşlanmazsan, o zaman biz senin istediğini yaparız, dedi.

Akıllıca bir cevaptı... Buna karşı insaflı davranmak gerekliydi. Zira Üseyd, muhakemesi yerinde bir insandı. Sonucu belli olan bir durum vardı ortada; dinlese de değişen bir şey olmayacaktı. Öyleyse ne zarar gelirdi ki? Hoşlanırsa ne âlâ.. Hoşlanmazsa zaten bırakıp gideceklerdi. Mızrağını bıraktı ve oturup Mus'ab'ı dinlemeye başladı.

Hikmet çağlıyordu Mus'ab'ın dudaklarından. Çok etkilenmişti. Üseyd de teslim olmak üzereydi. Gönlündeki feyezana engel olamıyordu. Yüzündeki ifadeler, kalbindeki değişimin müjdelerini çoktan vermişti. Daha Mus'ab, sözünü bitirmeden araya girdi ve konuşmaya başladı:

– Ne müthiş şey bu... Ne güzel sözler bunlar... Ardından da ilâve etti:

– Bu dine girmek isteyen ne yapmalı?

Guslü anlattı Mus'ab. Elbiselerinin temiz olmasından, kelime-i tevhidden, namazdan bahsetti.

Kayboldu bir ara ortadan Üseyd!.. Biraz sonra gelirken yeniden meclise, ıslak saçlarından damlalar dökülüyordu. İnanmıştı Üseyd ve gönlünden gele gele kelime-i tevhidi de söyledi orada. İman onu o denli ve hızlı değiştirmişti ki, daha oracıkta Mus'ab'ın telâşını o da yaşamaya başlamıştı:

– Birisi var ki, şayet o da iman ederse arkasında inanmayan kimse kalmaz. Bekleyin ben size onu göndereceğim, dedi.

Efendimiz (sallallahu aleyhi ve sellem)

Doğruca *Sa'd İbn Muâz*'ın yanına gitti. Onlar da, toplanmış zaten onun gelmesini bekliyorlardı. Gelişini görünce:

— Yemin olsun ki, gittiği gibi gelmiyor, dedi Sa'd. Anlamıştı. Gelir gelmez telâşla, "Ne yaptın" diye sordu. Önce herhangi bir problem olmadığını vurguladı:

— Vallahi, o iki adamla konuştum. Problem edilecek hiçbir yanları yok. Önce onları kovdum. *"İstediğini yaparız,* dediler." diye de ilâve etti. Maksadı, Sa'd ile Mus'ab'ı aynı mecliste buluşturmaktı ya, *"İpler bizim elimizde, istersen bir de sen dinle."* demek istiyordu. Zira, güzelliği bütün berraklığıyla görebilmek için vasıtasız vuslata ihtiyaç vardı.

Ortamın bu kadar yumuşaması, elbette herkesin işine gelmiyordu. Arayı kızıştırmak isteyenler de vardı ortada. Daha oracıkta Sa'd'ın damarına dokunacak sözler sarf edilmeye başlandı. Sözde iş, çığırından çıkıyordu ve olanlara mutlaka müdahale edilmeli, *'dur'* denilmeliydi.

Sa'd, kavmin efendisiydi. Böyle bir kargaşaya müsaade edemezdi. Sinirden damarları şişmiş, patlayacak gibi olmuştu. Üseyd'e de çok kızmıştı. Onu, meseleyi kökünden halletmesi için göndermişti; ama o teslim olup geri dönüyor; bir de gelmiş; dinlediklerinin güzelliğinden bahsediyordu. Problemi kendisi çözmeliydi. Mızrağını aldı ve doğruca Mus'ab'ın yanına gitti. Burnundan soluyordu. O kadar kızgındı ki, sözünü esirgemeden ağzına geleni söylüyordu. Önce Mus'ab'ı aralarına getiren teyzeoğlu Es'ad'a çıkıştı:

— Aramızda akrabalık olmasaydı elimden kurtulamazdın, diyordu. Mus'ab'a da tehditler yağdırıp etrafına haykırdı bir müddet. Tufanlar kopan dünyasında dalgalar durulacak gibi değildi.

Mus'ab'ın tavrında ise, hiçbir değişiklik yoktu... Yine aynı olgunluğu sergiliyordu. Zira, ölümün telâşında değildi o!.. Kendisini öldürmeye gelenlere bile hayat vermenin fırsatını yakalamaya çalışıyordu:

– Ne olur bir dinle! Şayet hoşuna giderse kabul edersin. Hoşlanmazsan, işte o zaman istediğini yaparsın, dedi aynı tatlılıkla.

Doğru ya, değişen bir şey olmayacaktı. Karar, yine Sa'd'ın kendisine aitti:

– Haklısın, dedi. Zira istemediği bir şeyi, ona zorla kabul ettirecek insan henüz dünyaya gelmemişti. Mızrağını bir kenara bırakıp oturdu O da ve Mus'ab'ı dinlemeye başladı. Daha Mus'ab'ın *'besmele'*sine vurulmuş, sözün başında çarpılmıştı! Yüzünde, nur üstüne nur doğuyordu. Söz bitip nihayete ermeden o da Üseyd gibi sormaya başlamıştı:

– Bu dine girip teslim olmak istediğiniz zaman ne yapıyorsunuz?

Aynı şeyleri ona da anlattı Musab: Gusül, temizlik, kelime-i tevhid ve namaz!..

İşte hakperestlik buydu. Her şey ortadaydı ve doğruyu bulduğu yerde almak, onun için de ayrı bir meziyetti. Zira küfrün mazeret üretecek bir mantığı yoktu... Kalmamıştı, olamazdı da!.. Artık o da, Mus'ab'ın dizinin dibinde, kavminin kalbini çözecek anahtarı arama peşine düşecekti.

O da, kavminin arasına dönerken gittiği gibi gelmiyordu... Çoktan anlamışlardı hâlini!.. Ardından aynı telâşı o da yaşamaya başlamıştı. O güne kadar farkına varamadıkları bir kıymeti bulmuşlardı ya, paylaşmaları gerekiyordu onu bütün tanıdıklarıyla!..

Meraklı bakışlara bir şeyler denilmeliydi. Kabilesinden bir tek fire bile vermeye niyeti yoktu. Önce sordu onlara:

– Beni aranızda nasıl bilirsiniz?

Hep bir ağızdan tezkiye ediyorlardı. Konumunu, yeni tanıştığı iman adına bir krediye çevirecekti Sa'd. Kaynaktan aldıklarını paylaştı onlarla ve ardından imana davet etti oradakileri, her şeyini koydu ortaya ve arkasından ekledi:

Efendimiz (sallallahu aleyhi ve sellem)

— Şayet Allah ve Resûlü'ne inanmazsanız, kadın-erkek hepinizle konuşmak bana haram olsun.

Üseyd gibi, Sa'd gibi en öndekiler kabullenir de arkadakiler geri durur muydu hiç? Zaten Medine ehli birbirine bakıyordu. Bugüne kadar önlerinde rehberlik yapanlar gidip teslim olmuşlarsa, onlara da arkada kalmak yakışmazdı:

— Haydi gidelim Mus'ab'a... Biz de teslim olalım, sesleri yükseliyordu artık Medine'de![453]

Medine çok bereketliydi. Her günleri bugünkü gibi semereli bir hâl almıştı. Mus'ab'ın haberi ışık hızıyla yayılıyordu. Kısa süre içinde, birkaç kabile dışında Medine'de, içinde Müslüman olmayan ev kalmamıştı. Teker teker ziyaretlere gidiyor ve gönlünün zenginliklerini onlarla paylaşıp insanları *'Ensâr'* olmaya hazırlıyordu. Bir, iki derken Medine hızla *medenî* bir havaya bürünmüştü.

Nur, artık Medine'nin dışına da taşmaya başlamıştı. Etraftaki kabilelere de gidiyor ve onlara da aynı güzellikleri taşıyordu. Zira, Efendiler Efendisi de aynısını yapmış, bir taraftan Mekke'ye hitap ederken diğer yandan da etraftaki kabilelere açılıp onlara da İslâm'ı anlatmayı ihmal etmemişti. O'nu temsil eden Hz. Mus'ab da farklı davranmamalıydı ve zaten o da bunu yapıyordu.

Allah Resûlü'ne mektup yazdı bir gün Mus'ab... Ortada bir talep vardı ve nasıl davranması gerektiğini soruyordu. Cevabında Efendimiz, *'Cuma'*yı tarif etmişti ve onlar da, *Sa'd İbn Hayseme*'nin hanesinde bir araya gelip ilk defa cuma namazı kılacaklardı. Medine'de kılınan ilk Cuma idi bu.

Resûl-ü Kibriyâ Hazretlerine Akabe'de söz vermelerinin üzerinden yaklaşık bir yıl geçmişti. Bir araya geldiklerinde artık kalabalık bir cemaat oluşturuyorlardı. Gelişmeler gü-

---

[453] Bkz. İbn Hişâm, Sîre, 2/283 vd.

zeldi; ama fırakın acısı dayanılacak gibi değildi. Resûlullah'ın Mekke'de çektiklerini de biliyorlar ve:

– Mekke dağları arasında daha ne kadar zulüm içinde bırakacak, ne zamana kadar sıkıntı çekmesine göz yumacağız, diyorlardı. Halbuki Medine, daha mûnis, daha candan ve kucaklayıcı idi. Böyle olmuyordu; ne yapıp edip yollar birleşmeli ve bu ayrılığa artık bir nokta konulmalıydı. Bunun için ortada iki alternatif vardı; ya kendileri de gidip Mekke'de O'na cemaat olacaklar ya da O'nu Medine'ye davet edip başlarına taç yapacaklardı. Her ikisi de, kendi içinde birçok sıkıntıyı barındırıyordu. Ancak, her türlü sıkıntı göz önüne alınarak konuya bir açıklık getirilmeli ve mutlaka bu ayrılığa bir son verilmeliydi.

Medine'den Davet Var

Yine hac mevsimi gelmiş ve Mekke'ye doğru bir hareket başlamıştı. Hac ibadeti için Kâbe'ye yönelenlerin arasında Medineli Müslümanlar da vardı; bunlar, ikisi kadın toplam yetmiş beş kişiydi. Uzun ve yorucu bir yolculuktan sonra Mekke'ye geldiler. Günler bayrama kaymış teşrik günlerini yaşıyorlardı. Ancak, bu kadar insanın Kâbe'ye gelerek Efendimiz'le buluşmasını, o günün Mekke'sinin kaldırmasına imkân yoktu. Onun için başka bir formül bulunmalı ve problemsiz bir görüşme sağlanmalıydı. Bunun için önce, aralarından *Ka'b İbn Mâlik* ve *Berâ İbn Ma'rûr*'u seçip Kâbe'ye gönderiler. Zaten Hz. Berâ, gördüğü bir rüyanın etkisinde kalarak, yol boyunca namazlarını Kâbe'ye doğru kılar olmuştu ve arkadaşları da, onun bu hareketini şiddetle kınamışlardı; çünkü bu, Efendimiz'in uygulamalarına muhalefet anlamına geliyordu. O da, işin gerçek yönünü Allah Resûlü'ne sormak için sabırsızlanıyordu.

İşin garip olanı, her ikisi de daha önce Efendimiz'i görmemişti; dolayısıyla beden itibariyle tanımıyorlardı. Yolda gider-

Efendimiz (sallallahu aleyhi ve sellem)

ken aralarında konuşmaya başladılar; O'nu nasıl tanıyacaklarını soruyorlardı. Karşılarına çıkan bir Mekkeliye sordular:

– Sizler, O'nun amcası Abbâs İbn Abdulmuttalib'i[454] tanıyor musunuz?

Evet, ticaret maksadıyla zaman zaman Medine'ye de gelen Hz. Abbâs'ı tanıyorlardı. Bunun için:

– Evet, dediler. Adam:

– Öyleyse iş kolay! Çünkü O, Kâbe'de Abbâs'ın yanında oturan şahıs! Oraya girdiğinizde göreceksiniz, diyordu.

Artık tereddütsüz yürüyorlardı. Derken Kâbe'ye geldiler. Hz. Abbâs, diz çökmüş oturuyordu; yanında da İnsanlığın Emini vardı. Yanlarına gelip selam verdiler. Çok sıcak ve candan duruşlarını görünce Allah Resûlü (sallallahu aleyhi ve sellem) Hz. Abbâs'a dönerek:

– Bu adamları tanıyor musun ey Ebâ Fadl, diye sordu.

– Evet, diyordu Hz. Abbâs. "Bu, Berâ İbn Ma'rûr; kavminin efendisi! Şu da Ka'b İbn Mâlik!"

Efendiler Efendisi'nin yüzünde, sürûr hüzmeleri dolaşıyordu; zira bunlar, sadece kendilerini temsil etmiyordu. Arkalarında kendileri gibi yetmiş küsur insan vardı ve onları temsilen gelmişlerdi. Nasıl buluşacaklarını sordular. Yeni adres

---

[454] Hz. Abbâs'ın ne zaman Müslüman olduğu konusunda ihtilaf bulunmaktadır. Bazıları onun, Bedir sonrasında Müslüman olduğunu söylerken bir kısım tarihçiler, onun Mekke'de iken Müslüman olduğunu ve bunu gizleyerek yeğeni Muhammedü'l-Emîn'e içeriden lojistik destek sağladığını ifade etmektedirler. Belli başlı hadiselerdeki çıkışlarına bakılacak olursa bu görüş, diğerine nispetle ağırlık kazanmaktadır. Çünkü, hicret sırasında Hz. Abbâs da izin istemiş, *"Senin Mekke'de kalman daha hayırlı"* diyerek Efendimiz (sallallahu aleyhi ve sellem) ona hicret izni vermemiştir. Hatta, *onun hicretiyle birlikte bu meselenin artık son bulacağının* da müjdesini vermiş ve Hz. Abbâs, müjdesi verildiği gibi Mekke'nin fethi öncesinde Medine'ye gelerek bu işe son noktayı koymuştur. Müşriklerin zorlama ve baskılarıyla Bedir Savaşı'na katıldığını duyunca da, *kimsenin Abbâs'a ilişmemesi gerektiğini* ilan eden Efendiler Efendisi'nin, böylelikle onu stratejik bir konumda Mekke'de tuttuğu anlaşılmaktadır. Bkz. İbnü'l-Esîr, Üsüdü'l-Ğâbe, 3/163, 164

de, yine Mina ve önceki yıllarda olduğu şekilde Akabe denilen mevki idi ve arkadaşlarının yanına gelip durumdan herkesi haberdar ettiler.

Ancak bunu, Medine'den birlikte geldikleri diğer insanlar bilmiyorlardı. Onun için ilk gece birlikte konaklayacak ve diğer insanlardan habersiz olarak gecenin ilerleyen saatlerinde buluşacaklardı.

Nihayet, gece ilerleyip de vuslat zamanı gelince, kimseye hissettirmeden kalkacak ve doğruca buluşma yerine geleceklerdi. Efendimiz'in yanında yine amcası Hz. *Abbâs* vardı. Bir anda karşısında yetmiş beş kişiyi gören Allah Resûlü'nün sevincine diyecek yoktu. On üç senedir Mekke, bu denli kapılarını açıp imana *'buyur'* etmemişti. Belki de Mekke'deki sıkıntılar, Medine'de rahmet olup yağmaya başlamıştı.

Bir yılın semeresi ortaya konulmuş ve bu noktaya gelinirken yaşanılanlar konuşulmaya başlanmıştı. O'nu daha da sevindirecek bir başka müjdesi vardı Hz. Mus'ab'ın!.. Her bir mü'minden beklenen bir müjdeydi bu aynı zamanda!.. Nimeti tahdis anlamında bunu söylerken, aynı zamanda çok duyguluydu:

– Medine'de, içinde İslâm'ın konuşulmadığı hiçbir ev kalmadı yâ Resûlallah, dedi büyük bir mahcubiyetle. Zira, bir beldede inanan bir gönlün olması, dava adına oranın fethi anlamına geliyordu. Hedef göstermişti Allah Resûlü (sallallahu aleyhi ve sellem) ve almıştı mesajını Mus'ab!.. Dolayısıyla, attığı adımlara koşarak mukabele edilmişti ve ektiği samimiyetin semeresini devşirip getirmişti buraya.

Müşterek bir talepleri vardı; Gönüllerinin Gülü Hz. Muhammed'i Medine'ye davet ediyorlardı. Zaten, tablo ortadaydı; İslâm'ı yaşamak için Medine daha müsait görünüyordu. Aynı zamanda insanları daha cana yakın ve dini hayat adına daha müstaitti.

Evet, bir davet vardı; ama bu davete icabet etmenin be-

Efendimiz (sallallahu aleyhi ve sellem)

raberinde getireceği çok bedel vardı; sadece Efendimiz'in hicreti meseleyi çözmezdi ve iman eden herkesin Medine'ye gitmesi gerekirdi. Zira, burada kalanlar için Kureyş, akla hayale gelmedik oyunlar ortaya koyar, onlara nefes aldırmaz ve hayatı zehir ederdi. Bu ise, başlı başına bir problem demekti; ev-bark burada bırakılacak, yakın ve akrabalar geride kalacak, hatta bazıları itibariyle ana-babadan geçilip evlad ü iyal terk edilecek, bağ ve bahçelere Kureyş el koyacak ve kısaca, mezara gidercesine bir terkle dünyaya ait her şey bir kenara bırakılarak gidilecekti. İşin diğer tarafında ise, elde avuçta imkân olmadan Medine'de yeni yuvalar kurulacak, iş tutulacak, maişet temin edilecek ve dini hayat adına huzur yaşarken aynı zamanda da çoluk-çocuk açlık ve sefalet içinde bırakılmayacaktı. Sadece birkaç aile değildi; yaklaşık 180 aile vardı ortada... Bütün bunlar, zamanında çözüme kavuşturulmazsa çok ciddi sosyal problemler oluşturur ve gelecekte çok insanın başı ağrıyabilirdi.

Belli ki artık Resûlullah (sallallahu aleyhi ve sellem), Mekke'yi terk etme kesin kararlıydı. On üç yıldır sadece imanları için didinmiş; ama buna karşılık onlardan hep şiddet görmüştü. Şimdi ise karşısında daha aktif ve bu işe gönülden destek veren insanlar vardı. Gidişatı görüp seyreden amca Hz. Abbâs, yeğeni Allah Resûlü'nü kendi memleketlerine davet edenlere bir şeyler söyleme lüzumu hissediyordu. Devreye girdi ve:

– Ey Hazreç cemaati![455] Bildiğiniz gibi Muhammed, her şeye rağmen bizim aramızda bulunuyor; bütün engellemelere rağmen biz de O'nu koruyoruz. Ancak şu anda O, sizin aranıza katılmak ve sizinle birlikte sizin beldenize gitmek durumunda. Şayet, O'nu davet ettiğiniz hususta vefa gösterebilecek-

---

[455] Hazreç kabilesi, diğerlerinden daha güçlü olduğu için o gün, *Medine* denilince onlar akla geliyordu ve Hz. Abbâs da, tağlib tarikiyle *Hazreç* derken bütün Medinelileri kastediyordu.

seniz bu işe *evet* deyin; yarın O'nun karşısına çıkıp da muhalefet edenlere karşı O'nu can ve malınızı koruduğunuz gibi koruyacaksanız bir şey demem. Ancak, eğer buradan ayrıldıktan sonra O'nu yalnız bırakacak, düşmanlarının eline teslim edecek ve O'nu incitecekseniz, şimdiden bu işten vazgeçin ve yine O'nu bize bırakın. Çünkü O, her şeye rağmen kendi kavmi arasında izzet ve onuruyla yaşayıp tebliğ görevini yerine getiriyor, dedi.

Bu çıkışıyla Hz. Abbâs, böyle bir davetin ne anlama geldiğini hatırlatacaktı. Maksadı, işin gerçek yönünü kavramalarını sağlamak ve her şeye rağmen iradelerini ortaya koyarak yeğenine sahip çıkmalarını temin etmekti. Zira belli ki artık, yeğeni Muhammedü'l-Emîn ile ayrılık gözüküyordu ve elbette ki O'nu, koruyup kollama konusunda kesin bir kararlılık görmeden başkalarına teslim etmek olmazdı.

Ancak, Medine'den gelenlerin gözü pekti ve önce Hz. Abbâs'a döndüler:

– Söylediklerini dinleyip maksadını anladık, diyorlardı. Ardından da Efendiler Efendisi'ne yöneldiler:

– Yâ Resûlallah! Konuyla ilgili olarak hem Rabbin için hem de kendi adına bizden ne istiyorsun?

Derken sözü, İnsanlığın Emîni aldı; önce Allah'a hamdedip Kur'ân'dan ayetler okudu. Ardından da, İslâm'la ilgili genel konulara girdi ve dünle bugünün kıyasını ortaya koydu. Sonra da:

– Huzurlu olduğunuz zamanlarda da sıkıntıya dûçar bulunduğunuz anlarda da mutlak itaat istiyorum; sıkıntılı anlarda da bolluk durumunda da infakta bulunacaksınız!

O'na hiçbir şeyi eş ve ortak koşmadan ibadet edecek; namazınızı kılıp zekatınızı da vereceksiniz!.

Emr-i ma'ruf yapacak ve kötülüklere karşı da sürekli nehyedici olacaksınız!

Efendimiz (sallallahu aleyhi ve sellem)

Sürekli Allah için adım atacak ve birilerinin sizi kınamasından endişe duymayacaksınız!

Sizin aranıza geldiğimde, çoluk-çocuğunuzu ve hanımlarınızı koruyup kolladığınız gibi Beni de koruyacak ve yardım edeceksiniz, buyurdu.

Berâ İbn Ma'rûr, Efendimiz'in elinden tuttu ve:

– Evet, Seni Hak ile gönderene yemin olsun ki, kadınlarımızı koruduğumuz gibi Seni de koruyacağız. Sana söz veriyor ve beyat ediyoruz yâ Resûlallah! Allah'a yemin olsun ki bizler, harp nedir bilen, eli silah tutan bir topluluğuz ve bu, yüzyıllardır hep harp meydanlarında yaşayan atalarımızdan bize miras kaldı.

Bu arada Ebu'l-Heysem ileri atıldı. Belli ki onun da diyecekleri vardı:

– Yâ Resûlallah! Bizimle orada bir kavim arasında problem var ve onlarla savaşıp duruyoruz. Biz bu konuda onlarla savaşıp dururken şayet, Allah Size zafer ihsan etse ve bu iş artık herkes tarafından kabullenilmeye başlansa, o zaman Sen, bizi bırakıp da yeniden Mekke'ye döner misin?

Efendiler Efendisi tebessüm etmeye başlamıştı. Arkasından da şunları söyledi:

– Hayır, bilakis kana kan, zimmete zimmetle mukabele vardır! Artık Ben, sizden bir parça, sizler de Benden bir parçasınız; sizin savaştıklarınızla Ben de savaşır, barış ilan ettiklerinizle Ben de barış içinde yaşarım!

Şimdi mesele, daha da netleşmişti. *Es'ad İbn Zürâre* de ileri atılıp Efendimiz'in elinden tutmuş ve benzeri şeyler söylemişti. Artık, mesele tamamdı. Hatta, Efendimiz'in elini tutmaya devam eden Hz. Es'ad'ı kendi kavmi uyarıyor ve *bırak da beyat edelim* temennisinde bulunuyorlardı. Bunun üzerine Efendimiz (sallallahu aleyhi ve sellem), aralarından on iki kişilik bir temsilci heyeti seçmelerini istedi. Bunu talep ederken de, Hz. Musa ve Hz. İsa'ya göndermelerde bulunuyor ve her iki nebinin de, kavimleri arasından bazı insanları seçerek onlarla meselesini yürüttüğünü anlatıyordu. Her biri bir kabileyi temsil edecek olan bu temsilciler, burada arkadaşlarını organize edecekleri gibi, aynı zamanda Medine'ye döndüklerinde kendi kavimleri arasında birer maya olacak ve böylelikle Medine'de İslâm'ın daha hızlı yayılmasını temin edeceklerdi. Onlar da, *Es'ad İbn Zürâre, Sa'd İbn Rebî', Abdullah İbn Revâha, Râfi' İbn Mâlik, Berâ İbn Ma'rûr, Abdullah İbn Amr, Ubâde İbn Sâmit, Sa'd İbn Ubâde* ve *Münzir İbn Amr* olmak üzere dokuzu Hazreçli; *Üseyd İbn Hudayr, Sa'd İbn Hayseme* ve *Rifâa İbn Abdülmünzir* olmak üzere de üçü Evsli; kendilerini temsil etmek için on iki kişiyi seçtiler. Mekkeli Müslümanları bizzat Allah Resûlü (sallallahu aleyhi ve sellem) temsil ediyordu.

Artık meseleye son nokta konulacaktı. İşte tam bu sırada *Abbâs İbn Ubâde* adındaki birisi öne çıktı ve kendi arkadaşlarına şöyle seslendi:

– Ey Hazreç cemaati! Sizler, bu adama beyat ederken ne yaptığınızın farkında mısınız?

– Evet, diyorlardı. Maksadı, insanların daha çok sahip çıkmalarını temin etmekti ve devam etti:

– Sizler, kırmızı ve siyah herkesi karşınıza alıyor ve böylelikle onlara harp ilan etmiş oluyorsunuz! Şayet sizler, mallarınız heder olup eşrafınız da musibetlere dûçar kaldığında sözünüzün arkasında durabilecekseniz mesele yok; o zaman, dünya ve ahiret saadeti sizin olacak demektir. Ancak, yarın ciddi bir sıkıntı içine düştüğünüzde ahdinize vefa gösteremezseniz işte o zaman dünya ve ahirette hüsrana dûçar oldunuz demektir!

– Biz, mallarımızdan mahrumiyet ve eşrafımızın başına musibetlerin yağması pahasına bu işe giriyor ve ona göre davet ediyoruz.

Daha sonra da Efendimiz'e döndüler ve:

– Şayet bizler, ahdimize vefa gösterirsek, bunun karşılı-

Efendimiz (sallallahu aleyhi ve sellem)

ğında ne elde etmiş olacağız yâ Resûlallah, diye sordular. Tereddütsüz:

– Cennet, diyordu. Sıra, son hamleyi yapmaya gelmişti. Onun için büyük bir ihtiramla:

– Uzat yâ Resûlallah ellerini, Sana beyat edeceğiz, diyorlardı.[456]

Bundan sonra da teker teker gelip Efendimiz'in elini sıkarak musafaha yaptılar ve böylelikle beyatlarını tamamlamış oluyorlardı. Sadece, Medineden buraya kadar gelen iki kadın *Ümmü Umâra* olarak bilinen *Nesîbe Binti Ka'b* ve *Esmâ Binti Amr* uzaktan işarette bulunmuş ve böylelikle Efendimiz'le musafaha yapmadan beyatlarını tamamlamışlardı.[457]

Mina'daki Ses ve Efendimiz'in Tavrı

Artık iş nihayete ermişti ve Efendimiz'i Medine'ye davet edenler, maksatlarına ulaşmış olmanın sevinciyle geri dönüyorlardı. Bundan sonrası için onlar, memleketlerine gelecek; muhacirleri beklemeye koyulacak ve onlara burada nasıl sahip çıkabileceklerini düşünmeye başlayacaklardı.

Bu sırada Mina'da:

– Ey Cebâcib ahalisi, diye bir ses duyuldu. Mekkelilere sesleniyordu. "Muhammed ve O'nunla birlikte hareket eden şu mezmum sâbiler, sizin için harp etmek üzere el sıkışıp anlaştılar, diye yüksek sesle bağırıyordu. Bunun üzerine Allah Resûlü (sallallahu aleyhi ve sellem):

– Şüphesiz bu, Akabe'nin şeytanı Ezebb'dir, buyurdu. Arkasından da:

– Vallahi de ey Allah düşmanı! Sana da zaman ayıracak, seninle de meşgul olacağım, dedi. Sonra da ümmetine döne-

---

[456] Bkz. İbn Hişâm, Sîre, 2/287 vd.
[457] Bkz. İbn Hişâm, Sîre, 2/287 vd. Mahmûd el-Mısrî, Sîratü'r-Resûl, Dâru't-Takvâ, 2002, s. 179 vd.

Akabe Beyatları

rek, herkesin hemen akşam konakladığı yere geri dönmesini emretti. Efendimiz'in bir nebze de olsa telaşını gören Abbâs İbn Ubâde, yine öne çıktı ve Ensâr görevinin bu andan itibaren başladığını gösterircesine şunları söyledi:

– Seni Hak ile gönderen Allah'a yemin olsun ki yâ Resûlallah! Şayet dilersen, sabahın ilk ışıklarıyla beraber Mina'ya yönelir ve karşı gelenin işini bitiririz.

Rahmet peygamberi, gelişmelerin rüzgârına kapılarak hareket etmiyor ve emr-i ilahî olmadan adım atmıyordu. Onun için Hz. Abbâs'a yöneldi ve önce:

– Bunun için bize izin yok; buna memur değiliz, dedi. Ardından da hepsine hitap ederek:

– Haydi, Allah'ın izni ve bereketiyle kendi beldenize geri dönün, buyurdu.[458]

Bir gece içinde bu kadar hadise yaşanmıştı; ama Mekkeliler'in ruhu bile duymamıştı. Zaten duymamaları da gerekiyordu. Onun için mesele, oldukça dikkatle gerçekleşmiş ve başkalarının muttali olmaması için azami gayret gösterilmişti. Aksi halde, zaten saldırmak için bir bahane arayan Kureyş, yeniden önlerine çıkar ve farkına vardıkları stratejiyi uygulamalarına asla müsaade etmezdi.

---

[458] İbn Hişâm, Sîre, 2/296, 297

HİCRET İZNİ VE KUREYŞ'İN TELAŞI

Bu arada Cibril-i Emîn gelmiş ve hicret iznini getirmişti. Zaten, hicret etmenin gerekliliğine inanan bu topluluk, daha önce de konuyla ilgili bir vahiyle muhatap olmuştu. Ahirette karşılaşacakları acı durum karşısında mazeret arayışına girecek olan bazı insanların, daha dünya hayatında iken, üzerlerindeki baskıya rağmen hicret gibi bir alternatifi değerlendirmediklerinden dolayı azaba dûçar kalacaklarını ifade eden beyanı, Kur'ân ayeti olarak namaz dahil her zaman okuyorlardı.[459]

Bir de Allah Resûlü (sallallahu aleyhi ve sellem), gördüğü bir rüyadan bahsetmiş ve şunları söylemişti:

– Şüphesiz ki kendimi Ben, Mekke'den çıkıp da hurma ağaçlarıyla kaplı bir şehre hicret ediyorken gördüm; önceleri bu şehrin Yemâme veya Hecer olduğunu zannettim, ama anladım ki o şehir *Yesrib*'dir.[460]

Demek ki, Mekke'deki zulüm ve şiddet artık son bulacak ve hayatın bundan sonrası daha salim bir beldede devam edecekti. Onun için sahabe, nebevî müjdenin sevinciyle huzur

---

[459] Bkz. Nisa, 4/97
[460] Buhârî, Sahîh, 3/1326 (3425); Müslim, Sahîh, 4/1779 (2272)

Efendimiz (sallallahu aleyhi ve sellem)

bulmuş, hareket emrini beklemeye başlamıştı. Bunun için zaman zaman huzura geliyor ve yolculuğun ne zaman gerçekleşeceğini soruyorlardı. Halbuki her şey, bir plan dahilinde yürüyordu ve ilahî izin olmadan adım atmak olmazdı. Zaten, Cibril'in getirdiği ayet de aynı şeyleri söylüyor ve bunu ashabıyla da paylaşmasını istiyordu:

— Dünya hayatında, hem kendi adıma hem de sizin için başımıza nelerin geleceğini bilemem. Ben, sadece Bana vahyedileni bilir ve ona uyarım. Zira Ben, açıkça uyaran bir elçiden başkası değilim![461]

Demek ki, rüyası görülse bile oraya hareket edebilmek için ayrıca bir izin gerekiyordu ve bu izin olmadan adım atılmamalı ve kendi başına hareket edilip de yalnız başına karar verilmemeliydi.[462]

Ancak, büyük oranda adres belli olup da netleştiği için, hazırlıklar da yapılmaya başlanmıştı. Ne de olsa gidilecek yer artık kesinlik kazanmıştı.

Derken, bu izin de geldi. Şimdi ise Allah Resûlü (sallallahu aleyhi ve sellem), ashabına hep Medine'yi anlatacak ve Mekke'de Müslüman olan herkesin, bundan böyle Medine'yi hedefleyerek bir an önce buraya hicret etmeleri gerektiğini söyleyecekti. Bunun için, sahabe-i kiram hazretlerine şöyle hitap ediyordu:

— Şüphesiz ki Allah, sizin için başka arkadaşlar nasip etti ve başka bir beldeye hicret izni verdi; oraya gidip artık emniyet soluklayacaksınız![463]

Artık sahabe, peyderpey yola koyulacak ve Efendimiz'in tarif ettiği şekilde kimseyi ürkütmeden Medine'ye doğru hicrete başlayacaktı. Çünkü beri tarafta, kendilerini karşılamak için can atan, yürekten bir Ensâr ve kapılarını sonuna kadar

---

[461] Bkz. Ahkâf, 46/9
[462] Bkz. Vâhidî, Esbâbü Nüzûli'l-Kur'ân, s. 395
[463] İbn Hişâm, Sîre, 2/314

Hicret İzni ve Kureyş'in Telaşı

açan kutlu bir Medine vardı. Diğer tarafta ise Kureyş, ortalıkta bir şeylerin döndüğünü hissetmiş, ama bir türlü meseleye muttali olamamıştı. Zaten, önceki yıllardan tecrübeli idiler; Muhammedü'l-Emîn, dışarıdan gelenlerin yanına gidiyor ve sürekli onları kendi davasına davet ediyordu. Acaba bu yıl neler yapmış ve kimlerle görüşmüştü? Hem, Medine'den gelen bu kadar kalabalık pek hayra alâmet gibi gözükmüyordu!

Önlerine gelen herkese soruyor, ama bir türlü cevap alamıyorlardı. Nihayet, aralarından birkaç kişiyi Medine'ye göndermeye karar verdiler. Bu arada bir ekip daha oluşturmuş, Medine'ye giden yolları kontrol ettiriyorlardı. Nihayet, Medine'ye kadar gelen heyetin başındaki Mekkeli, onlara şöyle seslenecekti:

– Ey Hazreç cemaati! Hiç şüphe yok ki sizlerin, şu bizim adamımızın yanına geldiğinizin, O'nu aramızdan alıp kendi beldenize getirmek isteyişinizin ve bizimle harbetmek bile olsa bu konuda O'na söz verip beyat ettiğinizin haberini aldık! Unutmayın ki, şayet bunu yaparsanız Araplar arasında bizden daha şiddetli ve çetin bir başkasını karşınızda bulmayacak ve en can alıcı düşmanımız olacaksınız!

Onların bu tehditlerine muhatap olan Medineliler, olup bitenleri anlamaya çalışıyor ve:

– Nedir mesele? Bizim hiçbir şeyden haberimiz yok! Ve biz, kimseyle de anlaşmadık, diyorlardı. Nihayet, Medine'de riyaset tacını başına takmaya hazırlanan *Abdullah İbn Übeyy İbn Selûl*'ün yanına geldiler. Aynı şaşkınlık, onda da vardı:

– Bu, asılsız bir haber! Şayet böyle bir şey olmuş olsaydı, benim mutlaka haberim olurdu! Ben, *Yesrib*'de[464] olduğum sürece böyle bir şey olursa, önce karşısında beni bulur, diyordu.

Aralarında geçen konuşmalara şahit olan mü'minler ise,

---

[464] Medine'nin bir diğer ismi.

sükût ediyor ve birbirlerine bakışarak meselenin hangi boyuta varabileceğini tahmine çalışıyorlardı.

Diğer yandan, Medinelilerin peşine takılan atlılar, onlardan geriye kalan *Sa'd İbn Ubâde* ve *Münzir İbn Amr*'a yetişmiş ve muhasara altına alarak onları tutuklamışlardı. Ancak Hz. Münzir, onların bir anlık gafletlerinden istifade ederek aralarından sıvışıp kaçacaktı. Bu sefer de, diğer arkadaşı gibi kaçmaması için Hz. Sa'd'ı tutup bağlayacaklar ve sürükleye sürükleye Mekke'ye getireceklerdi. Halbuki Hz. Sa'd, Hazreç'in efendisiydi; şimdi ise, el ve kolları bağlanmış, bir başka bağla da boynundan asılmış olarak sürükleniyordu. Bir taraftan da hakaret edip vuruyor ve saçından tutup çekiyorlardı.

Çok geçmeden, hadiseye muttali olan *Mut'im İbn Adiyy* ve *Hâris İbn Harb*, Hz. Sa'd'ın bulunduğu yere gelecek ve onu bu durumdan kurtaracaklardı. Zira Hz. Sa'd, daha önceleri Mut'im ve Hâris'e yardım etmiş ve kervanlarıyla birlikte Medine'den geçerken kendilerine eman vererek emniyet içinde gitmek istedikleri yere ulaşmalarına yardımcı olmuştu. Yıllar öncesinde yapılan bir iyilik, bugün kendini gösteriyor ve en çok ihtiyaç duyduğu bir anda Allah, iki müşrikin eliyle kendisini müşriklerin şerrinden korumuş oluyordu.[465]

Önemli Bir Tembih

Hicret çok önemliydi, ama o sadece Allah rızası için yapılmalıydı. Böylesine önemli bir hadisede, niyetteki hulusiyet ayrı bir hususiyet arz ediyordu. Medine'de daha rahat bir hayat, ticari imkân, saliha bir kadınla evlilik veya daha başka bir gaye için yola çıkılacaksa, daha işin başındayken herkes bilmeliydi ki, böyle bir hicretin sevabı olmazdı ve bu yoldaki bir insan, sadece hedeflediği şeyi elde ederdi.

---

[465] Bkz. İbn Hişâm, Sîre, 2/298-299; İbnu'l-Kayyim, Zâdü'l-Meâd, 3/40, 52; Mübârekfûrî, er-Rahîku'l-Mahtûm, s. 142 vd.

Hicret İzni ve Kureyş'in Telaşı

Aynı zamanda sahabe arasından birinin, Ümmü Kays adındaki bir kadınla evlenmek için Medine'ye gideceğine dair bilgiler geliyordu.[466] Şüphesiz ki bu zat da mü'mindi; ama böylesine bir yolda niyeti bozmamak gerekiyordu; kalpteki ibre, sürekli rızayı göstermeli ve onda asla bir sapma yaşanmamalıydı.

Çünkü bu yol, bundan önceki peygamberler dahil bütün salih kimselerin yoluydu; cihadın ayrı bir buuduydu ve sevabını da kimsenin kestirmesine imkân yoktu. Öyleyse, daha işin başındayken herkese iyi bir tembihte bulunmak gerekiyordu. İşte tam bu sırada Allah Resûlü (sallallahu aleyhi ve sellem), şöyle buyurdu:

– Şüphesiz ameller, başka değil sadece niyetlere göre değer kazanır; herkesin niyeti ne ise, eline geçecek de odur. Kimin hicreti, Allah ve Resûlü'nün rıza ve hoşnutluğunu elde etmek içinse, onun hicreti, Allah ve Resûlü'ne müteveccih sayılır. Kim de, nâil olacağı bir dünya veya nikahlanacağı bir kadından ötürü hicret ediyorsa, onun hicreti de hedeflediği şeye göredir.[467]

Hicret Sancıları

Artık, yeni bir süreç yaşanıyordu. Kısa zaman içinde, gidebilen herkes yola koyulacak ve yeni bir beldeye, dolayısıyla da yeni bir dünyaya ulaşmış olacaktı. Ancak bu, öyle sanıldığı gibi kolay olmayacaktı.

Elbette Kureyş açısından bu, rahat kabullenilebilecek bir durum değildi; haberini aldıkları bu meselenin önünü kesmek için her türlü tedbire başvuracak ve avuçlarının içindeki Müslümanların, başka bir beldeye yerleşerek kontrolden çıkmalarına müsaade etmeyeceklerdi. Zaten, daha önce yaşanan iki

---

[466] Kastallânî, İrşâdü's-Sârî, 1/55
[467] Buhârî, Sahîh, 1/3 (1)

Efendimiz (sallallahu aleyhi ve sellem)

Habeşistan hicretinde etkin olamadıklarına yanıyorlar ve her halükârda İslâm'ın, başka bir dünyaya yayılmasının önüne geçmek için ellerinden geleni yapmak istiyorlardı.

Bunun için yolları tutmuş, karşılaştıkları insanları geri çevirmeye çalışıyorlardı. Kimini yalpalayıp hapsediyor, çeşit çeşit işkenceler karşısında mihnet yudumlatırken bir yandan da Müslümanlığından vazgeçirmek için baskı yapıyorlardı. Hatta işi daha da ileri götüren ve Medine'ye adım atmak üzere olanları bile arkadan takip edip geri getirenler vardı. Kısaca Mekke kâfir ve zalimleri, küfür ve zulümlerinin gereğini kusursuz yerine getiriyor; böylelikle cehennemin de lüzumsuz olmadığını ortaya koymuş oluyorlardı.

Ebû Seleme ve Ailesi

Medine'ye ilk hicret eden, daha önce Habeşistan'a da hicret etmiş olan *Ebû Seleme* idi; hanımı *Ümmü Seleme* ve çocuğu *Seleme* ile birlikte yola çıkmış ve Medine'ye doğru ilerliyordu. Ancak Kureyş, bu hicretin farkına varmıştı ve yolda önünü kestiler:

– Haydi seni anladık; burayı terk edip gidiyorsun! Ancak, hanımın ve çocuğunu götürmek de neyin nesi, diyor ve onların gitmesine müsaade etmeyeceklerini söylüyorlardı. Bu arada, bir taraftan da devenin yularını çekip almışlar Ümmü Seleme ile kucağındaki Seleme'yi aşağıya çoktan indirmişlerdi. Ortada bir aile faciası yaşanıyordu. Ebû Seleme'nin akrabaları, çocukları olan Seleme'ye sahip çıkarken Ümmü Seleme'nin kabilesi ise, çocuğuyla birlikte onu alıkoymak istiyordu. Derken, aralarında büyük bir niza çıktı; sonuçta Seleme'yi Abdülesedoğulları alıp götürürken Ümmü Seleme'yi de Muğîreoğulları almış ve mahallelerinin yolunu tutmuşlardı. Ebû Seleme ise, tam *huzura adım atıyorum* derken başına gelen bu feci hadisenin şokunu yaşıyordu. Çaresizdi; geri dönüp gelse de ya-

Hicret İzni ve Kureyş'in Telaşı

pabileceği bir şey yoktu. Bir anda aile parçalanmış ve her bir ferdi farklı bir sıkıntı içine düşüvermişti.

Bundan böyle Ümmü Seleme validemiz, hemen her gün *Ebtah* denilen yere geliyor ve ayrı kaldığı çocuğu ve eşine ağıtlar yakarak ağlıyordu. Bu hâl, tam bir yıl devam edecekti. Bir yıl sonra yine böyle ağlaşırken yanından geçen bir akrabası, onun bu haline acıyacak ve:

– Şu miskin kadına niye bunu yapıyorsunuz; çocuğuyla kocasına kavuşması için bırakın da gideceği yere gitsin, diyecekti. Bunun üzerine insafa gelen diğer akrabaları onu bırakacak, ardından da Abdülesedoğulları oğulları Seleme'yi serbest bırakacaktı. Sevincine diyecek yoktu; şimdi sıra, kocasına kavuşmak ve böylelikle, eski günlerdeki huzuru yeniden birlikte yakalamaktı. Bunun için hemen bir deveye bindi ve Medine'nin yolunu tuttu. Tehlikelerle dolu bir yolculukta, yalnız başına bir kadın olarak yola çıkmıştı; karşılaştığı insanlardan yardım isteyerek yolunu bulmaya çalışıyordu. Günler geceleri kovaladı ve nihayet Ten'îm'e kadar geldi. Burada Osman İbn Talha'yı görmüş ve ona da gideceği yeri sormuştu. Hz. Osman, tanımıştı Ümmü Seleme'yi ve sordu:

– Sen, böyle yalnız başına nereye gidiyorsun ey Ümeyyeoğullarının kızı?

– Medine'deki kocamın yanına, diyordu. Şaşırmıştı Hz. Osman. Nice er oğlu erler bu yolda engellenmiş, ne büyük tehlikeler atlatmışlardı. Onun için yine tekrarladı:

– Yanında kimse olmadan mı geldin buraya kadar?

Temkin ve tevekkül sahibi anamız, yine tevâzu ile cevapladı:

– Evet, vallahi de, şu çocuk ve Allah'tan başka kimse olmadan!

Gerçekten de şaşılacak bir durumdu; demek ki, gönülden bir talep ve yürekten bir teslimiyet, olmaz denilen işlerin olmasını netice veriyor ve çöl ortasında bahar meltemleri eserek ender de olsa bazen nevbahar yaşanabiliyordu. Ancak şimdi iş başa düşmüştü ve Hz. Osman:

– Vallahi de artık, gideceğin yere ulaştırmadan ben seni bırakmam, diyerek devenin yularından tuttu ve Ümmü Seleme ile oğlu Seleme'yi Ebû Seleme ile buluşturmak için yola koyuldu. Mola vermek istedikleri zamanlarda, deveyi çöktürüyor ve kendisi de, Ümmü Seleme rahat hareket edebilsin diye kenara çekiliyordu. Nihayet, Kuba'daki Amr İbn Avfoğullarının yurduna geldiklerinde, eliyle kocasının kaldığı yeri göstererek:

– İşte, kocan şu köyde bulunuyor; Allah'ın bereketiyle artık bundan sonrasını sen kendin de gidebilirsin, diyecek ve tekrar gerisin geriye Ten'îm'e doğru yola koyulacaktı.[468]

Suhayb İbn Sinân

Suhayb İbn Sinân, ailesiyle birlikte Musul'da, Dicle kenarında yaşarken Rumlar tarafından küçükken esir alınmış ve daha sonraları Kelboğulları tarafından satın alınarak Mekke'ye getirilmiş biri idi. Artık boynuna köle tasması takılmıştı. Daha sonra da onu Abdullah İbn Cüd'ân almış ve hürriyete kavuşturmuştu. Ancak o, Abdullah İbn Cüd'ân ölünceye kadar onun yanında kalacaktı.

Efendimiz'in hitabını duyunca Ammâr İbn Yâsir'le aynı gün İbn Erkam'ın evine gelmiş ve Müslüman olmuştu. Zayıf ve kimsesiz olduğu için artık o da, en fazla işkenceye muhatap olan mü'minlerden birisiydi. Nihayet önüne, hicret gibi bir alternatif çıkmış ve o da bütün bu sıkıntılardan kurtulacaktı.

Günün birinde o da yola koyulmuş hicret etmek için Me-

---

[468] Bkz. İbn Abdi'l-Berr, Üsüdü'l-Ğâbe, 1/1442. Ümmü Seleme validemiz, Osman İbn Talha'nın bu fedakârlık ve hassasiyetini hiç unutamamış ve her fırsatta bir fazilet örneği olarak onu başkalarına da anlatmıştır.

Hicret İzni ve Kureyş'in Telaşı

dine'ye doğru gidiyordu. Bunu duyan Kureyş'in, bu hicrete müsaade etmeye hiç niyeti yoktu; karşısına dikilmiş ve:

– Sen, bizim aramıza geldiğinde beş parasız ve perişan bir haldeydin! Ne kazandıysan burada bizim aramızda kazandın! Şimdi de çıkmış kendi başına malını alıp öyle gitmeye yelteniyorsun, olacak şey mi? Vallahi de buna müsaade etmeyiz, diyorlardı.

Önce, uzun uzun baktı onlara Suheyb! Akıllarınca, malına el koyduklarında o da gitmez sanıyorlardı. Dünyadan başka değeri olmayan insanlar, uğruna dünyanın feda edilebileceği başka bir alternatif düşünemiyorlardı. Onun için döndü onlara ve önce:

– Ey Kureyş topluluğu! Siz de bilirsiniz ki ben, aranızda en iyi ok atanlardanım; vallahi de, elimdeki oklar tükeninceye kadar asla yanıma yaklaşamazsınız! Arkasından da, elimde en küçük parçası kaldığı sürece kılıcımın hakkını verir sizi kendime yaklaştırmam! Şayet beni değil de, elimdeki imkân ve malımı hedefliyorsanız, isterseniz onun yerini size göstereyim ve dilediğinizi yapın, dedi.

– Malının yerini göster, yolunda engel olmayalım, diyorlardı. Adamları anlamanın imkânı yoktu; dünya metaına tav olmuşlardı ve büyük bir şaşkınlıkla yeniden sordu:

– Şayet size, bütün malımı bıraksam, yolumdan çekilip beni serbest bırakır mısınız?

– Evet, bırakırız, diyorlardı, alaycı tavırlarıyla. Belki de, *böyle bir şey olmaz* diye düşünüyorlardı. Ancak Suheyb, çok ciddiydi ve:

– Peki o zaman, malımın tamamını size bırakıyorum, deyiverdi.

Şaşırmışlardı; nasıl olur da bir adam, bütün mal ve mülkünü bir kenara bırakır ve yine de Muhammedü'l-Emîn'e koşabilirdi? Kendileri olsa, en küçük bir değerini kaybetmemek uğruna hayatı pahasına mücadele eder ve gerekirse bunun için canını bile ortaya koyarlardı. Gerçekten şaşılacak bir durumdu ve bunun, Kureyş mantığıyla anlaşılmasına da imkân yoktu.

Suheyb'in bu yiğitliğinin haberi Allah Resûlü'ne kendisinden önce ulaşmıştı. Duyar duymaz da:

– Suheyb ne büyük kâr elde etti! Suheyb ne büyük kâr elde etti, buyuracak ve böyle bir fedakarlığı, karşılaştığı insanlara da anlatacaktı.[469] Cibril-i Emîn'in getirdiği mesaj da, bu ticaretin getirisini haykırır mahiyetteydi:

– İnsanlardan öylesi var ki o, Allah'ın rızasını kazanma yolunda kendi hayatını satın almaktadır. Şüphesiz ki Allah, kulları adına çok merhametli ve onları kuşatıcıdır.[470]

Hz. Ömer'in Hicreti

Hz. Ömer, gözü pek ve cesur birisiydi. Hicret gibi önemli bir meselede, herkes gizlice hareket ederken o, Medine'ye hicret edeceğini açıktan ilan etmiş ve yüreği olanın, falan yerde karşısına çıkması gerektiğini duyurmuştu. Elbette bu tavır, herkesten beklenecek bir tavır değildi ve üstesinden gelinemezdi; ancak bu, Ömer gibi bir arslana çok yakışıyordu.

Hicretle Medine'ye hareket kararını *Ayyâş İbn Ebî Rebîa* ve *Hişâm İbnü'l-Âs* ile birlikte almışlar ve ertesi gün, *Tenâdub* denilen yerde buluşarak hareket etmek üzere anlaşmışlardı. Hatta, herhangi bir sebeple aralarından birisi buraya gelemese bile, gelebilenler yola devam edecek ve böylelikle, biri yüzünden diğerleri hicretten geri kalmayacaklardı. Çünkü Kureyş, elinden kaçırdıkları Müslümanlar için üzülüp kahroluyor, geride kalanları da kaçırmamak için her türlü çareye (!) başvuruyordu.

Derken, vakit gelmiş ve Hz. Ömer de, evinden hareket et-

---
[469] Bkz. İbn Kesîr, el-Bidâye, 3/173; İbn Sa'd, Tabakât, 3/338
[470] Bkz. Bakara, 2/207

Hicret İzni ve Kureyş'in Telaşı

mişti. Ancak ilk hedefi, anlaştıkları gibi Tenâdub değil, Kâbe idi. Çok geçmeden Hz. Ömer, kılıcını kuşanıp yayını omzuna atmış ve mızrağını bir eline, oklarını da diğerine alarak Kâbe'ye doğru yol alıyordu. Onu görüp de hicretinden haberi olmayanlar, neler olacağını beklemeye durmuşlardı. İnsanlar, Kâbe'nin avlusuna dolmuş onu seyrederken o, önce tavafa başladı ve yedi kez tavaf etti Allah'ın evini. Ardından, Makam-ı İbrahim'e geldi ve burada iki rekat namaz kıldı. Daha sonra da, orada bulunan her bir insan halkasının yanına gelerek, Müslümanlara reva gördükleri bunca eziyet ve işkenceden dolayı önce onlara:

– Kahrolsun şu kara yüzler! Şu burunları da Allah, sürüm sürüm süründürsün, diye çıkışıyor ve ardından da:

– Sizlerden kim, annesini gözyaşına boğmak, çocuklarını yetim ve hanımını da dul bırakmak istiyorsa, şu vadinin arkasında karşıma çıksın, diyerek, iman karşısında cephe oluşturanlara açıktan meydan okuyordu.[471]

Elbette onlar, Hz. Ömer gibi birisinin karşısına öyle kolay çıkılamayacağını çok iyi biliyorlardı. Onların gücü, sadece zayıf ve korumasızlara yetiyordu ve yola koyulup da bahsini ettiği vadiye doğru ilerlerken, sadece arkasından bakakalmışlardı.

Derken Hz. Ömer, Hişâm ve Ayyaş ile anlaştıkları yere geldi; orada kendisini bekleyen sadece Ayyâş İbn Ebî Rebîa idi. Ayrıca, Hz. Ömer'in gelişini bekleyen yaklaşık yirmi kadar insan vardı; bunlar, yalnız hicret etmektense Hz. Ömer gibi birisine arkadaş olmayı yeğlemiş, zayıf ve güçsüz insanlardı.[472] Anlaştıkları gibi bir müddet beklediler Hişâm İbnü'l-Âs'ı; ancak, boşunaydı. Çünkü Mekkeliler, onun da hicret edeceğini anlamış ve yolunu keserek hapsetmişlerdi.

---

[471] İbn Abdi'l-Berr, Üsüdü'l-Ğâbe, 1/819 ; Halebî, İnsânü'l-Uyûn, 2/183, 184
[472] Bkz. İbn Sa'd, Tabakât, 3/271 ; Beyhakî, Sünen, 9/13 (17534)

Ayyâş İbn Ebî Rebîa

Ayyâş İbn Ebî Rebîa, ilk Müslüman olan sahabelerdendi; henüz İbn Erkam'ın evine yerleşmeden önce Müslüman olmuş, baskı ve zulümler artınca da Habeşistan'a hicret etmişti. Mekkelilerin Müslüman olduğu haberi üzerine, yeniden geri gelenler arasında o da vardı; ancak bu geliş, zulüm ve baskıların bittiği anlamına gelmiyordu. Şimdi ise, Ayyâş da harekete geçmiş, artık yeni bir hicret için yola düşmüştü.

Yol arkadaşı Hz. Ömer'le anlaştıkları yerde buluştuktan sonra, uzun ve yorucu; ama sonucu itibariyle sükûn ve itminan vadeden bir yolculuğa çıkmışlardı. Gerçi, diğer arkadaşları Hişâm'ın gelemeyişine üzülmüşlerdi; ama bunun için yapabilecekleri pek bir şey yoktu.

Günlerce süren bir yolculuktan sonra, nihayet *Kuba*'ya kadar gelmiş ve burada, dinlenmek için mola vermişlerdi. Bu sırada, arkalarından gelen iki atlı dikkatlerini çekmiş ve onların da muhacir olabileceklerini düşünerek beklemeye başlamışlardı. Ne güzel, iki Müslüman daha mihnetten kurtulmuş ve kendilerini Medine'nin medeni atmosferine atmak için yolun sonuna yaklaşmışlardı!

Ancak, çok geçmeden bu beklentilerinde yanıldıklarını gördüler; zira gelenler, *Ebû Cehil*'le kardeşi *Hâris İbn Hişâm*'dı. Bunların hicretle bir ilgileri olamazdı! Gerçi Efendimiz (sallallahu aleyhi ve sellem), Ebû Cehil'in kapısına defalarca gitmişti; ama o her defasında farklı bir tepki göstererek Allah Resûlü'ne hakaretler etmiş ve kapısına kadar gelen saadete yüz çevirmişti. On üç yıldır kin kusan bir firavun, bir günde hizaya gelmiş olamazdı; keşke olsaydı! Öyleyse, buraya kadar gelmelerinin sebebi neydi? Yoksa, Kâbe'deki meydan okuyuşunu kaldıramayıp da Ömer'le hesaplaşmak için mi geliyordu buraya kadar? Neyse, mesele az sonra nasılsa anlaşılacaktı!

Ayyâş'ı arıyordu Ebû Cehil. Şimdi maksadı anlaşılmıştı; zira Ebû Cehil, Hişâm ve Ayyâş, -anneleri birdi- kardeşdiler.

Hicret İzni ve Kureyş'in Telaşı

Aynı zamanda Hz. Ayyâş, Ebû Cehil'in amca oğluydu. Meğer Ebû Cehil, meseleyi daha önceden kurgulamış, üvey kardeşini can alıcı yerinden vurarak geri getirmeyi planlayarak arkasından koşturup tâ buraya kadar gelmişti. Şöyle diyordu:

– Şüphesiz ki annen, sen bırakıp da gidince, başına tarak vurmamaya ahdetti ve seni görmeden de güneşin altında bekleyecek ve ölünceye kadar da gölgeye girmeyecek!

Ayyâş, yufka yürekli bir insandı ve annesi hakkında Ebû Cehil'in anlattıkları karşısında da bir hayli duygulanmıştı. Zaten Ebû Cehil de, onun için bu konuyu öne sürüyor ve kardeşini etkilemek istiyordu. Onun bu halini gören yol arkadaşı Hz. Ömer, basîret ve firasetiyle meseleyi kavramış:

– Ey Ayyâş! Vallahi de bu insanlar, bahane bulup seni dinin konusunda sıkıntıya sokmak istiyorlar; aman ha, sakın onlardan! Allah'a yemin olsun ki, annenin başına bitler musallat olunca mecbur kalır ve tarar onu. Mekke'nin sıcağı başına vurunca da mecburen bir gölgeye sığınır, diyerek onu uyarmak istiyordu. Çünkü biliyordu ki, Ebû Cehil'in ipiyle kuyuya inilmezdi; mutlaka kurduğu bir tuzak, planladığı bir dümen olmalıydı!

Ancak Ayyâş, öyle düşünmüyor, meseleye safiyâne bakıyordu; ona göre ne yapıp edip annesinin yanına gitmeli ve yemini konusunda onu, içinde bulunduğu zor durumdan kurtarmalıydı. Zaten, Mekke'de bitiremediği işler de vardı ve bu arada onları da yoluna koyar, arkadan yine hicretle Medine'nin yolunu tutardı!

Arkadaşının, tercihini geri dönmekten yana kullandığını gören Hz. Ömer, bir adım daha atacak ve şu teklifte bulunacaktı:

– Mekke'de bıraktığın mal ve mülkü düşünüyorsan, hiç dert etme; sen de bilirsin ki ben, mal yönüyle Kureyş'in en önde bulunanlarından biriyim. Malımın yarısı senin olsun; yeter ki onlarla birlikte gitme!

Efendimiz (sallallahu aleyhi ve sellem)

Belli ki Ayyâş kararını vermişti; artık, ısrarın bir faydası olmayacaktı.

Sanki, başına gelecekleri görmüş gibiydi Hz. Ömer. Belki de, muhatabını iyi tanıyordu; zira, Ebû Cehil gibi bir firavun, sadece annesinin nezrini haber vermek için günlerce yol almaz ve başkası adına ter dökmezdi. Onun için Ayyâş'a yardım etmesi gerektiğini düşünüyordu. Bir hamle daha yaptı; zaten gidecekti, öyleyse yolda başına bir şey geldiğinde elini güçlendirecek bir formül üretmeliydi. Bunun için de şu teklifte bulundu:

– Madem öyle, o zaman şu benim devemi al ve onunla git; çünkü o, soylu ve hızlı bir devedir. Şayet yolda bunlardan bir kötülük sezersen onun üzerine atlar ve hızlı bir şekilde kurtulmuş olursun!

– Peki, dedi Ayyâş ve Hz. Ömer'in devesi üzerine binerek geri dönmeye başladı. Bir müddet yol aldıktan sonra Ebû Cehil, Hz. Ayyâş'a şöyle seslendi:

– Ey annemin oğlu! Vallahi de benim şu devem çok yoruldu; artık zor yürüyor. Bir müddet arkana binmeme ne dersin?

Çok masum bir talebe benziyordu ve Ayyâş da safiyâne:

– Olur, gel ve bin, dedi. Bunun üzerine develer durduruldu ve Ebû Cehil de Hz. Ayyâş'ın devesinin arkasına, Hz. Ayyâş'ın yedeğine binmişti. Bir müddet böylece yol almışlardı. İşte, işin tam burasında, arkadaki Ebû Cehil, ani bir hamle yapacak ve Hz. Ayyâş'ı arkadan bağlayıverecekti. Bu arada, zaten anlaşmalı olduğu diğer kardeşi Hâris de gelmiş; bir daha ellerinden kurtulup kaçamayacak şekilde Hz. Ayyâş'ın el ve kolunu tamamen bağlamıştı.

Hz. Ömer'e hak vermediğine yanıyordu Hz. Ayyâş; ama artık iş işten geçmişti. Hiç, Ebû Cehil gibi ümmetin firavunu olan birisine güvenip de yola çıkılır mıydı, hüsn-ü zannını, itimatla dengelemediği için bin pişman olmuştu; ama bu pişmanlığın, bundan sonrasına bir faydası yoktu.

Hicret İzni ve Kureyş'in Telaşı

Mekke'ye geldiklerinde gündüz vaktiydi ve Ebû Cehil, Ayyâş'ı da kendi emeli adına kullanacak, Mekkelilere şöyle seslenerek bunu siyaset malzemesi yapacaktı:

– Ey Mekke halkı! İyi bakın ve biz, kendi sefihimizi nasıl yakalayıp getirmişsek sizler de kendi sefihlerinize aynı muameleyi yapın ve sakın elinizden kaçırmayın!⁴⁷³

Ebû Cehil'in küfür adına ortaya koyduğu, gerçekten de görülmeye değer bir gayretti! Ancak o, Müslümanların aleyhine işliyordu. Onun bu gayretini lehe çevirmenin yolu ise, iman safında daha fazlasını ortaya koymakla mümkün olabilirdi!

Hz. Ayyâş'ın başına gelenleri de duyan Allah Resûlü, yaşanılanlara oldukça üzülecek ve mübarek ellerini açarak, *Velîd İbn Velîd* ve *Seleme İbn Hişâm*'ın yanında Ayyâş'ın da adını zikrederek, zulüm gören bütün Müslümanlar için dua dua Rabbine yalvararak nusret talep edecekti.⁴⁷⁴

Dâru'n-Nedve'deki Karar

Bütün baskı ve engellemelere rağmen hicret devam ediyordu. Nihayet, *Ebû Seleme* ile başlayan hicret sürecinin üzerinden üç ay geçmişti ki, geride köle ve işkence altında esir bırakılanların dışında hicret etmeyen sadece *Allah Resûlü*, Hz. *Ebû Bekir* ve Hz. *Ali* kalmıştı. Zaten, Hz. Ebû Bekir'le Hz. Ali'nin hicret arzularını tehir eden de Efendimiz'den başkası değildi. Demek ki şimdi sıra onlardaydı. Bunlar da gider ve Medine'ye yerleşirlerse, zaten savaş konusunda tecrübeli olan *Evs* ve *Hazreç*lilerle başları dertten kurtulmaz; *Şam* ve *Yemen* istikametinde yaz ve kış aylarında yapageldikleri ticari hayatları tehlikeye girer ve bir daha da asla huzur (!) bulamazlardı.

Halbuki, henüz her şey bitmiş değildi ve işi, daha baştan çözme imkânları vardı. Bunun için acil bir önlem alınmalı ve

---

⁴⁷³ İbn Hişâm, Sîre, 1/322
⁴⁷⁴ Bkz. Buhârî, Sahîh, 1/277 (771); İbnü'l-Esîr, Üsüdü'l-Ğâbe, 4/308, 309

meseleye son nokta konulmalıydı. Takvimler, sefer ayının yirmi altısı, Pazartesi gününü gösteriyordu.

Nihayet bir kuşluk vakti, bir araya gelecek ve bir durum değerlendirmesi yaparak bu konudaki nihâî stratejilerini tespit edeceklerdi. Bunun için, her zamanki istişâre meclisleri olan *Kusayy İbn Kilâb*'dan kalma *Dâru'n-Nedve*'de bir araya gelerek aralarında konuşmaya başladılar. Bu önemli kararı almak için bir araya gelenler, *Ebû Cehil, Cübeyr İbn Mut'im, Tuayme İbn Adiy, Hâris İbn Âmir, Utbe* ve *Şeybe İbn Rebîa* kardeşler, *Ebû Süfyân, Nadr İbn Hâris, Ebu'l-Bahterî, Zem'a İbn Esved, Hakîm İbn Hizâm, Nübeyh* ve *Münebbih İbni'l-Haccâc* kardeşler ile *Ümeyye İbn Halef*'ten oluşuyordu. On dört yıldır devam eden bir meseleyi, temelinden çözmek istiyorlardı; işi o kadar gizli yürütüyorlardı ki, yaşı kırkı geçmeyen toy kimseleri içeri almıyor; içeride konuşulanların da dışarıya sızmaması için azami gayret gösteriyorlardı.

Bu arada, hiç tanımadıkları, kıyafeti kaba ve *Necid*li olduğunu söyleyen sarıklı bir ihtiyar da çıkagelmiş; heyetlerine katılmak için kapıda bekliyordu. Telaşla:

— Bu ihtiyar da kim, diye sordular.

— Necid'den bir ihtiyar; sizin dayıoğullarınızdanım! Burada, çok önemli bir iş için bir araya geldiğinizi duydum ve belki benim de size bir faydam dokunur diye geldim! İstemiyorsanız çıkar giderim, diyordu.

— Dayıoğlu demek bizden demektir! Necid'den gelip de aramızda casusluk yapacak değil ya! Nasılsa Mekkeli değil, dedi ve onu da içeri *buyur* ettiler.

Nihayet, meşveret başlamıştı. Toplantıyı, Ebû Cehil yönetiyordu. Söze şöyle başladı:

— Şu adamınızın halini biliyorsunuz; şayet aranızdan ayrılıp da bir başka yerde güç toplayıp üzerinize saldırırsa sürekli

Hicret İzni ve Kureyş'in Telaşı

başınız ağrıyacak demektir. Bu durumdan kurtulmak için fikrinizi söyleyin ve haydi, bir araya gelmenin hakkını verin!

Ebu'l-Bahterî ileri atıldı:

– O'nu demirlere bağlayıp hapsedin; üzerine kapıları kapatarak beklemeye durun. Nasıl olsa bir gün, kendisinden önceki şairlerin başına geldiği gibi O da ihtiyarlayacak ve ölüp gidecek, diyordu. Necidli ihtiyar devreye girdi:

– Vallahi de ben aynı görüşte değilim! Çünkü bu, asla çözüm olamaz! Dediğiniz gibi O'nu hapsetmiş olsanız da bu iş, üzerine kapattığınız kapı ve etrafını çevirdiğiniz duvarları aşarak arkadaşlarına ulaşır. Sonra da üzerinize saldırır ve O'nu sizin elinizden alıp götürür, böylece dışarıda güç elde ederek size yeniden saldırırlar. Bu, asla bir çözüm değil; siz başka bir çözüm üretin!

Esved İbn Rebîa ileri atıldı:

– O'nu aramızdan söküp atalım ve yurdumuzdan çıkarıp sürgün edelim; nereye giderse gitsin! Böylelikle O'ndan kurtulmuş oluruz! Bizden ayrıldıktan sonra da vallahi, O'nun nereye gidip yerleştiği bizi hiç ilgilendirmez, diyordu. Bu fikir de İhtiyar'ı memnun etmemişti; ileri atıldı ve:

– Vallahi bu da çözüm değil! Sözündeki güzellik, mantığındaki insicam ve siretindeki letafeti görmüyor musunuz; bunlar, insanların kalbine nüfûz eder ve yine O, bir gün karşınıza çıkar. Şayet böyle yaparsanız, gün gelir O, meziyetleriyle arkasında kitleleri hareket ettirir ve böylelikle siz, kendilerinden söz aldığı kabileleri karşınızda buluverirsiniz! Gelir ve sizin elinizdekilere göz dikerler ve o zaman da siz, hiçbir şey yapamazsınız. En iyisi siz, başka bir çözüm arayın, dedi.

Ortada gerçekten bir gariplik vardı; Mekke, kendi arasında meseleyi çözmek için bir araya gelmişti; ama Necidli ihtiyar, Mekkelilerden daha aktif çıkmıştı. İyi ki onu bu meclise almış, tanımıyoruz diye dışarıda bırakmamışlardı!

Efendimiz (sallallahu aleyhi ve sellem)

Toplantıya başkanlık yapan Ebû Cehil de Necidlinin yaklaşımından hoşlanmıştı. Ona göre de, önceki fikirler kesin çözüm olamazdı. Ancak, başka da bir çözüm çıkmıyordu. Gözler, ihtiyarın yaklaşımını onaylayan Ebû Cehil'e yöneldi. Zaten o da, sıranın kendisine gelmesini bekliyordu:

– Şu bocalayıp durduğunuz konuda, vallahi benim de bir fikrim var, dedi.

– Nedir o, ey Eba'l-Hakem, dediler. Şunları söylüyordu:

– Bana kalırsa kesin çözüm, her bir kabileden eli silah tutan, çevik ve atak, attığını vuran ve vurduğunu da deviren gençler seçmek. Hep birlikte üzerine, keskin kılıçlarıyla saldırsınlar ve tek bir vuruşla O'nun işini bitirip öldürsünler ve siz de, O'ndan kurtulup rahat edin! O'nu bu şekilde öldürünce de, malûm kanı kabileler arasında dağılır ve böylelikle Abdimenâfoğulları, bu kadar kavmi karşısına alıp da onlarla savaşmaya cesaret edemez; önlerinde sadece diyet alternatifi kalır ki, onu da biz öder ve bu işi, bir diyet ödemekle bitirmiş oluruz!

Necidli ihtiyar, yine devreye girdi; ancak bu sefer, aynı zamanda konuşurken, *işte şimdi oldu* mânâsında kafa sallıyordu ve son cümlesi:

– İşte söz, bu arkadaşın söylediği sözdür! Ben, başka da bir çözüm bilmiyorum, şeklinde olmuştu.

Artık, kararlarını vermişler ve üzerinde ittifak ettikleri planı ortaya koyarak Muhammed'i öldüreceklerdi. Yine, toplanırken ortaya koydukları hassasiyeti tatbik ederek Dâru'n-Nedve'den ayrılıp evlerinin yolunu tuttular.[475]

---

[475] Halebî, İnsânü'l-Uyûn, 2/189, 190

MUKADDES GÖÇ

Beri tarafta Efendiler Efendisi'ne hicret izni gelmişti ve O da, artık Mekke'den ayrılmak üzereydi. Zira, Cibril-i Emîn'in getirdiği vahiy içinde bulunan bir ayet, dilinde pelesenk olmuş, her fırsatta:

– Ey Rabbim! Beni doğruluk diyarına ulaştır ve doğru bir zamanda buradan çıkararak katından bana nusret dolu bir ihsan nasip et,[476] diye dua ediyordu. İşte şimdi, bu dualar kabul görmüştü ve Allah'ın Resûlü de, mukaddes göç için Medine'ye hareket etmek üzereydi.

Cibril-i Emin, önce, Mekkelilerin kurdukları tuzağı haber veriyor ve:

– Sakın, her zaman uzandığın yatağında yatma, diyor; ardından da, Mekke'den çıkış zamanından Kureyş'in tuzağından nasıl kurtulacağına kadar hicret stratejisini talim ediyordu. Kısaca mukaddes göç, Kureyş'in tuzaklarıyla Alîm ü Habîr Allah Teâlâ'nın tedbiri arasında başlamış oluyordu.[477] Kendisine hicret müjdesini getiren Cibril'e Efendimiz:

---
[476] Bkz. İsrâ, 17/80
[477] Aynî, Umdetü'l-Kârî, 17/46; İbn Kesîr, Tefsîr, 2/400

Efendimiz (sallallahu aleyhi ve sellem)

– Hicret yolunda benim arkadaşım kim olacak, diye sordu.

– Ebû Bekir, cevabını veriyordu.[478] Zaten Ebû Bekir de, hicrette musahebet fırsatını uzun zamandır bekler olmuştu. Derken, alışılmışın dışında ve herkesin istirahat ettiği bir öğlen vakti, Resûlüllah (sallallahu aleyhi ve sellem) gelip Hz. Ebû Bekir'in kapısını çaldı; içeri girmek için izin istiyordu. Olacak şey değildi! Hz. Ebû Bekir'in kapısında durmuş, Allah'ın en sevgili kulu, içeri girmek için bekliyordu.

– Anam-babam O'na feda olsun! Vallahi de bu saatte geldiğine göre mutlaka önemli bir iş var, diye mırıldandı önce. Çok geçmeden de, hemen kapıya koştu ve Efendiler Efendisi'ni içeri *buyur* etti. Merakla bekliyordu Hz. Ebû Bekir (radıyallahu anh). Çünkü, bugüne kadarki gelişler, ya sabahın erken saatlerinde vaya akşamın serinliklerinde gerçekleşmişti. Çok geçmeden, o an orada bulunan Hz. Ebû Bekir'in kızları *Esmâ* ve *Âişe*'yi kastederek, evin diğer sakinlerini bulundukları yerden çıkarmasını talep etti Allah Resûlü. O ise:

– Endişe etme yâ Resûlallah! Onlar benim kızlarım; Senin de ehlin sayılır! Anam-babam sana feda olsun. Bir şey mi var, diyor ve bu saatte teşrifin sebebini anlamaya çalışıyordu. Cevap gecikmedi:

– Mekke'den çıkıp hicret etmek için bana da izin verildi.

Daha da heyecanlanmıştı Ebû Bekir ve:

– Birlikte mi yâ Resûlallah, diye sordu. Merakla bekleyen yüze, müjde dolu şu cümleler döküldü mübarek dudaklarından:

– Evet, birlikte.

Dünyalar onun oluvermişti; zaten Ebû Bekir, bugün için hazırlanmış ve *haydi gidiyoruz,* emrini bekliyordu; çünkü o,

---

[478] Bkz. Hâkim, Müstedrek, 3/6 (4266)

diğer arkadaşları gibi hicret için izin istediğinde bunun müjdesini daha önce almış ve Efendimiz kendisine:

– Acele etme! Umulur ki Allah, yanına bir arkadaş bahşeder, denilmişti. Bundan sonra da, hemen iki kişilik yol hazırlığı yapmaya başlamıştı. Dört aydır, besili iki deveyi bu yolculuğa hazırlıyordu. Artık, Habîb-i Ekrem'inden gelecek bu cümleleri bekler olmuştu. İşte şimdi, o cümleleri duyuyordu.

Akışı değiştirecek bir adımın başlangıcıydı bu. Bu tarihi yolculukta Resûlullah'a arkadaş olmak... Bundan daha büyük bir lütuf olabilir miydi? Kendini tutamamış ve sevinçten hıçkıra hıçkıra ağlıyordu Hz. Ebû Bekir (radıyallahu anh).[479]

Çok geçmeden Efendiler Efendisi'ne iki deve getirmiş ve:

– Ey Allah'ın Nebisi! Şu iki bineği, bu iş için hazırlamıştım, dedi. Ancak, Habîb-i Ekrem (sallallahu aleyhi ve sellem), her hâliyle örnek olmalıydı; onun için Hz. Ebû Bekir'e:

– Ancak, bedelini ödemek şartıyla, diyerek, böylesine önemli bir yolculukta, bedelini ödemediği bir nimetten istifade edilmemesi gerektiğini ortaya koyacaktı.

Hicretin Tedbir Boyutu

Artık her şey tebeyyün ettiğine göre, yol için adım atmak gerekliydi; Ebû Bekir, Sıddîk olduğunu gösterecek ve hicret yolunu daha güvenli kılma adına kendine yakışır hamleler yapacaktı. Zira, tedbiri elden bırakmamak gerekiyordu. Çünkü, develerle birlikte bunca yolu katetmek öyle kolay olmayacaktı. Bunun için öncelikle, yolu iyi bilen ve delillik konusunda mâhir *Abdullah İbn Ureykıt* adında bir müşrikle anlaştılar. Abdullah, Kureyş'le aynı anlayışa sahipti; ancak Allah Resûlü ve Hz. Ebû Bekir, yol konusunda bu adama güveniyorlardı. Halbuki, *Abdullah İbn Ureykıt* başlarına konulan ödüle ta-

---

[479] Taberî, Târîh, 1/569 ; İbn Hişâm, Sîre, 3/11

Efendimiz (sallallahu aleyhi ve sellem)

mah edip de gidecekleri istikameti söyleyebilir ve koordinatları vererek dünyalık adına büyük bir servet sahibi olabilirdi!

Demek ki Efendimiz (sallallahu aleyhi ve sellem), muhataplarının karakterini çok iyi biliyordu; Abdullah, müşrik olmasına rağmen, dünyaya tamah etmeyen sözünün eri bir adamdı. Aynı zamanda bu adam, gitmek istedikleri yolu da iyi bilen bir rehberdi. Anlaşılan, böyle riskli bir ortamda bile maharet prim yapıyordu. Üç gün sonra *Sevr*'de buluşacaklar; buraya gelirken Abdullah, hicret için Hz. Ebû Bekir'in satın aldığı iki deveyi de getirecek ve böylelikle fiilen hicret yolu başlamış olacaktı.

Kızı *Esmâ*'ya da tembih etmişti Hz. Ebû Bekir; Sevr'de kalacakları günlerde arkadan azık hazırlayıp gönderecekti. Esmâ, hassasiyetle yiyecek ve içecek hazırlıyor, hazırladıklarını da küçük bir torbanın içine koyarak ağzını bağlayıp öyle gönderiyordu. Hatta, torbanın ağzını bağlayacak ip bulamamış ve annesinin de talimatıyla belindeki kuşağı çözerek ikiye ayırmış ve her iki torbayı da bu iple bağlamıştı. Ve, bundan dolayı da kendisine, iki kuşak sahibi mânâsında '*zünnitakayn*' denilecekti.[480]

Bir başka tedbiri daha vardı Hz. Ebû Bekir'in; koyunlarını otlatan çoban *Âmir*'i yanına çağıracak ve yol alırlarken arkalarından koyunlarını sürüp, böylelikle geride bıraktıkları izleri yok etmesini söyleyecekti.[481] Zira biliyordu ki Mekkeliler, iz sürmekte mahir idiler ve böyle bir tedbire müracaat edilmediği yerde, sebepler açısından kendilerini fark ederler ve başlarını zora sokarlardı.

Hz. Ebû Bekir'in oğlu *Abdullah* da, çoban Âmir'le münavebeli olarak yanlarına gelecek ve Esmâ'nın hazırladığı azıkla

---

[480] Bkz. Sahihu Buhârî, 3/1087 (2817) . Bu tavrını sonradan duyduğunda Allah Resûlü (sallallahu aleyhi ve sellem) kendisine iltifat edecek ve "*Senin o iki kuşağına bedel Allah, cennette iki kuşak verecektir.*" buyuracaktı.
[481] Buhârî, Sahih 3/1419 (3692)

birlikte, burada kaldıkları süre içinde kendilerine Mekkelilerin haberini getirecekti. Akşamları mağaraya gelen Abdullah, sabahın erken saatlerinde yine buradan ayrılacak ve bu süre içinde de Âmir, koyunlarıyla birlikte gelip onları Sevr'de otlatmaya başlayacaktı. Ve bu, orada kaldıkları her gün için yaşanacak bir hadiseydi. Aynı zamanda bu vesileyle, bu mübarek ve kutlu yoldaki en değerli yolcularının süt ihtiyaçları da karşılanmış olacaktı.[482]

Alınması gereken bir tedbir de Efendimiz'e aitti; yeğeni genç Hz. *Ali*'yi, kendi yerine vekil bırakmış ve hane-i saadetlerinde kalarak, o güne kadar kendisine emanet edilen emtiayı sahiplerine verme vazifesi vermişti. Bu ne büyüklüktü ki, canına kastedenlerin mallarını bile zâyi etmiyor; canı gibi sevdiği yeğeninin hayatını tehlikeye atma pahasına da olsa, emanete riayet etmeyi bir borç biliyor; can düşmanlarının mallarını kendilerine ulaştırmasını istiyordu.

Elbette ki bu kadar tedbir, fazla değildi. Onun için Efendiler Efendisi de, bütün bu olanları tasdik ediyor ve hiçbirini gereksiz bulmuyordu. Zira O (sallallahu aleyhi ve sellem), ümmetine rahmet olsun diye gönderilmişti. Aksi halde O (sallallahu aleyhi ve sellem), bunları yerine getirmeden de, Allah'ın kendisini koruyacağını biliyordu. Zira Allah (celle celâluhû), insanlardan gelebilecek tehlikelere karşı kendisini koruyacağını bildirmiş ve O da, bunu namazlarında Kur'ân ayeti olarak okuyup duruyordu.[483] Demek ki mesele daha farklıydı; işin özü Allah Resûlü (sallallahu aleyhi ve sellem), diğer insanların kendisine bakarak hizaya girdikleri imam konumunda bir rehber, bir modeldi. Hz. Ömer gibi çıkıp da hicrete başlamış olsaydı, ümmetinin tamamı aynı yolda yürümek zorunda kalırdı. Böyle bir hamle ise, insanları, altından kalkamayacakları imtihanların kucağına atmak anlamına gelirdi. Öyleyse O, ümmetinin en ağır-aksak

---
[482] Bkz. İbn Hişâm, Sîre, 3/12
[483] Bkz. İbn Kesîr, Tefsîr, 4/683; Kâdî İyâz, Şifâ, 1/258

Efendimiz (sallallahu aleyhi ve sellem)

yürüyenini de hesap edecek ve işlerini, kışın şartlarına göre planlayacaktı. Onun için, tedbirde kusur etmiyor ve sebeplere riayet konusunda ümmetine en tesirli dersi veriyordu.

Beri tarafta Kureyş, kendilerince kesin sonuca ulaşmak üzereydi; aralarından seçtikleri *Ebû Cehil, Hakem İbn Ebi'l-Âs, Ukbe İbn Ebî Muayt, Nadr İbn Hâris, Ümeyye İbn Halef, Zem'a İbn Esed, Tuayme İbn Adiy, Ebû Leheb, Übeyy İbn Halef* ile *Nübeyh* ve *Münebbih İbn Haccâc* kardeşler bir araya gelmiş ve Resûl-i Kibriyâ Hazretlerinin evini sarmışlardı. Böylelikle her bir kabileden birer temsilci devreye girmiş ve diğerleri de, bir kenara çekilmiş, zafer naraları atmak için sabırsızlıkla bekliyorlardı. Gözü dönmüş bu talihsizler, Efendimiz'in evini kuşatmış, son vuruşu yapmak için artık dakikaları sayıyorlardı. Hatta Ebû Cehil, Allah davasına çağırırken Efendimiz'in kullandığı kelimeleri diline dolayarak kendince bunları alay konusu yapıyor ve istihzâî bir tavırla etrafındakilere şunları söylüyordu:

– Hani Muhammed, kendisine tâbi olduğunuzda Arap ve Acem meliklerine hâkim olacağınızı söylüyordu? Hani, O'na uymazsanız, hayatınız tehlikeye girecek ve kelleleriniz gidecekti? Öldükten sonra da, yeniden ayağa kalkacak ve cehennemin alevleri içinde cayır cayır yanacaktınız![484]

Artık, meseleyi gürültüsüz çözecekleri (!) anı bekliyorlardı. Ancak Allah (celle celâluhû), her şeye hakimdi ve bütün bu olup bitenleri de biliyordu. Semavât ve arzın mülkü O'nun yed-i kudretindeydi ve O, istediğini dilediği zaman yapar, kimse de buna bir şey diyemezdi. Böyle olunca, Kureyş'in kurduğu tuzak ve hazırladığı ölüm komandosunun hiçbir önemi yoktu ve olamazdı! Sonuç da, öyle olacaktı.

Normal şartlarda Allah Resûlü (sallallahu aleyhi ve sellem), yatsı namazını kıldıktan sonra bir miktar yatar, Kâbe'den el-ayak

---

[484] İbn Hişâm, Sîre, 3/8; Taberî, Târîh, 1/567

Mukaddes Göç

çekilince de kalkıp buraya gelir ve huzur içinde Rabbine ibadet ederdi. Ancak bu gece durum farklıydı; durumdan haberdar olur olmaz, Hz. Ali'yi yanına çağırmış ve:

– Şu yeşil örtüye bürün ve gel de yatağımda sen yat! Hiç endişe etme; yat ve uyu; çünkü sana, zerre kadar zarar veremeyecekler, diye sesleniyordu.

Derken, Efendiler Efendisi, *Yâ-Sîn* suresinin ilk dokuz ayetini okuyarak evinden dışarı adım attı. Kapının önünde, fırsat kollayan Kureyş nöbet tutuyordu. Bu esnada:

– Onların hem önlerinden hem de arkalarından birer engel koyduk ve gözlerinin önüne de bir perde çektik; artık onlar, hiçbir şey göremezler, mânâsındaki ayeti okuyordu.

Bu arada, eline aldığı kum, toprak benzeri malzemeyi, kendisini öldürmek üzere evini kuşatanların üzerine saçıverdi. Bu hareketine paralel olarak da şöyle diyordu:

– Şu yüzler kararıp gözler görmez olsun!

Attığı toprak, orada bulunanların her birine isabet etmişti ve adeta kör olmuşlardı. Olacak ya, aralarından yürüyordu; ama hiçbirisi de Allah Resûlü'nü görmüyordu. Evet, onlar, kendilerini imana davet etmekten başka hiçbir suçu olmayan Allah'ın en sevgili kulunu yakalayıp öldürmek, yurt ve yuvasından mahrum ederek hayatına son vermek üzere tuzak kurmuşlardı; ama O'nu peygamber olarak gönderen ve âlemlere rahmet vesilesi kılan Allah (celle celâluhû)'ın da bir planı vardı. Ve yine görülüyordu ki, küfür ne kadar köpürürse köpürsün, Allah'ın iradesinin önüne asla geçilemeyecek ve her zaman olduğu gibi yine, O'nun dediği olacaktı.[485]

Allah Resûlü (sallallahu aleyhi ve sellem), çoktan uzaklaşmıştı. Bir müddet sonra, kapısının önünde kendisine tuzak kurup da sessizce bekleyenlerin yanına bir başkası geldi ve onları bu halde görünce:

---

[485] Bkz. Enfâl, 8/30

Efendimiz (sallallahu aleyhi ve sellem)

– Sizler burada niye bekliyorsunuz, diye sordu. Tereddütsüz cevap verdiler:

– Muhammed'i.

Adam, hiddetlenmişti. O'nu öldürmek için seçtikleri en seçkin insanlar, kapısının önünde munis birer kediye dönmüş; üzerlerine saçılan toprağın bile farkına varamamışlardı. Muhammedü'l-Emîn, arkadaşıyla birlikte yol alırken bunlar, miskin miskin kapısında oturuyor ve kendilerince O'nu öldürmenin planını yapıyorlardı! Resmen bu, açık bir aptallıktı! Onları azarlarken:

– Vallahi de yazıklar olsun size! Sizi gidi beceriksizler! Vallahi de O, başınıza toprak saçmış ve aranızdan da sıyrılıp çoktan uzaklaşmış durumda, diyordu.

– Vallahi de biz O'nu görmedik, diyorlardı. Büyük bir çöküntü içindeydiler! Sanki görme özellikleri alınmış ve etraflarına baktıkları hâlde Allah Resûlü'nü görememişlerdi. Ellerini başlarına götürüp birbirlerine bakıştılar; gerçekten de adamın söyledikleri doğruydu. Hemen, üstlerindeki toz-toprağı silkeleyip temizlemeye başladılar.

Çok geçmeden mesele, Kureyş arasında da duyulmuş, ölüm müjdesini bekleyen diğer ileri gelenler, Efendimiz'in hicret ettiğininin haberiyle yıkılmışlardı; bütün ağa takımı birden hane-i saadete hücum etmişti. Kapıyı aralayıp da içeri girdiklerinde, bir anlık nefes aldılar; zira, yatak boş değildi! Dışarıda kendilerini ayıplayıp kızan adamlarına inat, fısıltıyla:

– İşte Muhammed, şu örtünün altında, diyerek bunca endişenin yersiz olduğunu söylemeye başlamışlardı. Ancak bu da uzun sürmedi; çünkü, bu kadar insanın içeri girmesiyle ayağa fırlayan Hz. Ali, meydan okurcasına karşılarında duruyordu. İkinci büyük şoktu bu onlar için... Hiddet ve hışımla:

– Muhammed nerede, diye sormaya başladılar.

– O konuda herhangi bir bilgim yok, cevabını verdi Hz. Ali. Yine kaybeden onlar olmuştu; aldıkları cevapla daha da sinirlenmiş, etrafa tehditler yağdırıyorlardı. Hz. Ali'yi de bırakmak istemiyorlardı; önce bir miktar itip kakıştırdılar ve ardından da tutup Kâbe'ye kadar getirdiler. Belki, *yolcuların yerlerini söyler ve kendilerine bir ip ucu verir,* diye bir müddet onu hapsettiler.[486] Ancak, ne kadar zorlasalar da istedikleri cevabı alamayacaklarını anlamışlardı. Hem, Hz. Ali'yi serbest bırakmamak kendi aleyhlerindeydi; çünkü o, kendilerine ait emanet malları dağıtmak için geride kalmış ve şimdi de bu emanetleri sahiplerine geri verecekti.

Ümmetin firavunu Ebû Cehil, bu lakabı ne kadar hak ettiğini gösterircesine şöyle ilan ediyordu:

– Muhammed'i, ölü ya da diri getirene yüz deve benden![487]

Tam, *yakaladık,* derken ellerinden kaçırdıkları Efendimiz ve Hz. Ebû Bekir'i tamamen kaybetmek üzerelerdi. Belli ki, sadece kendileri bu işin üstesinden gelemeyeceklerdi; onun için Ebû Cehil'in bu yaklaşımına herkes sahip çıkacak ve başlarına konulan bedel, her ikisi için de, ölü ya da diri getirene yüzer deve olarak resmiyet kazanacaktı.[488]

Aynı zamanda Ebû Cehil, aklını kullanmasını bilmese de zeki bir insandı. Hiç vakit geçirmeden Hz. Ebû Bekir'in evine geldi. Kapıyı açan, Hz. Ebû Bekir'in kızı *Esmâ* idi. Babasının nerede olduğunu sordu önce. Bilmediğini söylüyordu Hz. Esmâ. Ebû Cehil'e göre, onun bilmemesine imkân yoktu ve aldığı cevapla küplere binen Ebû Cehil, Hz. Esmâ'nın yüzüne öyle bir tokat indirdi ki, şiddetinden Hz. Esma'nın kulağındaki küpe kopup yere düşecekti. Halbuki, o günkü toplumun genel teamüllerine göre, onun gibi küçük bir kıza böyle bir ha-

---
[486] Bkz. Taberî, Tarih, 1/568
[487] Bkz. Hindî, Kenzu'l-Ummâl, 12/779 (35744)
[488] Bkz. Taberî, Târîh, 1/570

Efendimiz (sallallahu aleyhi ve sellem)

reket, normal şartlarda da ayıp karşılanırdı. Ama bu, Ebû Cehil'di. Hz. Esmâ bu olayın etkisinden yıllarca kurtulamayacak ve kendisine hatırlatıldığında ise Ebû Cehil için:

– Pis ve haddi aşmış bir adam, diyecekti.[489]

Sevr'e Yöneliş

Takvimler, *Sefer* ayının yirmi yedisini gösteriyordu. Gecenin karanlığında Hz. Ebû Bekir'in evinden başlamıştı mukaddes göç. Ancak istikamet, ashab-ı kiramın gittiği yön olan Medine yerine Yemen istikametindeki Sevr dağını gösteriyordu. Yaklaşık sekiz kilometrelik bu yol alınacak ve emsallerine nispetle daha yüksek, büyük taşlarla dolu ve yolları engebeli olan Sevr'e tırmanılacaktı. Ayrıca bunu yaparken Efendiler Efendisi (sallallahu aleyhi ve sellem), bu kadar uzun yola, arkasındakilerin kendisine ulaşma isteklerine ve yol şartlarının aleyhte birleşmesine rağmen ayaklarının ucuna basmaya çalışıyor ve böylelikle de, arkasında kalıcı bir iz bırakmamayı amaçlıyordu. Demek ki, tedbir adına bir manevraya daha ihtiyaç vardı; bir müddet burada kalınacak ve Mekke'de olup bitenler buradan seyredilecekti. Çünkü Allah Resûlü (sallallahu aleyhi ve sellem), Mekke dışında bile kendisine hayat hakkı tanımak istemeyeceklerini biliyor ve köyünü terk ettiğini öğrenir öğrenmez de izini takip ederek maksadına ulaşmasına müsaade etmeyeceklerini tahmin ediyordu. Zira Kureyş, ashab-ı Muhammed'in Medine'ye gittiklerini biliyor ve sonradan bu tarafa yönelenleri de yakın takibe alıp geri çevirmek için olmadık yöntemlere baş vuruyordu.

Hz. Ebû Bekir'in hassasiyet ve çabalarına diyecek yoktu; başına bir şeyler gelir diye Efendimiz'in üzerine tir tir titriyor, bazen önüne geçip öyle yürürken zaman zaman da arkada ka-

---
[489] Ebû Nuaym, Hilyetü'l-Evliyâ, 2/56; İbn Hişâm, Sîre, 3/14

larak O'nu takip ediyordu. Onun bu halini fark eden Efendimiz soracaktı:

– Yâ Ebâ Bekir! Sana ne oluyor da bazen önümde bazen de arkamda yürüyorsun?

– Yâ Resûlallah! Arkadan bir tehlike gelip gelmediğinden emin olmak için arkanızdan yürüyor, önünde gözcüler olabileceğinin endişesiyle de önünüze geçiyorum.

Bu hassasiyete karşılık Efendimiz:

– Yâ Ebâ Bekir! Senin yanında Benden daha sevimli başka bir şey var mı dersin?

Sıddîk-i Ekber'e yakışır bir cevabın gelmesi gecikmeyecekti:

– Hayır yâ Resûlallah! Seni hak ile gönderene yemin olsun ki, Senin başına bir musibet gelmektense ben, Senin uğrunda canımı verir, o musibetin benim başıma gelmesini isterim![490]

Mağarada Ebû Bekir Hassasiyeti

Zirvedeki mağaraya önce Ebû Bekir girmeliydi. Zira, karşılaşabilecekleri her türlü olumsuzluğu, önce kendi sinesinde söndürüp Habibine herhangi bir zararın gelmesine engel olmalıydı. Hz. Ebû Bekir'ce bir hassasiyetti bu. Bütün telâşı, İnsanlığın Emîni'ne bir tozun dahi konmasını istememesinden kaynaklanıyordu. Bu yüzden, üstündeki libasını parçalamıştı; zararlı hayvanların Allah Resûlü'ne ilişmemeleri için deliklerini kapatıyordu. Kapatamadığı iki delik kalmıştı; bunlar için de bir çözüm üretmiş, ayağının biriyle birini, diğeriyle de öbürünü kapatarak Efendisi'ni *buyur* etmişti. Hz. Ömer'in yıllar sonra, "Mağaradaki o gecesine bütün amelimi verirdim." diyerek gıptayla baktığı Hz. Ebû Bekir'i, ayağıyla kapattığı delikten yılan sokmuş; ama o, Efendimiz'i rahatsız

---

[490] Bkz. Hâkim, Müstedrek, 3/7 (4268), Mişkâtü'l-Mesâbîh, 2/556; Mübârekfûrî, er-Rahîku'l-Mahtûm, s. 155, 156

Efendimiz (sallallahu aleyhi ve sellem)

etmemek için dişini sıkıp, bir kez olsun *"ah"* etmemişti. Nihayet, gözünden akan yaş ve alnından dökülen soğuk terler, Efendimiz'in dikkatini çekip de:

– Sana neler oluyor yâ Ebâ Bekir, diye sebebini sorduğunda:

– Anam-babam Sana feda olsun yâ Resûlallah! Yılan soktu, diyebilmişti. Bunu söylerken de, üzerinde olabildiğince bir mahcubiyet hâkimdi; kendisine ait bir durumdan dolayı Efendimiz'in üzülmesini ve kıymetli zamanını böyle bir meseleyle meşgul etmeyi istemiyordu. Bunun üzerine Efendiler Efendisi, yaranın üzerine hafifçe tükürüğünü serpecek ve ardından da, şifa bulması için Rabbine dua edecekti. Bir anda her şey, yeniden normale dönüvermişti; sanki bu hadise, hiç olmamış gibiydi. Çünkü Ebû Bekir'de, acı adına hiçbir şey kalmamıştı.[491]

Bu arada bir örümcek işe koyulmuş, atkılarını örerek mağaranın önünde ter döküyordu. Bir de, iki tane güvercin gelmiş ve burada yuva yapmıştı. Aynı zamanda mağara girişinde bir ağaç büyümeye başlamış ve Efendimiz'in (sallallahu aleyhi ve sellem) önünde perdedarlık yapıyordu. Belli ki Allah (celle celâluhû), Habîb-i Ekrem'ini kimseye bırakmayacak ve bizzat kendisi koruyup kollayacaktı.

İz sürenler, Sevr'e de tırmanmış; burada olabileceği endişesiyle mağarayı kontrole gelmişlerdi. Girişteki güvercinlerle büyüyen ağaçları ve örümcek ağını görünce aralarından birisi, gayr-i ihtiyari şunları söyleyecekti:

– Baksana şu örümcek ağına; sanki Muhammed daha dünyaya gelmeden önce örülmüş gibi!

Öbürleri de farklı düşünmüyordu ve örümcek ağları arada

---

[491] Bkz. Ebû Ca'fer et-Taberî, er-Riyâdu'n-Nadıra, 1/450. Hatta Hz. Ömer (radıyallahu anh), bu rivayetinde Hz. Ebû Bekir'in (radıyallahu anh) bu sebepten dolayı öldüğünü de vurgulamaktadır.

incecik bir perde kalmasına rağmen Allah (celle celâluhû), Resûlü'nü korumuş ve onlar da elleri boş geri dönüyorlardı.[492]

Mağaranın içinde ise, müşriklerin bir mızrak boyu mesafeye yaklaştıklarını görüp seslerini duyan Hz. Ebû Bekir, yine soğuk terler döküyordu. Deli danalar gibi burnundan soluyan bu gözü dönmüşlerin ayaklarını gören Ebû Bekir (radıyallahu anh):

– Yâ Resûlallah! Şayet birisi eğilip de ayağının hizasından içeriye bakıverse, ayaklarının dibinden bizi rahatlıkla görecekler!

"Sen benim kardeşimsin." dediği mağara arkadaşını teselli yine Allah Resûlü'ne kalmıştı:

– Üçüncüleri Allah olan iki kişi hakkında, niye endişe duyuyorsun ki yâ Ebâ Bekir?[493]

Bunu diyen Resûlullah'tı. Allah'ın en sevgili kuluydu ve O'nu, insanlardan gelecek zararlara karşı koruyacağını bizzat O (celle celâluhû) bildirmişti.[494] Kendinden emin konuşuyordu; zira biliyordu ki, Kureyş anlamayıp O'na yardımcı olmasa da Allah (celle celâluhû), vaktiyle bütün elçilerine yardım ettiği gibi Son Nebi'sine de yardımcı olacak ve üzerine indirdiği sekine

---

[492] Bkz. İsbehânî, Delâil, 1/76, 77; Heysemî, Mecmeu'z-Zevâid, 3/231
[493] Aynı husus, Cibril-i Emîn'in getirdiği Ebedî Mesaj Kur'ân'da da yer alacak ve bu meseleyi Yüce Mevla, şöyle anlatacaktı: "Eğer siz o (Hak elçisi)ne yardım etmezseniz, iyi bilin ki, Allah ona yardım etmişti: Hani yalnız iki kişiden biri olduğu halde, inkâr edenler kendisini (Mekke'den) çıkardıkları sırada ikisi mağarada iken arkadaşına 'Üzülme, Allah bizimle beraberdir!' diyordu. (İşte o zaman) Allah (ona yardım etti) onun üzerine sekine(huzur ve güven duygu-)sunu indirdi ve onu, sizin görmediğiniz askerlerle destekledi; inanmayanların sözünü alçalttı. Yüce olan, yalnız Allah'ın sözüdür. Allah dâimâ üstündür, hüküm ve hikmet sâhibidir." Tevbe, 9/40
[494] Bkz. Mâide, 5/67 : "Ey Peygamber! Rabbinden sana indirilen buyrukları tebliğ et! Eğer bunu yapmazsan risalet vazifesini yapmamış olursun. Allah seni, zarar vermek isteyenlerin şerlerinden koruyacaktır. Allah kâfirleri emellerine kavuşturmaz.

Efendimiz (sallallahu aleyhi ve sellem)

ve huzurla destekleyip gözlerin göremeyeceği ordularla inayette bulunacaktı.

Hz. Ebû Bekir de biliyordu; ama bu bilmek, olayın bütün sıcaklığıyla yaşandığı zamanda karşılaşılan endişeleri gidermeye yetmiyordu. Bütün endişesi, Efendiler Efendisi'nin başına gelmesi muhtemel sıkıntılar içindi. Zira o, kendi başına gelebilecek her türlü meselenin, sadece bir kişiyle sınırlı kalacağını, ancak söz konusu meselenin Efendimiz'i hedeflemesi durumunda ise, bütün insanlığı hedefleyeceğinin hassasiyetini ortaya koyuyordu.[495]

Nihayet, mağara önüne gelenler de geri dönmüşlerdi ve artık yol, bir nebze olsun emniyet vadediyordu. Üç gün beklediler burada. Bu süre içinde, Hz. Ebû Bekir (radıyallahu anh) sık sık dışarı çıkıp etrafı gözlüyordu. El-etek çekilince, oğlu *Abdullah* da, yanlarına geliyor ve Mekke'de olup-bitenlerin haberini getiriyordu. Derken, *Âmir* ile birlikte rehber *Abdullah İbn Uraykıt* da gelmiş; kendilerini Medine'ye taşıyacak olan develeri beraberinde getirmişti.

Develeri teslim alan Hz. Ebû Bekir (radıyallahu anh), en güzel ve bakımlı olanını Efendimiz'e takdim etti ve:

– Anam-babam sana feda olsun! Bin yâ Resûlallah, dedi.

Beklemediği bir tepkiyle karşılaşacaktı:

– Ben, bana ait olmayan deveye binmem.

Hz. Ebû Bekir bu durumda 'Sıddîk' vasfına uygun hareket edecek, ve:

– Anam-babam sana feda olsun! O senindir yâ Resûlallah, diyecekti.

Fakat, bu da çözüm olmamıştı. Allah Resûlü (sallallahu aleyhi ve sellem), ısrarlıydı:

– Hayır, ancak, satın aldığın değeri sana ödemek şartıyla.

---

[495] Bkz. İsbahânî, Delâilu'n-Nübüvve, 1/62; Necdî, Abdullah, Muhtasaru Sîreti-'r-Resûl, s. 168

Mecburen anlattı Ebû Bekir. Bunun üzerine Habîb-i Zîşan:

– Ben de onu, bu bedele senden aldım, buyurdu ve böylelikle, hicret gibi önemli bir dönüm noktasında, ümmete kalıcı bir mesaj daha sunulmuş olunuyordu.

Mekke'den gelen haberler, arama taleplerinin ilk gününe nispetle kısmen de olsa şiddetini yitirdiğini söylüyordu. Demek ki artık, ayrılık vakti gelmişti.

Rebîülevvel ayının ilk ışıklarıydı. Yine bir pazartesi sabahı erkenden mağaradan ayrılacak; önce sahil tarafından batıya, ardından da Kızıl Deniz cihetinden asıl hedefleri olan Medine istikametine doğru yol almaya başlayacaklardı. Mekke-Medine arasında normalde alışık olunmayan bir yoldu bu. Sevr'den başlayıp da *Ufsân, Emec, Kudeyd, Harrâr, Seneyye, Mercâh, Ziludayveyn, Zîkeşer, Cedâcid, Ecred, Abâyîd, Fâce, Arc, Âir, Rism* ve *Kuba* güzergâhında[496] tam bir hafta sürecek bu çileli yolda Allah Resûlü'nün yanında, *Abdullah İbn Uraykıt, Âmir İbn Füheyre* ve bir de sâdık yâr Hz. *Ebû Bekir* bulunuyordu.

Mekke'ye Atfedilen Son Nazar

Bu sırada Allah Resûlü (sallallahu aleyhi ve sellem), son kez Mekke'ye doğru yöneldi; belli ki içine, peygamberlerin uğrak yeri, yeryüzündeki ilk binanın sahibi ve kendisinin de ikizi sayılan bu beldeden ayrılığın hüznü çökmüştü. Adeta, yüreğini bırakıp da gidiyordu. Halbuki, vahiy geleceği ana kadar kırk yıl beklemiş ve bu süre içinde de, sıklıkla Hira'ya çıkıp oradan, Kâbe'nin kendine yakışır bir şekilde ibadet ü taatla bütünleşebilmesi için dualar etmiş, istikbali seyre dalmıştı. Kolay değildi; Allah'ın en sevgili kulu ve peygamberlik zincirinin son halkası Habîb-i Zîşân Hazretleri, Allah'ın evinden ayrılmak zorunda kalıyor ve başka bir beldeye doğru yol alıyordu.

---

[496] Bkz. İbn Kesîr, el-Bidâye, 3/189

Efendimiz (sallallahu aleyhi ve sellem)

Artık, Mekke'ye atfedilen son nazarlardı bunlar ve adetâ Efendimiz (sallallahu aleyhi ve sellem), Mekke ile konuşuyordu. Hz. Ebû Bekir de dikkat kesilmiş, bu sessiz muhavereye şahit oluyordu. Dudaklarından şu cümleler dökülecekti:

– Vallahi de ey Mekke! Ben, senden ayrılmak zorunda kaldım! Şüphe yok ki sen, yeryüzünde Allah'a en sevimli olan beldesin; Allah'ın sana özel lütufları var! Allah'a yemin olsun ki, senin ehlin buradan Beni çıkarmaya zorlamasaydı, asla seni terk edip dışarı adım atmazdım![497]

Bundan sonra da, başta Efendiler Efendisi Hz. Muhammed, O'nun sadık yâri Hz. Ebû Bekir ve Mekkeli müşrik rehber Abdullah İbn Ureykıt, yola koyuldu ve sahil tarafını takip ederek Medine istikametinde mesafe almaya başladılar.

Ebû Kuhâfe'nin Tepkileri

Bunca olayın bir de, baba Ebû Kuhâfe'ye bakan yanı vardı; yaşlı adam, evine geldiğinde oğlunun yokluğunu fark etmiş ve nerede olduğunu sormuştu. Aldığı cevapların bütünü, oğlunun gittiğini söylüyordu. Bu işin şakası yoktu; Mekke, ticaret, çoluk-çocuk, akraba ve eski arkadaşlar, anne ve baba bırakılmış ve bu yaştan sonra, yeni bir mekân vatan olarak seçilmişti. Henüz imanla tanışmamış bir gönlün bunu anlamasına imkân olamazdı. Zira, bir kalbe iman girmişse, imanının gücü nispetinde sahibine inanılması güç işler yaptırırdı ve bunları, ondan mahrum olanlar asla anlayamazdı. Gerekirse O'nun için ana-babadan geçilir, aşılmaz sanılan badireler aşılır ve evlâd ü iyalden de vazgeçilirdi.

Şüphesiz, Resûlü Kibriyâ ile Medine'ye hicret söz konusu olduğunda, Ebû Bekir'in aklına ana-baba ve çoluk-çocuk belki de hiç gelmemiş; yıllar sonra *Tebûk*'e hazırlanırken diyeceği gibi *onları Allah ve Resûlü'ne bırakmıştı.*

---
[497] Halebî, İnsânü'l-Uyûn, 2/195, 196

Beri tarafta Ebû Kuhâfe, oğlunun gitmesini aklına sığıştıramıyor ve karşılaştığı herkese şunu soruyordu:

– Bunu da yaptı mı? Evlâd ü iyalini burada, arkada bırakıp gerçekten de çekip gitti mi?[498]

Evet, gitmişti... Hem de arkasına bile bakmadan!.. Zaten Ebû Kuhâfe'nin oğlu *Abdullah İbn Osman*'ı *Ebû Bekir* kılan da, onun bu fedakârlık ve feragatı değil miydi?..

Torunu Esmâ'yı soru yağmuruna tutan Ebû Kuhâfe, oğlunun servetini merak ediyor ve endişesini dile getirerek soruyordu:

– Allah'a yemin olsun ki o, büyük ihtimalle servetini de götürdü, değil mi?

Esmâ, temkinle cevapladı:

– Hayır ey babacığım! Şüphesiz o bize, çok büyük imkânlar bıraktı.

Hatta, Ebû Kuhâfe'nin gözleri, yaşlılığın da tesiriyle az görmekteydi ve bu durumu da değerlendirmek isteyen Esmâ, küçük küçük taşları bir araya toplayarak üzerini bir örtü ile örtecekti. Arkasından da, elinden tuttuğu dedesini, babasının kendilerine servet bıraktığı konusunda ikna etmeye çalışacak, elini taşların üzerinde gezdiren Ebû Kuhâfe de böylelikle tatmin olacaktı.[499]

Sürâka'nın Takibi

Beri tarafta, başlarına konulan ödüle nâil olabilmek için takibe koyulanların çoğu, eli boş geri dönse de, inadına peşini bırakmayanlar da yok değildi.

---

[498] İbn Teymiye, Minhâcü's-Sünneti'n-Nebeviyye, 8/542
[499] Bkz. Hâkim, Müstedrek, 3/6 (4267). Yıllar sonra bu durumu anlatırken Esmâ, aslında o gün için babasından geriye kalan mal olmadığını, sadece dedesini teskin etmek için böyle bir yola başvurduğunu ifade edecektir. Bkz. İbn Hişâm, Sîre, 3/15

Efendimiz (sallallahu aleyhi ve sellem)

Müdlicoğulları arasından birisi gelmişti ve köy meydanında oturanlara, Mekkelilerin başına yüzer deve ödül koydukları iki yolcuyu gördüğünü söylüyordu. Başlarına talih kuşu konmuşçasına gözleri dört açılmış ve Sürâka İbn Mâlik'e yönelmişlerdi. Yolcuları gören adam da, meseleyi kime söylemesi gerektiğini anlamış ve onun yanına gelmişti:

– Ey Sürâka! Biraz önce sahilde yürüyen bir karartı gördüm. Sanırım onlar, Muhammed ve arkadaşı!

Sürâka da öyle tahmin ediyordu; gelen bu haber, tahminini güçlendirmiş ve artık tereddüdü kalmamıştı. Ancak, böyle bir mesele, öyle ulu orta herkesin arasında konuşulmazdı. Onun için renk vermek istemiyordu ve:

– Onlar, sandığın gibi o adamlar olamaz! Senin gördüklerini ben de az önce gördüm; onlar falan ve filan adamlar, dedi. Onun bu yaklaşımıyla birlikte, yüzer tane deveyi alıp da bundan sonra zengin yaşama adına kurulan hayaller bir anda sönüvermişti. Meseleyi çaktırmamak için de, istifini bozmadan oturmaya devam etti bir müddet daha.

Artık hava değişmiş ve konu bir başka alana kayarak yolcular unutulmuştu. Sürâka yerinden kalktı ve evine geldi. Hizmetçisine, yolculuk için hemen atını hazırlamasını ve falan vadiye gidip de kendisini orada atla birlikte beklemesini söyledi. Ardından da, mızrağını alarak evin arka tarafından çıktı ve hizmetçisini gönderdiği vadiye doğru yöneldi. İşte şimdi, herkesi atlatmıştı, vadedilen develere tek başına konmak istiyordu. Ve çok geçmeden hizmetçisiyle atının olduğu yere gelmiş, sessizce bir yolculuğa başlıyordu.

Öte yandan, Sevr'den ayrılalı üç gün olmuştu. Mukaddes göçün kutlu yolcuları, hiç beklemedikleri bir anda arkalarından bir toz bulutunun hızla kendilerine yaklaştığını gördüler. Ebû Bekir'de, Sevr'deki duyduğu telâş vardı. Bu sefer, ne sığınacak bir mağara ne de müdafaa edecek ellerinde bir imkân vardı:

Mukaddes Göç

– Yâ Resûlallah! Peşimizdeki adam yetişmek üzere!

Aynı temkin ve tevekkül ile çağlıyordu:

– Mahzun olma! Allah bizimle beraberdir.

Tabii ki, vazifesini îfa ile gelen birine, kim ne düşünürse düşünsün kötülük yapamayacaklardı ve onlar için ilâhi inayet, sığınılabilecek en emin yerdi. Ancak, Ebû Bekir'deki telaş artmış ve sebepler açısından sona geldiklerini düşünerek göz yaşı döküyordu. Onun bu hâlini müşahede eden Allah Resûlü (sallallahu aleyhi ve sellem) sordu:

– Niye ağlıyorsun sen?

– Vallahi de kendime değil; Size bir zararı dokunacağından dolayı ağlıyorum yâ Resûlallah, diyordu.

İyice yaklaştığında, gelenin *Sürâka* olduğu anlaşılmıştı. Hz. Ebû Bekir'de aynı endişe ve telaş devam edadursun, önce arkasını dönüp dikkatlice Sürâka'ya baktı Allah Resûlü (sallallahu aleyhi ve sellem). Belli ki, gözleriyle esir alıp tesirsiz hâle getirmek istiyordu; hasım olarak arkasına düşen Sürâka'yı, âdeta nazarıyla tutacak ve yere çalıp '*tuş*' edecekti.

Bir de, ilahî dergâha yöneliş vardı ortada. Allah Resûlü'nün dudakları hareket ediyordu; belli ki, duaya durmuş:

– Allah'ım! Şu gelen konusunda bize, dilediğin gibi destek olup güç ver, diyor ve bir taraftan da gelen Sürâka'ya nazar ediyordu.

Peygamberî nazarın kendisine ilişmesiyle birlikte, hem de hiç beklenmedik bir anda Sürâka'yı taşıyan atın ayakları kumlara saplanıverdi. Metrelerce ileriye savrulmuş ve bulunduğu yerden bir toz bulutu yükselmişti semaya!

O, önce bunun bir kaza olduğunu düşündü. Ancak, öyle kazaya benzer yanı yoktu. Sebepler açısından, böyle bir sonuçla karşılaşmasını gerektiren bir husus göremiyordu. Acaba anlatılanlar doğru muydu? Muhammedü'l-Emîn, bir peygamber miydi gerçekten? Ya doğruysa? Bir müddet zihninde alıp verdi

Efendimiz (sallallahu aleyhi ve sellem)

bütün bunları. Başka çıkış yolu gözükmüyordu ve yalvaran bakışlarla süzmeye başladı İnsanlığın Emîni'ni. Aynı zamanda:

– Benim için Allah'a dua et de buradan kurtulayım, diyor ve ekliyordu:

– Söz, kurtulur kurtulmaz da Senin peşini bırakıp, takipten vazgeçeceğim!

O (sallallahu aleyhi ve sellem), peygamberdi; kendisine bir talep gelir de hiç boş çevirir miydi? Velev ki talep eden, can düşmanı bile olsa!

Sanki hiçbir şey olmamış gibi kurtuldu Sürâka. Başlarına konulan mükâfatın büyüklüğü duygularını esir almış gibi görünüyordu ve toparlanır toparlanmaz yeniden atına binip mahmuzlamak istedi. Yine aynı nazarlar vardı üzerinde ve atın ön ayakları tekrar saplanmıştı kumlara. Devâsâ bir toz bulutu yükselmişti düştüğü yerden. Büyük bir şok geçiriyordu; hiç sebep yokken atın ayakları, öncekinden daha derine dalmıştı ve bir türlü çıkaramıyordu!

Olanlara bir mânâ veremiyordu... Bunca yıldır buralarda at koşturuyordu; ama ilk defa böyle bir olayla karşı karşıya kalmıştı. Yok... Yok... *Ebû Cehil* değil, belki de *Ebû Bekir* haklıydı. Öyleyse, ilâhî inayet altında yoluna râm olan bu insanlara kötülük yapmaya çalışmak beyhûdeydi. Bu sefer, yürekten sesleniyordu:

– Yâ Muhammed! Anladım ki, bu başıma gelenler, Senin duan sebebiyledir. Benim falan yerde develerim var; onlardan istediğini al, ama ne olur, bir kez daha dua et ki buradan kurtulayım. Söz, bir daha tövbeler olsun ki, kesinlikle peşini bırakacağım. Önce:

– Develerine benim ihtiyacım yok, diye cevapladı Allah Resûlü (sallallahu aleyhi ve sellem). Ardından da, kurtulması için duada bulundu. Sürâka, atıyla birlikte yeniden ayaktaydı.[500]

---
[500] Bkz. İsbahânî, Delâil, 1/62

Toz-toprak içinde yerden kalkarken, kim bilir ruh dünyasında neler alıp verdi ki, ayaklarının üstüne doğrulduğunda halindeki değişikliği sezmek zor değildi artık. Hz. Ebû Bekir, gelişmeleri hayret ve dehşetle seyrediyor; Resûlü Kibriyâ'nın bir kez daha korunmasına şahit olmanın hazzıyla Rabbine hamd ediyordu. Zira, Sürâka da, tökezleyen atının ardından Allah Resûlü'nün önünde diz çökmek üzereydi. Üzerine teslimiyetin boyası sinmiş, usul usul huzura geliyordu. "Sen de mi?" dercesine mânâ yüklü nebevî bakışlara:

– Evet, ben de yâ Resûlallah, diye mukabelede bulundu önce. Ardından da, söz verdi O'na; geri dönecek ve arkadan gelen bütün düşmanlarını başka istikamete sevk edecekti.[501] Ne de olsa, herkes, kendi alanında fedakârlık ve feragatte bulunmalı ve ihtiyaç olduğu yerde Hak adına maharetini ortaya koymalıydı. Artık O da, Allah yoluna râm olmuş, Resûl-i Kibriyâ'nın biricik müdâfilerindendi. Arkasından şu müjdeyi yetiştirdi Efendiler Efendisi:

– Kisrâ'nın iki bilekliğine malik olacağın gün, nasıl olursun acaba ey Sürâka![502]

Kurtuluşu karşılığında herhangi bir bedel ödemediği gibi aynı zamanda İslâm'la şereflenmiş, şimdi de istikballe ilgili bir müjdeye nail oluyordu. Bu, o günkü en büyük iki devletten birinin yakın zamanda dize geleceği ve gücü temsil eden kralın bilekliklerine de, Sürâka'nın sahip olacağı mânâsına geliyordu. Önce inanamadı ve:

– Hürmüz'ün oğlu Kisrâ mı, diye sordu telaşla. Efendimiz:

– Evet, diyordu.

Aynı zamanda bu, Sürâka başta olmak üzere bütün ümmetine, yeni bir hedef koyma anlamına geliyordu. Öldürme

---

[501] Bkz. Sahîhu Müslim, 4/2309 (2009); Mübârekfûrî, er-Rahîku'l-Mahtûm, s. 159
[502] İbn Abdilberr, el-İstîâb, 2/581 (916)

niyetiyle takibine başladığı insanın dizinin dibinde İslâm'la şereflenen Sürâka da, elinde Efendimiz'in yazdırdığı ferman ve ödevini de almış bir vaziyette artık Mekke'ye dönüyordu.[503] Az öncesine kadar Efendimiz'in ölümüne niyet eden bu insan, huzurdaki anlık insibağın bir kahramanı olarak öyle bir tavır ortaya koyacaktı ki artık, Efendimiz'i takip eden diğer insanları da geri çevirecek ve geldiği istikamette, yakalanacak kimsenin olmadığını anlatacaktı.

Hicret Yolunun Harikaları

Yol boyunca Hz. Ebû Bekir (radıyallahu anh), Efendimiz'e en küçük bir rahatsızlığın ilişmemesi için azami gayret sarfediyor ve O'nun rahat etmesi için her şeyini ortaya koyuyordu. Mola vermek istediklerinde, Efendimiz'in altında gölgelenebileceği bir ağaç arayıp buluyor, Efendimiz istirahat ederken de yiyecek ve içecek tedariki için koşturuyordu.[504]

Bazen, Hz. Ebû Bekir'in karşısına, ticaretle uğraştığı günlerden bir tanıdığı çıkıyor ve yanındaki adamın kim olduğunu soruyordu. Tereddütsüz:

– Bu, bana yolun doğrusunu öğreten adamdır, diyor ve meseleyi, iki türlü de anlaşılabilecek bir metotla anlatmaya çalışıyordu. Bununla o, hem yalan beyanda bulunmamış olu-

---

[503] Bkz. İbn Hişâm, Sîre, 3/16 vd. Kâdı İyâz, Şifâ, 1/687. Aradan yıllar geçecek ve Hz. Ömer'in hilafeti zamanında bu haber de gerçekleşecektir. İran'ı dize getiren Hz. Ömer, Kisrâ'nın bileklikleri alacak ve Sürâka'ya getirerek yüksek sesle şunları söyleyecektir:
– Ellerini kaldır ve şöyle de: "Allahü Ekber! Bunları, *'Ben, insanların Rabbiyim.'* diye büyüklük taslayan dirayetli Hürmüzoğlu Kisrâ'dan selbedip de, Arap çöllerindeki Müdlicoğullarından Sürâka'ya giydiren Allah'a hamd olsun!" Bkz. İbn Esîr, Üsüdü'l-Ğâbe, 2/414; Sünenü'l-Beyhâkî, 6/357(12812)

[504] Bu yolculuk esnasında genelde süt içmiş ve yiyecek ihtiyaçlarını hep, yanlarına uğradıkları çobanlardan tedarik ettikleri bu sütlerle gidermişlerdi. Bkz. Buhârî, Sahîh, 3/1419 (3692)

yor hem de sözün doğrusunu söyleyerek meselenin içinden kolaylıkla çıkıyordu.[505]

Efendimiz (sallallahu aleyhi ve sellem) ise, her türlü ortamı, iman adına değerlendirmek istiyordu ve yolda giderken karşılaştığı herkesle konuşuyor ve herkese Rabbini anlatıyordu. Yeri geliyor bir çobanla konuşuyor; bazen de yiyecek istedikleri kişilerle oturup onlara Allah'ı anlatıyordu. Bu esnada O'na, Allah'ın ekstradan lütufları sağanak olup yağıyor ve beraberindekiler de, art arda art arda mucizelere şahit oluyordu. Belki de bu hareketleriyle Allah Resûlü (sallallahu aleyhi ve sellem), hangi şartta ve nerede olursa olsun bir mü'minin, Rabbini anlatma adına mutlaka bir çıkış yolu bulması gerektiğini gösteriyor; zindanları bile saraylara çevirecek bir ruhî dönüşümün örneklerini ortaya koyuyordu.

Bu arada, koyunlarını otlatan bir çoban, Efendimiz'le birlikte Hz. Ebû Bekir'in Medine'ye doğru gidişlerini görmüş ve gelip de durumu Mekke halkına haber vermek istemişti. Ancak, bir çırpıda Mekke'ye geldiği halde, niçin buraya geldiğini bir türlü hatırlayamıyordu. Hatırlamak için uzun zaman bekledi; ama belli ki olmayacaktı ve o da, yeniden koyunlarının yanına geri döndü.[506]

Süt Mucizesi

Yol boyunca giderken yine bir çobana rastlamışlar ve ondan süt istemişlerdi. Adam:

– Benim yanımda, kışın başlangıcında hamile kalan şu oğlaktan başka sağılacak koyun yok! Onun da düşük yaptığı için sütü kesildi, cevabını veriyordu. Bunun üzerine Hz. Ebû Bekir (radıyallahu anh), Efendimiz'e döndü ve:

– Bunun için dua eder misiniz yâ Resûlallah, dedi. Allah

---

[505] Bkz. Buhârî, Sahîh, 3/1433 (3699)
[506] Kâdı İyâz, Şifâ, 1/688

Efendimiz (sallallahu aleyhi ve sellem)

Resûlü (sallallahu aleyhi ve sellem), can yoldaşının gönlünü kırmayacaktı ve dua etmeye başladı. Bu arada oğlak, Hz. Ebû Bekir'in delaletiyle yakalanmış ve Efendimiz'in önüne getirilmişti. Mübarek elleriyle memelerini sıvazlamaya başladı; bir taraftan da dua ediyordu. Memeler, daha oracıkta süt dolmaya başlayıvermişti.

Hz. Ebû Bekir (radıyallahu anh), hemen gitmiş ve bir kap getirmiş; memelere yürüyen sütü sağmaya durmuştu bile... Oğlağı sağıp çıkan sütü içmeye başlayınca, o ana kadar olup bitenleri seyreden çobanın dili çözülecek ve:

– Allah'a yemin olsun, Sen de kimsin? Vallahi de, bugüne kadar Senin gibisini hiç görmedim, diyecekti. Efendiler Efendisi, adama yaklaştı ve:

– Kim olduğumu sana söylersem, başkasına anlatmayacağına söz verir misin, dedi. Adam:

– Evet, diyordu.

– Ben, Allah'ın Resûlü Muhammed'im, buyurdu. Bir anda adamın gözleri büyümüş, yerinden fırlayacak gibi olmuştu:

– Yani Sen, Kureyş'in sâbi sandığı şu adam mısın, diyordu hayretle...

– Onlar öyle diyorlar, diye ilave etti Allah Resûlü (sallallahu aleyhi ve sellem). Bu, onların yakıştırdıkları bir ifadeydi. Kısa süren bu diyaloğun meyvesi kendini orada göstermeye başlayıverdi:

– Ben şehadet ederim ki Sen, Nebi'sin; yine şehadet ederim ki Senin getirdiğin Hak'tır. Çünkü, şu Senin yaptıklarını ancak bir Nebi yapabilir; ben de Sana tâbi oluyorum!

Adamın bu kadar kısa sürede imanla tanışması ve imanla tanışırken de böyle heyecanlanması, Efendimiz'in dikkatini çekmiş ve ona nasihat etme lüzumunu hissetmişti. Çünkü bugün, henüz bu heyecanı kaldıracak bir gün değildi. Onun için buyurdular ki:

– Bugün sen, buna güç yetiremezsin! En iyisi sen, bizim işimizin ne zaman etrafta yayıldığını duyarsan o zaman Bize gel![507]

Ümmü Ma'bed

Ümmü Ma'bed, yaşlı ve iri yapılı bir kadındı; Huzâaoğulları yurdunda bulunan çadırının önünde oturur ve yoldan geçenlere yemek ikram ederdi. Efendiler Efendisi ve yol arkadaşlarının yolu da buradan geçiyordu. Yaklaşık yüz otuz kilometre mesafe aldıktan sonra onun çadırının bulunduğu yere gelmişlerdi ve Ümmü Ma'bed'den, satın almak için yiyecek bir şeyler istediler. Ancak, olacak ya, o gün için kadının yanında satın alınabilecek bir şey yoktu; zira, uzun zamandır yağmur yağmamış ve bu sebeple de yeşillikler kuruyup yok olmuştu, büyük bir kıtlık yaşıyorlardı.

Bu arada Efendimiz (sallallahu aleyhi ve sellem), çadırın kenarında duran koyunu göstererek:

– Ey Ümmü Ma'bed! Şu koyunun hali ne, burada niye duruyor, diye sordu.

– Açlıktan tâkati kalmadığı için sürüyle birlikte gidemedi zavallı, diyordu acıyarak.

– Onun sütü var mıdır, diye ikinci kez sordu Allah Resûlü (sallallahu aleyhi ve sellem).

– O, ayakta zor duruyor; sütü nasıl olsun, diye garipsiyordu kadın. Bunun üzerine Efendimiz (sallallahu aleyhi ve sellem):

– Onu sağmama izin verir misin, dedi. İmkânsızı istiyordu. Derisi sırtına yapışmış ve gününün çoğunu yatarak geçiren bir koyundan hiç süt çıkar mıydı? Onun için:

– Anam-babam Sana kurban olsun; şayet onda bir damla süt bulabilirsen sağ tabii ki, diyordu, gülerek!

---

[507] Hâkim, Müstedrek, 3/8, 9 (4273)

Efendimiz (sallallahu aleyhi ve sellem)

Efendimiz (sallallahu aleyhi ve sellem), artık koyunun sahibinden de izin de almış; yanına giderek dua etmeye başlamıştı. Allah'ın adını veriyor ve sütsüz memelere süt vermesi için Rabbine yalvarıyor, bunu yaparken bir taraftan da, büzüşen memelerini sıvazlıyordu. Bu arada Ümmü Ma'bed, beyhûde çaba olarak gördüğü bu hareketlere bir anlam verememesine rağmen olacakları uzaktan seyrediyordu.

Birdenbire, koyun canlanmaya başlamış ve ayağa kalkmıştı; o da ne, memeler süt doluyordu! Bunu gören Efendimiz de, hemen bir kap istemiş ve süt taşan memeleri mübarek elleriyle tutarak bu kaba sütü sağmaya başlamıştı. Sanki, az önceki o kuru memeler, bitip tükenme bilmeyen bir süt pınarına bağlanmıştı ve onlardan bol süt geliyordu.

Kovadaki sütten, önce şaşkın bakışlarla meseleyi çözmeye çalışan Ümmü Ma'bed'e takdim etti Allah Resûlü (sallallahu aleyhi ve sellem). Belki de, gördüklerinin birer hayal değil, gerçeğin ta kendisi olduğunu göstermek istiyordu. Aldı ve kana kana içti Ümmü Ma'bed. Ardından, aylardır karınları doymayan çoluk-çocuğuna da verdi ve onlar da içtiler doyuncaya kadar. Evdeki en son kişi de içip süte doyunca Efendimiz (sallallahu aleyhi ve sellem), sağma işine yeniden döndü ve kovayı dolduruncaya kadar da devam etti bu işleme.

Artık herkes doymuş ve üstüne üstlük bir kova süt de artmıştı. Vakit, ayrılık vaktiydi. Aslında onun gibi birisine başka bir şey anlatmaya gerek yoktu. Kısa bir davetin ardından Ümmü Ma'bed, oracıkta Müslüman oluverdi.

Akşam olup da kocası Ebû Ma'bed, bütün gün otlatmaya çalıştığı halde bir türlü karınlarını doyuramadığı koyunlarıyla birlikte eve gelince, kovadaki sütü görecek ve:

– Ey Ümmü Ma'bed! Bu süt dolu kova da neyin nesi? Koyunlar burada değildi; kaldı ki, burada olsalar da hiçbirinde süt yok, diyecekti.

Mukaddes Göç

Gözü önünde yaşanılanlara şahit olan büyük kadın, tane tane konuşuyordu ve:

– Allah'a yemin olsun ki bugün, buraya çok mübarek birileri geldiler, diye başladı ve yaşadıklarını anlattı teker teker... Ebû Ma'bed de heyecanlanmıştı:

– Bana biraz tarif edebilir misin, diyordu. Belli ki, bir yerlerle bağlantı kurmuştu. Efendimiz'in fotoğrafını çekmişçesine anlatmaya başladı Ümmü Ma'bed:

– Nur yüzlü bir adamdı; güzel ve parlak bir yüzü vardı. Yaratılışı güzel ve şekil itibariyle de vücudu düzdü. Ne göbeği öne çıkmış ve karnı büyümüştü ne de başı küçük ve kusurluydu; orta büyüklükte, güzel mi güzel ve mutedil bir vücut yapısı vardı. Gözleri siyah, göz kenarları da uzundu. Sesinde kadife gibi bir yumuşaklık vardı. Omuzları geniş, sakalı da sıktı. Kaşları, uzaktan dikkat çekecek kadar belirgin duruyordu. Sükût buyurduğunda üzerinde bir vakar, konuştuğunda ise meslisinde insibağ hakimdi; Allah'ın adını anarak konuşmasına başlıyor ve hep O'nu yücelterek devam ediyordu. Uzaktan bakıldığında, insanların en güzel ve alımlısıydı; yakınına yaklaşıldığında ise cemal ve ihsanın kemalini temsil ediyordu. Konuşmaları, tane tane ve kulak tırmalamayacak şekilde, ne az ne de çoktu. Mantığı, şiir gibi akıp gidiyordu. Ne, herkesten üstte kalacak kadar çok uzun boylu ne de insanlar arasında seçilmeyecek kadar kısa idi; görünüş itibariyle sanki O, iki dal arasında duran üçüncü bir dal gibiydi. Üç kişi arasında altın gibi parlıyordu ve görünüş itibariyle onların en güzeli idi. Arkadaşları, etrafında pervane gibi dönüyorlar; bir beyanı olduğunda ona kulak veriyor, O'ndan bir emir sudûr edince de koşarak bu emrini yerine getiriyorlardı. Etrafında dört dönüyor ve her arzusunu yerine getirmek için de, hiçbir isteksizlik emaresi göstermeden ve gönülden isteyerek koşturuyor, adeta birbirleriyle yarışıyorlardı.

Ebû Ma'bed'in gözleri dört açılmış, sanki yuvasından çıkacak gibi olmuştu; meğer evde yokken hanesine saadet gü-

Efendimiz (sallallahu aleyhi ve sellem)

neşi gelip konmuş da haberi yoktu. Sanki oturup Efendimiz'in fotoğrafını çekmişçesine bunları anlatan ve hanesine teşrif eden misafirini bu kadar tafsille ve detaylı bir tarifle kendisine aktaran hanımına heyecanla önce:

– Vallahi de bu, şu bize bahsedilen Kureyş'in adamı olmasın, dedi ve arkasından da şunları söylemeye başladı:

– Ne kadar isterdim, ben de O'na yetişeyim ve O'nunla arkadaş olayım! Şayet bir gün buna muktedir olursam, Mekke'de duracak ve avazım çıktığı kadar bağırıp dünyaya O'nun faziletini anlatacağım! Önemli değil; insanlar bu sesin nereden geldiğini bilmesinler. Çünkü, önemli olan sesin sahibi değil, sesin anlattıklarıdır.

Bunu dedikten sonra Ebû Ma'bed duracak ve duygularını şiirin kalıplarına dökerek Efendimiz'i anlatmaya başlayacaktı.

Çok geçmeden de, Kâbe'de yankılanan bir ses duyulacaktı; bu ses, Ümmü Ma'bed'in çadırına uğrayan iki arkadaştan bahsediyor ve onların, bu çadıra nasıl bir bereket getirdiklerini anlatarak Ümmü Ma'bed'in nasıl Müslüman olduğundan bahsediyordu. Bütün dikkatler, bu iki arkadaşın kimliğine çevrilmişti; adam, Muhammed ve Ebû Bekir diyor ve memeleri kurumuş koyunlarının nasıl süt verdiğini nazara vererek bu iki ismin faziletini öve öve bitiremiyordu.[508]

Hz. Ebû Bekir'in kızı Hz. *Esmâ*, haberi alır almaz bir çırpıda bu sesin geldiği yere gitti. Zira, o ana kadar ne Efendimiz'den ne de babası Hz. Ebû Bekir'den bir haber alabilmişlerdi; sadece Mekke'den çıktıklarını biliyorlar, ama nereye gittiklerini ve bu yolculuk esnasında başlarına nelerin geldiğini bilmiyorlardı. Bu adamın sözlerine kulak verdikten sonra anlamışlardı ki, Efendiler Efendisi ve sadık yâri Hz. Ebû Bekir, Medine istikametinde yol alıyorlardı.[509]

---

[508] Bkz. Hâkim, Müstedrek, 3/10; Mahmûd el-Mısrî, Sîratü'r-Resûl, s. 207 vd.
[509] Bkz. Mübârekfûrî, er-Rahîku'l-Mahtûm, s. 159

Büreyde İbn Huseyb

Yolculuk sırasında, yaklaşık seksen hanelik bir köyün yakınından geçerken burada, başka birisiyle daha karşılaşmışlardı. *Büreyde İbn Huseyb* adındaki bu zata önce Efendimiz (sallallahu aleyhi ve sellem) sordu:

– Sen kimsin?

– Ben Büreyde'yim, diye cevaplamıştı. Bunun üzerine tebessüm etmeye başlayan Efendimiz (sallallahu aleyhi ve sellem), Hz. Ebû Bekir'e döndü ve:

– Yâ Ebâ Bekir! İşimiz berd ü selâma ulaşıp sulha erdi, iltifatında bulundu. Yine sordu:

– Peki, nerelisin?

– Eslem'denim, diyordu. Efendimiz (sallallahu aleyhi ve sellem), yeniden sadık yârine döndü:

– Artık esenlik ve silme ulaştık demektir, dedi. Belli ki, aldığı cevaplardan tefe'ülde bulunuyor ve kulağına gelen sese paralel yorumlar yapıyordu. Belki de, bu kadar zorluklarla başlayıp sıkıntılarla devam eden yolculuğun yorgunluğunu, latifelerin enginliğinde yumuşatmak istiyor; böylelikle yol arkadaşlarına da tebessüm ettirmek istiyordu. Yine Büreyde'ye döndü ve:

– Peki, kimlerdensin, diye bir kez daha sordu. Büreyde:

– Sehmoğullarındanım, cevabını vermişti. Mübarek yüzlerini yeniden yol arkadaşına çevirdi ve:

– Artık ok yaydan çıktı ve hedefini buldu, buyurdu. Anlaşılan, tesadüfe yerin olmadığı bir dünyada Efendimiz (sallallahu aleyhi ve sellem), Allah'ın (celle celâluhû) karşısına çıkardığı böyle bir tabloyu değerlendiriyor, eşyanın perde arkasından kendisine sunulan mesajları alıyor ve bu bilgileri de, latife yollu bir üslupla Hz. Ebû Bekir'le paylaşıyordu.[510]

---

[510] Bkz. İbn Abdi'l-Berr, İstîâb, 1/185, 186

Efendimiz (sallallahu aleyhi ve sellem)

Sonra da, oturup uzun uzun konuştular; kendisiyle böyle lâtifeli şekilde konuşan kişiyi merak etmişti Büreyde. Onun için sordu:

– Peki, Sen kimsin?

– Abdullah'ın oğlu ve Allah'ın Resûlü Muhammed, buyurdu Efendiler Efendisi.

Evet, bu kadar duruluk ve duruştaki ululuk, ancak bir Nebi'de olabilirdi. Bir anda tavrı değişivermişti; meğer, aradığı kısmet ayağına gelmişti de haberi yoktu. İçinden gelerek:

– Eşhedü en lâ ilâhe illallah ve eşhedü enne Muhammeden abduhû ve Resûlüh, dedi.

Artık Büreyde, Müslüman olmuştu; ancak o, bu yolda yalnız değildi. Çok geçmeden kendi kabilesinden onunla birlikte olan herkes, onun tercih ettiği bu yeni dini kabullenecek, hiçbir baskı ve zorlukla karşılaşmadan gelip teslim olacaktı. Hamd makamında şunları söylüyordu:

– Hiç zorlanmadan ve sadece itaat düşüncesinden hareketle, Sehmoğullarından gelip de Müslüman olanlardan dolayı Allah'a hamd olsun!

Ve, kabilesinden Müslüman olanlarla birlikte, Habîb-i Zîşân Hazretlerinin arkasında saf tutup yatsı namazını kılacak; böylelikle, Mekke'de yaşanan nedrete inat, daha Medine yolunda nasıl bir ikramla karşılaştıklarını fiilen göstermiş olacaktı.

Sabah erkenden koşarak huzura gelen Hz. Büreyde, coşmuş ve bu coşkusunu ifade sadedinde Habîb-i Ekrem'e şunları söylüyordu:

– Yâ Resûlallah! Senin gibi birisi, Medine'ye girerken yanında sancaktarsız olmamalı!

Daha bunu söylerken, bir taraftan da sarığını çözmüş ve mızrağına bağlamaya başlamıştı bile. Böyle, gönülden gelen bir tepkiye karşı Efendimiz (sallallahu aleyhi ve sellem) de sesini çıkarmayacak ve artık Hz. Büreyde, Medine'ye gelinceye kadar Allah Resûlü'nün önünde yürüyecekti.[511]

Ebû Evs'in Hassasiyeti

Arc denilen yerden geçen yolları, artık Kuba'ya yaklaşmıştı; meşakkatli yolculuk son bulmak üzereydi. Ancak, bindikleri develer yorulmuş; adımları bir hayli yavaşlamıştı. Bu sebeple, Hz. Ebû Bekir'le Efendimiz aynı deveye binip; yorulan deveyi dinlendirmek maksadıyla yollarına öylece devam ediyorlardı.

Cuhfe ve *Herşâ* arasında, *Ebû Evs Temîm İbn Hacer* adında birisiyle karşılaştılar. Onların bu hâlini gören Evs, hemen bir deve tahsis etti. Yanlarına da Mes'ûd adındaki kölesini veriyor ve bu kutlu yolcuları sağ-salim Medine'ye ulaştırması için tembih üstüne tembihlerde bulunuyor ve:

– Bunlarla birlikte git ve kimsenin bilmediği şu yolu tut! Ve sakın, Medine'ye ulaşıncaya kadar onlardan ayrılma, diyordu.[512]

Ri'm denilen yere geldiklerinde ise, tanıdık bir sima ile

---

[511] Beyhakî, Delâil, 2/221; İbnü'l-Esîr, Üsüdü'l-Ğâbe, 1/209; Mübârekfûrî, er-Rahîku'l-Mahtûm, 160. Hz. Büreyde, Müslüman olduktan sonra Efendimiz (sallallahu aleyhi ve sellem) onu, Eslem ve Ğıfâr kabilelerine göndermiş ve o da Uhud sonrasında Efendimiz'in yanına gelmişti. Çok geçmeden, onun gayretleriyle köy halkının hepsi de Müslüman olacaktı. Efendimiz'in vefatından sonra bir müddet daha Medine'de ikamet eden Hz. Büreyde, daha sonraları Horasan taraflarına gelerek Yezîd İbn Muâviye zamanında *Merv*'de vefat etmiştir. Bkz. İbn Sa'd, Tabakât, 4/242

[512] Daha sonra da Efendimiz (sallallahu aleyhi ve sellem), köle Mes'ûd'u deve ile birlikte geri gönderecek; bundan böyle de develerine nasıl bir işaret koymaları gerektiğini tarif edecekti. Efendimiz (sallallahu aleyhi ve sellem) Medine'ye ulaştıktan sonra Müslüman olan Ebû Evs'in, aynı zamanda başka bir görevi daha vardı; Uhud Savaşı öncesinde Mekke'den kopup gelen müşrik ordusunun gelişini, yine aynı Mes'ûd'u yürüyerek Medine'ye göndererek Efendimiz'e haber verecek ve böylelikle önemli bir istihbarat görevini yerine getirecekti. Bkz. İbnü'l-Esîr, Üsüdü'l-Ğâbe, 1/173; İbn Hacer, İsâbe, 1/157

karşılaşacaklardı. Bunlar, Şam cihetinde ticaret için gidip de geri gelen *Zübeyr İbn Avvâm* ve arkadaşları idi. Her iki taraf da sürûr yaşıyordu; zira Hz. Zübeyr, Efendimiz'in hala oğlu oluyordu. Mukaddes göçün yolcuları üzerinde gördükleri yol yorgunluğunu dindirecek bir hasret gidermeydi bu aynı zamanda. Hz. Zübeyr, hem Hz. Ebû Bekir hem de Efendimiz için hazırladığı birer beyaz elbise çıkarmış ve giymeleri için kendilerine takdim etmişti.[513]

İlk Karşılama Heyecanı

Bu arada Medine, büyük bir heyecan yaşıyor ve bir an önce Efendimiz'in gelmesini iştiyakla bekliyordu. Bunun için, ilk karşılama yeri olan *Harra* denilen yerde bir araya geliyor ve iştiyak dolu gözlerle yolları süzüyorlardı. Bu bölgenin genel adı, Kuba'ydı.

Mekke'den çıktıkları günü biliyorlardı ve bu sebeple, Medine'ye ulaşacakları günü de tahmin etmişler ve günün ilk ışıklarıyla beraber şehrin dışına çıkıp beklemeye durmuşlardı. Öğle sıcakları bastırıncaya kadar bekliyor, gelişine şahit olamayınca yeniden gölgeye sığınıp ikindi vakti olunca tekrar beklemeye duruyorlardı. Sevr'de ne kadar kaldıklarını bilemiyor ve onun için de gecikmelerinden dolayı hüzün duyuyorlardı. Ve, bu hâl, tam üç gün devam etti.

Nihayet takvimlerin, Rebîülevvel ayının sekizini gösterdiği, bir pazartesi günüydü. Beklemeye başladıkları üçüncü günün öğle vakti geldiğinde insanlar, yeniden gölgeliğe çekilmiş, öylece bekliyorlardı. Bu arada, uzaktan bir münadinin sesi duyuldu. Sesin geldiği cihete dikkatle baktılar; bu ses, Medineli bir Yahudi'ye aitti. Ensâr ve Muhâcirler için böylesine önemli bir müjdeyi verme işini Allah (celle celâluhû), bir Yahudi'ye nasip etmişti. Belki de bununla bir mesaj veriyordu; çünkü nüfus

---

[513] Bkz. Buhârî, Sahîh, 3/1421 (3694)

olarak Yahudiler, Efendimiz'in hicret ettiği Medine şehrinin çoğunluğunu oluşturuyordu. Şöyle diyordu, heyecanla ve avazı çıktığı kadar bağıran Yahudi:

– Ey Kayleoğulları! İşte, sizin bekleyip durduğunuz arkadaşınız geliyor!

Medine 'heyecan' olmuş, tek bir yürek gibi atıyordu. Hemen karşılamak için koşturmaya başladılar; tekbir sesleri tehlillere karışmış ve neşidelerle Medine, bir anda bayram havasına bürünüvermişti. Zira, Rebîülevvel ayının ilk günü Sevr'den başlayan ve bir hafta süren bir yolculuk, Kuba'da son buluyordu.

Bir taraftan Medineli Ensâr, silahlarına sarılmış ve herhangi bir problem yaşanmaması için almaları gereken tedbiri de ihmal etmiyor, *Harre* denilen yerde büyük bir merasimle O'nu karşılıyorlardı.[514]

Kuba'da Verilen Mola

Kuba'ya teşrif buyurdukları andan itibaren insanlar, O'nu kendi evinde misafir etmek için can atıyor; herkes kendi evine buyur ediyordu. Ancak O, Neccâroğullarının bulunduğu yeri tercih edecekti. Zira, aynı zamanda Neccâroğulları, Abdulmuttalib'in akrabalarıydı. Yolda giderken insanlar halkalanmış; Mekkelilerin tahammül edip ölümüne ferman kestikleri Efendiler Efendisi'ni sinelerine basıyor ve gönülden kucaklıyorlardı! Nur cemalini görebilmek için damlara çıkanlar, göz göze gelebilmek için pencerelerden sarkanlar vardı!

– Hangisi O? Hangisi O, diye sesleniyor, görebilmek için pencerelerden sarkıyorlardı. Dudaklardan, bir iç geçirmeyle birlikte dökülen kelime ise hep aynıydı:

– Yâ Muhammed!

– Yâ Resûlallah!

---

[514] Bkz. İbn Sa'd, Tabakât, 1/233

Efendimiz (sallallahu aleyhi ve sellem)

– Yâ Muhammed!
– Yâ Resûlallah!

Sanki Ensâr, yılların kavurduğu kıtlıkta susuzluktan tükenmişti; Efendimiz ise rahmet olup onların üzerine yağıyordu. Adını telaffuz ederken, hücrelerine kadar hissettikleri, her hâllerinden okunuyordu.

İnsanlar akın etmiş, Resûl-ü Kibriyâ'yı görmek için oraya geliyorlardı. Yanıbaşlarına kadar geldiği halde, koşup huzuruna O'nu görmemek olur muydu hiç? Aylarca, hatta bazıları itibariyle yıllarca O'nun rüyalarını görmüş ve bugünü bir hayâl olarak hep düşlemişler, vuslat dualarıyla coşarak bayram neşideleriyle coşmuşlardı. Şimdi ise O, hemencecik yanıbaşlarındaydı.

Misafir olarak kaldıkları yer, Külsüm İbnü'l-Hedm mahallesiydi. Ancak O (sallallahu aleyhi ve sellem), Mekke'de olduğu gibi burada da yerinde sabit durmayacak ve insanlara bir şeyler anlatmak için onların bulunduğu yerlere de gidecekti. Bunun için Sa'd İbn Hayseme'nin evine gidecek ve orada bir araya gelen gençlerle uzun uzadıya sohbet edecekti. Zira Sa'd İbn Hayseme'nin evi, bekârların bir araya geldikleri bir mekân olarak biliniyordu. Hatta bunun için bazı insanlar, Efendimiz'in Kuba'da kaldığı yer olarak bu şahsın evini zikretmektedirler.[515]

Ancak, tabii olarak, Ensâr'ın bütünü, henüz Allah Resûlü'nü görememişti ve bu sebeple de *hoş geldin* demek için yanına gelen insanlar, gelenler arasından hangisinin O (sallallahu aleyhi ve sellem) olduğunu kestiremiyorlardı. Onunla ilk defa müşerref olacaklardı! Hz. Ebû Bekir (radıyallahu anh) ayakta duruyor; Efendimiz (sallallahu aleyhi ve sellem) ise, sükût içinde oturuyordu. Bulundukları yere doğru yönelen insan selinin hedefi, bir anda ayakta duran Hz. Ebû Bekir'e yönelivermişti! Fetanet

---

[515] Bkz. İbn Sa'd, Tabakât, 1/233

sahibi Ebû Bekir, bu yanılgıdan dolayı büyük bir mahcubiyet yaşayacak ve Efendimiz'i işaret edebilmek için hemen, cübbesinin bir parçasıyla O'na gölge yaparak kimin Resûlullah olduğunu fiilen işaret edecekti. Mesele şimdi anlaşılmıştı ve artık herkes, huzur-u risalette durup Efendimiz'e *"Hoş geldin yâ Resûlallah!"* diyordu.[516]

Bu arada, Efendimiz'in emanetlerini yerine iade eden ve her hak sahibinin hakkını kendisine teslim eden Hz. Ali de, yanında ilklerden Suheyb İbn Sinân olduğu halde,[517] üç gün sonra Mekke'den hicret yoluna girmişti ve yaya olarak girdiği yol sonucunda bugün Kuba'da, Mekke'de ayrılmak zorunda kaldığı Efendimiz ve Hz. Ebû Bekir'e yeniden kavuşuyordu.[518] Tehlikelerden kurtulmak için de geceleri yol almaya gayret gösteren Hz. Ali'nin ayakları yara-bere içinde kalmış ve yürümekten şişmişti. O'nun bu halini görünce Allah Resûlü (sallallahu aleyhi ve sellem), önce kollarını açıp onu kucaklayacak ve kendini tutamayıp merhamet duygularıyla gözyaşı dökecekti. Daha sonra da, ayağındaki yaraların üzerine hafifçe tükürüğünü sürecek ve ardından dua ederek tedavisine yönelik tavsiyelerde bulunacaktı. Çok geçmeden Hz. Ali'nin ayaklarındaki bütün ağrılar geçecek ve bir anda bütün sıkıntıları son buluverecekti.[519]

Efendiler Efendisi (sallallahu aleyhi ve sellem) ve **Hz. Ebû Bekir** (radıyallahu anh), Kuba'da dört gün[520] konaklayacaklar ve bu süre içinde burada, bir de mescid inşa edeceklerdi. Daha sonraları hep *'Kuba Mescidi'* diye anılacak olan bu mescid, aynı zamanda İslâm'daki ilk mescid olma özelliğine sahip olacaktı.

---

[516] Bkz. İbn Hişâm, Sîre, 3/20; Mahmûd el-Mısrî, Sîratü'r-Resûl, s. 211
[517] Bkz. İbnü'l-Esîr, Üsüdü'l-Ğâbe, 2/460
[518] Bkz. İbn Hişâm, Sîre, 3/21, Mübârekfûrî, er-Rahîku'l-Mahtûm, s. 161
[519] Bkz. Halebî, Sîre, 2/233
[520] Efendimiz'in Kuba'da kaldığı gün sayısı hakkında, on dört veya on gece şeklinde farklı rivayetler de bulunmaktadır.

Efendimiz (sallallahu aleyhi ve sellem)

Cuma günü gelip çatınca da Efendimiz (sallallahu aleyhi ve sellem), insanları bu mescidde bir araya getirecek ve onlara ilk defa Cuma namazını kıldıracaktı.[521]

İlk Hutbe

Kuba'ya kurulan minbere İnsanlığın Hatibi çıkmış, ümmetine seslenmek üzereydi. Aynı zamanda bu, O'nun Medine'deki ilk hutbesiydi. Önce Rabbine hamdetti; lâyık olduğu şekilde O'nu bütün noksanlıklardan tenzih ediyor ve ardından da, övgü dolu cümlelerle Allah'ı senâ ediyordu. Ardından, cemaate yöneldi ve şunları söyledi:

– Ey insanlar! Kendiniz için, ahiretiniz adına istikbalinize yatırım yapın; yarın bunların hepsini görüp bileceksiniz! Allah'a yemin olsun ki, sizden biri yarın aklı başına gelip de koyunlarını çobansız olarak yalnız bıraktığında, Rabbiyle baş başa kalacak; arada hiçbir tercüman veya perde olmadan Allah (celle celâluhû), ona soracak:

– Sana peygamberim gelip de tebliğde bulunmadı mı? Ben de sana, bu kadar mal verip de onları önünde yığmadım mı? Peki, öyleyse sen, bugün için ne yatırım yaptın?

Bu hitaba muhatap olan insan, önce sağ ve soluna bakar; tutunabilecek hiçbir dal bulamaz! Sonra önüne bakar; bütün dehşetiyle birlikte önünde cehennem durmaktadır! Sizden her kim, yarım hurma dahi olsa cehennemden kendini sakındırabiliyorsa bunu mutlaka yapsın! Şayet, bunu da bulamıyorsa, en azından güzel söz söylesin! Çünkü burada her bir iyilik, en az on kat olarak karşılık görür ki bu, yedi yüz kata kadar çıkabilmektedir.

Allah'ın rahmet ve bereketi üzerinize olsun!

---

[521] Efendimiz (sallallahu aleyhi ve sellem), hicret edip de buraya gelinceye kadar Cuma namazlarını, Sâlim Mevlâ Ebî Huzeyfe kıldırmıştı; çünkü o gün, aralarında Kur'ân'ı en iyi bilen o idi. Bkz. Kurtubî, Tefsîr, 1/392

Mukaddes Göç

Bu hitabet, hutbenin ilk bölümünü oluşturuyordu ve minbere kısa bir müddet oturup ayağa kalkan Allah Resûlü (sallallahu aleyhi ve sellem), şöyle devam etti:

– Şüphesiz ki hamd, Allah içindir; Ben de O'na hamd eder ve yine yardımı da O'ndan dilenirim. Nefislerimizin şerrinden O'na sığınır, amellerimizin kötü olanlarından da yine O'nun rahmetine iltica ederiz. Şüphe yok ki, Allah'ın hidayet verdiğini dalâlete ulaştıracak yoktur; dalâlette ısrar edip de artık kalbine mühür vurulanı da hidayette tutmaya kimse güç yetiremez!

Ben şehadet ederim ki, Allah'tan başka ilah yoktur; O tektir ve şeriki yoktur. Sözün en güzeli, Allah'ın kitabıdır! Şüphesiz ki her kime Allah (sallallahu aleyhi ve sellem), küfürden sonra iman iklimini nasip etmiş; kalbini iman nuruyla tezyin edip de, insanların alımlı sözleri yerine Rabbin kalıcı ifadelerine râm olmayı nasip etmişse artık o, kurtulmuş demektir. Şüphe yok ki Allah kelamı, sözün en güzeli, en güzel ve ahenkli olanıdır.

Sizler, Allah'ın sevdiklerini sevin ve kalplerinize Allah sevgisini yerleştirin! Allah kelâmı karşısında asla usanma konumunda kalıp da zikir-i ilahiden uzak kalmayın ki, kalbiniz katılıkla baş başa kalmasın! Çünkü Allah (celle celâluhû), yarattıkları arasından bazılarını tercih edip diğerleri arasından onları seçer!

Amellerin en hayırlısını Allah bize bildirmiş ve önümüze koymuş, kulları arasından bazılarını seçerek rehber yapmış ve sözlerin içinden de en güzel ve salih olanları açıkça beyan etmiştir. İnsanlara verilen helal ve haram ne varsa artık bunlar, tebeyyün etmiş, gizli bir şey kalmamıştır.

Gelin, Allah'a kulluk yarışına girin ve asla O'na, başka bir şeyi şerik koşmayın! O'ndan, takvanın gerektirdiği gibi bir haşyet duyup rahmetine iltica ümidiyle şahlanıp azabı karşısında da titreyin! Ağzınızdan çıkanların en salih olanlarıy-

Efendimiz (sallallahu aleyhi ve sellem)

la Allah huzurunda sadakatinizi ispat edin! Allah'ın rahmet ve bereketiyle aranızdaki muhabbetinizi artırın! Şüphesiz ki Allah (celle celâluhû), ahdinin yerine getirilmemesinden hoşnut olmaz ve bunu yapanlara buğzeder.

Allah'ın selamı, hepinizin üzerine olsun!⁵²²

Ruh ve kalbi doyuran bu seslenişten sonra da Cuma namazını kıldırdı Allah Resûlü (sallallahu aleyhi ve sellem). Namaz sonrasında ise, yeni bir yolculuk daha başlayacaktı; bu yolculuk, öncekine nispetle daha kısa ve hedeflenecek yer de, daha kalıcı bir yurttu. Neccâroğulları silahlarını kuşanmış ve Efendimiz'i almaya gelmişlerdi. Önde Efendimiz ve arkasında da Hz. Ebû Bekir'le birlikte yeniden yola çıktılar. Neccâroğulları, etrafında pervane olmuş; adeta etten bir duvar örmüşlerdi.⁵²³

Aradan dört gün daha geçmiş ve yine bir pazartesi günü Efendimiz (sallallahu aleyhi ve sellem), yanında Sıddîk-i Ekber'le birlikte Medine'ye yönelmişti. Artık bu yöneliş, on yıl devam edecek bir sürecin başlangıcı anlamına geliyordu.⁵²⁴

Abdullah İbn Selâm'ın Gelişi

Abdullah İbn Selâm, iyi bir Yahudi âlimiydi. Nesebi, Hz. Yûsuf ve dolayısıyla da Hz. Yakub'a (aleyhimü's-selam) kadar dayanıyordu. İsrailoğulları arasında neş'et etmiş ve medeniyete

---

[522] İbn Hişâm, Sîre, 3/30, 31
[523] Bkz. İbn Hişâm, Sîre, 3/22-23
[524] Efendimiz'in Kuba'da kaldığı süreyi dört gün şeklinde anlatan rivayetler de vardır. Buna göre, Pazartesi günü geldiği Kuba'dan, Cuma namazını kıldıktan sonra ayrılmış ve Medine'ye gelmiştir. Başka bir rivayette ise, Efendimiz'in Medine'ye geliş zamanı, Rebîülevvel ayının son on iki veya son iki günü olarak karşımıza çıkmaktadır. Öyle anlaşılıyor ki Efendimiz (sallallahu aleyhi ve sellem), Rebîülevvel ayının ilk pazartesi günü çıktığı hicret yolculuğunda, Rebîülevvel ayının sekizinci günü Kuba'ya gelmiştir. Burada dört gün veya bir hafta kaldıktan sonra yine aynı ayın on ikisi veya on dokuzu olan cuma günü Medine'ye girdiği söylenebilir. Bkz. İbn Hişâm, Sîre, 3/22,23; İbn Sa'd, Tabakât, 1/233

beşiklik yapmaya hazırlanan Medine civarındaki üç büyük Yahudi kabilesinden birisi olan *Benî Kaynukâ* arasında dünyaya gelmişti.

Babası *Selâm* da, dedesi *Hâris* de iyi bir Yahudi âlimiydi; dolayısıyla o da iyi bir din adamı olarak yetişmiş, şân ve şöhretini Hicaz'da duymayan kalmamıştı. Gelecek son Nebi ile ilgili sohbetlere o da katılmış, aynı nasihatleri artık, Abdullah İbn Selâm da yapar olmuştu. Zira, elinden düşürmediği Tevrat, aynı konulara parmak basıyor ve O'nun geleceğinin müjdelerini veriyordu. Bekleyip durdukları âhir zaman Peygamberinin Mekke'de dünyaya teşrifinden haberleri olmasa da hep Mekke'yi işaret ediyorlar ve geliş zamanının daraldığını söylüyorlardı. Hatta, Mekke'de neş'et ettikten sonra O'nun Medine'ye hicret edeceğini söylüyorlardı ve zaman zaman yaşadıkları mağlubiyetlerde bunu, düşmanlarına karşı bir koz olarak kullanır olmuşlardı.

Şimdi ise Abdullah İbn Selâm, kitaplarda özelliklerini okuyup sohbetlerine konu ettiği Zât'ın muhatabı olmak üzereydi. Belli ki kader O'nu, diğer arkadaşlarından daha önce İnsanlığın İftihar Vesilesi'yle karşılaştıracaktı.

Abdullah İbn Selâm da, Efendimiz'in geleceğini iştiyakla gözleyenlerden birisiydi. Aslına bakılacak olursa o, O'nun sıfatlarını, ismini, genel durumunu ve Medine'ye ne zaman geleceğini de biliyordu.

Resûlullah'ın Kuba'ya geliş haberi kendisine ulaştığında, ağacın tepesine çıkmış hurma topluyor; halası *Hâlide Binti Hâris* de, o ağacın altında oturuyordu. Haberi duyar duymaz, avâzı çıktığı kadar tekbir getirmeye başlamıştı. Kadın, durup dururken bu kadar yüksek sesle tekbir getirmesine şaşıracak ve:

– Allah cezanı versin!.. Şayet, *İmrân oğlu Mûsâ*'nın geldiğini duymuş olsaydın, vallahi bundan daha gür bir sesle tekbir getirmezdin, diye çıkışacaktı.

Efendimiz (sallallahu aleyhi ve sellem)

– Ey halacığım! Allah'a yemin olsun ki bu, Mûsâ'nın kardeşidir. O'nun dini üzerinedir. O, ne ile gönderilmişse Muhammed de aynı vazifeyle mükelleftir, diyerek halasına da tanıtmaya çalıştı O'nu. Onun, bu sözlerine karşılık:

– Ey kardeşimin oğlu! Bu yoksa, bizim geleceği günü beklediğimiz kıyamet öncesi zuhûr edecek son Nebi mi, diye sordu halası. Bunda şüphe olamazdı ve tereddütsüz:

– Evet, cevabını yapıştırdı Abdullah İbn Selâm. Heyecanlanmıştı halası da!.. Ne diyeceğini şaşırmış bir hâli vardı ve:

– Bu, O öyleyse, diyordu hâlâ. Arkasından da ekleyecekti:

– Öyleyse niye duruyoruz?

Zaten, Abdullah İbn Selâm da aynı şeyi düşünüyordu; zira, geçen her an ziyan demekti ve doğruca Kuba'ya gitti. Huzuruna girdiğinde karşısında, yine o nur yüzlü Nebi vardı. Gayr-ı ihtiyari dudakları hareket etmişti, şöyle diyordu:

– Vallahi de bu yüzde yalan yok!

Ashabıyla oturmuş sohbet ediyordu. Kulağına çarpan ilk cümleleri şunlardı:

– Aranızda selamı yayın, yemek yedirin, akrabalarınızı ziyarete devam edin, insanlar gece uykuya daldıklarında namaz kılın ve emniyetle cennete girin![525]

Cennet yolunun buraklarıydı bütün bunlar... O'nun sözlerindeki büyüye ve çehresindeki derinliğe vurulmuştu Abdullah İbn Selâm. Çünkü O'nda gördüğü simâ ancak bir peygamberde olabilirdi. Ne gizlemeye ne de gizlenmeye ihtiyaç vardı. Medine, medeni bir şehirdi ve İbn Selam, alenî olarak kelime-i şehadet getirmeye başladı:

– Ben şehadet ederim ki Sen, Allah'ın Hak Resûlüsün ve şüphesiz ki Sen, Hak ile geldin!

---

[525] Ahmed İbn Hanbel, Müsned, 5/451 (23835); İbn Mâce, Sünen, 1/423 (1334); Hâkim, Müstedrek, 3/14 (4283)

Müslüman olduktan sonra Allah Resûlü (sallallahu aleyhi ve sellem), daha önceleri *Husayn* olan adını *Abdullah* diye değiştirecek ve bundan böyle de o, hep Abdullah İbn Selâm diye anılır olacaktı. ⁵²⁶

İki Yahudi ve İlk İntibâ

Elbette herkes, Abdullah İbn Selâm gibi hakperest değildi. Medine'de, Huyey İbn Ahtab ve Ebû Yâsir adında iki kardeş vardı. Her ikisi de, Tevrat ilmine vâkıf kimselerdi. Gelecek bir Nebi hakkında malûmat sahibi olan bu kardeşler, Efendimiz'in yakınlarına geldiğini duyunca merakla yola düşmüş; Kuba'ya kadar gelmişlerdi. Henüz sıcakların yeni başladığı kuşluk vaktiydi.

Konakladığı yeri öğrendiler; çok geçmeden Amr İbn Avf oğullarının yurduna geldiler. İmanla inkâr arasında gidip geliyorlardı; ya gerçekten Beklenen Nebi buysa?.. Kendilerinden olmadığını biliyorlardı ve bunun için de, bildikleri özellikleri taşımayacağını umarak yürüyorlardı.

Nihayet, değişmeyen realite ile karşılaşıverdiler! Ne diyeceklerini şaşırmışlardı. Oturup onlar da sohbetine kulak verdiler; oturması, kalkışı, konuşması, duruşundaki ululuk ve simasındaki duruluk çarpmıştı onları da! Ancak, bir türlü kendilerini ikna edemiyorlardı. Renklerini belli etmemek için de durumlarını gizliyor ve her şeyi kabullenmiş gibi duruyorlardı.

Derken güneş dönmüş ve gurûba yaklaşmıştı; meclis dağılınca bunu fırsat bilip onlar da ayrıldılar Kuba'dan. Yolda konuşarak geliyorlardı. Küçük Safiyye, babasıyla amcasının gelişini görünce, koşarak onları karşılamaya gitmiş ve babasının boynuna sarılmıştı. Sanki, baba eski baba değildi; amca da başka bir amca oluvermişti! Kol ve kanatları kırılmış ve

---

⁵²⁶ Abdullah İbn Selâm'ın Efendimiz'e Medine'ye hicretten önce iman ettiğine dair rivayet de vardır. Bkz. Buhârî, Sahîh, 3/1211 (3151)

Efendimiz (sallallahu aleyhi ve sellem)

bitkin bir halleri vardı. Konuştuklarına biraz kulak vermeye çalıştı; şöyle diyordu amca Ebû Yâsir:

– Bu, gerçekten O mu?
– Vallahi de O!
– İyi bakıp teşhis ettin ve tanıdın mı yani?
– Evet!
– Peki, O'nun hakkında ne düşünüyorsun?
– Vallahi de, yaşadığım sürece karşısında olacağım![527]

Bu son cümleyi söyleyen, daha sonraları Efendimiz'e zevce olacak olan Safiyye validemizin babası Huyey İbn Ahtab'dan başkası değildi ve görüldüğü gibi, net bilgi sahibi olmasına rağmen kuru bir inada kurban gidiyor, bir adım daha atıp bir türlü teslim olamıyordu.

Selmân-ı Fârisî

Medine'de, O'nun gelişini heyecanla bekleyenlerden biri de, Selmân-ı Fârisî idi. İran topraklarından çıkmış; gerçek dini bulma adına önce *Şam*'a, daha sonra da sırasıyla *Musul, Nusaybin* ve *Ammûriye*'ye gelerek hakikat arayışını devam ettirmişti. Her uğradığı yer, onu aradığına bir miktar daha yaklaştırıyordu. En son Ammûriye'de yanında kaldığı papazın:

– Buralarda, bizim gibi seni emanet edebileceğim kimse kalmadı; fakat, İbrahim'in hanif dini üzere gelecek olan bir Nebi'nin gölgesi üzerimize düşmek üzere. O'nun hicret edeceği yer, hurma ağaçlarıyla doludur. O'nun, gizli kalmayacak üç alâmeti vardır; iki kürek kemiği arasında risalet mührü vardır, hediye kabul edip ondan yer, ama O asla sadaka kabul etmez ve ona el sürmez. Şayet gücün yetiyorsa sen git ve O'nu bekle, diyerek kendisini yönlendirmesiyle yola koyulmuş, Medine'ye gelip beklemeye niyet etmişti.

---
[527] İbn Hişâm, Sîre, 3/52

Mukaddes Göç

Bunun için önce, o tarafa gidecek bir kervan bulmak gerekiyordu. Çok geçmeden bu kervanı da bulmuştu. Kendisini de götürmeleri karşılığında, bütün mal-mülkünü vermeyi teklif etti; kabul etmişlerdi.

Derken, gelecek bir Nebi'nin yolunu gözlemek üzere yeni bir yolculuk başlamıştı. Ancak yolda, bir ihanetle karşılaşacak ve fazlasıyla bedelini ödediği halde, bir de esir edilip köle diye bir Yahudi'ye satılacaktı. Gerçi, onun için önemli olan, tarifi verilen adrese gelebilmekti. Şimdi ise, köle de olsa, hurma ağaçlarının arasında, Medine'deydi.

İşte, Efendimiz'in Kuba'ya teşrif ettiği gün Selmân, her zamanki gibi yine ağacın tepesinde hurma toplamakla meşguldü. Bir ara, kendilerine doğru koşarak birisinin geldiğini gördü. Efendisinin amcaoğluydu bu. Gelişindeki telaş, önemli bir olayı haber veriyordu; belli ki yeni bir gelişme vardı. Bir taraftan koşup gelirken diğer yandan da:

−Ey falan, ey falan, diye sesleniyordu.

Efendisi de telaşlanmıştı. Onu bu kadar koşturan sebep ne olabilirdi ki?..

Nihayet yanlarına geldi. Nefes nefese kalmıştı... Kendini toparlamaya çalıştı ve ekledi:

− Allah, Gayleoğullarını kahretsin. Biraz önce onlara uğramıştım. Herkes Mekke'den gelen ve Nebi olduğunu söyledikleri bir adamın başında toplanmış, heyecanla O'na kulak veriyorlar!

İnanılacak gibi değildi. Allah nelere kâdirdi! Yıllarca bekleyip yolunda emeklediği Zât, hürriyetini kaybettiği yerde Selmân'ın ayağına geliyordu. Heyecandan dizlerinin bağı çözülmüştü âdeta. O kızgın güneşin altında, buz gibi ter dökmeye başladı; bir taraftan da kış soğuğunda donmuşçasına titriyordu. O kadar ki, kendisiyle birlikte sallanan ağaçtan efendisinin üzerine düşecek gibi olmuştu.

Efendimiz (sallallahu aleyhi ve sellem)

Bekleyemezdi. Hızla ağaçtan indi ve efendisinin amcaoğluna yöneldi:

– Ne diyorsun?.. Neden bahsediyorsun sen?.. Nasıl bir haber bu, diyecekti ki, yüzüne inen şiddetli bir tokatla sarsıldı. Köleye insan olarak bakmıyorlardı ki... Onun bu heyecanı sahibini kızdırmış ve şiddetli bir tokat savurmuştu Selmân'ın yüzüne... Bir taraftan da:

– Sana ne bu işten, diye çıkışıyordu Selmân'a. "Git işinin başına!" diye de eklemişti.

Çaresizdi Selmân. Çıktı tekrar hurma ağacına ve işini görmeye çalıştı. Elleri hurma dallarında dolaşırken hayalen Efendiler Efendisi'nin huzurunda, Ammûriyeli şeyhinin verdiği alâmetlerin, Kuba'ya gelen Zât'ta olup olmadığını sınamaya çalışıyordu.

O gün, akşam olmak bilmiyordu. Nihayet gün batar batmaz bir şeyler toplayıp aldı eline ve doğruca tarif edilen yere gitti.

Medine'ye ay doğmuştu; Beklenen Nebi karşısında duruyordu. Yıllarca yanlarında ömür tükettiği papazlara hiç mi hiç benzemiyordu. Kuba, O'nun nuruyla ışıl ışıldı. Yanında bulunanlarla sohbet ediyordu. Elindekileri koydu ortaya:

– Size sadaka niyetiyle bunları ben topladım. Bildiğim kadarıyla Sen, salih bir kişisin. Yanında ihtiyaç sahibi arkadaşların da var. Ve bugün sizin, buna daha çok ihtiyacınız var!

Dikkatle bakıyordu Selmân... Elini sürmemişti Allah Resûlü (sallallahu aleyhi ve sellem). Ashabına döndü ve:

– Allah'ın adıyla yiyin, buyurdu.

Selman'ın derdi başkaydı. Onun aklında Ammûriyyeli şeyhinin sözleri vardı ve adresin doğruluğunu anlamaya çalışıyordu. Evet, sadaka yemiyordu... Öyleyse ilk işaret tamamdı. Dudaklarından şunlar döküldü:

– Vallahi de bu bir; sadaka yemiyor!

Ve geri döndü. Ertesi gün yine bir şeyler toplamıştı. Aldı yanına ve doğruca huzura geldi. Bu sefer, ne yapacağını çok iyi biliyordu:

— Gördüğüm kadarıyla Sen sadaka yemiyorsun. Senin kerem ve güven veren halin benim çok hoşuma gitti. Ve, Sana sadaka değil, bu sefer hediye getirdim, dedi.

Eline aldı Allah Resûlü (sallallahu aleyhi ve sellem) ve kendisi de, ashabı da yedi ondan.

Vakit tamam gibiydi... İçindeki heyecanı gizleyemiyordu Selmân. Dudaklarından şunlar döküldü:

— İşte, bu da iki; hediye kabul edip ondan yiyor.[528]

Artık Selmân, sadece zorunlu olarak efendisinin yanında bulunduğu zamanlarda Allah Resûlü'nden ayrılacak, onun dışında kalan bütün zamanlarını Efendiler Efendisi'yle birlikte geçirmeye çalışacaktı.[529]

---

[528] Ahmed b. Hanbel, Müsned, 5/441 (23788); İbnü'l-Esîr, Üsüdü'l-Ğâbe, 2/511, 512

[529] Bazı rivayetlerde, 40 tanesi Necrân'dan, 32 tanesi Habeş'ten, 8 tane de Rûm diyarından olmak üzere toplam seksen kişilik bir Hristiyan grubunun, Hz. Muhammed'e iman ederek O'nun gelişini Medine'de beklediklerini anlatılmaktadır. *Es'ad İbn Zürâre, Berâ İbn Ma'rûr, Muhammed İbn Seleme* ve *Ebû Kays İbn Sırme*'nin de aralarında bulunduğu bu insanlar, cünüplükten kurtulmak için gusül abdesti alıyor ve Hz. İbrahim'den kalan Hanîflik inancı üzere bir hayat sürüyorlardı. Efendimiz (sallallahu aleyhi ve sellem) zuhûr edince, koşup huzura gelmiş, O'nu tasdik ederek yardımına koşmuşlardı. Bkz. Beğavî, 1/343; İbnü'l-Esîr, Üsüdü'l-Ğâbe, 6/256.

VE KALICI YURT: MEDİNE

Ve, derken bir ikindi vakti Allah Resûlü (sallallahu aleyhi ve sellem), Neccâroğullarının bulunduğu mahalleden, dolunay misâli Medine'ye doğuverdi.[530] Hz. Ebû Bekir O'nun arkasında; O ise önde bulunuyordu. Artık Yesrib, Allah Resûlü ile özdeşleşecek ve Muhammed'in şehri mânâsında *'Medînetü Muhammed'* olarak anılır olacak; daha sonra da adı, *Medine* olarak kalacaktı.[531]

Artık Medine'de, kemal noktasında bir bayram yaşanıyordu; bir kısım gençler mızraklarıyla halkalanmış halay çekiyor,[532] diğer bir kısmı da neşidelerle Efendimiz'i istikbâl ediyorlardı. Artık, her şey daha bir aydındı ve Medine'de, daha önce benzerine rastlanmamış bir sevinç vardı; yüzlere tebessüm gel-

---

[530] Bkz. Buhârî, Sahîh, 3/1421 (3694); İbn Sa'd, Tabakât, 1/236
[531] Yesrib yerine Medine adının kullanılmasını Efendimiz (sallallahu aleyhi ve sellem) özellikle istiyordu; çünkü Yesrib, *fesat* veya *günah karşılığında hesaba çekilip cezalandırılmayı* anlatan bir kelime idi. Onun için Efendimiz (sallallahu aleyhi ve sellem), *"Medine'ye Yesrib diyen istiğfar etsin! O, temizdir; O, temizdir. O, temizdir."* buyuracaktı. Bkz. Ahmed İbn Hanbel, Müsned, 4/285; Sâlihî, Sübülü'l-Hüdâ, 3/296
[532] Bkz. Ebû Dâvûd, Sünen, 2/699 (4923)

mişti ve Mekke'de yaşanılanları unutturmak istercesine Medine ufuklarında çocukların sesleri yankılanıyordu:

– İşte, Resûlullah gelmiş, diye bu sevinçlerini ifade ederken şu neşideleri seslendiriyorlardı:

– Ay doğdu üzerimize; Senâ tepelerinden!

Bizi hayra davet eden, aramızda kaldığı sürece şükür vacip oldu bize![533]

Ey aramıza gönderilen elçi! Şüphesiz ki Sen, itaat edilecek bir işle bize geldin,[534] diyerek, medeniyetin beşiği Medine Efendimiz'i bağrına basıyordu.

Beri tarafta ise, elindeki defe vurup ritim tutturan bazı insanlar:

– Bizler, Neccâroğullarının komşularıyız; ne mutlu ki Muhammed bize komşu oldu, şeklinde sürûr neşideleri seslendirirken onlara yönelen Efendiler Efendisi şöyle mukabele edecekti:

– Allah biliyor ki, Ben de sizi seviyorum![535]

İlk Konak

Kuba'daki aynı heyecan, Medine ahalisinde de yaşanıyordu. Herkes, yol kenarlarına dizilmiş ve Efendimiz'i kendi evinde misafir etme yarışına girişmişti. Kapısına yaklaşılan her ev halkı *"Bizim evde konaklayacak"* ümidini taşıyor ve bu

---

[533] İbn Kesîr, el-Bidâye, 3/197. Bazı rivayetlerde bu neşidelerin, Tebûk sonrasında Medine'ye girilirken terennüm edildiği bilgisi vardır. Bkz. İbn Kesîr, Sîre, 4/38

[534] Ebû Ca'fer et-Taberî, er-Riyâdu'n-Nadıra, 1/480. Bazı âlimler, sözü edilen neşidelerin, hicret sonrasında Medine'ye ilk girişte değil de, Tebük Savaşı'-'ndan dönüşte söylendiğini anlatmaktadır. Konuyla ilgili rivayetler birleştirildiğinde bu beyitlerin her iki zamanda da söylendiği anlaşılmaktadır. Bkz. İbnü'l-Kayyim, Zâdü'l-Meâd, 3/10; Mübârekfûrî, er-Rahîku'l-Mahtûm, 162

[535] İbn Mâce, Sünen, 1/612 (1899)

Ve Kalıcı Yurt: Medine

iştiyakla Efendimiz'i evine davet ediyordu. Ancak O (sallallahu aleyhi ve sellem), bütün taleplere karşılık:

– Devenin yularını serbest bırakın; çünkü o memurdur, buyurmuş ve Medine'deki ikamet işini, tam bir tevekkül içinde kaderin hükmüne bırakmıştı. Aynı zamanda bu, farklı niyet besleyenlerin de önünü alacak bir çözümdü. Mübarek binek *Kasvâ*, adım adım Medine'de yürürken, arkasında bir insan seli oluşmuş, onun gittiği yere doğru akıyordu.

Medine sokaklarında yürürken sırasıyla *Utbân İbn Mâlik, Abbâs İbn Ubâde, Ziyâd İbn Velîd, Ferve İbn Amr, Sa'd İbn Ubâde, Münzir İbn Amr, Sa'd İbn Rebî', Hârice İbn Zeyd, Abdullah İbn Revâha, Adiyy İbn Neccâr, Selît İbn Kays* ve onun babası *Ebû Selît'*in evlerinin, önünden geçiyor ve yanına yaklaştığı her evde aynı heyecan duyuluyor ve Efendimiz'i evine davet ediyordu. Her davet karşısında Habîb-i Ekrem Efendimiz (sallallahu aleyhi ve sellem), deveyi kastederek:

– Onun yolunu serbest bırakın, çünkü o memurdur, ifadesini tekrarlıyordu.[536]

Neccâroğullarının kız çocukları, daha bir coşmuş; mahallelerine konak gelen Efendiler Efendisi'ne hoşâmedî yapıyorlardı. Bulundukları yerden:

– Bizler, Benî Neccâr'ın komşu çocuklarıyız; ne mutlu ki bize, komşumuz artık Allah Resûlü, sesleri yükseliyordu. Efendimiz (sallallahu aleyhi ve sellem), onlara döndü ve:

– Sizler, Beni seviyor musunuz, diye sordu. Sevmek de ne demekti; bir anda ortalık çınlayıverdi:

– Evet, yâ Resûlallah! Evet, yâ Resûlallah!

Bu kadar gönülden gelen sevgi seline mukabil Allah Resûlü de:

---

[536] Rivayetler göstermektedir ki Efendimiz (sallallahu aleyhi ve sellem) bu ifadeyi, tam yedi kez tekrarlamıştır.

Efendimiz (sallallahu aleyhi ve sellem)

– Vallahi, Ben de sizi seviyorum! Vallahi, Ben de sizi seviyorum! Vallahi, Ben de sizi seviyorum, buyurdu.[537]

Derken Kasvâ, bir evin önünde durdu; etrafına bakınıyordu. Sonra, biraz hareket edip yürüdü. Ardından da, yeniden ilk durduğu yere geri döndü. Anlaşılan o, üzerine yüklenen tarihi misyonunu eda edebilmek; kaderin kendisine çizdiği rolü yerine getirmek için çabalıyordu. Bir müddet daha bekledi ve daha sonra da orada durup çöküverdi.[538]

Ensâr ve Muhacirîn, birbirine bakıyordu; artık, Efendimiz'in konaklayacağı ev belli olmuştu. *Ebû Eyyûb Hâlid İbn Zeyd*'in yanaklarından sevinç gözyaşları damlıyordu. Çünkü, devenin çöktüğü yere en yakın olan ev, onun eviydi. Efendiler Efendisi sordu:

– En yakın ev kimin?

– Benim ev, yâ Resûlallah, diye ileri atıldı Ebâ Eyyûb Hazretleri. İşte şu, benim evim ve işte onun kapısı da şu, dedi.

– Öyleyse, haydi senin evinde konaklayalım, buyurdu Allah Resûlü (sallallahu aleyhi ve sellem).

– Öyleyse, içeri buyurun, dedi Ebâ Eyyûb ve böylelikle, yedi ay sürecek bir misafirlik başlamış oluyordu.[539]

Bu evin bir özelliği daha vardı; bu ev, yüzyıllar öncesinden *Tubba'* meliki *Es'adü'l-Hımyerî*'nin,[540] *âhir zaman Ne-*

---

[537] İbn Mâce, Sünen, 1/612 (1899)
[538] Devenin çöktüğü yer, *Sehl* ve *Süheyl* adındaki iki yetim delikanlıya ait bir arsa idi ve koyun ağılı olarak kullanılıyordu.
[539] İbn Hişâm, Sîre, 3/22 vd.
[540] *Es'adü'l-Hımyerî*, güçlü bir kraldı. Önceleri, Medine'yi kuşatmak için ordusuyla birlikte buraya kadar gelmiş, karşısına çıkıp da kendisine, "Sen burayı kuşatamazsın; çünkü burası, geleceğini beklediğimiz Son Nebi'nin hicret edeceği yerdir." diyen iki Yahudi genci de yanına alarak geri dönmüştü. Artık o, ehl-i imandı. Daha sonra da, Mekke'ye gelecek ve ilk defa Kâbe'ye örtü diktirerek yeni bir gelenek başlatmış olacaktı. Daha sonra Medine'ye gelen bu kral, burada dört yüz din âlimini kendisini beklerken bulacak ve bunun sebebini sorduğunda ise, "Bu beldenin şerefi, burada Muhammed adında

Ve Kalıcı Yurt: Medine

bi'si buraya hicret ettiği gün içinde kalsın diye yaptırdığı evdi.

Es'adü'l-Hımyerî, bir gün taç ve saltanatını Yemen'de bırakarak, gelecek Son Nebi'nin hicret edeceği belde olarak bildiği Yesrib'e gelmişti. Geldiği zaman da, O'nun geleceğinden sadece kendisinin haberdar olmadığını ve nice samimi gönülün O'nu burada beklediğini görmüş ve kendisi de burada kalmaya karar vermişti. Çok geçmeden, samimi bir niyetle bir ev inşâ ettirecek ve bu evde, gelecek Son Nebi'yi misafir etmek isteyecekti.[541] Niyet güzel, gayret de samimiydi; buna mukabil ömür kısa ve hayat da sınırlıydı. Ölüm emareleri belirince, güvendiği en bilge adamı yanına çağırıp ona bir mektup bıraktı; zamanına yetişip de göremediği Son Nebi'ye vermesini istiyordu. Şayet o da göremezse, görebilecek birisine bu mektubu emanet etmesini istiyor ve bunu bir vasiyet olarak arkadakilere bırakıyordu. Ve, O'nun gelişini beklerken, bir gün Tübba' meliki de yola revân olacaktı.[542]

Çocukları *Lemis* ve *Vahabî*, babaları kadar hassas değildi

---

ortaya çıkacak bir Nebi'den dolayıdır; burası da, O'nun hicret edeceği yer" cevabını alacaktı. Daha sonra bu zât, Medine'de kalacak ve herkesin beklediği Son Nebi için, buraya hicret ettiği gün içinde kalması için evini inşâ edecekti. Kendisini göremeden Efendimiz'e olan bağlılığını ilan eden bu melik için Allah Resûlü de, *"Tübba' hakkında olumsuz şeyler söylemeyin. Zira o, Müslüman idi. Kâbe'ye ilk defa örtüsünü giydiren de, Es'adü'l-Hımyerî idi."* (Ahmed İbn Hanbel, Müsned, 4/340; Hindî, Kenzü'l-Ummâl, 12/80, 81) diyerek onun faziletini anlatacak, *"Nebi midir, yoksa değil midir bilmiyorum."* (Hindî, Kenzü'l-Ummâl, 12/81) diyerek de iltifat buyuracaktı.

[541] Es'adü'l-Hımyerî Medine'ye geldiğinde burada dört yüz kadar din âlimi vardı; bunların hepsi de, geleceğini bildikleri Son Nebi'yi beklemeye durmuşlardı. Sebebini sorduğunda kendisine, *"Biz, kitaplarımızda görüyoruz ki, Allah'ın göndereceği son peygamber Muhammed, buraya hicret edecek. Biz de, O'nu burada karşılamak için bekliyoruz."* diyorlardı. Onların bu samimi hâllerini görünce, her birisine birer ev yaptıran Hımyerî, bu şahısların diğer ihtiyaçlarını da giderecek ve Efendisi'ne hasret gönüllerin böylelikle gönlünü almaya çalışacaktı. Bkz. Sâlihî, Sübülü'l-Hüdâ, 3/274

[542] Bkz. Halebî, Sîre, 2/278, 279

Efendimiz (sallallahu aleyhi ve sellem)

ve babalarının yaptırdığı bu evi, ellerinden çıkarıp satacaklardı. İşte bu ev, mirasla el değiştire değiştire şimdi *Ebâ Eyyûb*'a intikal etmiş; onun taht-ı tasarrufunda bulunuyordu. Belki Yemen meliki Es'adü'l-Hımyerî O'nu misafir edememişti; ama Allah (celle celâluhû), onun samimi ve yürekten bu gayretini boşa çıkarmamış, *hicret ettiği gün içinde kalsın,* diye yaptırdığı bu evde şimdi Resûlü'nü ağırlıyordu. Kâinatta tesadüfe yer yoktu ve:

– Devenin yularını serbest bırakın; çünkü o memurdur, sözünün anlamı, şimdi daha iyi anlaşılıyordu!

Elbette Hz. Ebâ Eyyûb, Medine'nin en bahtiyar kişisi olarak kendisini görüyordu. Bu sevincini ashab-ı kirâmla da paylaşmak isteyen Ebâ Eyyûb'un, bir şiir terennüm ettiği duyuldu. Şöyle diyordu:

– Ben Ahmed diye birisini biliyorum ki O,

Allah tarafından herkese gönderilen bir Resûl ve yaratılmışların en şereflisidir.

Şayet ömrüm, O'nun ömrüne yetişirse, O'na en sadık bir vezir,

Ve yanındaki amcaoğlu gibi olacağım.

Bugün ben kılıcımla, O'nun düşmanlarına savaş ilân etmiş bulunuyorum ki,

Böylelikle O'nun sinesinde meydana gelebilecek sıkıntıları şimdiden bertaraf etmiş olayım.[543]

Bu şiir de, yıllar öncesinden, Allah'ın Son Nebi'si geldiğinde içinde kalsın diye bu evi inşâ eden *Es'adü'l-Hımyerî*'ye ait bir şiirdi.[544]

---

[543] Bkz. İbn Kesîr, Tefsîr, 4/183
[544] Hatta, zayıf bile olsa bazı rivayetlerde Ebâ Eyyûb el-Ensârî'nin, hanesine teşrif ettiklerinde bizzat, eline aldığı bu şiirleri Efendimiz'e verdiği (Bkz. Sâlihî, Sübülü'l-Hüdâ, 3/274); yahut, zuhûr ettiğini duyunca, Ebû Leylâ adındaki bir elçi ile bu mektubun Efendimiz'e ulaştırıldığı anlatılmaktadır. Ebû Leylâ ile karşılaşan Allah Resûlü (sallallahu aleyhi ve sellem), "Sen, Tübba' meli-

Ve Kalıcı Yurt: Medine

Belli ki; hatıralar canlanmış ve şükür adına tahdis-i nimet olarak Allah'ın kendilerine olan ikramları dile getiriliyor ve böylesine önemli bir tevafuk, bütün ümmete mâl edilmek isteniyordu. Belki de, şiddetle tepki veren Mekke'ye mukabil Medine'nin, O'nu kabulde bu denli aktif olmasının altında, böylesine bir tarihî arka plan yatıyordu.[545]

Gerçi Allah Resûlü (sallallahu aleyhi ve sellem), Ebâ Eyyûb'un evine misafir gelmişti; ama Ensâr'ın tamamı aynı heyecanı duyuyordu; çünkü O (sallallahu aleyhi ve sellem), kendilerine misafir ol-

---

kinin mektubunu getiren Ebû Leylâ mısın?" diye soracak ve o da, "Peki Sen kimsin?" diye mukabele edecektir. "Ben, Muhammed'im. O mektubu getir!" dedikten sonra da alıp onu okuyacaktır. Üzerinde şunlar yazılıdır:
– Âlemlerin Rabbinin Resûlü ve peygamberlerle nebilerin hâtemi, Abdullah'ın oğlu Muhammed'e, Hımyer'in ilk Tübba'ından.
Daha, mektubun dışındaki ifadelerde bile Melik'in, Resûlullah'a olan saygısını dile getirmesi ve Allah Resûlü'nün adını kendi adından önce yazıyor olması ayrıca dikkat çekmektedir.
Mektupta ise şunlar yazmaktadır:
– Yâ Muhammed! Ben, Sana, Senin ve her şeyin Rabbine, Rabbinden getirdiğin her şeyin iman ve İslâm şeâiri olduğuna iman ettim. Bunun sebebi ise, bu kitap vesilesiyle Sana ulaşıp yarın ahiret gününde bana şefâât etmen ve beni unutmaman içindir. Şunu bil ki ben, daha Sen gelmeden ve Allah, daha Seni göndermeden önce Sana iman etmiş öncüllerdenim. Ben, Senin ve İbrahim'in dini üzereyim.
Mektubu okuduktan sonra, başlangıçta da sonuç itibariyle de her iş Allah'a aittir, mânâsındaki ayeti okuyan Efendiler Efendisi, üç kere:
– Sana da merhaba ey Tübba beldesindeki Salih kardeş, diye mukabelede bulunacaktı. Bkz. Halebî, Sîre, 2/278, 279

[545] Medine ahalisinin menşei konusunda farklı rivayetler bulunmaktadır; Hz. *Musa* ile birlikte hacca gelen İsrailoğullarından bir grup gelecek Son Nebi'nin özelliklerini bildikleri için burada kalıp O'nu beklemek istemişlerdi. Aynı zamanda, bulundukları yerde *Buhtunnasır* adında zalim bir hükümdar vardı ve orada kendilerini güvende hissetmiyorlardı. *Şam*'dan *Yemen*'e kadar kalacak yer aramış ve Tevrat'ta anlatılan özelliklere uyan yer olarak en sonunda Medine'yi bulmuşlardı. Bunların ilk geldikleri yer, *Benî Kaynukâ* çarşısının olduğu bölge idi. Daha sonraları, diğer Arap topluluklar da bunlara katılarak Medine'yi oluşturmuşlardı. (Diğer bir rivayette ise, bunlardan önce Amelikalıların buraya yerleştikleri belirtilmektedir.) *Evs* ve *Hazreç* ise, Yemen tarafından buraya gelmiş ve oradaki sıkıntılardan emin olmak için Medine'ye yerleşmişti. Bkz. Sâlihî, Sübülü'l-Hüdâ, 3/271 vd.

muş, Mekke'nin hiddet soluyan havasına mukabil Medine'nin sıcaklığını tercih etmişti. Artık Ebû Eyyûb'un evi, Ensâr'ın uğrak yeri olmuştu; her akşam kapıda, en az iki veya üç Ensâr yemek getiriyor, Allah Resûlü ve yanına gelen misafirlerini doyurarak Ensâr cömertliğini göstermek istiyorlardı.[546]

Üst Kata Taşınma

Kâinatın İftiharı, Ebâ Eyyûb el-Ensârî'nin evine yerleşmişti; ama bu yerleşme Ebâ Eyyûb'un içine hiç sinmemişti; çünkü Allah Resûlü (sallallahu aleyhi ve sellem), alt katı tercih etmişti ve gecelerini burada geçiriyordu. Hanımı Ümmü Eyyûb'la birlikte, bu hâlden duydukları rahatsızlığı dile getiriyorlar ve aralarında şöyle konuşuyorlardı:

– Nasıl olur; Efendimiz alt katta ve bizler, O'nun başı üstünde yürüyoruz!

Nihayet, kendilerini rahatsız eden bu konuyu Efendimiz'e açmaya karar verdiler ve O'nu üst kata davet etmek için huzuruna girdiler:

– Ey Allah'ın Nebi'si! Annem-babam Sana feda olsun! İnan ki, Senin alt katta, bizim de üst katta olmamız, bize çok ağır geliyor ve bu bizi çok rahatsız ediyor; Siz yukarı buyursanız da bizler alt kata taşınsak, diyorlardı. Ancak Efendimiz (sallallahu aleyhi ve sellem), onlar gibi düşünmüyordu. Kendilerini rahatsız eden bu konuyu defalarca O'nunla da paylaşmışlardı; ama Allah Resûlü (sallallahu aleyhi ve sellem) hep:

– Ey Ebâ Eyyûb! Bizim için en uygun olan ve bizi kuşatan nimetler açısından, bizim alt katta bulunmamızdır, diyerek bir türlü bunu kabul etmiyordu.[547]

Bir gün Ebâ Eyyûb, yine aynı teklifte bulunmuş ve yine hüsn-ü kabul görmeyince:

---

[546] Bkz. Sâlihî, Sübülü'l-Hüdâ, 3/275
[547] Müslim, Sahîh, 3/1623 (2053)

Ve Kalıcı Yurt: Medine

– Altında Senin bulunduğun üst katta ben, asla yaşayamam, demiş ve bir kez daha ısrar etmişti. Yine sonuç değişmiyordu. Nihayet bir gün Ebâ Eyyûb, içi su ile dolu bir testiyi üst katta devirmiş ve kırılan testinin içindeki sular bütünüyle alt kata dökülüvermişti. Daha su alt kata ulaşmadan, Ümmü Eyyûb'la birlikte hemen kendileri alt kata ulaşmış ve ellerindeki havlu benzeri bezlerle suyun yayılmasını engellemeye çalışmışlardı. Efendimiz'in üzerine döküleceği endişesiyle yürekleri ağızlarına gelmiş ve üzüntüden sararıp solmuşlardı. Belli ki; bu iş böyle yürümeyecekti. Bu sefer daha kararlı bir şekilde:

– Yâ Resûlallah! Bizim artık Senin üstünde olmamızın imkânı yok! Ne olur Sen, artık yukarıya geç! İsteğin ötesinde bir yalvarmaydı bu ve şöyle diyordu:

– Alt katında Senin olduğun bir yerde ben, üst kata asla çıkmam!

Bu samimiyet ve bu kadar ısrar karşısında Allah Resûlü (sallallahu aleyhi ve sellem), artık Ebâ Eyyûb'u kırmayacak ve o gece üst kata taşınacak,[548] bundan sonra da, Mescid-i Nebevî inşa edilinceye kadar burada ikamet edecekti.

Dünyanın en bahtiyar ev sahibi olarak Ebâ Eyyûb ve ailesi, Efendimiz'i memnun edebilmek için artık o kadar hassas davranıyor ve gönlünü kırmamak için de o denli hassasiyet gösteriyorlardı ki, Allah Resûlü'ne yiyecek bir şeyler gönderdiklerinde, geri gelen sofranın üzerine titizlikle bakıp inceliyor ve böylelikle, O'nun ilgi duyduğu yiyecekleri tespit etmeye çalışıyorlardı. Bir başka hassasiyetleri de, kendi gıdalarını Efendimiz'in mübarek ellerinin değdiği yerlerden almaya çalışmaktı O'nun artığıyla karınlarını doyurmayı en büyük bahtiyarlık sayıyorlardı.

Bir gün, içinde bol miktarda soğan veya sarımsak olan bir yemek yapmışlar ve yemesi için bunu göndermişlerdi Al-

---

[548] Müslim, Sahîh, 3/1623 (2053); Ahmed İbn Hanbel, Müsned, 5/420 (23616)

lah Resûlü'ne. Yine beklemeye durdular; yemeğini yiyecek ve onlar da, arta kalan kısımla karınlarını doyurarak bereket talebinde bulunacaklardı. Ancak o gün öyle olmadı; gönderdikleri yemeğe el sürülmeden yemek geri gelmişti. Ailecek, Efendimiz'e yanlış bir yiyecek göndermiş olmalarının korkusunu yaşıyorlardı. Bir çırpıda huzura çıktı Ebâ Eyyûb:

– Yâ Resûlallah! Anam-babam Sana feda olsun; yemeğe el sürmeden onu geri göndermişsiniz! Yoksa bu haram mıydı, diye sormaya başladı. İçlerine su serpen bir cevap geliyordu:

– Hayır! Ama Ben, bu yemeği hoş bulmuyorum. Çünkü içinde soğan (veya sarımsak) kokusu aldım. Biliyorsun ki Ben, Rabbimle münâcat halindeyim, Hemen tepki verdi Ebâ Eyyûb:

– Senin hoşlanmadığından ben de hoşnut olmam, dedi. Efendimiz (sallallahu aleyhi ve sellem), bir adım daha atacaktı ve böylelikle, belli ki bir yanlış anlamanın daha önüne geçmek istiyordu:

– Fakat siz ondan yeyin!

Her ne kadar Efendimiz'den böyle bir ifade duymuş olsalar da, bir daha bu yemekten asla yapmayacaklardı.[549] İşte bu, bir sahabe hassasiyetiydi; bırakın emir ve tavsiyelerini, arzu ve isteklerinde bile O'nu takip ederler, yüzündeki bir hoşnutsuzluktan bile hüküm çıkararak Allah'ın en sevgili kulunu memnun etmeye çalışırlardı.

Kardeşlik Bağları

Medine'ye gelinmişti; ama bu gelmeyle birlikte Efendimiz'i, çözülmesi gereken birçok problem bekliyordu. Gelenlerin adedi, üçle beşle sınırlı değildi; Müslüman olduğu halde

---

[549] Söz konusu yemek, içinde bol miktarda soğan veya sarımsak bulunan bir yemekti ve Efendimiz (sallallahu aleyhi ve sellem), vahiy meleği Cibril'le buluştuğu için kokusundan dolayı bu yemeği hoş karşılamamış ve ondan dolayı yememişti. Bkz. Müslim, Sahîh, 3/1623 (2053); İbn Hişâm, Sîre, 3/27, 28

Ve Kalıcı Yurt: Medine

Mekke'de kalan ender insan vardı ve diğerleri bütünüyle Medine'ye gelmişti. Üstelik, her bir insan, ailesiyle birlikte buraya geliyor yahut ailesini sonradan getiriyordu. Zaten başka da bir alternatif yoktu, olamazdı... Toplamda yüz seksen altı aile olmuşlardı. Aileler ise, öyle sanıldığı gibi ikişer kişiden oluşmuyordu, eş ve çocuklar itibariyle geniş bir aile yapısı söz konusuydu. Peki, bu kadar insan nerede misafir edilecek ve maişetlerini nereden temin edeceklerdi? Haydi, birkaç günlük çözümler bulunabilirdi; ama bu hicret, üç-beş gün sonra sona erecek bir yolculuk değildi.

İşte, bütün bu soruların cevabını bulmak için, Efendimiz (sallallahu aleyhi ve sellem)'in ilk yaptığı şeylerden birisi, Mekke'den gelen Muhacirler ile Medineli Ensâr arasında kardeşlik bağlarını oluşturmak oldu. Bugünkü mânâda bir nevi kardeş aile benzeri bu uygulama ile, ilk etapta kırk beş ailenin mesken meselesi ve diğer benzeri sosyal problemleri çözülmüş oluyordu. *Enes İbn Mâlik*'in evinde, ashâbıyla birlikte bir araya gelmiş;[550] onlara şöyle diyordu:

– Allah için ikişer ikişer kardeş olun!

Müslüman toplumun birbiriyle kaynaşabilmesi için bugün ortaya koyduğu kardeşlik anlayışı, sadece hicret sonrasında ortaya çıkan bir uygulama değildi. Daha Mekke yıllarındayken de O (sallallahu aleyhi ve sellem), Zübeyr İbn Avâm ile Abdullah İbn Mes'ûd gibi kimseleri kardeş ilan etmiş ve böylelikle, çetin şartların en ağır şekilde yaşandığı bu dönemlerde kardeşlikten öte bir tesanütle her türlü sıkıntının üstesinden gelmeyi hedeflemişti.

İlk uygulamayı da, yine kendisi yapacaktı; bunun için, yeğeni Hz. Ali'nin elini kaldırdı ve:

– İşte bu, benim kardeşim, buyurdu. Küçüklüğünden bu yana yanında kalan ve nebevî terbiye ile gelişip boy atan ye-

---

[550] Ahmed İbn Hanbel, Müsned, 3/111 (12110)

ğeni Hz. *Ali*'yi kimseye bırakmıyor ve onu, kendisine kardeş ilan ediyordu. Ardından, amcası ve aslan avcısı Hz. *Hamza*[551] ile cahilî toplumun yanlış bir telakkisine kurban giderek köleleştirilen, ancak kaderin yoluna su serpmesiyle Efendimiz'e hizmet etme şerefine ulaşan azatlı *Zeyd İbn Hârise*'yi kardeş ilan ediyor ve belli ki bu iki delikanlıyı, özellikle yakınında tutmak istiyordu.

Bir anda Medine'yi saran bu heyecanlı kardeşleşmede artık her bir Ensâr, kendisi için zikredilecek bir Muhâcir'i gözler olmuştu. Çok geçmeden de, Hz. *Ebû Bekir*, Hârice İbn Züheyr; Hz. *Ömer*, Itbân İbn Mâlik; *Ebû Ubeyde*, Sa'd İbn Muâz; *Abdurrahman İbn Avf*, Sa'd İbn Rebî'; *Zübeyr İbn Avvâm*,[552] Selâme İbn Selâme; Hz. *Osmân*, Evs İbn Sâbit; *Talha İbn Ubeydullah*, Ka'b İbn Mâlik; *Sa'd İbn Zeyd*, Übeyy İbn Ka'b; *Ca'fer İbn Ebî Tâlib*,[553] Muâz İbn Cebel; *Mus'ab İbn Umeyr*, Ebû Eyyûb Hâlid İbn Zeyd; *Ebû Huzeyfe*, Abbâd İbn Bişr; *Ammâr İbn Yâsir*, Huzeyfe İbnü'l-Yemân ve *Bilâl-i Habeşî* de, Ebû Ruveyha[554] ile kardeş olacak, çok geçmeden bu sayı, önce yüz elli,[555] ardından da yüz seksen altı aileyi kapsayacak ve kardeş bulamayıp da ortada kalan tek bir Muhacir aile kalmayacaktı.

Şüphe yok ki bu kardeşlikte, karşılıklı fedakârlıklar öne çıkacak ve Mekke'den gelen Muhâcirler, Medineli Ensâr'ın

---

[551] Daha sonra, Uhud gününde Hz. Hamza, hicretteki kardeşini kendisine mirasçı olarak vasiyet edecekti. Bkz. İbn Kesîr, el-Bidâye, 3/226
[552] Zübeyr İbn Avvâm'ın kardeşi, bazı kaynaklarda *Abdullah İbn Mes'ûd* olarak da geçmektedir.
[553] Bu sırada Hz. Ca'fer İbn Ebî Tâlib, hâlâ Habeşistan'da bulunuyordu.
[554] Hz. Bilâl, Hz. Ömer'in oluşturduğu Divan'da kütüğü tespit edilirken, "Resûlullah'ın ilan ettiği kardeşlikten asla ayrılmam." diyerek hicretteki kardeşi Ebû Reveyha ile adını birleştirecek ve bundan böyle Habeşlilerin adı hep, Has'amoğullarıyla birlikte anılacaktır. Zaten mezarı da, Şam'da Has'am mahallesindedir. Bkz. İbn Sa'd, Tabakât, 3/234
[555] Bkz. İbn Sa'd, Tabakât, 1/238

Ve Kalıcı Yurt: Medine

bütün ısrarına rağmen kendi alın terinin ürününü alma yarışına girecekti. Sa'd İbn Rebî', kendisine kardeş ilan edilen Abdurrahman İbn Avf'ı alıp evine götürmüştü. Evine, Resûlullah gelmiş gibi seviniyor ve onun için daha fazlasını yapmak istiyordu. Bunun için önce onu karşısına aldı:

– Ey kardeşim! Ben, mal ve mülk yönüyle Medine'nin en zenginlerinden birisiyim; malımın yarısı senin olsun, al onu! Ayrıca benim, taht-ı nikâhımda iki tane eşim var; onlardan hangisini beğenirsen bak, ben onu boşayayım, iddetini beklesin ve daha sonra da onunla sen evlen!

Abdurrahman İbn Avf'ın kanını donduracak bir teklifti bunlar! Bir taraftan, Mekke'de karşılaştıkları muameleyi düşünüyor; diğer yandan da Medine'nin kucaklamasına bakıyor; daha dün denilebilecek kadar yeni Müslüman olan Ensâr'ın bu fedakârlığı karşısında hicap duyuyordu. Bir aralık, Muhâcirîn'e kapılarını açan Ensâr'ı anlatan Kur'ân ayetleri geçti zihninden! Elbette Allah (celle celâluhû), onların kalbinde olanlara da muttaliydi ve olanı anlatıyordu:

– Muhâcirlerden önce Medine'yi yurt ve vatan edinip imana sarılanlar, kendi beldelerine hicret edenlere sevgi beslerler; onlara verilen maddi paylardan ötürü herhangi bir kıskançlık göstermedikleri gibi tam aksine, kendileri aşırı ihtiyaç içinde kıvransalar bile hep kardeşlerine öncelik verir ve onları kendi nefislerine tercih ederler![556]

Ancak onlar, dünyayı elde etmek için gelmemişlerdi ki Medine'ye!

– Malın da hanımların da senin için mübarek olsun, dedi önce. Ardından da, "Sen bana, çarşı-pazarın yolunu göster!" diye ilave etti. İnanan insan için istiğna, çok önemli bir prensipti ve kendi kazancını kendi alın teriyle kazanmalı, maişetini de bizzat çalışarak temin etmeliydi.

---

[556] Bkz. Haşir, 59/9

Efendimiz (sallallahu aleyhi ve sellem)

Hz. Sa'd'ın tekliflerine *evet* demeyen Hz. Abdurrahman, ertesi gün *Benî Kaynukâ* pazarındaydı. Bundan sonra da hep çarşı-pazarda olacaktı. Kendi ifadesiyle, elini değdirdiği her taş adeta altın ve gümüş oluyordu.557 Demek ki Allah, olayları iyi okuyan ve rızası istikametinde irade beyan edenlerin yoluna su serpiyordu.

Bir gün huzur-u risalete gelmişlerdi. Çok geçmeden Efendimiz (sallallahu aleyhi ve sellem):

– Bu ne iş, diye sormuştu. Çünkü Abdurrahman İbn Avf, za'feran kokusu sürmüş ve meclise öyle gelmişti.

– Ensâr'dan bir kadınla evlendim, yâ Resûlallah, diye cevapladı Abdurrahman İbn Avf. Efendiler Efendisi, kısa zamanda geldiği yeri öğrenmek için sordu:

– Mehir bedelini de verdin mi?

– Evet, beş dirhem ağırlığında altın verdim, dedi.

Demek ki Abdurrahman, işlerini yoluna koymuş ve ticarî hayatı adına belli bir yere gelmişti. Aynı zamanda böyle bir başarının, diğer insanlarla da paylaşılması ve aynı yolda yürüyenlere moral olması gerekiyordu. Öyleyse sıra, bu nikâhı ilan etmeye gelmişti ve Efendimiz (sallallahu aleyhi ve sellem):

– Bir koyun bile olsa velime adına yemek ver, buyurdu.558

Sa'd İbn Rebî' ve Abdurrahman İbn Avf'ta olduğu gibi bazı insanlar, Muhâcir ve Ensâr arasında kurulan bu kardeşliğin, miras hakkını da doğuracağı sonucuna varmışlar; Efendimiz'in huzuruna gelip de:

– Hurmalıkları da onlarla bizim aramızda bölüştür, teklifinde bulunuyorlardı. İşin garip tarafı, bu teklifi yapanlar, Medineli Ensâr'dı.

---

557 Bkz. Ahmed İbn Hanbel, Müsned, 3/190, 271; İbn Sa'd, Tabakât, 3/126
558 Bkz. Buhârî, Sahîh, 3/1378 (3569-3571); Müslim, Sahîh, 2/1042 (1428); İbn Sa'd, Tabakât, 3/126

Ve Kalıcı Yurt: Medine

– Hayır, dedi önce. Ardından da:

– Çalışıp alın teri dökmede müşterek hareket edin ve ortaya çıkan meyveleri de aranızda pay edin, buyurdu.[559] Bunun anlamı açıktı; bundan böyle herkes, elinden geleni yerine getirmek için alın teri döküp gayret gösterecek ve Mekkeli Muhâcirlerle Medineli Ensâr aileler, elde ettikleri ürünü aralarında paylaşarak bir hayat yaşayacaklardı. Sahabeyi, sahabe yapan cevap gecikmedi:

– İşittik ve itaat ettik![560]

Bu arada, Nisâ suresi 33. ayet de gelmişti ve zaten, akrabalık bağlarının dışında böyle bir miras anlayışının olamayacağını anlatıyordu.

Ensâr Farkı

Görüldüğü gibi, Muhacir kendi üzerlerine düşeni yapıyor Ensâr da daha fazla ne yapabileceğinin heyecanını yaşıyordu. Mekke'den kopup gelen kardeşleri istemese de onlar, mutlaka bir şeyler yapmak istiyor ve bu konuda ısrarcı oluyorlardı.

Bir gün oturmuş aralarında şunu konuşuyorlardı:

– Allah Teâlâ, kız kardeşinizin oğlu bu Zât sebebiyle sizi hidayete erdirdi. O ise, herkesin işlerini omzuna almış, bütün sıkıntıları deruhte ediyor. Hâlbuki O'nun, bütün bunları yapabilmek için elinde imkânları da yok! Öyleyse siz, elinizden geldiği kadar aranızda mal-mülk toplayın ve O'na verin ki yapageldiği bu hayır işlerinde elini güçlendirmiş olursunuz!

Durumu tam olarak anlatan bir fikirdi. Zira gerçekte durum, bundan farklı değildi. İşte bu, Ensâr farkıydı ve çok geçmeden, meselenin sadece sözde kalmadığını da gösterecek ve

---

[559] Bkz. Buhârî, Sahîh, 3/1378 (3571)
[560] Bkz. Hâkim, Müstedrek, 2/199 (4833); İbn Teymiye, Mecmûu'l-Fetâvâ, 14/157

gidip gerekli olan mal ve mülkü toplayıp huzura geleceklerdi. Şöyle diyorlardı:

– Yâ Resûlallah! Sen bizim, kardeşimizin oğlusun! Allah (celle celâluhû) bizi, Senin vesilenle hidayete erdirdi! Sen ise, bütün hayır işlerini kendi omuzların üstüne almış her türlü sıkıntıyı deruhte ediyorsun. Halbuki Senin elinde, bunu yapabilmek için imkânların da yok! Bizler, kendi aramızda oturup konuştuk ve bunları toplamaya karar verdik; umulur ki böylelikle Sana bir nebze yardım etmiş, hayır yarışında da elini güçlendirmiş oluruz. İşte, bunları bizden kabul buyur!

Bu ne hassasiyet ve bu ne nezaketti? Ancak, hayır adına mesafe alırken hak yolcusu, aynı zamanda müstağni olmalıydı ve attığı adımlara mukabil kimseden bir şey istememeliydi. Sahaya inilmiş; bizzat ve fiili bir terbiye örneği sergileniyordu. Çok geçmeden Cibril geldi:

– Bunun için Ben sizden, ücret talep etmiyorum; Benim talep ettiğim tek şey, ehl-i beyte muhabbet beslemenizdir,[561] mânâsındaki ayeti indiriyordu. Demek ki mesele, karşılık beklemeden yürüme hassasiyeti gerektiren bir meseleydi. Muhataplar nezdinde önemsenmenin yolu da buradan geçiyordu. Aynı zamanda bu, açık arayan müşrik ve kâfir gruplara, isteklerine nail olabilecekleri zemini bırakmama mânâsına geliyordu. Zira istiğna, ne kadar çok olursa olsun dünya malından daha güçlü bir dinamizim demekti.[562]

Mescid-i Nebevî'nin İnşâsı

Medine'ye gelinmişti; ama çözülmeyi bekleyen bazı meseleler vardı; öncelikle, mü'minleri bir araya getirecek, içinde Kur'ân ayetlerinin paylaşıldığı, namazların kılınıp nebevî

---

[561] Bkz. Şûrâ, 42/23
[562] Vâhidî, Esbâbü Nüzûli'l-Kur'ân, s. 389

Ve Kalıcı Yurt: Medine

irşad ve tebliğe kulak verildiği, günlük meselelerin getirilip çözüme kavuşturulduğu ve kısaca, içinde cemaat olma şuuruna erilen kucaklayıcı bir mekana ihtiyaç vardı ve bunun için hemen bir mescid yapılmalıydı. Zira artık, semtine sığınılabilecek bir Kâbe yoktu. Onun için namazlar, vakit nerede girerse orada kılınmaya çalışılıyordu.

Önce, inşaatın yapılacağı yer tespit edilmişti. Burası, devenin ilk çöktüğü yerdi ve Neccâroğullarının elçisi *Es'ad İbn Zürâre*'nin himayesinde bulunan *Sehl* ve *Süheyl* adındaki iki delikanlıya aitti; üzerinde koyun ağılları, eski binalar ve bir kenarında da birkaç mezarın bulunduğu bir mekandı.[563]

Efendimiz (sallallahu aleyhi ve sellem), anne tarafından akrabaları olan Neccâroğullarını yanına çağırarak, para karşılığında arsalarını talep ediyordu. Onlar ise:

– Vallahi de biz, bunun karşılığında bir ücret istemiyor; karşılığını sadece Allah'ın vereceğini düşünüyoruz, diyorlar ve böylesine hayırlı bir işte bayrağı önde göğüsleyenler arasında olmak istiyorlardı. Ancak O (sallallahu aleyhi ve sellem), böylesine önemli bir meselede muhataplarına yük olmak istemiyordu. Bunun için, Hz. Ebû Bekir'e seslendi ve on dinar karşılığında bu arsayı satın aldı.[564]

Derken arsa meselesi de çözülmüş sıra, inşaatın yapılmasına gelmişti. Herkeste büyük bir iştiyâk hâkimdi; kimi kerpiç yapıyor, kimi taş taşıyor ve kimi de, önüne getirilen malzemeyi üst üste koyarak yeni bir medeniyet inşa ediyordu! Taşınan taş ve kerpiçleri Es'ad İbn Zürâre üst üste koyup örüyor, Efendimiz'in mescidinde ustalık yapıyordu.

---

[563] Aynı zamanda burası, Efendimiz ve Muhâcirler Medine'ye gelmeden önce de namaz kılmak için mü'minlerin bir araya geldikleri yerdi. Onlara namazlarını Es'ad İbn Zürâre kıldırıyordu. Bkz. İbn Sa'd, Tabakât, 1/239, 240

[564] Bkz. Ahmed İbn Hanbel, Müsned, 3/211 (13231); İbn Sa'd, Tabakât, 1/239, 240

Efendimiz (sallallahu aleyhi ve sellem)

Her hâlleri farklılık arz ediyordu; meşakkatli inşaat işlerini bile coşkuya dönüştürmüş:

– Allah'ım! Senin ahiret yurdundan başka bir hayır bilmiyoruz ve yoktur!

Sen, Ensâr ve Muhâcir olarak dinine sahip çıkanlara yardım et,[565] diye dualar ediyor, neşideler şeklinde coşku yüklü sesleri semaya yükseliyor ve bütün bunlar, ortamı sanki bayram havasına çeviriyordu.

İnşaat işinde çalışanların arasında, bizzat Allah Resûlü de vardı; bütün ısrarlara rağmen taş ve kerpiç taşımaktan vazgeçmeyecek ve böylelikle, her meselede cemaatinin içinde ve önünde olduğunu gösterecekti. Ensâr ve Muhacirîn'in coşkusuna zaman zaman O da katılıyor ve:

– Allah'ım! Mükâfat yurdu olarak sadece ahiret vardır!

Sen, Ensâr ve Muhacirîn'e merhametinle muamele buyurup onları mağfiret et!

Ey Rabbimiz! Bunları taşıyanlar Hayber hamalları değil; bunlar, en iyi ve en temiz insanlar, diye de mukabelede bulunuyordu.[566]

O'nun bu gayretleri, Ensâr ve Muhacirîn'i de coşturmuş, şöyle mukabele ediyorlardı:

– Nebiyy-i Ekrem bizzat çalışıp dururken bizler nasıl oturabiliriz ki?

Öyleyse bu işte bizden, daha fazla bir gayret ve daha fazla bir amel vardır![567]

Bu arada, Efendiler Efendisi'nin gözüne Hz. Ammâr ilişmişti; herkes tek tek kerpiç ve malzeme taşırken o, sırtında iki adet kerpiç taşıyordu. İlk şehid olarak bu davaya annesini kurban veren ve müşriklerin akla-hayale gelmedik işkencele-

---

[565] Tayâlisî, Müsned, 1/277 (2085) ; İbn Sa'd, Tabakât, 1/240
[566] Buhârî, Sahîh, 3/1421 (3694) ; İbn Sa'd, Tabakât, 1/239, 240
[567] Bkz. Mübârekfûrî, er-Rahîku'l-Mahtûm, s. 174

Ve Kalıcı Yurt: Medine

rine maruz kalan Hz. Ammâr'ın yanına yaklaştı ve başını sıvazlayarak üzerindeki toz-toprağı sildi önce. Ammâr durmak bilmiyor, yine çalışmaya devam ediyordu istifini bozmadan! Ardından şöyle bir nazar atfetti Allah Resûlü (sallallahu aleyhi ve sellem). Belli ki, gaybın perdeleri açılmış, istikbale ait bazı karelere şahit oluyordu ve şefkat dolu bakışlarla şunları söylemeye başladı, çok geçmeden:

– Yazık olacak, Sümeyye'nin oğlu Ammâr'a! Çünkü onu, azgın ve bâğî bir topluluk şehid edecek![568]

Derken, kısa zaman sonra duvarları kerpiç, tavanları hurma lifi, direkleri hurma ağaçları ve tabanı da toprak ve kum olan bir mescid inşa edilmiş; artık namazlar da burada kılınır olmuştu. Bu mescidin üç kapısı vardı ve köşeleri yüz zira'[569] mesafede kare görüntüsünde bir mekandı.

Bu arada, bugüne kadar ikişer rekat kılınan namazlar, bundan böyle dört rekat olarak tespit edilmiş; sefer durumlarında yine ikişer rekat olarak kılınabileceği anlatılırken hazar hallerinde dört rekat kılınmasının farziyeti tebeyyün etmişti.[570]

Minberden Gelen Ses

Mescid-i Nebevî inşa edilmiş ve Cuma namazları da burada kılınır olmuştu. Efendimiz (sallallahu aleyhi ve sellem), hutbe okumak ve insanlarla konuşurken göz göze gelerek iletişim

---

[568] Müslim, Sahîh, 4/2236 (2916) ; Hâkim, Müstedrek, 2/162 (2652); İbn Sa'd, Tabakât, 1/239, 240.Hz. Ammâr, bu hadiseden yaklaşık 37 yıl sonra Sıffîn günü Hz. Ali saflarında şehid edilecekti. Şehid ediğinde Hz. Ammâr, haklılık meselesinde bir kıstas olmuş ve böylelikle onun ölümü bile, İslâm vahdeti adına hizmet eder olmuştu.

[569] Bir zira', insanın dirseği ile parmaklarının ucuna kadar olan mesafenin adı olup, ortalama 62 santim değerinde bir uzunluk ölçüsüdür. Buna göre Mescid-i Nebevî'nin her bir köşesinin uzunluğu yaklaşık 62 metre, mescidi sınırlayan alan da 3.900 metrekare olmaktadır. (Ölçüler, zira-ı Haşimî esas alınarak çıkarılmıştır.)

[570] Bkz. Buhârî, Sahîh, 1/137 (343); Müslim, Sahîh, 1/478 (685)

Efendimiz (sallallahu aleyhi ve sellem)

kurabilmek için bir hurma kütüğünün üzerine çıkıyor ve sahabeye böyle sesleniyordu. Minberin çok sade bir yapısı vardı. Bir gün, Medine'ye dışarıdan gelen ashabdan birisi, İnsanlığın İftihar Tablosu'nun bu durumunu görünce, yanındaki Ensâr'a dönmüş ve şöyle diyordu:

– Şayet Allah'ın Resûlü ister ve bunu uygun görürse ben O'na bir minber yaparım ve dilerse onun üzerine çıkarak hutbe okur, dilerse hutbe okurken yanında durarak ona yaslanır.

Çok geçmeden adamın bu teklifi, Efendiler Efendisi'ne de ulaşacak ve bu adamla konuşacaktı. Benzeri şeyleri söylüyordu:

– Yâ Resûlallah! Senin için Cuma günleri üzerine çıkıp da insanlara hutbe okuyacağın, bir minber yapayım mı? Böylelikle herkes Seni görür ve Sen de hutbeni herkese ulaştırmış olursun!

Samimi bir gönülden güzel bir teklifti ve zaten böyle bir minberin yapılmasında maslâhat vardı. Bunun için O da:

– Peki, yap, dedi.

Artık müsaade de alınmış ve adam da, minberi yapmaya başlamıştı. Bir müddet sonra da, ortaya üç veya dört basamaklı bir minber çıkmış ve yerine yenisi gelen eski hurma kütüğü de bir kenara konulmuştu.

Cuma vakti gelip de tam Efendimiz (sallallahu aleyhi ve sellem), hutbe okumak için onun üzerine çıkacaktı ki, eski minberden, devenin inlemesine benzer bir ses gelmeye başlayıverdi. İşin garip tarafı, bu sesi mescidde bulunan herkes duyuyordu. Adeta kütük, üzüntü ve kederinden ağlıyordu.

Efendimiz (sallallahu aleyhi ve sellem), önce sesin geldiği yöne döndü; belli ki, bir kenara bırakılıp unutulmaktan, Efendimiz'i bir daha göremeyeceğinden muzdaripti. Belki de bu haliyle, şuurlu olduğu halde O'ndan ayrı kalanlara, O'nu gönlüne koyup da Muhammedî mesajla bütünleşemeyenlere kalıcı bir ders vermek istiyordu.

Ve Kalıcı Yurt: Medine

Belli ki bu inilti, durmayacaktı. Onun için Efendimiz (sallallahu aleyhi ve sellem), hurma kütüğüne doğru yöneldi ve yürümeye başladı. Yanına geldi; mübarek ellerini üzerine koyup sıvazlamaya başladı. O da ne? İnleme dinmiş ve kütük sükûna kavuşmuştu. Firakın elemi, visalin tatlı huzuruyla unutulmuş ve hurma kütüğü de sessizliğe bürünmüştü. Derken Efendimiz, bir miktar eğildi ve:

— Dilersen seni, yine eski yerine koyayım, istersen cennette bir yere dikeyim ve sen, onun pınarlarından istifade edesin; güzel güzel filizler çıkarasın ve Allah'ın en sevgili kulları da senin meyvelerinden yiyeler, buyurdu. Belli ki, ikinci teklife *'evet'* diyordu ve bundan sonra ashabına dönen Allah Resûlü (sallallahu aleyhi ve sellem):

— Onu, cennete dikmemi tercih etti, buyuracaktı.[571]

Daha sonra da bu kütüğü mihrap tarafına koyacak ve namazlarını ona yönelerek kılacaktı.[572] Belli ki O da, vefaya vefa ile mukabelede bulunuyor ve ümmetine vefa adına önemli bir ders veriyordu. Çünkü onu her gören, o gün yaşanan olayı hatırlayacak ve Nebi'sinin yokluğuna dayanamayıp ağlayan bir hurma kütüğünün vesilesiyle, yaşanan bu mucizeyi başkalarına da anlatacaktı.

Ezanın Başlangıcı

Mekke, şiddet soluyup kin kusan bir yapıya sahipti ve burada müşterek namaz kılmak, ancak sessiz ve kuytu yerlerde mümkün olabiliyordu. Ancak Medine, daha mûnis ve beraberce cemaat oluşturmaya çok müsaitti. Üstüne üstlük burada, Mescid-i Nebevî de inşa edilmiş; cemaatle namaz kılınmaya hazır bekliyordu.

---

[571] Bkz. Dârimî, Sünen, 1/29
[572] Aradan geçen zaman içinde Mescid-i Nebevî'nin yıkılması ve yeniden yapılması zamanında bu kütüğü, Übeyy İbn Ka'b alacak ve Efendimiz'e ait önemli bir hatıra olarak evine götürecekti. Bkz. İbn Sa'd, Tabakât, 1/252, 253

Efendimiz (sallallahu aleyhi ve sellem)

Namaz vakitleri de belliydi; ancak, bu vakitleri insanlara hatırlatıp onları namaza çağıracak, ortada henüz bir yöntem yoktu. Bunun için önce, Yahudilerde olduğu gibi bir borazan çalma meselesi gündeme getirildi; uygun bulunmadı. Ardından, Hristiyanlarda olduğu gibi bir çan konuşuldu; bu da uygun değildi ve reddedildi. Anlaşılan, yeni bir haber bekleniyordu.

Derken, hem de namaza davetin konuşulduğu bu günlerden birinde Abdullah İbn Zeyd, Efendimiz'in huzuruna gelmiş rüyasını anlatıyordu:

– Yâ Resûlallah! Bu gece rüyamda, üzerinde iki parçadan oluşan yeşil elbiseli bir adam yanıma geldi; elinde, büyük bir çan vardı. Ben kendisine:

– Ey Allah'ın kulu! Bunu bana satar mısın, diye sordum.

– Onu ne yapacaksın, dedi. Ben de:

– Onunla insanları namaza çağıracağım, cevabını verdim.

– Bundan daha hayırlısını sana öğreteyim mi, dedi.

– Nedir o, deyince de, şunları söyleyerek insanları namaza çağırmamı söyledi:

– Allahü Ekber, Allahü Ekber, Allahü Ekber, Allahü Ekber

Eşhedü en lâ ilâhe illallah, eşhedü en lâ ilâhe illallah

Eşhedü enne Muhammeden Resûlullah, eşhedü enne Muhammeden Resûlullah

Hayye ale's-salâh, hayye ale's-salah

Hayye ale'l-felâh, hayye ale'l-felâh

Allahü ekber, Allahü ekber

Lâ ilâhe illallah.

Bunları dinler dinlemez Allah Resûlü (sallallahu aleyhi ve sellem):

– Şüphesiz ki bu, doğru ve hak bir rüya, dedi önce. Belli ki, anlatılanlar çok hoşuna gitmişti.

Ve Kalıcı Yurt: Medine

Derken, birden Cibril'in havası hissedilmeye başlandı mecliste. Belli ki, yeni bir haber geliyordu. Vahyin emareleri ortadan kalkıp da meclis sükûn bulunca, Hz. Abdullah'ı yanına çağırıp ardından da şunları söyledi:

– Kalk ve bunları Bilâl'e de öğret! Bunlarla insanlara o seslensin! Çünkü onun sesi, seninkinden daha gür.

Çok geçmeden Hz. Bilâl, ezanla insanları namaza davet ediyordu.

Beri tarafta ise Hz. Ömer, Efendimiz'in arkasında namaz kılmak için evinden çıkmak üzereydi. Gördüğü rüyayı O'nunla paylaşmak için can atıyordu; çünkü bu rüya, birkaç gündür konuşulup da bir türlü çözüme kavuşturulamayan *namaza davet* meselesini çözecek bir rüya idi. Tam, bu duygularla dolu iken kulağına, birden Hz. Bilâl'in yanık sesi geliverdi. Şaşırmıştı; zira bu ses, gördüğü rüyada kendisine söylenilen cümleleri tekrar ediyordu. Yoksa bütün bunlar, birer rüya değil de gerçek miydi!? Veya, hâlâ rüya mı görüyordu?

Eteklerini topladı ve hızlı adımlarla Mescid-i Nebevi'ye doğru koşturmaya başladı. Huzura geldiğinde soluk soluğa kalmış, Efendimiz'e şöyle diyordu:

– Ey Allah'ın Nebi'si! Seni Hak ile gönderene yemin olsun ki, bunun aynısını ben rüyamda görmüştüm!

Senden daha fazlasına ben şahit oldum dercesine bir duruşu vardı Allah Resûlü'nün ve Hz. Ömer'e dönerek, iltifat yüklü şu cümleyi söyledi:

– Bu konuda vahiy senin önüne geçti, Ardından da:

– Bundan ve Ömer'in rüyasından dolayı Allah'a hamd olsun, buyurarak Allah'a hamd edecekti.[573]

---

[573] Bkz. Ebû Dâvûd, Sünen, 1/189 (499); İbn Hibbân, Sahîh, 4/573 (1679); Beyhakî, Sünen, 1/390 (1704); İbn Hişâm, Sîre, 3/40-42

Artık bundan böyle, mü'minler için namaza çağrı meselesi tebeyyün etmiş ve günde beş defa semalar, Allah ve Resûlü'nün adıyla şenlenmeye başlamıştı. Ve, namazın alemi haline gelen bu uygulamaya bundan sonra, *'ezan'* denilecekti.

Ashab-ı Suffe

Yeni yurt Medine, yeni bir anlayışa daha sahne oluyordu; Efendiler Efendisi (sallallahu aleyhi ve sellem), gelen ayetleri kendileriyle paylaşıp onlarla marziyat-ı ilâhiyi müzakere edebileceği kimseleri Mescid-i Nebevi'ye toplamaya başladı.

Diğer insanlar, çarşı-pazarda ticaret yapıp bağ ve bahçelerinde tarımla uğraşırken bu insanların tek hedefi, dine ait meselelerin zayi olmasının önüne geçmek ve Efendimiz'den aldıkları kültürü başka insanlarla da paylaşarak tebliğ sürecini doğru ve kalıcı bir keyfiyetle hızlandırmaktı. Bunu yaparken, açlığın sancısını hissetmemek için karınlarına taş bağlıyor; çoğu zaman da açlıktan bayılıp oldukları yerde kalakalıyorlardı; ama onlar için, dine ait bir meselenin inkişâfı, her şeyden daha önemliydi. Bunun içindir ki Efendiler Efendisi, ashabıyla konuştuğu zamanlarda bu insanlara göz-kulak olmalarını tavsiye ediyor, bazen onları diğer ashab arasında taksim ederek ihtiyaçlarını görmeye çalışıyor ve kendisi de, ailesinden daha çok bu insanları düşünüyordu.[574]

Aralarında *Ebû Hureyre* gibi önemli sahabelerin de bulunduğu Ashab-ı Suffe'nin sayısı, değişkenlik arz etmekle birlikte bu sayının otuza kadar çıktığı oluyor ve bu insanlar, Mescid-i Nebevî'yi aynı zamanda ev olarak kullanıyorlardı. Çünkü onların, ne başlarını sokabilecekleri bir evleri ne de kendilerine yardım edecek bir yakınları vardı. Ama bu insanlar, kimseden bir şey isteme niyeti izhar etmez ve hangi şartlarda olurlarsa

---

[574] Bkz. İbn Sa'd, Tabakât, 1/255, 256; 2/363; 8/25

Ve Kalıcı Yurt: Medine

olsunlar, durumlarına rıza göstererek Efendimiz'le müşterek bir hayat yaşamayı her şeye tercih ederlerdi. Onların bu hâlini anlatırken Kur'ân, şu ifadeleri kullanacaktı:

– Kendilerini Allah yoluna vakfedip de yeryüzünde dolaşma fırsatı bulamayan o yoksullar var ya, işte onlar, insanlardan bir şey isteyip de hâllerini ortaya koymadıklarından dolayı diğer insanlar onları zengin zanneder. Ey Resûlüm! Onları Sen, simalarından tanırsın; onlar, iffetlerinden dolayı, yüzsüzlük ederek halktan bir şeyler istemezler. Hayır adına her ne verirseniz, mutlaka Allah onu bilir.[575]

Tabii olarak bu insanlar, hangi ayetin nerede ve nasıl indiğini, Efendimiz'den şeref-sudûr olan beyanın hangi şartlarda ve nerede gerçekleştiğini en iyi bilen kimselerdi. Zira, sadece ilimle meşgul oluyorlar ve ibadet ü taatle dolu bir hayat yaşıyorlardı. Din adına herhangi bir yerden talep geldiğinde, ilk defa bunlar arasından birisi seçilir ve o insanlara dini öğretmek için muallim olarak gönderilirdi. Kısaca bu insanlar, ilim yönüyle Efendiler Efendisi'nin mirasçıları konumundaydı.

Çok hadis rivayet ettiklerine dair şikayetler çoğalınca, bunlardan biri olan Hz. Ebû Hureyre (radıyallahu anh) ileri atılacak ve:

– Yatsı namazında Resûlullah (sallallahu aleyhi ve sellem) hangi sureleri okumuştu, diye soracaktı. Adam:

– Hatırlamıyorum, cevabını verdi. Bunun üzerine Ebû Hureyre (radıyallahu anh):

– Yoksa sen, namazda yok muydun, diye tekrarladı. Adam:

– Hayır, vardım, cevabını verdi. Bunun üzerine Ebû Hureyre:

– Ama ben hatırlıyorum; şu şu sureleri okudu, diyerek

---

[575] Bkz. Bakara, 2/273

Efendimiz (sallallahu aleyhi ve sellem)

Efendimiz'in okuduğu sureleri söyleyiverdi.[576] Fiilî bir ders vermenin adıydı bu ve arkasından da şunları ilave etti:

– Muhâcir kardeşlerimiz çarşı ve pazarda alışverişle meşgul olup, Ensâr kardeşlerimiz de bağ ve bahçeleriyle ilgilenirken Ebû Hureyre, karın tokluğuna Allah Resûlü'nün peşine takılmış; başkalarının duymadıklarını duyuyor, onların hâfızalarına ulaşmayanları da ezberine alıyordu.[577]

Bu kadar sıkıntı ve meşakkât, elbette herkesin öyle kolay katlanabileceği bir mesele değildi. Bir tarafta Kureyza ve Nadîroğulları karşılarında duruyor ve onların din adamlarının ellerindeki imkânlar da nazarlara çarpıyordu. İnsan olmanın bir gereği olarak Suffe ehlinden de olsa bazı insanlar, içinde bulundukları bu durumdan daha iyi şartlar elde edip biraz daha rahat etme arzusu içine girebilir, daha müreffeh bir hayat özlemi duyabilirlerdi.

Aynı zamanda bu, sadece onları ilgilendiren bir konu da değildi; Kârûn'un serveti karşısında gözü kamaşıp benzeri imkânlara sahip olmayı arzu eden insanlar olduğu gibi[578] bugün de benzeri talepler gelişebilir, sosyal statüde kendi içinde bulunduğu konumdan rahatsız duyan insanlar zuhûr edebilirdi.

İşte, bütün bunlara son noktayı koymak için Cibril-i Emîn yeniden geliyordu. Getirdiği ayette Yüce Mevlâ, kullarının kulağına küpe olacak şu ifadeleri sıralıyordu:

– Eğer Allah, kullarına verdiği rızık ve imkânları bol bol yaysaydı, o zaman bazı kimseler dünya hayatının geçici rengine aldanır ve dünyaya dalar, ölçüyü kaçırıp azarlardı. Lakin O, bu imkânları dilediği bir ölçüye göre indirir. Çünkü O, kullarından haberdar olup onların bütün yaptıklarını ve yapacaklarını görmektedir.[579]

---

[576] İbn Sa'd, Tabakât, 2/363
[577] İbn Sa'd, Tabakât, 2/363
[578] Bkz. Kasas, 28/79
[579] Bkz. Şûrâ, 42/27; Vâhidî, Esbâbü Nüzûli'l-Kur'ân, s. 389, 390

Ve Kalıcı Yurt: Medine

Rahmetin Kuşatıcılığı ve Sonuna Kadar Açılan Af Kapısı

Bugüne kadar gelen ayetlere ve Efendiler Efendisi'nin beyanlarına bakıldığında, azab-ı ilâhinin dehşeti kadar rahmetinin enginliği de, mü'minler arasında müteâref bir meseleydi. Ancak bunu, herkes eşit oranda kavrayamamıştı. Bilhassa Kur'ân ve Sünnet gibi iki temel kaynaktan uzak kalanlar veya henüz yeni Müslüman olanlar, hem geçmiş günlerde işledikleri hataların baskısıyla mahcubiyet yaşıyor hem de azab-ı ilâhiden duydukları endişeyi iliklerine kadar hissediyorlardı. Gerçi Efendiler Efendisi, Müslümanlığı tercih etmekle birlikte İslâm'ın, geçmişe ait ne kadar cahilce hareket var ise, bunların bütününü temizlediğini ifade ediyordu.[580] Ancak, vicdan denilen mekanizma sürekli devreye giriyor ve samimi Müslümanları bile, eskiye ait kareleri hatırlatarak rahatsız ediyordu. Zaten sahabenin genelinde, önceki hayatına kefaret olacak yeni atılımlar yapma gayreti hâkimdi ve bu sebeple, geçmişte işledikleri hataları temizleyip affettirme yarışı içine giriyorlardı.

Az dahi olsa bazı insanlar da, işin gerçek yönünü anlayacak gibi olmuşlar; ama bir türlü iman safına geçememişlerdi. Bir de, putlara tapmakla adam öldürmenin ne denli bir günah olduğunu duymuşlardı, kabuklarını kırıp da bir türlü imanın kuşatıcı limanına sığınıp hatalarından sıyrılamıyorlardı. Açıktan açığa şeytan, suret-i haktan görünerek sağ taraftan yaklaşmış ve iman adına yumuşayan kalplerinin önüne, imansız dönemde yaşadıkları kötülükleri çıkararak onların hayra yönelmelerine engel oluyordu. Mazilerine şöyle bir göz attıklarında, sabahlara kadar içip eğlendikleri, eğlenirken de nice ırza musallat olup namus çiğnedikleri akıllarına geliyor, içten içe birer kuruntu halinde şunları düşünüyorlardı:

---

[580] Bkz. Kurtubî, Tefsîr, 16/168

Efendimiz (sallallahu aleyhi ve sellem)

– Muhammed, putlara tapan ve haksız yere bir adamı öldürenin bağışlanmayacağını söylüyor. Durum böyle iken bizler, nasıl olur da iman eder ve hicretle Medine'ye göçebiliriz? Halbuki biz, Allah'tan başka putlar önünde serfurû edip kullukta bulunduk ve Allah'ın haram kıldığı bir başkasının hayatına da kastettik!

Diğer tarafta ise, *Ayyâş İbn Ebî Rebîa, Hişâm İbnü'l-Âs* ve *Velîd İbnü'l-Velîd* gibi bazı insanların, Müslüman oldukları halde önlerine engeller çıkarılmıştı ve hicret etmelerine müsaade edilmiyordu. Hatta bunun da ötesinde, ciddi baskı altında tutuluyorlar ve dinlerinden dönmeleri için işkenceye tâbi tutuluyorlardı. Bu sürece dayanamayıp da müşriklerin dayatmalarına 'evet' deme durumunda olanlar için mü'minler, üzüntü duyuyor ve artık onların, iflâh olamayacaklarını sanıyorlardı. Hatta diyorlardı ki:

– Allah (celle celâluhû), asla ve hiçbir zaman bunların tevbelerini kabul edip bağışlamaz!

İşte böyle bir ortamda yine Cibril-i Emîn gelmiş, rahmet kapısından ümit bekleyenlerin hepsinin de gönüllerine su serpmek için Efendimiz'e şu ayeti tebliğ ediyordu:

– Ey çok günah işleyerek kendi öz canlarına kötülük etmede ileri giden kullarım! Allah'ın rahmetinden ümidinizi kesmeyin! Allah dilerse bütün günahları affedip mağfiret eder; çünkü O, çok affedici Gafûr, merhamet ve ihsanı fazla Rahîm'dir.[581]

Bizzat Allah (celle celâluhû), kullarına umut dağıtıyor ve ne türlü bir günah içinde olurlarsa olsun insanların, yeniden kapısına geldiklerinde elleri boş dönmeyeceğini anlatıyordu.

Sahabe, vefa insanıydı; nasıl olmasın ki onlar, Ehl-i Vefa'nın dizinin dibinde terbiye görmüş, dünyaya da vefa dersi veriyorlardı. Hz. Ömer de öyle yapacaktı; bu ayetleri duyunca,

---

[581] Zümer, 39/53

Ve Kalıcı Yurt: Medine

Kubâ'ya kadar kendisine yol arkadaşı olduğu halde Ebû Cehil'in tuzağına düşerek geri dönen ve Mekke'de işkence altında tutulan Ayyâş İbn Ebî Rebîa ile daha Mekke'de iken yolları tutulup da bir türlü hicret imkânı bulamayan Hişâm İbnü'l-Âs, Velîd İbnü'l-Velîd ve onlar gibi aynı durumda olan insanlara bir mektup yazacak ve bu mektubunda bu ayetten de bahsederek kuvve-i maneviyelerini takviye etmeye çalışacaktı. Zira, böyle bir imtihan içinde bulunanları, yalnız bırakılmamak ve beslenme kaynakları itibariyle sürekli yanlarında olmak gerekiyordu.

Hz. Ömer'in yazdığı mektubun kendilerine ulaştığı mihnet altındaki bu insanlar, yeniden kendilerine gelecek ve her şeye rağmen kapının kendilerine açık olduğunu görerek Medine'ye hicret yolu araştıracak ve günün birinde bunada muvaffak olacaklardı. Mektubu okuyunca hemen kalkıp Zîtuvâ denilen yere gelen Hişâm, o gün yaşadığı sevinci anlatacak cümle bulmakta zorlanacak ve devesine atladığı gibi doğruca Medine'nin yolunu tutacaktı.[582]

Es'ad İbn Zürâre'nin Vefatı ve Yeşeren Nifak

Ensâr arasından Akabe beyatlarına katılan ve Benî Neccâroğullarının temsilcisi seçilen büyük sahabe *Es'ad İbn Zürâre* (Ebû Ümâme), Mescid-i Nebevi yapıldığı sıralarda hastalanmış, evinde yatıyordu. Çok geçmeden de, onun vefat haberi geldi. Hicret sonrasında yaşanan ilk hadiseydi bu. Bir anda Medine'ye, büyük bir hüzün çöküvermişti. Hüzünlenenlerin başında, elbetteki Allah Resûlü (sallallahu aleyhi ve sellem) vardı. Ancak bu, bir kaderdi ve elden bir şey gelemezdi.

Beri tarafta, bir açık bulup da tenkit etmek için bekleşenlere gün doğmuştu:

– Şayet Muhammed, gerçekten bir peygamber olmuş ol-

---

[582] Vâhidî, *Esbâbü Nüzûli'l-Kur'ân*, s. 384, 385

Efendimiz (sallallahu aleyhi ve sellem)

saydı; O'nun ashabı ölmezdi, diyorlardı. Şaşılacak bir durumdu; sanki önceki peygamberlerin ashabı, ölümsüzlük şarabı içmiş ve ebedi yaşıyordu! Aslında bunu söyleyenler, Hz. Musa ve Hz. Harun'un da ölümlü birer beşer olduklarını biliyorlar ve İsrailoğullarının da sonlu olduğunu görüp duruyorlardı. Demek ki mesele, ölümsüzlüğü talep değildi; asıl maksat, ortalığı bulandırmaktı.

Diğer taraftan ise böyle bir yaklaşım, insanların gizlemek zorunda kaldıkları gerçek niyetlerini ortaya çıkarıyor ve nifak tohumlarının ortaya çıkmasına neden oluyordu. Üzüntüsünü dile getirirken Efendimiz (sallallahu aleyhi ve sellem), şöyle buyuracaktı:

– Ebû Ümâme'nin ölümü üzerinden Arap münâfıklar ve bazı Yahudiler, ne kötü bir çıkar yarışına giriştiler! *"Şayet Muhammed, gerçek Nebi ise, ashabı ölmezdi."* diyorlar. Fesübhânallah! Allah'ın iradesi yanında Ben, ne kendime ne de herhangi bir arkadaşıma mâlik olabilirim![583]

Efendimiz'in cümleleri, bir sahabenin ölümünü bahane ederek kendini ele veren münâfık veya fırsat düşkünlerine sitem doluydu. Zira, ölümü veren de, hayatı alan da Allah idi ve aslında, bu yakıştırmada bulunanlar da bunu gayet iyi biliyorlardı.

Cenazeyle ilgili tekfin ü defin işleri bittikten sonra Neccaroğulları, Efendimiz'in huzuruna gelerek:

– Yâ Resûlallah! Biliyorsun ki Ebû Ümâme, bizim adımıza elçimiz idi; o öldüğüne göre Sen, aramızdan birisini onun yerine elçi tayin et!

Efendiler Efendisi, şefkât ve merhamet bakışlarıyla kucakladı onları önce. Ardından da:

– Sizler, Benim dayı çocuklarımsınız; Ben, sizden birisi

---

[583] Ahmed İbn Hanbel, Müsned, 4/138; Hâkim, Müstedrek, 4/214; Heysemî, Mecmaü'z-Zevâid, 5/98

Ve Kalıcı Yurt: Medine

sayılırım! Bundan böyle, sizin temsilciniz de Benim, buyurdu. Benî Neccâr'ın sevincine diyecek yoktu. Gerçi, aralarındaki en itibarlı elçilerini kaybetmişlerdi; ama şimdi Allah (celle celâluhû) onlara, insanlığın gelmiş geçmiş en hayırlısını nakîb olarak ihsan etmişti.[584]

Mezarlıktaki Muhâvere

Ashab arasından Gülsüm İbnü'l-Hedm vefat etmişti. Allah Resûlü, arkadaşlarından birisi için yapması gereken son vazife dolayısıyla Bayıyyü'l-Gargad denilen mezarlıkta bulunuyordu. Selmân-ı Fârisî de, O'nun yanındaydı. Belli ki, fırsat kolluyor ve sadaka yemeyip de hediye kabul ettiğini gördüğü Efendisi hakkındaki üçüncü emareyi de görüp tatmin olmak istiyordu.

İki parçadan oluşan bir libas vardı üzerinde, Allah Resûlü'nün... Birini diğerinin üzerine atmış, omzu da hafif aralanmıştı, boynu görünüyordu. Bir ümit belirmişti Selmân için... Son şeyhinin anlattığı risalet mührünü... Son emareyi de görebilmek için arkasına yaklaştı. Arkasına dolandığını görünce, hissetmişti Allah Resûlü de. Belli ki bu adam bir şeyler arıyordu... Zora koşma niyetinde değildi ve omzundaki örtüyü hafif aralayıverdi, görsün diye.

Aman Allah'ım!.. Evet, evet, mühür de tamamdı!.. Hem de Ammûriyyeli şeyhinin aynen anlattığı gibi...

Selmân için silinmişti her şey; kaybetmişti kendini. Evet, risalet mührü de vardı. Tutamadı kendini, üzerine kapandı ve öpmeye başladı. Kendini tutamıyordu. Bu arada gözyaşları da, seylâb olmuş akmaktaydı. Hıçkırıklarına hâkim olamıyordu. Yıllardır aradığı bir vuslattı bu. Kader yollarına su serpmişti adeta Selmân'ın ve *'yürü'* demişti. O da yürümüş ve

---

[584] İbn Hişâm, Sîre, 3/39

şimdi, aradığını bulmanın heyecanıyla iliklerine kadar bir haz duyuyordu.

Yanına çağırdı Allah Resûlü (sallallahu aleyhi ve sellem) ve önüne oturttu Selmân'ı önce. Başından geçenleri anlattırdı bir bir... İran'dan nasıl ayrıldığını, *Şam*'a gelişini, *Musul*'daki arayışını, *Nusaybin*'de kalışını ve *Ammûriye*'de kimlerle karşılaşıp nasıl maceralar yaşadığını anlattı sırasıyla. Sonra da, son şeyhinin söylediklerini paylaştı Allah Resûlü'yle. Çok aramıştı; ama şimdi aradığını bulmanın hazzını yaşıyordu.

Anlattıkları, Efendimiz'in de hoşuna gitmişti. Ashabına da duyurmak istiyordu ve tekrar anlatmasını isteyecekti Selmân'dan, hayat serencâmesini.[585]

Kıskançlık ve Haset Rüzgarları

O gün de, sosyal meselelerde bütüncül bir yaklaşımla hareket edip sonuçları da öyle değerlendirmenin imkânı yoktu; gerek Medineli müşrikler ve gerekse ehl-i kitap olarak bilinen Yahudi ve Hristiyanlar arasında; Efendimiz'i tanıyıp bilen ve O'na karşı muhabbet besleyenler olduğu gibi, bunun tam tersi, O'nun karşısında yerini alan, düşmanlık adına entrikalar çeviren ve fırsat bulsa O'nu, bir kaşık suda boğmak isteyen insanlar da vardı. Ancak bunlar, Efendimiz'in teveccühle karşılandığı Medine'nin ilk yıllarında, yekpâre bir muhalefetten daha ziyade, münferit hadiseler olarak kendini gösteriyordu. Zaten, konuyu haber veren Kur'ân da bu noktaya dikkat çekerken şöyle diyecekti:

– Ehl-i kitabın hepsi bir değildir; onların içinde öyle dosdoğru bir cemaat vardır ki, gecenin geç vakitlerinde Allah'ın ayetlerini okuyarak secdelere kapanır; Allah'ı yegâne ilah bilir ve ahiret yurdunu da tasdik eder. Aynı zamanda bunlar, iyiliği yayar, kötülükleri de önleme yarışına girerler ve her daim,

---

[585] Ahmed b. Hanbel, Müsned, 5/441 (23788); İbnü'l-Esîr, Üsüdü'l-Ğâbe, 2/512

Ve Kalıcı Yurt: Medine

hayırlı işlerin peşindedirler; işte bunlar, gerçekten salih kimselerdir.[586]

Abdullah İbn Übeyy, bunların başında geliyordu; Efendimiz (sallallahu aleyhi ve sellem) Medine'ye gelmeden önce reislik için kendini hazırlamıştı, dağılan vahdet-i ruhiye ve yaşanan kargaşayı düzenlemek için Medine halkı da buna sıcak bakıyordu. Ancak, Muhâcirlerin Medine'ye gelişiyle birlikte onun, bütün planları suya düşmüş; önünün kesilmesine sebep olan Efendiler Efendisi'ne kin besler olmuştu. Çünkü, bir anda insanlar, dertlerine deva olacak Zât'ı görür görmez yön değiştirmiş ve yüzyılların birikmiş problemlerine çözüm bulacağına inanıp gerçek kurtarıcı olarak gördükleri bu yeni adrese yönelivermişlerdi.

Abdullah İbn Übeyy için bu, büyük bir kayıptı ve tam, *kazandım* derken kendisine bu kaybı yaşatanlara ateş püskürüyordu. Ne var ki o, bu hâlini açığa vuramıyor ve genelin kabullendiği yerde bu anlayışı benimser gibi görünme lüzumunu hissediyordu. Görünüşte ve zahirî sebepler açısından Müslüman'dı; ancak, içten içe din düşmanlığı yapıyor ve etrafına her fırsatta yeni yeni nifak tohumları yayıyordu.

Yukarıda zikredilen ayetin ifadelerinden de anlaşılacağı üzere; bu müspet hareket eden, çoğunluktan ayrı düşen bazı insanlar, memleketlerine dışarıdan gelen bu anlayışa karşı yavaş yavaş harekete geçmiş, kendilerince planlar kuruyor ve yandaş bulmaya çalışıyorlardı. *Benî Nadr, Benî Sa'lebe, Benî Kaynukâ, Benî Kureyza, Benî Ruzeyk, Benî Hârise, Benî Amr* ve *Benî Neccâr* kabilelerine mensup *Huyey İbn Ahtab, Ka'b İbn Eşref, Abdullah İbn Sûriyâ, Funhâs, Ka'b İbn Esed* ve *Lebîd İbn A'sam* gibi bu insanlar, gecenin karanlıklarında bir araya gelmeye başlamış ve Efendimiz'in aleyhinde propaganda yapmaya çalışıyorlardı. Bunların hepsi de, kıskanç ve din

---

[586] Bkz. Âl-i İmrân, 3/113, 114

Efendimiz (sallallahu aleyhi ve sellem)

adına Efendimiz'in konumunu çekemeyen Yahudi[587] tipleriydi; Medine'de fitne üretiyor ve kargaşa pazarlıyorlardı. Zira Allah Resûlü (sallallahu aleyhi ve sellem), bekledikleri gibi kendi aralarından çıkmamış ve buna rağmen oluşturduğu iman hâlesi her geçen gün, çığ gibi büyüyordu.

Üslûpta İlahî Yönlendirme

Bir gün Hz. Ebû Bekir, bunlardan Finhâs adındaki bir Yahudi ile karşılaşmış; uzun konuşmalar sonucunda aralarında bir yakınlık hâsıl olmuştu. İşin doğrusu Hz. Ebû Bekir'i de ümitlendiren bir gelişmeydi bu. Çünkü bu adam, Tevrat ve İncil'i iyi bilen âlim bir zattı; havrada, çocuklara Hz. Musa kıssaları anlatır ve onlara, geleceğin bilgeleri olmaları konusunda uyarılarda bulunurdu. Bu adam bir Müslüman oluverse, etrafındaki birçok insan da İslâm'la tanışır ve kitleler halinde İslâm'a dehaletler yaşanırdı. Başka bir gün Finhâs'ın yanına gitti Ebû Bekir ve iman hakikatlerinden bahisler açtı uzun

---

[587] Aslında Medine'de bulunan Yahudiler, yerli halktan sayılmazdı. Asıl itibariyle İbrânî olan bu insanlar, zamanında bilhassa Romalıların baskısından kaçıp Medine'ye sığınmış, burada kalmayı başka yerlerde dağılıp kaybolmaya tercih etmişlerdi. Her kabilenin alt kolları olmakla birlikte ana çatı itibariyle *Benî Kaynukâ*, *Benî Nadr* ve *Benî Kurayza* adında üç kabile altında birleşmişlerdi. Zaman içinde, Araplarla evlilikler yapmaya başlamışlar; dil olarak Arapça'yı konuşup çocuklarına da, içinde bulundukları toplumun kullandığı isimleri verir olmuşlardı. Buna rağmen, kök meselesi gündeme geldiğinde hemen ortaya çıkar ve kendilerini herkesten üstün görme anlayışlarını öne çıkarıverirlerdi. Bunun için diğer Araplara üstten bakarlar, herkesi kendilerine hizmet etmekle sorumlu görürler ve ekonomik hayatın iplerini ellerinde tutarak bulundukları yerde hâkim güç olmayı hedeflerlerdi. Zaman zaman aralarında vuku bulan savaşların temelinde de, bu hâkimiyet anlayışı ve dünya malına gösterdikleri hırs belirgin rol oynuyordu. Sihir, fal, üfürükçülük ve büyü gibi başkalarının bilmediği alanlarda söz sahibi olan bu insanlar, ellerindeki bu tür bilgileri de kullanarak üstün oldukları fikrini yaymaya çalışıyor ve karşılarındaki insanların bilgisizliklerinden de istifade ederek toplumda temeyyüz ediyorlardı. Bkz. Mübârekfûrî, *er-Rahîku'l-Mahtûm*, s. 171

Ve Kalıcı Yurt: Medine

uzun. Ahiretten bahsetti defalarca ve bile bile gerçeği gizlemenin vebaline değindi. Ardından da:

– Yazık sana ey Finhâs! Allah'tan kork ve gel de Müslüman ol. Sen de biliyorsun ki Muhammed, Allah tarafından hak ile gönderilmiş bir elçidir. Zaten bu, elinizdeki Tevrat ve İncil'de de yazılı, dedi.

Finhâs'ın bu tarakta pek bezi yok gibiydi. Tuttu bir de, en temel meseleleri alaya almaya başladı. Kendisini hakka davet eden Ebû Bekir'e şunları söylüyordu:

– Vallahi de ey Ebû Bekir! Bizim Allah'a ihtiyacımız yok! O bize muhtaç! Onun bize olan talepleri kadar biz ondan istekte bulunmuyoruz. O bizden değil, biz ondan daha zenginiz. Baksana, şayet bizden daha zengin olsaydı, sahibinizin de dediği gibi mallarımızdan borç istemezdi; size faizi yasaklıyor ama bize faiz veriyor! Şayet bizden daha zengin olsaydı, bize faiz vermezdi.

Ebû Bekir gibi birisini çileden çıkaracak sözlerdi bunlar. Şeytanca bir zeka ile, kömürü elmas gösterme gayreti içine girmiş, yetmiyormuş gibi bir de Zât-ı Ulûhiyet'e karşı hakaret ediyordu. Kendince, *'karz-ı hasen'* tahşidatı yapan ayete telmihte bulunuyor ve *"en güzel biçimde Allah için borç verme"*[588] işini, *"Allah'a borç verme"* şeklinde çarpıtıp sulandırmak istiyordu.

Daha sözünü bitirmeden, suratına öyle bir tokat inmişti ki adam, neye uğradığını şaşırdı. Belli ki hiç beklemediği bir tepkiydi bu. Ardından, şunları söylüyordu Hz. Ebû Bekir (radıyallahu anh):

– Ey Allah düşmanı! Nefsim yed-i kudretinde olana and olsun ki, şayet sizinle bizim aramızdaki anlaşma olmamış olsaydı, senin kelleni koparırdım.

Halbuki Hz. Ebû Bekir (radıyallahu anh), narin yapılı ve yu-

---

[588] Bkz. Bakara, 2/245

Efendimiz (sallallahu aleyhi ve sellem)

muşak huylu bir adamdı. Ancak, Allah ve Resûlü'nün alaya alındığı yerdeki duruşunu, en babayiğit adamların yanında bulmaya da imkân yoktu.

Finhâs'ın sözleri Hz. Ömer'in de kulağına gelmiş ve onu da çileden çıkarmıştı. Kaptığı gibi kılıcını yola koyulmuş ve Finhâs'ın hesabını görmek için geliyordu. Ömer'in şiddeti Ebû Bekir'inki gibi de olmazdı; Allah ve Resûlullah'a dil uzatılan yerde o, uzanan dili söker ve çizgiyi aşanlara da haddini bildirirdi. Ancak zemin, o gün için buna müsait değildi.

Cibril-i Emîn huzura gelmiş, durumdan Allah Resûlü'nü haberdar ediyordu. Aynı zamanda, Allah kelamı olarak getirdiği, yanında bir de emanet vardı. Diyordu ki:

– İman edenlere söyle ki; Allah'ın ceza günlerinin gelip çatacağını bekleyenlerin ezalarına aldırış etmesin, kusurlarını bağışlasınlar! Çünkü, nasılsa Allah, yaptıklarının karşılığını herkese verecektir.[589]

Açıkça bu, *seviyenizi koruyup da seviyesizlerle zaman kaybetmeyin; onların hesabını, büyük mahkemede zaten Allah görecek. Siz, size düşeni size yakışır şekilde yapın ki; bunun karşılığını da Allah mutlaka verecektir* anlamına geliyordu.

Ancak, Ömer'in bundan henüz haberi yoktu. Onun için Efendimiz (sallallahu aleyhi ve sellem), hemen birisini gönderip onu da haberdar etmek istedi. Çok geçmeden de, sert adımlarla Finhâs'ın hesabını görmeye giden Ömer'in karşısına bir sahabe çıkmış ve kendisini Resûlullah'ın beklediğini söylüyordu. Aynı zamanda meselenin aciliyeti vardı.

Hak karşısında konumunu yeniden belirlemekle bilinen Hz. Ömer, soluğu Allah Resûlü'nün huzurunda aldı. Efendiler Efendisi önce:

---

[589] Bkz. Câsiye, 45/14

Ve Kalıcı Yurt: Medine

– Kılıcını kınına koy yâ Ömer, dedi. Resûlullah ister de Ömer ona itiraz eder miydi hiç?

– Seni hak olanla gönderene yemin olsun ki doğru söylüyorsun yâ Resûlallah!

Ardından Sultan-ı Resûl Hazretleri:

– Rabbin diyor ki, diye başladı ve Cibril'in getirdiği ayeti okudu ona da.

Artık, kabaran dalgalar durulmuş; Hz. Ömer'de de derin bir sükûnet hâsıl olmuştu. Demek ki, sonucu itibariyle umumu ilgilendiren meselelerde, baştaki insanın bilgisi olmadan münferit bir adım atılmamalıydı. Yoksa, taş taş üstüne konularak inşa edilen binanın temelinde sarsıntı meydana gelir ve istenilen neticeye ulaşılamazdı. Şöyle mukabelede bulundu:

– Seni hak ile gönderene yemin olsun ki, bundan böyle ben yüzümü ekşitmeyecek ve öfkemi izhar etmeyeceğim!

Huzurdaki insibağ, nasıl dalga dalga diğer insanlar üzerine de sirayet ediyor ve bu sahile uğrayan herkesi etkisi altına alıyordu![590]

Diğer tarafta ise, ne böyle bir su kaynağı ne de insibağ söz konusu idi. İşin doğrusu, herkes kendi karakterinin gereğini yerine getiriyordu. Dil belâsından dolayı Hz. Ebû Bekir'den dayak yiyen Finhâs, daha sonra şikayet için Efendimiz'in yanına geldi. Hırpalandığı her halinden belliydi. Ancak o, olanlardan ders almışa da benzemiyordu ve kendi yaptıklarından hiç bahis açmadan Ebû Bekir'in kendisine saldırıp dövdüğünü söyledi Efendiler Efendisi'ne. Bunun üzerine Allah Resûlü (sallallahu aleyhi ve sellem), Hz. Ebû Bekir'i yanına çağırdı ve sordu:

– Niçin böyle bir şey yaptın?

Ebû Bekir mahcuptu. Ancak, yanı başında duran bu alçağa haddi bildirilmeliydi. Söyledikleri yetmiyormuş gibi bir de

---

[590] Bkz. Vâhidî, Esbâbü Nüzûli'l-Kur'ân, s. 394

gelmiş, aleyhinde konuştuğu yerden imdat dileniyordu. Normal şartlarda kendini müdafaa etmekten hoşlanmazdı; ama burada meseleyi, olduğu gibi aktarmak gerekiyordu. Bunun için şunları söyledi Hz. Ebû Bekir (radıyallahu anh):

— Yâ Resûlallah! Bu, Allah düşmanı adam, çok büyük bir günah işledi. Zât-ı Bâri hakkında ağza alınmayacak şeyler söyledi; -haşa- Allah'ın fakir, kendilerinin ise zengin olduğunu sanıyor. Ben de kızdım ve dediklerinden dolayı Allah için dövdüm onu.

Hakikatin ifade edildiğini duyunca Finhâs, rahatsız olmuştu; ama çareyi, Ebû Bekir'in anlattıklarını inkârda buldu ve:

— Ben bunları demedim, diye söylenmeye başladı.

Konuyu, Allah Resûlü'nün de bildiğini nereden bilebilirdi! Ne yüzsüz adamdı; bunca yaptıkları yetmiyormuş gibi bir de Ebû Bekir'i yalanla itham ediyordu! Bir kez perde yırtılınca insanda, demek bütün bunlar olabiliyordu.

Çok geçmeden, Sıddîk-i Ekber'in sadakatini haykıran Kur'ân ayetleri inmeye başladı; sema dile gelmiş ve Cibril-i Emîn, İnsanlığın Emîni'ne vahiy indiriyordu:

— Şüphesiz ki Allah, "Allah fakir, bizler ise zenginiz." diyen o kimselerin sözlerini de işitip bilmektedir. Onların söyleyegeldikleri bu sözü de, haksız yere öldürdükleri peygamberlerin hesabını da yazıyoruz ve onlara, "Tadın bakalım o yakıcı cezayı." diyeceğiz.[591]

Görüldüğü üzere inen ayetlerde, aynen Finhâs'ın söylediklerine yer veriliyor ve böyle iki yüzlü ve sahtekâr kimselerin, ahiret yurdunda yakıcı bir azaba dûçâr olacakları anlatılıyordu.

---

[591] Bkz. Âl-i İmrân, 3/181

Ve Kalıcı Yurt: Medine

Medine Anlaşması

Yeni gelinen hicret yurdunda problemler teker teker ele alınıyor ve birer birer çözüme kavuşturuluyordu. Çözüme kavuşturulması gereken bir konu da, Medine'nin nüfus yapısı, etnik dağılımı ve din farklılıkları göz önünde bulundurularak, bu farklı unsurlarla birlikte müşterek bir hayat sürebilmenin şartlarını oluşturmaktı. Zira, o gün için on bin civarında bir nüfusa sahip olan Medine'de, bin beş yüz kadar Müslüman nüfusun yanında, dört bin civarında Yahudi, dört bin beş yüz kadar da Arap müşrik bulunmaktaydı. Öyleyse, bu farklı unsurlar arasındaki ortak paydalar öne çıkarılmalı ve Medine şehri, asgari müşterekler üzerinde ittifak edilerek müşterek paylaşılmalıydı.

Aynı zamanda Medine buna, şiddetle ihtiyaç duyuyordu; zira, yüzyıllarca devam edegelen savaşlarla[592] sosyal bağlar zedelenmiş, yeni atkılarla toplumun yeniden örgülenmesine olan ihtiyaç, diğer yerlere nispetle daha belirgin bir şekilde açığa çıkmaktaydı.

Farklı unsurların birbirleriyle savaşları olduğu gibi aynı unsurlar da kendi aralarında barışık değildi; Evs ve Hazreç arasında kavgalar yaşandığı gibi Yahudi kabileleri olan Benî Kaynuka, Benî Nadr ve Benî Kurayza arasında da benzeri problemler kendini gösteriyor ve sosyal hayat, tam bir güvensizlik içinde yürüyordu.

Bu karmaşık ortam, bazen olmadık ittifaklar doğurabiliyor; mesela, Evs kabilesiyle, Benî Nadr ve Benî Kurayza kabileleri bir araya gelip Benî Kaynuka'ya karşı birleşebiliyor; aynı şekilde, Hazreçliler de, Benî Nadr ve Benî Kaynukalılara karşılık Benî Kurayza ile ittifak kurabiliyorlardı.

Medine'de görülemeyen bu bütünlük, şehrin yapısında da

---

[592] Evs ve Hazreç arasında cereyan eden Buas Savaşlarının, yüz yirmi yıl devam ettiği bilinmektedir. Halbuki bu iki kabile, Benû Kayle kökeninde birleşiyor ve temelde birbirleriyle akraba oluyordu.

kendisini hissettirmişti; her bir kabile, kendi güvenliğini sağlayabilmek için kendine mahsus surlar inşa etmişti ve ancak bu şekilde kendisini güvende hissedebiliyordu. Bunun için Medine'de o gün, tam on üç muhkem sur vardı.

Bu kadar problemin bir araya gelmesi, güven ortamını ortadan kaldırmış ve şehirde ticari hayat durma noktasına gelmişti. Bu durum, dışarıdan gelen tüccarları da endişelendiriyor ve mecbur kalmadıkça Medine'ye uğramıyorlardı.

Hatta denilebilir ki, Medine'de yaşayan unsurlar, bıkkınlık veren bu savaşlara son verip de kendilerini bir masa etrafında buluşturacak harici bir gücün gelmesini arzu eder olmuşlardı. İşte bu beklenti, Efendimiz için iyi bir zemin oluşturuyordu. Bunu ifade ederken Hz. Âişe validemiz de, benzeri olaylara dikkat çekecek ve hicret öncesinde Medine'de yaşanan kaos ortamının, Efendimiz'in gelişine zemin hazırladığını ifade edecekti.[593] Ve Allah Resûlü (sallallahu aleyhi ve sellem) de, iyi okuduğu bu zemini değerlendirecek; Medine'de ahenk ve uyumu temin adına tarafları bir araya getirerek asgari müştereklerde bir anlaşma gerçekleştirecekti.

Bunun için de, öncelikle Medine şehrinin sınırlarını tespit ettirdi; artık bu sınırlar içinde kalan bölge 'harem' olarak anılacaktı.

Bunun ardından Medine'de, ilk defa bir nüfus sayımı gerçekleştirildi. Medine, yeniden yapılanıyordu.

Elbette bu yapılanmadan herkes memnun değildi; bilhassa müşrik Araplar, olabildiğince tedirginlik yaşıyor ve Mekke'deki müşriklerin, Muhâcir ve Ensâr'ı kolladıkları için kendilerine de zarar vereceklerini düşünüyorlardı. Zaten Mekkelilerin, yakın zamanda Medine'ye bir sefer düzenleyeceklerine ve ellerinden kaçırdıkları Müslümanları burada kıstırıp bozguna uğratacaklarına dair haberler de duyulmaya başlanmşıtı.

---

[593] Bkz. Buhârî, Sahîh, 3/1377 (3566)

Ve Kalıcı Yurt: Medine

Efendimiz'in tavrı ise, bütün bu endişeleri ortadan kaldırmaya matuftu; Mekke'de olduğu gibi, "Sizin dininiz size, bizim dinimiz de bize." anlayışını hâkim kılmaya çalışıyor ve kavga etmeden de Medine'yi müşterek paylaşabileceklerinin örneklerini ortaya koyuyordu. Buna göre herkes; dili, dini, ırkı ve milliyeti ne olursa olsun, karşı tarafın inanç ve anlayışlarına saygılı olduğu sürece aynı havayı teneffüs edebilecek ve Medine'de, problemsiz bir hoşgörü ortamı kendiliğinden oluşacak; ne kimse din değiştirmek için zorda kalacak ne de dinî anlayışını yaşarken baskı altında bırakılacaktı. Aynı zamanda bu, kendi düşüncesini özgürce ifade hürriyetini de içeriyor ve düşüncesi ne olursa olsun, anlayışını tebliğ hakkını da beraberinde getiriyordu. Demek ki, kendilerine arz edilen mesele, hâkimiyet değil; katılımı esas alan bir paylaşımı öngörüyordu.

Daha, Medine'ye geldiğinden bu yana sayılı günler geçmesine rağmen Efendiler Efendisi'nin güven ve huzur ortamı kendini hissettirmişti ve bütün taraflarıyla Medine sakinleri, aralarında çıkması muhtemel anlaşmazlıklarda, konuyu çözüme kavuşturma mercii olarak Efendimiz'e müracaât edilmesi gerektiğini müşterek bir talep olarak ortaya koyuyordu.

İlk Anlaşma, Evs ve Hazreç Arasında

Medine'deki ilk anlaşma, Evs ve Hazreç kabileleri arasında yapılacaktı. Bunun için, toplantıya katılanlar, fikirlerini ortaya koyuyor ve uzun müzakereler sonucunda ortaya çıkan hükme saygılı olacaklarını beyan ediyorlardı. Böylelikle, yüzyıllar sonra ilk defa, Evs ve Hazreç arasında kalıcı bir anlaşma yapılıyor ve *Ensâr* haline gelen iki yapı arasındaki asırlık savaş ortamına son nokta konulmuş olunuyordu.

Bunun için Enes İbn Mâlik'in evinde bir araya gelindi ve yazılı bir anlaşma gerçekleştirildi. Böylelikle, Müslüman olan

Efendimiz (sallallahu aleyhi ve sellem)

Evs ve Hazreç'le yapılan bu anlaşmaya, Müslüman olmayan Araplar da *'mevâli'* statüsünde dahil olmuş; Evs ve Hazreç'e tâbi olarak anlaşmaya imza koymuş kabul ediliyordu. Hatta bu durum, daha sonraları ortaya çıkan savaş durumlarında bile göz önünde bulundurulacak ve bugün anlaşma yapan ve bu anlaşmaya sadık kalanlar, Tevbe suresinde anlatılan savaş ültimatomundan istisna edileceklerdir.[594]

Yazılı bir mutabakat içeren anlaşmada şöyle deniliyordu:
– Bismillahirrahmanirrahim.

Bu anlaşma, Nebi olan Muhammed tarafından, Kureyş ve Yesrib'deki Müslüman ve mü'minler; onlara tâbi statüdeki diğer insanlarla, daha sonra da gelip aynı şartları kabul edenler ve ortak savunma konusunda müşterek hareket edenler arasında gerçekleşen bir anlaşmadır. Bunların hepsi, diğer insanlar karşısında tek bir ümmettir.

Bu giriş cümlesinin sonrasında Efendiler Efendisi (sallallahu aleyhi ve sellem), önce *Muhâcir*leri zikrettikten sonra *Benî Avf, Benî Sâide, Benî Hâris, Benî Cüşem, Benî Neccâr, Benî Amr, Benî Nebît* ve *Benî Evs* kabilelerinin isimlerini de kayda geçirerek her biri, kendi aralarında âdet olduğu vechile, kan diyetlerini ödemeye iştirak edecekler; harp esirlerinin kurtuluş fidyelerini de, mü'minler arasındaki *maruf*, *adalet* ve *makul* esaslara göre ödemeyi kabul edeceklerdir. Yine bütün kabileler, iyi ve güzel olanı toplumda yaygınlaştırmada, kötü ve çirkin olanı da ortadan kaldırmada gayret sarfedecek ve böylelikle toplumda, *fazilet* ve *adalet* esasına dayalı, olumsuzlukları gizlemeyen ve suç sahibi hangi anlayıştan olursa olsun cezâî müeyyidenin uygulanmasında müşterek hareket eden bir anlayış gelişecektir. En nihayetinde, şayet bir anlaşmazlık vukû bulursa, bu durumda da Allah'ın ve O'nun Resûlü Hz.

---

[594] Bkz. Tevbe, 9/4

Muhammed'in vereceği hükme rıza gösterilerek mesele çözüme kavuşturulmuş olacaktır.[595]

İkinci Anlaşma, Yahudilerle

Evs ve Hazreç arasındaki anlaşma tamamlandıktan sonra sıra, Medine'deki en önemli yapı olan ve nüfusun % 40 gibi önemli bir bölümünü oluşturan *Yahudi*lerle de benzeri bir mutabakatın sağlanmasına gelmişti. Bunun için Allah Resûlü (sallallahu aleyhi ve sellem), Yahudi kabilelerinin önde gelenleriyle *Binti Hâris*'in evinde bir araya geldi. Uzun görüşmeler sonunda, hemen her konuda mutabakat sağlanmış ve sıra, bunların madde madde yazıya aktarımına gelmişti. Özetle metinde şunlar yer alıyordu:

Yahudiler de, savaş tehlikesine karşı, aynen Müslümanlar gibi maddi katkı sağlayacak; *Benî Avf, Benî Neccâr, Benî Sa'lebe* ve onların bir kolu olan *Cefne, Benî Sâide, Benî Cüşem, Benî Evs* ve *Benî Şutaybe* kabilelerinden her birisi de, kendi dinî anlayışlarını rahat bir zeminde yaşayabildikleri gibi Müslümanlar da aynı özgürlük içinde dinî hayatlarını rahatlıkla ifa edebileceklerdi. Bu durum, her bir yapının alt kolu olan kabilecikler için de söz konusuydu ve onların tamamı, bu kabilelerin çatısı altında temsil ediliyorlardı.

Efendimiz'in (sallallahu aleyhi ve sellem) izni olmadıkça hiçbir Yahudi kabilesi, Müslümanlarla birlikte savaşa katılamayacak; herhangi bir savaş halinde yardımlaşma esas olacak ve her bir unsur kendi savaş giderlerini bizzat kendisi karşılayacaktır. Kimse, karşı tarafa zarar veremeyecek; taraflardan zulme maruz kalana diğerleri yardımcı olacaktır. Ne Kureyşliler

---

[595] Bkz. İbn Kesir, el-Bidâye, 3/224; Hamidullah, İslâm Peygamberi, 1/206 vd. Ayrıca, bu anlaşmanın Türkçe tam metni ve o günkü sosyal şartlar açısından taşıdığı mana için bkz. Bulaç, Ali, Medine Vesikası, Yeni Ümit, Yıl: 17, Sayı: 68, s. 47 vd.

Efendimiz (sallallahu aleyhi ve sellem)

ve ne de onlarla ortaklık kuranlara kapı aralanacak, himaye altına alınacaktır. Medine, müşterek koruma altına alınacak ve savunmada yardımlaşma bir esas olacaktır.

Herkesin, kendi payına düşen mıntıkadan sorumlu olduğunun da altı çizilen bu anlaşmaya göre yine, din konusunda yaşanması muhtemel savaşlar, bu maddelerin haricinde tutulmuştur.

Anlaşmaya göre, Yahudilere sığınan kimseler de aynen bu Yahudiler gibi muamele görecek; ancak bütün bunlar, haksız yere bir adamı öldüren veya yaralayan kimselerin de saklanıp gizlenmesine sebep olmayacak, suç işleyenler gerekli cezai müeyyideye çarptırılacaklardır.

Yine bu anlaşmaya göre, ortaya konulan prensiplere mutlaka riayet edilecek ve aykırı bir davranış içine asla girilmeyecektir. Müslümanlar, Allah kelamı Kur'ân hükümlerine göre meselelerini çözüme kavuşturduğu gibi Yahudiler de, kendi kitapları olan Tevrat'ın ahkâmına göre aralarında hükmedecek ve kimse, bir diğerinin dini anlayışına müdahale etmeyecektir. Şayet, buna rağmen uygulamada bir ihtilaf vuku bulursa yine bu, Allah'ın emirlerine ve O'nun Resûlü Hz. Muhammed'in hakemliğine başvurularak çözüme kavuşturulacaktır.[596]

Anlaşma metninden anlaşıldığına göre o gün Medine'de, irili-ufaklı on bir Yahudi kabilesi bulunmakta ve bu kabilelerin hemen hepsi de, Efendimiz'le yapılan anlaşmayı imzalamıştır.

Yeni geldiği bir şehirde ve nüfusun ancak % 15'ine sahip olduğu halde Allah Resûlü'nün böylesine bir konum elde etmesi, hiç şüphesiz O'nun fetanetinin bir buududur. Sosyal şartları çok iyi değerlendirmiş ve hâkimiyet esasını öne çıkarma yerine, paylaşma ortak paydasında tarafları bir araya getirerek müşterek bir pakt kurmuştur. O'nun bu gayreti, aynı

---

[596] Bkz. İbn Hişâm, Sîre, 3/31-35; M. Hamidullah, İslâm Peygamberi, 1/206 vd.

Ve Kalıcı Yurt: Medine

zamanda tarih açısından da büyük önem taşımaktadır; zira, böyle bir anlaşma metninin ortaya çıkışı ve taraflar arasında bir nevi anayasa statüsünde hükümlerin konulması, o gün açısından henüz, tarihin şahit olmadığı bir gelişmedir.

Aile Fertlerinin Getirilmesi

Müslümanların yeni şehri Medine'de yaşanması muhtemel problemler teker teker çözüme kavuşturulmuş; şimdi sıra, geride kalan aile fertlerinin de buraya getirilmesine gelmişti. Malûm olduğu vechile Muhâcirîn-i Kirâm Hazerâtı hicret ederken, yanlarında aileleri yoktu ve bunu, asla bir problem olarak görmüyorlardı. Sadece, kendilerine:

– Hicret edin, denilmiş ve onlar da bu emri yerine getirme yarışına girmişlerdi. Ev ve barkları Mekke'de kalacakmış, müşrikler gayrimenkullerine el koyacaklarmış, çoluk-çocukları açlıktan kırılacak, baba şefkatine muhtaç kalacaklarmış, akşam eve gelmeyince hanımları üzülürmüş... Bu ve benzeri ne kadar gerekçe var idiyse bütün bunlar, onlar adına hiçbir zaman mazeret oluşturmuyordu. Zira onlar, iman konusunda gözü kara insanlardı ve *emir*in olduğu yerde *demir*i eritir ve mutlaka bu emri yerine getirirlerdi. Zaten, sahabe olma farkı da buradan kaynaklanıyordu.

Ancak, artık Medine'ye gelinmiş ve emniyetli bir zeminde ibadetlerini rahat yapar hale gelmişlerdi. Mescid-i Nebevî inşa edilmiş, Muhacirlerle Ensâr arasında kardeşlik bağları kurulmuş, mesken meselesi büyük ölçüde çözülmüş, Medine'ye dışarıdan gelenlerle yerli halk arasında beklenen kaynaşma gerçekleşmiş ve böylelikle muhtemel sosyal problemler, temel çözümlere kavuşmuştu. Öyleyse, aynı huzur ortamından, Mekke'de bırakmak zorunda kaldıkları çoluk-çocukları da istifade etmeli ve onlar da buraya alınarak, böylelikle bir an önce müşriklerin şerrinden de emin olunup aileler bir araya getirilmeliydi.

Efendimiz (sallallahu aleyhi ve sellem)

İşte şimdi, Medine'de yaşanan bu emniyet ve güven havası, Mekke'de kalanların da getirilmesini netice veriyor, ailecek gelemeyenler de artık yavaş yavaş Medine'de buluşuyordu.

Efendimiz (sallallahu aleyhi ve sellem) ve yol arkadaşı Hz. Ebû Bekir de, ailesini Mekke'de bırakıp gelenlerdendi. Hz. Hatice'nin emanetleri[597] Hz. *Ümmü Gülsüm* ve Hz. *Fâtıma* ile Hz. *Sevde* validemiz; Zeyd İbn Hârise'nin hanımı *Ümmü Eymen* ve oğlu *Üsâme* ve Hz. Ebû Bekir ailesinden de Hz. *Âişe* ve Hz. *Esmâ* ile oğlu *Abdullah* da Mekke'de kalanlar arasındaydı.

Geride kalan aile fertlerini Medine'ye getirmeleri için Efendimiz (sallallahu aleyhi ve sellem), yanlarına iki deve ve beş yüz dirhem de para vererek *Ebû Râfi* ile *Zeyd İbn Hârise*'yi görevlendirdi; gidecek ve geride kalan aile fertlerini de alarak Medine'ye döneceklerdi.

Kuba'dan Gelen Çocuk

Zübeyr İbn Avvâm, Hz. Ebû Bekir'in kızı Hz. Esmâ ile evlenmişti ve Abdullah'a hamileydi. Hicret emri gelince, doğumu yakın olmasına rağmen yola çıkmış ve yaklaşık beş yüz kilometrelik yolu katederek Kuba'ya kadar gelmişlerdi. Medine'ye bir soluk mesafede olmalarına rağmen doğum sancıları artınca, orada mola vermek zorunda kaldılar. Çok geçmeden de Hz. Esmâ, nur topu gibi bir erkek çocuk dünyaya getirmişti. Büyük bir heyecandı; zira bu, Medine'ye geldikleri günden bu yana Muhâcirîn'den, dünyaya gelen ilk çocuktu.

Aynı zamanda bu, Efendimiz için de büyük bir müjde demekti; çünkü bu çocuk, hem hicret yolcularının Medine'ye sağ salim gelişlerini, hem de Hz. Zübeyr'in oğlunun dünyaya

---

[597] Bu arada Rukiyye validemiz Hz. Osman ile, Zeyneb validemiz de, Ebu'l-Âs ile evliydi. Ümmü Gülsüm validemiz ise, Ebû Leheb'in oğluyla evli iken, Mekkelilerin baskısına boyun eğen Utbe, sırf Efendimiz ve Hatice validemize azap olsun diye onu boşamış ve böylelikle bu yuva yıkılmıştı.

Ve Kalıcı Yurt: Medine

gelişini anlatıyordu. Onun için, hiç vakit kaybetmeden huzura koşup çocuğu Efendimiz'in yanına getirdiler.

Mübarek yüzlerinde yeniden bir dolunay doğuvermişti. Kucağına aldı küçük yavruyu ve adını *Abdullah* koydu. Artık o, Abdullah İbn Zübeyr idi. Ardından da, yanında bulunanlardan bir hurma getirmelerini istedi. Talep hemen yerine getirilmişti. Hurmayı aldı ve mübarek ağızlarında çiğnedikten sonra, suyunu küçük yavrunun ağzına koyuverdi. Abdullah İbn Zübeyr'in midesine inen ilk gıda, Efendiler Efendisi'nin mübarek ağızlarında çiğnediği hurma suyu oluyordu. Daha sonra da, bereket ve yümün adına onun için dua etti.[598]

Hz. Âişe Validemizle İzdivaç

Hz. Hatice validemizin vefatından sonra bir müddet yalnız yaşayan Efendimiz (sallallahu aleyhi ve sellem), Osman İbn Maz'ûn'un hanımı Hz. *Havle*'nin devreye girmesiyle hicret öncesinde *Sevde* validemizle evlenmiş; aynı zaman zarfında Âişe validemizle de nişanlanmıştı. Bu nişanlanmada da baş rolü, yine Hz. Havle oynuyordu.[599]

Bu sıralarda İnsanlığın İftihar Tablosu da, üst üste iki kez rüya görmüş ve her defasında, ipekler içinde huzuruna getirilen Hz. Âişe validemiz için kendisine:

– İşte bu, Senin zevcen olacak, denilmişti. Tam üç yıldır da, bu nişanlılık hali devam ediyordu. Bu arada, Hz. Âişe validemiz de kardeşi Abdullah'la birlikte Medine'ye gelmiş, babası Hz. Ebû Bekir'in evinde ikamet etmeye devam ediyordu.

Hicret sonrasında Efendimiz'in kızlarıyla Sevde validemizi ve Ümmü Eymen ile de Hz. Üsâme'yi almak için Mekke'ye

---

[598] Bkz. İbn Hibbân, Sikât, 3/212 (707)
[599] Hem, Mut'ım İbn Adiyy'in, oğlu Cübeyr için Âişe validemize talip olması hem de Hz. Havle'nin, Efendimiz'le evlendirmek üzere onun adını zikretmesi, Araplar arasında yaşanan bu geleneği açıkça göstermektedir.

Efendimiz (sallallahu aleyhi ve sellem)

gelen Zeyd İbn Hârise ve Ebû Râfi ile birlikte Hz. Ebû Bekir, yol rehberleri Abdullah İbn Uraykıt'ı göndermiş; yanına iki veya üç deve vererek bunları oğlu Abdullah'a teslim etmesini söylemişti. Bir de mektup vardı Hz. Ebû Bekir'in gönderdiği. Bu mektupta o, oğlu Abdullah'a, annesi ve kardeşleri Âişe ve Hz. Zübeyr'in hanımı Esmâ'yı da alarak Medine'ye hicret etmesi gerektiğini yazıyordu.

Çok zaman geçmeden de denilenler yapılmış ve üç ailenin geride kalan fertleri yola düşerek hicrete başlamışlardı. Yola çıkıp da Mina'ya geldiklerinde, *Talha İbn Ubeydullah* ile karşılaştılar; o da hicret ediyordu ve beraberce yola koyuldular.

Bir aralık, Âişe validemizin bindiği deve huysuzluk edip de ekipten kaçmaya başlamıştı; anne *Ümmü Rûmân*, büyük bir telaş içine düşmüş ve hüzün içinde bağırıyor; kızına olan sevgisini dile getirip, aynı zamanda mürüvvetini göreceğini ümit ederken başına böyle bir şeyin gelmesinden duyduğu hüznü anlatıyordu. Neyse ki, arkasından gidenler deveye yetişmiş ve o da, diğerleriyle birlikte yeniden Medine yoluna girmişti.

Medine'ye geldiklerinde, tabii olarak babası Hz. Ebû Bekir'in evine yerleştiler. Bu arada, Cibril-i Emîn de gelmiş, Hz. Âişe validemizi kastederek:

– Onunla evlen; çünkü o senin ehlindir, diyordu.

Çok geçmeden huzura Hz. Ebû Bekir de geldi ve:

– Yâ Resûlallah! Ehlinle aynı çatı altında olmanıza mâni olan bir şey mi var, diye sordu.

– Sadâk! buyurdu Efendiler Efendisi. Belli ki evlilik gibi önemli bir adımda kadın tarafının elini güçlendirecek olan bedeli düşünüyordu Allah Resûlü (sallallahu aleyhi ve sellem). Ebû Bekir için bunun ne önemi vardı! Allah Resûlü gibi bir değer, hangi madde ile kıyaslanabilirdi? Onun için Hz. Ebû Bekir, kendi imkânlarını ortaya koyacak ve Efendimiz için bir odacık evin yapılmasında önayak olacaktı.

Ve Kalıcı Yurt: Medine

Derken, Hz. Âişe validemiz için Mescid-i Nebevî'nin hemen bitişiğine bir odacık yapıldı. Aynı zamanda bu, Ebâ Eyyûb el-Ensârî'nin evinde yedi aydır devam eden misafirliğin de sona ermesi anlamına geliyordu. Benzeri bir oda da, Sevde validemiz için yapılacaktı; ancak, çok geçmeden Hz. Sevde, Efendimiz'le birlikte olduğu gün hakkını da Hz. Âişe validemize verecek ve kendi hakkından feragat edecekti.

Hicretin üzerinden sekiz ay geçmişti. Aylardan Şevval idi. Halbuki o gün bazı insanlar, iki bayram arasında yaşanan evliliklerde, karı koca arasında imtizaçsızlığın ortaya çıkacağına inanıyor ve bundan dolayı da bu aylarda evliliği hoş karşılamıyorlardı.[600]

Artık saadethanesinde, ümmetin muttali olmadığı zamanlarını da görüp insanlık adına hükümler çıkaracak olan zeki bir fıtrat daha vardı. Böylelikle Allah (celle celâluhû), bütün insanlığa rehber olarak gönderdiği Habîb-i Ekrem'ini, farklı gözlerle de takibe aldıracak ve ümmet için bilhassa aile hayatıyla ilgili yeni açılımlara kapı aralayacaktı.

Medine Vebası

Mekke'den gelen muhacirler, Medine'nin havasına alışmakta güçlük yaşarken bir de hastalık baş göstermiş ve bazı muhacirler ağır hasta olmuşlardı. Hatta, hayatlarını ortaya koyarak kılmaya azmettikleri namazlarını bile oturarak kılmak zorunda kalmış, Mekke müşriklerinin şiddetli baskılarına rağmen taviz vermedikleri namazlarını, ayakta kılamaz

---

[600] Bu anlayışlarında, daha önce Şevval ayında yaşanan büyük tâun hadisesinin de etkili olmuş olabileceği de muhtemeldir. Bu anlayışın yanlış olduğunu ortaya koyabilmek için Âişe validemiz, "Bizden daha mutlu hangi evlilik vardı ki?" demekte ve kendi hallerinin bu anlayışı fiilen tekzib ettiğini ortaya koymaktadır. Bkz. Müslim, Sahîh, 2/1039 (1423); Tirmizî, Sünen, 3/401 (1093); Ahmed İbn Hanbel, Müsned, 6/54 (24317)

Efendimiz (sallallahu aleyhi ve sellem)

olmuşlardı. Onları bu haldeyken gören Allah Resûlü (sallallahu aleyhi ve sellem):

– Şunu iyi bilin ki, oturarak namaz kılan kimse, ayakta namaz kılanın aldığı sevabın yarısını alır, buyuracak ve yine de ayakta kılmaları yönünde teşvikte bulunacaktı.[601]

Hasta olanlar arasında Hz. Ebû Bekir'le Hz. Bilal ve Âmir İbn Füheyre de vardı. Üçü de aynı mekânı paylaşmış, hastalık süreçlerini beraberce, hasret gidererek geçirmeye çalışıyorlardı.

Henüz, hicap ayetleri inmemişti. Hz. Âişe validemiz bir gün, babasını ziyarete gelmiş ve:

– Ey babacığım! Kendini nasıl buluyorsun? Nasılsın, diye halini sormuştu. Gerçi, içinde bulundukları durum, nasıl olduklarını gayet net anlatıyordu; zira, sıtma tutmuş gibi ateşler içinde kıvranıyor, Mekke özlemini dile getirerek sayıklıyorlardı. Biraz dikkat edince, babası Hz. Ebû Bekir'in şunları söylediğine şahit oldu:

– Evinde ve ailesi içinde sabahlayan herkese ölüm, ayakkabısının bağından daha yakındır!

Babasının halini soruyordu; ama o ne kendisini tanımış ne de dediklerini duymuştu. Kendi kendine:

– Vallahi de babam, ne dediğini bilmiyor, diyerek Âmir İbn Füheyre'ye döndü ve aynı soruyu bu sefer de ona sordu:

– Kendini nasıl hissediyorsun ey Âmir, nasılsın?

O da, kendinde değildi; bağ ve bahçelerden bahisler açıyor, dünya gözüyle yeniden göremeden ölümle tanıştığından bahsediyordu.

– Vallahi, Âmir de ne dediğinin farkında değil, dedi.

Hem babası Hz. Ebû Bekir'den hem de onun hizmetçisi

---

[601] Bkz. İbn Kesîr, el-Bidâye, 3/224

Ve Kalıcı Yurt: Medine

Âmir İbn Füheyre'den cevap alamayan Hz. Âişe, ardından bir ümit deyip Hz. Bilal'e yöneldi. Ancak, onun hali, daha çetin görünüyordu; hummanın şiddetinden yere uzanmış, başını zoraki kaldırmaya çalışıyor ve şöyle mırıldanıyordu:

– Vah bana ve ne yazık ki, acaba ben, etrafımda İzhir ve Celîl otları olduğu halde bir kez daha falan vadide geceleyebilir miyim? Acaba yeniden Micenne suyunun başına gelip de pınarlarından içip, Şâme ve Tafîl dağlarını görebilir miyim, diye iç geçiriyordu.

Hüzün dolu bir manzaraydı; belli ki, dağ ve taşında hatıraları olan bir beldenin, kendi memleketlerinin hasreti kavuruyordu yüreklerini... Dağlarındaki hava, çiçeklerindeki koku, pınarlarındaki serinlik ve hatta otlarındaki sadelik bile burunlarında tüter olmuş; hastalığın da tesiriyle geldikleri beldeye olan hasretleri bir kat daha artmıştı.

Onları böyle görüp de sözlerine şahit olan Âişe validemiz, gelip Resûlullah'a durumu haber vermişti. Her meselenin halli, ancak böylelikle mümkün olabilirdi çünkü... Şöyle diyordu:

– Sanki onlar, şiddetli ateşten akıllarını kaybetmiş gibiler ve farkında olmadan konuşuyorlar!

Efendiler Efendisi, çok üzülmüştü. Ellerini semaya kaldırdı ve önce, Muhacirîn'in bu hale gelmesine sebep olanlar için:

– Allah'ım! Utbe İbn Rebîa'yı, Şeybe İbn Rebîa'yı ve Ümeyye İbn Halef'i Sana havale ediyorum; onlar, nasıl ki bizi, kendi memleketimizden çıkarıp da bu vebalı yere gelmeye zorlamışlarsa Sen de onların hakkından gel, diye yalvardı Rabbine.

Bu, işin bir yanıydı. Sonra da döndü; ümmeti için istemeye başladı. Şöyle diyordu:

– Allah'ım! Bize, en az Mekke'yi sevdirdiğin kadar daha fazlasıyla Medine'yi de sevdir! Bu beldeyi sıhhat yurdu yap ve

Efendimiz (sallallahu aleyhi ve sellem)

ölçü/tartılarına bereket ihsan et! Sonra da bu hastalığı al ve *Cuhfe* taraflarına doğru savuruver![602]

Allah'ın en sevgili kulu O'ndan bir şey ister de Allah (celle celâluhû), O'nun bu isteğini kabul etmez miydi hiç? O gece Allah Resûlü (sallallahu aleyhi ve sellem), yatağına uzandığında, bir rüya gördü. Saçı-başı dağınık siyah bir kadın, Medine'den çıkıp *Mehey'a* da denilen Cuhfe'ye doğru gidiyordu. Belli ki, Medine'deki bu hastalık, bundan böyle şehri terk edecek ve Cuhfe taraflarında kendini gösterecekti. Zaten o günden sonra da Muhacirler, şiddetli ateşten kurtulmuş ve onların Medine'de kalmayla ilgili herhangi bir problemleri kalmamıştı.[603]

Ancak, herkes Hz. Ebû Bekir ve Hz. Bilâl gibi irade sahibi değildi. Yine, benzeri bir hastalığa yakalanan A'rabî geldi huzura:

– Yâ Muhammed! Benim beyatımı kaldırıp geçersiz kıl!

Hitabındaki sertlik, sonucun ne olacağını ortaya koyar mahiyetteydi. Ardından talep ettiği şey ise, aklı başında birisinin, asla 'evet' demeyeceği bir durumdu. Efendimiz (sallallahu aleyhi ve sellem), kendi iradesiyle çıkmaza sürüklenmeyi tercih eden bu insana:

– Hayır, bunu yapamam, diye cevap verdi. Zira, Efendimiz'le burada bağlarını koparan, öbür tarafta kurtuluşa eremezdi. O (sallallahu aleyhi ve sellem) ise, ümmetinden bir tek insanın bile zâyi olmasını istemiyordu. Ancak adam ısrar ediyordu. İkinci, üçüncü derken, istediği cevabı Allah Resûlü'nden alamayınca, selam ve sabahsız Medine'yi terk edip geldiği yere gitti. Bunu duyunca Efendiler Efendisi:

– Şüphesiz ki Medine, ateşin gümüşteki kir ve pası temizlediği gibi kendi kir ve pasını temizliyor, buyurdular.[604]

---

[602] Buhârî, Sahîh, 2/667 (1790)
[603] Bkz. Buhârî, Sahîh, 5/2148 (5353)
[604] Bkz. Müslim, Sahîh, 2/1006 (1382-1384)

Ve Kalıcı Yurt: Medine

Abdullah İbn Selâm'daki Tebliğ Heyecanı

Abdullah İbn Selâm, Müslüman olmuştu, ama henüz bundan kabilesinin haberi yoktu. Aile efradına dönüp geldiğinde onların da Müslüman olmalarını istemiş ve bu isteğine olumlu cevap da bulmuştu. Ancak onun hedefinde, daha geniş kitleler vardı. Aynı zamanda neş'et ettiği topluluğun genel karakterini de ortaya koyup rehberini bilgilendirmek istiyordu. Tasarladığı bir planla birlikte huzur-u risalete geldi:

– Ya Resûlallah!

Benim kavmim olan bu İsrailoğulları, inatçı ve dönek bir millettir. Onlar, henüz benim son halimi bilmiyorlar. İstiyorum ki onlar, Sana geldiklerinde beni bir kenara gizleyesin ve onlara, benim ve atalarım hakkında sorular sorasın! Şüphesiz, beni de atalarımı da methedeceklerdir. Ve tam bu esnada ben, ortaya çıkıp Müslümanlığımı ilan edeyim. Göreceksin ki, hem beni hem de ecdadımı yerden yere vuracak ve çeşit çeşit iftira sıralayarak, binbir kusur bulma yarışına gireceklerdir, dedi.

Abdullah İbn Selâm'ın planına göre, aynı zamanda Efendimiz, onlardan söz alacaktı; şayet Abdullah iman ederse onlar da inanacak ve kendilerine daha önce indirilen Tevrat'ta yazılı buldukları hususları tasdik edeceklerdi. Dolayısıyla burada belli bir maslahat gözetiliyordu ve Abdullah'ın teklifi hüsn-ü kabul gördü. Planlananlar aynen Hz. Abdullah'ın dediği gibi yapıldı. Bu arada adamlar da gelmişti. Efendiler Efendisi, hoşbeşten sonra sözü Hz. Abdullah ve ecdadına getirdi:

– Sizin aranızda Husayn İbn Selam nasıl bir adamdır, diye sordu.

Ne şüpheleri olabilirdi ki? Sadece Husayn'ı değil, yıllarca bütün aileyi, biricik rehberleri olarak görmüş ve birer otorite olarak hep onlara müracaat etmişlerdi:

Efendimiz (sallallahu aleyhi ve sellem)

— Hem efendimiz, hem de efendimizin oğludur... İçimizdeki en hayırlı kişi ve en bilgemizdir. Hem fazilet hem de Allah'ın kitabını bilme konusunda en önde olanımız odur.

Onların, kendilerinden emin böyle bir tezkiyelerinin ardından Efendimiz:

— Şayet Abdullah, benim Allah'ın Resûlü olduğuma ve bana indirilen kitaba iman ve şehadet ederse siz de iman eder misiniz, diye sordu.

İşkillenseler de, buna imkân yoktu. Husayn gibi bir Yahudi âlimi, bunu yapmazdı, yapmamalıydı!.. Böyle bir sorunun altından ne çıkacağını da merak etmiyor değillerdi. Fakat bu meclis, daha metin durmaları gereken bir meclisti ve sözlerinde şüphe eseri görülmemeliydi:

— Evet, diye cevapladılar. Ancak hallerindeki gariplik ve içlerinde duydukları huzursuzluk yüzlerinden okunuyordu. Ne için gelmişlerdi ve şimdi ne ile karşılaşıyorlardı?..

Bu sırada Allah Resûlü (sallallahu aleyhi ve sellem) Abdullah'ı çağırmış ve o da gizlendiği yerden çıkıp huzura gelmişti. Onu gören gözlere kin ve nefret yürümüş, yüzlerde de bir sararma olmuştu. Nasıl olabilirdi; Husayn gibi birisi gelip kendi kabilesinin otoritesine baş kaldırarak bir başkasının arkasında saf tutar, onu peygamber olarak kabul edebilirdi. Hâlâ inanmak istemiyorlardı. Bu, ya bir şaka veya uyanılacak bir rüya olmalıydı.

Ancak her şey gerçekti ve Allah Resûlü (sallallahu aleyhi ve sellem) Abdullah'a sordu:

— Ey Selam oğlu Abdullah! Sen, benim Tevrat ve İncil'de yazılı olarak bulduğunuz; bana iman etmeniz hususunda hepinizden sözü alınmış; mesajımın ulaştığı anda bana tâbi olmakla emredildiğiniz Allah'ın Resûlü olduğumu bilip bana inanıyor ve iman ediyor musun?

Ortalık bir anda buz kesilmişti. Bu arada Abdullah, Resûlullah'ın sorusunu:

Ve Kalıcı Yurt: Medine

– Elbette Yâ Resûlallah, diye cevaplamıştı. İmkânsızdı bu!.. Bu kadar köşeye sıkışmak olamazdı... Buradan da bir çıkış yolu bulunmalıydı ve onlar da, minderin dışını tercih ettiler. Hep bir ağızdan:

– Senin Resûllullah olduğunu bilmiyor ve tanımıyoruz, diyorlardı.

Halbuki onlar, O'nun Resûlullah olduğunu öz oğullarını bilmenin ötesinde bir bilgi ile biliyorlardı ve O'na indirilenin hak olduğu konusunda da yakîn derecesinde malûmatları vardı. Aynı zamanda, az önce konuşanlar, Husayn iman ederse biz de inanırız, diyenler de bunlar değil miydi?.. Fazla söze ne hâcet; kaypaklık ve dönekliğin fiilen sahnelenmesinden başka bir şey değildi bu.

Çıkışma sırası şimdi de Abdullah İbn Selam'a gelmişti:

– Bizim en şerlimiz ve en şerlimizin de oğlusun sen, deyip onda noksan bulma yarışına girdiler. Güneş balçıkla sıvanamazdı ki!.. Güneşin ışınlarına karşı gözlerini kapatanlar, sadece kendilerine gece yaparlardı...

O gün yaşanılanlar, âlemlerin Rabbi tarafından da müşahede edilmekteydi ve O şu ayetleri indirecekti:

– De ki: Söyleyin bakalım; eğer bu Kur'ân, Allah tarafından geldiği halde siz reddetmişseniz, İsrailoğullarından da bir şahid, tevhid, ahiret gibi bazı iman esasları hakkında Kur'ân'da bildirilen hakikatlerin benzerine şahitlik edip iman ettiği halde, siz büyüklük taslayarak iman etmezseniz sizden daha şaşkın, daha zalim kimse olabilir mi? Allah, elbette böyle zalimleri hidayete erdirmez.[605]

Ayette anlatılan İsrailoğullarından iman eden kişi, Abdullah İbn Selam; inkârı seçenler ise, gerçeği gördüklerinde kaypaklık gösteren elit tabakaydı.

---

[605] Bkz. Ahkaf, 46/10

Efendimiz (sallallahu aleyhi ve sellem)

Bütün bunları, daha işin başından tahmin eden ve gelişmeler de tahmini istikametinde gerçekleşen Abdullah İbn Selam, bir gerçeği ortaya çıkarmanın hazzıyla Yahudi ileri gelenlerine yöneldi ve şöyle seslendi:

— Ey Yahudi Topluluğu! Allah'tan korkun ve size geleni kabul edin. Vallahi siz de biliyorsunuz ki, bu, özelliklerini Tevrat'ta okuyup durduğunuz, adını sanını bildiğiniz Allah'ın beklenen ve müjdelenen Resûlü'dür. Ben şehadetle iman ediyor, biliyor ve tasdik ediyorum ki o Allah'ın Peygamberidir.

Artık yüzler değişmişti... Perde bir kez yırtılmış ve cepheler de netleşmişti. İşin en kolay yolu inkârdı ve onlar da bunu seçtiler:

— Yalan söylüyorsun, dediler.

Artık Yahudilerden iş çıkmayacağı kesindi ve bu sefer Abdullah, Resûl-i Ekrem'e yöneldi:

— İşte, yâ Resûlallah, dedi. Durum gördüğün gibi!.. Ben, bunların yalancı, iki yüzlü, dönek ve iftiracı insanlar olduklarını söylemiştim.

Zaten, Cibril de gelmiş şu mesajı getiriyordu:

— Kendilerine kitap verdiklerimiz, O'nu öz oğullarını tanıdıkları gibi tanırlar. (Buna rağmen) onlardan bir grup, bile bile gerçeği gizler.[606]

Ayette, bizzat Allah Resûlü'nün ismi zikredilmeyip de "O'nu" denmesi işaret ediyor ki, ehl-i kitap bütünüyle, son gelecek peygamber kastedilerek "O" dendiğinde hep Tevrat ve İncil'de adı geçen Zât'ı anlıyordu. O da, hiç şüphesiz ki, Hz. Muhammed'di (sallallahu aleyhi ve sellem). Ve O'nu öz evlatlarından daha iyi tanıyorlardı.

Hz. Ömer (radıyallahu anh), bir gün karşısına alacak ve Abdullah b. Selâm'a soracaktı:

— Allah Resûlü'nü öz evladın gibi tanıyor muydun?

---

[606] Bkz. Bakara, 2/146

Ve Kalıcı Yurt: Medine

Tereddütsüz cevap verdi Abdullah:
– Öz evladımdan daha iyi tanıyordum.
Nasıl olabilirdi?.. Bir insan bu kadar kesin nasıl konuşabilirdi!.. Ama Abdullah, hakkı temsilin timsaliydi ve onu her yerde söylemekten çekinmezdi. Hz. Ömer ise, onun kanaatindeki kesinliği ayrıca tescil ettirmek istiyordu ve ikinci defa sordu:
– Nasıl yani?
Yine demir leblebi gibi bir cevap geliyordu:
– Evladım hakkında şüphe edebilirim. Belki, beni, hanımım kandırmıştır. Fakat Allah Resûlü'nün son peygamber olduğundan zerre kadar şüphem yoktur.
Bu cevap Hz. Ömer'i öyle sevindirecekti ki, kalkacak ve Abdullah b. Selâm'ın başından öpecekti.[607]

Taassubun Dincesi

Abdullah İbn Selâm, kavminin baskılarından bir türlü başını kaldıramıyordu. Daha baştan beri, beraber olduğu Yahudi bilginlerinin tazyikinden kurtulamamışlardı ve her defasında onun aklını çelebilme adına akla hayale gelmedik oyunlar tezgahlıyorlardı. Bilhassa, Huyey İbn Ahtab, Ka'b İbn Esed, Ebû Rafi', Eşya' ve Şemvîl İbn Zeyd gibi ileri gelenler Abdullah İbn Selâm'ı köşeye sıkıştırmak için ciddi uğraş veriyorlardı. Göz göre göre hakikatin üstünü örtmesini istiyorlar ve bunu yapmadığı takdirde olacaklardan sorumlu olmadıklarını söyleyerek onu imanından vazgeçirmek istiyorlardı.

Bir gün yine sıkıştırmışlar, Husayn'ın bildiklerini hatırlatması üzerine de:
– Nübüvvetin Araplar arasında olması imkânsız. Senin sahibin olsa olsa meliktir, demişlerdi. Aslında bununla Allah Resûlü'nün beklenen Nebi olduğunu kabullenmiş oluyorlardı;

---
[607] Suyûtî, ed-Dürrü'l-Mensûr, 1/357

Efendimiz (sallallahu aleyhi ve sellem)

ama bir türlü, içinde bulundukları koyu ve katı kabile taassubunu kırıp, O'nun kendi dışlarında bir yerden neş'et edebileceğini içlerine sindiremiyorlardı.

Uzun uzadıya konuşmalar netice vermemiş ve ortam iyice alevlenmişti. "Ne olacaksa olsun" der gibiydiler ve kendileri Allah Resûlü ile muhatap olup Abdullah'a da haklı olduklarını göstereceklerini düşündükleri bir senaryonun peşine düştüler. Abdullah'ın tereddüdü yoktu. Soluğu Allah Resûlü'nün yanında aldılar.

Önce Zülkarneyn'i sordular O'na. Bilemeyeceğinden eminlerdi kendilerince. Böylelikle Abdullah gibi düşünenlere karşı kendi haklılıklarını (!) ispat etmiş olacaklardı.

Allah'ın indirdiği şekliyle anlattı onlara; aynen Kureyş'e anlattığı gibi!.. Zira onlar, Nadr İbn Hâris ve Ukbe İbn Ebî Muayt kendilerinden yardım istemeye geldiklerinde daha önceleri Kureyş'e akıl vermiş ve davasından vazgeçirmek için ellerini güçlendirecek ne gibi sorular sorabilecekleri konusunda rehberlik yapmışlardı!..

Aynı cevabı almışlardı ve diyebilecekleri hiçbir husus yoktu. Ancak arkalarını dönüp gitme niyetinde de değillerdi. "Ben olmadığım yerde, başkası da yaşamasın" mantığıyla hareket ediyorlardı ve tüyler ürperten şu soruyu sordular:

– Ya Muhammed! İşte bu Allah! Bütün mahlûkatı yarattı, peki Allah'ı kim yarattı?

Allah'ı bilip kulluk yaptıklarını söyleyen insanların böyle bir soru sorması kadar bir abesiyet ve aptallık olamazdı. -Hâşâ- Allah'ın yaratılmaya ne ihtiyacı vardı ki! Hem, sonradan yaratılanın ilah olması düşünülebilir miydi! O'nun kudretinden hiç mi haberleri yoktu bunların! Sanki Hz. Mûsâ dahil önceki peygamberler ve ümmetleri arasında geçenlere muttali olanlar bunlar değildi! Tevrat'ı da okumuyorlardı anlaşılan bunlar!

Allah Resûlü de çok müteessir olmuştu; yüzünün rengi değişmiş, yerinde duramaz olmuştu. Nasıl olur da Rabb'e

Ve Kalıcı Yurt: Medine

böyle bir dil uzatılabilirdi? Hem de bildiğini söyleyenler tarafından!.. Âlemlerin Rabbini onlar, ne sanıyorlardı ki, sınırlı akıllarıyla O'na elbise biçmeye kalkışıyorlar ve kendilerince muhataplarını zor durumda bırakıyorlardı!..

Gönlünü teskin etmek için Cibril imdada koştu ve:

– Sükûnetle ya Muhammed, diye de yol ve yöntem tavsiye ediyordu. Sorduklarının cevabını İhlas Sûresi veriyordu ve onu okudu:

– De ki, O Allah'tır ve Bir'dir...

Gelenler, sadece kendilerini temsil etmiyorlardı. Yüzyıllar boyu devam edecek olan imanla inkârın mücadelesinde sonrakilerin karşısına da bu türlü tutarsızlıklar çıkacaktı ve O'nun hali, sonrakilere de örnek teşkil etmeliydi. Zira O, şöyle buyuracaktı:

– Çok geçmez; insanlar kendi aralarında sorgulamalara başlarlar ve işi o dereceye ulaştırırlar ki, bazıları: "İşte Allah, varlığı yarattı; peki Allah'ı kim yarattı?" demeye kalkışırlar.

Böyle bir durumla karşı karşıya kalanlar için de Allah Resûlü, İhlas Sûresi'ni okumalarını tavsiye edecek ve Cibril'in o gün kendisini teskinini ümmetine de tavsiye buyuracaktı. Zira bu, şeytanî bir düşünceydi ve böyle bir durumda şeytandan Allah'a sığınma adına sağlam bir duruş sergilenmeliydi.

Beni Kaynukalılar, perdelerini yırtmış küstahlıklarına devam ediyorlardı:

– Bize anlat bakalım ya Muhammed! Yaratılışı nasıl? Kolları, pazuları nasıl?

Ortalık buz gibi kesilmişti. Anlaşılan bunlar, kendilerine söylenenlere karşı kulaklarını kapatmışlar; hiçbir şey almak istemiyorlardı. Neden bahsediyorlardı? Allah'ı, -hâşâ- kapı komşuları gibi bir şahıs olarak mı görüyorlardı, yoksa Allah Resûlü'nü kızdırmak için mi çığırtkanlık yapıyorlardı?..

Hz. Peygamber (sallallahu aleyhi ve sellem), artık yerinde dura-

Efendimiz (sallallahu aleyhi ve sellem)

maz hale gelmişti... Gazabından damarları şişmiş yüzünden öfke okunuyordu. Allah'a hakarete O'nun yüreği dayanamazdı. Cibril yine yanındaydı. Aynı tavsiyelerini tekrarladı. Arkasından da şu ayetleri indirdi:

– Ama onlar, Allah'ın kudret ve azametini hakkıyla takdir edemediler. O'na layık olan tazimi gösteremediler.

Halbuki bütün bir dünya, kıyamet günü O'nun avucunda, gökler âlemi de bükülmüş olarak kabza-i tasarrufundadır.

Böyle bir azamet ve hâkimiyet sahibi olan Allah, onların uydurup durdukları şeriklerden yücedir, münezzehtir.[608]

Her yeniliğe tepki verip karşı çıkmak, ilk olmadığı gibi son da değildi. Zaman zaman Abdullah İbn Selam, benzeri münakaşalarda soluğu Efendiler Efendisi'nin yanında alıyor ve O'nun vereceği cevaplarla muhataplarını iknayı düşünüyordu. Zira, muhatap olduğu cemaat de biliyordu ki, bu soruların cevabını ancak bir Nebi bilebilirdi.

Yine böyle bir grupla birlikte huzur-u risaletteydi. Efendisine soru soracak ve böylelikle muhataplarını iknaya çalışacaktı. Boynunu büktü ve:

– Ben sana üç tane soru soracağım ki, onları ancak bir Nebi bilebilir, dedi. Bu bir istifsardı ve Allah Resûlü de cevaplamaya hazırdı:

– Kıyametin ilk alâmeti nedir? Cennet ehlinin ilk yiyeceği nedir? Çocuk anne ve babasına hangi durumda benzer?

Bu esnada Cibril de gelmiş, Abdullah'ın soracağı soruların cevaplarını fısıldıyordu. Efendiler Efendisi:

– Cibril az önce bana bunları haber verdi, buyurarak başladı sözlerine. Huzurda bir şaşkınlık yaşandı bunun üzerine:

"Cibril?" diye tekrarlayıp duyduklarının doğruluğunu test etmek istediler önce. Cevap yine aynıydı:

---

[608] Bkz. Zümer, 39/67

Ve Kalıcı Yurt: Medine

– Evet, Cibril.

Nasırlarına basılmış gibiydiler. Nasıl olur da vahyi, tutup kendilerinin dışında birisine getirebilirdi?.. Cibilli olarak Cebrail'e düşmanlık besliyorlardı. Adını duyunca:

– Bu, melekler arasında Yahudilerin düşmanıdır, dediler.

Cebrail'e düşmanlık etmek, aynı zamanda Allah ve Resûlü'ne de kin beslemek anlamına geliyordu. Zaten Efendiler Efendisi de, bunu ifade eden şu ayetleri okuyarak cevap verecekti:

– De ki: Kim Cebrail'e düşman ise iyi bilsin ki, bu Kur'ân'ı, daha önceki kitapları tasdik etmek, inananlar için bir rehber ve müjde olmak üzere, Allah'ın izniyle senin kalbine o indirmiştir.[609]

Arkasından da sorulan soruları cevaplamaya başladı Allah Resûlü (sallallahu aleyhi ve sellem):

– Kıyametin ilk alâmetine gelince o, öyle bir ateştir ki, doğudan batıya kadar bütün insanları yakıp kavurur.

Cennet ehlinin ilk yiyeceğine gelince o, balık ciğerinin artığıdır.

Erkeğin suyu kadınınkine galip gelirse çocuk erkek, kadının suyu öne geçerse kız olur.

Bekledikleri cevapları da almışlardı... Zaten aksini düşünmek de imkânsızdı. Abdullah İbn Selam, orada kelime-i şehadet getirerek diğerlerinin de önünü açmak istedi:

– Ben şehadet ederim ki, Allah'tan başka ilah yoktur ve sen de O'nun Resûlü'sün.[610]

Ancak muhataplarda böylesine bir ruh inceliğine rastlamaya imkân ve ihtimal yoktu; yine evli evine, köylü de köyüne gidiyordu.

---

[609] Bkz. Bakara, 2/97
[610] Bkz. İsfehânî, Delâil, 1/152

Ancak herkes de muannit Yahudiler gibi inatçı değildi; Abdullah İbn Selam gibi doğrunun peşinde olup onu bulduğu yerde almasını bilen erdemliler de yok değildi. Sırasıyla geldiler Allah Resûlü'nün huzuruna ve Mûsâ'nın vasiyetini tutarak İslâm'ı kabullendiler. Bunlar, Sa'lebe İbn Sa'ye, Üseyd İbn Sa'ye ve Esed İbn Ubeyd gibi önde gelenlerdi. Ancak bunlara da bir kulp bulunacak ve bunlar da umursanmayacaktı. Diyorlardı ki:

– Muhammed'e inanıp peşinden gidenler, zaten bizim en şerlilerimizdi. Şayet hayırlılarımız olmuş olsalardı, atalarının dininin bırakıp da bir başkasının peşine takılmazlardı.

Başlarını kuma sokmakla kendilerini emniyette sanıyorlardı. Halbuki dışarıda gerçek bir dünya vardı ve buna bîgane kalmak, gerçeği asla yansıtmıyordu.

Esas itibariyle Allah'a gönülden bağlılıklarını ifade ederek Resûlü'nün arkasındaki safta yerini alanlarla ikiyüzlü davranıp gerçeğe gözünü kapatanlar eşit olamazlardı. Öncekiler fazilet üstüne fazilet yarışına girişirken diğerleri, bildikleri halde hakkın üzerini kapatmanın mesuliyetiyle beraber hesap gününe intikal edeceklerdi. İnen bir ayetle bu çarpık düşünce şöyle nazara verilecekti:

– Ehl-i kitaptan, gece boyunca Allah'ın ayetlerini okuyan ve O'na secde ile serfürû yaşayan ümmet-i kâime ile onlar asla eşit olamazlar...

Ehl-i Kitaba Hitap

Medine nüfusunun çoğunluğunu Yahudiler oluştursa da, belli oranda Hristiyan nüfus da yok değildi. Her iki zümre ile bir araya gelindiğinde konu, ister istemez dini meseleler etrafında dönüp duruyor ve karşılıklı bir alışveriş yaşanıyordu. İşin burasında, diğer din müntesipleriyle ilişkileri düzenleyen ilahi rehberlik oldukça dikkat çekecektir. Zira Allah (celle celâluhû), öncelikle Habîb-i Ekrem'ini muhatap alarak, onlarla nasıl

Ve Kalıcı Yurt: Medine

bir düzlemde konuşulup anlaşılması gerektiğini şöyle anlatıyordu:

– Ey ehl-i kitap! Gelin, sizinle bizim aramızda müşterek tek bir kelimede, asgari müşterekte birleşelim; Allah'tan başka hiçbir şeye mabud nazarıyla bakmayalım ve O'na hiçbir şeyi şerik tutmayalım. Sizinle bizim aramızda hiç kimseyi, Allah'tan başkasını Rab yerine ikame edilmiş bir dost olarak olarak görmeyelim![611]

Bir gün, Necrân Yahudi ve Hristiyan âlimleri bir araya gelmiş Efendimiz'i ziyaret ediyorlardı. Tabii olarak konu, Allah'ın arzu ve isteklerine gelince Efendiler Efendisi, onlara da İslâm'ı anlatıp Hakk'a davet etti.

– Yoksa Sen ey Muhammed! Hristiyanların İsa'ya ibadet ettikleri gibi bizim de Sana kullukta bulunmamızı mı istiyorsun, diye tepki gösteriyorlardı. Garip bir anlayıştı; tek olan Allah'a kulluğa davet edildikleri halde sözün mecrasını değiştiriyor ve kendilerince kelime oyunları yaparak işin içinden sıyrılmaya çalışıyorlardı. Çünkü onlar, tarihin akışı içinde anlayışlarını değiştirmiş ve aralarından temeyyüz edip öne çıkanlara Rab diye ibadet etmeye başlamışlardı.[612]

Bu arada, 'Reîs' diye çağırdıkları bir Hristiyan âlimi öne atılacak ve:

– Sen'in, bizi O'na çağırırken gerçekten böyle bir isteğin de var mı, diyerek, öncekilerden farklı düşünmediklerini ortaya koyacaktı. Önce:

– Maâzallah, dedi Efendiler Efendisi. Ardından da:

– Allah'tan başka bir güce ibadet etmekten ve yine O'ndan başkasına ibadete çağırmaktan Allah'a sığınırım! Zira O

---

[611] Âl-i İmrân, 3/65. Bu ayetin, Hudeybiye'den önce indiği, Mekke fethinden sonra ise tekrar indirildiği anlatılmaktadır. Bkz. İbn Kesîr, 13/143
[612] Bir ayette bu husus, "Onlar, ruhban ve âlimlerini Allah konumunda değerlendirmiş ve onları Rab olarak kabul etmişlerdi!" denilerek yerilmektedir. Bkz. Tevbe, 9/31

Efendimiz (sallallahu aleyhi ve sellem)

(celle celâluhû), ne Beni bunun için gönderdi ne de Ben, bununla emrolundum, buyurdu. Anlamak biraz zordu; Allah adamı olduklarını söyleyen bu insanlar nasıl olur da, Allah adına kendilerini davet eden birisine bunu söyleyebilirlerdi! Cibril-i Emîn yine görünmüştü, gelen âyetler ağızlarının payını verecekti:

– Bir beşere Allah, kitap, hüküm ve nübüvvet verdikten sonra o, "Allah'ı bırakıp da bana ibadet edin" diyecek değildir![613]

Müslümanlık gibi kıymetli bir zemin bulunduktan sonra bir peygamber veya başka bir Hak dostu, insanları yeniden küfre davet eder miydi hiç!

Ortamı bir nebze olsun rahatlatma adına Adiyy İbn Hatem, Efendimiz'e yöneldi ve:

– Yâ Resûlallah! Onlar, onlara ibadet etmiyorlar ki! Buna mukabil Allah Resûlü de:

– Elbette onlara ibadet etmiyorlar! Ancak onlar, helâli haram, haramı da helâl olarak telakki ediyor ve insanlara kendi arzularını söylüyorlar; insanlar da onların dediklerini kabullenip sözlerine tâbi oluyorlar. İşte bu, onlara ibadet anlamına gelmektedir, diyecekti.[614]

---
[613] Âl-i İmrân, 3/81.
[614] Bkz. İbn Kesîr, Tefsîr, 1/378

YENİ BİR MEDENİYETİN İNŞASI

Artık, Mekke bir mihrap, Medine de bir minber olmuş; Hatib-i Ekmel ü Etemm'ine kavuşmanın tadını çıkarıyor; Hz. Âdem'den bu yana yolların birleştiği yerde yeni bir medeniyet inşa ediliyordu. Zaten, Mekke'de bir birikim vardı ve o, bütünüyle buraya akıp gelmişti; şimdi ise, bu temel üzerine her gün yeni yeni ayetler geliyor, nebevi hitabetle insanlar her geçen gün yeni şeyler öğreniyorlardı. İman adına önemli bir kıvam yakalanmış, artık fertler, bunun üzerine bina edilecek kulluk beklentisine girmişlerdi.

Sosyal ilişkiler baştan aşağıya yeniden gözden geçiriliyor ve insanî bağlar üzerinde yeniden atkılarla İslâm'ın solmaz ve renk atmaz atlası dokunuyordu. Bir gün yanına bir sahabe yaklaşıyor ve:

– İslâm'da hangi iş daha hayırlı, diye soruyordu. Gelen cevap:

– Yemek yedirmen ve bildiğin ve bilmediğin herkese selam vermen,[615] şeklinde oluyordu. Demek ki bu medeniyet, *'verme, beklentisiz olma* ve insanlar üzerinde *güven telkin*

---
[615] Buhârî, Sahîh, 1/13 (12)

Efendimiz (sallallahu aleyhi ve sellem)

etme' üzerine inşa edilecekti. Ancak, bunların hiçbiri asıl hedef değildi; asıl hedef, Allah'ın da hoşnut olacağı gerçek bir Müslüman modelini ortaya koyarak *rıza* ufkunu yakalamaktı. Cehalet döneminden kalan bütün kırıntıları bir kenara atıp yok edecek bir hamleydi bu.

– Komşusu, şerrinden emin olmayan kimse cennete giremez,[616] buyuruyordu. Elbette cennet, bizâtihi hedef değildi; ama, cennete götüren yol, rızayı da kazandıracak yoldu. Demek ki, bu rızaya talip olan insan, büyük bir aile gibi komşuluk ilişkilerinde, onları kucaklayıp ihtiyaçlarını gidermede kayıtsız kalmamalıydı. O'na göre, komşusu açlıkla kıvrım kıvrım sancılar içinde ıstırap çekerken, yanıbaşındaki bir mü'minin, karnını doyurması iman adına büyük bir eksiklikti.[617]

– Müslüman, diğer insanların el ve dilinden emin olduğu insandır,[618] buyuruyordu Efendiler Efendisi! Zaten, can düşmanlarının kendisine 'Emîn' ünvanını vermesini ve ona sınırsız güvenmesini sağlayan da o değil miydi? O emniyet ki, hayatına kastedenlerin bile vicdanlarında rahatsızlık duymalarını; acımasızca üzerine gidildiği dönemlerde sahip çıkma hissiyle yanına yaklaşmalarını netice veriyordu. Demek ki emniyet, kobraları ehilleştirecek, kurtları da kuzu bekçisi haline getirecek önemli bir iksirdi. Ve şimdi bunu Allah Resûlü (sallallahu aleyhi ve sellem), bizzat ashabından istiyordu.

"Sizden birisi, kendisi için istediğini kardeşi için de istemedikçe, kemal noktada imana ulaşamaz!"[619] cümlesi de O'na aitti. Demek ki imanda, her bir mü'min için ideal olan bir de kemal nokta vardı! Ve bu kemal noktaya ulaşmanın en kestirme yollarından birisi, ücrette gerilerin de gerisine kayarak ganimet paylaşımında arkadaşlarını kendisine tercih etmekten

---
[616] İbn Hibbân, Sahîh, 2/264 (510)
[617] Bkz. Buhârî, Sahîh, 5/2240 (5673); Mişkâtü'l-Mesâbîh, 2/424
[618] Buhârî, Sahîh, 1/12 (10)
[619] Buhârî, Sahîh, 1/14 (13)

geçiyordu. Bunun adı, *tefânî* idi ve İbrâhimvârî bir geleneğin ürünüydü.

Aynı mihraptan yankılanan bir başka ses, bütün mü'minleri tek bir insana benzetiyor ve dünyanın neresine bir ateş düşerse düşsün bunun, her bir mü'mini yakacağını anlatıyordu. Öyleyse, dünyanın neresinde olursa olsun, bir Müslüman'ın başına gelen olumsuzluğa kimse kayıtsız kalmamalı ve onun için, elinden gelen ne varsa, onu yapma ve yaraya merhem olma yarışına girmeliydi. Binayı oluşturan tuğlalar gibi bir vahdet görüntüsü olmalıydı ki, neticede ortaya muhkem bir bina modeli çıksın![620]

Bunlar, müspeti ikame adına ortaya konulan hamlelerdi. Bir de bunun, diğer tarafı vardı; artık, düşmanlığın köküne kezzap dökülecek ve en büyük düşman olarak o telakki edilecekti. Kimseye arka dönülmeyecek ve ihtiyacı olan herkesin yardımına koşulacak, mü'min kardeşinin elde ettiği güzellikler, bırakın haset ve kıskançlıkla karşılanmayı, birer iftihar vesilesi olacak ve insanlar, gerçek mânâda kardeş olacaklardı. Böylesine sağlam bir kardeşlik de, sebebi ne olursa olsun, Müslüman kardeşiyle üç günden fazla mükâleme-i kelamı kabullenmiyor, bütün küskünlükleri muhabbet meşçereliğine dönüştürüyordu. Bunu ifade ederken Allah Resûlü (sallallahu aleyhi ve sellem), maksadını şu beliğ mesajın kalıplarına dökmüştü:

– Sakın, birbirinize buğzetmeyin; hasetten de uzak durun ve birbirinize sırt dönmeyin! Ey Allah'ın kulları! Kardeş olun. Bir Müslüman'ın, diğer kardeşiyle üç günden fazla konuşmaması, asla helâl değildir.[621]

Zaten Müslüman, diğer Müslüman'ın kardeşiydi; ona ne zulmedebilir ne de onu zulmün kucağına atabilirdi. Bir kardeş olarak, herhangi bir Müslüman'ın yardımına koştuğu sürece

---

[620] Bkz. Müslim, Sahîh, 4/2000 (2586)
[621] Bkz. Buhârî, Sahîh, 5/2253 (5717)

Efendimiz (sallallahu aleyhi ve sellem)

Allah da onun yardımına koşar, önemli bir ihtiyacını giderirdi. Demek ki böyle bir hareket, sıkıntıların giderilerek huzur içinde bir hayat yaşayabilmek için Allah'a sunulmuş en büyük dua anlamına geliyordu. Bir de işin, ahiret yurduna bakan yönü vardı; burada bir Müslüman kardeşinin ihtiyacını giderip sıkıntısını izale eden için Allah (celle celâluhû), yarınki ahiret yurdunda ve en çok ihtiyaç hissettiği bir anda sıkıntılarını gidererek sahil-i selamete ulaştıracak ve insanların, sıkıntıdan gırtlaklarına kadar ter döktükleri o demde onlara rahat bir nefes aldıracaktı. Burada affetmek, orada affedilmeyi; burada setretmek de orada setredilmeyi gerektiriyordu ve bunun için bir mü'min, diğer kardeşlerinin kusurunu görmezden gelecek ve nazarını hep kendi kusurunun üzerinde dolaştıracaktı. Başkasına savcı gibi muamele etme yerine, savcılık gömleğini, kendisini nazara aldığında giyecek; Müslüman kardeşinin hep avukatlığını yapmayı bir ahlâk haline getirecekti. Çünkü Efendiler Efendisi:

– Müslüman, diğer Müslüman'ın kardeşidir; ne ona zulmeder, ne de ona yapılan zulme razı olur! Sizlerden kim, kardeşinin ihtiyacını gidermek için yola koyulursa, Allah da onun ihtiyacını giderir; kim de, bir Müslüman'ın sıkıntısını gidermeye matuf bir yola girerse, Allah da ahiret gününde onun sıkıntısını giderir; Müslüman'ın ayıplarını görmezden gelenin de Allah, kıyamet gününde ayıplarını örter, kimseyi ona muttali kılmaz,[622] buyuruyordu.

Yeryüzünde bulunanlara merhametle yaklaşıp herkesi ve her şeyi şefkatle kucaklamak, semadan da rahmet meltemlerinin esmesi adına en büyük davetiye demekti.[623] Yarım bir

---
[622] Bkz. Buhârî, Sahîh, 2/862 (2310)
[623] Bkz. Beled, 90/12-18 " Sarp yokuş, bilir misin nedir? Sarp yokuş; bir köleyi, bir esiri hürriyetine kavuşturmaktır. Kıtlık zamanında yemek yedirmektir. Yakınlığı olan bir yetimi ya da yeri yatak, (göğü yorgan yapan, barınacak hiçbir yeri olmayan) fakiri doyurmaktır. Hem sarp yokuş; Gönülden iman edip,

Yeni Bir Medeniyetin İnşası

hurma bile olsa, mü'min kardeşine onu takdim etmek, cehennem ateşinden korunmanın önemli bir yoluydu. Şayet, yarım hurmayı da bulamayacak kimseler var ise bunlar da, muhataplarını tatlı dil ve mütebessim bir çehreyle karşılamak suretiyle aynı kazançtan istifade edebileceklerdi.[624]

Diğer yandan, bir beşer olarak insanın karşılaşabileceği en küçük meseleler ele alınıyor ve teker teker çözülüyordu; zira din, insanın her türlü ihtiyacını giderecek mahiyette çözümler içeriyordu. Yeme ve içmeden oturup kalkmaya, çarşı-pazardan aile içi münasebetlere ve sosyal hayatta birlikte yaşama kurallarını belirlemeden ferdin topluma karşı görevlerini uygulanır hâle getirmeye kadar hemen her meselede adımlar atılıyor ve her yönüyle orijinal yepyeni bir medeniyet inşa ediliyordu. Hatta bu durum, diğer Medinelilerce tenkit edilecek ve:

– Sizin peygamberiniz, tuvaletinizi nasıl yapacağınıza kadar hemen her şeyi size öğretiyor, diyerek garipsenecekti. Böyle bir tepkiyle karşılaşan Selmân-ı Fârisî, dönüşümün de fiili örneğini verircesine bu adama şöyle cevap verecekti:

– Evet, elbette öğretecek! Hatta bunun ötesinde daha çok şey öğretecek! İhtiyacımızı giderirken kıbleye dönmememiz gerektiğini, sağ elimizle istincâda bulunmamamızı ve bunu yaparken en azından üç farklı taş kullanıp, kemik ve kurumuş hayvan dışkısına bulaşmamamız gerektiğini de öğretecek![625]

Zira O (sallallahu aleyhi ve sellem), bir peygamberdi; ümmeti arasında evindeki baba konumundaydı ve yeni yetişen cemaatinin, her türlü işlerinde onlara rehberlik yapacaktı.

Kısaca mü'min, adım atıp yürüyen, nefes alıp konuşan ve

---

birbirlerine sabır ve şefkat dersi vermek, sabır ve şefkat örneği olmaktır. İşte hesap defterleri sağ ellerine verilecek olanlar bunlardır." Ayrıca bkz. Ebû Dâvûd, 4/285 (4941); Tirmizî, Sünen, 4/323 (1924)
[624] Buhârî, Sahîh, 3/1316 (3400)
[625] Müslim, Sahîh, 1/223 (262)

Efendimiz (sallallahu aleyhi ve sellem)

nabız olup toplumda atan bir Kur'ân haline geliyordu. Bundan böyle her bir sahabenin konuşmaları Kur'ânî ve adımları da Muhammedî idi. Zaten mü'min olmak, önemli bir tercihti ve bu tercihle birlikte insan, onun içeriğini bütünüyle kabullenmiş oluyor, gereklerini yerine getirme konusunda da Allah ve Resûlü'ne söz veriyordu. Bir mü'min için söz, senetten de öte bir değer ifade ediyordu; verdikleri sözü yerine getirmede ise, sahabenin önünde yürüyebilecek bir başka topluluk göstermeye imkân yoktu. Efendiler Efendisi, Medine minberinde oturmuş, peygamberlerden sonra yeryüzündeki en faziletli cemaati oluşturuyordu. Belli ki artık, *Hira*'da başlayan değişim, beklenen mayayı tutmuş ve eskiye ait cehalet edalı ne kadar problem varsa hepsini değiştirmeye başlamıştı. Ve bu değişim, sadece belli bir coğrafyaya has değildi; bu değişimle birlikte, ahengini kaybetmiş bütün evler yeniden şenlenmeli, dünyanın sadece bir yüzüne değil, bütününe birden huzur gelmeliydi. Çünkü bu değişimin rehberi, bütün âlemlere rahmet olarak gönderilmişti. Öyleyse, damlasının düşmediği en küçük bir nokta kalmamalıydı.